Für Tashya, Nick und Sensei Misa.
Arigatou Gozaimasu.

JULIE KAGAWA

IM SCHATTEN DES
DRACHEN

Roman

Aus dem Amerikanischen von
Beate Brammertz

heyne›fliegt

Die Originalausgabe erscheint unter dem Titel
Night of the Dragon bei Harlequin Teen, Ontario

Verlagsgruppe Random House FSC® N001967

Copyright © 2020 by Julie Kagawa
Copyright © 2020 der deutschsprachigen Ausgabe
by Wilhelm Heyne Verlag, München,
in der Verlagsgruppe Random House GmbH,
Neumarkter Str. 28, 81673 München
Umschlaggestaltung: Nele Schütz Design, München,
unter Verwendung einer Illustration von © Finn Schütz
Karte: © Andreas Hancock
Satz: Uhl + Massopust GmbH, Aalen
Druck und Bindung: GGP Media GmbH, Pößneck
Printed in Germany

ISBN: 978-3-453-27276-7

JULIE KAGAWA
IM SCHATTEN DES DRACHEN

Teil 1

1
Das Beschwören aus dem Jigoku

Vor eintausend Jahren

In den vielen Jahren seiner Existenz ließen sich die Gelegenheiten, als er aus dem Jigoku heraufbeschworen worden war, an einer Klaue abzählen.

Andere Dämonen-Lords waren schon früher angerufen worden. Yaburama. Akumu. Die Oni-Lords waren zu mächtig, als dass ein tollkühner Blutmagier nicht den Versuch gewagt hätte, einen Handel mit ihnen einzugehen, auch wenn solche Rituale für den arroganten Menschen, der törichterweise glaubte, er könne einen Oni-Lord knechten, häufig ein böses Ende nahmen. Zugegeben, sie alle vier waren ein stolzer Haufen und nicht sonderlich erbaut, wenn ein unbedeutender Sterblicher es wagte, ihren Willen zu beugen. Sie hielten den Blutmagier so lang bei Laune, bis sie erfuhren, was er anzubieten hatte, und falls sein Vorschlag sie nicht interessierte oder der Mensch in seiner Naivität versuchte, sie unterwerfen zu wollen, rissen sie ihn in Stücke und tobten sich gnadenlos in der Welt der Sterblichen aus, bis sie schließlich ins Jigoku zurückgeschickt wurden.

Es hatte Hakaimono immer köstlich amüsiert, wenn ein Sterblicher ihn heraufbeschwor. Insbesondere der Moment, in dem der Blick des Magiers das erste Mal auf ihn fiel und er jäh begriff, was genau er getan hatte.

Mit verengten Augen sah Hakaimono sich nun um, spähte durch den dichten Rauch und ignorierte den flüchtigen Schwindel, der stets damit einherging, aus dem Jigoku ins Reich der Sterblichen gezerrt zu werden. Ein blutrünstiges Knurren grollte in seiner Kehle. Seine Laune war ohnehin schon nicht die allerbeste. Akumu hatte wieder einmal Ränke geschmiedet und versucht, Hakaimonos Streitkräfte hinter seinem Rücken zu schwächen, und er war gerade auf dem Weg gewesen, um mit dem teuflischen Dritten General kurzen Prozess zu machen, als schwarzes Feuer auf seiner Haut ausbrach, Wörter der Blutmagie in seinem Kopf widerhallten und er sich unvermittelt im Reich der Menschen wiederfand. Jetzt stand er inmitten einer Ruine, mit eingestürzten Wänden und zerschmetterten Säulen zu allen Seiten, der Geruch des Todes schwer in der Luft, und der Dämon erwog, den Kopf des verantwortlichen Magiers zu zerquetschen, bis er wie ein Ei in seinen Krallen barst.

Die Steine unter seinen Füßen waren klebrig, und ihnen haftete ein süßlicher, kupferartiger Duft an, den er sofort erkannte. Linien aus Blut waren in einem vertrauten Kreis auf den Boden gemalt, Wörter und Sigillen der Macht, zu komplizierten Mustern verwoben. Ein Bindekreis, und noch dazu ein mächtiger. Wer auch immer der Blutmagier war, er hatte seine Hausaufgaben gründlich gemacht. Obwohl ihn das letztendlich nicht retten würde.

»Hakaimono.«

Der Erste Oni spähte nach unten. Eine Frau stand am Rand des Blutkreises, ihre schwarze Robe und langen Haare schienen mit den Schatten zu verschmelzen. In ihren schlanken Fingern lag ein Messer, ihr blasser Arm war bis zum Ellbogen in Rot getränkt.

Er lachte auf. »Na, na, welch eine Ehre!«, raunte er und ging in die Knie, um die Frau besser sehen zu können. Ihr Blick war eiskalt.

»Heraufbeschworen vom unsterblichen Schatten höchstpersönlich. Jetzt stellt sich mir die Frage…« Er hob eine Klaue, betrachtete die menschliche Gestalt über gebogene schwarze Krallen, so lang wie ihr Arm. »Wenn man einer Unsterblichen den Kopf abreißt, glaubt Ihr, sie stirbt?«

»Ihr werdet mich nicht umbringen, Erster Oni.« Die Stimme der Frau klang weder amüsiert noch verängstigt, doch die Gewissheit darin ließ ihn feixen. »Ich bin nicht so dumm, einen Bindezauber zu wagen, auch werde ich Euch nicht um viel bitten. Ich habe ein einziges Begehr, und anschließend könnt Ihr tun und lassen, was Ihr wollt.«

»Oh?« Hakaimono lachte dröhnend, musste sich aber eingestehen, dass seine Neugierde geweckt war. Nur die sehr Verzweifelten, Törichten oder Mächtigen beschworen einen der vier Oni-Generäle herauf, und nur für die ehrgeizigsten Pläne. Etwa die Zerstörung einer Burg oder das Auslöschen einer gesamten Generation. Für alles andere war das Risiko viel zu groß. »Dann raus mit der Sprache, Mensch«, ermunterte er sie. »Worum handelt es sich bei dieser einen Sache, die ich für Euch erledigen soll?«

»Ihr müsst mir die Drachenrolle beschaffen.«

Hakaimono seufzte. Natürlich. Er hatte ganz vergessen, dass in der Welt der Sterblichen schon wieder die Zeit gekommen war. Dass die geschuppte Kreatur sich erheben würde, um einem unbedeutenden, kurzlebigen Menschen einen Wunsch zu erfüllen. »Ihr enttäuscht mich, Sterbliche«, knurrte er. »Ich bin kein Hund, der auf Kommando Stöckchen holt. Ihr hättet die Amanjaku schicken können, damit sie sich für Euch die Schriftrolle unter den Nagel reißen, oder einen Eurer eigenen menschlichen Krieger. Bislang wurde ich nur angerufen, um ganze Armeen abzuschlachten oder Festungen in Schutt und Asche zu legen. Das Drachengebet zu suchen, ist unter meiner Würde und reine Zeitverschwendung.«

»Das hier ist etwas anderes.« Die Stimme der Frau war genauso ruhig wie zuvor. Wenn ihr bewusst war, wie knapp sie davorstand, in Stücke gerissen und von einem verärgerten Ersten Oni gefressen zu werden, ließ sie es sich nicht anmerken. »Ich habe bereits meinen besten Krieger auf die Schriftrolle angesetzt, aber ich fürchte, er hat mich hintergangen. Er will die Macht des Drachen für sich beanspruchen, und ich kann nicht zulassen, dass mir der Wunsch in letzter Sekunde durch die Finger schlüpft. Ihr müsst ihn finden und mir die Schriftrolle zurückbringen.«

»Ein Mensch?« Hakaimono schürzte die Lippen. »Wie langweilig!«

»Ihr kennt Kage Hirotaka nicht«, erwiderte die Frau leise. »Er ist der größte Krieger, den das Kaiserreich von Iwagoto in den vergangenen tausend Jahren gesehen hat. Er ist kami-beseelt, aber gleichzeitig in der Kunst der Samurai bewandert. Sein Talent mit Klinge und Magie ist so enorm, dass der Kaiser selbst seine Erfolge lobpreist. Er hat Menschen, Yokai und Dämonen in Scharen getötet und wird vielleicht der gefährlichste Gegner sein, der Euch jemals begegnet ist, Hakaimono.«

»Das bezweifle ich zutiefst.« Der Erste Oni feixte, während er die blutgeschwängerte Luft einatmete. »Aber jetzt habt Ihr mich zumindest neugierig gemacht. Lassen wir uns überraschen, ob dieser berühmt-berüchtigte Schattenkrieger so gut ist, wie Ihr behauptet. Wo finde ich diesen Dämonen jagenden Menschen?«

»Hirotakas Anwesen liegt außerhalb des Dorfes Koyama, zehn Meilen entfernt von der östlichen Grenze des Kage-Territoriums«, erwiderte die Frau. »Es ist nicht schwer zu finden, aber es ist recht abgelegen. Abgesehen von Hirotakas Männern und Dienern werdet Ihr auf niemanden treffen. Findet Hirotaka, tötet ihn, und bringt mir die Schriftrolle. Oh, und noch etwas.« Sie streckte das Messer aus und betrachtete die blutige, glitzernde Klinge. »Ich kann nicht erlauben, dass mich jemand der Blutmagie bezichtigt. Nicht jetzt, wo die Nacht des Wunsches naht.« Ihre schwarzen Augen bohrten sich in seine, dann verengten sie sich zu Schlitzen. »Es darf keine Zeugen geben, Hakaimono. Keine Überlebenden. Tötet alle.«

»Das ist eines meiner Spezialgebiete.« Ein Grinsen legte sich auf das Gesicht des Oni, und seine Augen glitzerten rot vor Mordgier. »Das wird lustig werden.«

Im späteren Verlauf der Dinge sollte er diese Worte mehr als alles andere auf der Welt bereuen.

2
Vertraute Schatten

Tatsumi

Die Tengu verbannten uns aus dem Gebirge.

Mich am Leben zu lassen, war anscheinend das Höchste der Gefühle. Ihr Zuhause war zerstört worden, ihr Daitengu ermordet, und die Teile der Drachenrolle waren in die Hände ihres Feindes gefallen. Einen Dämon auf ihrem heiligen Berg zu dulden wäre ein unverzeihlicher Frevel, und als Yumeko ihnen untersagte, mich zu töten, gaben sie uns unmissverständlich zu verstehen, dass wir nicht länger im Tempel der Stählernen Feder willkommen waren, ihre Tore auf ewig für uns verborgen blieben und sie vom morgigen Tag an, sollten sie den Träger von Kamigoroshi noch einmal im Gebirge zu Gesicht bekommen, ihn ohne jedes Bedenken niederstrecken würden.

Und so blieb uns kaum genug Zeit, um unsere Wunden zu verbinden, bevor wir Hals über Kopf den Tempel der Stählernen Feder und das Heim der Tengu verließen und vom Berg und vor den Hütern der Schriftrolle mit ihrer drohenden Rachsucht flohen. Irgendwie schafften wir es zu den Ausläufern des Gebirgszugs, wo wir erschöpft, mit noch offenen Wunden den Eingang einer Höhle fanden, genau in dem Moment, als ein kalter Regen einsetzte. Die Höhle war für fünf Menschen und einen Hund, die sich dort zusammendrängten, viel zu klein, aber sie war leer und trocken, und wir hatten keine bessere Alternative. Während der Ronin ein Feuer entzündete und die Schreinmaid mit der mühsamen Aufgabe begann, unsere Wunden zu versorgen und neu zu verbinden, zog ich mich in eine dunkle Ecke zurück, fernab der anderen, um über alles nachzudenken, was geschehen war. Und die Frage zu beantworten, die mich seit unserer Flucht aus dem Tempel quälte.

Wer bin ich?

War ich Kage Tatsumi oder Hakaimono? Ich fühlte mich wie keiner von beiden, obwohl ich wusste, dass ich mich unwiederbringlich verändert hatte. Als dieser Körper von Hakaimono besessen gewesen war, hatte der Geist des Oni die menschliche Seele völlig unterjocht, sodass sie gefangen gewesen war und sich nicht wehren konnte. Bis Yumeko kam und mithilfe ihrer Fuchsmagie in den Dämonenjäger fuhr, um den Oni im Innern zu bekämpfen. Sie hatte Tatsumis Seele gefunden, sie befreit, und gemeinsam hatten sie versucht, Hakaimono zurück ins Schwert zu bannen. Doch der Erste Oni hatte sich als viel stärker erwiesen, als beide jemals erwartet hätten.

Bevor ein Sieger feststand, war Genno aufgetaucht, eine Armee von Dämonen im Schlepptau und mit der betrügerischen Absicht, die Schriftrolle an sich zu reißen. Er hatte Hakaimono hintergangen, ihm Kamigoroshi in die Brust gerammt und ihn sterbend auf dem Schlachtfeld zurückgelassen. Um sie beide zu retten, waren die Seelen von Kage Tatsumi und Hakaimono miteinander verschmolzen und hatten dem Oni gestattet, seine Macht zu nutzen, um ihren Körper zu heilen und sie am Leben zu halten. Auf wundersame Weise hatte es funktioniert, und es war mir gelungen, den Großteil von Gennos Armee niederzustrecken, bevor sie alle anderen töten konnten. Doch in meinem geschwächten Zustand war der Tempel zerstört worden, und Genno hatte sich mit allen drei Teilen der Drachenrolle aus dem Staub gemacht.

Der Meister der Dämonen hatte alles, was er brauchte, um

den Großen Kami-Drachen herbeizurufen und seinen Wunsch zu äußern, der das Ende des Kaiserreichs einläuten würde. Wir mussten Genno finden und ihn daran hindern, die Schriftrolle einzusetzen, doch es würde eine lange, gefährliche Reise werden, und einige von uns könnten dabei ihr Leben lassen. Selbst ohne die Sorge, dass meine dämonische Hälfte jederzeit die Oberhand gewinnen und meine Gefährten in Stücke reißen könnte.

»Tatsumi?«

Ich blickte auf. Yumeko hatte sich vom Rest der Gruppe abgesondert und stand jetzt mit dem Rücken zum Feuer vor mir, das sie in ein sanftes oranges Glühen hüllte. Sie trug immer noch die elegante, rot-weiße Onmyoji-Robe von dem Abend, als sie vor dem Kaiser aufgetreten war, doch die bauschigen Ärmel waren nun zerrissen, ihre langen Haare ungekämmt, und Schmutz klebte an ihrem Gesicht und ihren Händen. Sie sah nicht mehr wie eine hochgeschätzte Wahrsagerin aus. Sie sah wie ein Bauernmädchen aus, das in einem Kostüm steckte, einmal abgesehen von den langen Fuchsohren mit den schwarzen Spitzen, die aus ihren Haaren hervorlugten, und dem buschigen weißen Schwanz hinter ihr. Ich wusste, dass die meisten Menschen ihre Fuchsmerkmale nicht sehen konnten, doch seit der Nacht, als sie in meine Seele eingedrungen war, waren sie für mich deutlich sichtbar. Eine Mahnung, dass Yumeko eine Kitsune war, eine Yokai. Kein echter Mensch.

Aber andererseits war ich es auch nicht.

»Darf ich mich zu dir setzen, Tatsumi?«, fragte sie mit weicher Stimme und großen Augen, die in den flackernden Schatten golden funkelten. Ich nickte, und sie bahnte sich behutsam einen Weg über die Steine, um sich neben mich zu setzen, wobei ihr buschiger orangefarbener Schwanz mein Bein streifte, als sie sich gegen die Höhlenwand lehnte. Es war sonderbar, dass ich bei der Berührung nicht zusammenzuckte, so wie ich es früher getan hätte.

»Wie fühlst du dich?«, erkundigte sie sich.

»Ich bin am Leben«, erwiderte ich mit ebenfalls sanfter Stimme. »Das ist alles, was ich mit Gewissheit sagen kann.« Sie starrte mich an, und ich spürte, wie sich meine Lippen zu einem matten, verbitterten Lächeln verzogen. »Ich weiß, worauf du eigentlich hinauswillst, Yumeko. Aber darauf kann ich keine Antwort geben. Ich fühle mich ... anders. Eigenartig. Als wäre ...« Ich versuchte, die richtigen Worte zu finden, um das Unmögliche zu erklären. »Als wäre da eine verborgene Wut in mir, ein ... blutrünstiger Zorn, der beim kleinsten Anlass ausbrechen kann.«

Gedankenvoll blinzelte Yumeko mich an. »Wie damals, als Hakaimono in deinem Kopf war?«, fragte sie. »Du musstest die ganze Zeit mit ihm um Kontrolle ringen ... Ist es jetzt dasselbe?«

»Nein.« Ich schüttelte den Kopf. »Wir waren immer getrennte Seelen, zwei Individuen, die beide um die Vorherrschaft über einen Körper gekämpft haben. Falls ... Falls ich immer noch Tatsumi sein sollte, habe ich das Gefühl, als wäre Hakaimono nun ein Teil von mir. Dass seine Boshaftigkeit und Mordlust jederzeit die Oberhand gewinnen könnten. Und falls ich Hakaimono bin, kommt es mir vor, als habe Tatsumi mich mit seinen menschlichen Gedanken, Ängsten und Gefühlen angesteckt.« Ich hob eine Hand vor mein Gesicht; sie sah menschlich aus, aber ich erinnerte mich an die tödlichen Krallen, die in jener Nacht, als ich gegen Gennos Armee gekämpft hatte, aus meinen Fingerspitzen gewachsen waren. »Vielleicht wäre es das Beste, wenn wir getrennte Wege gingen«, murmelte ich. »Sollte ein Teil von mir ein Dämon sein, wäre niemand von euch jemals sicher.«

Ich warf Yumeko einen verstohlenen Seitenblick zu, um zu sehen, ob eines meiner Worte ihr Angst einjagte, doch in ihren goldenen Fuchsaugen spiegelte sich nichts als Mitgefühl. »Nein«, sagte sie energisch, was mich zusammenfahren ließ. »Geh nicht,

Tatsumi… Hakaimono… wer auch immer du sein magst. Du hast versprochen, uns auf der Suche nach dem Meister der Dämonen zu helfen. Wir brauchen dich.«

»Und was, wenn ich nicht Tatsumi bin?«, fragte ich und drehte mein Gesicht zu ihr. »Was, wenn ich Hakaimono bin? Woher weißt du, wessen Seele stärker ist oder ob Kage Tatsumi das Verschmelzen von Mensch und Dämon überhaupt überlebt hat? Selbst ich kenne die Antwort darauf nicht.«

Sie starrte mich weiterhin furchtlos an. Da durchzuckte mich ein Blitzschlag, als sie sanft ihre Finger auf meinen Arm legte und eine Woge der Hitze mein Innerstes überrollte. Yumeko lächelte matt, doch in ihren Augen, die mich eindringlich musterten, lag unendliche Traurigkeit, aber auch ein Funken Sehnsucht, was ich zwar nicht verstand, was jedoch mein Herz sonderbar zum Pochen brachte.

»Ich vertraue dir«, sagte Yumeko ganz leise. »Selbst, wenn du nicht mehr derselbe bist, habe ich in jener Nacht deine Seele gesehen. Ich weiß, dass du uns nicht verraten wirst.«

»Yumeko«, rief eine Stimme, bevor ich meine aufgewühlten Gefühle gut genug unterdrücken konnte, um etwas zu erwidern. Neben dem Feuer sitzend, beobachtete die Schreinmaid uns mit ernster Miene, und auch ihr kleiner orangefarbener Hund funkelte mich eiskalt von seinem Platz zu ihren Füßen aus an. Die dunklen Augen der Miko glitzerten argwöhnisch, während sie zu mir glitten. »Kage-san. Willst du dich nicht zu uns gesellen… Wir haben das Gebirge hinter uns gelassen und die Rache der Tengu nicht mehr zu fürchten. Wir müssen entscheiden, wohin wir von hier aus gehen wollen.«

»*Hai*, Reika-san.« Yumeko erhob sich und tappte zum Feuer, während ihr Fuchsschwanz unter dem Saum ihrer Robe hin und her schwang. Ich stand langsam auf und folgte ihr, wobei mir das dunkle Funkeln und der misstrauische Blick des Ronin nicht entgingen. Die Schreinmaid und ihr Hund beäugten mich mit unverhohlenem Argwohn, als könnte ich mich jeden Moment in einen Dämon verwandeln und mich mit gefletschten Zähnen auf sie stürzen. Taiyo Daisuke vom Sonnenclan saß im Schneidersitz am Feuer, die Hände in seinen Ärmeln verborgen, seine Miene eine unlesbare Maske aus Höflichkeit. Neben ihm lehnte der Ronin lässig gegen sein Bündel, so ungepflegt und zerzaust wie eh und je, mit rötlich braunen Haaren, die sich aus seinem Pferdeschwanz gelöst hatten. Sie saßen, wie mir auffiel, sehr nah beisammen für zwei Männer, die aus zwei völlig unterschiedlichen sozialen Schichten stammten. Ich kannte Samurai, die sich nicht einmal herablassen würden, im selben Zimmer wie ein Ronin zu bleiben, geschweige denn um dasselbe Feuer zu sitzen.

Ich sah auf, und der Ronin nickte mir mit einem reumütigen Lächeln zu, während ich mich neben den Flammen niederließ, und sein düsterer Blick wanderte zu etwas auf meiner Stirn.

»Du hast da etwas … im Gesicht, Kage-san«, sagte er und zeigte mit dem Finger auf seine eigene Schläfe. Mit fest zusammengepressten Zähnen ignorierte ich die offensichtliche Anspielung auf die kleinen, wenn auch unverkennbaren Hörner, die sich über meinen Augenbrauen bogen. Alles andere – die Krallen, die Fangzähne, die glühenden Augen – waren zumindest vorübergehend verschwunden, nur die Hörner waren geblieben. Ein beständiges Mahnmal, dass ich jetzt ein Dämon war. Sollte mich irgendein normaler Mensch so sehen, würde ich gewiss an Ort und Stelle getötet werden.

»*Baka.*« Die Schreinmaid trat hinter den Ronin und verpasste ihm einen Klaps. Verblüfft verzog der Ronin das Gesicht. »Das ist nicht die rechte Zeit für Witze. Genno ist im Besitz aller drei Teile der Schriftrolle der Tausend Gebete und steht kurz davor, den Drachen heraufzubeschwören. Wir müssen ihn daran hindern, und um das zu bewerkstelligen, brauchen wir einen Plan. Kage... san....« Sie blickte zu mir, strauchelte über meinen Namen. »Du meintest, du wüsstest, wohin der Meister der Dämonen will?«

Ich nickte. »Ins Land der Tsuki«, sagte ich. »Der Drache wurde vor viertausend Jahren zum ersten Mal auf den Inseln des Mondclans heraufbeschworen. Auf den Klippen von Ryugake, der nördlichen Insel Ushima, wird das Ritual stattfinden.«

»Wann?«, fragte Taiyo-san. »Wie viel Zeit bleibt uns bis zur Nacht des Wunsches?«

»Weniger, als ihr glaubt«, erwiderte ich matt. Ein Zitat kam mir in den Sinn, auch wenn ich nicht wusste, woher ich es kannte. Hakaimonos Gedächtnis war riesig; er hatte den Aufstieg und Untergang vieler Zeitalter miterlebt. »*In der Nacht des tausendsten Jahres*«, murmelte ich, »*bevor die Drachensterne am Firmament verblassen und der Himmel an den roten Vogel des Herbstes übergeben wird, kann der Herold des Wandels von jenem angerufen werden, dessen Herz rein ist.*« Ich hielt inne, dann stieß ich ein verächtliches Schnauben aus. »Wie bei den meisten Legenden entspricht nicht alles der Wahrheit. Kage Hirotaka und Lady Hanshou waren nicht gänzlich ›reinen Herzens‹, als sie den Drachen heraufbeschworen haben. Die Worte wurden wahrscheinlich in der Hoffnung hinzugefügt, habgierige und boshafte Menschen davon abzuhalten, die Schriftrollen zu suchen.«

Neben mir runzelte Yumeko die Stirn. »Was bedeuten ›Drachensterne‹ und der ›rote Vogel des Herbstes‹?«

»Das sind Sternbilder, Yumeko-san«, erklärte der Adlige, an das Mädchen gewandt. »Jede Jahreszeit ist einer der vier mächtigen heiligen Tiergestalten zugeordnet. Der Kirin steht für den Frühling und das Erwachen neuen Lebens. Der Drache repräsentiert den Sommer, denn er bringt die schweren Regengüsse, die für die Ernte unverzichtbar sind. Der rote Vogel des Herbstes ist der Phönix, der bereitwillig stirbt, um im nächsten Frühling aufs Neue wiedergeboren zu werden. Und der Weiße Tiger steht für den Winter, geduldig und tödlich wie das schneebedeckte Land.«

»Hm, wenn das, was Kage-san behauptet, der Wahrheit entsprechen sollte«, unterbrach ihn die Schreinmaid mit ungeduldiger Stimme, »und die Nacht der Beschwörung am letzten Tag des Sommers stattfindet...« Mit weit aufgerissenen Augen fuhr sie hoch. »Das ist schon Ende dieses Monats!«

»Wohl wahr, weniger Zeit, als wir glaubten«, murmelte der Adlige mit düsterem Blick. »Und Genno hat einen großen Vorsprung.«

»Wie sollen wir überhaupt zu den Inseln des Mondclans gelangen?«, fragte Yumeko nachdenklich.

»Nun, ich hoffe doch schwer, dass wir nicht schwimmen«, sagte der Ronin. »Wenn nicht einer von euch eine riesige Schildkröte aus dem Meer herbeirufen kann, werden wir wohl irgendeine Art Boot brauchen.«

»In Umi Sabishi Mura gibt es Schiffe, die zum Land der Tsuki fahren«, merkte der Taiyo an. »Es ist eine einfache Siedlung an der Küste, aber sie besitzt einen beeindruckenden Hafen. Ein Großteil der Handelswaren von den Inseln des Mondclans kommt durch Umi Sabishi. Das Problem wird nicht sein, einen Kapitän zu finden, der gewillt ist, Passagiere zum Land der Tsuki zu bringen, sondern was wir tun werden, sobald wir dort sind.«

Yumeko legte den Kopf schief. »Was soll das heißen, Daisuke-san?«

»Der Mondclan lebt sehr abgeschieden, Yumeko-san«, erwiderte der Adlige, »und sie können es nicht leiden, wenn Fremde ihr Ufer betreten. Besucher brauchen eine spezielle Erlaubnis der Daimyo, um sich frei auf dem Territorium der Tsuki zu bewegen, und wir haben weder die Zeit noch die Mittel, um uns die nötigen Reisepapiere zu besorgen. Der Mondclan beschützt sein Land und sein Volk mit aller Macht, und Eindringlingen wird mit harscher, unbeugsamer Hand begegnet.« Er zuckte mit den schmalen Schultern. »Das erzählten dir zumindest sämtliche Kapitäne.«

»Darüber werden wir uns den Kopf zerbrechen, sobald wir dort sind«, sagte die Schreinmaid. »Genno davon abzuhalten, den Drachen heraufzubeschwören, ist unsere wichtigste und einzige Sorge, selbst wenn es bedeutet, dass wir uns mit allen Anführern der Clans und sämtlichen Daimyos anlegen müssen.«

Bei dem Gedanken, einer Daimyo Paroli bieten zu müssen, wirkte der Adlige leicht entsetzt, doch er sagte nichts. Neben ihm seufzte der Ronin schwer und verlagerte sein Gewicht.

»Es wird ein paar Tage dauern, bis wir die Küste erreicht haben«, murmelte er. »Und wir haben weder Pferde, Wagen, Kagos noch sonst irgendetwas, um schneller dorthin zu kommen. Dann brechen wir wohl morgen zu Fuß auf und hoffen, dass wir auf keine Dämonen, Blutmagier oder Kage-Shinobi treffen, die immer noch hinter der Drachenrolle her sind. *Ein* Mordanschlag hat mir gereicht, vielen Dank.«

Ich rührte mich, blickte zu Yumeko. »Die Kage haben euch verfolgt?«

Sie wirkte leicht verlegen. »*Ano*... Lady Hanshou hat uns gebeten, dich zu finden«, antwortete sie, und bei den Worten drehte sich mir der Magen. »Sie hat Naganori-san auf uns angesetzt, und wir sind den Pfad der Schatten gegangen, um Hanshou-sama im Land der Kage zu treffen. Sie wollte, dass wir dich von Hakaimono befreien und ihn zurück ins Schwert bannen, damit du wieder der Dämonenjäger sein kannst.« Eines ihrer Ohren zuckte, als ich sie mit hochgezogener Augenbraue ansah. »Ich schätze nicht, dass sie sich das hier erträumt hat.«

Ein bitteres Lächeln legte sich auf mein Gesicht. Hanshous

Allianz mit dem Dämonenjäger war seit jeher ein Streitpunkt innerhalb der Kage gewesen. Es war allein Hanshous Entscheidung gewesen, junge Krieger ausbilden zu lassen, die Kamigoroshi benutzten, anstatt das Verfluchte Schwert in der Familiengruft wegzuschließen, wo es niemanden in Versuchung führen würde. Der offizielle Grund lautete, dass die Kage dadurch Hakaimono kontrollieren und beherrschen konnte, wobei das Risiko minimiert wurde, dass das Schwert in falsche Hände fiel. Doch jeder argwöhnte – obwohl niemand wagte, es laut auszusprechen –, dass Hanshou die Dämonenjäger in ihrer Nähe wollte wegen der Angst, die sie hervorriefen. Der Dämonenjäger der Kage wurde ausgebildet, um effizient, gefühllos und bis aufs Blut gehorsam zu sein. Ein perfekter Assassine, der auch noch seine Seele mit einem Dämon teilte. Es gab Gerüchte im Schattenclan, dass Hanshou ihre Stellung hauptsächlich dem Umstand verdankte, dass niemand den Mut aufbrachte, sie und ihren Lieblings-Oni, den sie jederzeit von der Leine lassen konnte, herauszufordern.

Doch selbst das entsprach nur teilweise der Wahrheit. Die eigentliche Geschichte zwischen Kage Hanshou und Hakaimono ging viel tiefer und war finsterer, als irgendjemand sich vorstellen konnte.

»Nein«, sagte ich zu Yumeko. »Das ist wohl nicht genau das, was Hanshou sich erhofft hat. Und nun, da es euch nicht geglückt ist, Hakaimono zu bannen und die Schriftrolle für sie zu finden, wird sie wahrscheinlich jemanden auf euch ansetzen, um euch alle zu töten.«

»Vergib mir, Kage-san, aber ich fürchte, ich muss dich das fragen.« Der feierliche Blick des Taiyo senkte sich auf mich. »Streng genommen bist du immer noch Teil der Kage. Hat deine Daimyo dich geschickt, um die Schriftrolle für sie zu stehlen? Was wirst du tun, wenn dieser Befehl immer noch gilt oder wenn sie dir befiehlt, keine Zeugen zurückzulassen? Wirst du uns alle töten, um die Drachenrolle an dich zu reißen?«

Ich spürte, wie Yumeko neben mir sich anspannte. »Ich ... gehöre seit dem Moment, als Hakaimono die Kontrolle über mich erlangt hat, nicht mehr zum Schattenclan«, erklärte ich ihnen. Es war eine ernüchternde Erkenntnis; mein ganzes Leben war ich Teil der Kage gewesen. Seit Anbeginn des Kaiserreichs lautete die Erwartung, Clan und Familie bedingungslos zu dienen, ohne jegliche Frage, ein Leben lang. Der Kage hatte meine Loyalität, mein Gehorsam, meine schiere Existenz gehört. Hätten sie mir den Befehl erteilt, mich allein gegen eintausend herannahende Dämonen zu stellen, hätte ich ihn blindlings ausgeführt – und wäre gestorben –, so wie jeder treu ergebene Samurai. Doch jetzt war ich Waise. Ich hatte keinen Clan, keine Familie und keinen Lord. Wie der Ronin, der das Kaiserreich durchstreifte, entehrt und verloren, nur dass ich etwas noch Schlimmeres war.

»Meine Loyalität der Kage gegenüber spielt keine Rolle«, versicherte ich dem Adligen, der immer noch besorgt dreinblickte. »Lady Hanshou würde das Risiko nicht eingehen, Umgang mit einem Oni zu pflegen, zumindest nicht öffentlich. Und ich habe nicht die Absicht, zu den Kage zurückzukehren. Nicht bis ich den Meister der Dämonen gefunden und ihn für seinen Verrat habe bezahlen lassen.«

Die letzten Worte kamen wie ein kratziges Knurren heraus, und brennender Zorn erwachte in meinem Innersten flackernd zum Leben. Ich war etwas Unnatürliches, etwas Dämonisches, ausgestoßen von meinem eigenen Clan, und mein Dasein würde entweder durch die Klinge der Kage beendet werden oder mit dem Befehl, mir selbst das Leben zu nehmen, aber ich würde Genno töten, bevor ich selbst diese Welt verließ. Der Meister der Dämonen würde meiner Rache nicht entkommen; ich würde ihn aufspüren und in Stücke reißen, und er würde, um Gnade winselnd, sterben, während ich seine Seele zurück ins Jigoku schickte, wo sie hingehörte.

»Tatsumi«, sagte Yumeko mit gedämpfter Stimme, als der Rest des Kreises verstummte. »Deine Augen glühen.«

Blinzelnd schüttelte ich mich, dann glitt mein Blick zu den anderen, die mich allesamt mit grimmiger Miene musterten. Der Taiyo hielt den Griff seines Schwerts gepackt, der Ronin hatte sich in Stellung gebracht, um blitzschnell aufzuspringen und seinen Bogen zu ziehen. Die Hand der Schreinmaid war im Ärmel ihrer Haori verschwunden, und der Hund, dem die Nackenhaare zu Berge standen, bleckte die Zähne in meine Richtung. Ich holte langsam Atem und spürte, wie der Zorn sich verflüchtigte, jedoch immer noch in der Luft hing, spröde und unangenehm.

»Na schön, kein Schlaf heute Nacht für mich«, verkündete der Ronin mit gezwungen fröhlicher Stimme. Dann griff er in sein Bündel, holte einen einfachen Becher heraus und schüttelte zwei Würfel in seine ausgestreckte Hand. »Wer hat Lust auf eine Runde Cho-Han? Es ist nicht kompliziert, und das Spiel wird helfen, uns die Zeit zu vertreiben.«

Die Schreinmaid funkelte ihn finster an. »Ist Cho-Han denn kein Glücksspiel?«

»Nur wenn man um Geld spielt.«

Ich erhob mich, was dazu führte, dass die anderen erschrocken zu mir aufblickten. »Ich übernehme die Nachtwache«, sagte ich. Es war eine lange Reise bis zur Küste, und Gennos Vorsprung war riesig. Wenn sie durch meine Abwesenheit zu etwas Schlaf kämen, selbst nur ein paar Stunden, umso besser. »Tut, was immer ihr tun wollt. Ich bin draußen.«

»Warte, Tatsumi.« Yumeko begann ebenfalls aufzustehen. »Ich komme mit dir.«

»Nein«, knurrte ich, und sie legte blinzelnd die Ohren flach an. »Bleib hier«, bat ich sie. »Folg mir nicht, Yumeko. Ich ...«
Ich will nicht, dass du allein mit einem Dämon bist. Ich weiß nicht, ob ich mir selbst trauen kann, dass ich dich nicht verletze.

»Ich brauche deine Hilfe nicht«, beendete ich mit kalter Stimme meinen Satz, während ein Aufflackern von Verwirrung über ihr Gesicht huschte. Sie hatte so viel getan und war so weit gekommen ... aber es war besser, wenn sie lernte, mich zu hassen. Ich konnte die Finsternis in mir spüren, eine wogende Masse aus Wut und Brutalität, die nur darauf wartete, entfesselt zu werden. Das Letzte, was ich wollte, war, auf das Mädchen loszugehen, das meine Seele gerettet hatte.

Während ich aus der Höhle in die warme Sommernacht marschierte, vernahm ich das leiseste Kräuseln von Dunkelheit, und mir stellten sich die Nackenhaare auf. Einem puren Instinkt folgend, fuhr ich zur Seite, da spürte ich das Aufwirbeln von Luft, als etwas an meinem Gesicht vorbeischoss und sich mit einem dumpfen *Rumms* in den Baum hinter mir grub. Ich musste es nicht sehen, um zu wissen, was es war: ein Kunai-Wurfmesser, das Metall schwarz wie Tinte und so scharf, dass es einer Libelle im Flug die Flügel abtrennen konnte. Ich spürte, wie Blut von einer hauchzarten Wunde an meiner Wange tropfte, und Empörung flammte zu brennender, unvermittelter Wut auf.

Als ich in die Baumwipfel spähte, bemerkte ich eine kaum wahrnehmbare Bewegung, einen gestaltlosen Fleck, der sich in die Dunkelheit zurückzog, und ich verengte die Augen zu schmalen Schlitzen. Ein Shinobi der Kage, der glaubte, er könnte mich aus den Schatten heraus töten. Oder vielleicht die Absicht hegte, mich in einen Hinterhalt zu locken. Ich kannte meinen Clan. Wenn ich mich nicht sofort um die Sache kümmerte, würden weitere Shinobi folgen, wie Ameisen, die scharenweise über eine tote Zikade herfielen, und unsere Nächte würden immerzu von Schatten heimgesucht.

Meine Lippen verzogen sich zu einem Fauchen, und ich sprang in die Dunkelheit, meinem früheren Clanmitglied hinterher.

Ich jagte ihm länger nach, als ich es anfangs für möglich gehalten hätte, folgte seiner Fährte, dem Rascheln aufgewühlter Äste über mir. Er bewegte sich schnell, glitt durch die Baumwipfel mit der Eleganz eines Affen, wobei er fast kein Geräusch verursachte, während er von einem Ast zum nächsten sprang. Am Boden bereitete es mir Mühe, mit ihm Schritt zu halten, weshalb ich nach ein paar Minuten, in denen ich um Büsche hastete und durchs Unterholz preschte, schließlich einen Satz über einen umgefallenen Baumstamm machte und mich für die Jagd auf ihn ins Geäst schwang.

Drei Kunai schossen auf mein Gesicht zu, ein kurzes Aufflackern von dunklem Metall in der Nacht. Ich duckte mich, und eines streifte meine Schulter, als es an mir vorbeiflog und zischend in den Blättern verschwand. Mit einem Knurren sah ich auf und erhaschte einen Blick auf eine schwarz gekleidete Gestalt, die in der Nähe auf einem Ast wartete und eine Kusarigama – eine gewichtete Kette mit einer Kamasichel am Ende – in der Hand schwang.

In einem Schimmern von purpurnem Licht zog ich Kamigoroshi und wandte mich dem Shinobi auf dem anderen Baum zu. Für den Bruchteil einer Sekunde überkam mich ein Widerwille, ein tiefes Bedauern, mein ehemaliges Clanmitglied töten zu müssen. Doch die Kage würden niemals aufgeben, und ich hatte geschworen, den Meister der Dämonen daran zu hindern, den Drachen heraufzubeschwören. Ich konnte nicht zulassen, dass sie mich jetzt umbrachten.

Der Shinobi wartete mit hell blitzender Kusarigama, die er gekonnt in einem perfekten Kreis schwingen ließ. Es war eine tödliche Waffe, am gefährlichsten aus der Distanz; die Kette wurde eingesetzt, um den Feind zu umschlingen und zu entwaffnen, während die Kama ihm den Todesstoß versetzte. Ich hatte sie schon öfter im Einsatz gesehen, aber noch nie gegen mich selbst gewandt. Der Kusarigama haftete das Stigma einer Bauernwaffe an, etwas, das Farmer, Mönche und Meuchelmörder benutzten, keine edlen Samurai. Die Shinobi der Kage besaßen natürlich keinen solchen Dünkel.

Mit verengtem Blick starrte ich zu dem Krieger vor mir. »Nur du?«, fragte ich leise. Irgendetwas fühlte sich nicht richtig an. Häufig waren die Shinobi der Kage Einzelkämpfer, die sich lautlos in ein Haus oder Lager schlichen, um ihr Ziel auszuschalten oder wichtige Informationen zu stehlen. Doch auf hochriskante oder gefährliche Missionen wurde für gewöhnlich ein gesamter Trupp bestausgebildeter Spione und Assassine geschickt, um sicherzustellen, dass der Auftrag ausgeführt wurde. Den berüchtigtsten Dämonenjäger in der ganzen Geschichte des Schattenclans aufzuspüren fiele sicherlich unter die Kategorie »gefährlich«. Gewiss würden sie für diese Mission nicht nur einen einzigen Kage schicken …

Blitzschnell wirbelte ich herum, riss Kamigoroshi hoch und pflückte mit einem Klirren von Metall zwei Kunai aus der Luft. Ein zweiter Shinobi tauchte auf einem Ast neben mir auf und zog zwei Kamasicheln. Gleichzeitig spürte ich das kalte Beißen von Metall, als eine Kette peitschend vorschnellte und sich um meinen Schwertarm wickelte. Der erste Shinobi zog die Kusarigama straff, sodass mein Arm nach hinten gerissen wurde, während sich sein Gefährte auf mich stürzte, beide Kama in die Höhe gereckt.

Ich kräuselte verächtlich die Lippen und zerrte ruckartig meinen Arm nach hinten. Der überraschte Shinobi am anderen Ende verlor das Gleichgewicht, flog durch die Luft und prallte gegen den zweiten Angreifer. Beide stürzten auf den Waldboden, wobei es dem ersten Shinobi gelang, sich weiterhin an der Kusarigama festzuhalten, sodass er stumm an der Kette baumelte. Seinem Partner war das Glück nicht gleichermaßen hold, er traf in einem sonderbaren Winkel auf der Erde auf, und das laute Knacken von Knochen hallte durch die Nacht. Der Shinobi zuckte einmal, schlug ein letztes Mal um sich, dann lag er vollkommen reglos da.

Mit der Kusarigama-Kette, die immer noch um mein Handgelenk geschlungen war, zog ich den ersten Shinobi hoch, packte ihn an der Kehle und rammte ihn gegen den Stamm des Baumes. Der Krieger keuchte röchelnd, das erste Geräusch, das er von sich gab, und ich erstarrte jäh. Denn die Stimme, die unter der Kapuze und durch die Maske zu mir drang, gehörte definitiv keinem Mann.

Ich hob den freien Arm, schob die Kapuze des Angreifers nach hinten und streifte Halstuch und Maske ab, um das Gesicht darunter zu offenbaren. Dunkle, vertraute Augen starrten zu mir hoch, und mein Magen zog sich schmerzhaft zusammen.

»Ayame?«

Die Kunoichi starrte mich mit trotzig gerecktem Kinn an, einen Mundwinkel zu einem höhnischen Lächeln hochgezogen. »Es überrascht mich, dass du mich überhaupt erkennst, Tatsumi-kun«, sagte sie in einem bitterbösen, hämischen Tonfall. »Oder sollte ich dich lieber Hakaimono nennen?«

Ich schüttelte den Kopf. Ayame war eine der besten Shinobi unseres Clans, und vor langer, langer Zeit war sie einmal eine Freundin gewesen. Vielleicht meine beste. Nachdem ich ausgewählt worden war, der neue Dämonenjäger zu werden, hatte der Majutsushi mich weggebracht und in völliger Isolation ausgebildet, weit weg von den anderen Shinobi und jedem meiner Altersstufe. Im Laufe der Jahre haben Ayame und ich uns auseinandergelebt, wie es Kinder nun einmal taten, und selbst als ich der Dämonenjäger geworden war, liefen wir uns nur höchst selten über den Weg. Doch mir waren immer noch Erinnerungen von damals geblieben, ein paar Bruchstücke, die selbst die harte Dämonenjägerausbildung nicht völlig hatte auslöschen können. Ayame war ehrgeizig, aufsässig und vollkommen furchtlos gewesen. Es versetzte mir einen bohrenden Stich in die Brust, dass sie jetzt meine Feindin war, dass ich sie höchstwahrscheinlich töten musste.

»Sie haben dich auf mich angesetzt«, sagte ich. »Hat Lady Hanshou den Befehl gegeben?«

Ihre dunklen Augen blitzten auf, sie verzog ihre Lippen. »Du müsstest es besser wissen, Tatsumi-kun«, sagte sie sanft. »Ein Shinobi gibt niemals seine Geheimnisse preis, selbst einem Dämon. Insbesondere einem Dämon.« Für den Bruchteil einer Sekunde legte sich ein Schatten von Mitgefühl auf ihr Gesicht, ein Anflug des Bedauerns, das auch mich innerlich auffraß. »Barmherziger kami, du hast dich wirklich in ein Monster verwandelt, nicht wahr?«, flüsterte sie. »Das also ist der Grund, weshalb sämtliche Kage-Lords Kamigoroshi fürchten. Ich dachte, zumindest *du* wärst stark genug, um Hakaimono nicht anheimzufallen.«

Ihre Worte hätten mich nicht verletzen dürfen, doch ich spürte sie, als hätte sie mir die Klinge eines Tanto ins Fleisch gejagt. Gleichzeitig wuchs eine Dunkelheit in mir, die mich unaufhaltsam drängte, sie zu töten, ihr die Kehle mit den bloßen Händen zu zermalmen. In ihren dunklen Augen sah ich mein Spiegelbild, die rot glühenden Nadelstiche meines eigenen Blicks, der zu ihr zurückstarrte. Aus meinen Fingerkuppen waren gebogene schwarze Krallen gewachsen, die sich in ihre Haut bohrten.

»Ich will dich nicht töten«, flüsterte ich und hörte die Entschuldigung in meiner eigenen Stimme. Denn wir wussten beide, dass ihr Tod unausweichlich war. Ein Shinobi gab niemals auf, bis sein Auftrag ausgeführt war. Sollte ich sie ziehen lassen, würde sie nur mit Verstärkung zurückkehren, womit ich das Leben von Yumeko und den anderen aufs Spiel setzte.

Ein trostloses, triumphierendes Lächeln glitt über Ayames Gesicht. »Das wirst du nicht«, erwiderte sie. »Keine Sorge, Tatsumi-kun. Meine Mission ist längst erfüllt.«

Ihr Kiefer bewegte sich, als würde sie auf etwas beißen, und ich erschnupperte den Anflug eines bittersüßen, entsetzlichen Geruchs, bei dem sich mir der Magen umdrehte.

»Nein!« Ich drückte auf ihren Hals, presste die Kunoichi zurück an den Baumstamm, versuchte mit aller Gewalt, sie am Schlucken zu hindern, aber es war längst zu spät. Ayames Kopf fiel nach hinten, sie begann sich zu krümmen, und ihre Arme und Beine zuckten in wilden, spastischen Koliken. Ihre Lippen teilten sich, und weißer Schaum quoll heraus, tropfte an ihrem Kinn herab und lief in den Kragen ihrer Uniform. Ich sah ihr hilflos zu, während sich Kummer und Wut zu einem schmerzhaften Knoten in meiner Kehle ballten, bis ihre Krämpfe schließlich nachließen und Ayame leblos in meinem Griff zusammensackte, getötet durch Blutlotustränen, einem der stärksten Gifte, das dem Clan zur Verfügung stand. Ein paar Tropfen reichten aus, und jeder Shinobi trug eine winzige, leicht zerbrechliche Phiole bei sich, die selbst dann noch erreichbar war, wenn ihm die Hände gefesselt waren. Blutlotustränen stellten sicher, dass die Shinobi der Kage ihre Geheimnisse unter keinen Umständen preisgaben.

Wie betäubt ließ ich die Kunoichi auf den Ast sinken und lehnte sie mit dem Rücken sanft gegen den Baumstamm, bevor ich ihr die Hände im Schoß faltete. Ayame starrte stumpf geradeaus, dunkle Augen unbeweglich und blind, ihr Gesichtsausdruck schlaff. Ein dünner Faden Weiß rann ihr weiterhin aus den Mundwinkeln. Ich wischte ihn mit einem Stück Stoff weg und schloss ihr die Augen, sodass es aussah, als würde sie einfach nur schlafen. Da stieg eine Erinnerung in mir hoch: das Bild eines jungen Mädchens, das in den Ästen eines Baums döste, sich vor ihren Lehrern versteckte. Sie war so wütend gewesen, als ich ihr sagte, wir müssten zurückgehen, und sie hatte mir gedroht, mir Tausendfüßer ins Bett zu legen, wenn ich unserem Sensei verriet, wo sie gewesen war.

»Es tut mir leid«, sagte ich leise zu ihr. »Vergib mir, Ayame. Ich wünschte, das hier wäre nie passiert.«

Du hast dich wirklich in ein Monster verwandelt, nicht wahr?

Ich neigte den Kopf. Meine frühere Clanschwester hatte recht, ich war jetzt ein Dämon. Mein wahres Ich lechzte nach Tod und Zerstörung. Es gab keinen Platz für mich in diesem Kaiserreich, keinen Platz für mich zwischen den Clans, meiner Familie und gewiss nicht an der Seite eines wunderschönen, naiven Fuchsmädchens, das törichterweise keine Angst hatte, ich könnte es, ohne mit der Wimper zu zucken, in Stücke reißen.

Eine Brise glitt durch die Blätter der Bäume, und ich seufzte, als ich mit der Hand an meinem Gesicht hinabglitt. Warum hatte Lady Hanshou nur Ayame und den einen anderen geschickt, um mich anzugreifen? Ayame war eine der besten Schattenkriegerinnen unseres Clans und legte allein Meister Ichiro Rechenschaft ab, dem höchsten Sensei der Kage-Shinobi. Nur die Daimyo des Clans konnte einen solchen Auftrag anordnen, aber Hanshou wusste besser als alle anderen, dass zwei Shinobi nicht die geringste Chance gegen einen Dämon hatten. Und dennoch hatte Ayame gesagt, ihre Mission sei erfüllt...

Jäh richtete ich mich auf. Hanshou wusste, dass zwei Shinobi nicht in der Lage wären, mich zu besiegen, aber das war nie ihr erklärtes Ziel gewesen. Ayames Auftrag hatte nie gelautet, mich zu töten, sie war eine Ablenkung gewesen. Eine List, um mich von Yumeko und den anderen wegzulocken, damit sie allein in einer düsteren Höhle zurückblieben...

Mit einem Knurren wirbelte ich herum und sprintete zurück durch die Bäume, verfluchte meine Torheit und hoffte inständig, dass ich nicht zu spät käme.

3
KLINGEN IN DER NACHT

Yumeko

Ich machte mir Sorgen um Tatsumi.

Nicht weil er ein Dämon war. Oder ein Halbdämon. Oder sich sein Bewusstsein mit einer Dämonenseele teilte. Im Grunde war ich immer noch nicht sicher, was genau Tatsumi war. Und ich glaubte auch nicht, dass *er* wusste, ob er mehr Oni oder Mensch war, Hakaimono oder Kage Tatsumi. Aber ich sorgte mich nicht wegen seiner Dämonenseite. Ich hatte keine Angst, dass er sich mitten in der Nacht auf uns stürzen könnte, obwohl ich wusste, dass seine Gegenwart Reika und die anderen schrecklich nervös machte. Keiner von ihnen, nicht einmal Okame, fühlte sich wohl, einen Oni in unserer Mitte zu haben. Reika würde mich ausschimpfen, dass ich naiv sei, dass man einem Dämon niemals über den Weg trauen dürfe, dass sie böse und heimtückisch seien und ich eine Närrin sei, in meiner Wachsamkeit auch nur im Geringsten nachzulassen. Und vielleicht *war* ich naiv, aber ich hatte Tatsumis wahre Seele gesehen, ihre Stärke und ihren hellen Glanz, und ich wusste, er würde alles in seiner Macht Stehende tun, um Hakaimonos Brutalität nicht zu erliegen.

Nein, ich machte mir keine Sorgen, dass er uns verraten könnte. Ich fürchtete, dass seine Schuldgefühle und die Angst darüber, zu was er geworden war, ihn dazu bringen könnten, aus Rücksicht auf uns einfach wegzugehen. Dass Kage Tatsumi eines Nachts still und heimlich in die Schatten schlüpfen könnte und ich ihn nie wiedersähe. Wie ich Tatsumi kannte, würde er versuchen, Genno aufzuspüren und ihn allein zu stellen, und obwohl der Dämonenjäger unglaublich stark war, wusste ich nicht, ob er den Meister der Dämonen und seine Armee aus Monstern, Blutmagiern und Yokai ohne jede Hilfe schlagen könnte.

O Tatsumi! Ich würde dir beistehen, wenn du mich nur ließest. Du musst Genno nicht allein gegenübertreten. Du warst lang genug allein.

»Yumeko-chan?«

Blinzelnd blickte ich auf. Okame saß im Schneidersitz vor mir, eine Hand auf dem umgedrehten Becher zwischen uns, einen erwartungsvollen Ausdruck im Gesicht. »Du bist dran«, sagte er.

»Oh.« Ich sah zu dem Becher unter seinen Fingern und fragte mich verwundert, was ich nun tun sollte. Ich hatte nur mit halbem Ohr zugehört, als er die Regeln erklärt hatte. »*Gomen...* wie ging das Spiel gleich noch mal?«

»Es ist ganz einfach, Yumeko-chan.« Der Ronin grinste feixend. »Du rufst ›cho‹, wenn du glaubst, die Augenzahl des Würfels ist gerade, und ›han‹, wenn du denkst, sie ist ungerade. Das ist alles.«

»Das ist alles?« Ich legte den Kopf schräg. »Das scheint mir ein sehr simples Spiel zu sein, Okame-san.«

»Glaub mir, es ist nicht so einfach, wenn Münzen im Wert eines ganzen Kaiserreichs auf dem Spiel stehen.«

»Ich sehe hier keine Münzen. Müssen wir denn überhaupt um Geld spielen?«

»Nur wenn du willst... *Ite!*« Okame zuckte zusammen, als Reika ihm erneut einen Klaps auf den Hinterkopf gab. »Aua, wofür war das denn?«

»Yumeko ist in der Lage, Blätter in Geld zu verwandeln und Gold aus Kieselsteinen zu gewinnen«, erklärte die Schreinmaid ruhig. »Willst du einer Kitsune wirklich das Laster des Glücksspiels beibringen?«

Ich hatte nicht den blassesten Schimmer, wovon die beiden redeten, aber unvermittelt stellten sich mir die Härchen auf den Ohren und am Schwanz auf, und ein Kräuseln von Magie glitt durch die Luft, kühl und dunkel und vertraut. Eine halbe Sekunde später erstarben die Flammen in der Feuerstelle, als hätte jemand eine Kerze ausgepustet, und die Höhle wurde in tiefste Dunkelheit gerissen.

Hastig rappelte ich mich auf, während ich gleichzeig hörte, wie meine Gefährten es mir gleichtaten, und hob die Hand, um einen Schwall Fuchsmagie in die Luft zu schleudern. Augenblicklich erschien eine blau-weiße Flamme Kitsune-bi in meiner Handfläche, tauchte die Kammer in ein geisterhaftes Licht und …

… offenbarte ein Dutzend Shinobi, die uns umzingelten und deren dunkle Körper sich regelrecht aus den Schatten der Höhle zu schälen schienen, die Waffen bereits zum Kampf gezückt. Für einen Moment erstarrten sie, überrascht von dem plötzlichen Aufflackern von Licht, wo sie vollkommene Finsternis erwartet hatten. Ich jaulte auf, Okame schrie, und Daisuke wirbelte herum, seine Klinge blitzschnell aus der Scheide reißend, und enthauptete den Shinobi hinter ihm mit seinem Schwert.

Da brach Chaos in der Enge der Höhle aus. Stimmen kreischten, Klingen blitzten auf, und dunkle Gestalten flackerten im unsteten Licht des Kitsune-bi. Ich warf den Ball Fuchsfeuer in die Luft, schoss herum und fand mich Auge in Auge mit einem maskierten Shinobi wieder, der sein Messer auf mich herabsausen ließ. Im letzten Moment hastete ich einen Schritt rückwärts, prallte gegen jemanden – ich hoffte, ein Freund – und streckte die Hände in Richtung meines Angreifers aus. Fuchsfeuer grollte, und der Schattenkrieger wich erschrocken zurück, nicht ahnend, dass die geisterhaften Flammen ihn nicht verletzen konnten. Bevor er sich von seinem Schock erholt hatte, griff ich in meinen Obi, packte eines der Blätter, die ich zuvor dort hineingestopft hatte, und warf es in die Luft, sodass der Shinobi nach oben blickte. Es folgte eine stille Explosion von Rauch, und eine zweite Yumeko tauchte auf, die einen Schritt nach vorne trat und sich dem Schattenkrieger in den Weg stellte.

Der Shinobi zögerte einen Moment, offensichtlich verwirrt, doch dann wurden seine Augen eiskalt, und er ließ die Klinge mit aller Gewalt nach unten fahren ... auf die falsche Yumeko, die einen überzeugenden Schmerzensschrei ausstieß, bevor sie zusammenbrach und sich in Rauchfäden auflöste, sobald sie den Boden berührte. Der schwarz gekleidete Krieger runzelte die Stirn, als die Illusion in kräuselnden Nebelschwaden verpuffte, dann funkelte er mich finster an. Seine Fassungslosigkeit war in blinden Zorn umgeschlagen. Im nächsten Moment hob er das Schwert und wollte sich auf mich stürzen, hielt dann jedoch inne.

Eine Klinge, funkelnd vor purpurnem Feuer, brach aus seiner Brust hervor, riss ihn in die Höhe und schleuderte ihn beiseite. Blinzelnd blickte ich auf, als Kage Tatsumi, dessen Augen und Hörner in einem unheilvollen Rot glühten, sein Schwert senkte und mich direkt ansah.

»Geht es dir gut, Yumeko?«

»Hilf den anderen«, rief ich, und er rannte fauchend an mir vorbei, im Sprung einen weiteren Angreifer durchbohrend, und Kamigoroshis unheilvolles purpurnes Licht gesellte sich zu dem flackernden Kitsune-bi an den Wänden der Höhle.

Ein Schrei ertönte hinter mir, und mein Magen verkrampfte sich. Im Herumwirbeln sandte ich einen Schwall Fuchsfeuer auf den Shinobi, der Reika gegen die Wand presste, sein Schwert zum Todesstoß erhoben. Die Flammen explodierten neben seinem Kopf, was den Angreifer taumelnd zurückweichen ließ, und die

Schreinmaid warf einen Ofuda mit einem Befehl in seine Richtung, woraufhin er gegen die gegenüberliegende Wand geschleudert wurde. Er prallte vom Gestein ab und sah genau in dem Moment auf, als eine glühende Klinge sich in seinen Bauch grub und er blutüberströmt auf den Boden sackte. Tatsumi preschte weiter, mitten hinein in das heillose Durcheinander. Ich versuchte, ihm zu folgen, aber in dem tänzelnden Widerschein der Lichter konnte ich nichts weiter erkennen als hektische Bewegungen, die Silhouetten von Freund und Feind, die über den Höhlenboden huschten, und das Aufblitzen von Metall in der Dunkelheit. Doch ein Shinobi nach dem anderen fiel und brach zuckend zusammen, und Blut spritzte in die Luft, während ein rachsüchtiger Dämon wie ein Wirbelwind aus Klingen durch ihre Reihen schnitt.

Die zwei letzten Shinobi starben in der Mitte der Höhle, einer von Tatsumi niedergestreckt, der andere von Daisuke durchbohrt. Die beiden Männer wirbelten herum, immer noch auf der Suche nach Gegnern, und ihre Klingen trafen sich mit einem Kreischen von Metall und einem lodernden Funkenschauer. Für einen kurzen Moment standen sie wie erstarrt da, Dämon und meisterhafter Schwertkämpfer, Tatsumi mit seinen glühenden Augen und dem Schwert und Daisuke mit einem leeren Gesichtsausdruck, beide ein Inbegriff von Gefährlichkeit. Mein Herz klopfte heftig, und für den Bruchteil einer Sekunde fragte ich mich, ob sie ihren Kampf fortsetzen und einander niedermetzeln würden, ob die Verlockung der Schlacht zu groß wäre, um ihr zu widerstehen.

»Äh, Daisuke-san? Kage-san?« Okames Stimme durchbrach die jähe Stille. »Der Kampf ist vorbei. Ihr könnt aufhören, euch gegenseitig anzufunkeln.«

Ganz langsam senkten beide ihre Schwerter und traten einen Schritt zurück, auch wenn keiner von ihnen erpicht darauf schien, das Kämpfen einzustellen. Mit einem Schlenzer wischte Daisuke das Blut von seinem Schwert und nickte Tatsumi mit ernstem Gesicht zu. »Du bist im Gefecht so furchterregend wie eh und je, Kage-san«, bemerkte er in einem Tonfall aufrichtiger Bewunderung. »Nicht vergessen, du schuldest mir immer noch ein Duell, wenn das hier vorbei ist.«

»Das habe ich nicht vergessen«, erwiderte Tatsumi leise, während das Glühen allmählich aus seinen Augen schwand. »Aber bist du sicher, dass du gegen einen Dämon kämpfen willst? Hakaimono ist nicht bekannt dafür, sich an Regeln zu halten.«

»Im Kampf gibt es keine Regeln, Kage-san«, entgegnete Daisuke ruhig. »Regeln dienen nur dem Zweck, das Potenzial zweier Schwertkämpfer zu begrenzen. Wenn wir uns duellieren, nutze bitte alles, was du zu bieten hast.«

»Geht es jedem von euch gut?«, unterbrach Reika die beiden und trat mit Chu an ihrer Seite vor. Die Nackenhaare des Hundes standen ihm zu Berge, und seine Augen waren hart, während er die Leichen betrachtete, die kreuz und quer auf dem Höhlenboden verteilt lagen. »Wir haben wichtigere Dinge zu besprechen als dieses absurde Duell um Ehre. Yumeko, du hast Blut im Gesicht. Bist du verletzt?«

Tatsumi drehte sich geschwind um, und sein Blick verwob sich mit meinem, als ich mit der Hand an meine Wange fuhr und eine klebrige Nässe auf meiner Haut spürte. »Nein«, sagte ich und bemerkte, wie er vor Erleichterung leicht zusammensackte. »Es ist nicht meins. Mir geht's gut. Wie sieht das bei den anderen aus?«

»Ich glaube, uns fehlt nichts. Auch wenn mich etwas ganz schön hart am Kopf getroffen hat.« Okame erhob sich und rieb sich hinten den Schädel. Dann trat er einen Schritt vor, verzog das Gesicht und sank wieder auf die Knie. »*Ite.* Okay, vielleicht ein bisschen härter, als ich angenommen habe. Warum dreht sich der Boden?«

Unvermittelt schoss Daisuke vor, tiefe Besorgnis im Gesicht, und ging neben ihm in die Hocke. Seine langen Finger glitten sanft über die Wange des Ronin und drehten behutsam seinen Kopf zur Seite, was eine klaffende Wunde an seinem Schädel offenbarte. Mit schmerzverzerrtem Gesicht schloss Okame die Augen, und Daisukes Besorgnis verwandelte sich in echte Angst.

»Reika-san«, rief er, und die Schreinmaid trat augenblicklich herbei und sank in die Knie, um sich den Hinterkopf des Ronin anzusehen. Mein Magen zog sich zusammen, als Reika ihn abtastete und die Wunde inspizierte, was Okame ein Zischen und leises Fluchen entlockte, doch nach ein paar Sekunden richtete sie sich seufzend auf.

»Nichts Lebensbedrohliches«, sagte sie, während ich einen Seufzer der Erleichterung ausstieß. »Viel Blut, doch wie es aussieht, hast du nur das stumpfe Ende einer Waffe abbekommen. Keine Ahnung, wie du das angestellt hast, aber die Wunde sollte in ein paar Tagen verheilt sein. Du kannst dankbar sein, dass dein Kopf härter als die Palastmauern ist.«

»*Yokatta!*«, hauchte Daisuke, nun ebenfalls beruhigt, und bedachte den Ronin mit einem matten Lächeln. »Du darfst noch nicht sterben, Okame-san«, sagte er. »Insbesondere nicht durch einen derart heimtückischen, perfiden Überfall. Wie sollen wir sonst gemeinsam ruhmreich in den Tod gehen, wenn du losziehst und stirbst, bevor die letzte Schlacht begonnen hat?«

»Oh, mach dir keine Sorgen, du eitler Pfau!« Okame presste sich ein Stück Leinen auf den Hinterkopf und verzog gequält das Gesicht. »Es braucht mehr als das, um mich loszuwerden. Bislang habe ich eine Horde Gaki, einen riesigen Tausendfüßer, der mich fressen wollte, einen Oni, der einen Turm über mir zusammenstürzen ließ, und jetzt auch noch einen Mordanschlag überlebt. Ich habe allmählich das Gefühl, als würde Tamafuku höchstpersönlich seine schützende Hand über mich halten.« Er verzog schmerzgepeinigt das Gesicht und warf den reglosen Shinobi im flackernden Licht des Fuchsfeuers einen finsteren Blick zu. »Aber das hier *war* knapp. Hinterlistige Mistkerle! Sind sie etwa geradewegs durch die Wände gekommen?«

»Ihr hattet Glück.« Die Worte kamen von Tatsumi, der die Leichen seiner ehemaligen Clanmitglieder mit grimmiger Miene betrachtete. »Ein Überfall wie dieser soll die Opfer überrumpeln und in Sekundenschnelle vorüber sein.«

»Ohne Yumeko«, sagte Reika, »wäre es auch so gekommen. Den kami sei Dank, dass der Schattenclan nicht mit einer Kitsune gerechnet hat.«

Zitternd spähte ich zu den Leichen auf dem Boden. »Ich schätze, Lord Iesada will uns immer noch loswerden«, sagte ich, während ein Aufflackern von Wut auf den Kage-Lord in mir aufwallte. Der Adlige des Schattenclans hatte uns schon einmal Assassine hinterhergeschickt, als wir auf dem Weg zum Tempel der Stählernen Feder gewesen waren. Reikas Mentor, Meister Jiro, war bei dem Hinterhalt gestorben, und ich hatte dem arroganten Kage-Lord diesen Frevel nicht verziehen. Sollten wir uns jemals wieder begegnen, würde er den Zorn einer wütenden Kitsune zu spüren bekommen.

Mit einem finsteren Stirnrunzeln legte Tatsumi den Kopf schief. »Lord Iesada?«, fragte er.

»Ja, der Mistkerl hat sein Glück schon mal versucht«, schnaubte Okame. »Man würde glauben, er hätte seine Lektion gelernt, nachdem wir seine Leute bis zum letzten Mann abgeschlachtet haben.«

Doch Tatsumi schüttelte den Kopf. »Dieser Überfall geht nicht auf das Konto von Lord Iesada«, erklärte er uns. »Lady Hanshou hat ihn angeordnet.«

»Hanshou-sama?« Ich blinzelte ihn überrascht an. »Aber… warum? Sie hat uns gebeten, dich zu finden. Sie wollte, dass wir dich vor Hakaimono retten.«

»Und das habt ihr.« Tatsumi nickte. »Eure Mission war erfolgreich ... zumindest größtenteils. In ihren Augen habt ihr keinen weiteren Nutzen mehr für sie. Ihr wisst jetzt zu viel über den Schattenclan. Ihr seid für die Kage und ihre eigene Stellung zur Belastung geworden.«

»Und deshalb lässt sie uns einfach töten?«

»Lieber das, als dass dieses Wissen zu anderen durchsickert, ja.« Tatsumi nickte grimmig. »Lasst euch von ihren Versprechungen nicht täuschen. Hanshou war schon immer gnadenlos und hat alles getan, was nötig war, um ihre Machtposition zu sichern. Sie weiß, dass ihr hinter der Drachenrolle her seid. Allein das würde ausreichen, um euren Tod zu wollen.«

»Du sprichst nicht sonderlich gut von deiner Daimyo, Kage-san«, sagte Daisuke und klang, als wäre er nicht sicher, ob er gekränkt sein sollte oder nicht. »Bei den Taiyos wären solche Worte Hochverrat.«

Tatsumis Mundwinkel zuckte. »Hanshou und mich verbindet eine lange Geschichte«, erwiderte er, doch seine Augen flackerten wie rote Kerzenflammen, und ich wusste, dass der Dämon in ihm sprach. »Ich weiß Dinge über sie, die sie selbst vor ihrem eigenen Clan geheim hält, Geheimnisse, die sie vor jedem verbirgt. Würde der Schattenclan sämtliche Gräueltaten kennen, die sie begangen hat, wäre sie gewiss nicht so alt geworden.«

Ich schluckte schwer und blickte absichtlich nicht zu den Leichen, die überall in der Höhle verstreut lagen, oder dem Blut, das langsam in die Erde sickerte. »Und was tun wir jetzt?«

»Aufbrechen.« Tatsumi steckte Kamigoroshi in seine Scheide, und das unheilvoll purpurne Licht entlang des Schwerts erlosch. »Weiterziehen. Versuchen, ihnen immer einen Schritt voraus zu sein. Und lasst niemals in eurer Wachsamkeit nach, vor allem nicht nachts. Das wird nicht der letzte Anschlag bleiben. Hanshou weiß, wo und wann der Drache heraufbeschworen wird. Ihr ist bewusst, dass wir auf dem Weg zur Insel Ushima sind.« Seine Lippen kräuselten sich zu einem freudlosen Lächeln, und mein Magen krampfte sich zusammen. »Da die Nacht des Wunsches naht, wird sie die Schriftrolle unbedingt an sich reißen wollen. Ich schätze, wir müssen uns die ganze Zeit bis zur heiligen Insel vor dem Schattenclan in Acht nehmen.«

4
DORF DER FLÜCHE

Tatsumi

Ich nahm den Geruch von Tod im Wind wahr, noch bevor die Küste in Sicht kam.

Von den Ausläufern des Drachenrumpfgebirges aus hatte es mehrere Tage gedauert, bis wir Umi Sabishi Mura erreichten, ein großes Fischerdorf am Ufer des Kaihakumeers. Es hatte keine weiteren Überfälle von den Shinobi des Schattenclans gegeben, aber wegen meines... Erscheinungsbildes hatten wir einen großen Bogen um die vielen Städtchen und Siedlungen machen müssen, auf die wir bei unserer Reise zum Rand des Kaiserreichs gestoßen waren. Das Land des Wasserclans war üppig und fruchtbar, voller Seen, Ströme, Flüsse und sanft geschwungener Hügel, und die regierende Mizu-Familie war für ihren Pazifismus sowie ihr friedfertiges Wesen bekannt. Sie waren Heiler und Wunddoktoren, erfahren in der Kunst der diplomatischen Verhandlung, und der Kaiser höchstpersönlich hatte den Wasserclan schon häufiger gebeten, aufgebrachte Gemüter zu besänftigen oder bei einem beleidigten Feuerclan-General als Schlichter zu fungieren. Doch selbst die Mizu würden nicht dulden, dass ein Dämon frei durch ihr Hoheitsgebiet wanderte, und obwohl sie Pazifisten waren, stellten sie gleichzeitig den zweitgrößten Clan im Kaiserreich. Sollten sie meine Gegenwart bemerken, oder falls sie fürchteten, Hakaimono könne ihre Grenze überschreiten und eine Bedrohung für ihr Volk darstellen, würden wir die geballte Macht der Mizu-Familie zu spüren bekommen, was unsere Mission fast zwangsläufig zum Scheitern bringen würde.

Aus diesem Grund reisten wir zu Fuß und schliefen unter freiem Himmel, in Höhlen oder, wenn möglich, in verlassenen Gebäuden, doch in den meisten Fällen war unsere Lagerstätte eine Feuerstelle unter dem Blätterdach im Wald oder eine flache Stelle neben einem Bach oder Fluss. Wir kamen nur langsam voran, da wir die größeren Siedlungen und Hauptstraßen mieden, und niemand von uns schlief viel, aus Angst vor den Shinobi, die in Bäumen und Schatten lauern könnten, weshalb es uns schwerfiel, zur Ruhe zu kommen. An einem Punkt schlug der Ronin vor, dass wir uns vielleicht ein paar Pferde aus einem der umliegenden Dörfer »ausleihen« könnten – immerhin war es zum Wohl des Kaiserreichs –, aber beide, der Adlige und die Schreinmaid, waren strikt dagegen, dass wir das, was wir brauchten, einfach stahlen. Außerdem reagierten Tiere nun sehr stark auf meine Gegenwart, etwas, das wir herausgefunden hatten, als wir auf der Straße eine Mitfahrgelegenheit bei einem Sake-Händler ergattern wollten und sein Ochse, sobald er meine Witterung aufnahm, vor uns ausriss und uns fast niedergetrampelt hätte.

Und so kam es nicht infrage, dass wir auf Pferden oder mit einem Wagen nach Umi Sabishi reisten.

Schließlich, nach Tagen des Wanderns, endete die Grasebene am Rand einer felsigen Küstenlinie mit schartigen Klippen, die senkrecht in ein eisengraues Meer abfielen. Möwen und Seevögel zogen am Himmel ihre Kreise, und ihre fernen Schreie hallten im Wind wider, während Wellen schäumend gegen die Felsen schlugen. Die Luft roch nach Salz und dem Ozean.

»*Sugoi*«, flüsterte Yumeko, ihre Stimme klang verblüfft. Sie stand am Rand der Klippen, den Wind im Rücken, der ihre langen Haare und Ärmel bauschte, und blickte mit schimmernden Augen zur riesigen Weite des Wassers, das sich vor ihr schier endlos erstreckte. »Das ist das Meer? Ich hätte niemals geglaubt, dass es so groß ist.« Ihre Fuchsohren waren gespitzt und flatterten im Wind, als sie sich wieder umdrehte. »Wie weit reicht es?«

»Weiter, als du dir in deinen kühnsten Träumen vorstellen kannst, Yumeko-san«, erwiderte der Adlige mit einem matten Lächeln. »Es gibt Geschichten über ein Land auf der anderen Seite, aber die Reise dauert Monate, und die meisten, die in See stechen, kehren nie zurück.«

»Ein anderes Land?« Yumekos Augen funkelten. »Wie ist es dort?«

»Das weiß niemand genau. Vor dreihundert Jahren verbot Kaiser Taiyo no Yukimura das Reisen ans andere Ufer und riegelte das Kaiserreich für Fremde ab. Er fürchtete, wenn fremde Königreiche unsere Küsten entdeckten, dass sie in unser Land einfallen würden und das Kaiserreich gezwungen wäre, sich zu verteidigen. Und so sind wir im Verborgenen geblieben, isoliert und abgeschirmt vom Rest der Welt.«

»Das verstehe ich nicht.« Yumeko legte den Kopf schief, ein leichtes Stirnrunzeln grub sich in ihre Gesichtszüge. »Warum hat der Kaiser vor Fremden so viel Angst?«

»Weil die fernen Länder, wie es scheint, voller Barbaren sind, die sich allein durch Knurren verständigen und die Felle von Tieren tragen«, unterbrach ihn der Ronin und grinste die Schreinmaid an, die empört die Nase rümpfte. »Einige von ihnen haben sogar Hufe und Schwänze, weil sie nicht nur die Felle ihrer Tiere tragen, sondern auch noch …«

»Diese Art von Information ist nicht für die Ohren gewisser Anwesender bestimmt«, sagte die Miko mit lauter, entschlossener Stimme. »Und wir sind etwas von unserem Ziel abgekommen. Umi Sabishi müsste hier irgendwo in der Nähe liegen, oder, Taiyo-san?«

Der Adlige, dessen Miene wie immer völlig ausdruckslos war, nickte. »Das ist korrekt, Reika-san. Wenn wir der Straße weiter nach Süden folgen, sollten wir das Dorf vor Anbruch der Nacht erreichen.«

»Gut.« Die Schreinmaid warf dem Ronin einen finsteren Blick zu und stolzierte hocherhobenen Hauptes davon. »Dann sollten wir uns beeilen«, murmelte sie, während ihr Hund gehorsam neben ihr hertrottete. »Bevor gewisse ungehobelte Individuen ein tragisches Ende an der Steilküste finden und feststellen, dass sie hinaus ins Meer treiben.«

Wir folgten der Straße, die sich am Rand der zerklüfteten Steilwände und tiefen Felsschluchten entlang des Ozeans nach Süden schlängelte. Über uns verwandelte sich der Himmel allmählich in ein gesprenkeltes Grau, und ein weit entferntes Donnergrollen hallte über das Meer. Schließlich flachten die Klippen immer weiter ab und gingen in eine felsige Küstenlinie mit ein paar vereinzelten, knorrigen, sich im Wind wiegenden Bäumen über.

»Hier, Tatsumi«, sagte Yumeko, als eine jähe Böe unsere Haare und Kleidung erfasste. Die Luft war schwer und warm geworden, erfüllt von dem Geruch nach Salz und nahendem Regen. In der Hand hielt das Mädchen einen breitkrempigen Strohhut, von der Sorte, die Bauern auf den Feldern trugen, und warf ihn mir mit einem Lächeln zu. »Den kannst du vielleicht gebrauchen.«

Ich schüttelte den Kopf. »Behalt ihn. Der Regen kümmert mich nicht.«

»Er ist nicht real, Tatsumi.« Yumekos Lächeln verwandelte sich in ein leicht verlegenes Grinsen, als ich verwirrt die Stirn runzelte. »Er ist eine Illusion, also hält er keinen Regen ab. Aber da wir bald eine Stadt erreichen, dachte ich, es wäre besser, wenn du sie versteckst, deine…« Ihr Blick huschte zu meiner Stirn und den gewundenen Hörnern, die durch meine Haare zu sehen waren. »Nur damit die Menschen keine falschen Schlussfolgerungen ziehen. Okame erwähnte Fackeln und einen wütenden Mob, und das hört sich unangenehm an.«

Ich verzog meinen Mundwinkel zu einem Grinsen. »Ich schätze, das sollten wir wohl lieber verhindern.«

Als ich den Hut aufhob, stellte ich überrascht fest, dass ich die Finger um die Krempe schlingen und die raue Struktur des Strohs in meiner Hand spüren konnte. Es kam mir nicht wie eine Illusion vor, obwohl ich wusste, wie Kitsune-Magie Menschen manipulierte, sodass sie das sahen, hörten, selbst fühlten, was sie erwarteten. Wenn ich mich mit aller Macht auf den Hut selbst konzentrierte, wohl wissend, dass er nicht real war, konnte ich auf einmal den dünnen Umriss von Schilf in meiner Hand spüren, den Anker, an den Yumeko ihre Magie gebunden hatte.

Mit einem matten Lächeln setzte ich den Hut auf, um meine dämonischen Male vor dem Rest der Welt zu verstecken, und nickte der Kitsune zu. »Danke.«

Sie lächelte zurück, was ein sonderbares Kribbeln in meiner Magengegend bewirkte, und wir wanderten weiter.

Als die Abenddämmerung einsetzte, fielen die ersten Regentropfen, die an Stärke und Intensität zunahmen, bis sie sich zu einem wahren Wolkenbruch steigerten, der unsere Kleidung völlig durchnässte und alles um uns herum in tristes Grau verwandelte. Wie Yumeko vorausgesagt hatte, hielt der Hut meinen Kopf nicht trocken; kalter Regen prasselte auf meine Haare und rann an meinem Rücken hinab, obwohl es ein sonderbares Gefühl war, die Hutkrempe zu sehen, während das Wasser mein Gesicht traf.

»Ich glaube, ich kann die Stadt sehen«, verkündete der Ronin. Er stand auf einem großen Felsblock am Straßenrand und spähte in den Sturm, das Meer in seinem Rücken. »Oder zumindest erkenne ich verschwommene Umrisse, die eine Stadt sein könnten.

Ich behaupte, es ist eine Stadt, denn ich habe die Schnauze voll vom Regen.« Er sprang vom Felsen und landete auf dem schlammigen Weg, wo er den nassen Kopf wie ein Hund ausschüttelte. »Ich hoffe, sie haben einen halbwegs anständigen Gasthof vorzuweisen. Normalerweise hört man das nicht aus meinem Munde, aber ich glaube, ich könnte ein Bad gebrauchen.«

»Wie lustig«, entgegnete die Schreinmaid, während wir die Straße in Richtung der Ansammlung an dunklen Gebilden in der Ferne weitergingen. »Das denke ich mir die ganze Zeit über.«

»Ich kann mir gar nicht vorstellen, woran das liegen mag, Reikasan«, feuerte der Ronin grinsend zurück. »Du duftest fast immer wie die köstlichste Rose.«

Die Miko bewarf ihn mit einem Kieselstein. Geschickt duckte er sich.

Der Pfad schlängelte sich weiter, wurde breiter und schlammiger, je mehr wir uns Umi Sabishi näherten. Eine Handvoll einsamer Bauernhöfe sprenkelte die Ebene um das Dorf, aber ich konnte niemanden im Freien oder bei der Arbeit auf den Feldern sehen. Ein Umstand, der womöglich dem Regen geschuldet war, doch allmählich kroch ein Gefühl der Besorgnis in mir hoch.

»Interessant, dass es nirgends Lichter gibt«, grübelte der Adlige laut nach, die scharfsichtigen Augen verengt, während er die Straße hinabspähte. »Selbst durch den Regen sollten wir hier und da ein helles Funkeln sehen. Ich weiß, dass Umi Sabishi von einer Mauer umgeben ist. Zumindest die Fackeln des Torhauses müssten brennen.«

Ein von zwei Wachtürmen flankiertes Holztor markierte den Eingang des kleinen Städtchens. Das Tor stand offen und knarzte sanft im Regen, beide Türme wirkten verlassen und dunkel.

Der Ronin stieß einen leisen Pfiff aus, als er zu ihnen hochblickte. »Das ist kein gutes Zeichen.«

Noch während er sprach, drehte sich der Wind, und ein neuer Geruch ließ mich mitten in der Straße erstarren. Bei meinem plötzlichen Halt drehte Yumeko sich zu mir um, und in ihren Augen lag eine eindringliche Frage. »Tatsumi? Stimmt etwas nicht?«

»Blut«, murmelte ich, was den Rest meiner Gefährten ebenfalls innehalten ließ. »Ich kann es bis hierher riechen.« Die Luft war getränkt davon, schwer von dem Gestank nach Tod und Verwesung. »Irgendetwas ist passiert. Die Stadt wurde angegriffen.«

»Seid auf der Hut, alle miteinander!«, warnte die Schreinmaid und holte einen Ofuda aus ihrem Ärmel. Zu ihren Füßen baute sich ihr Hund drohend auf und knurrte das Tor zähnefletschend an, während sich ihm die Nackenhaare schnurgerade aufstellten. »Wir wissen nicht, was uns auf der anderen Seite erwartet, aber wir müssen annehmen, dass es nichts Gutes ist.«

Ich blickte zu Yumeko. »Bleib in meiner Nähe«, bat ich sie mit leiser Stimme, und sie nickte. Ich zog Kamigoroshi, woraufhin das Torhaus in ein purpurnes Licht getaucht wurde, und stieß das Holz mit der Spitze der Klinge an. Das Tor knarzte stöhnend, als es zurückschwang, und gab den Blick auf das dunkle, leere Städtchen dahinter frei.

Alte Holzhäuser säumten die Straße, hauptsächlich einfache Hütten, gebaut auf dicken Stelzen, einen knappen Meter über dem Erdboden, verwittert durch Jahrzehnte in der salzigen Seeluft. Steine auf den Dächern sorgten für Halt, damit sie bei Sturm nicht weggeweht wurden, und es gab mehrere Gebäude, die sich leicht nach links neigten, als wären sie erschöpft vom unablässigen Wind.

Nirgends waren Menschen zu sehen, lebendig *oder* tot. Keine Leichen, keine abgetrennten Gliedmaßen, nicht einmal der kleinste Blutfleck, auch wenn die Stadt selbst Spuren eines schrecklichen Kampfes aufwies. Paneele waren zerfetzt, Wände eingerissen, und überall auf den Straßen lagen Gegenstände verstreut. Ein umgestürzter Wagen, dessen Ladung Fischkörbe über den Schlamm gerollt war, blockierte einen Teil des Weges, ein Schwarm surrender Fliegen darüber. Eine Strohpuppe lag bäuchlings in einer Pfütze, als hätte der Besitzer sie achtlos fallen gelassen und nicht die Zeit gefunden, sie wieder aufzuheben. In den Straßen, die von Wasser gesättigt waren und sich in dreckigen Schlamm verwandelt hatten, waren durch das Getrampel Dutzender Füße tiefe Abdrücke zu erkennen.

»Was ist hier nur passiert?«, murmelte der Ronin, ließ den Blick schweifen und legte argwöhnisch einen Pfeil in den Bogen. »Wo sind die Bewohner? Sie können nicht alle tot sein, dann wären wir zumindest über ein paar Leichen gestolpert.«

»Vielleicht gab es irgendeine Katastrophe, und sie sind allesamt aus der Stadt geflohen«, sagte der Adlige nachdenklich, die Hand fest auf seinem Schwertgriff, während er die leeren Straßen fest im Auge behielt.

»Das erklärt nicht den Zustand der Gebäude«, erwiderte ich und zeigte mit einem Kopfnicken auf ein paar Restauranttüren, die in zwei Teile gerissen waren, die Bambusrahmen gesplittert, das Reispapier zerfetzt. »Dieser Ort ist erst vor Kurzem überfallen worden. Und einige der Angreifer waren keine Menschen.«

»Wo sind sie dann alle?«, wiederholte der Ronin erneut seine Frage. »Wurde die Stadt von einer Armee Oni angegriffen, die sämtliche Bewohner bis auf den letzten Mann aufgefressen haben? Es gibt kein Blut, keine Leichen, nichts. Man würde annehmen, es müsste zumindest irgendein Anzeichen geben, was hier passiert ist.«

Der Adlige blickte sich um, und obwohl seine Stimme ruhig klang, verriet seine Hand, die den Schwertgriff fest umklammerte, sein Unbehagen. »Sollen wir weitergehen oder lieber umkehren?«

Ich sah zu den anderen. »Weitergehen«, entgegnete die Schreinmaid nach kurzem Zögern. »Wir brauchen immer noch ein Schiff, wenn wir die Inseln des Mondclans erreichen wollen. Hinschwimmen können wir auf keinen Fall. Lasst uns zum Hafen gehen. Vielleicht ist dort noch jemand, der für eine Überfahrt sorgen kann.«

»Äh, Reika-san?« Yumekos Stimme, wachsam und mit einem Mal angespannt, zog unsere Aufmerksamkeit auf sich. »Chu ist ... Ich glaube, er will uns etwas sagen.«

Wir spähten zum Hüter der Schreinmaid hinab, und all meine Instinkte waren schlagartig hellwach. Der Hund war wie erstarrt, während er mit funkelnden, harten Augen hinter uns blickte, sein gebogener Schwanz in die Höhe gereckt. Seine Nackenhaare sträubten sich, seine Lefzen waren hochgezogen und offenbarten scharfe Zähne, und ein barsches Knurren grollte aus seiner Kehle.

Ich drehte mich um. Eine Gestalt, verschwommen und undeutlich, bewegte sich durch den Regen auf uns zu. Ihr Gang war sonderbar schwankend, und sie schien sich kaum auf den Beinen halten zu können, als wäre sie betrunken. Während sie näher kam und das Knurren von Chu immer lauter wurde, stellte sie sich als eine Frau heraus, gekleidet im zerschlissenen Gewand einer Ladenbesitzerin, mit einer Schere in der Hand. Eine lächelnde weiße Maske bedeckte ihr Gesicht, von der Art, die im Noh-Theater benutzt wurden, und sie stolperte barfuß durch den Matsch, heftig taumelnd, aber weiterhin direkt auf uns zu.

Erst da bemerkte ich den zerbrochenen Griff eines Speers, der in ihrem Magen steckte und eine Seite ihrer Kleidung dunkelrot gefärbt hatte. Eine zweifelsfrei tödliche Wunde, doch sie schien ihr weder Schmerzen zu bereiten noch ihr Tempo im Geringsten zu verlangsamen.

Weil sie nicht am Leben ist, dachte ich, und genau in diesem Moment lüftete die tote Frau ihre Maske ... und sprintete jäh los, schoss wie eine besessene Marionette auf uns zu, die Schere hoch in die Luft gereckt.

Chus Knurren verwandelte sich in ein lautes Fauchen. Der Ronin fluchte vernehmlich und feuerte einen Pfeil ab, der zielsicher nach vorne flog und die Frau mitten in die Brust traf. Sie taumelte leicht und rutschte im Matsch aus, doch dann preschte sie weiter auf uns zu und stieß einen unheimlichen, nicht von dieser Welt stammenden Schrei aus.

Das Schwert des Adligen glitt kratzend aus der Scheide, doch ich bewegte mich bereits, Kamigoroshi fest in der Hand, als die Untote sich mit einem kreischenden Heulen auf mich stürzte. Ich holte aus, der Schere geschickt ausweichend, die auf mich herabglitt, und hieb der Frau das Schwert durch den blassen weißen Hals. Der Kopf der Frauenleiche rollte nach hinten, während ihr Körper, durch den Schwung ihrer Bewegung angetrieben, noch einige Schritte nach vorne schwankte, bevor er im Schlamm zusammenbrach.

Ein widerlich beißender Gestank stieg von der zuckenden Leiche auf, der Geruch von Blutmagie, Fäulnis und Verwesung, doch keinerlei Flüssigkeit trat aus dem Rumpf hervor, wo gerade eben noch der Kopf der Frau gethront hatte. Jeder Tropfen Blut war zuvor aus ihrem Körper gesaugt worden.

Yumeko legte beide Hände über Mund und Nase, als müsste sie dagegen ankämpfen, sich nicht zu übergeben. Selbst die Schreinmaid und der Ronin wirkten ein wenig mitgenommen, als sie den immer noch zitternden Leichnam anstarrten. Schweigen senkte sich über uns, doch durch den Regen konnte ich überall um uns herum Bewegungen ausmachen, unzählige Augen, die sich in unsere Richtung drehten.

»Nicht stehen bleiben«, fauchte ich und wirbelte zu meinen Gefährten herum. »Wir müssen weiter! Ein Blutmagier würde nicht nur einen Leichnam erwecken. Die gesamte Stadt ist wahrscheinlich …«

Ein Klappern aus dem Teehaus auf der gegenüberliegenden Straßenseite unterbrach mich. Blasse, lächelnde Gestalten tauchten aus seinem dunklen Innern auf, schwankten aus der Tür und krochen durch die Löcher in den Wänden. Weitere Untote taumelten aus den Gebäuden, an denen wir vorbeigekommen waren, oder schlurften aus den Gassen zwischen den Hütten. Der Gestank von Tod und Blutmagie kräuselte sich in der feuchten Luft, während die Horde an lächelnden Untoten ihre leeren, blinden Augen auf uns richteten und wie auf ein Stichwort hin in Schwärmen auf die Straße strömten.

Wir flohen und tauchten tiefer in Umi Sabishi ein, während das Kreischen und Heulen der Untoten um uns widerhallte. Lächelnde Gestalten mit weißen Masken torkelten auf die Straße, streckten sich mit krallenden Fingern nach uns oder schwangen primitive Waffen. Der Adlige und ich führten den Trupp an, wobei der Taiyo auf die Toten einhieb, die uns zu nah kamen, und Arme und Köpfe mit tödlicher Präzision abtrennte. Chu, der sich in seine riesige Hütergestalt verwandelt hatte, huschte in einem verschwommenen Fleck aus Rot und Gold hin und her, zertrampelte die Gestalten, die ihm in den Weg kamen, oder schleuderte sie zur Seite. Die Pfeile des Ronin waren keine große Hilfe; wenn die Untoten nicht enthauptet oder ihnen die Füße abgetrennt wurden, nahmen sie keinerlei Notiz von ansonsten tödlichen Wunden und verfolgten uns unaufhaltsam. Doch er schoss weiter, was die Untoten zumindest zurücktaumeln oder stolpern ließ und dem Taiyo und mir die nötige Zeit verschaffte, ihnen den Garaus zu machen.

Yumekos Fuchsmagie erfüllte die Luft um uns herum. Sie griff die Gestalten nie direkt an, aber mehrere Kopien von uns vieren drängten sich ins Schlachtgewühl, verwirrten und lenkten die Untoten ab, die den Unterschied nicht zu erkennen schienen. Die Illusionen zerplatzten in kleinen Rauchwolken, wenn sie von den

Untoten in Stücke gerissen wurden, aber es tauchten immer neue auf, und ihnen war es hauptsächlich zu verdanken, dass wir uns des Gewimmels an Angreifern erwehren konnten, während wir uns einen Weg durch die Straßen kämpften.

»Samurai! Hier drüben!«

Durch das Kampfgetümmel und laute Stöhnen der Toten glaubte ich, eine Stimme zu hören. Argwöhnisch hob ich den Kopf und erhaschte einen Blick auf ein Sake-Haus an der Straßenecke, dessen Holzwände und verrammelte Fenster unversehrt zu sein schienen. Ein Sugidama, eine große Kugel aus Zweigen der Sicheltanne, hing über dem Eingang, ihre vertrocknete braune Farbe ein Hinweis darauf, dass der Sake, der im Innern gebraut wurde, zum Verzehr bereit war. Eine Gestalt spähte verängstigt aus der Tür und winkte uns mit hektischen Handbewegungen zu sich. Wenn wir es unbemerkt bis dorthin schaffen würden, könnte es ein sicherer Zufluchtsort vor den Untoten sein, vor denen es jetzt in der Stadt nur so wimmelte.

»Hört her!« Die Augen des Adligen flogen über den Rest unserer kleinen Gruppe. »Hier entlang!«, rief er. »Zum Sake-Haus dort drüben!«

Weitere Untote krochen aus leeren Hauseingängen und Fenstern, und hinter uns taumelte eine gewaltige Horde von lächelnden Gestalten mit weißen Masken auf die Straße.

»*Kuso!*«, fluchte der Ronin und spannte einen weiteren Pfeil in den Bogen. »Diese vermaledeiten Scheusale nehmen einfach kein Ende.« Er begann, den Bogen anzulegen, doch die Schreinmaid schnappte sich den Pfeil von der Sehne, woraufhin der Ronin vor Überraschung aufjaulte.

»Was...?«

»Yumeko.« Die Miko zeigte in die Richtung, aus der wir gekommen waren. »Blockier den Weg! Okame...« Sie holte einen Ofuda aus ihrem Ärmel, schob den Talisman ein gutes Stück den Pfeilschaft hinauf und reichte ihn dem Ronin zurück. »Hier. Ziel auf einen in der Mitte. Alle anderen, wegsehen!«

Yumeko drehte sich um und schleuderte eine Mauer aus blauweißem, brüllendem Fuchsfeuer die Straße hinab, um ihr Ende abzuriegeln. Gleichzeitig hob der Ronin seinen Bogen, und der Ofuda, aufgespießt auf dem Pfeil, flatterte im Wind. Ich sah das Kanji für Licht genau in der Sekunde auf dem Papiertalisman aufblitzen, als er die Sehne verließ. Der Pfeil schoss treffsicher die Straße hinab und bohrte sich in die Brust eines Untoten, der taumelnd auf uns zuwankte, einen kaputten Sonnenschirm in der blutleeren Hand.

Blendendes Licht explodierte an der Stelle, wo der Pfeil die Gestalt traf, und schleuderte ihn und alle, die in seiner Nähe standen, mehrere Meter nach hinten. »Jetzt!«, rief Reika, und wir sprinteten, den torkelnden Untoten ausweichend, los, bis wir das Sake-Haus an der Straßenecke erreichten. Der Mensch, den ich vorhin gesehen hatte, ein kleiner Mann mit weichem, rundem Gesicht und der feineren Kleidung eines Kaufmanns, starrte uns mit weit aufgerissenem Mund an, als wir durch die Tür preschten.

»Samurai!«, keuchte er, während ich die schwere Holztür zudrückte und der Ronin einen Balken durch die Griffe schob. »Ihr ... Ihr seid nicht von der Mizu-Familie! Kommt Ihr aus Yamasura? Gibt es mehr von Euch ...?«

Sein Blick fiel jäh auf mich, und er stieß, ein paar Schritte rückwärts wankend, einen leisen Schrei aus. »Dämon!«

»Sei still, du Narr!« Die Stimme der Schreinmaid war beißend wie eine Peitsche. »Außer du willst, dass die Toten dort draußen deine Tür eintreten.«

Augenblicklich verstummte er, obwohl sein Gesicht aschfahl war, als er zurückwich, sichtlich hin- und hergerissen zwischen der

Angst vor den Toten im Freien und dem Dämon im Zimmer. Ich musste nicht an mir hinabsehen, um zu wissen, dass der Kampf meine Krallen, Fangzähne und glühend roten Augen hervorgebracht hatte und leuchtende Runen über meine Arme und meinen Hals krochen. Und falls dieses armselige Menschlein nicht bald aufhören würde, mich anzustarren, würde ich ihm beweisen, dass er völlig zu Recht Angst vor mir hatte.

Da bemerkte ich, wie ich heftig zitterte. Eine ungezügelte Wildheit brodelte in meinen Adern, das unstillbare Verlangen, alles in Stücke zu reißen, was sich mir in den Weg stellte. Verstohlen nahm ich einen tiefen Atemzug und versuchte, die Wut in mir zu besänftigen, sie zurück unter die Oberfläche zu drängen. Ich spürte, wie die Krallen und Fangzähne sich langsam zurückbildeten, die glühenden Tätowierungen verblassten, doch die Blutrünstigkeit verschwand nicht, bräuchte nur einen winzigen Anstoß, um wieder in rohe Gewalt auszubrechen.

Yumeko trat vor, die Hände beschwichtigend in die Höhe gereckt, sodass der verängstigte Blick des Kaufmanns zu ihr glitt. »Alles ist gut«, versicherte sie ihm. »Wir werden dir kein Leid antun. Wir wollen helfen.«

»Wer… Wer seid ihr?«, flüsterte der Kaufmann. Mit weit aufgerissenen Augen blickte er uns entsetzt an. Chu war zu seiner normalen Größe zusammengeschrumpft, und Yumekos charakteristische Kitsune-Merkmale waren für die meisten Menschen unsichtbar, doch zwischen den Lichtexplosionen dank des Ofudas der Schreinmaid, Yumekos Fuchsfeuer und einem mythischen Komainu, der wie ein wild gewordener Stier herumgetrampelt war, hatten wir uns nicht gerade unauffällig verhalten. »Seid ihr gekommen, um uns zu retten?«, fuhr der Mann fort, und einen Moment lang glitt ein verwirrter Ausdruck über sein Gesicht. »Ich dachte… da wären mehr von euch.«

Ein Stöhnen genau vor der Tür ließ uns alle verstummen. Der Kaufmann starrte mit aschfahlem Gesicht zum Eingang, dann gab er uns mit einem Wink zu verstehen, ihm tiefer ins Sake-Haus zu folgen, weg von der Tür und den umherschlurfenden Untoten. Im angrenzenden Raum tauchten weitere Menschen auf, die sich in den Ecken und hinter verzierten Fusuma-Paneelen versteckt hatten. Mehrere Männer und ein Handvoll Frauen und Kinder, die uns aus hoffnungsvollen und gleichzeitig erschrockenen Augen anstarrten. Ich hielt mich im Hintergrund, blieb in den dunklen Schatten stehen, während Reika und die anderen vortraten. Das Letzte, was wir brauchten, war, dass jemand in Panik geriet und die Toten, die sich direkt vor der Haustür drängelten, auf uns aufmerksam machte.

Da spürte ich eine Bewegung hinter mir, und Yumeko berührte sanft meinen Ellbogen, was einen Schauer meinen Arm hinaufjagte. Schweigend presste sie mir einen Strohhut in die Hand und marschierte weiter in den Raum hinein. Ihre Finger hatten gezittert, als sie meine berührten, ob nun vor Angst, Adrenalin oder etwas anderem, das vermochte ich nicht mit Gewissheit zu sagen, aber unvermittelt wurde mir leicht schwindlig. Ich setzte den Hut auf, verbarg damit die Hörner und folgte ihr.

Reika trat vor und ließ den Blick über die Fremden schweifen, die sich zögerlich in die Mitte des Zimmers wagten. Die Gegenwart einer Schreinmaid schien die Menschen zu beruhigen. »Habt keine Angst«, verkündete sie, und ihre ruhige, entschlossene Stimme löste ein wenig von der Anspannung. »Wir sind nur einfache Reisende, die wegen einer Überfahrt auf einem Schiff gekommen sind. Könnt ihr uns erzählen, was hier passiert ist?«

Es folgte ein langes Zögern, dann schob sich eine Frau vor, an deren Kimono sich ein kleines Mädchen klammerte. »Sie kamen aus der Dunkelheit«, flüsterte die Frau. »Vergangene Nacht tauchten die Toten auf den Straßen auf und begannen, jeden Einwohner umzubringen. All jene, die ihnen anheimfielen, erhoben sich wieder als Untote und schlossen sich dem Massaker an. Wir hatten nicht die geringste Chance. Die Stadt wurde innerhalb einer Nacht überrannt.«

»Wo waren die Samurai?«, fragte der Adlige. »Umi Sabishi ist nicht gänzlich wehrlos. Gewiss gab es Wächter, Krieger, die eure Stadt beschützt haben.«

»Das wissen wir nicht«, sagte ein anderer Mann. »Alles war ein einziges Chaos. Aber es gab jene, die behaupten, sie hätten Tote mit Schwertern gesehen, die in der Stadt umherzogen, weshalb wir annehmen, dass der Großteil der Samurai bei der ersten Angriffswelle fiel.«

»Und es gibt keine weiteren Überlebenden?«

»Am Anfang waren noch zwei Männer hier«, sagte die Frau. »Sie sind jedoch fortgegangen. Sie meinten, sie müssten zu ihrem Schiff am Ende des Kais. Aber...« Sie schauderte, ihre Augen weit aufgerissen und erschrocken. »Dort scheinen sich die Toten zu versammeln. Als würden sie von der Lagerhalle unten am Hafen angezogen werden. Wenn man in diese Richtung geht, reißen sie einen in Stücke.«

»Oh, welch Glück für uns«, seufzte der Ronin. »Unser Ziel ist ausgerechnet der Hafen. Es ist fast so, als wüsste jemand, dass wir dorthin wollen.«

»Dem ist auch so«, sagte ich.

Sämtliche Augen drehten sich zu mir. Mit einem Mal war ich dankbar für den breitkrempigen Hut, der meine Dämonenmale verdeckte, selbst wenn er nur eine Illusion war. »Glaubst du, Genno ist hier, Tatsumi?«, fragte Yumeko.

Ich schüttelte den Kopf. »Nicht mehr. Aber er weiß, dass wir das Massaker im Tempel überlebt haben. Und er weiß, dass wir auf dem Weg zu den Inseln des Mondclans sind, um ihn aufzuhalten.

Er versucht, uns Steine in den Weg zu legen und uns daran zu hindern, ihm zu folgen. Das hier ist der Ort, an dem wir am wahrscheinlichsten ein Schiff finden.«

»Dann ist das unsere Schuld«, sagte Yumeko leise.

»Nein.« Die Schreinmaid runzelte die Stirn, ihre Stimme klang fest. »Sondern allein Gennos, denn er ist ein Wahnsinniger ohne jeden Respekt für das menschliche Leben. Noch ein Grund mehr, ihm Einhalt zu gebieten.« Mit finsterem Blick starrte sie zurück zum Eingang, und ihre Augen verengten sich zu Schlitzen. »Wir müssen zum Kai. Vielleicht gibt es dort noch ein Schiff, das uns zu den Inseln der Tsuki bringen kann.«

»Ihr wollt gehen?« Die Frau mit dem Kind drängte sich vor, in ihrer Stimme und ihren Augen lag Verzweiflung. »Nein, bitte, ihr dürft uns nicht so zurücklassen! Wir sind keine Krieger. Die Toten werden uns alle abschlachten, sobald sie uns finden. Ihr müsst uns helfen.«

»Es tut mir leid.« Reika schüttelte den Kopf, Mitleid in der Stimme. »Aber wir sind nur zu fünft, und wir haben keine Zeit. Ich werde zu den Kami für eure Sicherheit beten, doch ansonsten können wir nichts für euch tun.«

»Wir müssen ihnen helfen, Reika-san.«

Diese Worte kamen – wie konnte es auch anders sein – von Yumeko, die mit flehendem Gesichtsausdruck auf die Schreinmaid zuschritt. »Wir sind für dieses Schlamassel verantwortlich«, gab sie zu bedenken. »Genno hat die Kreaturen unsertwegen zurückgelassen. Wir können diese Menschen nicht ihrem sicheren Tod überlassen.«

»Yumeko.« Der Ton der Miko war nicht annähernd so verständnisvoll, als sie die Kitsune anfunkelte. »Wir können nicht gegen eine ganze Stadt voller blutrünstiger Monster kämpfen, die von den Toten auferweckt wurden. Selbst wenn es uns irgendwie gelingen sollte, sie zu besiegen, würde es viel zu lang dauern, und Genno hat bereits einen gewaltigen Vorsprung.«

»Was, wenn wir die Quelle vernichten?«, fragte Yumeko und blickte zu mir. »Es handelt sich doch um Blutmagie, nicht wahr? Dann gibt es einen Zauberspruch oder Talisman, der die Toten auferweckt. Können wir den Fluch nicht auf diese Art bannen?«

Erneut richteten sich sämtliche Augen auf mich. Mir war die geballte Aufmerksamkeit unangenehm, weshalb ich die Arme vor der Brust verschränkte. »Es ist Blutmagie«, bestätigte ich. »Und normalerweise müsste bei einem derart starken Fluch ein Hexenzirkel oder Bund an Magiern ganz in der Nähe sein, der den Zauber aufrechterhält. Vernichte den Zirkel, und der Bann ist gebrochen. Die Untoten könnten dann in Frieden ruhen.«

»Aber wir wissen nicht, wo sich die Hexen aufhalten«, sagte die Schreinmaid. »Sie könnten sich überall in der Stadt verstecken.«

»Ja«, stimmte ich ihr zu, »aber von dort, wo sich die größte Konzentration an Blutmagie bündelt, werden die Untoten angezogen. Im Umkehrschluss muss sich an der Stelle, wo sich die meisten Gestalten zusammendrängen, der Hexenzirkel befinden.«

»Der Hafen«, keuchte die Bäuerin auf. »Die Lagerhalle. Alle Toten kommen aus dieser Richtung. Der Zirkel muss dort sein. Bitte...« Sie klatschte in die Hände und starrte uns hoffnungsvoll an. »Bitte, werdet ihr uns retten? Befreit uns von diesem Fluch. Ich flehe euch an!«

»Wir müssen sowieso dorthin, Reika-san«, sagte Yumeko und weigerte sich, klein beizugeben, obwohl die Schreinmaid ihr einen bitterbösen Blick zuwarf. »Und nebenbei kümmern wir uns einfach um einen Zirkel aus Blutmagiern.«

Reika stieß einen langen, entnervten Seufzer aus. »Ich schätze, jetzt haben wir wohl keine andere Wahl mehr«, murmelte sie und sah zum Rest von uns. »Wenn alle einverstanden sind...?«

»Natürlich«, erklärte der Adlige unverzüglich. »Es ist zwar nicht mein Clan, aber was hier passiert, ist blasphemisch und ein Affront gegen das ganze Kaiserreich. Auf Blutmagie steht die Todesstrafe, und jene, die sich auf eine solche Dunkelheit einlassen, verwirken ihr Leben. Es wäre mir ein Vergnügen, das Reich von einem solchen Bösen zu befreien.«

Der Ronin zuckte mit den Schultern. »Nun, ich habe sonst nichts anderes vor«, sagte er. »Gegen eine Horde Untoter zu kämpfen scheint mir ein netter Zeitvertreib für den Abend zu sein. Außer wir entscheiden uns, hierzubleiben und dafür zu sorgen, dass der Sake nicht verdirbt…? Nein? Na schön, dann eben die Blutmagier.«

Yumeko spähte zu mir. »Tatsumi?«

»Ich bin an deiner Seite, Yumeko«, erwiderte ich schlicht. »Zeig mir den Hexenzirkel, und ich werde mich darum kümmern, dass sie alle sterben.«

Reika schüttelte den Kopf, dann wandte sie sich an die versammelten Stadtbewohner. »Gibt es vielleicht einen Hintereingang, durch den wir uns hinausschleichen können?«, fragte sie. »Damit wir die Toten dort draußen nicht unnötig auf uns aufmerksam machen?«

Ein paar von ihnen nickten. »Hier entlang«, sagte die Frau und brachte uns durch das Sake-Haus zu einer schmalen Tür am hinteren Ende des Lagerraums. »Sie führt auf das Gässchen zwischen dem Sake-Haus und dem Restaurant nebenan«, erklärte sie mit gedämpfter Stimme. »Von hier liegt der Hafen genau im Westen, und das Lagerhaus befindet sich am südlichen Ende des Kais. Seid vorsichtig!«

»Wir versuchen unser Bestes«, sagte das Fuchsmädchen.

Die Frau packte Yumeko am Ärmel. »Vielen Dank«, flüsterte sie. »Vielen Dank. Kami möge euch alle beschützen.«

Dann hastete sie zurück und ließ uns in dem finsteren Raum allein. Reika stieß ein weiteres Seufzen aus.

»Nun denn«, sagte sie leise, den Blick auf uns gerichtet, »irgendeine Idee, wie wir an einer Armee von Untoten vorbeikommen?«

»Indem wir uns eine Schneise durch sie hindurchschlagen?«, schlug ich vor.

»Das ist nicht gerade sehr unauffällig, Kage-san.« Reika runzelte die Stirn. »Und wir wissen nicht, mit wie vielen Angreifern wir es zu tun haben. Dort draußen könnten Hunderte von ihnen herumlaufen, vielleicht sogar Tausende. Wir würden den Blutmagiern genau verraten, wo wir sind.«

»Einen anderen Vorschlag habe ich nicht«, murmelte ich. Die Miko sah mich mit angespannter Miene an, und ich zuckte mit den Achseln. »Außer du willst, dass ich allein gehe. Ich kann ungesehen an ihnen vorbeischleichen, zur Lagerhalle eilen und mich um die Magier kümmern, aber ich kann nicht alle von euch mitnehmen.«

»Nein.« Der Adlige schüttelte sogleich den Kopf. »Keiner geht allein, Kage-san. Nicht dass ich an deinen beeindruckenden Fähigkeiten zweifle, aber wir dürfen dich nicht verlieren. Das ist unser Krieg. Wir kämpfen gemeinsam.«

»Ganz genau.« Der Ronin ließ die Schultern kreisen. »Also ist es doch die alte Tür-eintreten-und-alles-was-sich-bewegt-niedermetzeln-Strategie? Scheint unsere Lieblingsmethode zu sein. Keine Ahnung, wie viele tote Gestalten ich mit einer Handvoll Pfeile umbringen kann, aber zumindest gebe ich ein leckeres Ziel ab.«

»Augenblick«, ertönte Yumekos Stimme, und ein Kräuseln von Fuchsmagie glitt durch die Luft. Sie drehte sich um und hielt sich eine lächelnde weiße Maske vors Gesicht, die in der Dunkelheit zu glühen schien. »Ich habe eine Idee.«

5
Die Toten zum Narren halten

Yumeko

Vorsichtig öffnete ich die Tür und spähte durch den Spalt. Ein ruhiges Gässchen empfing mich. Im Moment war es leer, und ich holte verstohlen Atem, um mein Herz zu beruhigen.

Ich hoffe, es funktioniert.

»Beim Großen Kami, ich kann nicht glauben, dass wir das tun«, wisperte Reika in meinem Rücken. »Wie kommst du darauf, dass das hier funktionieren könnte, Kitsune?«

Ich warf einen Blick über die Schulter. Das Gesicht der Miko war hinter der weißen Leichenmaske versteckt, aber es stand außer Frage, dass sie mich stirnrunzelnd anfunkelte. Die anderen drängelten sich hinter ihr, mit den gleichen weißen Masken, und auch sie sahen tot aus. Ihre Haut war aufgequollen grau, ihre Kleidung zerrissen und blutbeschmiert; bei Okame war mir sogar die Illusion eines Pfeils gelungen, der aus seinem Rücken ragte, und eine Seite von Daisukes langen weißen Haaren war rot gefärbt. Ein Haufen wandelnder Toter mit Leichenmasken war vermutlich die makaberste Illusion, die ich jemals erschaffen hatte, und die Anstrengung, so viel Fuchsmagie auf einmal aufrechtzuerhalten, ließ mich allmählich ermüden, aber es war die beste Lösung, die mir in den Sinn gekommen war.

Ich warf der Schreinmaid ein mattes Lächeln zu, auch wenn es hinter meiner Maske verborgen war. »Nun, sie schienen den Unterschied zwischen Illusion und Wahrheit nicht zu kennen, als wir vorhin auf sie getroffen sind«, sagte ich. »Also hoffe ich, dass sie Fuchsmagie nicht durchschauen können und wir unbehelligt bis zum Lagerhaus kommen.«

»So einfach ist es nie.«

»Vielleicht diesmal.« Ich drehte den Kopf in beide Richtungen, um sicherzustellen, dass das Gässchen immer noch leer war, und nickte. »Okay, die Luft ist rein. Führ dich ... einfach so auf, als wärst du untot, Reika-san. Torkel ein wenig.«

Sie schnaubte verächtlich, doch ich ignorierte es und betrat das Gässchen.

Fast im selben Moment erscholl ein Schlurfen am anderen Ende der Straße, und eine Gestalt taumelte in Sicht und prallte gegen die Ecke des Sake-Hauses. Er beäugte mich mit flachen grauen Augen, und ich erstarrte aus Angst, er könnte meinen Atem riechen oder das Hämmern meines Herzens hören, untrügliche Anzeichen, dass ich nicht kürzlich von den Toten auferstanden war. Doch nach einer entsetzlich langen Sekunde drehte sich die Gestalt um und torkelte weg, während ich einen langsamen Seufzer der Erleichterung ausstieß.

»Du wurdest von Tamafuku höchstpersönlich gesegnet«, murmelte Reika hinter mir. »Lass uns hoffen, dass dein Riesenglück anhält, bis wir die Lagerhalle erreicht haben.«

Vorsichtig bahnten wir uns einen Weg zum Hafen, wobei wir versuchten, nicht aufzufallen, ohne es *aussehen* zu lassen, als wollten wir nicht auffallen. Untote füllten die Straßen, taumelten ziellos durch den Schlamm oder standen einfach wankend da, dumpf ins Leere starrend. Es machte den Anschein, als würden sie uns nicht bemerken, während wir an ihnen vorbeitorkelten; meine Illusion oder das Vorhandensein der weißen Masken, die unsere Gesichter verbargen, schienen zu funktionieren.

Durch den widerlich süßen Gestank von Blut und Verwesung stieg mir jäh der schwache, saubere Geruch des Ozeans in die Nase, und ich hörte das Klatschen von Wellen gegen die Steine. Wir quetschten uns durch die Lücke zwischen zwei Gebäuden, und mit einem Mal kamen die Kais in Sicht, eine Reihe von langen hölzernen Stegen, die weit ins Wasser ragten. Ein paar kleinere Kähne und Fischerboote schaukelten in der Nähe des Ufers sanft auf und ab, und ein einziges großes Schiff lag allein am Ende des Hafens vertäut.

Hier gab es weit mehr zum Leben erweckte Tote, die langsam auf dem Dock entlangtorkelten und sogar über die Decks der Schiffe taumelten. Doch der Großteil von ihnen drängelte sich um ein langes Lagerhaus aus Holz am anderen Ende des Hafens. Ich spürte eine Dunkelheit, die von diesem Gebäude ausging, eine Magie, die nach sich windenden Maden und schwirrenden Fliegen roch, der unverwechselbare Gestank von Blutmagie.

Ich blickte zu den anderen, suchte nach ihren Augen hinter den Masken. »Was jetzt?«, fragte ich im Flüsterton.

Tatsumi begegnete meinem Blick. »Weiter«, murmelte er mit sehr leiser Stimme. »Das Lagerhaus ist unser Ziel.«

Ich spähte zur Horde an untoten Gestalten, die zwischen uns und der fernen Lagerhalle schlurften, und bekam eine Gänsehaut. Es gab keine Möglichkeit durch sie hindurch, ohne zumindest eine Armlänge entfernt an den Toten vorbeizugehen. Ein flüchtiger Blick war das eine, aber würde meine Illusion standhalten, wenn wir ihnen so nah kamen? Oder wenn einer von ihnen uns tatsächlich berührte?

Während wir losgingen, griff ich in meinen Obi und fand eines der Blätter, die ich in den Falten versteckt hatte. Ich zog es heraus und setzte einen weiteren winzigen Schwall Fuchsmagie frei, dann ließ ich das Blatt genau in dem Moment, als die erste Gruppe Leichen aufblickte und uns entdeckte, zu Boden flattern.

Sie reagierten nicht auf unsere Gegenwart, zumindest nicht sofort. Doch während wir unseren Weg fortsetzten, immer am äußersten Rand der Straße, drehten sich allmählich immer mehr Köpfe nach uns um. Ausdruckslose, tote Blicke folgten mir bei jedem Schritt, und als wir uns schließlich der Lagerhalle näherten, lösten sich mehrere Gestalten aus dem größten Gewimmel an Untoten und torkelten in unsere Richtung. Ich konnte die Anspannung in unserem Grüppchen hinter mir regelrecht spüren, Hände, die an Schwertgriffe glitten, das leise, wenn auch bedrohliche Knurren von Chu beim Anblick der Toten, die neugierig auf uns zukamen.

»Sieht aus, als wären wir aufgeflogen«, murmelte Okame, und ich sah, wie er sich nach seinem Bogen reckte. »Nun, jetzt stellt sich die Frage, wie schnell wir das Lagerhaus erreichen können, bevor sich die gesamte Stadt auf uns stürzt?«

»Augenblick, Okame-san«, flüsterte ich und hob die Hand. »Allesamt. Unternehmt noch nichts!«

Die Augen des Ronin verengten sich hinter seiner Maske, doch er ließ die Hand von seiner Waffe sinken. »Wenn du meinst, Yumeko-chan«, nuschelte er, und sein Blick huschte zur Masse an Untoten, die auf uns zutaumelte. »Aber, äh, die Gestalten kommen immer noch näher. Worauf genau warten wir ...?«

Ein Schrei gellte über den Docks. Wie auf ein Kommando richteten sich die Toten in unserer Nähe auf und wandten sich in Richtung des Lärms. Eine neue Gestalt stand am Ende der Straße und starrte entsetzt zu den Untoten, die Augen weit aufgerissen vor Angst. Das Mädchen besaß meine Gesichtszüge, meine Kleidung und meinen Körper, und sie kreischte mit meiner Stimme, während sie vor den Toten davonhastete, über den Saum ihres Gewands stolperte und zu Boden fiel.

Mit einem Heulen und Stöhnen, das einem das Blut in den Adern gefrieren ließ, preschte die torkelnde Horde ihr nach, wie

Ameisen, die sich über eine tote Heuschrecke hermachten. Die falsche Yumeko rappelte sich hoch und wäre fast wieder gestürzt, die ganze Zeit über laut heulend, dann floh sie mit dem Mob in ihrem Rücken. Als sie um die Ecke bog und aus unserem Sichtfeld verschwand, gab ich der Illusion in Gedanken den Befehl, so lange wie möglich weiterzulaufen, und wandte mich zu den anderen um, die dem Pulk an Untoten belustigt hinterherstarrten.

»Kommt schon, *minna*! Wer weiß, wie lang sie abgelenkt sind.«

Okame stieß ein schnaubendes Lachen aus und schüttelte den Kopf, als wir uns weiter in Richtung Lagerhalle begaben. »Damit ist es beschlossene Sache«, murmelte er. »Wenn das hier vorbei ist, müssen du und ich eine Spielhalle besuchen, Yumeko-chan. Eine Nacht, und ich bin reicher als der Kaiser.«

Wir hasteten auf das Lagerhaus zu, ein langes Gebäude aus Stein und Holz, das fest verrammelt zu sein schien. Jeder Schritt, der uns näher brachte, ließ mich heftiger zittern, denn bei der dunklen Magie, die aus dem Innern ausstrahlte, stellten sich mir die Nackenhaare auf, und mein Magen krampfte sich zusammen. Die zweiflügelige Tür war geschlossen und unbewacht, aber Reika streckte einen Arm aus und gebot uns Einhalt.

»Wartet!« Die Miko nahm einen Ofuda und schleuderte ihn auf die Flügeltür. Als der schmale Papierstreifen das Holz berührte, gab es eine kleine Explosion von Magie, die einen Moment violettschwarz aufleuchtete, und der Talisman zerfiel zischend zu Asche. Reika nickte grimmig.

»Es gibt eine Barriere um die Lagerhalle«, erklärte sie dem Rest von uns. »Überaus starke Blutmagie, die entweder jemanden fernhalten oder im Innern einsperren soll. So oder so sollten wir sie nicht berühren.«

»Wie kommen wir dann rein?«, fragte Okame verwirrt.

»Gebt mir fünf Minuten«, sagte Reika, zückte einen weiteren

Ofuda und hielt ihn zwischen zwei Fingern. »Womöglich schaffe ich es, sie ...«

Tatsumi zog sein Schwert. Es kreischte kratzend auf, als es ins Licht kam, was mir einen Schauer über den Rücken jagte. Ohne ein einziges Wort schritt er auf die Doppeltüren der Lagerhalle zu und ließ Kamigoroshi mit voller Wucht auf das Holz herabsausen.

Sobald die glühende Klinge auf die Barriere traf, erscholl ein Jaulen, das Geräusch von klirrendem Porzellan, und ein Aufwallen von Energie barst gellend. Ich zuckte zusammen und legte die Ohren flach an, als mich unvermittelt das widerliche Gefühl überkam, als würden windende, schlängelnde Dinge über mich hinweggleiten, bevor sie sich in alle Winde zerstreuten. Reika blinzelte.

»Oder man könnte das tun«, erklärte sie.

Tatsumi holte mit dem Fuß aus und trat die Türen auf, die mit einem lauten Krachen aufflogen, aus ihren Schienen sprangen und zersplittert auf dem Boden landeten. Ohne zu zögern marschierte er los, seine Klinge ein helles Pulsieren in der Dunkelheit, und verschwand durch den Rahmen.

»Na schön«, seufzte Okame, während der Rest von uns Tatsumi nachstürmte. »Ich schätze, die unauffällige Herangehensweise ist vom Tisch.«

Reika schnaubte. »Wann haben wir die jemals versucht?«

Im Innern der Lagerhalle war es dunkel und warm, die Luft abgestanden. Doch sobald ich durch die Tür trat, traf mich schlagartig der schwere, süßliche Gestank von Fäulnis und Blut und Verwesung. Der Grund war unübersehbar: Überall lagen Leichen, aufgestapelt entlang der Wände und in den Ecken, einige Haufen höher als mein Kopf. Fliegenschwärme krochen über die blutigen Berge, ihr dröhnendes Brummen erfüllte die Luft, und mehrere pelzige Tiere huschten aufgeschreckt von dort fort, wo sie gerade eben noch an aufgeplatztem Fleisch gekaut hatten. Ich schlug beide

Hände über Nase und Mund, von panischem Entsetzen gepackt, und ließ die Illusionen fahren, die uns geschützt hatten. Mit kleinen weißen Rauchexplosionen verpufften die Trugbilder der Masken und Untoten, und wir waren wieder wir selbst.

»Das ist ...« Daisuke schüttelte den Kopf, sein normalerweise gelassener, unbeeindruckter Gesichtsausdruck blass vor Schock. »Blasphemie«, flüsterte er schließlich. »Warum sollte jemand so etwas tun?«

Tatsumi drehte sich um. Seine Augen glühten rot im trüben Licht, und seine Hörner und Krallen waren vollständig ausgefahren. Bedrohliche Tätowierungen waren auf seinen Armen und am Hals erschienen, ein Flackern von Farbe, als bestünden sie aus Feuer. Sein Mund verzog sich zu einem eiskalten Lächeln, das keinesfalls Kage Tatsumi gehörte. »Das ist Blutmagie«, erklärte er. »Je mehr Blut, Tod und Leiden, desto mächtiger der Zauber. Was bedeutet, dass Gennos Hexen in nächster Nähe sind.«

»Wohl wahr, Hakaimono«, sagte eine neue Stimme über uns. Ich blickte hoch, und ein Dreigespann von Gestalten erschien am Rand des Heubodens. Es waren Frauen, oder vielleicht waren sie es früher einmal gewesen. Die eine ganz vorne war hochgewachsen und verdorrt, mit schwarzen Krallen, die sich aus ihren Fingern bogen, und einem gelben Glühen in den Augen. Die anderen zwei sahen menschlicher aus, obwohl beide leuchtend rote Narben an Armen und Beinen aufwiesen und bei einer eine grässliche Schnittwunde über der Wange und ein vernarbtes Loch an der Stelle klafften, wo einst ihr Auge gewesen war.

Die Anführerin der Hexen zeigte mit einer langen Klaue auf Tatsumi. »Wir wussten, du würdest kommen, Erster Oni«, krächzte sie mit rauer Stimme. »Du und deine Gefährten werden diesen Ort nicht lebend verlassen. Wir erlauben nicht, dass ihr euch in Lord Gennos Pläne einmischt. Er wird den Drachen heraufbeschwören, und das Kaiserreich wird bei seiner Wiederkehr vor Ehrfurcht erzittern. Aber du wirst hier sterben, so wie alle anderen, die sich dem Meister der Dämonen in den Weg stellen.«

Blitzschnell vollführte sie eine Handbewegung, und ein Kräuseln von dunkler Magie ging durch die Luft. Überall um uns herum begannen sich die Leichenberge zu bewegen. Sie rutschten durcheinander, wanden und krümmten sich, dann erhob sich eine riesige Masse aus Fleisch, Gliedmaßen und Körpern, Dutzende Tote, verschmolzen zu grotesken, schrecklichen Monstern. Sie glitten taumelnd vorwärts, mit unzähligen Händen, die sich nach uns streckten, und unzählige Stimmen, die im Chor stöhnten.

»Okay, das ist nun wirklich widerlich«, sagte Okame und hob seinen Bogen. Die Leichenberge bewegten sich auf uns zu, bildeten einen Ring um uns, der sich unaufhaltsam zusammenzog. Mit einem *Rumms* feuerte der Ronin einen Pfeil in den Kopf eines Monsters. Der Schädel wurde nach hinten gerissen, der Pfeil ragte aus seiner Augenhöhle heraus, doch dem Rest des wehklagenden Gesichts und den nach vorne gereckten Armen schien es nichts auszumachen. »Hm, womöglich stecken wir hier in Schwierigkeiten.«

»Yumeko, bleib zurück«, rief Tatsumi, während Daisuke seine Klinge zückte und Chu mit einem Fauchen seine wahre Gestalt annahm. Nach einem gewaltigen Satz vorwärts formte der Hüter des Schreins die Spitze eines Dreiecks, dessen weitere Ecken Tatsumi und Daisuke bildeten, mit mir, Reika und Okame in der Mitte. Mit hämmerndem Herzen öffnete ich die Hände, und Fuchsfeuer erwachte flackernd zum Leben und brachte die grässlichen Gesichter der Toten zum Erstrahlen, die bedrohlich näher rückten. Tatsumi lächelte grimmig und riss das Schwert in die Höhe. »Das gibt eine echte Sauerei.«

Die aufgetürmten Untoten taumelten mit einem gedämpften Ächzen vorwärts. Ich stieß einen Schrei aus und schleuderte ihnen eine Wand aus Fuchsfeuer entgegen, was ein paar von ihnen vor dem plötzlichen Licht zurückweichen ließ. Als sie torkelnd zum Stehen kamen, stürzten Tatsumi und Daisuke durch die Mauer aus Kitsune-bi mitten hinein in die Toten.

Laut brüllend griffen die Berge aus Untoten mit Dutzenden Händen und klauenbewehrten Fingern nach ihnen. Daisuke wirbelte in blitzschnellen Drehungen um sie herum, sein Schwert ein unscharfer Farbfleck, und abgetrennte Gliedmaßen fielen zuckend zu Boden. Tatsumi fauchte, als er in die Luft schnellte und Kamigoroshi genau in der Mitte auf den wuselnden Berg aus Toten herabsausen ließ, sodass er in zwei Hälften geteilt wurde. Die Untoten gaben ekelhaft erstickte Laute von sich, während sie zerteilt wurden, und ein beißender Gestank, der mir in den Augen brannte und mir den Magen umdrehte, erhob sich von ihnen.

Das Blut von seinem Schwert schnalzend, schoss Tatsumi auf ein weiteres Monster zu, doch die verstümmelten Gliedmaßen des Berges aus Toten zuckten, dann erhoben sie sich zu zwei kleineren, eigenständigen Haufen, die sich erneut nach ihm streckten. Wenige Meter von ihm entfernt mühte Daisuke sich ab, ausreichend Abstand zwischen sich und zwei Leichenberge zu bringen; ganz gleich, wie viele Arme und Beine er abtrennte, wie viele Untote er enthauptete, die Massen rückten immer näher.

»Yumeko!«

Reikas Stimme erscholl, schrill und verängstigt. Ich drehte mich gerade noch rechtzeitig um, als ein Schatten von hinten über mich fiel und ein Dutzend Klauen von allen Seiten nach mir griffen. Ich stieß einen gellenden Schrei aus und schleuderte eine Woge Fuchsfeuer in die vielen Gesichter des Monsters, was es zurücktaumeln ließ, ohne ihm jedoch ernsthaften Schaden zuzufügen. Kalte, klamme Finger packten mein Handgelenk und zerrten mich vor, woraufhin ich vor Entsetzen und Ekel brüllte.

»Reinheit!«

Ein Ofuda schoss an meinem Kopf vorbei und blieb an der faulig stinkenden Masse des Monsters, der mich umklammert hielt, kleben, und mit einem Bersten von spirituellem Licht wurde ein Teil des Totenhügels zur Seite geschleudert. Ich taumelte rückwärts, wobei sich die Finger des abgetrennten Arms immer noch wie ein Schraubstock um mein Handgelenk krallten, während der Berg aus Untoten aufheulte und sich zu kleineren Hügeln des Todes formierte. Sie vollführten einen neuen Angriff, doch der riesige purpurfarbene Körper von Chu warf sich mit voller Wucht laut grollend auf sie und stieß sie zurück.

»Igitt, igitt, igitt!« Hastig schüttelte ich meinen Arm aus und streifte angewidert die Finger ab, die immer noch mein Handgelenk umklammerten. »Das funktioniert nicht, Reika-san«, keuchte ich. Hinter mir hörte ich Tatsumis zornentbranntes Fauchen und das schmatzende Geräusch seiner Klinge, die durch einen Leichenberg hieb, und sah das Aufblitzen von Daisukes Schwert, während es durch Gliedmaßen und Körper schnitt, aber die Monster schienen kein Ende zu nehmen. »Wie töten wir Ungeheuer, die bereits tot sind?«

»Die Toten sind nur Marionetten«, fauchte Reika und duckte sich, als eine blasse Hand nach ihr ausholte. »Töte den Puppenspieler, dann zertrennst du die Fäden.«

»Oh!« Allmählich ging mir ein Licht auf. Ich blickte zu den Hexen hoch, die am Rand des Heubodens standen und zu uns herablächelten, dann zu Okame, der meinen Blick durch die taumelnden Toten auffing. »Okame-san!«

»Schon erledigt!« Ohne zu zögern hob der Ronin seinen Bogen und feuerte dreimal in blitzschneller Abfolge auf das Trio an Blutmagierinnen über uns. Die Pfeile flogen treffsicher auf ihre Ziele zu, aber kurz bevor sie die Hexen erreichten, prallten sie an einem unsichtbaren Kraftfeld ab, sodass sie trudelnd in die Tiefe stürzten. Für den Bruchteil einer Sekunde flackerte eine schwarz-rote Kuppel auf, die alle drei Blutmagierinnen schützend umgab, und die Anführerin der Hexen stieß ein lautes, gackerndes Lachen aus.

»Kämpft und wehrt euch, so viel ihr wollt, ihr erbärmlichen Sterblichen«, zischte sie. »Niemand wird Lord Gennos glorreiche Wiederkehr verhindern.«

»Reika-san!«, rief ich, machte eine Satz rückwärts und schleuderte einer Gestalt einen Schwall Fuchsfeuer ins Gesicht, jedoch ohne große Wirkung. »Da ist eine Barriere…«

»Habe ich gesehen.« Die Miko warf dem Hexentrio einen funkelnden Blick tiefster Verärgerung zu, bevor sie einen Ofuda aus ihrer Haori zog. »Ich brauche nur eine Minute«, sagte sie, nahm den Streifen in zwei Fingern und brachte ihn an ihr Gesicht. »Halt sie mir währenddessen vom Leib.«

»*Minna!*«, rief ich, als Chu sich zwischen seine Herrin und zwei Anhäufungen aus Untoten stürzte, die unaufhaltsam auf sie zuschlurften. »Hört sofort alle her! Beschützt Reika-san!«

Augenblicklich ließen Tatsumi und Daisuke sich zurückfallen, um die Schreinmaid zu flankieren, während Okame, Chu und ich die Stirnseite übernahmen. Im Grunde war es natürlich vor allem Chu, der zu einem knurrenden, wutschnaubenden Wirbelwind aus Zähnen und Klauen wurde und sich auf jedes tote Etwas warf, das uns zu nah kam. Ich hob einen Kieselstein vom Boden auf, schleuderte ihn auf die Leichenberge, und ein zweiter Komainu erschien, fauchend und mit riesigen Klauen um sich schlagend, was die allgemeine Verwirrung und das Chaos noch weiter steigerte. Reika schloss die Augen, leise Worte vor sich hin murmelnd, und das Papier in ihrer Hand begann zu glühen.

»Schluss mit dem Unfug!« Über uns hob die Anführerin der Hexen eine blutige Krallenhand. »Es ist an der Zeit, dass ihr alle sterbt. Tötet sie!«, rief sie, und die Leichenberge schienen anzuschwellen und sogar noch groteskere Formen anzunehmen, während neue Arme und Gesichter aus den verfaulten, übel riechenden Körpern wuchsen. Sie taumelten vorwärts, und einer von ihnen fiel auf Chu, der verzweifelt knurrte, als er unter dem Hügel vergammeltem Fleisch und um sich greifenden Händen begraben wurde.

Laut fluchend schoss Okame einen Pfeil ab, der den Haufen Untoter auf Chu traf und bis zur Hälfte im eitrigen Fleisch verschwand, aber nichts geschah. »*Kuso!*«, fluchte er wieder und zog einen weiteren Pfeil aus seinem Köcher, doch Reika streckte unvermittelt den Arm aus und entriss ihm den Pfeil.

»Was ...?«

»Nicht auf die Leichen«, fauchte sie. Hastig hob sie den schwach glühenden Ofuda, schob den Talisman bis zur Mitte des Pfeilschafts und gab ihn ihm zurück. »Auf die Hexe, Ronin. Schieß auf die Hexe!«

Die Berge aus Untoten schlossen uns ein, wild mit den Armen dreschend. Der widerliche Gestank war schier überwältigend. Okame machte einen Satz nach hinten, hob seinen Bogen und schoss den Pfeil direkt auf die Anführerin der Hexen ab, die hämisch grinsend zu uns herabblickte. Wie zuvor traf der Pfeil die Barriere, doch diesmal schien die Pfeilspitze die purpurne Kuppel zu durchdingen, während der Ofuda in einem blendend grellen Licht aufflammte. Mit einem Geräusch von zersplitterndem Porzellan barst die Schutzhülle, und die Hexen schrien vor Angst und Wut, während sie mit rudernden Armen rückwärtstaumelten.

»Seid verflucht!«, zischte die Anführerin der Hexen und funkelte uns erbost an, da sprang Tatsumi laut fauchend zum äußersten Rand des Heubodens, und der Hexe blieb gerade einmal genug Zeit, um vor Panik aufzujaulen, bevor Kamigoroshi durch sie hindurchfuhr. Die anderen beiden kreischten entsetzt auf und versuchten zu fliehen, aber der wutschnaubende Dämonenjäger streckte sie in einer blitzschnellen Drehung nieder, und ihre durchtrennten Körper polterten mit einem feuchten Knall auf die Holzbohlen.

Ein Schauder glitt durch die Luft. Ganz langsam kamen die Berge aus Toten zum Stehen und begannen auseinanderzufallen, während die Körper immer schlaffer wurden und zu Boden sanken. Chu schlängelte sich aus dem reglosen Leichenhaufen, schüttelte sich heftig und tappte zu Reika zurück, die mit einem Ausdruck angewiderten Triumphs zu den nun wahrlich toten Leichen sah.

Okame holte tief Atem. »Also ehrlich, seit ich euch allen begegnet bin, habe ich viele sonderbare Dinge erlebt«, verkündete er und blickte mit geschürzten Lippen zu seinen Gefährten. »Hungrige Geister, Dämonen, riesige Tausendfüßer, die mich auffressen wollten. Ich dachte, es könnte nicht schlimmer werden, dass ich alles gesehen hätte.« Er schüttelte den Kopf. »Anscheinend habe ich mich schrecklich getäuscht.«

»Geht es allen gut?«, unterbrach ich ihn, als Tatsumi vom Rand des Heubodens sprang, seine Augen immer noch in einem blutrünstigen Rot schimmernd, seine Krallen, Hörner und Fangzähne deutlich sichtbar. Sein Blick glitt zu mir, und der eiskalte Zorn, der in ihm pulsierte, ließ mich schaudern, doch ich zwang mich, dem Dämon die Stirn zu bieten. »Das hat der Sache ein Ende gesetzt, nicht wahr? Der Fluch sollte gebrochen sein, nun da der Hexenzirkel zerstört ist.«

Einen Moment lang betrachtete mich der Dämonenjäger mit einem erschreckend unheimlichen, nachdenklichen Ausdruck im Gesicht, als würde er abwägen, ob er vorschnellen und mir das Schwert durch den Magen rammen sollte. Doch dann schüttelte er sich, und die dämonischen Züge verblassten, als er sich wegdrehte und aus den Türen der Lagerhalle starrte. Ich folgte seinem Blick und sah, dass die Straße mit reglosen Leichen gepflastert war. Eine schwere Stille hing in der Luft, und mein Magen bäumte sich auf, als ich zu den Leichenbergen spähte. So viel Tod und Zerstörung, alles nur, weil der Meister der Dämonen nicht wollte, dass wir ihm folgten und die Drachenrolle zurückforderten.

»Bei den Barthaaren des Herolds, ihr habt es wirklich geschafft!« Wir drehten uns um. Ein Mann stand in der Tür auf der anderen Seite des Lagerhauses und starrte erst uns und dann die Leichenberge mit weit aufgerissenen Augen an. Er war kein Samurai, trug grobe, wenn auch robuste Kleidung, und seine Haut war von der Sonne gegerbt.

»Meine Männer und ich haben euch beobachtet«, fuhr der Fremde fort, als zwei weitere mitgenommene, sonnenverbrannte Männer den Kopf aus der Tür steckten und uns neugierig beäugten. »Wir haben gesehen, wie ihr euch mit Magie einen Weg durch die Tür gebahnt habt, dann haben wir im Innern einen schrecklichen Aufruhr gehört. Seit zwei Tagen sitzen wir hier fest, ohne den blassesten Schimmer, wie wir an der Horde Toter vorbeikommen könnten. Ich weiß nicht, wer ihr seid, Fremde, oder welche Zauberei ihr benutzt habt, um den Fluch auf dieser Stadt zu brechen, aber ich bin euch von ganzem Herzen dankbar.«

»Wer bist du?«, fragte Tatsumi.

»Oh, entschuldigt bitte.« Der Fremde verneigte sich hastig, dann taten es ihm der Rest seiner Männer gleich. »Ich bin Tsuki Jotaro, erster Steuermann auf dem *Glücklichen Seedrachen*.« Er zögerte, seine Stirn kräuselte sich vor schmerzhaften Erinnerungen. »Hm, im Grunde bin ich jetzt, wo Kapitän Fumio tot ist, wahrscheinlich der neue Kapitän. Wir haben hier angelegt, um mit Umi Sabishi Handel zu treiben, da wurde die Stadt plötzlich von Untoten heimgesucht, und wir haben es nicht mehr auf unser Schiff geschafft. Da ihr das Problem nun gelöst habt, können wir endlich in unsere Heimat zurückkehren.«

»Ins Land der Tsuki«, rief Daisuke, als könnte er unser Glück kaum fassen.

Jotaro nickte. »Sobald ich den Rest meiner Crew gefunden habe«, erklärte er. »Wir können es kaum erwarten, diesem verfluchten Ort den Rücken zu kehren. Aber wer auch immer ihr sein mögt, Fremde, ich stehe ewig in eurer Schuld. Ihr habt diese Stadt, meine Crew und mein Schiff gerettet. Wenn ich mich euch irgendwie erkenntlich zeigen kann, lasst es mich wissen.«

»Um ehrlich zu sein…« Reika trat lächelnd vor. »Gibt es da tatsächlich etwas, bei dem du uns helfen könntest.«

6

IM KRÄHENNEST

Tatsumi

Ich war nicht gern auf einem Boot.

Nicht wegen des Ozeans oder dem ununterbrochenen Schaukeln des Schiffs an sich. Ich war ein begnadeter Schwimmer und hatte seit meiner frühsten Kindheit Gleichgewichtsübungen auf jeglicher Art von wackeligen Untergründen absolviert. Seekrankheit war für mich ein Fremdwort, ganz im Gegensatz zum Ronin, dem fortwährend und lautstark übel war, seit wir in Umi Sabishi Mura die Segel gesetzt hatten.

Es war im Grunde die beängstigende Vorstellung, dass ich mit anderen Seelen auf einem kleinen Boot gefangen war und es keinen Ausweg gab – für niemanden –, sollte mich das blutrünstige Verlangen überkommen, sie alle abzuschlachten. Ich konnte diesen Drang jetzt spüren, diesen Hunger nach Gewalt und Gemetzel, der nie völlig verschwand. Ich hatte den vergangenen Tag und den Großteil der Nacht im Krähennest verbracht, weit weg von der Crew und dem Rest meiner Gefährten, damit meine dämonische Natur keinesfalls in Versuchung geführt wurde, ein Blutbad anzurichten.

Lüg dir nicht in die Tasche, Tatsumi, flüsterte eine Stimme in meinem Innern, die nicht gänzlich die meine war. *Du versteckst dich … vor* ihr.

Ich blendete die Stimme aus und schloss die Augen, aber ich konnte der Wahrheit nicht entfliehen. *Yumeko.* In letzter Zeit hatte ich *tatsächlich* viel über sie nachgedacht. Seit jener schrecklichen Nacht, als sie meine Seele von dem Dämon, von dem ich besessen gewesen war, befreit hatte, konnte ich an nichts anderes als das Fuchsmädchen denken. Im Kampf machte ich mir schreckliche Sorgen um sie, und ich fühlte mich leer, wann immer wir nicht zusammen waren. Selbst jetzt, obwohl ich wusste, dass sie im Schiffsrumpf in Sicherheit war, sehnte ich mich nach ihr, wollte ihr Lachen hören. Ich wünschte …

Wünsche sind etwas für Narren, Tatsumi. Ichiros Stimme hallte in meinem Kopf wider, kalt und vernünftig, und wiederholte einen der vielen Grundsätze des Dämonenjägers. *Wünsche, die nicht in Erfüllung gehen dürfen, schwächen nur deine Entschlossenheit. Du bist der Dämonenjäger der Kage. Du darfst niemals zögern, du darfst niemals zweifeln, ansonsten bist du und jeder in deiner Gegenwart verloren.*

»Tatsumi? Bist du hier oben?«

Mein Herz klopfte, als die vertraute Stimme, die seit endlos langen Tagen in meinen Gedanken herumspukte, genau unter mir erscholl. Keinen Meter von mir entfernt krallten sich vier schlanke Finger um den Rand des Krähennests, bevor kurz darauf zwei Ohren mit schwarzen Spitzen über den Rand lugten und schließlich Yumekos Gesicht erschien. Ihre langen Haare flatterten hinter ihr im starken Wind. Sobald sie mich erblickte, kräuselten sich ihre Lippen zu einem Lächeln.

»Hier steckst du also! Ich habe schon überall nach dir gesucht.« Sie zog sich über die Kante und landete, halb kriechend, halb fallend, im Korb, wo sie schmerzgepeinigt das Gesicht verzog, als ihre Unterarme auf den Boden des Krähennests knallten. »*Ite!* Wow, das war aufregend. Ich glaube, ich hatte noch nie so große Angst, nach unten zu schauen. Selbst der alte Kampferbaum im Wald in der Nähe des Tempels der Stillen Winde war nicht so hoch.« Immer noch auf den Knien, eines der Seile mit beiden Händen fest umklammernd, spähte sie über den Rand des Ausgucks, und ihre Ohren legten sich flach an den Kopf an. »Wir sind aber wirklich ganz schön weit oben, nicht wahr? Ich hoffe, Reika wird nicht sauer sein, falls ich die ganze Nacht hier oben bleibe.«

»Was tust du hier, Yumeko?«, fragte ich, ohne mich auch nur einen Millimeter von meinem Platz am Rand des Korbs wegzubewegen. Ihr Anblick ließ mein Herz höherschlagen, aber ob es freudiger Erregung, Angst oder etwas anderem geschuldet war, vermochte ich nicht zu sagen.

»Ich habe mir Sorgen gemacht.« Das Mädchen schob sich um den Mast auf mich zu, ohne die Seile und den Rand des Krähennests auch nur für eine Sekunde loszulassen. »Ich habe dich seit fast zwei Tagen nicht mehr zu Gesicht bekommen, und die anderen konnten dich ebenfalls nicht finden. Ich hatte schon befürchtet, du könntest entschieden haben ... uns zu verlassen.«

Ich runzelte die Stirn. »Wir sind mitten auf dem Meer«, erklärte ich und zeigte mit einer ausladenden Handbewegung auf die endlose Weite des Ozeans, der uns umgab und im Mondlicht schimmerte. »Wohin sollte ich gehen?«

»Ich bin kein Shinobi.« Immer noch auf den Knien kroch sie näher, ihre Fingerknöchel weiß von der Umklammerung der Seile. »Ich wusste nicht, ob du vielleicht eine geheime Kage-Magie kennst, mit der du dich in einen Fisch verwandeln kannst. *Hui!*« Eine Böe fuhr durch ihre Ärmel und ließ den Korb schaukeln. Erschrocken schloss sie die Augen und krallte sich am Mast fest. »Nun, es ist entschieden. Ich werde hier oben bleiben, bis wir das Land des Mondclans erreichen. Es dürfte nicht mehr lang dauern, bis die erste Insel in Sicht kommt, nicht wahr?«

Es war jetzt ziemlich eng im Krähennest, da der Korb im Grunde nur für eine Person gedacht war. Mit einem Seufzen erhob ich mich und starrte zu dem Mädchen hinab, das immer noch den Mast umklammerte. »Gib mir deine Hand«, sagte ich und streckte meine eigene aus. Zögerlich griff sie danach und umkrallte meine Finger, wobei sie jedoch weiterhin einen Arm um den hölzernen Stamm geschlungen hielt. »Lass den Mast los, Yumeko«, murmelte ich, und ihre Ohren legten sich wieder flach an. »Vertrau mir«, beruhigte ich sie, ihre Hand fest an mich gepresst. »Ich lasse dich nicht fallen.«

Sie nickte und ließ zögerlich den Pfosten los. Ich zog sie auf die Beine, doch als sie schließlich aufrecht stand, brachte eine peitschende Windböe das Segel heftig zum Flattern. Yumeko stieß ein leises Kreischen aus und schien sich wieder wie ein Klammeräffchen an den Mast krallen zu wollen, doch ich riss sie in meine Richtung, sodass sie fest an mich gepresst war, eine Hand zum Gleichgewicht an meiner Schulter, während ihre andere meine Finger wie ein Schraubstock zerquetschte.

»Stell dich aufrecht hin«, raunte ich ihr leise ins Ohr. »Beug die Knie, und spür den Rhythmus der Wellen. Geh mit den Bewegungen des Schiffs mit, anstatt dich von ihnen hin und her werfen zu lassen.«

»Das hier ist etwas völlig anderes, als auf den Kampferbaum zu klettern«, murmelte sie und sah mit starrem Blick auf den Stoff meiner Haori, während sie allmählich ihr Gleichgewicht fand. »Selbst wenn der Baum geschwankt hat, gab es überall Äste, an denen man sich festhalten konnte, sollte man ausrutschen. Im Moment gibt es nichts als Luft zwischen mir und einem sehr langen Sturz auf die Planken. Reika würde mir wahrscheinlich die Ohren lang ziehen, wenn ich mir das Genick breche.«

»Du wirst nicht fallen«, sagte ich. »Beruhige dich, und werde eins mit dem Auf und Ab des Schiffs. Sobald du dich an den Rhythmus gewöhnt hast, wird es dir nicht schwerfallen, wieder nach unten zu klettern.«

Sie straffte die Schultern und hob endlich den Blick. Seitlich am Kopf waren ihre Fuchsohren gespitzt nach vorne gerichtet, und ihr Körper entspannte sich in meiner Umarmung. »Oh«, flüsterte sie ehrfurchtsvoll. »Von hier oben kann man ja den ganzen Ozean sehen.« Mit weit aufgerissenen Augen betrachtete sie die glitzernde schwarze Fläche, die Wellen, die sich silbern unter dem Mond kräuselten, und atmete langsam aus. »Das Meer ist tatsächlich unendlich weit, nicht wahr?«

Ihre Finger berührten sanft meine Haut, zogen eine Spur der Hitze über meinen Arm, und mein Herz hämmerte in meinen Ohren. Mit einem Mal war mir geradezu schmerzhaft bewusst, dass wir ganz allein hier oben waren, weit weg von unseren Gefährten und jedem, der uns sehen könnte. Aber nicht nur das, auch unsere Körper waren sich sehr nah. Ich konnte Yumekos schlanke Gestalt spüren, die sich, um das Gleichgewicht nicht zu verlieren, leicht an mich lehnte. Früher wäre mir eine solche Nähe zu einem anderen Menschen äußerst unangenehm gewesen, und ich hätte alles in meiner Macht Stehende getan, um einen sicheren Abstand zwischen uns zu bringen; jetzt überkam mich ein schrecklicher, unfassbarer Drang, sie näher an mich zu ziehen. »Du solltest wieder nach unten klettern«, sagte ich schroff. »Bis Ushima ist es nicht mehr weit. Wenn alles planmäßig verläuft, werden wir den Hafen von Heishi bei Tagesanbruch erreichen.«

Sie nickte abwesend, den Blick immer noch auf das Wasser gerichtet, und das Mondlicht spiegelte sich in ihren Augen. »Alles ist so groß«, murmelte sie leise, als wagte sie nicht, lauter zu sprechen. »Es fühlt sich an, als wären wir die einzigen Wesen hier draußen. Nur zwei winzige Punkte zwischen Ozean und Himmel. Man erkennt, wie klein und unbedeutend man in Wirklichkeit ist. Als wärst du ein Käfer, der in einem Spinnennetz gefangen ist, und du mühst dich schrecklich ab, glaubst du doch, du befändest dich in diesem riesigen Kampf auf Leben und Tod, aber im Grunde bist du nur ein winziger Käfer.« Sie zögerte, und ein mattes Lächeln legte sich auf ihr Gesicht. »Das war einer von Dengas Lieblingssprüchen. Früher habe ich nie verstanden, was er bedeutet, aber jetzt ... habe ich das Gefühl, als wüsste ich es.«

Mit einem Seufzen legte sie den Kopf in den Nacken und blickte zu den Sternen. »Jetzt im Moment fühle ich mich wie ein Käfer, Tatsumi«, flüsterte sie. »Wie um alles in der Welt soll ich Genno, seine Armee oder das Erwachen des Drachen aufhalten? So stark bin ich nicht.«

»Ich werde deine Stärke sein«, erwiderte ich sanft. »Lass mich deine Waffe sein, die Klinge, die durch deine Feinde schneidet. Zumindest das kann ich sein.« Sie zitterte an meinem Körper, und mein Herz pochte. »Stärke ist nicht der einzige Schlüssel, um eine Schlacht zu gewinnen«, erklärte ich. »Das hast du mir selbst einmal gesagt, schon vergessen? Du hast andere Arten zu kämpfen, Yumeko.«

»Fuchsmagie«, murmelte Yumeko. »Illusionen und Tricks. Ich besitze keine echte Macht wie du oder Reika. Ich werde es versuchen, Tatsumi. Ich werde so hart kämpfen, wie irgend möglich, aber Genno weiß längst, was ich bin ... wie sehr wird meine Magie dann noch nützen?«

»Genug, um einen Oni-Lord zu besiegen«, erwiderte ich, »den stärksten Dämon, den das Jigoku jemals hervorgebracht hat. Genug, um die Schriftrolle vor dem Dämonenjäger der Kage zu verbergen, während du das halbe Land mit ihm durchstreifst, und am Leben zu bleiben, wo die unsterbliche Daimyo des Schattenclans deinen Tod will. Und einen Kage-Lord wie eine Marionette zum Kreischen und Tanzen zu bringen, wenn das Trugbild eines

Nagers an seiner Hakama hinaufhuscht.« Meine letzten Worte entlockten ihr ein Kichern, weshalb ich ebenfalls grinste. Der Ronin hatte mir von Lord Iesadas berühmt-berüchtigter Teezeremonie und ihrem beschämenden, höchst amüsanten Ende erzählt. Ich war dem Kage-Lord einst selbst begegnet, und obwohl meine menschliche Seite an die beiläufige Arroganz und den Prunk der Adligen gewöhnt war, hätte mein dämonisches Wesen ihm am liebsten die überhebliche Fratze zerfetzt.

Schlagartig wurde ich ernst. »Genug, um eine menschliche Seele aus dem Jigoku und die eines Oni davor zu retten, ewig in einem Schwert gefangen zu sein«, beendete ich meine Ausführung. Goldene Fuchsaugen trafen meine, und mein Herz vollführte einen sonderbaren Salto.

Erschrocken drehte ich mich weg und befahl mir selbst, still zu sein, nichts zu fühlen. Den Rand des Krähennests umklammernd starrte ich hinaus übers Wasser. Was tat ich hier nur? Jedes Mal, wenn Yumeko mir so nah kam, wurde ich unvorsichtig, und meine Gefühle drohten, mit mir durchzugehen, was auch damals der Grund gewesen war, dass Hakaimono mich überwältigen konnte. Jetzt war ich sogar noch gefährlicher, mit meiner dämonischen Seite, die zügellos und so knapp unter der Oberfläche wütete, dass der glühende Zorn und die Mordlust in meinem Innern ein Teil von mir geworden waren.

»Auch wenn du diese Entscheidung womöglich bitter bereuen wirst, sobald Genno tot ist«, erklärte ich der Kitsune in meinem Rücken. »Vielleicht hast du Tatsumi gerettet, aber gleichzeitig einen Dämon. Hakaimono ist immer noch hier, vergiss das nie.«

Ich spürte, wie sie mich beobachtete, während der Wind an unseren Haaren zerrte und die Plattform zum Schaukeln brachte. »*Gomen*, Tatsumi«, sagte sie schließlich, woraufhin ich verwirrt die Stirn in Falten legte. »Ich habe dich nicht einmal gefragt, ob du ein

Dämon werden willst. Wäre es dir lieber gewesen, wenn ich dich nicht gerettet hätte?«

»Nein«, hauchte ich. »Ich bin froh, hier zu sein und die Chance zu bekommen, meine Schuld wettzumachen, indem ich den Wunsch des Drachen durchkreuze und Genno töte. Aber... ich kann mich nicht darauf verlassen, dass ich mich im Gemetzel nicht auf jeden stürze, Feind oder Freund.« *Bevor es mir gelingt, Hakaimonos Zorn und Mordlust niederzukämpfen, weil sie nicht meine sind.* Ich war ausgebildet worden, mich von all meinen Gefühlen zu distanzieren, um sie kontrollieren zu können. Jetzt war diese Boshaftigkeit ein Teil von mir. Sobald ich mit dem Töten begann, könnte ich vielleicht nicht mehr aufhören.

»Das bereitet mir keine Sorgen.«

Angst und Wut flackerten in mir auf. Sie hatte immer noch nicht verstanden, was ich war, wozu ich wirklich fähig war. *Genug, Tatsumi. Wenn dir dieses Mädchen tatsächlich am Herzen liegt, wirst du dem Ganzen hier und jetzt einen Riegel vorschieben. Du bist ein Dämon, du hast nicht das Recht, auf irgendetwas zu hoffen. Und wenn das weitergehen sollte, wird der Tag kommen, an dem du dich gegen sie wendest, und sie wird nicht damit gerechnet haben. Beende es, ein für alle Mal.*

Im Herumwirbeln ließ ich meine Wut an die Oberfläche steigen, den Zorn und die Mordlust, die jetzt meine steten Begleiter waren und in meinen Adern brannten. Ich spürte, wie meine Hörner glühten, rot und heiß, und Yumekos Gesicht in ein purpurnes Licht tauchten. Schimmernde Runen und Symbole erschienen auf meinen Armen, schlängelten sich meinen Hals hinauf und leuchteten durch meine Haori hindurch. Während obsidianschwarze Krallen aus meinen Fingern wuchsen und sich gebogene Fangzähne aus meinen Kiefern schoben, starrte ich Yumeko an, die Augen, von denen ich wusste, dass sie ebenfalls in einem dumpfen Rot funkelten, zu Schlitzen verengt.

Yumeko riss die Augen auf und wich verängstigt zurück. Einen Moment lang sah sie mich eindringlich an, den Dämon, der neben ihr im Krähennest aufgetaucht war. Mein Blick blieb eiskalt, gefährlich, um ihr die Blutrünstigkeit zu demonstrieren, die ich kaum in Zaum halten konnte, und ignorierte die resignierte Verzweiflung, die an meinem Innersten nagte. Ich wollte ihr das nicht antun. Yumeko war der erste Mensch, der mehr in mir gesehen hatte als den Dämonenjäger der Kage, mehr als nur das Schwert, das ich trug. Ich hasste den Gedanken, dass sie sich so an mich erinnern würde: den Dämon, einen Oni-Lord, boshaft und unrettbar. Doch es musste sein. Es war besser, es schnell hinter mich zu bringen, damit sie lernte, mich endlich zu fürchten und zu hassen, als auf den Tag zu warten, an dem ich sie unweigerlich verraten würde.

»Das ist, was ich jetzt bin«, sagte ich mit abweisender Stimme und ließ Hakaimonos barsches Knurren meine Stimme tönen. »Das ist das Produkt, das dabei herauskommt, wenn die Seelen eines Dämons und eines Menschen verschmelzen. Ich bin dir dankbar für das, was du getan hast, Yumeko. Zweifle nie daran. Aber du solltest dich so weit wie möglich von mir fernhalten. Andernfalls könnte das hier das Letzte sein, was du jemals gesehen hast.«

Yumeko blinzelte, und ihre Ohren legten sich flach an ihren Kopf an. Ein sonderbarer Ausdruck huschte über ihr Gesicht, eine Mischung aus Trotz und Entschlossenheit, als würde sie all ihren noch verbliebenen Mut zusammennehmen. Bevor mir dämmerte, was gerade geschah, trat sie einen Schritt vor, nahm mein Gesicht in beide Hände und küsste mich.

Was...?

Fassungslos vor Überraschung erstarrte ich, und mit einem Mal waren mein brennender Zorn und die Mordlust wie weggewischt. Krallen und Fangzähne zogen sich zurück, und die glühenden Symbole auf meinen Armen verblassten, zerstreuten sich wie glimmende Asche im Wind. Ich hob meine Hände, um ihre Schultern zu umfassen, und ich spürte ihren Körper, der sich fest an meinen presste, das hastige Hämmern ihres Herzens an meiner Brust.

Sie währte nicht lang, diese kurze, sanfte Berührung ihrer Lippen auf meinen. Aber lang genug, um meine Welt völlig auf den Kopf zu stellen und mich taumelnd zurückzulassen, bevor Yumeko die Umarmung löste. Wie benommen starrte ich auf die Kitsune hinab, deren durchdringende goldene Augen zu mir hochspähten, weit aufgerissen, entschlossen und immer noch vollkommen furchtlos.

»Ich vertraue dir.« Die Worte waren ein Flüstern, das sich in meine Seele bohrte. Mit den Fingerkuppen ihrer Daumen strich sie fast unerträglich zart über meine Wange, und ich schloss die Augen bei ihrer sanften Berührung. »Oni oder Mensch, es spielt keine Rolle, wie sich dein Äußeres verändert. Deine Seele ist immer noch dieselbe. Ich habe keine Angst, Tatsumi, deutlicher kann ich dir das nicht sagen.«

»Yumeko.« Als ich die Augen wieder öffnete, blickte ich zu dem Mädchen hinab und schloss die Finger behutsam um ihr Handgelenk. Sie beobachtete mich, naiv, vollkommen, wunderschön. Sie würde für uns beide den Tod bedeuten, und mit einem Mal kümmerte es mich nicht mehr.

»*Oiiiiiii!*« Ein Schrei erscholl von unten. »Ihr da im Krähennest! Augen aufs Meer! Könnt ihr irgendwas Seltsames sehen?«

Ein Knurren grollte in meiner Kehle, doch ich ließ Yumeko widerwillig los und trat einen Schritt beiseite, dann funkelte ich vom Mast aus nach unten. Einer der Matrosen stand an Deck und zeigte hektisch gestikulierend aufs Meer.

»Irgendwas ist dort draußen!«, schrie er, als Yumeko ebenfalls nach unten spähte, die Fuchsohren aufgestellt und angespannt. »Im Wasser! Es scheint das Boot zu umkreisen, aber wir können es nicht ausmachen. Seht ihr was von dort oben?«

Ich starrte über die glitzernde schwarze Weite des Ozeans, und ein Schauder erfasste mich.

Da *war* etwas im Wasser. Etwas Riesiges. Ich sah einen gewaltigen Schatten, der knapp unter den Wellen dahinglitt, das Anschwellen von Wasser, als es sich dem Schiff näherte. Instinktiv ging ich meine Liste an großen, im Meer lebenden Yokai und Bakemono durch – Ushi Oni, Koromodako und der riesige Umibozu –, und keinem von ihnen wollte ich mitten im Ozean begegnen.

»Was ist das?«, fragte Yumeko verwundert, ihre Stimme kaum mehr als ein Flüstern, als habe sie Angst, die Aufmerksamkeit des Schattens auf sich zu ziehen, würde sie lauter sprechen. Ich gab keine Antwort, fürchtete ich doch, sie zu kennen, und hoffte gleichzeitig verzweifelt, dass ich falschlag.

Die Welle wurde größer und erhob sich im Näherkommen in die Luft. Mit einer Explosion aus Meerwasser und dem Dröhnen eines Tsunami tauchte etwas Dunkles und Gewaltiges aus den Tiefen des Ozeans auf und entrollte sich in schwindelerregende Höhe. Eine menschenähnliche Kreatur, aber schwarz wie die Nacht, ohne klar zu erkennende Gesichtszüge abgesehen von zwei glühenden Augen in einem glatten, kahlen Kopf. Die Augen fixierten uns, während das Monster zu uns im Krähennest hinabstarrte, sein schlaksiger Körper größer noch als der Mast des Schiffes. Yumeko keuchte auf, und ich fluchte leise, als sich mein Verdacht bestätigte. Das war *nicht*, was wir in dem Moment brauchten.

»Umibozu!«, schrie jemand vom Deck, eine verzweifelte Stimme, die in der Nacht widerhallte.

Entsetzliche Panik packte die Besatzung des Schiffes, als die größte Furcht eines jeden Seemanns sich als wahr herausstellte – dem monströsen Geschöpf, auch bekannt als Umibozu, mitten im Meer zu begegnen. Fast nichts war über sie bekannt: Was sie waren, wie sie lebten, ob es unzählige Umibozu in den Tiefen des Ozeans gab oder ob die riesige Gestalt, die uns nun entgegenstarrte, die Einzige ihrer Art war. Niemand wusste, warum der Umibozu auftauchte, wenn er es tat. Er sprach nie ein Wort, stellte keine Forderungen oder gab einen Hinweis darauf, was er wollte. Doch kein Boot überstand ein Zusammentreffen mit einem Umibozu; die gewaltige Kreatur, was auch immer sie sein mochte, erhob sich aus dem Meer, machte Kleinholz aus dem Schiff und verschwand dann einfach wieder in den Tiefen des Ozeans.

Yumeko holte zitternd Atem, während der Umibozu uns anstarrte, schweigend und unergründlich. Sein riesiger Kopf war fast auf Augenhöhe mit uns, doch ich konnte mein Spiegelbild nicht in seinen glanzlosen, blassen Pupillen sehen. Ich spürte, wie das Fuchsmädchen neben mir erschauderte, auch wenn sie dem fremdartigen Blick trotzte und keinen Schritt nach hinten wich.

»Äh … hallo«, sagte Yumeko sanft, während das riesige Geschöpf uns weiterhin beäugte, als wären wir kleine Insekten. »Es tut uns leid, wenn wir unerlaubt in dein Hoheitsgebiet eingedrungen sind. Ich nehme nicht an, dass du hier bist, um uns die richtige Richtung hinaus zu zeigen, oder?«

Ohne ein einziges Geräusch hob der Umibozu einen riesigen, schattenhaften Arm und ließ ihn auf uns herabsausen.

7
Der Umibozu

Yumeko

Tatsumi packte mich um die Taille und sprang aus dem Krähennest, was mich vor Überraschung aufschreien ließ, als wir im freien Fall nach unten sausten. Mit eiserner Hand griff er nach einem der herabbaumelnden Seile und schwang uns Richtung Deck, als in meinem Rücken jäh das Knacken von Holz widerhallte. Tatsumi landete auf den Schiffsbohlen inmitten panisch kreischender Seeleute und wirbelte herum, Kamigoroshi in einem Aufblitzen von purpurnem Licht aus seiner Scheide ziehend. Teile des Masts stürzten aufs Deck, die Takelage und hölzerne Planken krachten polternd um uns herum, was das wilde Durcheinander nur noch schlimmer machte.

»Finde die anderen!«, fauchte der Dämonenjäger, als der massige Körper des Umibozu sich drehte. »Ich werde ihn so lang wie möglich ablenken.«

»Tatsumi...«

»Mach dir keine Sorgen um mich... Wir treffen uns in Ushima. Geh jetzt!«

Mit einem markerschütternden Knurren sprang Tatsumi auf das schattenhafte Monster zu und duckte sich geschickt an Menschen vorbei, während er über das Deck preschte. Der Umibozu hob einen riesigen Arm und ließ ihn erneut herabsausen, die Handfläche nach unten zeigend, als wollte er eine Spinne zerquetschen. Im allerletzten Moment warf Tatsumi sich gegen die Seite der riesigen Hand, die mit einem Knacken von Holz und Splittern von Planken das Schiffsdeck traf. Das Boot schaukelte heftig, und ich wäre fast zu Boden gerissen worden. Die Schreie der Menschen wurden immer lauter.

Fauchend stürzte Tatsumi sich auf den schattenhaften Arm des Ungeheuers, der sich gerade wieder in die Luft hob, und hieb mit Kamigoroshi auf das Handgelenk ein. Eine dunkle, wässrige Substanz spritzte aus dem Arm des Umibozu, und das Monster zuckte zusammen, immer noch keinen Laut von sich gebend, obwohl in seinen Augen, die nun fest auf den Dämonenjäger gerichtet waren, ein Anflug von Wut lag.

»Yumeko!«

Ich hörte die Stimmen unserer Gefährten und warf ihnen allen einen raschen Blick zu, während sie sich auf dem zerschmetterten Deck um mich scharten. Daisuke hatte sein Schwert gezogen, Okame seinen Bogen gezückt, und Reika hielt einen Ofuda umklammert, ihre Gesichter aschfahl, als sie zum Umibozu starrten, der bedrohlich über uns aufragte.

»*Kuso*«, hauchte der Ronin, sein Tonfall gleichermaßen ehrfurchtsvoll und entsetzt, während er den Kopf nach oben reckte. »Was zum Teufel ist das da?«

»Ein Umibozu.« Die Stimme der Schreinmaid klang resigniert. »Beim Großen Kami, von allen Kreaturen, die uns auf dem Weg zur Insel hätten begegnen können…« Sie zitterte, dann schüttelte sie sich und drehte sich zum Rest von uns um. »Gegen dieses Ungeheuer haben wir keine Chance. Das Schiff ist dem Untergang geweiht, und jeder weiß das. Wir müssen die Rettungsboote suchen und von hier verschwinden, sofort.«

»Was ist mit Tatsumi?«

Ein Schatten fiel über das Deck, als der Umibozu seinen riesigen Arm in die Höhe riss und ihn erneut nach unten knallen ließ. Das Boot erbebte, und ich stürzte auf die Planken. Sein zweiter Arm schoss herab, traf den Mast, und der dicke Pfosten zerbarst wie ein Zweig und krachte aufs Deck, wo er zwei Matrosen unter sich begrub.

»Runter vom Schiff!«, kreischte jemand in das heillose Durcheinander. Mit vor Schreck verzerrtem Gesicht blickte ich auf und sah, wie der Umibozu mit einer flüchtigen Handbewegung drei Seeleute vom Deck fegte. Die Männer flogen schreiend durch die Luft und stürzten unter uns ins dunkle Wasser. Längst konnte ich Tatsumi nicht mehr durch die herumwuselnde Masse aus Matrosen sehen, und die Sorge um ihn ließ meinen Magen krampfen.

»Komm, Yumeko-chan!« Eine feste Hand packte mich am Ellbogen und zog mich auf die Beine. Okames Gesicht war düster, als er mich hielt, damit ich bei dem heftigen Schaukeln und Beben des Schiffs nicht sofort wieder das Gleichgewicht verlor. »Das Boot wird sinken… wir müssen schnellstmöglich von hier verschwinden, bevor es zu spät ist.«

Ich biss mir auf die Lippe, einen letzten Blick auf den riesigen Umibozu werfend, dann traf ich im Bruchteil einer Sekunde eine Entscheidung.

»Geht vor, ich komme gleich nach!«

»Yumeko!«, rief Reika, als ich mich aus Okames Griff löste und zum Schiffsbug hastete, in Richtung des riesigen Umibozu, der sich dort bedrohlich abzeichnete.

Während ich näher kam und Matrosen und anderen Reisenden auswich, die in die entgegengesetzte Richtung hasteten, erspähte ich endlich das Glühen von Kamigoroshi unter dem Schatten des Umibozu. Ich erblickte Tatsumi, der sich mit angespannter, entschlossener Miene breitbeinig aufbaute, da sauste die flache Hand des Riesen auf ihn herab, als wollte sie ihn wie einen Käfer zermalmen. Als der schattenhafte Arm nach unten fuhr, riss der Dämonenjäger Kamigoroshi über den Kopf, und die Spitze der Klinge fuhr durch die Handinnenfläche des Ungeheuers. Die Wucht des Aufpralls ließ Tatsumi aufs Deck knallen, und das Holz barst splitternd unter ihm. Ein Strahl Flüssigkeit, der wie Tinte aussah, spritzte aus der Hand des Umibozu, doch er zuckte weder zusammen noch wich er zurück. Während ich die beiden mit hämmerndem Herzen beobachtete, schlossen sich die langen Finger des Monsters um den Dämonenjäger und hoben ihn in die Luft.

Panisches Entsetzen packte mich, und irgendwo tief in meinem Inneren erwachte eine eiskalte Flamme brüllend zum Leben und entzündete sich. Meine Hand öffnete sich, und eine Kugel Kitsune-bi glitt lodernd zu meinen Fingern. Sie brannte weißglühend auf meiner Haut, ließ die Luft um sie herum sich krümmen, brannte heller als alles, was ich jemals zuvor heraufbeschworen hatte. Mit einem gellenden Schrei schleuderte ich sie auf den breiten Körper des Umibozu.

Die Kugel Fuchsfeuer traf das Monster am Ellbogen und explodierte dort, und zum ersten Mal entschlüpfte ein Geräusch aus dem bisher vollkommen stillen Geschöpf. Ein Jaulen wie das Heulen eines Taifuns oder das Kreischen Hunderter ertrinkender Menschen hallte in der Nacht wider. Der Umibozu wandte sich zu mir um und ließ Tatsumi, längst vergessen, aufs Deck fallen. Blutüberströmt und mit zerfetzter Kleidung rappelte sich der Dämonenjäger mühsam auf die Beine, und seine Augen wurden riesig, als sie meinem Blick begegneten.

Über uns hob der Umibozu beide Fäuste und ließ sie mit der Kraft eines Blitzschlags nach unten sausen. Das Schiff schaukelte entsetzlich, und ich wurde in die Luft geschleudert, während Splitter und Holz auf mich einprasselten und wie Hornissenstiche brannten, wo sie meine Haut trafen. Trudelnd flog ich nach unten, sah das Deck, das unaufhaltsam näher kam, und bereitete mich auf den Aufprall vor, das Gesicht schützend mit den Armen bedeckt.

Ich knallte auf die geborstenen Planken und wurde auf dem sich wild drehenden Boden hin und her gerollt, bis ich, atemlos und benommen vor Schwindel, auf dem Deck liegen blieb. Mit schmerzverzerrtem Gesicht und der Hoffnung, dass die Übelkeit bald nachlassen würde, versuchte ich mich auf die Ellbogen zu stützen, aber ein brennender Schmerz bohrte sich in meine Seite, als hätte mir jemand die Spitze eines Messers in die Rippen gejagt. Keuchend glitt meine Hand zu der Stelle, von der das Stechen ausstrahlte, und ich spürte das raue Ende eines langen Holzstücks, das aus meiner Haut ragte. Als ich die Hand wieder wegnahm, waren meine Finger mit etwas Schimmerndem, Dunklem beschmiert.

Nicht gut, Yumeko. In meinem Kopf drehte sich alles, und ich ahnte dumpf, dass ich verletzt war, weigerte mich jedoch, der Tatsache ins Auge zu sehen, dass ich sterben könnte. *Steh auf. Finde… finde Reika. Sie wird wissen, was zu tun ist.*

»Yumeko!«

Tatsumis Stimme ertönte über dem Deck, wütend und fast verzweifelt. Ich sah hoch … gerade noch rechtzeitig, um den Umibozu zu sehen, der die Faust mit voller Wucht in den Bug rammte. Das Schiff erbebte heftig, während es auseinandergerissen wurde, und die Planken unter mir verschwanden. In die Dunkelheit stürzend, stieg nackte Angst in mir hoch, dann traf ich auf den Ozean, und das eisige Wasser schloss sich über meinem Kopf.

Die Strömung riss mich nach unten, und ich hatte nicht mehr die Kraft, mir einen Weg zurück an die Luft zu strampeln. Ich sank immer tiefer. Bittere Kälte packte mich, lähmte mich, und ich beobachtete, wie die Oberfläche immer weiter und weiter in die Ferne rückte. Dunkelheit kroch an den Rand meines Blickfelds, ein

Schwarm Insekten, der mich einkesselte, da spähte ich noch einmal nach oben und glaubte in meiner Benommenheit, ein purpurnes Glühen zu erkennen, das unaufhaltsam näher kam.

Dann flutete mich Finsternis, und mir schwanden die Sinne.

Teil II

8
DAS SPIEL GEHT WEITER

Suki

Suki hatte nicht gewusst, dass der Ozean unendlich weit war.

Ihre Mutter hatte manchmal davon gesprochen, in den Jahren vor ihrem Tod. Ursprünglich stammte sie aus Kaigara Mura, einem winzigen Küstendorf im Gebiet des Wasserclans. Wenn sie Geschichten aus ihrer Kindheit erzählte, handelten sie von weißen Stränden voller Muscheln und der glitzernden Weite des Wassers, das bis zum Horizont reichte. Da Suki ihr ganzes Leben innerhalb der hohen Mauern und mit Menschen überfüllten Straßen der Kaiserlichen Stadt gelebt hatte, hatte sie sich nicht vorstellen können, wie der Ozean in Wirklichkeit aussah.

Nun, da sie in jeder Richtung, in die sie blickte, nichts weiter als Wasser ausmachen konnte, entschied sie, dass er Angst einflößend war.

»Ich liebe das Meer«, seufzte Taka. Er saß in der geöffneten Tür der fliegenden Kutsche, und seine kurzen Beine baumelten im Freien, während sie über das schier endlose Blau des Wassers segelten. Das Innere der Gissha, des Ochsenkarren, war kistenförmig und fensterlos, mit gerade einmal genug Platz, um aufrecht zu stehen, ohne sich den Kopf an der Decke zu stoßen. Die Bambustüren am hinteren Ende waren normalerweise geschlossen, aber jetzt standen sie sperrangelweit offen und gaben den Blick auf den blauen Himmel und die dahintreibenden Wolken frei. Normalerweise war diese Art des lackierten, zweirädrigen Gefährts allein dem höchsten Stand des Adels vorbehalten. Der Geist einer einfachen Zofe und ein kleiner, redseliger Yokai hätten einen solchen Luxus niemals gerechtfertigt, doch der Besitzer des Wagens, Lord Seigetsu, schien sich an ihrer Gegenwart nicht zu stören, weshalb Suki es nicht hinterfragte.

Taka nahm einen tiefen Atemzug, und seine Mundwinkel hoben sich. »Ich liebe auch seinen Geruch«, seufzte er. »Wie Fisch und Salz und Regen.« Der kleine Yokai mit den klauenartigen Händen und dem einen riesigen Auge warf ihr ein breites Grinsen zu, bei dem seine Fangzähne im trüben Licht der Kutsche funkelten. »Bist du nicht froh, zu uns zurückgekehrt zu sein, Suki-chan? Ansonsten hättest du all das hier verpasst.«

Suki rang sich ein mattes Lächeln ab, und Takas Blick glitt wieder zu den Wellen. Nachdenklich wandte sie den Kopf von den geöffneten Türen und sah zu der Gestalt in der Ecke, die mit dem Rücken zur Wand und mit geschlossenen Augen im Schneidersitz dasaß. Lord Seigetsu, der Mann, dem sie aus der Kaiserlichen Stadt gefolgt war, erst durchs Sonnenland, dann zu den höchsten Gipfeln des Drachenrumpfgebirges. Warum sie, ein wandelnder Geist ohne jede Verbindung mit der Welt, sich entschlossen hatte, das Kaiserreich mit einem wunderschönen, geheimnisvollen Fremden und einem einäugigen Yokai zu durchstreifen, war ihr weiterhin ein Rätsel. Vielleicht war es, dass ihre Neugierde, was Lord Seigetsu betraf, nicht gestillt war. Mit seinen langen silbernen Haaren und seiner eigentümlichen Macht war er immer noch so unergründlich wie in jener Nacht, als sie ihm zum ersten Mal begegnet war. Vielleicht lag es daran, dass er mit Takas Hilfe Bruchstücke der Zukunft sehen konnte. Und sogar noch verstörender waren seine Worte, Suki würde eine äußerst wichtige Rolle in den bevorstehenden Ereignissen spielen.

Dieser Umstand jagte Suki große Angst ein. Sie war der Geist einer einfachen Zofe, bedeutungslos und ohne Belang. Zumindest glaubte sie das; die Erinnerungen an ihr früheres Leben wurden mit jedem verstreichenden Tag undeutlicher. Längst konnte sie sich kaum mehr Dinge aus ihrem alten Leben ins Gedächtnis rufen. Wenn sie sich anstrengte, erinnerte sie sich an ihren Vater, das Haus, das sie gemeinsam bewohnt hatten, und ihre letzten Tage als Zofe im Kaiserlichen Palast. Doch diese Erinnerungen waren schmerzhaft, und Suki hütete sich, näher darauf einzugehen. Vielleicht war das der Grund, weshalb sie verblassten.

Doch es gab eine Erinnerung, die in unveränderter Deutlichkeit strahlte, egal wie sehr sie versuchte, die Vergangenheit zu begraben. Eine zufällige Begegnung mit einem Adligen an ihrem ersten Tag im Kaiserlichen Palast. Mit einem Teetablett in den Händen war sie buchstäblich mit ihm zusammengestoßen, als sie sich in den Palastgängen verlaufen hatte, und anstatt sie für ihre Dreistigkeit, ihn berührt zu haben, zu bestrafen, hatte er sie angelächelt und mit Güte behandelt, bevor er sie in die richtige Richtung schickte. Nie hatte sie die Art vergessen, wie er mit ihr gesprochen hatte, als wäre sie ein echter Mensch. Selbst nach ihrem Tod war sein Gesicht so klar und deutlich in ihrem Gedächtnis verankert wie am Tag ihres Aufeinandertreffens.

Taiyo Daisuke vom Sonnenclan. Ein kaiserlicher Adliger, ihr standesmäßig so weit überlegen wie ein Prinz einem Bauern. Er war der wahre Grund ihres Bleibens, der Grund, weshalb sie wohl nicht weiterziehen konnte. Taiyo Daisuke war ebenfalls ein Teil von Takas Prophezeiung, eine weitere Schlüsselfigur in dem Spiel, von dem Lord Seigetsu ständig sprach. Ein Spiel um Leben und Tod.

Sie hatte den Adligen schon einmal dem drohenden Tod entrissen und ihn und seine Gefährten vor einem Dämonenangriff gewarnt, der das Ende für sie alle hätte bedeuten können. Obwohl sie niemals imstande gewesen wäre, es zu tun – den Mut zum Handeln zu finden – ohne Lord Seigetsu. Er hatte ihr den Weg aufgezeigt, sie ermutigt, die Gefährten zu retten. Jetzt drehte sich das Spiel weiter, und das Leben des Adligen vom Sonnenclan und seiner Freunde hing am seidenen Faden.

Zu Lebzeiten hatte sie Daisuke-sama geliebt. Sie war nicht sicher, ob sie dazu als Geist überhaupt noch fähig war; alles, selbst Gefühle, konnte sie nur noch verschwommen wahrnehmen. Doch sie hatte sich jetzt schon zu sehr eingebracht. Was immer auch geschehen mochte, sie würde das Spiel bis zum bitteren Ende mitspielen.

Sie durchbrachen nun die Wolkendecke, und mit einem Mal tauchte eine Insel mitten im Meer unter ihnen auf, hell und grün wie ein kostbares Juwel. Takas Augen leuchteten auf, und ein breites Lächeln legte sich auf sein Gesicht, während er sich mühsam auf die Beine rappelte.

»Die Insel! Meister, wir sind angekommen. Wir sind da.«

»Schweig still!«

Lord Seigetsus Tonfall war barsch. Erschrocken drehte Suki sich um, als der silberhaarige Mann sich erhob und langsam, wie im Traum, auf sie zukam. Sein Gesicht jagte ihr einen Schauer über den Rücken; nie zuvor hatte sie ihn so mitgenommen wie jetzt erlebt. Er taumelte leicht und stützte sich mit der Hand an der Kutschenwand ab, um das Gleichgewicht nicht zu verlieren, und Taka keuchte laut auf.

»Ist bei Euch alles in Ordnung, Meister?«

Seigetsu schien ihn nicht zu hören. »Nein«, murmelte er, aber es war offensichtlich, dass er mit sich selbst sprach. »Wenn sie jetzt stirbt, ist das Spiel verloren. Das werde ich nicht zulassen.«

Seine goldenen Augen glitten zu Suki, und bei der Leere in ihnen wich sie jäh zurück. In seinem Blick lag ein Hunger, der Sterne verschlucken und den Ozean leeren könnte. Doch dann blinzelte er und war im nächsten Moment wieder ganz sein elegantes Selbst.

»Suki-chan.« Seine Stimme war eine sanfte Liebkosung, leise und tröstlich. »Ich fürchte, ich muss dich um einen Gefallen bitten. Nein, ich... ich flehe dich um deine Hilfe an.« Er trat vor, streckte ihr eine langfingrige Hand hin. »Bitte. Das Spiel steht auf Messers Schneide, und ein einziger Fehler könnte alles zunichtemachen. Wenn eine Figur umfällt, wird der Rest folgen. Einschließlich des Taiyo, den du immer noch liebst.«

Daisuke-sama. Suki zitterte, als sie sich an Takas unheilvolle Worte erinnerte, während er mitten in der Prophezeiung gesteckt hatte. *Der weißhaarige Prinz strebt einen Kampf an, den er nicht gewinnen kann. Er wird am Dämonenschwert zerbrechen, und sein Hund wird ihm in den Tod folgen.*

»Du kannst ihn immer noch retten«, murmelte Seigetsu. »Sein Schicksal ist noch nicht entschieden. Aber wir müssen rasch handeln, oder sie sind alle verloren. Wirst du ihnen helfen?«

Ich muss tapfer sein, ermahnte sich Suki, obwohl sie immer noch am ganzen Leib bebte. *Wenn es bedeutet, dass ich Daisuke-samas Los ändern kann, werde ich bei Lord Seigetsus Spiel mitspielen.*

Seigetsu-sama stand immer noch ruhig da, seine goldenen Augen allein auf sie gerichtet. Suki zögerte einen kurzen Moment und nahm all ihren Mut zusammen, dann reckte sie das Kinn.

»Was... Was soll ich für Euch tun, Seigetsu-sama?«, flüsterte sie.

Er lächelte, und es war, als würde die Sonne hinter Wolken hervorbrechen. »Ich brauche deine Augen, Suki-chan«, verkündete er. »Ich muss sehen, was auf der Insel vor sich geht, aber ich wage nicht, selbst einen Fuß auf sie zu setzen. Noch nicht. Auch wenn es lange Zeit her ist, könnte sie mich dennoch wiedererkennen.« Bei seinen Worten runzelte Suki verwirrt die Stirn, aber Seigetsu-sama gab keine weitere Erklärung.

»Ich wünsche, durch deine Augen zu sehen, Suki-chan«, fuhr Seigetsu fort. »Du kannst an Orte gelangen, die mir verwehrt sind, ins Herz der Tsuki selbst. Gennos Streitkräfte lauern knapp außerhalb im Dunkeln, wie ein Hai, der eine verwundete Robbe umkreist, aber auch sie haben die Insel noch nicht betreten. Die kami würden ihre Anwesenheit erspüren, aber sie werden keinen weiteren Geist bemerken, der in ihrem Land wandelt. Würdest du mir das erlauben? Durch deine Augen zu sehen und die Seelen zu finden, die in den kommenden Tagen von größter Bedeutung sein werden?«

Suki überlegte. Worum Seigetsu-sama sie bat, schien nicht zu schlimm zu sein, doch ihr war es dennoch unangenehm. Magie in jeglicher Form jagte ihr Angst ein. Immerhin hatte Lady Satomi den Oni, der Suki getötet hatte, mit Blutmagie herbeigerufen. »Wie funktioniert das, Seigetsu-sama?«, fragte sie. »Muss ich... irgendetwas tun?«

»Nein, Suki-chan«, erwiderte Seigetsu sanft. »Du musst überhaupt nichts tun. Nur den Umstand akzeptieren, dass ich bei dir sein, durch deine Augen sehen werde. Wenn ich meditiere, werden wir zwei miteinander verbunden sein, und ich werde dich als Gefäß für mein Bewusstsein benutzen. Aber nur, wenn du freiwillig zustimmst. Wirst du das?«

Suki war vage bewusst, dass Taka neben ihnen stand und mit verengten Augen und einer leichten Schnute zu ihnen hochstarrte. Sie wusste nicht, warum er unglücklich war; vielleicht war er verletzt, weil Seigetsu-sama so kühl mit ihm gesprochen hatte. Wenn Suki ehrlich war, war sie selbst nicht ganz sicher, ob ihr die Idee zusagte, aber Lord Seigetsu war stets ehrlich zu ihr gewesen, obwohl er nicht immer alles erzählte. Und da sie fest entschlossen war, Daisuke-sama zu retten und dieses Spiel zu Ende zu bringen, gab es nur eine einzige Antwort.

»Ja, Seigetsu-sama. Ich ... ich werde es tun.«

Seigetsu bedachte sie mit seinem tröstlichen Lächeln. »Gut«, flüsterte er. »Die Zeit drängt, Suki-chan. Und das Spiel dreht sich weiter. Komm.« Er hielt ihr seine feingliedrige Hand hin. »Sobald wir eine Verbindung aufgebaut haben, werde ich dorthin gehen können, wohin du gehst, und das sehen können, was du siehst.«

»Wird ... es wehtun?«, wollte Suki wissen, während sie näher schwebte. Lord Seigetsu schüttelte den Kopf.

»Nein«, versicherte er. »Du wirst meine Anwesenheit nicht einmal bemerken. Schließ die Augen, Suki-chan, und leere deinen Verstand. Es wird nicht lang dauern.«

Suki tat wie ihr geheißen und spürte eine hauchzarte Berührung an ihrer Stirn, bei der sie für einen Moment erschrak und beinahe die Augen geöffnet hätte. Seit Langem hatte sie physisch nichts mehr gespürt und war in ihrer immateriellen Gestalt durch alles geglitten, was ihr in den Weg gekommen war. Fast hätte sie vergessen, wie es war, mit der Welt zu interagieren, und nur ihre Ehrfurcht vor Seigetsu-sama und das Vertrauen in ihn hielten sie davor ab, erschrocken zusammenzuzucken.

»Na also«, murmelte Lord Seigetsu, und die Sinneswahrnehmung verblasste so rasch, wie sie gekommen war. »Sobald ich nun meditiere, werde ich in der Lage sein, dich zu finden, selbst wenn du weit weg bist. Vielen Dank, Suki-chan. Ich stehe in deiner Schuld.«

»Das ist doch nichts, Seigetsu-sama«, wisperte Suki. »Ich ... will helfen. Ich weiß nicht genau, was hier vor sich geht, aber ich weiß, dass das Fuchsmädchen wichtig ist. Sollte ich ihnen helfen können, möchte ich es versuchen. Und ich ... ich will, dass Daisuke-sama glücklich ist.« Vielleicht könnte sie dann endlich weiterziehen.

Seigetsu nickte. »Gemeinsam werden wir den Lauf des Schicksals verändern, Suki-chan«, sagte er ruhig und deutete mit einem sich blähenden Ärmel aus der Tür, hinab zu der großen Insel, die unter ihnen im Ozean verankert war. »Das ist das Land des Mondclans, dem spirituellsten Volk der Großen Familien. Vor langer Zeit gaben sie den kami das Versprechen, sich aus den politischen Irrungen und Wirrungen des Kaiserreichs heraushalten und in Frieden mit den Geistern der Insel zu leben. Das ist ihre Hauptstadt, Shinsei Yaju, die Stadt der Heiligen Tiere.« Er machte eine ausladende Geste mit der Hand, und Suki blickte nach unten, wo sie eine riesige Ansammlung von Gebäuden und Straßen ausmachte, umgeben von einem riesigen Wald. Nie zuvor hatte sie eine Stadt aus der Luft gesehen und staunte nicht schlecht, dass etwas so Großes derart winzig wirken konnte, wenn man aus den Wolken darauf hinabschaute.

»Die Daimyo des Mondclans residiert hier«, fuhr Seigetsu fort, und für den Bruchteil einer Sekunde glaubte Suki, er klänge... wehmütig. »Sämtliche Entscheidungen in Bezug auf die Inseln kommen aus dem Palast des Mondclans. Dort liegt das Machtzentrum, und dorthin wird es unsere Akteure ziehen. Falls sie die letzte Herausforderung überlebt haben.

»Suki-chan...« Seigetsu drehte sich wieder zu ihr um. »Du musst meine Augen sein. Ich will, dass du zum Palast des Mondclans reist und dich auf die Suche nach dem Fuchsmädchen und den anderen begibst. Niemand im Palast darf dich sehen, aber kehr zu mir zurück, sobald du sie entdeckt hast. Kannst du das für mich tun?«

»Ja, Seigetsu-sama«, flüsterte Suki.

»Dann los«, sagte Seigetsu. »Und fürchte dich nicht. Ich werde bei dir sein, bis du zurückkehrst.«

Ein winziger Schauder der Angst durchfuhr sie, doch sie schob ihn beiseite. Ohne Takas mürrischer Miene Beachtung zu schenken, verwandelte sie sich in eine schimmernde Lichtkugel, flog aus dem Wagen hinaus in den weiten Himmel und segelte in Richtung der Insel.

9
Der Gefallen des Kodama

Tatsumi

Etwas Kaltes, Nasses klatschte gegen mein Gesicht und riss mich aus meiner Besinnungslosigkeit. Benommen schlug ich die Augen auf.

Grelles, gleißendes Licht ließ mich zusammenzucken. Ich lag auf dem Bauch, die Wange an kühle Kieselsteine gepresst, und etwas Scharfes bohrte sich unangenehm in meine Rippen. Mit schmerzverzerrtem Gesicht hob ich den Kopf und stellte fest, dass ich an einem steinigen Ufer lag, einer schwarzen Felszunge, bei der sich Sand und Kiesel abwechselten. Ich lag halb in, halb aus dem Wasser, und obwohl meine Kleidung durchnässt war, spürte ich die Sonne, die auf meinen Rücken und meine Schultern brannte.

Eine Welle schwappte über meinen Körper, zischend und nach salziger Gischt riechend, und mir drehte sich der Magen. Ich krümmte mich und würgte Meerwasser hoch, hustend und röchelnd, bis mein Magen leer war. Schwer atmend stemmte ich mich auf, dann setzte ich mich auf die Fersen zurück und blickte mich um, in der Hoffnung, die Orientierung wiederzufinden.

Eine felsige Küstenlinie erstreckte sich zu beiden Seiten von mir, die in einen dichten Wald aus Pinien und Zedern überging. Es gab weder einen Hafen noch Schiffe, Gebäude oder irgendein Anzeichen von Zivilisation. Ich hatte nicht den blassesten Schimmer, auf welcher Insel ich mich befand, obwohl ich vermutete, dass dies hier Ushima war, da sich der Überfall in der Nähe der Hauptstadt der Tsuki zugetragen hatte. Der Strand selbst war mit zerbrochenen Holzbohlen, Kisten, Fässern und anderen Trümmerteilen übersät. Ganz offensichtlich hatte das Schiff das Aufeinandertreffen mit dem Umibozu nicht überstanden.

Ein Flattern von Weiß und Rot sprang mir ins Auge, und mein Magen zog sich erneut zusammen. Yumeko lag nicht weit entfernt in einem Gezeitentümpel, die Schultern auf einer zersplitterten Planke, sodass ihr Gesicht nicht im Wasser trieb. Ihr Körper bewegte sich leblos in den Wellen, ihre Augen waren geschlossen, ihre Haut fast so fahl wie ihre Kleidung. Ich erinnerte mich an die Panik, die mich ergriffen hatte, als die Kitsune über Bord gegangen war, vom Schiff geschleudert durch die Wucht, mit der der Umibozu uns angegriffen hatte. Ich erinnerte mich, wie ich kopflos ins kalte, tintenblaue Wasser getaucht war, nach dem Mädchen gegriffen und sie zurück an die Oberfläche gezogen hatte. Der Umibozu hatte immer noch gewütet und den Rest dessen, was vom *Glücklichen Seedrachen* übrig war, zu Kleinholz geschlagen, und das Gewässer war mit Trümmern und Leichen übersät gewesen. Yumeko war gegen mich gesackt, ihre Haut kalt, ihr Körper schlaff in meinen Armen. Als ich mich hastig umgeblickt hatte, hatte ich einen Klecks am Horizont erspäht, eine Silhouette, dunkler als der Himmel, gegen den er sich verschwommen abzeichnete. Die Insel Ushima oder zumindest irgendeine der Inseln des Mondclans, da war ich nicht wählerisch. In dem verzweifelten Versuch, den Kopf des Mädchens über Wasser zu halten, hatte ich mich auf den Weg nach dem verlockenden Stück Land begeben, das ich flüchtig gesehen hatte. Das war das Letzte, woran ich mich erinnerte.

Ich taumelte nun auf die Beine und hastete platschend durch die Wassertümpel, um Yumeko vorsichtig in die Arme zu nehmen.

Sie war erschreckend leicht, ihr schmaler Körper wie ein in Seide gehüllter Haufen Zweige, und mein Magen bäumte sich auf. Ich hielt das Mädchen fest an mich gepresst, drehte mich um und trug sie den Strand hinauf. Bei jedem Schritt drückte es mir schwerer auf meine Brust, und mein Atem kam in immer abgehackteren Stößen, während ich in Richtung des trockenen Festlands taumelte.

Nicht tot, sagte ich mir im Stillen. *Sie ist nicht tot. Noch nicht.* Ich starrte in ihr blasses Gesicht, nicht sicher, ob ich mich selbst überzeugen oder das Schicksal schreiend herausfordern wollte, das unser Los bestimmte. *Wir sind so weit gekommen, Yumeko, du darfst uns noch nicht verlassen.*

Am Waldrand kniete ich mich hin und legte das Mädchen vorsichtig auf ein Stück Wiese in die Sonne. Mit zitternden Fingern überprüfte ich den Puls an ihrem Hals, darauf gefasst, nichts zu finden und zu akzeptieren, dass ihr Geist davongeschwebt und das fröhliche, optimistische Fuchsmädchen für immer fort war. Sie war still wie der Tod, ihre Haut aschfahl, ihr Körper schlaff, und für einen grässlichen, entsetzlichen Moment war nichts in der Welt mehr von Bedeutung.

Dann spürte ich jäh ein Flattern unter meinen Fingern, und ich konnte wieder atmen, auch wenn die Woge der Erleichterung, die mich überkam, nur von kurzer Dauer war. Yumekos Herz klopfte zwar, aber der Puls war schwach und unregelmäßig, und eine eiskalte Gewissheit kroch in mein Bewusstsein. Yumeko war am Leben, aber sie verlor zusehends an Kraft. Sofern ich nichts dagegen tun könnte, würde das Fuchsmädchen die Nacht nicht überleben.

Behutsam schob ich den Stoff ihrer Robe beiseite, um mir ein klares Bild vom Ausmaß ihrer Verletzungen zu machen, und mir gefror das Blut in den Adern. Ein Holzpfahl ragte knapp unterhalb ihrer Rippen aus ihrer Haut, das Fleisch um die Eintrittswunde eiternd und geschwollen. Mit verbissener Miene durchwühlte ich meinen Reisebeutel und musste feststellen, dass sich meine Befürchtungen bestätigten: Ich hatte immer noch eine durchweichte Verbandsrolle, aber das Pulver, um Arzneimittel und betäubende Heilsalben herzustellen, war fort, hinausgewaschen ins Meer. Ich müsste mit dem vorliebnehmen, was mir geblieben war.

Yumeko reagierte nicht, als ich ihr, die Zähne fest zusammengepresst, das Stück Holz aus dem Fleisch zog, sein zersplittertes Ende mit Blut getränkt. Ich säuberte und verband die Wunde, so gut ich konnte, während das Mädchen die ganze Zeit über vollkommen still dalag, sodass ich zweimal erschrocken ihren Puls überprüfte, um mich zu vergewissern, dass sie immer noch am Leben war. Die Stille hämmerte in meinen Ohren. Obwohl es wahrscheinlich ein Segen war, dass Yumeko für diese schmerzhafte Prozedur das Bewusstsein verloren hatte, wäre es mir lieber gewesen, sie hätte die Augen geöffnet, um sich geschlagen und mich ausgeschimpft, sanfter zu sein. Yumeko war Licht und Lärm, ein fröhliches, unschuldiges Wunder. Sie so zu sehen, blass und erschlafft, wohl wissend, dass sie vielleicht nie wieder aufwachen würde, setzte mir schrecklich zu.

Sie wird sterben, Tatsumi. Das weißt du. Der Gedanke kam gleichermaßen von mir, meinem vernünftigen Teil, der an Blut und Tod gewöhnt war, und von Hakaimono. *Sie hat zu viel Blut verloren, und du könntest Tage von jeglicher Hilfe entfernt sein. Du wirst sie nicht retten können, und dir läuft die Zeit davon, Genno aufzuhalten. Lass sie gehen.*

»Still!«, knurrte ich beide Seiten meines Ichs an. Sie lenkten ein, aber das schreckliche Wissen hallte nach. Yumeko lag im Sterben. Und ich hatte im Laufe meiner beiden Lebzeiten genügend Verletzungen und Tote gesehen, um zu wissen, dass der grässliche Moment, an dem ihr Herz für immer aufhören würde zu schlagen, nahe war.

Doch ich würde sie nicht kampflos aufgeben.

Widerstrebend riss ich mich von dem Mädchen los, erhob mich und versuchte, mich zu orientieren, während ich den Blick schweifen ließ. Vor mir erstreckte sich der Ozean bis zum Horizont. Zu beiden Seiten verlief eine zerklüftete, steinige Küstenlinie, bis sie eine Kurve machte und aus meinem Sichtfeld verschwand. Hinter mir zeichnete sich der Wald ab, dicht und undurchdringlich. Dem Stand der Sonne nach schätzte ich, dass wir im Norden der Insel gestrandet waren und Heishi, die Hafenstadt, zu der unser Schiff ursprünglich unterwegs gewesen war, irgendwo an der Westküste lag. Ich wusste nicht, ob es nähere Städte oder Dörfer gab und wie weit entfernt ich wirklich war, aber Yumeko brauchte Hilfe, und die vage Richtung war alles, was ich hatte.

Hastig drehte ich mich vom Ozean weg, bückte mich und hob das Mädchen hoch. Sie war federleicht, und mich überkam das Unheil verkündende Gefühl von *Falschheit*, das Hand in Hand damit einherging, wenn der Tod nicht mehr lang auf sich warten ließ. Mit geschlossenen Augen senkte ich den Kopf, bis sich unsere Stirnen berührten, wollte mit schierer Willenskraft meine Stärke in ihren sterbenden Körper senden und betete inständig, dass meine Gedanken sie erreichen würden.

Bleib bei mir, Yumeko. Stirb jetzt nicht. Wenn du fort bist, wie soll ich dann einen Grund finden, für irgendetwas zu kämpfen?

Die Wellen brandeten an den felsigen Küstenstreifen, und über uns stand die Sonne am Himmel schon etwas tiefer. Die Kiefer aufeinandergepresst, das Mädchen fest an mich gedrückt, betrat ich den Wald.

Die Bäume schlossen uns ein, riesig und verwunschen, hielten den Wind und die Geräusche des Ozeans ab. Je weiter ich kam, desto dichter wurde der Wald, bis es in allen Richtungen nichts weiter als Bäume und undurchdringliches Dickicht gab. Über unseren Köpfen sperrten die Baumkronen den Himmel aus, und nur ein paar wenige Sonnenstrahlen kämpften sich durch das Blätterdach und sprenkelten den Boden. Überall wuchs Moos, ein dicker, weicher Teppich, der Felsen und Bäume zugleich bedeckte, meine Schritte dämpfte und alles mit einem grünen Farbton übertünchte. Der Wald fühlte sich uralt an, lebendig.

Und er beobachtete uns.

Von allen Seiten spürte ich Augen auf mir, neugierig und eindringlich. Mehr als einmal gab es ein Kräuseln am äußersten Rand meines Blickfelds, ein Schimmern von Bewegungen in den Bäumen, auch wenn nichts da war, wenn ich den Kopf drehte. Manchmal war ich fast sicher, Gesichter zu erkennen, dunkle Augen, die zwischen Ästen hindurchspähten und mich durch die Blätter hindurch musterten. Immer wie vom Erdboden verschluckt, wenn ich mich auf sie konzentrierte, wie Schatten, die in der Sonne verschwanden. Geister und Waldkami, vermutete ich angesichts dessen, wie uralt und verwildert dieser Wald wirkte. Als hätte er seit Jahrhunderten keine menschlichen Schritte mehr gehört. Kurzzeitig fragte ich mich, was die kami, die diesen Ort ihr Zuhause nannten, von einem Dämon halten mochten, der durch ihr Hoheitsgebiet wanderte, ob sie es ihm übel nahmen und versuchen würden, ihn aufzuhalten, oder ob sie einfach abwarten würden, bis ich fort war. Ich hoffte, sie würden mich unbehelligt passieren lassen; ich machte mir keine Gedanken darüber, was sie mit mir anstellen könnten, aber sollte Yumeko ihretwegen verletzt werden oder gar sterben, würde ich diesen Wald bis auf den letzten Baum niederbrennen, selbst wenn es das Letzte war, was ich in meinem Leben tat.

Der Abend brach an, und der Wald nahm kein Ende, wurde immer dichter und wilder, je weiter ich vordrang. Uralte moosbewachsene Bäume erhoben sich bedrohlich über mir, Vorhänge aus Flechten rankten sich wie seidene Papierschlangen bis zum

Boden. Blassblaue und weiße Giftpilze glühten auf Holzblöcken und umgestürzten Bäumen in einem unheimlichen Licht, was den Waldboden erstrahlen ließ, während das Tageslicht unaufhaltsam schwand. Glühwürmchen begannen, durch die Luft zu schwirren, ein Wirrwarr aus Lichtpunkten, und schwebende Kugeln aus gespenstischem Feuer – Tsurubebi, Onibi oder andere Geister – flogen durch die Äste, einen winzigen Lichtschweif hinter sich herziehend. Die Luft war erfüllt von kami und Magie, und ich spürte weiterhin Dutzende Augen auf mir, während ich mir einen Weg durch das Unterholz bahnte.

Meine Beine zitterten, ich stolperte und fiel leise fluchend auf die Knie. Der Kampf mit dem Umibozu, der Umstand, fast ertrunken zu sein, meine eigenen Wunden und der lange Marsch durch den Wald ohne einen Tropfen Wasser oder Nahrung forderten ihren Tribut. Als ich so am Waldboden niederkniete und Kraft schöpfte, um wieder weiterzuwandern, spürte ich plötzlich instinktiv etwas ganz in der Nähe und hob den Kopf.

Ein Kodama, einer der winzigen Baumkami des Waldes, stand ein paar Meter entfernt auf einem umgefallenen, moosbedeckten Baumstamm und beobachtete mich mit pupillenlosen schwarzen Augen. Mein Herz machte einen Satz, doch sobald sich unsere Blicke trafen, war das Geschöpf blitzschnell verschwunden, noch bevor ich auch nur ein Wort hervorbringen konnte. Mit einem Mal konnte ich weitere kleine Geister in den Ästen um mich herum spüren, die hinter Blättern zu mir starrten, aber auch sie lösten sich in Luft auf, sobald sie bemerkten, dass ich sie entdeckt hatte. Vielleicht behielten sie den Dämon in ihrem Wald im Auge, oder sie waren neugierig auf das, was er trug.

Ich blickte zu Yumeko hinab. Sie lag zusammengesackt in meinen Armen, ihr Kopf an meiner Brust, ihre Augen geschlossen, das Gesicht ausdruckslos. Erschrocken tastete ich erneut nach ihrem

Puls und fand ihn, schwach und hektisch in ihren Handgelenken. Sie kämpfte immer noch. War noch nicht tot.

Die Zähne fest zusammengepresst, stemmte ich mich auf die Beine und marschierte weiter.

Da bemerkte ich eine hauchzarte Bewegung des Körpers in meinen Armen, ein kaum merkliches Einatmen, und mein Herz machte einen Salto. Ich blieb nicht stehen, sondern preschte verbissen durchs Unterholz, während Yumeko sich gegen mich drängte und den Kopf hob.

»Tatsumi?«

Ihre Stimme war schwach, kaum ein Flüstern. Es gab meinem Herzen einen Stich, wie ermattet sie klang. Angst packte mich. »Ich bin hier«, versicherte ich ihr leise.

»Was ... ist passiert?« Sie drehte den Kopf leicht, versuchte, sich umzublicken. »Wo sind wir?«

»Der Umibozu hat das Schiff zerstört«, fuhr ich fort. »Wir sind auf einer der Inseln der Tsuki, hoffentlich Ushima.«

»Und die anderen?«

»Das weiß ich nicht«, gestand ich ein. »Ich habe sie nicht gesehen. Sollten sie immer noch am Leben sein, kann ich nur mutmaßen, dass sie in Heishi auf uns warten werden.«

»Mir ist komisch zumute.«

»Du ... wurdest schwer verletzt, Yumeko.« Ich schluckte schwer, meine Kehle war wie zugeschnürt. Ich musste unbedingt dafür sorgen, dass sie weiterredete, sie wach blieb. Würde sie einschlafen, das wusste ich mit Gewissheit, würde sie nicht wieder erwachen. »Heishi ist nicht weit weg«, log ich. »Halt nur noch ein kleines bisschen länger durch. Was weißt du über die Tsuki-Familie?«

»Den ... Mondclan? Nicht viel.«

»Sag mir alles, was du weißt.«

Sie zögerte, als müsste sie ihre Gedanken sammeln. Ich hastete weiter durch den Wald, hier und da das Aufblitzen einer Bewegung durch die Bäume und das Unterholz ausmachend, Geister oder kami, stets knapp außer Sicht.

»Die Tsuki leben am zurückgezogensten von allen Großen Familien«, erklärte Yumeko und klang, als zitierte sie aus einer Geschichtsstunde. Ihre Stimme lallte leicht, kämpfte gegen die Erschöpfung an. »Früher lebten sie inmitten der anderen Clans, aber vor zweitausend Jahren siedelte die gesamte Tsuki-Familie auf die Inseln der Westküste über, und seitdem sind sie immer dortgeblieben. Sie mögen keine Besucher und mischen sich selten in die Probleme der anderen Clans ein. Niemand weiß viel über sie, aber es heißt, sie hätten eine besondere Verbindung zu den kami. Obwohl die kami hier ... sehr traurig wirken.« Matt hob sie den Kopf und spähte zu den Ästen hoch. »Dieser Wald ... fühlt sich traurig an«, flüsterte sie. »Traurig, aber ... aber auch wütend. Als hätte er etwas verloren, könnte sich jedoch nicht daran erinnern, was es war.« Sie sank wieder gegen mich, als ihre Kraft schwand. »*Gomen*, an viel mehr erinnere ich mich nicht.«

Unvermittelt blieb ich stehen, da mit einem Rascheln von Blättern ein riesiger Hirsch wenige Meter entfernt aus dem Dickicht trat. Er schnaubte, als er mich erblickte, schien sich jedoch an der Erscheinung eines Halbdämons selbst nicht zu stören, denn er drehte sich ruhig um und trottete zurück in den Wald, auf seinem Weg Äste und das Unterholz teilend. Ein paar weiße Motten, aufgeschreckt durch das riesige Tier, flatterten wie Papierschnipsel um uns herum.

»Ich weiß nicht«, wisperte Yumeko plötzlich.

Ich blickte zu ihr hinab. »Was?«

»Meister Isao«, hauchte Yumeko, und eine eisige Hand krallte sich um mein Herz. »Er ... ruft ständig nach mir, will mir etwas sagen, aber ich verstehe ihn so schlecht.« Sie hielt inne, als würde sie jäh begreifen, was sie gerade gesagt hatte, dann stieß sie einen leisen Atemzug aus. »Ich ... Ich liege im Sterben, nicht wahr?«

»Bleib bei mir, Yumeko«, flüsterte ich und neigte den Kopf. Die Spitzen ihrer Ohren berührten sanft meine Wange, und ich schloss die Augen. »Geh noch nicht zu ihm, wir brauchen dich hier.« *Ich ... brauche dich.*

»Ich versuche es«, murmelte Yumeko, den Kopf wieder an meine Brust gelehnt. »Aber ... ich glaube nicht, dass mir noch viel Zeit bleibt, Tatsumi. Wenn du das Meido nach dir rufen hörst ... musst du gehen.« Ihr Atem kam in einem Zittern, während sie sich noch enger an mich schmiegte. »Du kümmerst dich um die anderen, ja?«, sagte sie leise. »Reika, Daisuke, *baka* Okame ... Sie werden dich brauchen, wenn sie gegen den Meister der Dämonen kämpfen. Reika wird ziemlich sauer sein, dass ich es nicht geschafft habe. Sag ihr ... es ist nicht deine Schuld, und es tut mir leid, dass ich gestorben bin, bevor wir die Nacht der Beschwörung verhindern konnten.«

Ich hatte keine Kraft, ihr zu antworten. Ich konnte kaum weitergehen. Ich hielt sie nur fester an mich gepresst und zürnte lautlos den Geistern, den kami, dem Schicksal und vor allem mir selbst.

»Es tut mir leid«, wiederholte Yumeko. Sie zitterte an meiner Brust, und ihre Hand griff meine Jacke. »Ich will nicht gehen«, flüsterte sie. »Ich will hier bei dir bleiben. Es gibt so viele Dinge, die ich noch tun wollte, sehen wollte ... nachdem wir Genno besiegt haben.« Sie hielt inne, und ihr Atem kam in kurzen, flachen Zügen, als würde ihr das Reden nun unendliche Mühe bereiten. »Du musst das alles für mich sehen, Tatsumi.«

»Yumeko ...« Meine Stimme klang erstickt, und ich spürte ein sonderbares Brennen in meinen Augenwinkeln. Ich hatte keine Zukunft; sobald wir Genno besiegt und das Heraufbeschwören des Drachen unterbunden hatten, gab es keinen Platz mehr für mich in dieser Welt. Im Kaiserreich waren Halbdämonen nicht gern gesehen, und der Schattenclan würde gewiss Hakaimonos Tod fordern und Kamigoroshi zurück in seinen Besitz wollen. Sobald unser Abenteuer vorüber war, wusste ich nicht, ob ich Hakaimonos Racheschwur gegen die Kage fortsetzen könnte oder ihnen einfach nur entgegenschreiten würde, in dem Wissen, dass das Resultat in beiden Fällen dasselbe wäre.

Nichts als der Tod wartete am anderen Ende dieser Straße auf mich – das hatte ich schon immer gewusst. Aber Yumeko verdiente mehr als das, was das Schicksal für sie entschieden hatte. Sie verdiente es, hinaus in die Sonne zu spazieren, all die Wunder zu sehen, von denen sie gesprochen hatte, und Jahre des Friedens ohne die Bedrohung von Dämonen, Drachen oder der Dunkelheit zu erleben. »Gib nicht auf«, flehte ich sie mit belegter Stimme an. »Ohne dich werde ich nirgendwo hingehen. Wenn du willst, dass ich diese Orte sehe, wirst du mich schon begleiten müssen.«

Es folgte keine Antwort. Ich blickte nach unten und sah, dass Yumeko erneut das Bewusstsein verloren hatte. Ihr Kopf ruhte an meiner Brust, ihre Augen waren geschlossen. Ich konnte immer noch ihren Herzschlag spüren, aber nur ganz schwach. Unsere Zeit war fast abgelaufen.

Die letzten Lichtstrahlen verblassten, tauchten den Wald in Dunkelheit und Schatten. Ein leichter Regen setzte ein, tröpfelte durch das Baumkronendach, kalte Ranken, die in mein Haar und an meiner Haut entlangkrochen. Als ich lostaumelte und mit aller Gewalt versuchte, mich diesmal auf den Beinen zu halten, fiel mein Blick auf etwas zwischen den Bäumen, das mir das Blut in den Adern gefrieren ließ. Eine alte Eiche, verkohlt und geschwärzt, ihr Stamm durch einen Blitzschlag in der Mitte gespalten, erhob sich ein paar Meter vor mir. Ich erkannte sie wieder, da ich sie vor wenigen Stunden schon einmal gesehen hatte, als ich zum ersten Mal hier entlanggekommen war. Es bestand kein Zweifel. Ihr erneut zu begegnen bedeutete, dass ich im Kreis gelaufen war, obwohl ich wusste, dass ich die ganze Zeit über nach Westen gewandert war. Oder geglaubt hatte, nach Westen zu wandern. Denn ein Wald voller kami und Geister war launenhaft. Ob es nun an den Geschöpfen lag, die hier hausten, oder am Wesen des Waldes selbst, dass ich die Orientierung verloren hatte, das Ergebnis war dasselbe.

Meine Beine versagten unter mir, und ich brach auf dem Gras zusammen, den schlaffen Körper des Mädchens an mich gepresst. Mit gesenktem Kopf schloss ich die Augen und hielt sie fest in meinen Armen, während Wut und Verzweiflung mich in die Dunkelheit rissen. Die Zeit lief uns davon. Ich hatte versagt, und meine Welt würde schon bald den einzigen hellen Punkt verlieren, den sie jemals gekannt hatte.

»Es tut mir leid«, flüsterte ich dem reglosen Mädchen zu. Sie reagierte nicht, ihre Haut war kühl. »Vergib mir, Yumeko. Ich...« Meine Kehle schnürte sich zu, und ich strich dem Fuchsmädchen sanft eine Haarsträhne aus dem Gesicht. »Ich wollte auch bei dir sein«, gestand ich im Flüsterton. »In der wenigen Zeit, die mir noch geblieben wäre. Du hast mich glauben lassen, ein Dämon könnte es wert sein, gerettet zu werden.«

Im Gras vor mir war ein hauchzartes Rascheln zu vernehmen, wie ein Blatt, das über den Boden wehte, und ich hob den Kopf.

Ein Kodama, winzig und immateriell, stand auf einem Felsblock in der Nähe und beobachtete uns wie schon zuvor. Flüchtig überlegte ich, ihn niederzustrecken und mir dann mit Kamigoroshi einen Weg durch das Unterholz zu schlagen, bis der Wald mich freigab oder kein einziger Baum mehr stand. Doch der Kodama wirkte weder feindselig noch argwöhnisch. Seine riesigen schwarzen Augen, in denen sich besorgte Neugierde spiegelte, waren allein auf Yumeko gerichtet.

Hoffnung flackerte in mir auf, und ich holte vorsichtig Atem. »Bitte«, begann ich, aber sobald ich etwas sagte, sprang der winzige kami beiseite, wirbelte durch den Regen und verschwand aus meinem Blickfeld, den kurzen Moment der Hoffnung jäh mit sich reißend. Ich sackte wieder in mir zusammen, und Wut und Kummer wanden sich wie Zwillingsschlangen in meinem Innern. Selbst wenn sie mir helfen könnten, würden die Kodama nicht mit einem Dämon reden. Yumeko war die Einzige, der sie zuhörten, um die sie sich scharten und der sie sicheres Geleit durch ihren Wald gewährten. Weil sie eine Kitsune war oder weil sie die Reinheit in ihr spürten, das Licht, das jeden anzog, wie Motten von hellen Flammen angezogen werden. Ich erinnerte mich an eine andere Nacht, einen anderen Wald voller Kodama, ihre Stimmen wie Hunderte raschelnder Blätter, und Yumeko, die am Feuer saß, während die Baumgeister sich behutsam näherten und ein einziges Blatt hoben, das mit einem sanften, inneren Licht glühte.

Mein Herz stand still. Das Blatt. In jener Nacht hatte der Kodama mir ein Geschenk gemacht, da ich einen wilden Dämonenbären niedergestreckt hatte, der dem Wald sämtliches Leben ausgesaugt hatte. Um den Wald selbst war es mir damals überhaupt nicht gegangen, ich hatte schlicht versucht zu überleben. Doch in den Augen des Kodama hatte ich dem Land einen großen Gefallen erwiesen, und kami beglichen stets ihre Schuld.

Dieses Blatt bezeugt, dass du ein Freund des Waldes bist, hörte ich Yumeko sagen. *Solltest du jemals die Hilfe der kami benötigen, musst du deine Bitte laut flüstern und das Blatt dem Wind anvertrauen. Er wird deine Botschaft zu den nächsten Kodama bringen, die dir, so gut es ihnen möglich ist, helfen werden.*

Mit klopfendem Herzen legte ich Yumeko sanft ab, dann riss ich meinen Reisebeutel auf und durchwühlte mit zitternden Fingern seinen Inhalt. Das meiste war verloren, weggeschwemmt ins Meer. Während ich leere Medizinpäckchen, durchnässte Reiskörner, Verbände und eine Garnrolle herauszog, wuchs meine Verzweiflung, da ich vergeblich nach dem Gegenstand suchte, den ich brauchte. Wohin hatte ich es getan? Ich erinnerte mich, es in jener Nacht gedankenlos in meinen Beutel gesteckt zu haben, da ich glaubte, niemals in die Verlegenheit zu kommen, einen Gefallen von den kami einfordern zu müssen.

Da berührten meine Fingerspitzen etwas Zerbrechliches, Pergamentenes, das im Saum des Beutels zu klemmen schien. Mit allergrößter Vorsicht befreite ich es, zog es heraus, und mir stockte der Atem, als es ans Licht kam. Ein Blatt, winzig und grün, von derselben Farbe wie der Kodama, der es mir überreicht hatte. Obwohl seit jener Nacht Wochen verstrichen waren, war es weder zerrissen noch spröde, sondern pulsierte mit einem weichen inneren Licht, das meine Finger in ein sanftes Glühen hüllte.

Mit einem Seufzer der Erleichterung und zugleich auch Furcht schloss ich die Augen, brachte das Blatt nah an mein Gesicht und betete im Stillen, dass die Bitte immer noch erhört und die kami den Worten eines Dämons überhaupt lauschen würden.

»Geister des Waldes«, flüsterte ich, meine Stimme matt und zitternd, »helft Yumeko. Ich selbst bin völlig bedeutungslos, tut mit mir, was immer ihr wollt, bestraft mich, weil ich unbefugt in euer Reich gekommen bin, ganz wie es euch beliebt. Aber ich flehe euch an, haltet euer Versprechen und rettet sie. Sie wird hier noch verzweifelt gebraucht.«

Ein Windstoß packte mich, zerrte an meinen Haaren und bauschte meine Kleidung. Fast ohne zu überlegen, öffnete ich die Hand und ließ das Blatt von der Böe davonwirbeln. Ich sah ihm nach, wie es sich spiralförmig nach oben schraubte und dann verschwand.

Stille senkte sich über mich, selbst der Regen schien innezuhalten, als der Wald meine Bitte erwog. Während die Sekunden verstrichen, spürte ich, wie Resignation und Hoffnungslosigkeit mich erfassten. Ich war ein Oni, eine Kreatur des Jigoku, dem Reich des Bösen. Die kami würden den verdorbenen Worten eines Dämons kein Gehör schenken.

Niedergeschlagen hob ich Yumeko hoch, setzte mich an einen Baum und zog sie in meinen Schoß. Ich wagte nicht, nach einem Puls zu fühlen, aus Angst, nichts zu spüren. Oder schlimmer, ihn *tatsächlich* zu spüren, wie er allmählich verklang, und nichts tun zu können, während das Fuchsmädchen für immer von mir ging.

Da kribbelte meine Haut, und die Härchen in meinem Nacken stellten sich auf. Ich hob den Blick und stellte fest, dass die Lichtung auf einmal voll von kami war.

Kodama umringten uns, Hunderte von ihnen, und spähten von Ästen und zwischen Blättern zu mir herab, ihre leeren schwarzen Augen fest auf mich gerichtet. Sie bedeckten den Waldboden wie ein sanft glühender Teppich, wie Dutzende blassgrüne Giftpilze, die aus allem erwuchsen. Schweigend beobachteten sie mich, ohne ein einziges Geräusch von sich zu geben, und der Wald selbst schien den Atem anzuhalten.

Etwas schlüpfte durch die Bäume, leise wie ein Schatten, ein kurzes Funkeln in der Dunkelheit, und mein Puls schoss in die Höhe. Jenseits des Rings aus kami trat ein Geschöpf aus dem Wald, blieb am Rand der Lichtung stehen und starrte mich an. Es war viel größer als ein Kodama, mit den Beinen und dem Körper eines kleinen Hirsches, doch irgendwie ließ er selbst das anmutigste Rehkitz grob und tollpatschig aussehen. Winzige perlmuttartige Schuppen bedeckten seinen Leib, einige grün, andere golden oder silbern, und eine seidige Mähne wallte um seinen Hals und seine Schultern. Sein Gesicht war eine Mischung aus einem Hirschbock und einem Drachen, und ein einzelnes Horn, golden und schwarz schimmernd, krönte seinen Schädel.

Einen gefiederten, ochsengleichen Schweif hin und her schlagend trat das Geschöpf ins Freie, doch seine gespaltenen Hufe berührten kaum die Grasspitzen, während es auf mich zuschritt.

Ich holte langsam Atem, während Ehrfurcht und eine jähe, instinktive Angst meine Arme und Beine lähmten. Denn das Geschöpf, das über den Waldboden auf mich zuglitt, war weder Yokai noch kami noch sonst ein gewöhnliches Monster oder ein Geist. Im Grunde war es das Einzige seiner Art.

Der heilige Kirin, ein Geschöpf der Legende, eines der vier großen Tiere von Iwagoto. Es hieß, der Kirin würde nur in Zeiten des Friedens erscheinen, und nur dann, wenn ein großer und weiser Herrscher auf dem Thron säße. Ich wusste nicht, wie viel von der Legende der Wahrheit entsprach, denn es hieß auch, dass der Kirin sich allein jenen mit reinen Herzen und Seelen zeigte, und Oni fielen gewiss nicht in diese Kategorie. Ich spürte, wie meine dämonische Seite vor dem heiligen Tier zurückschreckte, erfüllt von angeborenem Abscheu und tief sitzender Furcht. Der unsterbliche Kirin strahlte Göttlichkeit und Reinheit aus, und ein Kranz aus geweihten Flammen, die das Böse abwehrten, umgab ihn. Ein einziger Schwall seines heiligen Feuers würde meinen Körper zu Staub zerfallen lassen und seine Seele zurück ins Jigoku schicken.

Der Kirin schritt über die Lichtung, still wie ein Kräuseln von Mondschein, und schien über die Grasspitzen zu wandeln, ohne auch nur eine einzige zu krümmen. Die Kodama bemühten sich nicht einmal, ihm aus dem Weg zu gehen, und dennoch fanden die Hufe des Kirin immer eine Lücke und traten nie auf einen der unzähligen kami, die sich überall im Gehölz tummelten.

Als der Kirin knapp fünf Meter von mir entfernt war, blieb er stehen. Abgrundtief schwarze Augen, so alt wie der Wald selbst, musterten mich über die Köpfe der Kodama hinweg. Wenn der Kirin gekommen war, um uns zu töten, seinen Wald mit einem Schwall heiligem Feuer vom Dämonenblut zu reinigen, dann sei's drum.

Der Kirin drehte bedächtig den Kopf, ohne den Blick von mir abzuwenden. Er sagte nichts; es gab keine Worte, weder in meinem Kopf noch anderswo, aber mit einem Mal konnte ich seine unausgesprochene Frage *spüren*, so klar und deutlich, als hätte er die Worte laut geschrien.

Warum kommst du in meinen Wald?

Ich neigte den Kopf, und das Gefühl absoluter Seelenruhe ging von dem heiligen Tier aus und verbannte jeden Gedanken an Gewalt und auch nur das kleinste Verlangen, anderen Schaden zuzufügen. Selbst wenn ich mit böser Absicht gekommen wäre, wäre es mir schier unmöglich gewesen, die Waffe gegen das Geschöpf zu richten. »Großer Kirin«, erwiderte ich, »vergebt mir das unerlaubte Eindringen in Euer Reich. Wir sind nur auf der Durchreise. Meine Gefährten und ich waren auf dem Weg zu diesen Inseln, um einen Blutmagier namens Genno aufzuspüren, der die Teile des Drachengebets besitzt.«

Die Nacht des Wunsches naht. Die »Stimme« des Kirin war ausdruckslos. Um uns erhob sich Lärm, wie das Rascheln von Tausenden getrockneten Blättern, als sämtliche Kodama zu bibbern begannen und im Wind wankten. Der Kirin schien es nicht zu bemerken. *Der Drache hat sich fast erhoben, und die ganze Welt zittert angesichts des Endes eines weiteren Zeitalters. Aber ob der Wunsch Elend oder Glück bringt, wird sich erst noch entscheiden.*

Das Klappern der Kodama erstarb, und die uralten schwarzen Augen des Kirin glitten wieder zu mir. *Hakaimono*, sagte er unbewegt, und mir rutschte das Herz in die Hose. *Und nicht Hakaimono. Deine Seele ist zersplittert, mit der eines anderen vermischt. Ich kann nicht sagen, wo der Mensch und der Dämon sich kreuzen.* Er schien zu seufzen, der Ochsenschwanz peitschte geruhsam gegen seine Flanke. *Normalerweise rede ich nicht mit deinesgleichen, aber die Kodama riefen mich um Hilfe, und ich bin gekommen. Die kami begleichen stets ihre Schuld. Aber täusch dich nicht, es lag allein an der Kitsune, dass sie heute Nacht reagierten, nicht am Dämon.* Seine eleganten, rehartigen Ohren drehten sich nach vorne, in Richtung des Mädchens in meinen Armen. *Sie ist fast verloren*, sagte er, was meinem Herz einen schmerzhaften Stich gab. *Ihr Geist ist bereit, sich aus ihrem Körper zu lösen. Ihr bleiben vielleicht noch ein paar Atemzüge, ein paar Herzschläge.*

»Rettet sie«, keuchte ich, und der Kirin blinzelte. »Bitte. Sie darf jetzt ... nicht sterben.«

Das heilige Tier betrachtete mich ausdruckslos. *Der Tod ist die natürliche Ordnung der Dinge*, erklärte er ruhig. *Er kommt zu allen Sterblichen, Mensch und Yokai gleichermaßen. Ein Leben aus den Klauen des Todes zu reißen, stört das Gleichgewicht der Welt. Warum sollte ich dieses Schicksal verändern?*

»Weil ich ...« Ich schloss die Augen und versuchte, den Gedanken zu packen, der Yumekos Leben retten könnte. Ein Dutzend Antworten schossen mir durch den Kopf: weil sie die Trägerin der Drachenrolle war, weil sie eine wichtige Rolle spielen könnte, um Genno aufzuhalten und das Nahen des Herolds zu durchkreuzen. Doch diese Antworten erschienen mir trivial und unzureichend, und ich wusste, sie würden das unsterbliche Geschöpf vor mir nicht zufriedenstellen.

»Weil ... sie mir am Herzen liegt«, flüsterte ich schließlich. Ein selbstsüchtiger Grund, das wusste ich, aber er war der ehrlichste von allen, die mir in den Sinn gekommen waren. Auch wenn er mich unsäglich schockierte. Ich lebte schon sehr lange. Ich hatte unzählige Sterbliche kommen und gehen gesehen. Ihre Leben waren unbedeutende Staubpartikel im Wind. Und dennoch war es diesem schmächtigen Fuchsmädchen irgendwie gelungen, in seiner Bescheidenheit all meine Schutzschilde zu überwinden und sich einen Weg in meine Seele zu bahnen.

»Ich darf sie nicht verlieren«, beendete ich meinen Gedanken. »Sie ist mein Licht. Sollte sie verschwinden, wird die Dunkelheit mich wieder verschlingen.«

Der Gesichtsausdruck des Kirin veränderte sich nicht. Er trat einen Schritt zurück, ohne auch nur einen der Dutzenden Kodama hinter ihm zu treffen. *Bei Sonnenaufgang wirst du diesen Ort verlassen*, sagte er. *Der Wald wird dich nicht halten, und die Geister werden dich nicht länger behindern. Wenn die Nacht schwindet, wird ein Führer auftauchen, um dir den Weg zu weisen.*

Ich sackte niedergeschlagen zusammen, während Wut und Verzweiflung sich wieder erhoben und diesen kurzen Moment der Hoffnung erstickten. Der Kirin würde mir nicht helfen. Er war ein Gott, und das Leben eines einzelnen Halbmenschen bedeutete den wankelmütigen kami nichts. Ein Teil von mir erwog, einfach aufzuspringen, Kamigoroshi zu ziehen und das Tier zu zwingen, mir zu helfen, aber dem heiligen Kirin zu drohen, würde entweder in einem schrecklichen Fluch oder mit meinem raschen Tod durch das geweihte Feuer enden. In beiden Fällen würde es Yumeko nicht retten.

Der Schwanz des Kirin schlug hin und her. *Ich werde dir ein Geschenk machen, Mensch, der keiner ist*, sagte er und drehte sich weg, obwohl ich immer noch seine Stimme spürte, die durch den Wald dröhnte. *Schlaf und sorge dich nicht wegen Feinden oder Geschöpfen, die dir Böses wollen. In diesem Wald wird dir niemand Schaden zufügen. Schlaf jetzt und träume nicht. Deine Last wird bei Sonnenaufgang leichter sein.*

Ich wollte nicht schlafen. Ich wollte für Yumeko wach bleiben, um da zu sein, wenn ihr Geist ihren Körper verließ und sie in meinen Armen starb. Und sobald sie fort war, würde ich aus dem Wald verschwinden, den Meister der Dämonen und seine Armee finden, egal, wo sie sich auch versteckten, und jede Seele mit bloßen Händen in Stücke reißen. Das Letzte, was ich jetzt wollte, war, das Bewusstsein zu verlieren.

Den Unterkiefer stur nach vorne geschoben, begann ich aufzustehen, fest entschlossen, diese Lichtung und die Gegenwart eines Gottes zu verlassen, der mir seine Hilfe verwehrte. Doch mein Körper war mit einem Mal schrecklich träge, und meine Lider fühlten sich an, als wären sie aus Stein. Ein Gefühl von tiefem Frieden durchströmte mich, selig und überwältigend, und im nächsten Moment umhüllte mich Schwärze.

10
Die Stadt der heiligen Tiere

Yumeko

Meister Isao erwartete mich im Freien auf der Treppe vor dem Tempel.

»Hallo, Yumeko-chan«, begrüßte er mich lächelnd. In der einen Hand hielt er ein Holzstück, in der anderen ein kleines Messer, mit dem er winzige Späne herausschnitt, die auf die Stufen zwischen seinen Füßen wehten. Das Holz in seiner Hand wies eine vage Ähnlichkeit mit einem vierbeinigen Tier auf, auch wenn es immer noch nicht klar zu erkennen war. Meister Isao verwendete Monate, manchmal Jahre auf ein einzelnes Kunstwerk, obwohl ich mich erinnerte, dass er die vollendeten Figuren niemals selbst behielt, sondern sie in den Wald vor dem Tempel stellte und somit der Natur zurückgab.

»Hallo, Meister Isao«, sagte ich. »Es ist ein schöner Morgen.«

»Das stimmt. Sehr friedvoll.« Er nickte zu den sonnenwarmen Stufen der Haupthalle. »Setzt du dich einen Moment zu mir, Yumeko-chan?«

Oh-oh, was hatte ich diesmal angestellt? Ich bahnte mir einen Weg die Treppe hinauf und setzte mich neben meinen Mentor, während ich versuchte, mir ins Gedächtnis zu rufen, ob ich bei Denga oder Nitoru etwas verbrochen hatte. Ich war mir keiner Schuld bewusst, aber meine Erinnerungen an den heutigen Tag waren bruchstückhaft und undeutlich. Die Sonne war köstlich warm auf meiner Haut, und mehrere Vögel trällerten in den Ästen eines nahen Baumes. Es war ruhig hier, sehr friedvoll, wie Meister Isao gesagt hatte, doch irgendetwas nagte an mir. Ein Gefühl, das ich nicht recht deuten konnte.

»Wo sind die anderen, Meister Isao?«, fragte ich und blickte zu ihm hoch. Ich konnte mich nicht erinnern, Denga, Jin oder Nitoru heute schon einmal gesehen zu haben.

»In der Nähe«, erwiderte Meister Isao, während er weitere Späne von dem Holzblock in seiner Hand absäbelte. »Ich begegne ihnen gelegentlich. Von Zeit zu Zeit kreuzen sich unsere Wege. Aber sie müssen jetzt ihre eigenen Pfade gehen. Ihre eigenen Schlüsse ziehen und Frieden finden. Ich kann sie auf diesen Pfaden nicht begleiten – sie müssen ihren eigenen Weg zum Anfang finden.«

»Das verstehe ich nicht, Meister Isao.«

»Yumeko-chan.« Die Stimme von Meister Isao war streng. Er ließ die Gegenstände in seinen Händen sinken und starrte mich an, seine dunklen Augen gütig, aber eindringlich. »Du solltest jetzt nicht hier sein«, sagte er, und bei seinen Worten runzelte ich verwirrt die Stirn. »Deine Mission ist noch nicht beendet. Du musst immer noch eine wichtige Aufgabe erledigen. Erinnerst du dich?«

Ein eisiger Schauder ging durch mich hindurch. Ich ließ den Blick durch den friedvollen Garten schweifen und versuchte mir ins Gedächtnis zu rufen, wie ich hierhergekommen war, aber es wollte mir nicht gelingen. »Ich ... erinnere mich nicht«, stammelte ich und spürte, wie etwas am Rand meines Bewusstseins schwebte, knapp außer Reichweite. »Was meint Ihr damit, ich dürfte nicht hier sein?«

Meister Isao bedachte mich mit einem weiteren feierlichen Blick und zeigte mit einem langen Finger auf etwas jenseits des Gartens. Ich folgte seiner Hand und sah den dunklen Waldrand hinter dem Tor des Tempels. Schatten verhüllten die Bäume und das Unterholz, und es machte den Anschein, als würde dort, wo die Tempelanlage endete und der Wald begann, das Sonnenlicht abrupt enden, ohne die Düsternis durchdringen zu können.

Auf Meister Isaos unausgesprochenes Drängen hin erhob ich mich, durchquerte halbwegs den Hof und spähte in die Finsternis, die sich am Rand des Gartens bedrohlich abzeichnete. Während ich mich ihr näherte, konnte ich einen schwachen Vorhang aus Nebel ausmachen, der den Tempel vom Wald abtrennte, und aus irgendeinem Grund bekam ich Gänsehaut an meinen Armen.

Eine Gestalt saß unter einem Baum in den Schatten des Waldes, mit hochgezogenen Schultern und gesenktem Kopf. Schützend in ihrem Schoß hielt sie einen Körper, dessen Haut so blass wie Reispapier war und von dem sich ein buschiger Fuchsschwanz reglos auf dem Boden kringelte.

Die Welt schien den Atem anzuhalten, die Luft um mich herum wurde diesig und surreal. Wie betäubt drehte ich mich um und sah Meister Isao, der wie zuvor auf den Stufen saß, sein Körper unscharf und transparent im hellen Sonnenschein. Er warf mir ein trauriges, sanftes Lächeln zu und schüttelte den Kopf.

»Deine Zeit, den Schleier zu durchqueren, ist noch nicht gekommen, Yumeko-chan«, sagte Meister Isao zu mir, seine Stimme weicher als die Brise über mir. »Schon bald werden wir uns vielleicht wiedersehen. Aber noch nicht jetzt. Das Schicksal der Welt hängt am seidenen Faden, und der Drache wirft seinen Schatten auf das gesamte Kaiserreich. Deine Rolle in der Geschichte ist noch nicht fertig erzählt. Du musst es zu Ende bringen.« Meister Isao starrte zum Holz in seinen Händen und begann wieder zu schnitzen. Späne fielen auf die Erde. »Er ruft nach dir, Yumeko-chan«, murmelte er. »Kannst du ihn nicht hören? Du willst ihn doch nicht zu lang warten lassen, sonst könnte seine Seele wieder der Dunkelheit anheimfallen. Er braucht dein Licht, das ihn auf die andere Seite führt.« Erneut glitt sein Blick zu mir, und ein mattes, freundliches Lächeln huschte über sein Gesicht, als er mir zunickte. »Geh jetzt, kleiner Fuchs. Es gibt Menschen, die dich in der Welt der Lebenden brauchen. Deine Zeit ist noch nicht gekommen.«

Und direkt vor meinen Augen verwandelte sich Meister Isao zitternd in eine Lichtkugel, wehte die Tempelstufen hinauf und verschwand durch die Flügeltüren. Während ich den Kloß in meiner Kehle hinunterschluckte, spähte ich zurück zum Wald, und ein Frösteln erfasste mich vom Kopf bis zu den Zehen.

Ein prachtvolles Tier stand am Rand des Nebels und beobachtete mich eindringlich. Es besaß den Körper eines Hirsches, das Gesicht eines Drachen, und ein wunderschönes, schreckliches Horn wölbte sich aus seiner Stirn. Sein Anblick erinnerte mich an die Geschichten über ein solches Geschöpf, das weisen und gütigen Herrschern erschien und dessen Ankunft als Zeichen eines großen Wandels erachtet wurde. Da es auf mich zu warten schien, durchschritt ich den Tempelhof, bis ich vor dem heiligen Kirin stand.

Er legte den Kopf schräg und betrachtete mich mit einem nachdenklichen, leicht irritierten Ausdruck in den zeitlosen Augen. Er war nicht viel größer als ich, unsere Gesichter fast auf selber Höhe, doch ich war überzeugt, in die Augen eines uralten Riesen zu blicken.

Tochter des Waldes. Da waren keine Worte, aber ich spürte seine Stimme in mir widerhallen wie das Läuten einer Glocke. *Endlich kehrst du zurück.*

Ich blinzelte, und mich überkam diese sonderbare, surreale Vertrautheit, als wäre dies nicht das erste Mal, dass wir uns trafen. Obschon ich sicher war, dass ich mich gewiss daran erinnern würde, hätte ich jemals einen Blick auf den großen Kirin der Legenden erhascht. »Es tut mir leid«, flüsterte ich, und seine Ohren zuckten vor. »Das verstehe ich nicht.«

Nein. Die »Stimme« des Kirin war sanftmütig. *Natürlich nicht. Noch nicht.* Sein Ochsenschwanz schlug über seine Flanken, was kräuselnde Nebelschwaden in die Luft steigen ließ. *Das Böse kommt auf diese Inseln*, fuhr er fort, und ein Schauder packte mich. *Die Nacht des Wunsches naht, und deine Verbündeten sind rar gesät. Geh nach Shinsei Yaju, die Stadt der Heiligen Tiere. Finde Tsuki Kiyomi; dereinst wirst du ihre Hilfe brauchen.*

»Tsuki Kiyomi«, wiederholte ich. »Wird sie uns helfen?«

Der Kirin antwortete nicht sogleich. Er musterte mich noch einen Moment, dann hob er den Kopf, und seine Ohren drehten sich leicht, als lauschte er einem Geräusch im Wind. *Kannst du es spüren?*, flüsterte er. *Unter diesem Wald hält ein Fluch das Land mit Traurigkeit und Angst gefangen. Er hat alles in Mitleidenschaft gezogen, was er berührt, einschließlich der Herzen derer, die dort herrschen. Sei auf der Hut, kleiner Fuchs. Die Gesichter hier sind nicht, was sie scheinen, und derjenige, der am vertrautesten wirkt, könnte der Ursprung dessen sein, was verdorben ist.*

Ein eiskalter Schauder kroch meine Wirbelsäule hinauf. Ich verstand nicht ganz, was er sagte, aber ich wusste, wovon der Kirin sprach – von dem schrecklichen Kummer, der in den Boden gesickert war und in der Luft hing. Wie ein Schatten, der über allem lag, oder eine Wunde, die niemals heilte. »Was ist hier geschehen?«, fragte ich. »Warum fühlt sich der Wald so traurig und wütend an? Was ist das für ein Fluch?«

Der Kirin gab keine Antwort. Er drehte sich um, hob den Kopf und stieß einen Atemzug aus, der die Luft mit dem Geräusch von unzähligem Geflüster erfüllte. Der Nebelschleier vor uns teilte sich, glitt wie von Zauberhand vor dem heiligen Tier auseinander, und endlich konnte ich die andere Seite klar erkennen.

Der Pfad ist geöffnet. Folge mir zurück in die Welt der Lebenden, kleine Seele. Du wirst dort noch gebraucht.

Ich blickte zum Tempel zurück, konnte ihn jedoch nicht mehr ausmachen. Nur eine in Nebel gehüllte Landschaft, mit gespenstischen Lichtkugeln, die in den Dunst huschten und wieder hinaustrieben. Erschrocken wandte ich mich von dem Land aus Nebel ab und folgte dem Kirin in den Wald, der sich deutlich vor uns abzeichnete, während Dampfschwaden sich um mich kräuselten.

Ich schlug die Augen auf, und die Welt war dunkel. Ich lag auf der Seite, auf einem Bett aus weichem Gras, dessen Spitzen sanft über mich strichen, als ich mich rührte. Die Zähne fest zusammengepresst, setzte ich mich langsam auf und drehte den Kopf, um zu sehen, wo ich mich befand.

Eine mondbeschienene Lichtung begrüßte mich, silbrig und schwarz, und ein Wispern kitzelte meine Ohren, als ich mich erstaunt umblickte. In den nahen Ästen erkannte ich flüchtig mehrere Kodama. Ihre winzigen Körper glühten in der Dunkelheit in einem ätherischen Grün, und Leuchtflecken blinkten in den Bäumen. Es war ein merkwürdiges Gefühl, als wäre ich immer noch in einem Traum gefangen. Mein Körper schien sonderbar leicht zu sein, nicht völlig real.

Ich senkte den Blick, und mein Herz setzte einen Schlag aus.

Tatsumi lag auf der Seite neben mir, ein Arm abgewinkelt unter dem Kopf, die Augen geschlossen. Er atmete langsam. Sein Gesichtsausdruck wirkte sorglos und friedlich, und mein Magen zog sich leicht zusammen. Es war das erste Mal, dass ich ihn schlafen sah, wirklich tief und fest schlafen, kein kleines Nickerchen machend mit dem Rücken an der Wand und dem Schwert im Schoß. Fast instinktiv griff ich nach unten, strich zärtlich über seine Stirn und schob ihm eine Haarsträhne aus dem Gesicht.

Diese winzige, kaum merkliche Berührung genügte, dass er jäh die Augen aufschlug und hochschoss, was mich erschrocken zusammenzucken ließ. Seine Augen, glühend und Furcht einflößend, bohrten sich in mich, bevor er blinzelte und sie wieder normal aussahen.

»Yumeko.«

»*Gomen*, Tatsumi«, sagte ich rasch, während der Dämonenjäger mich mit weit aufgerissenem und leicht glasigem Blick anstarrte. »Ich wollte dich nicht wecken. Nun, irgendwie schon, aber nicht so. Bist du...«

Ich kam nicht weiter. Tatsumi beugte sich unvermittelt vor, presste eine Hand auf die Seite meines Gesichts und küsste mich. Es war ein harter, fast verzweifelter Kuss, erfüllt von unzähligen Gefühlen und tiefster Erleichterung. Überrascht spannte ich mich an, obwohl meine Seele sich ihm öffnete und in blauweiße Flammen ausbrach, die durch jede Faser meines Körpers peitschten.

Tatsumi wich zurück, als wäre er von verblüfftem Erstaunen gepackt. Beim Anblick meines Gesichts verdunkelten sich seine Augen, und er senkte beschämt den Kopf. »*Gomen*«, murmelte er und begann, von mir wegzurücken. »Ich hätte nicht... verzeih mir. Ich werde...«

Mit sanfter Hand berührte ich seine Wange, was ihn innehalten ließ. Unsere Blicke trafen sich, und obwohl purpurne Flammen in den Tiefen seiner Augen flackerten, war seine Miene dunkel vor Leidenschaft. Diesmal war der Kuss sanft. Tatsumi stieß einen leisen Atemzug aus und zog mich an sich, setzte sich auf und schlang die Arme um meine Taille. Ich schloss die Augen und presste mich an ihn, erdreistete mich, mit den Fingern durch seine dicke Haarpracht zu fahren, und spürte, wie die Feuer in ihm sich zu einer einzigen hellen Flamme vereinten.

Da wich Tatsumi ein winziges Stück zurück, auch wenn nur ein Atemhauch uns trennte, und blickte zu mir hoch. In seinen Augen flimmerte ein stetiger Wechsel aus Purpur und Rot. »Ich dachte, ich hätte dich verloren, ich dachte ...« Er schauderte kurz, und sein Daumen strich zärtlich über meine Wange. »Du bist hier, nicht wahr, Yumeko?«, murmelte er, und ein schwacher Schatten von Ungewissheit legte sich auf sein Gesicht. »Das ist kein Traum, oder?«

Ich bedeckte seine Hand mit meiner. »Wenn es einer ist, dann träumen wir zumindest beide.«

Lächelnd lehnte er sich vor, um mich wieder zu küssen, da erhaschte ich aus den Augenwinkeln ein Schimmern, und als ich mich umdrehte, sah ich einen roten Fuchs, der ein paar Meter entfernt auf einem umgestürzten Baumstamm saß und uns aus glühenden bernsteinfarbenen Augen betrachtete. Ein ungewöhnlich buschiger Schwanz wand sich um seine Beine, und als er erkannte, dass ich ihn bemerkt hatte, erhob er sich, uns immer noch weiterhin anstarrend, und sprang vom Holz. Während des Sprungs schien sich der Schwanz zu teilen, wurde zu zwei buschigen Schwänzen mit weißen Spitzen, die an seinem Hinterteil hin und her schlenzten, und mein Herz vollführte einen Salto. Der Kitsune spazierte drei Schritte auf die Bäume zu, dann drehte er sich um und sah uns mit ungeduldig peitschenden Schwänzen an. Offensichtlich wartete er auf uns.

Tatsumi, der meinem Blick folgte, lächelte mich reumütig an. »Ich schätze, wir sind hier nicht länger willkommen«, murmelte er.

»*Hai.*« Ich nickte und schälte mich widerwillig aus der Umarmung des Dämonenjägers. Am liebsten wäre ich noch eine geraume Weile in diesem friedvollen Wald voller kami geblieben, um die Außenwelt und die schier unüberwindbaren Schwierigkeiten zu vergessen, die dort draußen auf uns warteten. Doch die Morgendämmerung graute, und die Zeit lief uns davon. »Ich schätze, wir müssen aufbrechen.«

Wir folgten unserem Kitsune-Führer durch den Wald, einen Pfad entlang, den nur er kannte, während die Kodama uns aus den Ästen beobachteten. Der Kitsune bewegte sich rasch, ohne ein einziges Mal innezuhalten oder sich umzudrehen, und seine Schwänze mit den weißen Spitzen bewegten sich sanft durch die Dunkelheit. Neugierde nagte an mir, ein Feuer, das in meinem Bauch loderte; ich wollte mit dem Yokai reden, dem ersten vollblütigen Verwandten, dem ich je begegnet war, zumindest in der realen Welt, noch dazu ein Kitsune mit *zwei* Schwänzen. Ich hatte so viele Fragen, so viele Dinge, die ich über ihre Welt wissen wollte. Doch der Kitsune blieb nie stehen und behielt stets denselben Abstand zwischen uns, völlig unbeeindruckt und unbekümmert wegen des Halbbluts, das ihm folgte.

Der Himmel färbte sich heller, und der Horizont war in ein blassrosa Schimmern getaucht, als Tatsumi und ich mit dem Fuchs aus den Bäumen traten und den Rand eines kleinen Tals erreichten. Ein paar Meter entfernt fiel das Land in ein grasbewachsenes Becken ab, das von Wald und Bäumen auf der einen Seite und einer steil aufragenden Gebirgskette auf der anderen umgeben war, deren schartige Gipfel nahezu die Wolken berührten.

Der Kitsune spähte mit glühend gelben Augen zu uns zurück, peitschte einmal mit den Schwänzen und verschwand im Dickicht. Ich war enttäuscht, aber nur für einen kurzen Moment, bis ich bemerkte, was sich jenseits der Anhöhe befand.

Meine Augen wurden groß. Eine riesige Stadt zwängte sich vor mir ins Tal, glitzernd wie ein Teppich aus Glühwürmchen im Schatten des Berges. Eine Mauer umgab die Stadt, doch es machte den Anschein, als wäre der Wald unaufhaltsam in die Ebene gekrochen und teilte sich nun den Platz mit der Zivilisation. Große, uralte Bäume ragten über die schmalen Straßen, und viele Häuser waren um die Stämme herumgebaut worden, anstatt die Riesen zu stören. Farbenprächtige Pagodendächer wölbten sich zum Himmel, leuchtende Brücken spannten sich über das Netz aus Flüssen und Bächen, die das Tal durchschnitten, und ein prunkvoller Palast mit weißen Mauern und einem roten Dach thronte, von einem Festungsgraben umsäumt, genau in der Mitte. In jeder Ecke der Ebene erhoben sich vier riesige Statuen über die Stadt wie unsterbliche Hüter: Kirin, Phönix, Tiger und der Große Drache.

Tatsumis Blick glitt über das Tal, nahm jede Einzelheit in sich auf. »Das muss Shinsei Yaju sein«, murmelte er. »Die Hauptstadt des Mondclans. Wir müssen Vorsicht walten lassen.«

»Weil Fremde sich nicht frei auf der Insel bewegen dürfen?«, riet ich, und er nickte.

»In der Nähe der Hauptstadt werden sie sogar noch argwöhnischer sein.« Er nickte zu dem großen rot-weißen Palast, der wie ein glitzerndes Juwel im Zentrum leuchtete. »Das ist der Wohnsitz von Tsuki Kiyomi, der Daimyo des Mondclans.«

»Oh«, keuchte ich auf. »Tsuki Kiyomi! Das ist diejenige, die ich laut dem Kirin aufsuchen soll. Er meinte, Kiyomi-san könne uns helfen, Genno das Handwerk zu legen.«

»Der Kirin«, wiederholte Tatsumi. »Er hat dir aufgetragen, mit der Daimyo des Mondclans zu sprechen?«

Ich nickte, und Tatsumi schwieg eine Weile, während er die Stadt und seine Einwohner betrachtete, die wie Ameisen die Straßen entlanghuschten. »Ich könnte uns heimlich hineinschmuggeln«, erklärte er schließlich. »Obwohl es bei der Daimyo vielleicht nicht sonderlich viel Vertrauen schaffen würde, wenn zwei Fremde ohne jede Vorwarnung in ihrem Palast auftauchen. Und sobald sie uns schnappen, werden sie höchstwahrscheinlich versuchen, uns zu töten. Insbesondere da ...«

Er verstummte, aber ich wusste, was ihm Sorgen bereitete. Immerhin sah er wie ein Halbdämon aus oder zumindest nicht vollkommen menschlich. »Ich denke«, begann ich, »ich muss dort hinabsteigen und um eine Audienz bei der Daimyo ersuchen. Der Kirin meinte, wir bräuchten ihre Hilfe. Er hätte uns nicht grundlos hergeschickt, oder?«

Tatsumi erwiderte nichts. Ich spürte seinen Blick auf mir und griff nach seiner Hand. Er zögerte, dann legten sich seine Finger um meine. »Ich *muss* gehen«, fuhr ich fort, »aber du musst mich nicht begleiten, Tatsumi. Ich bin sicher, du kannst dich mit deiner Shinobi-Magie ungesehen in die Stadt schleichen. Wir können uns später treffen, sobald es sicher ist.«

»Nein.« Tatsumi schüttelte entschieden den Kopf. »Wenn der Kirin dich hierhergeschickt hat, dann gibt es einen Grund. Du musst mit der Daimyo sprechen, und ich werde dich auf gar keinen Fall allein gehen lassen.«

»Aber was, wenn sie versuchen werden, dich zu töten?«

Unverhofft verzog er einen Mundwinkel zu einem leichten Grinsen. »Das könnte geschehen ... sollten sie einen Dämon erblicken«, erklärte er und klang sonderbar amüsiert. »Gäbe es doch nur einen Weg, mich so zu verkleiden, dass ich wie ein anderer aussehe.«

»Oh!«, rief ich und kam mir schrecklich töricht vor. Ich pflückte rasch ein Blatt vom nächstgelegenen Ast, drehte mich um und warf dem feixenden Dämonenjäger einen finsteren Blick zu. »Seit wann bist du sarkastisch?«, fragte ich. »Hast du Okame-san etwa zu lang zugehört? Der Tatsumi, an den ich mich erinnere, hat kaum auch nur gelächelt.«

»Ich bin nicht sicher.« Mit einem Schlag war Tatsumi wieder ernst und runzelte die Stirn. Seine Augen verdunkelten sich. »Ich weiß, dass ich jetzt anders bin«, gestand er mit leiser Stimme. »Ich erinnere mich an die Person, die ich war, als wir uns zum ersten Mal begegnet sind, und ... dieser Tatsumi wirkt wie ein Fremder.« Er schüttelte den Kopf. »Ich weiß nicht, ob es Hakaimonos Einfluss ist oder gar seine Erinnerungen an die unzähligen Dämonenjäger, die vor mir waren, aber ... Ich weiß, dass ich nicht mehr derselbe bin. Ich weiß nicht einmal, wie viel von dem echten Tatsumi noch übrig ist.«

Mein Herz pochte. Ich trat einen Schritt auf ihn zu, legte ihm die Handfläche auf die Wange und spürte die Wärme, die sich in meinen Fingern ausbreitete, als er die Augen schloss. »Ich mag diesen Tatsumi«, flüsterte ich.

Ein Zittern ging durch ihn hindurch. Er hob die Hand und bedeckte meine mit ihr. »Das freut mich«, murmelte er. »Denn ich habe nicht den blassesten Schimmer, was mit mir los ist.«

Mein Herz raste. Ich wollte ihn küssen, mit den Fingern durch seine Haare streichen und seine Hände auf meiner Haut spüren. Am liebsten hätte ich mich an ihn gepresst und mich so in ihm vergraben, dass nichts uns jemals hätte trennen können, doch diese Gefühle ängstigten mich.

Rasch wich ich zurück und hielt das Blatt zwischen zwei Fingern in die Höhe. »Bereit, die Daimyo zu treffen?«

»Solange du mich nicht in eine Ziege verwandelst.« Tatsumis Stimme war staubtrocken. »Oder in den Ronin.«

Beim Gedanken an den Dämonenjäger als eine Ziege biss ich mir in die Wange, dann presste ich das Blatt auf seine Stirn. Tatsumi rührte sich nicht, sondern schloss die Augen, während ich mich in meine Magie vertiefte. Es folgte eine stille Explosion von Rauch, und als er sich gelegt hatte, starrte der Dämonenjäger zu mir zurück, jetzt in eine schwarze Robe gehüllt und mit einem Metallstab in der Hand. Ein breitkrempiger Strohhut saß auf seinem Kopf, und seine Hörner waren nirgends zu sehen.

Tatsumi spähte an sich herab, dann wieder zu mir, bevor er eine Augenbraue hob. »Ein Priester?«

»Niemand hinterfragt Priester«, erklärte ich mit einem Achselzucken. »Oder eine Schreinmaid. Ist dir nie aufgefallen, wie Reika fast überall hingehen kann, und niemand würdigt sie auch nur eines zweiten Blickes? Weil sie ganz offensichtlich das Werk der kami verrichtet und es Unglück bringt, sich in die Angelegenheiten der Götter einzumischen. Das, und natürlich würde sie den Leuten die Ohren lang ziehen, würden sie einen solchen Frevel wagen.«

»Ich verstehe.«

Ich legte den Kopf leicht schräg und musterte ihn. »Du willst kein Priester sein, Tatsumi-san? Ich könnte dich stattdessen in eine Schreinmaid verwandeln.«

Entsetzt verzog er das Gesicht. »Ein Priester ist schon in Ordnung.«

Wir fanden einen Trampelpfad, der die Anhöhe hinab ins Tal führte, und folgten dem schmalen Weg, bis er sich zu einer breiten Straße öffnete, und die Tore der Stadt sich deutlich vor uns abzeichneten. Im Gegensatz zur Kaiserlichen Stadt Kin Heigen Toshi, vor deren Stadttore sich lange Menschenschlangen bildeten, um Einlass zu finden, gab es hier nur sehr wenig Fußgänger, die in die Hauptstadt der Tsuki hinein oder heraus wollten; eine Handvoll Reisende kam an uns vorbei, und diejenigen, die es taten, bedachten uns nur mit einem kaum merklichen Nicken.

Zwei Krieger in den schwarz-silbernen Farben des Mondclans bewachten die Tore der Stadt, und ihre Speere glitzerten im Abendlicht, während sie unser Näherkommen argwöhnisch beäugten. Ich hatte gehofft, mich unauffällig unter die anderen Reisenden zu mischen, deren Ziel die Hauptstadt war, aber es gab keine Menschenmenge: Tatsumi und ich waren die Einzigen auf der Straße.

»Halt!«

Mit aller Gewalt kämpfte ich dagegen an, nicht zusammenzuzucken, als ein Samurai seinen Posten verließ und sich vor mir aufbaute, um mir den Weg zu versperren. Seine Waffe zeigte zwar nicht auf mich, aber er bedachte mich mit einem kritischen Blick, bevor er Tatsumi genauer musterte.

»Noch mehr Fremde«, sagte er ausdruckslos, was mein Herz bis in meine Kehle schlagen ließ. »Was ist Euer Begehr? Gehört Ihr zu der Gruppe, die vorhin hier durchgekommen ist?«

»N... Noch eine Gruppe?«, wiederholte ich, als Tatsumi neben mir die Schultern durchdrückte. Mein Herz hämmerte, und ich beugte mich hoffnungsvoll vor. »Waren es ein adliger Taiyo, eine Schreinmaid und ein Yojimbo?«

Der Samurai entspannte sich, auch wenn er eher verärgert als erleichtert aussah. Dann drehte er sich für eine Antwort zu mir zurück, erstarrte jedoch jäh, und ein ungläubiger Ausdruck legte sich auf sein Gesicht. Ich hielt den Atem an und fragte mich erschrocken, ob er aus irgendeinem Grund mein wahres Ich sehen konnte und wusste, dass ich eine Kitsune war.

»H... *Hai*«, flüsterte er schließlich. »Die Gruppe, die Ihr beschrieben habt, ist bereits hier, Mylady. Sie sind jetzt bei der Daimyo.« Er trat einen Schritt zurück und nickte mir hastig zu, die Augen fest auf den Boden gerichtet. »Wir werden Euch zum Palast bringen, folgt uns bitte.«

Erleichtert, wenngleich ein wenig verwirrt, folgte ich dem Samurai durch die Tore in die Straßen von Shinsei Yaju.

Prompt spürte ich die Präsenz der kami.

Es war, als würden wir erneut das Herz des heiligen Waldes betreten, nur dass uns anstelle von Bäumen nun Gebäude, Häuser und Schreine umgaben. Die Stadt war voller kami. Überall waren Kodama zu sehen, in den Ästen der uralten Bäume, die an den Straßenrändern wuchsen und sich über die Hausdächer wölbten, und selbst auf den Schultern und Köpfen einiger Menschen, die entweder an die Gegenwart der winzigen Gottheiten gewöhnt waren oder sie überhaupt nicht wahrnahmen. Ein Vogel mit glänzendem rotem

Gefieder und langen Schwanzfedern, in denen lodernde Flammen züngelten, putzte sich auf dem Dach eines Schreins, während darunter ein geisterhafter Hund einem Jungen durch die Straßen folgte und hechelnd mit dem Schwanz wedelte, als das Kind eindringlich mit ihm redete.

Ein Kichern erregte meine Aufmerksamkeit. Als ich den Kopf drehte, sah ich ein Mädchen, das auf den Stufen eines einfachen Hauses saß, ein Windrädchen aus Papier in der kleinen Hand. Sie winkte mir zu, und ich bemerkte ein Aufblitzen von Gelb in ihren großen Augen, sah die vertrauten Ohren mit den schwarzen Spitzen auf ihrem Schädel, und mir stockte jäh der Atem. Doch als ich stehen blieb, um nach ihr zu rufen, hatte sie sich bereits umgedreht, huschte die Treppe zu ihrem Haus hoch, wobei ihr buschiger Schwanz hinter ihr her glitt, und verschwand durch die Haustür ins Innere.

»Also leben auch Yokai hier«, murmelte Tatsumi, während wir die Straße weiter entlanggingen. »Oder zumindest werden sie nicht geschmäht oder ausgestoßen. Vorhin saß ein Bakeneko auf einem Zaun, und ich bin fast sicher, dass ich einen Kappa unter einer der Brücken gesehen habe. Es ist erstaunlich, dass sie hier ohne Blutvergießen zusammenleben.«

»Sie haben hier alles, was sie brauchen«, stellte ich fest, und ein eigentümliches Gefühl von Sehnsucht überkam mich. »Die Menschen an diesem Ort akzeptieren sie. Sie sind keine Absonderlichkeiten oder Monster oder etwas, wovor man sich fürchten müsste ... sie sind ein Teil der Natur, genau wie die kami.«

»Ich verstehe, warum der Mondclan es vorzieht, von der Außenwelt abgeschnitten zu leben«, fuhr Tatsumi fort und beobachtete, wie eine leuchtend weiße Motte, heftig mit den transparenten Flügeln schlagend, herabflatterte, um neben ihm herzuschweben. »Und warum Fremden der Einlass in ihre Städte verwehrt wird.

Nicht alle Clans hätten eine ähnlich friedfertige Sichtweise auf ein solches Miteinander.«

Ich gab keine Antwort. Das Kitsune-Mädchen war wieder aufgetaucht und sauste nun die Hintertreppe ihres Hauses hinab, nur dass sie diesmal von zwei Kindern im gleichen Alter begrüßt wurde. Sie lachten zusammen und nahmen sich hüpfend an die Hände, dann flitzten die drei um die nächste Ecke.

Ich nahm einen zitternden Atemzug und musste mich abwenden, ein Brennen in den Augen. »Es freut mich«, flüsterte ich. »Es freut mich, dass sie einen Ort haben, an dem sie ganz sie selbst sein können. Wo sie in Sicherheit sind.«

Tatsumi ließ meine Worte unkommentiert, und wir marschierten schweigend durch die Stadt.

Der Palast des Mondclans zeichnete sich vor uns ab, als wir eine Bogenbrücke überquerten und nun direkt auf seine Tore zuschritten. Grimmige Komainu-Statuen, zehn Mal größer als Chu, flankierten zu beiden Seiten den Durchgang, ihre steinernen Mienen stolz und voller Trotz. Ich fragte mich, ob sie wie Chu im Notfall zum Leben erwachen und den Palast verteidigen würden. Jenseits der Flügeltüren schloss sich ein ruhiger, friedvoller Garten an, dessen fein gerechter, weißer Sand und der Bambus unter dem aufgehenden gelben Mond glitzerten. Eine Handvoll Adlige befand sich draußen im Freien, in kleinen Grüppchen zusammengedrängt, ihre Stimmen gedämpft in den Schatten.

Als wir an einem Dreigespann Damen vorbeikamen, die an einem kleinen Teich standen, hob eine von ihnen neugierig den Kopf, und ihre Augen wurden riesig, als sie mich sah. Hastig drehte sie sich um und schaute betont uninteressiert in eine andere Richtung, doch bei dem fieberhaften Geflüster und den verstohlenen Blicken der Anwesenden sträubten sich mir die Schwanzhaare. Tatsumi runzelte die Stirn. Auch ihm war das sonderbare Verhalten nicht entgangen, doch wir konnten nichts weiter tun, als den Wachen die Treppe hinauf und durch den Haupteingang des Palasts zu folgen.

Die Halle auf der anderen Seite der riesigen Flügeltüren schimmerte sanft im Licht unzähliger Laternen, die ein orangefarbenes Licht über den Boden aus Holz und Fliesen warfen. Weitere Adlige verteilten sich überall im Raum, zusammen mit einigen Samurai und Wachen. Das erstaunte Starren der Palastbewohner war auch hier, während wir die Halle durchschritten, nicht zu übersehen, und ich erhaschte den Ausdruck von Verwirrung und Unglauben in den Augen der Menschen um mich herum. Überrascht fragte ich mich, ob in dieser Stadt voller kami, Geister und Yokai womöglich *jeder* meine Verkleidung durchschaute und die Kitsune darunter sah.

Und wenn sie die Füchsin erkannten, die so dreist durch den Palast marschierte, konnten sie dann auch den Dämon neben ihr sehen?

Am hinteren Ende der Halle, wo die goldenen Statuen eines Phönix und eines Drachen die Versammlung weit überragten, erhob sich eine Stimme in die Luft: streng, weiblich und mir auf Anhieb vertraut. Eine kleine Gruppe Menschen hatte sich unter den Statuen versammelt; ich sah das Kräuseln von langen weißen Haaren, eine kleine Gestalt in einem roten Hakama und eine hagere Erscheinung mit einem auf den Rücken geschnallten Bogen.

Mit einem leisen Aufkeuchen hastete ich auf sie zu. »*Minna!*«, kreischte ich und winkte aufgeregt. »Daisuke, Reika, Okame-san, ihr habt es geschafft!«

Die drei wirbelten herum, und in ihren Gesichtern spiegelte sich ungläubiges Staunen. »Yumeko«, rief Reika und eilte mir entgegen, um mich in einer kurzen Umarmung an sich zu pressen. Ich schlang ebenfalls die Arme um sie, doch fast augenblicklich wich die Schreinmaid zurück, um mir in die Augen zu schauen, ihr Gesichtsausdruck längst wieder ernst. »Geht es dir gut?«, fragte sie, und ihre schmalen Finger bohrten sich in mein Fleisch. »Was ist geschehen, nachdem das Schiff untergegangen war? Wohin...?« Ihr Blick huschte zu Tatsumi, der schweigend hinter mir stand, und sie hob eine dünne Augenbraue. »Kage-san?«

Ich konnte Tatsumi nicht sehen, aber er musste genickt haben, denn sie entspannte sich sichtlich und wandte sich wieder mir zu, da kamen Daisuke und Okame auf uns zu. »Yumeko-chan.« Okame schüttelte grinsend den Kopf. »Du hast es also geschafft. Ich habe versucht, den beiden hier klarzumachen, dass sie keine Angst haben müssen, dass dir das Glück von Tamafuku höchstpersönlich hold ist. Selbst nachdem wir getrennt wurden, wusste ich, dass du und Kage-san an einem völlig unerwarteten Ort wieder auftauchen würdet.«

»Ist das so?«, erwiderte Reika ausdruckslos. »Und wer hat sich am ersten Abend bis zur Besinnungslosigkeit betrunken, weil er überzeugt war, beide wären von dem Umibozu gefressen worden?«

»Das war nur, weil *ich* fast ertrunken wäre.« Okame zeigte mit der Hand in Richtung Decke. »Und ich bin nicht zu stolz, um zuzugeben, dass der Anblick eines zwanzig Meter großen Schattenmannes, der sich aus dem Ozean erhebt und ein Schiff zu Kleinholz zertrümmert, sehr wohl traumatisierend sein kann. Offen gesagt verstehe ich nicht, dass ihr *nicht* jeden Abend trinkt.«

Daisuke lächelte. »Es tut gut, dich zu sehen, Yumeko-san«, sagte er, ohne auch nur im Geringsten die Erleichterung in seiner Stimme zu verhehlen. »Euch beide, dich und Kage-san. Ich war besorgt, das Meer könne euch verschlungen haben, als das Schiff zerstört wurde. Aber ihr habt es dennoch zu uns zurückgeschafft, den kami sei Dank.«

»Wie ist es euch dreien ergangen?«, fragte ich und ließ den Blick abwechselnd über sie gleiten. »Als das Schiff zertrümmert war, wie seid ihr hierhergekommen?«

»Wir sind in den Hafen von Heishi gesegelt«, erwiderte Okame. »Nachdem ein paar einheimische Fischer uns aus dem Wasser gerettet hatten, haben wir ihnen den Grund unseres Kommens erklärt, woraufhin sie uns hergebracht haben, damit wir mit der Daimyo sprechen.«

»Wir sind selbst gerade erst ankommen«, fügte Reika hinzu. Sie wirkte jetzt aufgewühlt, während sie mich mit düsteren Augen betrachtete. Etwas in ihrem Blick war eine Warnung, doch ich wusste nicht, wovor. »Kiyomi-sama war so gütig, uns eine Audienz zu gewähren, aber...«

»Aber ihr war nicht bewusst, dass zwei weitere Fremde in ihrer Stadt auftauchen würden«, sagte eine Stimme hinter Reika. »Und dass diese beiden ebenfalls versuchen würden, das Heraufbeschwören des Drachen zu verhindern.«

Ich blickte auf, als Daisuke, Reika und Okame beiseitetraten und eine Frau hinter ihnen zum Vorschein kam. Mit einem Schlag war ich wie festgefroren und spürte, dass mein Schock dem der anderen in der Halle in nichts mehr nachstand. Jetzt konnte ich die sonderbaren Mienen und Blicke der Adligen nachvollziehen, den ungläubigen Zweifel in den Augen des Hofstaats. Offensichtlich hatte ihr Verhalten überhaupt nichts damit zu tun gehabt, dass sie eine Kitsune sahen.

Die Daimyo des Mondclans stand vor mir, klein und schlank, mit langen, glatten Haaren und einem entschlossenen Zug um den Mund. Ihre sich bauschende Robe war silbrig grau, mit einem Muster aus Bambus und Libellen, die den Stoff wie Tintenflecke sprenkelten. Ihre dunklen Augen starrten in meine, spiegelten meinen eigenen verblüfften Gesichtsausdruck. Sie war zweifellos älter – hauchzarte Falten umgaben ihre Augen- und Mundwinkel, und ein paar graue Strähnen durchzogen ihre Haare, doch die Ähnlichkeit war unverkennbar.

Mit mir. Die Frau, die mich mit weit aufgerissenen Augen anstarrte, als hätte auch sie einen Geist gesehen… war ich.

11
DIE SEHNSUCHT DER YUREI
Suki

Sie ist hier.

Unsichtbar unter den Dachsparren der Haupthalle schwebend, beobachtete Suki, wie das Fuchsmädchen den Raum betrat, und verspürte eine jähe Woge der Erleichterung. Seit zwei Tagen war sie durch den Palast des Mondclans geweht und hatte Adligen, Dienern und Samurai bei ihren alltäglichen Pflichten zugesehen. Es hatte sie überrascht, dass sie nicht der einzige Geist war, der den Tsuki-Palast heimsuchte; in der weitläufigen Gartenanlage hatte sie eine blasse, glühende Frau gesehen, die wehmütig am Rand eines Teichs stand, und ein Kind in einem wunderschön gemusterten Kimono hatte gelacht und ihr in einer der Hallen zugewinkt, bevor es sich umdrehte und direkt durch einen Shoji-Wandschirm spazierte. Sie alle, die wenigen Yokai und die vielen Hundert winzigen grünen kami, die überall im Palast herumhuschten, wirkten nicht feindselig, sondern lebten friedlich mit den Menschen zusammen. Die Menschen wiederum schien es nicht zu stören, ihr Zuhause mit Geistern und kami zu teilen, boten ihnen sogar Opfergaben aus Essen, Süßspeisen und Sake dar und baten die Geister um Entschuldigung, bevor sie ein Zimmer betraten. Dürfte Suki sich einen Ort aussuchen, an dem sie den Rest der Ewigkeit herumgeisterte, gäbe es gewiss schlechtere Alternativen im Kaiserreich als den Palast des Mondclans.

Doch sie hatte einen Auftrag zu erledigen, und Seigetsu-sama zählte auf sie. Sie konnte ihn gelegentlich spüren, das weitere Bewusstsein, das hinter ihrem Blickfeld lauerte, nicht aufdringlich oder beängstigend, aber definitiv anwesend. Meistens war er ein teilnahmsloser Beobachter, jemand, den sie fast vergaß. Nur einmal, als ihr Blick das erste Mal auf die Frau gefallen war, von der sie später erfuhr, dass es sich um die Daimyo des Mondclans handelte, hatte sie einen Anflug von Emotionen gespürt, die nicht die ihren waren. Neugierde? Belustigung? Bedauern? Das Gefühl legte sich, bevor sie es näher einordnen konnte, und sie vermutete, dass Lord Seigetsu ihr sein geheimnisvolles Interesse an der Daimyo des Mondclans nicht erklären würde, weshalb sie die Frau eingehend beobachtete, da sie wusste, dass sie etwas Besonderes war.

Zwei Tage später hielt Suki sich in der Haupthalle auf und beobachtete die Daimyo und die Menschentrauben des Palasts von der Decke aus, als die Flügeltüren sich öffneten und zwei Wachen eintraten.

Zusammen mit Daisuke-sama, dem Ronin und der Schreinmaid.

Suki hatte ihre Hand über ihren Mund gelegt, ein erleichtertes Lächeln hatte sich in ihr Gesicht geschlichen. Der Adlige des Sonnenclans sah erschöpft und mitgenommen aus, seine Kleidung war zerrissen, und sein langes weißes Haar war zerzaust, aber in Sukis Augen war er immer noch wunderschön. *Daisuke-sama*, dachte sie, die Augen allein auf ihn geheftet, während die Wachen die Neuankömmlinge zur Daimyo führten. *Du bist gekommen. Ich bin so froh, dass du wohlauf bist!*

In ihrem Innern hatte sich etwas geregt, ein mattes Kräuseln von etwas Furchteinflößendem war in ihr Bewusstsein geschlichen, und Suki war erstarrt, jäh erschrocken darüber, was sie falsch gemacht haben könnte. Lord Seigetsus Stimme hallte in ihrem Kopf wider, eiskalt und unheilvoll. *Die Kitsune ist nicht bei ihnen,* stellte er fest. *Ebenso wenig wie der Dämonenjäger. Das sollte nicht passieren. Warum habe ich es nicht vorhergesehen?*

Sein Zorn erstickte sie regelrecht. Niederdrückend und Furcht einflößend, obwohl Suki als Geist überhaupt nicht atmete. Sie drängte sich gegen die Decke und wollte fliehen, wusste jedoch, dass sie dem fremden Bewusstsein in ihr selbst nicht entkommen konnte. *Taka,* hörte sie Lord Seigetsu mit kalter Stimme laut nachdenken, bei der sie sich am liebsten in Nebelschwaden aufgelöst hätte, *deine Visionen liefern keine Erklärung für das hier. Ist mir ein Fehler unterlaufen, oder bist du nutzlos geworden?*

»Yumeko!«

Suki war bei dem Schrei, der in der Halle von allen Wänden widerhallte, jäh zusammengefahren. Erleichterung hatte sie erfüllt, als das Kitsune-Mädchen mit einem alten Mönch an ihrer Seite den Raum betrat. Augenblicklich war sie von ihren Freunden umzingelt worden, die aufgeregt von den Geschehnissen erzählten, nachdem sie getrennt worden waren, und Suki fühlte sich wie betäubt, während sie das Wiedersehen beobachtete.

Da spürte sie Seigetsus Seufzer, und die grässliche Wut in ihr löste sich wie Raureif in der Sonne auf. *Sie ist in Sicherheit,* hauchte er. *Beide, sie und der Dämonenjäger. Ihr Glück scheint nach wie vor dem Schicksal zu trotzen, und das Spiel geht weiter. Suki-chan,* sagte er, und die direkte Ansprache ließ sie zusammenfahren. *Ich danke dir. Du verstehst die Bedeutung nicht, aber sämtliche Figuren sind jetzt an der richtigen Stelle. Der letzte Schachzug wird bald beginnen. Bitte kehr zu mir zurück, sobald du bereit bist. Ich habe einen allerletzten Auftrag für dich.*

Und einfach so war er fort, und sein Bewusstsein verblasste vollständig aus ihren Gedanken. Aufgeschreckt durch sein Verschwinden und die plötzliche unheimliche Leere, die er hinterließ, sah

Suki wieder zu dem Fuchsmädchen und ihren Gefährten, die sich mit der Daimyo unterhielten. Der adlige Taiyo stand schweigend neben dem Ronin, und sein wunderschönes Gesicht und das erleichterte Lächeln berührte sie in ihrem Innersten.

Daisuke-sama, dachte sie. *Ich habe Angst um dich, um euch alle. Irgendetwas wird bald geschehen, und nur Lord Seigetsu weiß, was kommt. Ich will nicht, dass du stirbst. Ich wünschte, ich könnte dir sagen, was im Gange ist.*

Sie zögerte. Vielleicht *gab* es einen Weg, um mit ihm zu reden, wenn auch nur für einen kurzen Moment. Seigetsu-sama hatte sie gebeten, schnellstmöglich zurückzukehren; er brauchte sie für einen allerletzten Auftrag, und sie wollte ihn nicht enttäuschen. Aber dies könnte das letzte Mal sein, dass sie Taiyo Daisuke sah, ihre letzte Chance, mit dem Adligen zu sprechen, den sie zu Lebzeiten geliebt hatte. Gewiss würde Seigetsu-sama ihr ein paar Minuten nicht übel nehmen.

Suki lag noch kurz mit sich selbst im Widerstreit, dann nahm sie ihren ganzen Mut zusammen und traf eine Entscheidung. Immer noch unsichtbar ließ sie sich von der Decke fallen und schwebte lautlos auf den adligen Taiyo zu.

12
DIE DAIMYO DES MONDCLANS

Yumeko

»Wer bist du?«, flüsterte die Daimyo. Um uns herum verblassten der Hofstaat, die Samurai, selbst Daisuke, Okame und Reika zu einem surrealen Hintergrund aus verschwommenen Farben und gedämpften Stimmen. Die Frau, die vor mir stand, war die einzige klare Erscheinung im Raum.

»Ich ... Mein Name ist Yumeko«, antwortete ich. »Ich bin ein Niemand, Kiyomi-sama, nur ein Bauernmädchen aus den Bergen des Erdclans. Ich ...« Ich verstummte, denn die Daimyo war einen Schritt vorgetreten, ihr Gesichtsausdruck suchend. Ich sah, wie ihre Augen zu meinem Kopf glitten, und wusste ohne jeden noch so kleinen Zweifel, dass sie mein wahres Wesen sah. Kurzzeitig überkam mich eine Woge der Angst um Tatsumi: Wenn die Daimyo des Mondclans meine Fuchsnatur bemerkte, würde sie gewiss auch den Halbdämon in der Halle erkennen. Aber Tsuki-sama würdigte Tatsumi keines Blickes. Kopfschüttelnd wich sie taumelnd zurück, als könnte sie ihren Augen nicht trauen.

»Wie?«, wisperte sie, ihre Stimme kaum hörbar. »Wie kann das sein? Ich dachte, du seist für immer verloren. Und jetzt kehrst du zurück, am Vorabend des Drachenwunsches, wo die Welt am Rand einer tief greifenden Veränderung steht. Ich ...« Sie zögerte, gramgebeugt, doch dann hob sie das Kinn und drückte den Rücken durch. »Warum bist du gekommen?«, fragte sie mit harscher Stimme.

Ich schluckte. »Wir jagen der Drachenrolle hinterher«, sagte ich, und ihre Augen weiteten sich erneut. »Das Böse ist in Euer Land gekommen, Kiyomi-sama. Genno, der Meister der Dämonen, ist im Besitz aller drei Teile des Gebets, und er hat die Absicht, den Wunsch einzusetzen, um das Kaiserreich in Dunkelheit zu stürzen.«

»Deine Freunde haben mir dasselbe erzählt«, sagte die Daimyo. »Aber ihr müsst verstehen – der Mondclan hat vor langer Zeit einen Pakt mit den kami geschlossen, sich nicht in die Belange der Menschen oder Götter einzumischen. Wir sind unparteiische Beobachter, weit weg von den Streitigkeiten und politischen Intrigen des restlichen Kaiserreichs. Das hier ist das Reich des Drachen. Wir leben zufrieden auf dem Rücken einer schlafenden Gottheit, und wir haben versprochen, niemals nach der Macht des Drachengebets zu streben oder zu versuchen, jene aufzuhalten, die den Herold anrufen wollen. Der Wandel muss kommen… das ist das Wesen der kami.«

»Aber Euer Volk ist in Gefahr«, beharrte ich. »Genno will das Kaiserreich stürzen. Er will keinen Wandel herbeiführen, nur Tod und Zerstörung. Wir sind gekommen, um ihm Einhalt zu gebieten, aber der Meister der Dämonen verfügt über eine riesige Armee, und wir schaffen es nicht allein. Wir brauchen Eure Hilfe, Kiyomi-sama. Der Kirin hat mir aufgetragen, Euch zu finden. Ich kann nur mutmaßen, dass er dachte, Ihr könntet helfen.«

»Der Kirin hat mit dir gesprochen?« Kiyomi-sama wirkte völlig überrascht. »In all meinen Jahren als Daimyo«, murmelte sie, »habe ich das heilige Tier erst einmal gesehen, und das aus der Ferne. Er hat sich nie dazu herabgelassen, mich mit seiner Gegenwart zu segnen. Aber mit dir hat er gesprochen.« Ich nickte, und ihre Stirn kräuselte sich. »Das Zeichen der kami darf nicht ignoriert werden«, flüsterte sie. »Obwohl mir davor graust, was das für den Mondclan bedeuten wird.«

»Kiyomi-sama«, unterbrach Reika sie, ihre Stimme ganz respektvoll. »Ich weiß, Ihr wollt Euer Volk beschützen. Ich weiß, der Mondclan hält sich aus Prinzip aus der Clanpolitik und den Geschicken des Kaiserreichs heraus. Und ich weiß, dass Eure Familie den Eid abgelegt hat, mit den kami in Frieden zu leben, sich nicht in die Gepflogenheiten der Götter einzumischen. Aber wenn Genno seinen Wunsch bekommt und den Drachen heraufbeschwört, schwebt das gesamte Kaiserreich in großer Gefahr, angefangen mit genau diesen Inseln. Gemeinsam müssen wir ihn aufhalten, bevor er den Herold anrufen kann. Die Nacht des Wunsches ist fast gekommen.«

Die Daimyo des Mondclans schwieg mehrere Sekunden lang, ihr Blick war betrübt und gedankenverloren. Schließlich rührte sie sich.

»Ich muss… mir alles durch den Kopf gehen lassen«, verkündete sie. »Heute Nacht werde ich mit den kami ein Zwiegespräch halten. Morgen früh werde ich Euch meine Antwort geben, aber bis dieser Konflikt gelöst ist, dürft Ihr als Ehrengäste in meinem Palast verweilen. Die Diener werden Eure Zimmer vorbereiten. Mädchen…« Sie wandte sich an mich, und ein Schatten von Verunsicherung, Zweifel und Angst stahl sich für einen Moment in ihre Augen, dann warf sie mir einen entschlossenen, harten Blick zu. »Yumeko-san… ich möchte mit dir allein reden. Sei unbesorgt, dir droht keine Gefahr, aber ich denke, es gibt Fragen, auf die wir beide eine Antwort brauchen. Bitte folge mir.«

Ich spähte zu den anderen, die, abgesehen von dem stoischen Mönch hinter mir, ebenso benommen und fassungslos über diese Enthüllungen waren wie ich. Ich fühlte mich wie betäubt, und ich war viel zu verwirrt, um die Tragweite dessen zu verstehen, was gerade geschah. Doch Tatsumi nickte mir mit düsterer Miene zu, als sich unsere Blicke trafen, seine dunklen Augen fast mitleidvoll. *Uns wird nichts geschehen*, versuchte er mir zu sagen. *Begleite die Daimyo, Yumeko.* Ich lächelte ihm matt zu, dann holte ich tief Atem und lief Kiyomi-sama hinterher.

Ich folgte der Daimyo durch die verschlungenen Korridore des Palasts, an Dienern, Höflingen und Samurai vorbei, die mir neugierige Blicke zuwarfen, während sie so taten, als würden sie uns nicht sehen. Der Palast war schwach beleuchtet und kühl, aber im Gegensatz zu den dunklen, labyrinthartigen Gängen der Schattenclanburg war der Palast des Mondclans luftig und offen, mit zahlreichen Zimmern und Korridoren, die Zugang ins Freie boten. Winzige Gärten mit Büschen, Steinlaternen und Bambushainen waren überall in den Palast eingestreut, fein säuberlich bepflanzt und gepflegt, kleine Oasen der Natur, mit kunstvoll verzierten Geländern und Gehwegen gesäumt. Glühwürmchen schwebten durch die Gänge, gelbe und grüne Leuchtpunkte im Schatten, die um die Köpfe von Spaziergängern schwirrten oder auf ihrer Kleidung landeten. Während wir einen weiteren Miniaturgarten durchschritten, sah ich einen einzelnen Kodama auf einem Stein neben dem Goldfischteich sitzen. Er winkte mir zu, als ich an ihm vorbeiging, und ich lächelte zurück.

Schließlich führte Tsuki-sama mich über miteinander verbundene Veranden zu einer Bogenbrücke, die sich über einen Teich spannte, und wir erreichten eine kleine Insel genau in der Mitte des Gewässers. Ein von Bambus umfasster Gartenpavillon kam zum Vorschein, um dessen Säulen sich gewundene Weinreben rankten, mit einem Loch im Dach, durch das der Nachthimmel blitzte. Filigrane Glöckchen, die von den Halmen baumelten, wiegten sich sanft im Wind und erfüllten die Luft mit hauchzarten, zitternden

Tönen, die sich mit den Geräuschen der Brise und des Wassers verwoben. Überall um uns war die Nacht von der Gegenwart der kami erfüllt.

Anfangs sagte Kiyomi-sama nichts. Sie spazierte zum Rand des Pavillons und blickte über den Teich zum Mond hinauf, dessen blasses Licht auf der Oberfläche des Wassers glitzerte. Ich wartete schweigend, meine Gefühle nicht mehr wie erstarrt, war ich nun ein Bündel aus Nervosität und Furcht. Diese Frau ... kannte mich. Tsuki Kiyomi, die Daimyo des gesamten Mondclans, könnte meine ...

»Ich komme manchmal hierher«, sagte sie, mir immer noch den Rücken zugewandt. »Wenn mir die Pflichten des Hofs zu viel werden oder ich mit den kami kommunizieren will. Ihre Stimmen waren immer leise, zerrissen, fragmentarisch, abhängig davon, wie sie sich fühlten und wer von ihnen mir antwortete, aber sie haben mich nie in die Irre geführt. Es sind wankelmütige Geschöpfe, doch nachdem ich ihnen seit vielen Jahren lausche, habe ich gelernt, ihre Stimmen auseinanderzuhalten, Fakten von Gefühlen zu trennen und die Wahrheit zu erkennen. Aber es hat eine Frage gegeben, die ich gestellt habe, immer und immer wieder, die sie mir nie beantworten konnten.«

Endlich drehte Kiyomi-sama sich um, und ihre dunklen Augen bohrten sich in mich, als trachteten sie danach, alles zu sehen.

»Ich weiß, dass dir Fragen auf der Seele brennen«, sagte sie, und ihre Stimme bebte nun, der fragile Schein von Gelassenheit begann zu bröckeln. »Und ich werde mein Bestes geben, um sie dir zu beantworten. Aber bevor ich es tue, muss ich dich bitten, dass du mir zuerst deine Geschichte erzählst. Wer bist du? Wo hast du die vergangenen sechzehn Jahre gesteckt? Hat dein Vater dir alles über deine Vergangenheit erzählt, wo du herkommst? Hat dich vielleicht jemals der Verdacht beschlichen, dass du dort nicht hingehörst?«

Ich blinzelte. »Mein ... Vater?«, wiederholte ich im Flüsterton. »Ihr kanntet ihn?«

»Natürlich.« Einen Moment lang wirkte Kiyomi-sama entrüstet und aufgebracht. »Er war mein Gemahl. Ich habe ihn geliebt, ihm alles gegeben, was ich besessen habe, und er hat mich und jeden, der mir am Herzen lag, nach Strich und Faden betrogen.« Sie ließ ihre Schultern sinken, und mit einem Schlag sah sie um Jahrzehnte gealtert aus. »Er hat nie von mir gesprochen? Kein einziges Mal?«

»Ich ... Ich kannte ihn nicht«, stammelte ich. »Ich wurde auf den Stufen eines Tempels in den Bergen des Erdclans abgegeben und von den Mönchen dort großgezogen. Sie haben mir alles beigebracht, was ich weiß, aber ... sie haben meine Familie mit keiner Silbe erwähnt. Ich glaube auch nicht, dass sie wussten, woher ich komme.«

»Ich verstehe«, flüsterte Kiyomi-sama und setzte sich auf die Holzbank vor dem Pavillon. »Wie es scheint, hat er uns beide hintergangen.«

Vorsichtig ließ ich mich am Rand der Bank nieder, ganz außen, und beobachtete, wie sie sich zu sammeln schien. Ein paar Sekunden starrte sie ausdruckslos über das Wasser, als riefe sie sich längst vergessene Erinnerungen ins Gedächtnis. Erinnerungen, die schmerzlich waren.

»Dein Vater war ein Yokai«, sagte Kiyomi-sama schließlich. »Selbstverständlich weißt du das. Du bist eine Halb-Kitsune, also sollte das für dich keine allzu große Überraschung sein. Mein Gemahl war ein Mann namens Tsuki Toshimoko, ein Adliger aus einer der bedeutendsten Familien des Mondclans. Es war natürlich eine arrangierte Ehe. Als Erbin der Tsuki-Familie war ich Toshimoko seit meinem sechsten Geburtstag versprochen, und wir heirateten, als ich vierzehn war.«

»Es tut mir leid, Kiyomi-sama, aber ich bin verwirrt. Ihr sagtet, mein Vater sei ein Yokai gewesen. War Toshimoko-sama…?«

»Nein«, sagte Kiyomi-sama. »Zumindest nicht von Anfang an. Da bin ich mir sicher.« Beim Anblick meines verwirrten Gesichtsausdrucks schüttelte sie den Kopf. »Ich weiß, es klingt unglaublich, Yumeko-san. Ich habe sechzehn Jahre gebraucht, um die Geschehnisse zu entwirren, und selbst jetzt kann ich nicht mit Gewissheit sagen, wann dein Vater ins Spiel kam. Genauso wenig weiß ich, was mit dem echten Toshimoko geschehen ist, obwohl ich fürchte, dass die Antwort auf der Hand liegt. Bitte hab Geduld mit mir, während ich dir alles zu erklären versuche.«

Ich biss mir auf die Lippe und verstummte, auch wenn meine Nervosität unermesslich groß war. Mein Magen zog sich zusammen, und ich hatte das Gefühl, als stünde ich am Rand eines Abgrunds, nur darauf wartend, dass der Boden unter mir nachgab. Die Daimyo des Mondclans hielt inne, dann glitt ihr Blick wieder übers Wasser.

»Die ersten paar Jahre«, fuhr Kiyomi-sama fort, »war alles normal. Mein Gemahl war ein guter Mann, ehrenwert und gerecht. Wenn er distanziert war, lag es daran, dass seine Pflichten seine ganze Aufmerksamkeit einforderten – seine Verantwortung für den Mondclan stand an erster Stelle. Unsere Heirat war eine Vernunftehe, doch mein Versagen, ihm einen Erben zu schenken, war immer ein Streitpunkt zwischen uns. Ich glaube, er hat mich deshalb verachtet, obwohl er es niemals laut gesagt hätte.

»Und dann, eines Tages, war er plötzlich wie … ausgewechselt.« Kiyomi-sama runzelte die Stirn und schürzte die Lippen, während sie nach Worten suchte. »Nein, vergib mir … Bei mir klingt es, als hätte er jäh vergessen, wer er war. Ich erinnere mich nicht, wann es mir auffiel, aber mit einem Mal war er aufmerksamer, liebenswürdiger und verständnisvoller. Nicht dass er mir gegenüber jemals grausam gewesen wäre... wir hatten uns immer mit gegenseitigem Respekt behandelt, aber da war nun eine Wärme in ihm, die zuvor nicht da gewesen war. Er wirkte aufrichtig interessiert an mir, an meinen Gedanken und Ideen, und ermunterte mich, ihm von meinen Träumen und Ängsten zu erzählen. Zum ersten Mal fühlte ich mich gesehen, verstanden. Und während die Monate verstrichen, begann ich, mich in ihn zu verlieben.

»Als ich feststellte, dass ich schwanger war, mutmaßte ich, es sei ein Geschenk der Götter. Ich glaubte, egal, wie töricht es sich jetzt anhören mag, dass unsere Liebe meine Unfruchtbarkeit bezwungen hätte, da Liebe alles überwindet und sogar das Unmögliche wahr macht.« Kiyomi-sama lächelte verbittert. »Solche Ideen klingen heutzutage lächerlich, aber ich war jung und unsäglich glücklich. Im Rückblick habe ich diese neun Monate wie in einem Traum verbracht.« Sie holte tief Atem, und ihr Gesicht verfinsterte sich. »Und dann ist dieser Traum zerbrochen und wurde zum Albtraum, mit dem ich heute noch lebe.«

Ein Schauder lief mir den Rücken hinab. Kiyomi-sama blickte weiterhin starr auf den Teich, während ihr Gesichtsausdruck immer ruheloser wurde. »Als die Zeit kam, gab es bei der Geburt... Komplikationen«, sagte sie. »Ich verlor viel Blut und war zum Ende hin im Delirium. Alles ist jetzt verschwommen, als wäre das gesamte Geschehen ein Traum gewesen. Aber... ich erinnere mich, dass ich verzweifelt versucht habe, das Baby nicht zu verlieren, und die Hebammen anschrie, es zu retten, es nicht sterben zu lassen. Was dann geschah...«

Die Daimyo zitterte, ihre Stimme begann zu beben. »Ich glitt immer wieder in die Bewusstlosigkeit«, flüsterte sie, »doch an einem Punkt weiß ich noch, wie ich aufblickte und glaubte, meinen Gemahl neben mir zu sehen. In dieser Nacht wirkte er wie... wie ein Fremder, und seine Augen... sie waren gelb, wie das Flackern von

Kerzenflammen, und glühten in der Dunkelheit. Er sprach zu mir, Worte, die ich mir jetzt nicht mehr ins Gedächtnis rufen kann, aber ich erinnere mich, dass sie von Angst und Wut und Verzweiflung erfüllt gewesen waren. Ich hielt es für einen Albtraum, doch als ich erwachte und nach meinem Kind verlangte...« Kiyomi-samas Lippen zuckten; sie musste innehalten und einen zittrigen Atemzug nehmen, bevor sie fortfahren konnte. »Sie erklärten mir, dass beide, das Baby und mein Gemahl, fort seien. Dass sie verschwunden wären, irgendwann mitten in der Nacht, und niemand sie seitdem gesehen habe.«

Ich biss mir verzweifelt in die Wange. Der Schmerz, der mich erfüllte, war unerträglich, ich konnte kaum atmen. »Das... Das tut mir leid«, flüsterte ich, wusste ich doch nicht, was ich sonst sagen sollte.

»Ich habe nach ihr gesucht«, murmelte die Daimyo, als hätte sie mich überhaupt nicht gehört. »Ich habe jede einzelne Insel des Mondclans, jede Ecke und jeden versteckten Winkel, sämtliche Höhlen und die tiefsten Wälder durchkämmt. Ich schickte Priester, Krieger, selbst Söldner aufs Festland, damit sie an meiner statt nach meinem gestohlenen Kind und meinem Ehemann suchen sollten, der uns alle betrogen hatte. Niemand fand auch nur eine Spur von ihnen. Es war, als wären sie vom Erdboden verschluckt.

»Während der langen Jahre seit jener Nacht«, fuhr Kiyomi-sama fort, »habe ich mein Bestes gegeben, um all das hinter mir zu lassen und zu vergessen, dass ich jemals eine Tochter geboren hatte, obwohl ich wusste, dass es unmöglich ist. Eine Frau trägt nicht einfach neun Monate ein Leben in sich, ohne dass es ein Teil von ihr wird. Ich hatte sogar einen Namen für meine Tochter«, gestand Kiyomi-sama mit zittriger Stimme, »einen, den ich nur meinem Gemahl anvertraut und den ich seit jener Nacht nicht mehr in den Mund genommen habe. Ihr Name wäre... Yumeko gewesen, da ihre Existenz und die Art, wie sie in mein Leben getreten war, einem Traum gleichkam.«

Die Tränen, die ich schon so lange zurückgehalten hatte, brachen sich schließlich Bahn und rannen in heißen Strömen meine Wangen hinab. Der Kummer der Daimyo hallte in jedem ihrer Worte, in jedem Blick und jeder Geste wider, ein ganzes Leben erfüllt von Trauer und Bedauern. Ich senkte den Kopf und schluchzte leise, wegen Kiyomi-sama und allem, was sie verloren hatte, wegen dem Leben, das ihr gestohlen worden war, und wegen der Mutter, die ich niemals gekannt hatte. Zum ersten Mal ertappte ich mich dabei, meinen unbekannten Vater zu hassen, den mysteriösen Yokai, der dies vom ersten Moment an geplant haben musste, der Kiyomi-sama dazu gebracht hatte, sich in ihn zu verlieben und ihm ein Kind zu gebären, wo er die ganze Zeit über gewusst hatte, dass er ihr Leben zerstören würde.

»Es tut mir so leid«, flüsterte ich mit erstickter Stimme und spürte den Blick der Daimyo auf meinem Scheitel. »Ich wusste nicht... Ich wäre gekommen, hätte ich es gewusst. Irgendwie hätte ich einen Weg gefunden.«

Mehrere Sekunden betrachtete die Daimyo mich schweigend, bevor sie aufstand. Ich hörte das Rascheln ihres Kimonos, als sie zu meiner Seite des Pavillons kam und zu mir herabsah. Ich wagte nicht hochzublicken, jäh verängstigt, in ihren Augen Abneigung, Wut und Hass auf die Halb-Kitsune zu sehen, die plötzlich vor ihrer Türschwelle aufgetaucht war und sie an alles erinnerte, was sie verloren hatte. Doch dann beugte sie sich herab, und ihre Finger glitten sanft zu meinen Ellbogen, während sie mich auf die Beine zog. Ich hob den Kopf und begegnete ihrem Blick, der suchend, bohrend, aber ansonsten undurchdringlich war.

»Er muss es gewusst haben«, flüsterte Kiyomi-sama. »Er muss es irgendwie gewusst haben, dass dein Weg dich hierherführen wird.

Es kann kein Zufall sein, dass du am Vorabend des Drachenwunsches hier vor mir erscheinst. Und wenn der Kirin dich zu mir geschickt hat, dann sind Mächte jenseits unserer Kontrolle und unseres Verständnisses am Werk.«

Sie seufzte, und vor meinem geistigen Auge stellte ich mir den Mantel ihrer Herrschaft vor, der schwer auf ihren Schultern lag. Ich konnte regelrecht sehen, wie er sie niederdrückte, obwohl sie den Kopf reckte und entschlossen dastand. »Du wirst deine Hilfe bekommen, Yumeko-san«, sagte die Daimyo der Tsuki. »Der Mondclan wird sich bereit machen, um dich und deine Gefährten zu unterstützen. Wenn es bedeutet, dass wir zu den heiligen Klippen von Ryugake marschieren und einer Armee von Dämonen die Stirn bieten müssen, dann soll es so sein. Ich werde meine Streitkräfte sammeln, und morgen werden wir nach Tani Kaminari reisen, dem Tal des Blitzschlags, das unterhalb der geheiligten Berge liegt. Es gibt nur einen Weg die steile Klippe hinauf zur Stätte der Beschwörung. Wenn Genno den Herold heraufbeschwören will, muss er zuerst durch unsere Truppen hindurch.«

Ich blinzelte heftig. »Danke, Kiyomi-sama.«

Ihre Augen wurden weich, und für einen kurzen Moment hob sie die Hand, um sanft meine Wange zu berühren, während sich ein wehmütiger Ausdruck auf ihr Gesicht legte. »Du bist eine Fremde für mich«, murmelte sie, ihre Stimme von Bedauern gefärbt. »Ich hätte dich gern gekannt. Vielleicht können wir später, wenn dies alles vorbei ist, die Jahre füllen, die wir verloren haben.«

»Das fände ich schön.«

Sie nickte. »Geh nun«, sagte sie und machte eine Handbewegung zur Brücke. »Kehr zu deinen Freunden zurück, wenn das dein Wunsch ist. Ich werde meinem Volk und sämtlichen Beteiligten, die es betrifft, meine Entscheidung verkünden. Schlaf heute Nacht, Yumeko-chan. Denn morgen werden wir in den Krieg ziehen.«

Ich verneigte mich vor der Daimyo und begann, mich abzuwenden, blieb jedoch stehen, als ich ihre Stimme erneut vernahm.

»Und Yumeko-san«, fügte Kiyomi-sama hinzu, »der Halbdämon, der dir in den Palast gefolgt ist. Er stellt für mein Volk keine Bedrohung dar, oder?«

Mein Magen krampfte sich zusammen, und ich schüttelte den Kopf. »Nein, Kiyomi-sama.«

»Gut.« Die Daimyo nickte feierlich. »Solange du für ihn bürgst, werde ich ihn nicht unter Bewachung stellen. Doch seine Gegenwart macht die kami sehr nervös, vergiss das nicht.« Sie hob die Hand in einer Geste des Abschieds. »Ich werde dich und deine Gefährten morgen sehen, Yumeko-san, und wir werden die nötigen Vorbereitungen treffen, um dem Meister der Dämonen entgegenzutreten. *Oyasumi nasai.*«

»Gute Nacht«, erwiderte ich leise und verneigte mich ein letztes Mal, bevor ich mich umdrehte und zurück über die Brücke spazierte. Eine Dienerin wartete auf der anderen Seite, und ich folgte ihr in den Palast, die Augen von Kiyomi-sama die ganze Zeit über auf meinem Rücken spürend.

13
SAKE UND ERINNERUNGEN

Suki

Suki war es ein Gräuel, andere auszuspionieren, aber als ein Geist schien es wenig anderes zu geben, was sie hätte tun können. Sie wollte sich niemandem im Palast offenbaren; obwohl Yurei hier toleriert wurden, könnte es genügend Leute geben, die schlecht auf einen fremden Geist zu sprechen waren, der wie aus dem Nichts aufgetaucht war. Außerdem lag es nicht in Sukis Natur, gesehen zu werden. Zu Lebzeiten war es gefährlich gewesen, Aufmerksamkeit auf sich zu ziehen, ein Umstand, der unter allen Umständen vermieden werden musste. Sie war es gewohnt, sich im Hintergrund zu halten, unsichtbar und unbedeutend zu sein. Nun, wo sie ein Geist war, war dies sogar noch leichter zu bewerkstelligen.

Und so folgte sie Daisuke-sama heimlich durch die Palastgänge des Mondclans, beobachtete, wie mehrere Adlige stehen blieben, um sich mit ihm zu unterhalten, neugierig geworden, mutmaßte Suki, was ein Taiyo in ihrer Mitte wollte. Vielleicht wurde er angezogen von Daisuke-samas Schönheit und Güte, genau wie sie damals, vor so langer Zeit, wie es ihr jetzt schien. Wie immer war der Adlige der Taiyo souverän und anmutig, auch wenn Suki das Gefühl beschlich, dass er an jenem Abend ein wenig abgelenkt wirkte.

»Die Luft um Euch ist mit einem Hauch Kälte erfüllt, Taiyo-san«, bemerkte ein Adliger mit einem Blick über Daisukes Schulter zu der Stelle, wo Suki unsichtbar schwebte. »Wie mir dünkt, habt Ihr wohl die Aufmerksamkeit eines Yurei auf Euch gezogen.«

Mit weit aufgerissenen Augen zuckte Suki zusammen, doch Daisuke lächelte bloß. »Oh? Sollte ich deshalb beunruhigt sein?«

»Nicht zwangsläufig.« Der andere Adlige machte eine unbekümmerte Handbewegung. »Hier wimmelt es von kami und Naturgottheiten, und von Zeit zu Zeit sehen wir auch Geister, die durch den Palast oder die Stadt schweben. Für gewöhnlich sind es keine Störenfriede, aber solltet Ihr Euch verfolgt oder belästigt fühlen, gibt es hier eine Menge Priester und Schreinmaiden, die sie vertreiben können. Kiyomi-sama selbst ist sehr erfahren darin, ruhelose Geister zum Weiterziehen zu bewegen.«

»Vielen Dank«, sagte Daisuke mit einer leichten Verbeugung. »Das werde ich im Hinterkopf behalten, doch ich fürchte, ich sollte mich nun zurückziehen. Es war eine lange Reise.«

»Natürlich, Taiyo-san.« Der andere Adlige erwiderte lächelnd die Verbeugung. »Willkommen im Land der Tsuki. Oh, und seid unbesorgt, solltet Ihr Kodama in Eurem Zimmer vorfinden, sie sind einfach überall. Beleidigt sie nicht, dann werden sie Euch in Ruhe lassen.«

Daisuke murmelte eine Erwiderung und wandte sich zu dem geduldig wartenden Diener um, das Zeichen, dass sie weitergehen konnten. Suki folgte, allerdings in größerem Abstand als zuvor, mit einem Mal nervös, dass der Taiyo ihre Gegenwart spürte. Doch der Adlige marschierte festen Schrittes die Korridore hinab, ohne ein einziges Mal innezuhalten oder auch nur den kleinsten Hinweis darauf zu geben, dass er glaubte, irgendetwas wäre nicht in Ordnung. Als der Dienstbote ihm sein Zimmer zeigte und kurz darauf verschwand, schwebte Suki durch die Wand und fand Daisuke in einem schlichten, wenn auch elegant eingerichteten Raum wieder, wo er sich neugierig umblickte, als erwartete er jemanden.

»Bist du hier, Suki-san?«, fragte er leise.

Suki war verblüfft, wenn auch nur für einen kurzen Moment. Natürlich hatte Daisuke-sama erraten, dass sie hier war. Womöglich hatte er ihre Gegenwart sogar schon in der großen Halle gespürt. Sie zögerte, dann wurde sie schimmernd sichtbar, was der Adlige mit einer hochgezogenen Augenbraue und einem traurigen Lächeln quittierte.

»Immer noch du«, murmelte er. »Selbst hier, auf den abgeschiedenen Inseln des Mondclans, scheine ich meiner Vergangenheit nicht entfliehen zu können.«

Seufzend durchquerte er das Zimmer und schob ein Wandpaneel beiseite, woraufhin eine Veranda mit Blick auf einen kleinen Garten zum Vorschein kam, in dem blühende Zierbüsche und Steinlaternen einen kleinen Teich einrahmten. Suki schwebte ihm hinterher und beobachtete, wie er die Ellbogen auf der Brüstung abstützte und mit undurchdringlicher Miene aufs Wasser starrte.

»Die Zeit ist fast gekommen«, murmelte er, beinahe als spräche er mit sich selbst. »Ich kann es spüren, Suki-san. Die große Schlacht naht. Die Nacht des Wunsches ist fast da. Ich hoffe...« Seine glatte Stirn legte sich in Falten. »Ich werde erbittert kämpfen und einen ehrenhaften Tod finden, während ich das beschütze, was mir am wichtigsten ist. Ich werde all jene, die mir am Herzen liegen, nicht im Stich lassen, so wie es mir bei dir nicht gelungen ist.«

Sie spürte einen Hauch von Schmerz in sich. Der Taiyo gab sich die Schuld an ihrem Tod? Das Geständnis hätte ihr Tränen in die Augen getrieben, wäre sie immer noch am Leben gewesen. »Ihr... Ihr habt mich nicht im Stich gelassen, Daisuke-sama«, flüsterte Suki, und es bereitete ihr große Mühe, die Worte herauszubekommen. Es war eine Weile her, seit sie das letzte Mal mit jemandem außer Lord Seigetsu gesprochen hatte, und sie hatte nur noch eine vage Erinnerung daran, wie es funktionierte. »Mein Tod ist nicht

Eure Schuld, und ich ... ich war ein Nichts. Nur eine Dienerin, die niemandes Zeit wert war.«

Der Adlige lächelte sie erneut traurig an. »Wenn das wahr sein sollte, warum verfolgst du mich dann, Suki-san?«, fragte er mit leiser Stimme. »Was hält dich hier im Land der Lebenden? Warum kannst du nicht weiterziehen, wenn ich nicht zumindest teilweise für deinen Tod verantwortlich bin?«

Weil ich ...

Suki zitterte. Sie bekam die Worte nicht heraus. *Euch geliebt habe. Ich Euch vor dem, was kommt, beschützen will. Ich nicht weiterziehen kann, bis ich weiß ...*

»Etwas ... ist im Gange, Daisuke-sama«, wisperte sie stattdessen. »Ich weiß nicht ... was es ist, aber es ist sehr nah. Es fühlt sich ... wichtig an. Und ... ich werde es Euretwegen erleben.«

Der Adlige der Taiyo betrachtete sie weiterhin, sein Gesichtsausdruck unerträglich sanft. Suki zitterte. Bei der Erinnerung an brennend heiße Wangen und ein hämmerndes Herz hätte sie sich am liebsten weggedreht, wäre aus seinem Blickfeld verschwunden, doch sie zwang sich stillzuhalten. »Was auch immer geschehen mag«, flüsterte sie, »ich würde ... ich habe Euch nie für irgendetwas die Schuld gegeben, Daisuke-sama. Ich will doch nur ... dass Ihr glücklich seid.«

Der Adlige schloss die Augen. »*Arigatou*, Suki-san«, murmelte er. »Wenn dies wirklich die letzten Tage sind, hoffe ich, ihnen ehrenvoll zu begegnen. Und ich bete, dass du Frieden finden wirst, um weiterzuziehen.«

Ein lautes Klopfen ertönte an der Zimmertür, gefolgt von einer ruppigen, vertrauten Stimme. »Taiyo-san? Bist du da drinnen?«

Der Ronin. Suki wurde blitzschnell unsichtbar, als Daisuke-sama sich erhob und sich in Richtung der Stimme drehte. Ein aufrichtiges Lächeln glitt über sein Gesicht, eines, das Suki erzittern ließ. Es war weder traurig noch wehmütig oder voller Schatten wie zuvor; in diesem Moment wirkte er so glücklich.

»Bitte, tritt ein, Okame-san«, rief Daisuke-sama. »Ich hatte gehofft, du würdest heute Abend bei mir vorbeischauen.«

»Oh?« Die Tür öffnete sich und offenbarte auf der anderen Seite das süffisant grinsende Gesicht des Ronin. Er hielt zwei Sakeflaschen in der Hand und lächelte unverwandt weiter, während er die Tür hinter sich schloss. »Skandalös, Daisuke-san! Was würde der Adel von dir denken, wenn sie wüssten, dass du einem schmutzigen Ronin mitten in der Nacht Einlass in dein Zimmer gewährst?«

»Ich bin sicher, sie wären allesamt zutiefst schockiert«, erwiderte Daisuke. »Glücklicherweise sind sie im Moment nicht anwesend. Und ...« Er zögerte, dann nickte er kaum merklich, »ich muss gestehen, dass es mich nicht mehr kümmert, was andere denken.«

»Nun, das ist gut, glaube ich zumindest.« Der Ronin trat in die Mitte des Zimmers und stellte die Sakeflaschen auf einen kleinen Tisch. »Ich sage immer, es ist besser, nicht allein zu trinken.« Er straffte die Schultern und zeigte lächelnd zum Tisch. »Was meinst du, Adliger? Lust auf ein Gläschen mit mir? Wer weiß, es könnte unser letztes sein.«

Daisuke lächelte. »Natürlich.«

Er schritt zurück ins Zimmer und setzte sich im Schneidersitz an den Tisch. Und für einen Moment, der zeitlos erschien, tranken die beiden Männer Sake und unterhielten sich über ihre Reise, was ihnen widerfahren war, wen sie verloren hatten und was womöglich noch auf sie zukäme. Suki wusste, dass sie hier nichts verloren hatte. Dies war ein vertrauliches Gespräch, das sie nichts anging. Aber vielleicht aus Neugierde, vielleicht aus einer tiefen Sehnsucht heraus konnte sie sich nicht überwinden, den Raum zu verlassen. Außerdem war sie ein Geist; niemanden kümmerte es, ob die Toten zuhörten. Und so blieb sie unsichtbar in einer Ecke schweben und beobachtete, wie Daisuke und der Ronin die Sakeflaschen leerten, während der Mond am Himmel höher kletterte.

»Wie es scheint, sind wir beinahe zu Ende damit«, murmelte Daisuke, als der Ronin sich Sake in seinen Becher goss und nur ein paar Tropfen herauströpfelten. »Sollen wir uns mehr bringen lassen, Okame-san?«

»Nein.« Der Ronin stellte die Flasche ab, einen sonderbar ernsten Ausdruck im Gesicht. »Ich möchte heute Nacht zumindest ansatzweise nüchtern bleiben«, erklärte er. »Scheint mir eine gute Idee zu sein, wo die letzte Schlacht so nah ist. Auch wenn es nichts Schöneres gibt, als betrunken über die eigenen Füße zu stolpern und in den Speer eines Dämons zu fallen, weil man nicht geradeaus sehen kann.«

»Das wäre eine wenig ruhmvolle Weise, aus dem Leben zu scheiden«, stimmte Daisuke ihm zu. »Obwohl ich einmal einem ständig betrunkenen Fechtmeister begegnet bin, der das bestreiten würde.«

Der Ronin lachte auf. »Ah, hätte ich doch nur von den betrunkenen Fechtmeistern gewusst, als ich jünger war«, seufzte er. »Ich glaube, ich habe meine Berufung verfehlt. Aber es gibt noch einen Grund, weshalb ich heute Nacht der Nüchternheit fröne. Ich wollte mit dir reden, Daisuke-san, und es wäre mir lieb, wenn es nicht wie ein betrunkenes Gefasel herauskommt. Denn ich … bekomme vielleicht keine zweite Chance, es zu sagen …«

Er hielt inne, und eine leichte Röte kroch seinen Hals hinauf, als er wegblickte. Daisuke richtete sich langsam auf, und tiefe Traurigkeit schien ihn zu ergreifen, anstelle seiner sonst so unbekümmerten Art.

»Ich … Das ist … ah, *kuso*.« Der Ronin rieb sich den Nacken. »Vielleicht hätte ich dafür doch lieber betrunken sein sollen«, murmelte er.

»Man muss sich nicht dafür schämen, mit mir zu reden, Okame-san«, flüsterte Daisuke leise. »Wir sind hier ganz allein. Ich verspreche dir, egal was du mir zu sagen hast, es wird dir weder Spott noch Verachtung einbringen. Ich habe deine Ehrlichkeit immer bewundert, selbst wenn sie schwer zu ertragen war. Bitte sag offen, was dir auf dem Herzen liegt. Ich werde nicht urteilen, das schwöre ich.«

»*Kuso*«, nuschelte der Ronin erneut. »Weißt du was? Bei jedem anderen Adligen würden diese Worte arrogant und herablassend klingen. Aber nicht bei dir.« Er schüttelte den Kopf und schnaubte leise, doch es wirkte weder wütend noch verächtlich, nur resigniert. »Nie zuvor habe ich jemanden wie dich getroffen, Taiyo-san. Du bist alles, von dem ich glaubte, ich würde es an den Samurai hassen, aber im Gegensatz zu ihnen glaubst du tatsächlich an das Ideal von Bushido. Den gesamten Kodex, nicht nur die Teile, die ihnen in den Kram passen. Nicht nur die Teile, die ihre eigene persönliche Ehre stärken.«

»Der Kodex des Bushido«, sagte Daisuke mit ernstem Tonfall, »ist ein Widerspruch in sich, Okame-san. Wie kann man mitfühlend und *gleichzeitig* gehorsam sein, wenn dein Herr dir Grausamkeit aufträgt? Wie kann man Selbstbeherrschung zeigen, wenn das Abschlachten von Feinden ihm Ruhm bringt? Wenn Ehre alles ist, warum ist sie dann so leicht zu verlieren?

»Daisuke-san.« Die Stimme des Ronin klang amüsiert, aber erschöpft. »Selbst, wenn ich wollte, so habe ich viel zu viel Sake getrunken, um die widersprüchliche Natur von Bushido und den Samurai zu erörtern. Darüber wollte ich nicht mit dir sprechen.«

»Was willst du mir *dann* sagen, Okame-san?«

»Warum ich?«

Daisuke blinzelte. Er wirkte wahrhaft überrascht von der Frage, obwohl Suki nicht den blassesten Schimmer hatte, wovon der Ronin redete. »Was meinst du, Okame-san?«, fragte Daisuke, ihre eigenen Gedanken laut aussprechend.

»Ich meine...« Hastig fuhr sich der andere mit der Hand durch die Haare, und sein Hals flammte wieder rot auf. »Du bist ein Taiyo. Du könntest dir jeden aussuchen, hast buchstäblich völlig freie Wahl im ganzen Kaiserreich. Und normalerweise habe ich nichts dagegen. Himmel noch mal, ich hatte selbst in dem einen oder anderen Dorf ein paar wilde Nächte, um etwas Dampf abzulassen. Aber du scheinst nicht zu dieser Sorte zu gehören.« Der Ronin hielt mit gefurchter Stirn inne, während er auf die polierte Tischkante spähte. Daisuke saß reglos da, wagte kaum zu atmen, als fürchtete er, jede noch so kleine Bewegung könnte die Welt um sie in Stücke reißen. Doch sein Blick ruhte die ganze Zeit auf dem Mann vor ihm.

»Also, warum ich?«, fragte der Ronin ein weiteres Mal. »Ich bin nur ein Ronin-Hund, du bist der goldene Taiyo. Die Kluft zwischen uns könnte nicht größer sein. Bin ich nur eine flüchtige Ablenkung? Etwas, das du dir gönnen wolltest, weil deine Familie nicht hier ist? Oder bist du so gelangweilt und desillusioniert vom Hof, dass du etwas Frevelhaftes tun wolltest, nur um ihm eins auszuwischen?«

»Ist... Ist es das, was du glaubst, Okame-san?« Daisukes Stimme zitterte. »Wirklich?«

Der Ronin stieß ein langes, frustriertes Seufzen aus. »Keine Ahnung«, gestand er mit einer wegwerfenden Handbewegung. »Nein, das glaube ich nicht. Es ist nur...« Mit umschatteten Augen blickte er über den Tisch, als befände er das Spiegelbild, das zu ihm zurückstarrte, als unzulänglich. »So habe ich noch nie gefühlt«, murmelte er. »Für niemanden. Insbesondere nicht für einen angeberischen, eitlen Pfau des Hofs, der alles in sich vereint, was ich an den Samurai hasse. Und du... du redest unaufhörlich von deinem glorreichen Tod, Daisuke-san. Als wäre es ein Spiel, etwas, das du mit offenen Armen begrüßt, wo ich persönlich mein ganzes Leben darauf verwendet habe, noch einen Tag länger zu überleben. Aber das bin ich ... ein ehrloser Ronin-Hund.« Er seufzte wieder, obwohl es diesmal traurig klang, und sah zu dem immer noch reglosen Adligen. »Ich habe keine Angst vor dem Tod, Daisuke-san«, sagte er leise, »aber ... *wenn* ich mit jemandem gemeinsam sterben sollte ... will ich, dass das, was wir haben, echt ist.«

Einen Moment lang rührte der Taiyo sich nicht. Sein wunderschönes Gesicht war ausdruckslos, sein Blick abwesend und verschlossen. Der Ronin senkte erneut den Blick, spähte zu seinen Händen hinab.

In einer einzigen eleganten Bewegung erhob sich Daisuke, machte zwei Schritte um den Tisch und sank hinter dem Ronin in die Knie, die Arme um dessen Hals geschlungen. Dem anderen stockte der Atem, und er schloss die Augen, als Daisuke sich vorbeugte und seine Lippen nah an das Ohr des Ronin presste.

»Ich würde nicht einfach jeden bitten, mit mir gemeinsam zu sterben, Okame-san«, flüsterte er. »Du bist mehr als ein Ronin. Du besitzt Loyalität, Mut, Mitgefühl, alles, wonach ein Krieger strebt, und deine Ehrlichkeit in Bezug auf die Welt ist etwas, für das die meisten Samurai blind sind. Es wäre mir eine Ehre, an deiner Seite diesem ehrenvollen Tod entgegenzutreten.«

»Daisuke.« Die Stimme des Ronin war sanft wie ein Atemzug, während seine Hände die Arme des Adligen umfassten. In der Ecke war Suki wie festgefroren, nur in ihrem Kopf drehte sich alles, sie war unfähig, sich auf einen Gedanken oder ein Gefühl zu konzentrieren. »Vielleicht werden wir nicht sterben«, fuhr der Ronin in einem barschen Flüsterton fort. »Vielleicht werden wir den Kampf doch noch gewinnen.«

»Das hoffe ich«, murmelte Daisuke. »Und ich werde alles in meiner Macht Stehende dafür tun, dass Yumeko-san als Siegerin hervorgeht. Genno *wird* besiegt und der Wunsch in diesem Zeitalter zu nichts Bösem eingesetzt. Aber wir sind nicht die Helden dieser Geschichte, Okame-san. Es liegt in den Händen eines Dämons des Schattenclans und einer Halb-Kitsune, das Kaiserreich zu retten und uns zum Sieg zu führen.« Ein trockenes Lächeln glitt über sein Gesicht. »Jeder andere mag diese Worte hören und verzweifeln, aber ich glaube an unser Fuchsmädchen. Nach allem, was wir gesehen haben, allem, was uns in den Weg gelegt wurde, bin ich überzeugt, dass die Götter selbst ihr wohlgesonnen sind. Es ist mir eine große Ehre, auch nur einen kleinen Teil in ihrer Geschichte gespielt zu haben.«

»Ja«, stimmte der Ronin zu und schüttelte reumütig den Kopf. »Es war eine ziemlich verrückte Reise«, murmelte er. »Eine, die ich für nichts in der Welt eintauschen würde. Aber ich glaube, du hast recht, Daisuke-san. Ich glaube… ich glaube, wir steuern auf das Ende zu, wie auch immer es aussehen mag. Diese Schlacht um die Drachenrolle – das ist ein Kampf, bei dem nicht jeder von uns überleben wird.« Mit einem Seufzen lehnte er den Kopf zurück. »Ich hoffe bloß, die Poeten bekommen meinen Namen richtig hin, wenn sie Lieder über uns singen.« Er schnaubte verächtlich. »Ach, was soll's, machen wir uns nichts vor. Ich kann von Glück reden, wenn mein Name in der Geschichte überhaupt einmal vorkommt.«

»Das wird er«, versprach Daisuke. »Wenn sie von uns reden, Okame-san, wird es um den mutigen Ronin und den tapferen Adligen gehen, die, allen Widrigkeiten zum Trotz, sämtliche Unterschiede der Ehre und des sozialen Status beiseitegeschoben haben, um das Kaiserreich zu beschützen. Davon werden die Lieder handeln, die sie singen werden, Okame-san, die Geschichten, die sie erzählen. Unsterblich für alle Zeiten. Und auf diese Weise werden wir für immer zusammen sein.«

»Der Hund und der Pfau«, sagte der Ronin und lachte leise. Er fuhr mit seinen Fingern in die langen weißen Haare des Adligen und zog ihn an sich. »Das hört sich nach einem schrecklichen Gedicht an. Ich hoffe, jemand wird es schreiben.«

»Das hoffe ich auch«, murmelte Daisuke. »Die Schlacht zeichnet sich am Horizont ab. Sie rückt immer näher, aber noch ist sie nicht hier.« Er senkte den Kopf, und seine Lippen glitten sanft über die Schulter des Ronin, der daraufhin tief Atem holte. »Der heutige Abend gehört der Gegenwart. Dem Sake und den Erinnerungen und damit uns Zeit bliebt, darüber nachzudenken, was uns alles hierhergeführt hat. Und um sicherzustellen, dass wir heute Nacht nichts bereuen, sollte das Meido uns morgen rufen.«

Der Ronin zitterte. »Keine Reue, du eitler Pfau?«, flüsterte er.

»Keine.«

»Dann auf unseren glorreichen Tod.« Bei diesen Worten drehte der Ronin den Kopf, begegnete Daisukes Lippen, und nichts weiter wurde mehr gesprochen.

Überstürzt floh Suki aus dem Zimmer, flog durch die Decke, an Dachsparren und höheren Stockwerken vorbei, bis sie durch das Dach glitt. Der Nachthimmel öffnete sich über ihr, gesprenkelt mit einer Million Sternen und einem blassen Mond, der, von Wolken verhüllt, wie eine Silbermünze glänzte. Sie hielte inne, als sie über dem höchsten Dachfirst schwebte, und versuchte, die Gefühle zu verstehen, die ihre substanzlose Gestalt erfüllten.

Einst liebte ich Daisuke-sama. Das hatte Suki immer gewusst. Von dem Moment an, als sie im Goldenen Palast fast mit ihm zusammengeprallt wäre, war sie von seiner Schönheit und seinem Charme gefesselt gewesen, vor allem jedoch von seiner Güte, selbst einer einfachen Zofe gegenüber. Manch einer mochte spotten, dass eine einzige zufällige Begegnung zweier Menschen nicht ausreichen könnte, damit sich eine Seele verliebte. Da war Suki anderer Meinung. Sie hatte den adligen Taiyo geliebt, obwohl sie wusste, dass ihre Gefühle niemals erwidert werden würden, er sie niemals in diesem Licht sähe, sie nichts weiter erhoffen könnte, als hin und wieder einen flüchtigen Blick auf sein Lächeln zu erhaschen. Als sie starb, war ihre Seele nur aus einem einzigen Grund geblieben: um dafür zu sorgen, dass Daisuke-sama in Sicherheit war. Mehr als alles andere in der Welt wollte sie, dass er glücklich war.

Und jetzt machte es den Anschein, als hätte er etwas gefunden, jemanden, der genau dafür sorgte.

Ich ... freue mich für dich, Daisuke-sama, dachte Suki, überrascht, dass sie es auch wirklich so meinte. Sie war tot; Eifersucht und sämtlicher Zwist, der damit einherging, erschienen ihr töricht und sinnlos. Wenn sie mit solch starken Gefühlen im Herzen gestorben wäre, hätte sich diese Wut vielleicht gegen den Ronin gerichtet – zumindest laut den Geistergeschichten, die ihre Mutter ihr früher erzählt hatte. Doch sie empfand keinerlei Missgunst gegen die tiefe Liebe Daisukes, kein Gefühl des Zorns oder Grolls. Womöglich war sie dazu überhaupt nicht mehr fähig.

Ich hoffe, er bringt dir Frieden, Daisuke-sama. Ich freue mich, dass du bei deinem letzten Kampf jemanden an deiner Seite hast. Vielleicht werdet ihr beide wahres Glück finden, ganz gleich, wie viel Zeit euch noch bleibt.

Eine eigentümliche Leichtigkeit erfüllte sie. Für einen kurzen Moment konnte sie fast spüren, wie ihre Fesseln, die sie an die Erde ketteten, sich lösten, verblassten. Einen Herzschlag lang schien die Welt unter ihr nicht mehr real, und sie glaubte, wenn sie einfach aufhören würde zu denken, sie in das Unbekannte wehen würde, zu jenem Horizont, der am anderen Ende auf sie wartete.

Nein. Suki schüttelte sich, und eine neue Entschlossenheit erfüllte ihren geisterhaften Körper. *Es ist nicht vorbei. Ich kann noch nicht weiterziehen. Nicht bevor ich weiß, wie es endet.*

Über ihr schimmerte der Mond, und der ferne Lichtkranz schien sie erneut zu sich zu locken. Suki wandte den Kopf vom Himmel ab und schwebte zur Erde zurück. Einen Lichtstrahl hinter sich herziehend, flog sie über den Teich, rauschte am Palast des Mondclans vorbei und verschwand schließlich im Wald.

14

FUCHSMAGIE IM MONDLICHT

Yumeko

Es war ein sonderbar surrealer Spaziergang zurück zum Palast. Ich war völlig durcheinander. Ich wusste kaum, wohin ich ging oder was ich tat, bis die Dienerin im Korridor stehen blieb und mir erklärte, dass wir mein Quartier erreicht hätten. Hinter der Tür empfing mich ein kleines, schlichtes Zimmer mit dicken Tatamimatten und einem Alkoven mit einem winzigen, den kami geweihten Schrein. Durch zwei geöffnete Shoji-Schiebetüren sah ich eine Veranda, die um den Palastflügel verlief, und einen See, der im Mondlicht schimmerte.

Auf der Veranda stützte ich mich mit den Ellbogen auf der Brüstung ab, starrte über das Wasser und ließ mir alles durch den Kopf gehen, was am heutigen Abend geschehen, alles, was mir offenbart worden war. Ich fühlte mich immer noch wie in einem Traum gefangen. Vielleicht hatte ich mir das Gespräch mit Kiyomi-sama nur eingebildet. Mein ganzes Leben hatte ich nicht gewusst, wer ich war oder woher ich stammte. Doch jetzt…

»Was hatte die Daimyo dir zu sagen?«

Ich fuhr erschrocken zusammen. »Tatsumi!«, rief ich, als ein Schatten sich lautlos aus der Wand hinter mir schälte. Tatsumi, immer noch verkleidet als alter Mönch in langen Gewändern und mit einem Strohhut, begegnete meinem Blick mit jener gleichmütigen Gelassenheit, die ihm von jeher eigen war.

»Hast du herausgefunden, was du wissen wolltest? Wird der Mondclan uns helfen?«

»Ja.« Ich ließ die Illusion in einer Rauchwolke verpuffen, und das Bild des Mönchs verblasste in der Brise. Wenn Kiyomi-sama bereits wusste, was er in Wirklichkeit war, hatte es keinen Sinn, es weiter verbergen zu wollen. Obgleich er dennoch einen Hut bräuchte, damit der Rest des Hofstaats nicht zu große Angst bekam. »Kijomi-sama hat eingewilligt, uns zu helfen«, fuhr ich fort, während Tatsumi sich ein Blatt aus den Haaren zupfte, es einen Moment lang nachdenklich betrachtete und dann ins Wasser flattern ließ. »Der Mondclan wird die nötigen Vorkehrungen treffen, um dem Meister der Dämonen entgegenzutreten, sobald die Zeit gekommen ist. Mit etwas Glück hat Kiyomi-sama ihre Streitkräfte bereits zusammengetrommelt, bevor Genno auch nur einen Fuß auf die Insel setzt. Wenn es uns gelingt, das Tal vor ihm zu erreichen, müssen wir nichts weiter tun, als ihn so lang abzuwehren, bis der Zeitpunkt der Beschwörung verstrichen ist.«

»Gut.« Tatsumi gesellte sich zu mir an die Brüstung, seine Augen dunkel und tiefgründig, während er über das Wasser blickte. »Die Armee, gegen die wir im Tempel der Stählernen Feder gekämpft haben, war nicht Gennos gesamte Streitkraft«, fügte er hinzu. »Und er weiß, dass wir versuchen werden, ihn aufzuhalten. Der Plan der Daimyo ist vernünftig, aber der Rest von uns sollte schon jetzt zur Stätte der Beschwörung aufbrechen, denn sobald die Schlacht begonnen hat, wird Genno unerbittlich sein. Es ist durchaus möglich, dass er einen Weg durch oder um unsere Armee herum findet, und wir müssen vor Ort sein, wenn er kommt, um den Drachen zu beschwören.«

Ich nickte. »Wir werden ihn aufhalten«, versprach ich und legte die Ohren flach an. »Er wird den Drachen *nicht* anrufen. Selbst wenn es bedeutet, dass ich ihn eigenhändig erstechen muss…

obwohl er natürlich ein *Geist* ist, weshalb ich wohl Kamigoroshi benutzen müsste, damit das funktioniert.« Ich ballte die Fäuste, dann spähte ich zu dem Dämon an meiner Seite. »Versprich mir, dass du ihn töten wirst, Tatsumi«, flüsterte ich. »Egal, was es kostet, wir müssen gewinnen. Es kümmert mich nicht, was du dafür tun musst – lass nicht zu, dass er den Drachen heraufbeschwört und den Wunsch benutzt. Versprich es mir.«

»Das werde ich, aber ...« Tatsumi legte den Kopf schräg, und ein besorgter Ausdruck legte sich auf sein Gesicht, als er mich betrachtete. »Wir haben immer gewusst, was der Einsatz ist, Yumeko. Daran hat sich nichts geändert. Geht es dir gut?«

»Ich ...« Vorsichtig löste ich mich von der Brüstung und trat ein paar Schritte beiseite, um die Gedanken in meinem Kopf in Worte zu fassen. »Kiyomi-sama ... Die Daimyo ...«

»Sie ist deine Mutter.«

Erstaunt wirbelte ich herum. Tatsumi bedachte mich mit einem matten Lächeln. »Sie ist dir wie aus dem Gesicht geschnitten«, erklärte er mir sanft. »Und dank des Gesprächs in der Halle vorhin musste man nur eins und eins zusammenzählen.« Das Lächeln wurde einen Hauch breiter, obwohl seine Stimme sanft blieb. »Du bist also tatsächlich eine kami-Prinzessin.«

»Ich darf jetzt nicht verlieren, Tatsumi«, flüsterte ich. »Früher war ich ganz allein. Ich dachte, ich hätte meine Familie durch Dämonen verloren. Nun jedoch ...« Ich spähte zurück zum Wasser, zum Palast, der im Licht des Mondes schimmerte. »Ich kann nicht tatenlos zusehen, wie all das hier untergeht«, murmelte ich. »Ich will bleiben und mehr erfahren. Das nachholen, was ich verpasst habe. Aber falls Genno das alles vernichtet ...« Mit zitternder Hand hielt ich mich wieder am Geländer fest und schloss die Augen. »Es ist einfach nicht fair«, sagte ich leise, da tauchte Dengas ernstes Gesicht vor mir auf, eine Braue hochgezogen und mit unbeeindruckter Miene. *Glaubst du, das Leben ist fair, Fuchsmädchen?*, hatte er mich bei mehr als einer Gelegenheit gefragt. *Glaubst du, es interessiert sich für deine belanglosen Wünsche?*

»Aber ich habe sie doch ... gerade erst gefunden«, stammelte ich. »Während all der Jahre im Tempel, als ich nicht wusste, wer ich war, mir nichts aus meiner Vergangenheit gemacht habe. Und jetzt finde ich unverhofft heraus, wer ich bin, woher ich komme, und das am Vorabend der großen Schlacht, wo wir alles verlieren könnten?« Kopfschüttelnd schniefte ich laut. »Die kami haben einen sonderbaren Sinn für Humor.«

Meister Isao schimmerte durch meine Erinnerungen, sein Lächeln sanftmütig, als er meinem Blick begegnete. *Das Leben ist nicht gerecht, Yumeko-chan*, murmelte er. *Das Leben ist* Gleichgewicht. *Vor dem Frühling muss der Winter kommen. Vor der Sonne muss es Dunkelheit geben. Was ist, ist das, was sein muss.*

Es folgte eine Pause, dann schloss sich eine warme, schwielige Hand um meine. Ich blickte in Tatsumis ernste Augen empor.

»Ich verspreche es, Yumeko«, sagte er mit leiser, eindringlicher Stimme. »Genno *wird* sterben. Ich werde nicht zulassen, dass er das zerstört, was du hier gefunden hast. Ich werde für dich und all jene kämpfen, die dir am Herzen liegen. Darauf gebe ich dir mein Wort.«

Mein Sichtfeld verschwamm. Ich lehnte mich einfach so gegen ihn, und er zog mich an sich, schlang die Arme fest um mich. Einen Moment lang verharrten wir so eng umschlungen, eingehüllt vom Mondlicht, das auf uns herabschien. Tatsumi fuhr mit seinen Fingern durch meine Haare, strich fast andachtsvoll darüber, als wäre er von etwas so Einfachem völlig aus der Fassung gebracht. Ich schloss die Augen, entspannte mich in seiner Umarmung und lauschte seinem Herzschlag, während ich mich daran erinnerte, wie ich den eiskalten Assassinen mit den purpurnen Augen zum ersten

Mal im Wald vor meinem brennenden Zuhause gesehen hatte. Seit dieser schrecklichen Nacht hatte er sich so stark verändert. Ich fragte mich, ob mein früheres Ich diesen wunderschönen Halbdämon, der mich jetzt in den Armen hielt, überhaupt wiedererkennen würde.

Ich fragte mich, ob ich mich selbst wiedererkennen würde.

»*Arigatou*«, flüsterte ich. »Für alles, Tatsumi. Ich hätte es niemals so weit geschafft... Ohne dich hätte ich *sie* nicht gefunden.«

Er blickte zu mir herab, seine Augen weicher als jemals zuvor. »Mein Leben gehört dir«, sagte er schlicht, seine Stimme kaum mehr als ein Murmeln. Seine Handfläche umschloss eine Seite meines Gesichts, und ich spürte seine sanften Finger auf meiner Wange. »Du hast mir ein Ziel gegeben, Yumeko. Bei meiner Ehre, ich werde mit allem, was ich aufzubieten habe, dafür sorgen, dass du ein Zuhause hast, zu dem du zurückkehren kannst.«

Er beugte sich vor und küsste mich. Ich schloss die Augen und schlang die Arme um seinen Hals, spürte seine eigenen, die sich fester um meine Taille zogen, mich fast vom Erdboden hoben. Mein Herz klopfte wie wild, und mir wurde ganz heiß vor Aufregung und Glück.

Das Geräusch eines Shoji-Wandschirms riss mich jäh aus diesem Gefühlszustand. Stirnrunzelnd wich ich zurück, als eine Adlige mehrere Türen die Veranda hinab ins Freie trat und den See und das Mondlicht bewunderte, bevor ihr Blick in unsere Richtung wanderte. Tatsumi und ich rührten uns nicht, doch die Adlige spannte sich an, und obwohl sie viel zu weit weg stand, als dass ich ihr Gesicht hätte klar ausmachen können, glaubte ich, sie erröten zu sehen. Geschmeidig machte sie auf dem Absatz kehrt, gab vor, den See ein weiteres Mal zu bewundern, dann schritt sie rasch wieder die Veranda hinauf und verschwand um die Ecke.

Tatsumi schien von unserer plötzlichen Besucherin weder beunruhigt noch peinlich berührt zu sein, doch ich spürte, wie meine Wangen rot aufflammten. Im nächsten Moment löste ich mich aus seiner Umarmung, packte ihn an den Händen und zog ihn zurück in mein Zimmer. Tatsumi folgte mir bedenkenlos, ohne eine einzige Frage zu stellen, obwohl seine Augen von leichtem Zweifel umschattet waren und er seinen Kopf fragend zur Seite neigte. Als wir die Türschwelle überschritten hatten, ließ ich ihn los und schloss die Verandatür mit einem leisen Klackern, verbannte den Himmel und den riesigen silbernen Mond. Das Zimmer verdunkelte sich, wurde in Düsternis und Schatten gehüllt, und mit einem tiefen Atemzug drehte ich mich zu ihm um.

Ich kniff die Augen fest zusammen und verwendete meine Magie, spürte, wie die Kugel Macht irgendwo tief in mir sich erhob. Mit einem letzten kleinen Schubs hüpfte sie ins Zimmer, legte sich über Wände, Boden und Decke, tauchte den gesamten Raum in einen Kokon aus Fuchsmagie.

Ich schlug die Augen auf und lächelte über mein Werk. Tatsumi und ich standen nun inmitten einer kleinen, mondhellen Lichtung, umgeben von Bambus und Kirschbäumen in voller Blütenpracht. Glühwürmchen tanzten durch die Luft, rosafarbene Kirschblüten wehten wie Schneeflocken um uns herum, und lilafarbene Schwertlilien wiegten sich sanft im Wind. Das Gras unter unseren Füßen war weich und dick, und über uns schien ein riesiger Mond durch die Äste, dessen silbriges Licht die Umgebung einfärbte.

Ich blickte zu Tatsumi. Er stand inmitten der Wiese und sah sich mit ehrfurchtsvoller Miene um. »Das ist...« Er nickte ungläubig und starrte mich an, seine Augen immer noch weit aufgerissen vor Verwunderung. »Nicht zu fassen. Nie zuvor habe ich so starke Fuchsmagie gesehen.«

»Ich habe viel gelernt.« Lächelnd schritt ich auf ihn zu und spürte das lange Gras, das meine Fußknöchel sanft streifte, hörte das Rascheln des Windes im Bambus. »Niemand wird uns hier stören, Tatsumi. Das ist unser letzter Abend, bevor wir Genno entgegentreten. Der letzte Abend vor der Nacht des Wunsches. Ich dachte, ich könnte dir einen wunderschönen Ort zeigen.«

Seine Augen wurden etwas glasig, und als ich den Ausdruck auf seinem Gesicht sah, spürte ich einen dicken Kloß in meinem Hals. Als ich einen weiteren Schritt auf ihn zuging, streckte er die Hand nach mir aus. Ich legte meine Hand in seine, und er zog mich eng an sich, einen Arm um meine Taille geschlungen, und küsste mich sanft.

»*Arigatou*«, flüsterte er, als wir uns voneinander lösten. Seine Stirn berührte meine, unsere Gesichter nur einen Atemzug voneinander entfernt. »Du überraschst mich immer wieder.« Er hob den Kopf und blickte sich erstaunt um, seine Stimme ein leises Flüstern in der Dunkelheit. »Ichiro-sensei hat mir damals eingebläut, Wünsche seien nur etwas für Narren, aber ... ich wünschte, uns bliebe mehr Zeit.«

»Ich auch.« Meine Finger glitten an seiner Brust hinab, und ich spürte, wie er erbebte. »Doch diese Nacht gehört allein uns, Tatsumi. Niemand wird uns hier stören. Niemand wird einen Dämon und einen Fuchs oder ein Bauernmädchen und einen Shinobi sehen. Das ist allein unser Ort. Eine letzte Nacht, bevor wir Genno am Morgen entgegentreten.«

Wir küssten uns wieder, während das Mondlicht sanft auf uns fiel, der Wind leise rauschend durch unsere Haare und den Bambus fuhr. Ein eigentümliches Gefühl von Wärme und Licht durchflutete mich, flackerte unter meiner Haut wie blau-weißes Fuchsfeuer. Tatsumi hob mich hoch, trug mich zu einer Stelle unter den Kirschbäumen und legte mich, während er sich in einer einzigen, fließenden Bewegung hinkniete, sanft aufs Gras. Die Brise war kühl, der Boden weich, und die Kirschblüten waren wie hauchzarte Federn, die vom Himmel wehten, als wir uns zurücklehnten und uns vollständig der Fuchsmagie hingaben.

15

Der verborgene Pfad

Suki

Suki fand Lord Seigetsu auf einer Klippe mit Blick über das Tal. Der Mond hing tief am Himmel, und die Sterne begannen allmählich zu schwinden, doch sie hüllten den mysteriösen Mann immer noch in ein blasses Glühen und ließen seine silbernen Haare leuchten. Unter ihnen lag das Tal im Schatten, doch in der Stadt funkelte ein sanftes orangefarbenes Licht, wie eine Chochin-Laterne, die gegen die Dunkelheit pulsierte. Einen Moment lang fragte sie sich, ob Seigetsu-sama einen Groll gegen sie hegte, da sie im Palast des Mondclans verweilt war, anstatt geradewegs zu ihm zurückzukehren, doch er bedachte sie nur mit einem verständnisvollen Blick und drehte sich zum Rand der Klippe zurück.

Suki sah sich um und spürte intuitiv, dass etwas falsch war. Etwas fehlte. Nach einem kurzen Moment erkannte sie, was es war. »Wo ist Taka?«, flüsterte sie.

»Taka.« Seigetsus Stimme war ausdruckslos, und er schaute sie nicht an. »Er ist in der Kutsche. Seine schlechte Laune war mir allmählich zuwider. Doch das ist nicht von Belang. Das Spielbrett ist aufgebaut. Die Figuren sind fein säuberlich gesetzt. Ein einziger Schachzug ist noch auszuführen.«

Er wandte sich um und streckte ihr die Hand hin. »Wir haben das Ende fast erreicht, Suki-chan«, sagte er mit sanfter Stimme.

»Wir stehen kurz davor, das Schicksal zu verändern. Ich brauche dich, damit du noch etwas für mich erledigst. Wenn nicht um meinetwillen, dann um des Taiyoprinzen, des Fuchsmädchens und des gesamten Kaiserreichs willen. Versprochen, Suki-chan, das wird das Letzte sein, worum ich dich bitte. Du wirst ihnen und mir helfen, nicht wahr, ein allerletztes Mal?«

»Ich...« Suki blickte zur Stadt hinab, zum Palast, der genau in der Mitte erstrahlte. Wo sie Daisuke-sama in den Armen seines Ronin zurückgelassen hatte. Er war glücklich, aber nicht sicher. Noch nicht. »Ja, Seigetsu-sama«, flüsterte sie. Ein weiteres Mal, dann würde es vielleicht genügen. Vielleicht könnten Daisuke-sama, das Fuchsmädchen und alle Menschen, die sie im Laufe der Zeit ins Herz geschlossen hatte, doch überleben, und sie selbst könnte endlich weiterziehen.

»Gut«, murmelte Seigetsu, trat einen Schritt vor und hob zwei Finger an ihre Stirn. »Das wird nicht wehtun«, versicherte er ihr, und wie zuvor spürte sie eine hauchzarte Berührung auf ihrer Haut, als Seigetsu die Augen schloss. »Entspann dich einfach, und lass die Erinnerungen zu dir kommen.«

Ein Aufflammen von Licht explodierte vor ihren Augen, und unvermittelt wurde sie zum Fuß der Klippe gerissen, wo die Wellen gegen das Riff krachten und weißen Schaum in die Höhe spritzten. Vor ihr konnte sie die beeindruckende Felswand ausmachen, einen schier senkrecht in den Himmel ragenden Berghang aus zerklüftetem Gestein. Während sie ihn betrachtete, schien sich ein Teil der Wand in Nebel aufzulösen, und eine schmale Öffnung zeichnete sich im Felsgestein ab.

Wie von allein bewegte sich ihr Körper vorwärts, flog zur Steilwand und dem schwarzen Loch, das nun Sukis gesamtes Blickfeld füllte. Dann war sie durch den Spalt und schoss durch unzählige sich windende, schmale Tunnel und Gänge. Sie konnte weder innehalten noch langsamer werden, sondern preschte durch die Höhlen, ohne Kontrolle darüber, wohin sie flog. Gesteinsbrocken und Stalaktiten zischten vorüber und hätten sie um ein Haar getroffen, und einmal segelte sie direkt durch eine riesige Säule und schnellte weiter den Tunnel hinab, ohne auch nur leicht abzubremsen.

Der Gang vollführte eine scharfe Biegung, und die Hitodama gelangte in eine gewaltige Höhle, deren Decke so hoch war, dass sie ihr Ende kaum ausmachen konnte. Während sie hindurchschoss und der Steinboden unter ihr schimmerte, sah sie aus den Augenwinkeln ein sanftes Glühen und warf einen flüchtigen Blick auf einen verschwommenen, kastenförmigen Umriss, der in einem Unheil verkündenden Nicht-Licht erstrahlte. Der Gegenstand war jedoch verschwunden, als sie ihn genauer in Augenschein nehmen wollte, doch mit einem Mal packte Suki die nackte Angst. Sie war jetzt überzeugt, nicht allein in diesen Höhlen zu sein. Etwas Schreckliches hauste in den schmalen Tunneln, etwas Uraltes und Gefährliches. Sie erzitterte, und sie zwang sich, schneller zu fliegen, wollte nichts weiter, als den Weg nach draußen zu finden.

Endlich tauchte ein winziges ovales Licht vor ihr auf, das mit jedem verstreichenden Moment größer und heller wurde. Erleichtert konzentrierte Suki sich allein auf dieses Licht und wagte keinen einzigen Blick über die Schulter, bis sie durch das Loch hinaus in den freien Himmel schoss.

Erneut bewegte sich ihr Körper wie von Geisterhand. Mit verengten Augen blickte sie hoch und sah einen zerklüfteten Berg, der sich in schwindelerregende Höhe schraubte, wobei seine Spitze fast den Himmel zu berühren schien. Über ihr wirbelten die Wolken, und Blitze fuhren herab, und für den Bruchteil einer Sekunde glaubte sie, die Silhouette von etwas Riesigem im Sturm zu erkennen.

Suki blinzelte, und unvermittelt schwebte sie erneut vor Lord

Seigetsu, auch wenn sie leicht benommen war, während er den Arm senkte. »Was ... was war das, Seigetsu-sama?«, flüsterte sie, verwirrt und nicht ganz sicher, was sie eben gesehen hatte. Sie erinnerte sich an das Höhlensystem, das bedrohliche Bewusstsein, das dort lauerte, und die riesige, Angst einflößende Gestalt in den Wolken.

Der silberhaarige Mann bedachte sie mit einem matten Lächeln, drehte sich um und marschierte zurück zum Rand der Klippen. »Ein Pfad«, sagte er, was bei ihr für weitere Verwirrung sorgte. »Und du wirst die Führerin sein, um ihnen den Weg zu leuchten. Sorge dich nicht unnötig, Suki-chan«, fuhr er fort, als sie ihn schwebend einholte. Sie fühlte sich schrecklich verloren. »Wenn die Zeit kommt, wirst du wissen, was zu tun ist. Doch jetzt müssen wir die Augen aufhalten und abwarten. Das letzte Spiel hat begonnen.«

Ein Flattern von Bewegungen brachte Unruhe ins Tal unter ihnen. Von den Bäumen, die die Stadt umgaben, gingen winzige, nadelstichgroße Lichtflecken aus, die gelb und rot in den Schatten aufblitzten. Erschrocken erkannte Suki, dass es Augen waren. Hunderte, vielleicht Tausende glühende Augen strömten aus dem Wald in Richtung Stadt in der Mitte des Tals.

»Genno hat seinen Zug gemacht«, sagte Seigetsu leise. »Das Ende hat endlich begonnen. Die Dämonen werden Shinsei Yaju bei Morgengrauen erreichen.«

16

DÄMONEN VOR DEN TOREN

Tatsumi

Du wusstest, es konnte nicht ewig währen, Tatsumi.

Ich schlug die Augen auf und fand mich in einem dunklen, gewöhnlichen Raum wieder. Irgendwann mitten in der Nacht hatte Yumeko die Macht über die Illusion verloren oder sie einfach verpuffen lassen. Die mondbeschienene Lichtung war verschwunden, der Bambus und die Kirschbäume von vier schlichten Wänden ersetzt, und eine Balkendecke sperrte den Nachthimmel aus. Ich musste mir eingestehen, dass ich diesen himmlischen Ort vermisste, zusammen mit dem Gefühl von Frieden, den er gebracht hatte. Zum ersten Mal konnte ich alles vergessen, was mich hierhergebracht hatte, meine Vergangenheit, meine Ausbildung, die Aufträge voll Tod und Schmerz und Zerstörung. Unter Yumekos Berührung war alles verblasst. Zum ersten Mal in meinen beiden Leben war ich zufrieden gewesen.

Ich nahm ein leises Seufzen wahr. Yumeko lag neben mir, eingewickelt in ihren Kimono, die Augen geschlossen, ihr Gesicht friedvoll. Ihre Fuchsaugen zuckten im Schlaf, und ihr buschiger Schwanz war um ihre Beine geschlungen, die weiße Spitze ein heller Fleck in den Schatten. Während ich sie betrachtete, glitt ein leichtes Lächeln über mein Gesicht. Kitsune. Bauernmädchen. Tochter einer Daimyo. Sie war all das und viel mehr, aber für mich war sie einfach nur Yumeko.

Mit der Hand strich ich ihr sanft eine dunkle Haarsträhne von der Wange und spürte einen Hauch belustigter Bestürzung tief in meinem Innersten. *Kuso. Ich bin verliebt in sie.*

Yumeko schlief weiter, ohne die Welt und meine jähe Erkenntnis wahrzunehmen. Ich zog die Hand weg und wartete auf das Aufwallen von dämonischer Wut, die zwangsläufig folgen würde, den Zorn auf Yumeko und zugleich mich selbst, da ich einer solchen Schwäche erlegen war. Oni liebten nicht. Oni waren unfähig für schwache menschliche Gefühlsregungen. Doch selbst meiner dämonischen Seite gelang es nicht, Abscheu und Hass für die schlafende Kitsune zu empfinden, nur eine irgend geartete, matte Resignation. Ich hatte Armeen abgeschlachtet und Städte in Schutt und Asche gelegt, aber der Gedanke, einem schmächtigen Fuchs-Mädchen Leid anzutun, war unvorstellbar. Sie war nun mein Grund zu kämpfen. Ich erwartete nicht, diese letzte Schlacht zu überleben, und selbst wenn, gäbe es keine Welt, in der ein Dämonenjäger, der halb Oni war, leben könnte. Die Kage würden mich bis zum bitteren Ende jagen; sie würden sich erst zufriedengeben, wenn Kamigoroshi wieder in ihrem Besitz und Hakaimono zerstört war. Weglaufen war keine Option, sie würden mir überallhin folgen. Hanshou würde mich niemals ziehen lassen. Ich hatte meinen Clan verraten, und allein der Umstand, noch am Leben zu sein, machte mich zu einem Feind des Kaiserreichs, aber diesen Kampf würde ich durchstehen. Was auch immer geschehen würde, ich würde dafür sorgen, dass Yumekos neu gewonnenes Zuhause und ihre Familie in Sicherheit waren.

Neben mir zitterte Yumeko und rollte sich eng zusammen, als wäre ihr kalt. Ich zog mit einer Hand den Kimono höher und bedeckte ihre Schultern, doch sie bebte weiter, ihre Stirn vor Verzweiflung gefurcht.

»N... Nein.« Das leise Wispern durchschnitt die Stille. Yumeko rührte sich unter der Decke, ihre Hände zu Fäusten geballt. »Nein«, flüsterte sie wieder und zuckte zusammen, als wollte sie etwas abwehren. »Hör auf. Bitte ...«

»Yumeko.« Ich beugte mich vor und legte ihr behutsam eine Hand auf die Schulter. Bei meiner Berührung wich sie zurück und legte die Ohren flach an. Ich schüttelte sie sanft. »Du träumst, Yumeko. Wach auf!«

»Nein«, rief sie wiederum, dann fuhr sie mit einem Keuchen hoch. Ihre goldene Augen leuchteten in der Dunkelheit des Zimmers auf, glasig und zu Tode erschrocken, als sie mich anstarrte, dann blinzelte sie heftig, und mit einem Mal setzte das Wiedererkennen ein.

»Ich bin hier«, besänftigte ich sie. »Es war nur ein Traum. Ist bei dir alles in Ordnung?«

»Tatsumi.« Anstatt beruhigt zu sein, streckte Yumeko die Arme aus und packte mich mit aschfahlem Gesicht am Ärmel. »Etwas stimmt hier nicht«, flüsterte sie. »Die kami ... die kami haben schreckliche Angst. Ich kann sie spüren, wie sie vor Entsetzen schreien.« Ihr besorgter Blick glitt durchs Zimmer, bevor er wieder an mir hängen blieb. »Etwas passiert gerade, etwas Grauenvolles. Wir müssen Kiyomi-sama finden und ...«

»Yumeko-chan!«

Die Stimme drang von der anderen Seite der Tür zu uns, einen Moment, bevor sie mit einem lauten Krachen aufgerissen wurde und die Schreinmaid im Rahmen erschien, Chu zu ihren Füßen.

»Yumeko-chan, steh auf! Wir müssen ... Oh, Kage-san. Du bist auch hier.« Reika blinzelte mich verblüfft an, und dann, als sie erkannte, was hier los war, flammten ihre Wangen rot auf. Doch selbst jetzt weigerte sich die Schreinmaid, dass ein so unbedeutendes Gefühl von Verlegenheit sie aus der Bahn warf. »Barmherziger Jinkei«, stöhnte sie, »wahrscheinlich dürfte es mich nicht überraschen. Wenn ihr zwei hier fertig seid, gibt es dort draußen einen Wahnsinnigen, den es aufzuhalten gilt, und ein Kaiserreich zu retten. Und die Gefahr hat sich gerade noch verschärft.«

»Was ist passiert?«, knurrte ich, stand in einer geschmeidigen Bewegung auf und stellte mich vor Yumeko, um sie vor dem Blick der Miko zu schützen. Yumekos Wangen waren rosa gefärbt, und sie hatte sich ihre Robe fester um den Körper geschlungen, doch sie schien sich größere Sorgen um Reikas Warnung als die unerwartete Störung zu machen. Die Schreinmaid maß mich mit grimmiger Miene.

»Kiyomi-sama hat nach uns geschickt. Eine Armee aus Dämonen und Yokai wurde gesichtet. Sie sind auf dem Weg hierher und werden das östliche Tor vor Sonnenaufgang erreicht haben.« Yumeko keuchte auf, und die Augen der Miko verhärteten sich. »Wie es scheint, ist uns der Meister der Dämonen zuvorgekommen.«

»Wir sind sofort da!« Yumeko sprang auf die Beine, und Reika wandte rasch den Blick ab. Schweigend trat ich in den Flur und schloss die Tür hinter mir, während die Kitsune sich auf das vorbereitete, was höchstwahrscheinlich unsere letzte Schlacht werden würde. Nach nur wenigen Sekunden schob die Kitsune die Tür beherzt auf und kam heraus, ihre goldenen Augen hart und bestimmt.

»Na schön«, sagte sie und holte tief Atem. »Ich bin bereit.«

Das war's also. Mit einem Nicken steckte ich entschlossen Kamigoroshi in meine Schärpe. »Dann mal los!«

Wir hasteten durch die Gänge, wo Verwirrung und Panik bereits den gesamten Palast erfasst hatten. Diener und Adlige zugleich rauschten durch die Korridore oder verharrten wie verloren in Türeingängen. Samurai in schwarz-grau lackierten Rüstungen schossen an uns vorbei, reich verzierte Helme auf den Köpfen. Sie sahen wie edle Krieger aus, doch ihre Gegenwart verstärkte nur die allgemeine

Atmosphäre von Anspannung und Angst. Samurai kleideten sich nur in voller Kampfmontur, wenn sie in den Krieg zogen.

»Yumeko! Kage-san!«

Der Ruf hallte hinter uns wider. Wir drehten uns um, als der Ronin durch eine Tür in die Halle trat und sich hastig seinen Obi fest um die Hüfte band. Der adlige Taiyo folgte ihm dicht auf den Fersen, so beherrscht und gelassen wie eh und je, obwohl seine Haare eine Spur ungekämmter aussahen als gewöhnlich.

»Wir haben den Aufruhr gehört«, verkündete der Ronin, während er sich zu uns gesellte. »Ist es wahr, dass eine Armee aus Dämonen auf die Stadt zusteuert?«

»Ja«, bestätigte die Schreinmaid und führte uns den Korridor hinab. »Glücklicherweise hat Kiyomi-sama bereits ihre Streitkräfte um sich geschart, sodass die Stadt nicht völlig unvorbereitet sein wird. Aber die Armee ist schon sehr nah. Wir müssen so rasch wie nur irgend möglich bei der Verteidigung aushelfen.«

Der Gang öffnete sich zur Haupthalle hin, wo eine vertraute Frau in Silber und Schwarz in der Mitte des Raums stand, umgeben von einem Kreis an Gestalten. Die Roben der Frauen waren schwarz, ihre Gesichter weiß, abgesehen von einem einzigen, mit Farbe aufgemalten Halbmond auf den Stirnen. Die Majutsushi des Mondclans, erkannte ich.

»Kiyomi-sama«, rief Yumeko und hastete in ihre Richtung. Die Daimyo des Mondclans blickte auf, und nur für einen kurzen Moment war die Ähnlichkeit zwischen den zwei Frauen unverkennbar.

»Yumeko-san.« Die Daimyo trat auf uns zu, ihr Gesichtsausdruck todernst. »Es tut mir leid«, sagte sie zu uns allen. »Aber es wird mir nicht möglich sein, meine Streitkräfte nach Tani Kaminari zu schicken, um den Meister der Dämonen aufzuhalten. Wie es scheint, hat er seine Armee direkt vor unsere Tore geführt, und ich muss mein Volk schützen.«

»Natürlich, Kiyomi-sama«, erwiderte Yumeko sogleich. »Was können wir tun, um dir zu helfen?«

»Augenblick mal, Yumeko-chan«, unterbrach der Ronin sie. »Du siehst wohl nicht, was hier gerade abläuft, oder? Das ist genau das, was Genno will. Uns mit seiner Armee ablenken, während er zur Stätte der Beschwörung eilt. Wenn wir ihm jetzt nicht sofort hinterherjagen, wird ihm das Anrufen des Drachen ohne jeden Widerstand gelingen.«

»Ich fürchte, dein Freund hat recht, Yumeko-san«, sagte die Daimyo des Mondclans. »Leider gibt es wohl nur wenig, was ihr dagegen tun könnt. Die Klippen von Ryugake liegen jenseits des Tals des Blitzschlags, und genau von dort rückt seine Armee auf uns zu. Es gibt keinen Weg, sich an den Dämonen vorbeizuschleichen.«

Mit verengten Augen packte ich den Griff von Kamigoroshi. »Dann werden wir uns eine Schneise durch sie hindurchschlagen.«

»Kiyomi-sama!«

Ein Samurai in voller Rüstung hastete durch die Halle und fiel vor der Daimyo auf die Knie. »Mylady, die Dämonen sammeln sich vor der östlichen Mauer«, sprudelte es aus ihm heraus. »Wir wehren sie noch ab, aber wir fürchten, die Tore geben bald nach.«

»Tut euer Bestes!«, sagte die Mond-Daimyo mit harter Stimme. »Schickt jeden Krieger, den wir entbehren können, an die östliche Mauer. Die Tore dürfen nicht fallen. Diese Monster dürfen keinen Fuß in unsere Stadt setzen. Unser Volk wird nicht abgeschlachtet werden.«

Ich fing Yumekos Blick auf, als sie zu mir sah, flehentlich und entsetzt. Nicht um ihrer selbst willen besorgt, sondern um den Rest der Stadt. Um Kiyomi-sama und das Land, das sie nun ihr Zuhause nannte.

»Wir werden sie aufhalten«, versprach ich der Daimyo des

Mondclans, die misstrauisch zu mir spähte. »Schickt uns dorthin. Wir werden sie schlagen.«

Kiyomi-samas Kiefer pressten sich aufeinander, und sie nickte rasch. »Geht«, sagte sie, und ich drehte mich augenblicklich um und begann, in Richtung Tür zu laufen, wobei ich hörte, wie es mir die anderen gleichtaten.

»Yumeko-san!«, rief die Daimyo, bevor wir den Raum durchquert hatten. Yumeko blieb wie angewurzelt stehen und drehte sich zurück zur Daimyo des Mondclans, die sie mit bewegter Miene ansah.

»Komm zu mir zurück«, befahl die Daimyo in sanftem Tonfall. Sie sagte nichts weiter, doch ihre Stimme schien die gesamte Halle zu durchdringen.

Yumeko nickte. »Das werde ich«, versprach das Mädchen, bevor sie uns in der Nähe der Flügeltüren einholte. Bei ihrem Gesichtsausdruck rann es mir eiskalt den Rücken hinab. Ihre Augen glühten in einem wütenden Gelb, eine Maske grimmiger Entschlossenheit hatte sich fest auf ihr Züge gelegt. Yumeko, das Bauernmädchen, war verschwunden; das hier war eine Kitsune, die mit Zähnen und Klauen für das kämpfen würde, was sie als Ihres erachtete.

Wir sprinteten aus dem Palast und hinein in eine von Panik ergriffene, entsetzte Stadt. Einwohner hasteten durch die Straßen, hin zum Palast und weg von den Toren, während Samurai an ihnen vorbeipreschten, genau in die entgegengesetzte Richtung. Ein leichter Geruch von Rauch hing in der Luft, gemischt mit Angst und Verzweiflung, und in der Ferne sah ich ein paar Bäume und Dachfirste, an denen orangefarbenes Feuer leckte. Verbittert erkannte ich, dass es nicht lang gedauert hatte seit dem Zeitpunkt, als im Palast der erste Alarm geläutet worden war; wenn die Stadt bereits in Flammen stand, war die Situation verzweifelt.

Als wir uns der östlichen Mauer näherten, erscholl ein Schrei über uns. Blitzschnell zog ich mein Schwert, und nachdem wir um die Ecke eines Gebäudes gebogen waren, stießen wir auf eine Szene des blanken Grauens. Leichen pflasterten die Straße, hauptsächlich Stadtbewohner, aber auch ein paar Samurai waren unter den Toten. Die meisten waren verbrannt, zu geschwärzten Hüllen verkohlt, einigen fehlten Gliedmaßen. Yumeko keuchte entsetzt auf und schlug ihre Hand an ihren Mund, während der Ronin eine mitleidvolle Verwünschung ausstieß.

»Verdammt noch mal! Was ist hier passiert? Sind die Tore bereits durchbrochen worden?« Er blickte in Richtung Mauer, spähte mit verengten Augen durch den Rauch der Flammen und versengten Körper. »Wie sind die Scheißkerle in die Stadt eingedrungen?«

»Es sind Dämonen, Okame-san«, fauchte die Schreinmaid und zerrte einen Ofuda aus ihrem Ärmel. »Ein paar von ihnen können fliegen.«

Der Rauch um uns blähte sich wie ein schwarzer Vorhang, und als das Licht verblasste, flog etwas durch die Wolke auf mich zu – ein in Flammen stehendes Rad. Ich duckte mich zur Seite, um ihm auszuweichen, und sah ein verrückt grinsendes Gesicht, das inmitten der Speichen an mir vorbeischoss.

»Wanyudo!«, schrie Reika just in dem Moment, als ein weiteres Flammenrad von hinten auf Yumeko zuflog. Ich stürzte vor und schaffte es im letzten Augenblick, sie aus dem Weg zu schubsen, da spürte ich auch schon, wie der brennende Rand des Rads mich in den Rippen traf und in einen Haufen Kisten schleuderte. Mit schmerzverzerrtem Gesicht befreite ich mich aus dem zersplitterten Holz und bemerkte zwei Wanyudo – Dämonen mit menschlichen Gesichtern, gefangen im Zentrum eines brennenden Rads –, die uns wie feixende Haie umkreisten. Einer von ihnen hielt einen abgetrennten Arm im Maul und schluckte ihn mit einem würgenden Knacksen hinunter.

»Tatsumi!« Yumeko hastete an meine Seite. Ihre Augen flackerten gelb in den tanzenden Flammen und dem beißenden Rauch. »Geht es dir gut?«

»Halt dich zurück, Yumeko«, knurrte ich und hob mein Schwert. Wanyudo waren keine niederen Dämonen. Sie waren widerliche Kreaturen, geboren aus purem Zorn, Hass, Wahnsinn und Schmerz, und ungemein gefährlich. Ein paar Meter entfernt verwandelte Chu sich mit einem Jaulen in seine reale Gestalt, und Reika schleuderte ihren Ofuda auf einen der rotierenden Dämonen, doch das brennende Rad pulsierte mit einem Funkensprühen, und der Papierstreifen verpuffte zu Asche im Wind.

Mit einem irren Lachen stieg ein Wanyudo höher, und die Hitze der höllischen Flammen umhüllte uns. Der Ronin hob seinen Bogen und schickte einen Pfeil mitten in das grinsende Gesicht, doch der Dämon wirbelte unverwandt wie ein Kreisel, und der Pfeil prallte ab, bevor das Höllengeschöpf sich mit einem Jaulen auf Okame stürzte. Mir blieb keine Zeit, um zu reagieren, als der zweite Wanyudo sich zur Seite neigte und wie ein riesiges Shuriken auf mich zuflog. Ich trat vor und hieb auf den Dämon ein, doch Kamigoroshi wurde durch die Wucht des brennenden Rads zur Seite gerissen, und der Wanyudo bohrte sich wie ein Rammbock in mich. Schmerz explodierte in meinen Rippen, als ich erneut nach hinten gerissen wurde und taumelnd zu Boden sackte, den Gestank von Blut und verbranntem Fleisch in der Nase.

Kuso! Wut flackerte in mir auf, und ich hieb die Finger in den Boden, um das Aufwallen von Blutdurst niederzukämpfen. Ich spürte, wie meine Krallen sich ausfuhren und durch den harten Boden schnitten wie durch Papier. Ich durfte jetzt nicht die Kontrolle verlieren. Als ich den Kopf hob, sah ich Chu, der sich mit einem lauten Knurren auf den Dämon stürzte, bevor der Wanyudo ausscherte, einen Haken schlug und sich dem Komainu in die Seite bohrte. Der Schreinhüter stieß ein herzzerreißendes Wehklagen aus und taumelte nach hinten, während der adlige Taiyo sein Schwert zog und auf den zweiten Dämon einhieb, der auf ihn herabschoss. Wie zuvor schon Kamigoroshi prallte seine Klinge mit einem metallenen Jaulen ab, und das brennende Rad schleuderte ihn in die Mauer eines Gebäudes. Der Taiyo brach auf dem Boden zusammen, der Saum seines Ärmels in Brand gesteckt, während beide Dämonen herumwirbelten und mit klaffenden Mäulern und einem doppelten Triumphgeschrei auf ihn zuflogen.

Hastig stemmte ich mich auf die Beine, wusste jedoch, dass ich ihn niemals rechtzeitig erreichen könnte, doch mit einem prasselnden Dröhnen brach ein blau-weißes Feuer plötzlich aus dem Boden vor dem Adligen hervor. Es flammte in der Dunkelheit auf, nahezu blendend hell, und die Wanyudo scherten mit einem erschrockenen Fauchen zur Seite aus.

Yumeko und Reika standen im Zentrum des Chaos, die Schreinmaid Schulter an Schulter neben der Kitsune, und ihre Haare und Ärmel peitschten im Wind hin und her. Yumekos Augen waren zu Schlitzen verengt, ihr Kiefer vor Wut und Entschlossenheit verzerrt, während sie eine in Fuchsfeuer gehüllte Hand ausstreckte. Reika hielt einen Ofuda hoch, und der Streifen Papier begann vor Macht zu glühen.

»Alle die Augen schließen!«, rief die Schreinmaid, als mit zornentbranntem Geheul beide Wanyudo auf die zwei Frauen zuschossen, die aufgerissenen Mäuler voller schartiger Zähne. Yumeko und Reika rührten sich nicht, doch als die Dämonen gefährlich nah kamen, loderte ein Kreis aus Fuchsfeuer um sie auf und durchbrach erneut die Dunkelheit. Die Wanyudo zuckten zurück, ließen sich jedoch nicht aufhalten, sondern preschten durch die Flammen, um sich auf die Kitsune und Miko in der Mitte zu stürzen...

Nur dass sich die beiden Frauen unvermittelt in einer schwarzen

Rauchwolke auflösten. Während sie in einer sich kräuselnden Spirale verschwanden, erhaschte ich für den Bruchteil einer Sekunde einen Blick auf den Ofuda, der immer noch vor Macht glühte, dann jedoch in einem leuchtenden Aufflammen von heiliger Magie explodierte. Ich spürte das Licht selbst durch die geschlossenen Augenlider, hörte die fassungslosen Schreie der Dämonen und hoffte, dass der Rest meiner Gefährten die Warnung der Miko beherzigt hatte.

»Jetzt alle auf sie!« Yumekos Stimme hallte von irgendwo wider, ich wusste jedoch nicht, woher. Ich spähte über die Schulter, da machte Chu bereits einen riesigen Satz durch die Schatten, hieb seine klauenbewehrten Vorderpfoten in den benommenen Wanyudo und brachte ihn zu Fall, während Reikas Stimme sich über das lärmende Durcheinander des Gemetzels erhob. »Zielt auf die Mitte!«

Der Wanyudo in der Luft heulte auf. Ich drehte den Kopf zur Seite und fing den Blick von Taiyo Daisuke auf, der mit seinem Schwert in der Hand wieder auf den Beinen war. Er nickte, und wir stürzten gemeinsam auf den Dämon zu, bohrten unsere Klingen durch sein fauchendes Gesicht, bis sie auf der anderen Seite wieder herauskamen. Der Dämon schrie, ein markerschütterndes Geheul aus Wut und Hass, bevor das brennende Rad entzweibrach und sich in glühende Rauchfäden verwandelte. Im Herumwirbeln sah ich, wie Okame auf die breiten Schultern des Komainu sprang, seinen Bogen ansetzte und einen Pfeil direkt zwischen die Augen des zweiten Dämons schickte. Das brennende Geschöpf stieß ein entsetztes Brüllen aus und löste sich auf, kräuselte sich zu schwarzem Rauch und Flammen, die im Wind davonwehten.

Keuchend senkte ich mein Schwert und blickte mich besorgt nach Yumeko um. Im nächsten Moment tauchte sie aus den Schatten eines Gebäudes auf und trat mit Reika zusammen ins Licht.

Mit einem Seufzen der Erleichterung nickte ich ihr anerkennend zu, und sie warf mir ein erbittertes Lächeln zu, Überreste von flackernder Fuchsmagie immer noch zwischen den Fingern.

»Geht es allen gut?«, fragte die Miko, während Chu den Ronin ungeduldig abschüttelte und zu ihr zurücktrottete. Ich blickte zum Adligen und versuchte, das Ausmaß seiner Wunden abzuschätzen. Ein Ärmel war verkohlt, und er stand etwas steifer als gewöhnlich da, doch er schien nicht ernsthaft versehrt zu sein. Außer er hatte innere Verletzungen. Ich selbst spürte ein schmerzhaftes Stechen in meinen eigenen Rippen, wenn ich mich zu schnell bewegte. Es wäre lästig, würde mich aber nicht sonderlich verlangsamen.

Der Ronin fluchte leise vor sich hin, als er sich bedächtig auf die Beine rappelte. »Vielleicht ein bisschen lädiert, aber ansonsten geht's«, sagte er schroff. »Aber wenn das hier die Vorhut ist, will ich die Hauptstreitmacht nicht sehen.«

Der Adlige trat mit einem entschiedenen Nicken vor. »Wir müssen so schnell wie möglich zum Tor«, erklärte er, und mir entging nicht der stechende Schmerz in seiner Seite, den er, so gut es ging, zu verbergen versuchte. »Die Einwohner hier haben nicht die geringste Chance, wenn weitere Dämonen wie die hier über die Mauer gelangen.«

Wir hasteten weiter durch die rauchende Stadt, die nun menschenleer war und unheimlich wirkte. Kurzzeitig fragte ich mich, wo sich Genno genau in diesem Moment aufhielt, ob er die Stätte der Beschwörung womöglich längst erreicht hatte und wir genau das taten, was er wollte. Nämlich eine Stadt vor Dämonen beschützen und nicht den Mann jagen, der für dieses Gräuel verantwortlich war.

Doch all diese Menschen ihrem sicheren Tod zu überlassen, kam auch nicht infrage.

»Tatsumi«, sagte Yumeko mit atemloser Stimme und zeigte mit einem Finger in den Himmel. »Sieh nur!«

Ich folgte ihrer Hand über die Bäume und die gelegentlich dazwischen aufblitzenden Dächer, an der Stadtmauer entlang zur Statue des Großen Drachen, die sich über allem erhob.

Eine Gestalt stand auf dem Schädel des Drachen, winzig und undeutlich, doch ich konnte vage noch das Blähen von Ärmeln und ein blutrotes Glühen ausmachen, das sie umgab. Einem Instinkt folgend blickte ich zur Statue, die ihr gegenüber thronte, dem majestätischen Phönix mit seinen ausgebreiteten Flügeln, und sah eine zweite Gestalt auf ihrem Kopf. Die Baumreihen und Gebäude versperrten mir die Sicht auf die anderen zwei, doch ich musste sie nicht sehen – den gewaltigen Tiger und den heiligen Kirin –, um zu erahnen, dass auch sie besetzt waren.

»Blutmagie«, sagte die Schreinmaid mit finsterer Stimme. »Genno muss irgendeine Art Ritual durchführen.«

»Mit der gesamten Stadt als seinem Ziel?«, fragte Yumeko und klang entsetzt. »Das kann er doch nicht, oder? Glaubst du, Kiyomisama schwebt in Gefahr?«

»Wir wissen nicht, was er plant«, sagte ich. »Aber wir können jetzt nicht dort hoch. Das östliche Tor liegt genau vor uns.«

Wie zur Antwort hallte ein donnerndes Dröhnen über die Dächer und brachte die Äste zum Erbeben. Ein weiteres folgte, das die Luft mit dem entsetzlichen Geräusch von etwas Schwerem vibrieren ließ, das gegen Holz krachte. Als wir um die nächste Ecke bogen und die Hauptstraße erreichten, zeichnete sich das östliche Tor in seiner Größe und Eleganz vor uns ab. Die schweren Flügeltüren waren von innen mit verstärkten Balken versperrt, doch sie sahen gefährlich gesprungen aus, als würden sie jeden Moment nachgeben. Samurai standen auf der Mauer und feuerten Pfeile und Speere auf das, was auch immer sich auf der anderen Seite geschart hatte, und Leichen von Menschen und Yokai zugleich übersäten den Boden und die Brüstung. Jenseits des Tors dröhnte das ohrenbetäubende Kreischen und Heulen einer riesigen Armee.

Und dann erblickte ich einen gewaltigen Tetsubo – einen riesigen, mit Eisenspitzen versehenen Knüppel –, der hinter dem Tor in die Luft geschwungen wurde, und begriff mit einem Mal, welche Art Dämon die Mauer angriff.

»Alle zurück!«, knurrte ich, obgleich ich wusste, dass es zu spät war. »Das Tor wird nicht halten…«

Mit einem splitternden Tosen, das den Boden zum Erzittern brachte, flogen die Torflügel nach innen auf. Samurai wurden zur Seite geschleudert, von der Explosion in Fetzen gerissen oder mit widerlich knackenden Geräuschen in Bäume und Gebäude geschleudert, bevor etwas Gewaltiges im zertrümmerten Torrahmen erschien. Größer als Yaburama wies seine Haut das blasse Blau eines Ertrunkenen auf, und eine verfilzte schwarze Mähne fiel ihm über Schultern und Rücken. Vier scharfe Stoßzähne bogen sich aus seinem Rachen, glühende Hörner krönten seine Stirn, und seine Augen brannten hasserfüllt, als sie zu uns hinabstarrten. Er hielt zwei riesige Tetsubo, einen in jeder klauenbewehrten Hand, und zerrte die gemeingefährlichen Knüppel über den Boden, während er schwerfällig nach vorne trottete, was tiefe Rillen in der Erde hinterließ. Unsere Blicke trafen sich, und ein träges Lächeln breitete sich auf seinem brutalen Gesicht aus. Er hatte mich wiedererkannt. Genau wie ich wusste, wer er war.

Akumu, der Albtraum des Jigoku, der dritte Oni-General von O-Hakumon höchstpersönlich.

Hinter Akumu stieß die Flut an Dämonen, Yokai und verdorbener kami ein entsetzliches, blutrünstiges Heulen aus und überschwemmte die Stadt.

17
Der Schutz der Daimyo

Yumeko

Verängstigt und entsetzt starrte ich den Oni an. Er war riesig, knapp sieben Meter groß, mit glühenden obsidianfarbenen Hörnern, einer verfilzten schwarzen Mähne und gewaltigen, mit Eisenspitzen besetzten Knüppeln in jeder Klaue. Abgesehen von Hakaimono in seiner wahren Gestalt war er der größte Dämon, dem ich jemals begegnet war. Zu allem Übel drängte hinter ihm Gennos Armee durch das zersplitterte Tor und stürzte sich auf die Krieger, die es verteidigt hatten. Die blutrünstige Horde würde in der Stadt verheerenden Schaden anrichten, und viele Menschen würden sterben, aber dieser Oni war im Moment unser größtes Problem.

Der Oni trat durch das Tor, ohne auf die kleineren Dämonen und Yokai zu achten, die um seine Füße wuselten, und ließ den Knüppel fast beiläufig in ein Grüppchen Bogenschützen sausen, die von der Brüstungsmauer auf ihn schossen. Sein grausamer roter Blick fiel auf Tatsumi, der mitten in der Straße stand, und sein Maul verzog sich zu einem Feixen.

»Hakaimono.« Die Stimme des Oni ließ die Luft erzittern, und mit einem weiteren Schlenzer seiner Waffe schleuderte er zwei herbeieilende Samurai gegen die Stadtmauer. »Die Gerüchte sind also wahr. Der Große General wurde gezwungen, sich den Körper mit einem schwächlichen Sterblichen zu teilen.«

Tatsumi zog Kamigoroshi in einem Aufblitzen von purpurnem Licht. »Wann hat Genno dich heraufbeschworen, Akumu?« Die Worte jagten mir einen eisigen Schauder den Rücken hinauf; es war Tatsumis Stimme, tief und kontrolliert, aber gleichzeitig die von Hakaimono, bei der unverhohlene Blutrünstigkeit knapp unter der Oberfläche pulsierte. »Bei Yaburama habe ich es verstanden – von uns vieren ist er der Schwächste und Dümmste. Was hat Genno dir versprochen, damit du dich dazu herablässt, ihm zu helfen, anstatt ihm in der Sekunde, in der du in Ningen-Kai ankommst, in sein arrogantes, sterbliches Gesicht zu lachen?«

Der riesige Akumu schnaubte verächtlich. »Ich befolge Lord O-Hakumons Befehle«, verkündete er. »Der Sterbliche ist ein Werkzeug, um den Willen des Herrschers von Jigoku auszuführen. Lord O-Hakumon hat eingewilligt, Gennos Seele zurück ins Ningen-Kai zu lassen, wenn der Blutmagier ihm im Gegenzug einen Dienst erweist.«

»Was?« Tatsumi wich jetzt einen Schritt zurück, in seiner Stimme hallte Verblüffung und Wut wider. »Der Lord des Jigoku müsste es besser wissen, als mit den Seelen der Verdammten zu feilschen«, fauchte er. »Er weiß, dass die Konsequenzen das Gleichgewicht zwischen allen Reichen, angefangen vom Jigoku über das Ningen-Kai bis zum Meido, ins Wanken bringen könnte. Was für ein Spiel spielt O-Hakumon?«

Akumu lachte dröhnend. »Das wüsstest du, hättest du nicht all die Jahrhunderte in Kamigoroshi gesteckt, Hakaimono. Die Geduld unseres Lords ist unermesslich, aber selbst er konnte nicht länger auf dich warten.« Seine Fangzähne in einem höhnischen Feixen entblößt, hob er beide Knüppel. »Wer weiß, vielleicht wird deine Seele diesmal im Jigoku wiedergeboren und nicht zurück in Kamigoroshi gesaugt, wenn du mit dem Rest dieser Menschen stirbst. Dann kannst du O-Hakumon persönlich fragen, was du alles verpasst hast.«

Er riss einen der Knüppel gen Himmel, reckte den Kopf und stieß ein Knurren aus, das den Boden zum Erbeben und die Luft zum Erzittern brachte. »Dämonen!«, dröhnte er. »Yokai! Nehmt die Stadt ein! Reißt sie in Stücke! Stürmt das Herz dieser heiligen Stätte, und lasst niemanden am Leben.«

»Nein!«, flüsterte ich, doch meine Stimme verlor sich im Jaulen der Armee, während die Yokai in die Straßen ausschwärmten, auf Dächer kletterten und von oben herabschossen. Der Oni machte zwei gewaltige Schritte auf uns zu, wobei er für einen kurzen Moment die Sonne versperrte, und ließ mit einem feixenden Knurren einen Tetsubo herabsausen.

Tatsumi sprang geschickt zurück, und der Tetsubo schlug ein gewaltiges Loch in die Mitte der Straße. Mit dem anderen Arm holte Akumu aus, rammte den zweiten Knüppel in ein Grüppchen aus drei Samurai und zerquetschte sie auf dem Kopfsteinpflaster.

»Tatsumi!«, schrie ich, als der Oni den Kopf mit einem triumphierenden Röhren in den Nacken warf. »Die Armee steuert auf den Palast zu!«

Für den Bruchteil einer Sekunde sah er zu mir, und Besorgnis blitzte in seinen Augen auf. »Geh!«, rief er mir zu, die Hand in meine Richtung gereckt. »Ihr alle! Eilt zum Palast, beschützt die Daimyo und die Menschen. Ich kümmere mich um den Oni.«

»Tatsumi...« Einen Moment lang war ich unschlüssig, und das Herz wurde mir schwer, als ich schließlich eine Entscheidung traf. »Ich vertraue dir«, flüsterte ich und wich zurück, doch der Schmerz in meinem Herzen ließ mich schwer atmen. »Pass auf dich auf!«

Er konnte mich nicht gehört haben, doch sein Blick huschte zu mir, ernst und unerbittlich, und er nickte. *Er wird es schaffen*, redete ich mir ein. *Kein Dämon könnte ihn jemals schlagen. Ich muss darauf vertrauen, dass er zu mir zurückkommt.*

»Reika!«, schrie ich und wirbelte auf der Suche nach der Schreinmaid herum. »Lass uns gehen! Wir müssen vor den Dämonen den Palast erreichen!«

»Chu!«, rief die Miko, und der Komainu sprang an ihre Seite. Reika schwang sich auf seinen Rücken und drehte sich zu mir um, eine Hand in meine Richtung gereckt. Mit hämmerndem Herzen umklammerte ich ihren Arm, und sie zog mich hinter sich auf den Schreinwächter. Das Fell des Komainu war weich, seine Mähne seidig und hell, und er strahlte Hitze aus, als würde ein Feuer in seinem Innern lodern.

»Augenblick!« Okame kam herbeigerannt und warf sich hinter mir auf den Rücken des Schreinwächters. »Gegen dieses Riesenvieh kann ich nicht viel ausrichten«, murmelte er, als wir ihn überrascht anstarrten. »Aber ich kann eine Menge Wadenbeißer abschießen, bevor sie den Palast erreichen. Taiyo-san!«, brüllte er und zeigte mit einem Finger auf den Adligen, der ein paar Meter entfernt stand. »Du eitler Pfau, es ist noch nicht Zeit für diesen glorreichen Tod«, warnte er ihn, als mich jäh die Erkenntnis traf, dass Daisuke zurückbleiben würde, um gemeinsam mit Tatsumi gegen den Oni-Lord zu kämpfen. »Ich kann dich nicht aufhalten«, fuhr der Ronin fort, und seine Stimme zitterte leicht, »aber ich verbiete dir, ohne mich zu sterben. Erleg dieses Ungeheuer, und komm dann zu mir zurück. Ich wünsche mir einen letzten Drink, bevor wir uns auf der anderen Seite wiedersehen.«

Daisuke traf Okames Blick und verneigte sich feierlich. Dann, nach einem scharfen Wort der Miko machte Chu einen gewaltigen Satz in die Luft, und kraftvolle Muskeln trugen ihn auf das Dach eines Gebäudes. Mit einem weiteren Sprung segelte er über einen brennenden, umgestürzten Baum, landete auf den Giebeln des nächsten Hauses und sprang weiter in Richtung Palast.

Dämonen und Yokai drängelten sich unter uns, eine kreischende, chaotische Masse. Sie jagten die Straßen hinab, steckten Dinge in

Brand und griffen jedes Lebewesen an, das ihnen in die Quere kam. Ich sah kami, die in panischer Angst vor den herannahenden Dämonen flohen, Kodama, die durch Baumkronen huschten und in ihrer Verzweiflung, den brutalen Angreifern zu entkommen, auf Häuserdächer kletterten. Mein Herz krampfte, als drei Amanjaku ein Mädchen mit Fuchsohren und einem Schwanz durch die Straßen jagten. Das Licht glitzerte auf ihren Krummsäbeln, während die niederen Dämonen immer näher kamen.

»Reika!«, schrie ich, als der Ronin seinen Bogen hob und einen Pfeil durch den Schädel des nächsten Amanjaku jagte, der jaulend in dem Gässchen zusammenbrach. Die übrigen beiden blickten mit wütendem Fauchen zu uns hoch und holten mit ihren Speeren aus, um sie auf uns zu schleudern.

»Hinfort!«, rief die Miko und bewarf die beiden Amanjaku mit einem Ofuda. Der heilige Talisman schoss auf die Dämonen hinab und explodierte in einem Aufflammen von gleißendem Licht. Die Amanjaku zuckten kreischend zusammen, bevor der Ofuda sich in einer Staubwolke aus rötlich schwarzem Rauch kräuselte und von einem Windhauch weggeblasen wurde.

Als ich wieder nach unten sah, war das Kitsune-Mädchen fort, verschwunden in dem heillosen Durcheinander. Ich hoffte, sie wäre wohlauf und dass sie über genug eigene Fuchsmagie verfügte, um sich in Sicherheit zu bringen, denn wir hatten keine Zeit, nach ihr zu suchen. Etwas schoss in Richtung Palast an uns vorbei – der Kopf einer alten Frau, von züngelnden Flammen umhüllt –, und Chu stürzte sich mit einem zähnefletschenden Fauchen auf sie. Eine klauenbewehrte Vorderpfote hieb in der Luft nach der Yokai, woraufhin sie kopfüber in eine Steinwand jagte und leblos zu Boden fiel. Mit einem triumphierenden Schnauben wirbelte der Komainu herum und preschte blitzschnell weiter zum Palast.

Die Kämpfe waren in vollem Gange, als wir uns der Stadtmitte näherten. Soldaten und Samurai verteidigten sich mit klirrenden Waffen gegen Dämonen, Bakemono und riesige Yokai, in dem verzweifelten Versuch, sie aufzuhalten. Kleinere Feuer waren ausgebrochen, orangerote Flammen, die über Häuserdächer züngelten und Bäume entzündeten. Geflügelte Dämonen und Yokai zogen über allem ihre Kreise, spuckten Feuer oder pflückten Krieger vom Boden, und Pfeile und Speere flogen in Salven durch die Luft, um die Höllengestalten zu Fall zu bringen. Chu rammte sich einen Weg durch eine Gruppe Yokai auf der Straße, zermalmte mehrere von ihnen und schleuderte die übrigen zur Seite. Okame schoss ein weiteres Pärchen ab, das an uns vorbeihuschte, und Reika schleuderte einen Ofuda auf den Boden mit dem Ruf »Licht!«. In dem gleißenden Blitz, der folgte, rasten wir durch die Lücke in der Horde Dämonen und sprangen über die Reihe an Samurai, die den Innenhof des Palasts verteidigten, bevor wir die Stufen zum Palast hochgaloppierten.

»Kiyomi-sama!«, schrie ich, als Chu am oberen Treppenabsatz schlitternd zum Stehen kam. Eine überdachte Veranda mit dicken roten Säulen, die das Dach trugen, erstreckte sich entlang des Gebäudes und umrahmte die Stirnseite des Palasts. Bogenschützen und Samurai drängten sich an der Brüstung, um den Eingang zu beschützen, und funkelten uns finster an, während wir an ihnen vorbeipreschten. »Kiyomi-sama, wo bist du?«

Ich erspähte die Daimyo des Mondclans neben der Palastmauer, umgeben von einem Ring weiblicher Majutsushi, deren Hände vor Licht glühten und deren Stimmen sich zu einem einheitlichen Sprechchor erhoben. Kiyomi-sama kniete mit geschlossenen Augen in der Mitte des Kreises, die Handflächen in die Höhe gereckt, während Macht flackernd um sie pulsierte.

»Kiyomi-sama.« Ich blieb außerhalb des Zirkels aus Magierinnen stehen, die mich argwöhnisch musterten, ihren Gesang jedoch nicht unterbrachen. »Die Dämonen haben die Stadtmauer durchbrochen und steuern auf den Palast zu. Du solltest fliehen, dich verstecken ...«

»Nein.« Die Stimme der Daimyo war ruhig. »Das ist meine Stadt und mein Volk. Es ist meine heilige Pflicht, sie zu beschützen. Ich werde die Kami um Hilfe anrufen. Mit etwas Glück werden sie mein Flehen erhören und mir antworten.« Ihre Augen öffneten sich, dunkel und entschlossen, und starrten zu mir hoch. »Du musst die Dämonen vom Palast fernhalten, Yumeko-san. Verschaff mir die nötige Zeit, um nach Unterstützung zu rufen. Lass sie nicht durch.«

»Das schaffen wir«, sagte Reika, die neben mir aufgetaucht war. Nachdem sie in ihre Haori gegriffen hatte, zog sie eine Handvoll Ofuda heraus und wirbelte herum, auf die Treppe zu. Unter ihr im Innenhof war es einer Horde Dämonen und Yokai gelungen, die Abwehr zu überwinden, und die Samurai zogen sich zurück.

»Reika!« Ich sprintete auf sie zu, während die Schreinmaid einen Ofuda an eine der Säulen auf dem obersten Treppenabsatz klatschte. Hastig drehte sie sich um und drückte mir einen Stapel Ofuda in die Hand, bevor sie auch Okame welche reichte, der zu uns aufgeschlossen hatte.

»Klebt die an die Säulen«, fauchte sie und zeigte auf die Stützpfeiler an jeder Ecke der überdachten Veranda, auf der wir standen. »Beeilt euch!«

Ich tat wie mir geheißen, hastete zur roten Säule und drückte den Papierstreifen auf das Holz, auf dem er festklebte, als wäre die Rückseite mit einer Schicht pappigem Reis bestrichen.

Als ich auf die zweite Säule zurannte, erscholl ein Lärm über mir, bei dem sich mir die Härchen im Nacken sträubten und sich mein Magen aus purer Angst zusammenkrampfte: ein dröhnendes, kreischendes Wehklagen, das aus den Kehlen Dutzender Monster gleichzeitig zu stammen schien. Ich blickte hoch, da ließ sich ein riesiges, schreckliches Etwas aus dem Himmel fallen und landete mit einem dumpfen Knall in der Mitte des Innenhofs.

Ich zuckte vor Schreck zusammen, als ich zu der gewaltigen Gestalt eines monströsen Schlangen-Drachens hochstarrte, der sich über der Armee aus Samurai aufbäumte. Er besaß acht schreckliche, lindwurmartige Köpfe, die sich in alle Richtungen wanden, als verfügten sie jeweils über einen eigenen Willen. Hörner erwuchsen aus jedem Kopf, Wirbelsäulen zeichneten sich deutlich entlang der Rücken ab, und sein Schwanz spaltete sich in acht schlängelnde Gliedmaßen, die wild peitschend um den eigenen schuppigen Körper droschen. Dann reckte er alle seine Köpfe und jaulte erneut, was die Luft zum Erzittern brachte. Ein paar Samurai ließen ihre Waffen fallen und hielten sich panisch die Ohren zu.

»Der Orochi«, hörte ich Reika hauchen, und das Entsetzen in ihrer Stimme war nahezu greifbar. Im nächsten Moment schüttelte sie ihre Benommenheit ab und funkelte mich und Okame an, während Chu das gewaltige Geschöpf trotzig anfauchte, das sich im Innenhof bedrohlich aufrichtete. »Okame-san, Yumeko-chan, wir müssen das Monster aufhalten. Wir dürfen nicht zulassen, dass es in die Nähe von Kiyomi-sama kommt!«

Sie hob zwei Finger an ihr Gesicht, schloss die Augen und flüsterte ein paar Worte in der Sprache der kami. Die Ofuda an den Säulen begannen zu glühen, dann erwachten sie flammend zum Leben. Eine schimmernde Barriere legte sich außen um uns herum, umschloss meine Gefährten, die Majutsushi und die Daimyo des Mondclans in ihrer Mitte.

Als ich mich zu der Drachenkreatur zurückdrehte, sprangen zwei kleinere Gestalten von ihrem Rücken und landeten geschickt vor ihren klauenbewehrten Beinen. Das Blut gefror mir in den Adern, als ich die beiden schlanken Körper und ihre dunklen, fast den Boden berührenden Zöpfe wiedererkannte. Das Pärchen trat vor, und ein identisches Grinsen legte sich auf ihre fast kindlichen Gesichter. Es waren die Skorpion-Zwillinge, die Yokai-Schwestern, die gemeinsam mit Genno den Tempel der Stählernen Feder angegriffen hatten. Diejenigen, die den Daitengu wegen des Teils der Drachenrolle getötet hatten.

»Bitte entschuldigt vielmals!«, rief die eine, während sie und ihre Schwester die tödlichen, mit Nägeln gespickten Ketten von ihren Hüften lösten und begannen, sie in funkelnden Kreisen zu wirbeln. »Es tut uns schrecklich leid, hier einfach so ungebeten aufzutauchen.«

Ihre Zwillingsschwester grinste sogar noch breiter. »Wir sind nur gekommen, um Euch alle abzuschlachten und die Daimyo zu töten. Hoffentlich kommt Euch das nicht allzu ungelegen.«

Mit einem Brüllen, bei dem der Boden bebte, ließ der Orochi seine Schwänze durch die Luft auf die Samurai herabsausen, die herbeigeeilt kamen, um einen Ring um das Monster zu bilden, und schmetterte Männer beiseite wie Sakeflaschen. Seine Köpfe schossen herab, um Krieger vom Boden zu pflücken und zu zermalmen, bevor er sie achtlos zur Seite schleuderte. Die Skorpion-Zwillinge stürzten vor, die Nietenketten in tödlichen Kreisen um sich schwingend, und durchschnitten Männer und Rüstungen, als wären sie aus Stroh. Dämonen und Yokai wuselten um sie herum, warfen sich auf die rasch schwindenden Reihen der menschlichen Armee und durchbohrten sie mit Fangzähnen, Klauen und Klingen. Während die Samurai in Scharen fielen, stieß der Orochi ein dröhnendes Knurren aus und setzte zum Sprung an, preschte durch die letzten verbliebenen Krieger und stürzte direkt auf uns zu.

18

Der Albtraum

Tatsumi

Ich erinnerte mich an Akumu.

Akumu, der Albtraum. Der dritte Dämonengeneral des Jigoku. Von uns vieren war er nicht der Stärkste oder Brutalste, doch er war der Oni, vor dem ich am meisten auf der Hut gewesen war. Akumu war verschlagen, intelligenter, als er anderen weismachte, und viel zu ehrgeizig für meinen Geschmack. Im Jigoku hatte er sich mir untergeordnet, da er meine Macht respektierte, und ich war klug genug, seine Intrigen in Schach zu halten. Yaburama war schon immer ein wilder, stumpfsinniger Barbar gewesen, stark, aber leicht zu kontrollieren, und mein zweiter General, Rasetsu, war mächtig genug gewesen, um eine echte Bedrohung darzustellen, doch ihm fehlte der Ehrgeiz, mich herauszufordern. Akumu hingegen hatte seine Grenzen stets ausgetestet. Er hatte sich nie öffentlich gegen mich aufgelehnt, allerdings immer den Umstand verabschiedet, dass ich der Erste Oni war, und hätte sich ihm jemals eine Möglichkeit aufgetan, mich loszuwerden, hätte er sie sofort ergriffen.

Und jetzt gab es keinen Zweifel. Entweder würde ich ihn hier und jetzt töten, oder er würde mich zu Brei schlagen für all die Jahre, in denen er sich genau das im Jigoku erträumt hatte. Nur einer von uns würde sich heute Abend lebend von diesem Tor wegbewegen.

Ich blickte zum Adligen, der sich ruhig neben mich stellte, seine eigene Klinge längst gezückt. »Bist du sicher, dass du das tun willst, Taiyo? Akumu ist viel zäher als Yaburama. Ein Fehler, und wir sind beide tot.«

Der Taiyo bedachte mich mit einem müden Lächeln. »Ich habe viel gelernt, seit ich das letzte Mal gegen einen Oni-Lord gekämpft habe«, erklärte er leise. »Und meine Zeit zu sterben ist noch nicht gekommen. Ich habe einen Eid gegeben, ein Versprechen, das ich nicht brechen werde. Also los, Kage-san.« Er hob sein Schwert, und das Licht fiel schimmernd auf die rasiermesserscharfe Klinge. »Kümmern wir uns um diesen widerlichen Dämon und kehren anschließend zu jenen zurück, die uns brauchen.«

Akumu kicherte und trat einen donnernden Schritt vor, seine Zwillings-Tetsubo in die Höhe reißend. »So einfach, ja?« Er lächelte.

Und schlug zu.

Daisuke und ich teilten uns auf und hechteten blitzschnell in entgegengesetzte Richtungen, als die Knüppel des Oni beim Aufprall in einer Explosion aus Staub Fels und Stein zerschmetterten. Augenblicklich umrundete ich ihn und zielte auf seine dicken Waden und Fußknöchel. Selbst einem Monster wie Akumu würde das Kämpfen schwerfallen, wenn er nicht gehen konnte. Doch Akumu drehte sich mit überraschender Wendigkeit herum, brachte seine Beine in Sicherheit und schlug mit beiden Tetsubo zu, als würde er trommeln. Ich wich zurück und wirbelte zur Seite, als die Knüppel nur Zentimeter von mir entfernt auf die Erde auftrafen und fast einen blutigen Fleck auf dem Boden hinterlassen hätten.

»Ist das kein großer Spaß, Hakaimono?«, lachte Akumu, während wir unseren lächerlichen Tanz über das Schlachtfeld fortsetzten. Wut und Frustration flammten in mir auf; ich müsste näher an ihn herankommen, um ihn an einer Stelle zu treffen, an der ich ihm eine tödliche Wunde beibringen könnte, doch der Oni war nicht dumm und setzte seine riesige Reichweite zu seinem Nutzen ein. Allerdings bremsten ihn die enge Bebauung und die schmalen Straßen etwas aus. Die Geschäfte und Häuser, die beide Seiten der Straße säumten, boten einen gewissen Schutz vor einem wild gewordenen Oni, sofern er sich nicht entschied, einfach durch alles hindurchzupreschen.

»Ich muss gestehen, Hakaimono«, fuhr Akumu fort, »du tust mir fast leid. Es ist widerlich, so klein und menschlich zu sein, nicht wahr? Ich weiß nicht, wie Rasetsu so etwas zustimmen konnte. Oh, und keine Sorge, ich habe deinen kleinen Menschenfreund nicht vergessen. Er wird ebenfalls sterben, und zwar auf der Stelle!«

Akumu machte eine halbe Drehung und ließ einen Knüppel auf die Gestalt herabsausen, die hinter ihm auf ihn zuschoss. Daisuke warf sich auf die Seite, bevor der Tetsubo sich tief in die Erde bohrte und den Adligen nur um Haaresbreite verfehlte. Im nächsten Moment rollte er sich schon wieder auf die Beine und sprang hastig rückwärts, und wir wichen mehrere Meter nach hinten, während Akumu uns grinsend beobachtete.

»Alle Oni-Lords wussten davon«, knurrte ich. »Selbst Rasetsu. Das ist Teil des Pakts, was auch immer er sein mag, den Genno mit O-Hakumon geschlossen hat. Was hat er vor, Akumu? Raus mit der Sprache!«

Der Oni schnaubte verächtlich. »Ich stehe dir nicht mehr Rede und Antwort, Hakaimono«, erwiderte er und schwang einen Knüppel über seine fleischige Schulter. »Aber da du sowieso in ein paar Sekunden sterben wirst, habe ich hier etwas für dich, worüber du nachdenken kannst, wenn du wieder in Kamigoroshi gebannt sein wirst. Das Jigoku ist unendlich, aber es ist immer hungrig und vergisst nie. Lange hat O-Hakumon sich gewünscht, dass das Jigoku wächst, damit seine Kinder, die Oni, frei in der Welt der Sterblichen wandeln können. Der Meister der Dämonen war der mächtigste Blutmagier in der Geschichte des menschlichen Kaiserreichs; er könnte die Welt der Sterblichen auf eine Weise beeinflussen, wie es dem Herrscher von Jigoku verwehrt ist. Deshalb hat Lord O-Hakumon Genno ein Bündnis vorgeschlagen. Er würde der Seele des Magiers eine Rückkehr ins Ningen-Kai gestatten, wenn Genno im Gegenzug verspricht, ihm hier einen Gefallen zu erweisen.«

»Und welcher Gefallen wäre das?«, fragte ich, und mir graute fast vor der Antwort. Doch Akumu lachte nur dröhnend auf.

»Oh, nein, Hakaimono«, rief er mit Hohn in der Stimme. »So leicht mache ich es dir nicht. Aber es wird schon bald geschehen. Im Grunde ist es fast schon so weit.« Sein Blick huschte zu etwas in der Ferne, über die Stadt hinweg, und bei der Erinnerung an die Gestalten auf den vier Hüterstatuen lief es mir eiskalt den Rücken hinab. »Diese Stadt wird brennen, und all ihre Seelen werden geopfert, um das zu nähren, was kommen wird. Du kannst es nicht aufhalten.«

Knurrend umfasste ich mit meinen Krallen den Griff von Kamigoroshi, während Taiyo Daisuke sich neben mir aufrichtete und sein Schwert hob.

»Ich denke, ich habe genug gehört. Sollen wir ihm zeigen, wie gründlich falsch er liegt, Kage-san?«

»Genau mein Gedanke.«

Wir stürzten uns auf den Oni, der höhnisch lachend seine Knüppel herumwirbelte, bevor er sie in einem boshaften Bogen herabsausen ließ. Dreck und Steinsplitter stoben in alle Richtungen, als die Tetsubo auf der Erde um uns auftrafen und riesige Krater in der Straße hinterließen, doch in letzter Sekunde gelang es uns, den tödlichen Keulen auszuweichen. Dennoch war dies ein gefährliches Spiel. Ein einziger Fehler, und wir wären nurmehr rote Blutspuren am Boden.

Verdammt, ich muss höher kommen. Ich kann nichts ausrichten, wenn ich nur seine Knöchel treffe.

»Lenk ihn ab!«, fauchte ich den Adligen an, duckte mich weg und brachte die Ecke eines brennenden Hauses zwischen uns. Fast beiläufig rammte Akumu seinen Knüppel in das Gebäude, was sein Dach und Teile der Mauern fortriss, und Geröll regnete wie ein Hagelschauer um mich herum. Holz und herabfallenden Steinen ausweichend, sprang ich zu dem, was vom Dach noch übrig war, rannte einen verkohlten Balken entlang und stürzte mich laut fauchend auf den Oni. Kamigoroshi flammte auf, bohrte sich tief in seine Brust und durchtrennte Rippen in einem Sprühnebel aus dunklem Blut. Akumu heulte brüllend auf. Als ich zu Boden stürzte, sah ich, wie der Adlige unter dem torkelnden Oni hindurchschoss, einen gewaltigen Satz nach oben vollführte und dem Monster die Rückseite der Knie aufschlitzte.

Mit einem jaulenden Schmerzensschrei torkelte Akumu zurück und fiel, krachte in eine Geschäftsfassade und zermalmte das Gebäude mit seinem Gewicht. Während Staubwolken sich in die Luft erhoben, kam Daisuke an meine Seite und beobachtete, wie Holz und Dachziegel den Körper des Oni unter sich begruben.

»Ich schätze, das war's wohl noch nicht«, bemerkte er ruhig.

Ich schüttelte den Kopf. »Nein, es hat ihn nur richtig wütend gemacht. Jetzt beginnt der richtige Spaß.«

Mit einem Brüllen und einer Explosion an Dachziegeln kam Akumu wieder auf die Beine. Rot blitzende Augen richteten sich auf uns, während er beide Tetsubo hob und zuschlug. Daisuke und ich drängelten uns hastig zurück und huschten geduckt hinter Mauern entlang, um den herabhämmernden Knüppeln auszuweichen, wohl wissend, dass die Größe des Oni ihm im Weg stünde, um uns zu folgen.

Fauchend rammte Akumu seine Tetsubo in die Gebäude, zerschmetterte Mauern und zermalmte Dächer in wilder Raserei. Auf meiner Flucht schlüpfte ich durch ein Gässchen und stellte erschrocken fest, dass die Häuser um mich herum einstürzten. Augenblicklich stürzte ich auf die offene Straße, während Holz, Stroh und Steine auf mich herabregneten, doch etwas traf mich hinten am Schädel, und ich taumelte, als eine Mauer tief grollend über mir nachgab.

Mit zusammengebissenen Zähnen stemmte ich zersplittertes Holz und Gesteinsbrocken von meiner Brust weg, spürte jedoch, wie der Boden erzitterte, während Akumu um die Ecke bog, sein blutroter Blick fest auf den Boden geheftet. Als er mich halb begraben unter dem Geröllberg fand, brach er langsam in ein Grinsen aus und hob beide Tetsubo.

Da flog etwas Winziges durch die Luft und explodierte in einer Stichflamme vor dem grobschlächtigen Gesicht des Oni. Brüllend taumelte Akumu rückwärts, zuckte zusammen und schüttelte den Kopf, als wäre er geblendet, und ich starrte überrascht nach oben.

»Steh auf, Dämonenjäger! Ich habe dich etwas Besseres gelehrt.«

Baff vor Erstaunen sah ich, wie eine Gestalt aus dem Nichts auf die Gesteinsblöcke fiel und mich düster anfunkelte. Ein Mann, ganz in Schwarz gekleidet, mit grau melierten Haaren und einem leicht zu vergessenden Gesicht. Doch ich erkannte ihn sofort wieder und musste eine Woge der Wut niederkämpfen, denn vor mir baute sich der Sterbliche auf, der den Dämonenjägern der Kage beibrachte, den Oni in ihnen zu kontrollieren.

»Ichiro-sensei.« Ich schleuderte den letzten Stein von mir und erhob mich, den Meistershinobi ebenfalls mit dunklem Blick anstarrend. Ich wusste, dass meine Hörner, Krallen und Tätowierungen deutlich zu sehen waren, aber der ältere Mann schien ihretwegen weder beunruhigt noch überrascht zu sein. »Was tut Ihr hier?«

»Darüber solltest du dir im Moment keine Sorgen machen.«

Akumu trat mit einem blindwütigen Knurren vor und fletschte die Zähne. Schlagartig tauchten Dutzende Gestalten in Schwarz auf den Dächern der Gebäude auf, die uns umgaben. Lautlos und schnell schossen sie Pfeile ab, schleuderten Kunai-Wurfmesser und Rauchbomben auf den bulligen Oni, bevor sie blitzschnell wieder verschwanden. Akumu heulte zornentbrannt auf, hieb mit den Knüppeln auf Dachstühle und Häuser ein, und ich beobachtete, wie mehrere Shinobi in die Tiefe stürzten oder unter Steinen begraben wurden, doch die meisten waren längst über alle Berge.

Fassungslos starrte ich zu Ichiro zurück. »Ist die gesamte Schule hier?«

»Nicht alle«, erwiderte der Meistershinobi. »Nur diejenigen, die sich bereit erklärt haben, den Pfad mit mir zu gehen. Aber wir vergeuden unnütz Zeit. Geh, Dämonenjäger!« Mit gekrümmtem Finger zeigte er auf die Oni über uns. »Tu deine Arbeit. Für Antworten haben wir später noch Zeit.«

Ein Teil von mir höhnte spöttisch und war versucht, dem alten Sterblichen zu erklären, dass er längst nicht mehr mein Meister war. Doch ich umklammerte Kamigoroshi, drehte mich um und sprintete auf den tobenden Oni und die Dutzenden Menschen zu, die fast unsichtbar immer wieder aus ihrer Deckung auftauchten, zuschlugen und ihm so viele Verletzungen wie möglich beibrachten.

»Tötet das Monster!«

Schritte hallten eine Straße entlang, und ein Trupp Samurai des Mondclans erschien, riesige Armbrüste im Anschlag, während sie am Straßenrand zum Stehen kamen. Akumu drehte sich und hieb einen Knüppel in einen Trümmerhaufen, sodass mehrere große Steine auf die Bogenschützen herabfielen. Die Männer behaupteten dennoch ihre Stellung, auch wenn eine Handvoll von den tödlichen Projektilen getroffen worden waren, und spannten die Bogen.

Und dann erwachten die Schatten um sie zum Leben. Dunkle Ranken brachen aus der Erde hervor, wanden sich und schlugen um sich wie ein riesiges Meerungeheuer. Sie schlugen die Gesteinsbrocken aus der Luft, peitschten sie beiseite oder zermalmten sie zu Kieseln. Gleichzeitig ließen die Schützen ihre Sehnen los, und zwei Dutzend Bolzen schossen bogenförmig über die Straße, um den Oni zu durchlöchern.

Von allen Seiten bedrängt, geriet Akumu in schreckliche Rage. Brüllend drehte er sich um und schlug mit den Tetsubo alles klein, was ihm in die Quere kam, ließ Gebäude einstürzen, entwurzelte Bäume und brachte Gesteinshaufen zum Bersten. Während ich auf den Oni zupreschte, erhaschte ich einen flüchtigen Blick auf Daisuke, der sich unter einem hervorstehenden Mauervorsprung zusammenkauerte. Unsere Augen trafen sich, und er nickte mir vielsagend zu.

Wie ein Geschoss segelte der Taiyo aus der Deckung und sprang hinter den wutschnaubenden Oni. Seine Klinge blitzte zweimal auf und schnitt in einem Sprühregen aus Blut durch die dicken Sehnen seiner Waden. Akumu taumelte, ging in die Knie, und seine Tetsubo knallten auf den Boden. Ich sprang von einer abbröckelnden Wand auf ein Dach und von dort in die Luft, Kamigoroshi über meinen Kopf gerissen. Für einen kurzen Moment war ich höher als Akumu, während der Oni zornentbrannt brüllte und sich anschickte, wieder aufzustehen. Mit einem lauten Knurren landete ich auf seinen Schultern und rammte ihm Kamigoroshi in den Hals, bohrte ihm die Spitze der Klinge so tief wie möglich in die Kehle.

Akumu stieß einen gurgelnden Schrei aus und torkelte rückwärts, während ihm die Tetsubo aus den Klauen fielen. In einer fließenden Bewegung riss ich Kamigoroshi zurück, packte das Heft mit beiden Händen und jagte ihm die Klinge über den dicken Hals. Der Kopf des Oni purzelte nach vorne, fiel an seiner Brust hinab und traf mit einem feuchten Knall auf dem Boden auf, ein Lärm, der in der gesamten Stadt widerhallte. Der kopflose Körper blieb noch ein paar Sekunden aufrecht stehen und schien sämtlichen Naturgesetzen zu trotzen, bevor auch er mit dem Dröhnen einer herabdonnernden Lawine niedersackte. Ich rettete mich mit einem beherzten Sprung, rollte mich ab und keuchte heftig, da zuckte der dritte Dämonengeneral des Jigoku mehrere Male und blieb schließlich reglos liegen.

Ich nahm einen tiefen Atemzug, obwohl ich wusste, dass wir uns noch nicht ausruhen durften. Durch das durchbrochene Tor strömten die Dämonen nur so in die Stadt. Ich musste zum Palast zurückkehren, um Yumeko und den anderen beizustehen, doch es gab eine klitzekleine Kleinigkeit, die meine ungeteilte Aufmerksamkeit erforderte.

»Gut gemacht, Dämonenjäger. Oder sollte ich lieber Hakaimono sagen?«

»Warum ist der Schattenclan hier?«, knurrte ich und drehte mich um, als Kage Ichiro auf einem Stück Mauer hinter mir erschien. Überall um uns herum konnte ich Bewegungen ausmachen, ein Aufblitzen von Farbklecksen in der Dunkelheit, und ich wusste, dass ich von Shinobi umstellt war. »Hat Hanshou das angeordnet? Wie seid Ihr überhaupt hierhergekommen ... der Pfad der Schatten kann nur von ein paar wenigen Menschen gleichzeitig betreten werden.«

»Für einen normalen Schattenmagier mag das zutreffen«, sagte eine weiche Stimme, die ich augenblicklich wiedererkannte. Jedes einzelne meiner Nackenhaare stellte sich auf, und mein Sichtfeld färbte sich rot. »Doch für jemanden, der diese Kunst seit mehreren Jahrhunderten praktiziert, haben sich im Laufe der Jahre ein paar Geheimnisse gelüftet. Es ist schon eine Weile her ... Hakaimono.«

Ich spähte zu dem toten Akumu, und Lady Hanshou höchstpersönlich lächelte mich über das Schlachtfeld hinweg an.

19

Die Barriere bricht

Yumeko

Der Innenhof verwandelte sich in ein Blutbad.

Der Orochi schritt laut brüllend auf uns zu, Samurai unter seinen Klauen zermalmend und mit seinen zahlreichen Köpfen beiseite schleudernd. Zu beiden Seiten des Monsters wirbelten die Skorpion-Zwillinge in einem anmutigen, tödlichen Tanz, enthaupteten Samurai oder zerstückelten sie mit ihren schwingenden Ketten. Dämonen und Yokai stürzten sich auf Menschen, verbissen sich in ihnen, obwohl auch ihre eigene Anzahl durch Schwerter, Speere und Pfeile schrumpfte. Alles war pures Chaos, doch trotz der angestrengten Bemühungen der Samurai kamen der Orochi und die Skorpion-Zwillinge dem Palast immer näher, wo die Miko auf dem obersten Treppenabsatz und die Daimyo im Zirkel ihrer Majutsushi standen.

»Okame!«, schrie ich, doch der Ronin hastete bereits vor, hob seinen Bogen und feuerte einem niederen Oni seinen ersten Pfeil in die Brust, der taumelnd nach hinten sackte. Der zweite durchbohrte die Kehle eines Amanjaku, während der dritte die Stirn eines hundeähnlichen Yokai mit dem Gesicht eines alten Mannes traf. Während die Dämonen kreischend zu Boden fielen, drehten sich drei Köpfe des Orochi in Richtung der Stufen, und seine Augen verengten sich, als sie uns erspähten.

Blind hinter mich greifend, riss ich eine Handvoll Blätter von einem Chrysanthemenbusch, der neben den Flügeltüren wuchs, und sprang hastig zu Okame auf die oberste Stufe. Er sah zu mir, begegnete meinem Blick mit einem Lächeln und einem Nicken, dann wirbelte er zum Feind herum, während ich einen Schwall Fuchsmagie in den Innenhof schleuderte.

Jäh erschienen Dutzende Samurai, nahmen in kleinen verpuffenden Rauchwolken Gestalt an und stürzten sich mit johlendem Kriegsgeschrei auf die Dämonenarmee. Überrascht wandte sich die Horde dieser neuen Bedrohung zu, was den echten Kriegern eine Verschnaufpause verschaffte, um sich neu zu formieren. Der Orochi fauchte vor Wut, ließ seine Köpfe auf die Neuankömmlinge herabsausen, hieb durch die Illusionen und durchbohrte sie mit seinen Schwänzen. Doch für jede Illusion, die das Monster zerstörte, schickte ich zwei weitere in den Kampf, warf Blätter in die Luft und erfüllte den Innenhof mit Fuchsmagie.

Während Okame eine Salve Pfeile nach der anderen hinabprasseln ließ und ich die Samurai-Armee mit stetem Nachschub versorgte, hob ein Skorpion-Zwilling den Kopf und begegnete meinem Blick über dem Gemetzel. Mit zu Schlitzen verengten Augen sprang sie auf den Rücken des Orochi, dann richtete sie sich auf und schwang den Arm über die Masse aus Dämonen.

»Wir kämpfen gegen Illusionen!«, schrie sie und zeigte mit einem langen schwarzen Fingernagel auf mich. »Es ist die Kitsune! Tötet die Füchsin, und die Schatten werden verschwinden. Orochi, vernichte sie!«

Mit lautem Gebrüll bäumte sich der Orochi auf, vier seiner Kiefer öffneten sich erschreckend weit und spien eine Woge Feuer auf den oberen Teil der Treppe. Erschrocken wich ich zurück, als das Inferno auf mich zuschwappte, aber bevor die Flammen mich erreichen konnten, stießen sie gegen eine Mauer der Magie, die blau-weiß zwischen uns aufwallte. Das Feuer kam stotternd zum Ersterben, und ein paar Meter von uns entfernt zuckte Reika zusammen, die Stirn vor Konzentration gefurcht. Die wenigen Dämonen, die es an den Samurai und Okames Pfeilen vorbeischafften, stürzten die Treppe hinauf, aber auch sie prallten gegen die Barriere aus heiliger Magie und wurden zurückgeworfen, obwohl Reika bei jedem ihrer Versuche erbebte, während sie krampfhaft versuchte, die Macht über die Mauer nicht zu verlieren.

Ich streckte eine Hand aus, und ein Trio von Yumekos umzingelte mich. »Okame!«, rief ich und warf zwei illusorische Ronin ins Spiel. »Wir müssen den Orochi erlegen! Wenn er es hier hoch schafft, wird Reika die Barriere nicht halten können.«

»Wenn's sonst nichts ist!«, schnaubte der Ronin, doch er riss den Bogen in Richtung des gewaltigen Geschöpfes, das sich beharrlich einen Weg durch den Innenhof bahnte, mit seinen Mäulern nach Samurai schnappte und sie genüsslich zermalmte. Okame feuerte einen Pfeil ab, der den Orochi mitten in der Brust traf, doch das Monster schien es nicht einmal zu bemerken.

»Die Köpfe, Okame«, rief ich dem Ronin zu. »Er ist zu groß, dass es ihn verletzen würde, aber ziele auf die Köpfe ab, dann stirbt vielleicht der Körper.«

Der Orochi war jetzt bereits erschreckend nah, eine sich windende, unaufhaltsame Naturgewalt, nur noch wenige Meter von uns entfernt. Als er die unterste Stufe erreichte, sauste ein Pfeil durch die Luft, und einer seiner Köpfe, den er zurückgeworfen hatte, um Feuer zu spucken, zuckte wild, als der Bolzen sich zwischen seine Kiefer bohrte und seine Kehle durchschoss.

Der Hals des Orochi sackte schlaff zu Boden, da erhob sich ein Triumphschrei durch die übrigen Samurai im Innenhof. Vielleicht dank des Wissens, dass die Kreatur doch nicht unverwundbar war, stürzten sie sich mit neu entfachtem Kampfgeist vorwärts, ließen

Klingen aufblitzen und hieben durch die Reihen an Dämonen. Ein Krieger, der tapfer seine Stellung hielt, als ein Kopf des Ungeheuers sich zu ihm hinabschlängelte, stieß mit aller Kraft zu und schaffte es, den Hals des Orochi zu treffen. Der Kopf bäumte sich laut schreiend auf, halb abgetrennt vom restlichen Körper, und verspritzte hellrotes Blut über die Steine, während er wild um sich schlug.

Eine weitere Feuersalve schoss auf mich zu, wieder aufgehalten von Reikas Barriere, und ein Dämon fauchte wütend, als er an der Mauer abprallte und die Treppe hinabtaumelte. Reika keuchte auf, und ich wagte einen kurzen Blick auf Tsuki-sama und die Magierinnen, in der verzweifelten Hoffnung, dass sie mit ihrer Beschwörung bald fertig wären. Wir konnten den Schutzwall nicht viel länger aufrechterhalten.

Eine Eiseskälte kroch meinen Rücken hinab, und mir stellten sich die Nackenhaare auf. Gerade noch rechtzeitig drehte ich mich um, als der Skorpion-Zwilling auf dem Rücken des Orochi den Arm hob, dunkles Metall zwischen ihren Fingern glitzerte und sie es auf Okame schleuderte. Der schwarze, rasiermesserscharfe Wurfdolch, von der Sorte, die auch Tatsumi manchmal benutzte, schoss funkelnd durch die Barriere und traf den Ronin in der Brust. Mit einem erstickten Röcheln taumelte er rückwärts, ließ den Bogen fallen und explodierte in einer weißen Rauchwolke, während die verengten Augen der Yokai den Raum nach mir absuchten und mich schließlich erblickten. Ihre Lippen verzogen sich zu einem grausamen Lächeln, als sie ein weiteres Mal die Hand hob.

Ihr Arm schoss vor, und der Dolch löste sich in einem dunklen Farbrausch von ihren Fingern. Ich spürte den Windhauch, als die Waffe meinen Kopf um wenige Millimeter verfehlte, weitersauste und sich in die Brust der Schreinmaid bohrte.

Reika taumelte mit einem leisen Keuchen und einem Blähen

ihrer Ärmel rückwärts. Mit der einen Hand griff sie sich ans Herz, doch die andere blieb weiterhin vor ihrem Gesicht, wo sie die Konzentration bewahrte, selbst als die Barriere bereits wild zu flackern begann wie eine Kerze im Wind. Die Miko schwankte, die Kiefer fest aufeinandergepresst, und fiel auf ein Knie, während karmesinrotes Blut sich über ihre makellos weiße Haori ausbreitete und auf die Steine unter ihr tropfte.

Reika-san!

Etwas in mir barst. Die Lichtkugel, die in meiner Magengegend kontinuierlich matt gebrannt hatte, explodierte, flammte gleißend hell in mir auf und wogte durch meine Adern, meine Haut, einfach überallhin. Ich schrie den Dämonen meine Wut entgegen, die nun einem Schwarm Ameisen gleich die Treppe hinaufstoben, und schickte einen Schwall Fuchsfeuer durch ihre Ränge.

Die blau-weißen Flammen schossen heulend vor, während sie die Dämonen umschlossen, und Schreie erhoben sich in die Luft, als das Kitsune-bi sie verzehrte. Denjenigen, die vom Feuer zuerst getroffen wurden, blieb gerade einmal genug Zeit, um laut aufzukreischen, bevor sie sich in wirbelnden Rauch verwandelten und in der Brise davongetragen wurden. Mit gefletschten Zähnen ging ich zum Rand der obersten Stufe, Fuchsfeuer immer noch zischend um meinen Körper lodernd, und peitschte Feuerranken durch meine Feinde, die sie durchschnitten wie Kamasicheln Reis. Yokai heulten vor Schmerz, Dämonen brüllten, als sie zurück ins Jigoku geschickt wurden, und euphorische Wut erfasste mich, während ich meine Magie durch alles hindurchbrennen ließ, das sich mir in den Weg stellte.

Am Fuß der Treppe schnaubte der riesige Orochi und hielt überrascht inne beim Anblick einer flammenwerfenden Kitsune, die finster zu ihm hochstarrte, doch dann stießen seine übrigen Köpfe ein wütendes Fauchen aus und bäumten sich zum Angriff auf. Die

Skorpion-Yokai auf seinem Rücken kniff die Augen leicht zusammen, als unsere Blicke sich erneut trafen, und hob einen Arm, um einen tödlichen Dolch auf mich zu schleudern.

Da schoss ein Pfeil aus dem Nichts und traf sie mitten in der Brust. Ihre gelben Augen weiteten sich vor Entsetzen, als ich aus den Augenwinkeln Okame sah, der mit zusammengebissenen Kiefern und gefletschten Zähnen einen weiteren Pfeil in seinen Bogen rammte, bevor ein zweiter Bolzen sich in die Kehle der Yokai bohrte und auf der anderen Seite wieder herauskam.

Irgendwo im Innenhof erscholl ein qualvolles, herzzerreißendes Wutgebrüll des zweiten Skorpion-Zwillings, und der Orochi heulte ebenfalls auf. Intuitiv riss ich meinen Arm in Richtung des Monsters, das sich bedrohlich über mir abzeichnete, und tauchte ihn in Flammen, woraufhin die Kreatur fauchend die Köpfe wegdrehte. Doch seine acht langen Schwänze peitschten herum, schneller, als ich es jemals für möglich gehalten hätte, und etwas traf mich an der Seite. Ich wurde in die Höhe gerissen und in den Innenhof geschleudert, und die Wucht des Aufpralls presste mir den Atem aus den Lungen, bevor ich noch einige Meter auf dem harten Stein weiterrollte. Mein Fuchsfeuer flammte einmal kurz auf und erstarb dann stotternd.

Benommen, nach Luft ringend, brannte sich ein bohrender Schmerz in die Seite meines Körpers, und ich hob den Kopf. Dämonen und Yokai umringten mich, und der monströse Orochi griff immer noch am Fuß der Treppe an, nur dass es jetzt keine Barriere und kein Fuchsfeuer mehr gab, die ihn zurückhielten. Für den Bruchteil einer Sekunde erspähte ich Chu auf der obersten Stufe, wo er den Dämonen und dem gewaltigen Orochi wild fauchend die Stirn bot und Okame mit verbissener Miene seinen Bogen zum letzten Gefecht ansetzte. Dann stürzten die Feinde, die mich umgaben, mit jaulendem Geschrei vorwärts, versperrten mir die Sicht, und ich sah nichts weiter als meinen bevorstehenden Tod.

Doch im nächsten Moment explodierte meine Umgebung in einem gleißend goldenen Licht.

Lodernde Wärme umgab mich, als wäre die Sonne jäh durch die Wolken gebrochen. Die Dämonen und Yokai, die vorgestürzt waren, um mich zu töten, wichen mit entsetztem Gebrüll zurück, die Augen geschlossen vor dem intensiven Licht. Das Gesicht vor Schmerz verzerrt, schob ich mich ein Stück höher, da trat etwas vor mich, ein anmutiges Geschöpf mit farbverändernden Schuppen, gespaltenen Hufen und einem einzigen Horn, das aus seiner Stirn erwuchs. Der Kirin, eingehüllt in heiliges Feuer, reckte den Kopf, sein drachengleiches Gesicht erschreckend ausdruckslos, während sein Blick über das Schlachtfeld glitt. Dann stieß er einen Schrei aus, bei dem es mir eiskalt den Rücken hinablief. Die Dämonen, die uns am nächsten waren, gingen in goldenen Flammen auf und verschwanden, weggeweht vom Wind, sodass nichts als sich kräuselnder Rauch zurückblieb. Mit einem Schlenzer seines Schwanzes sprang der Kirin himmelwärts und segelte wie ein Phönix auf das riesige Monster in der Nähe des Palasteingangs zu. An der Stelle, wo er landete, strahlte blitzartiges Licht in alle Richtungen, und weitere Dämonen brüllten, als sie in Flammen aufgingen und sich auflösten.

Der Orochi drehte sich, und seine sechs verbliebenen Köpfe peitschten herum, um das heilige Tier zu beäugen, das wie eine Sonne glühte, während es über das Steinpflaster schritt. Mit einem Zischen bäumten sich vier der Köpfe auf und spuckten Feuer, das um den Kirin züngelte, bis er von den Flammen völlig umhüllt wurde.

Ich keuchte auf, doch das Inferno, das den Kirin umgab, loderte hell, die Feuerzungen wurden weiß-golden und explodierten dann in einer Wolke aus Hitze und Licht. Der Kirin schritt weiter, und die Flammen, die ihn bedeckten, waren fast zu grell für meine

Augen. Selbst ich spürte die sengende Hitze dort, wo ich im Innenhof lag, doch für mich war es, als träfe mich ein köstlich warmer Sonnenstrahl, tröstlich und rein. Ich war sicher, dass es sich für die Dämonen anders anfühlte.

Mit einem Fauchen wich der Orochi taumelnd zurück, weg von dem Kirin und dem blendenden Glanz, der von seinem Körper ausstrahlte. Auch die Armee wich zurück, floh Hals über Kopf, während die restlichen Samurai die Dämonen und Yokai niederstreckten, die zu langsam waren. Ich sah die überlebende Skorpion-Schwester auf dem Rücken des Orochi, den Leichnam ihrer Schwester in den Armen wiegend, und ihre Hand streichelte die blasse Stirn ihres Zwillings. Sie warf einen tödlichen Blick in Richtung Palast und zu dem Ronin, der immer noch den obersten Treppenabsatz bewachte, bevor sie dem Monster etwas zurief.

Nach einem letzten, erbosten Zischen drehte der Orochi sich um, floh und überließ die Dämonenarmee ihrem Schicksal. Mit erschreckender Geschwindigkeit angesichts seines massigen Körpers stürmte das Monster über den Innenhof, schlitterte die Mauer hoch und verschwand über der Brüstung. Seine acht Schwänze peitschten heftig hinter ihm her, und im nächsten Moment war er verschwunden.

Ich brauchte ein paar Anläufe, bis ich stand. Mein Körper schmerzte, meine Schulter war geprellt durch den Sturz, als der Orochi mich beiseite geschleudert hatte. Ich fühlte mich leer und ausgelaugt, die versengende, weißglühende Kugel der Macht in mir nun nur noch eine winzige, flackernde Glut. Die Zähne fest aufeinandergepresst stemmte ich mich schließlich hoch, die Hand an der pochenden Schulter, und ließ den Blick über die Nachwehen des Kampfes gleiten.

Es war der Schauplatz eines Gemetzels. Leichen, Menschen und

Yokai zugleich, lagen überall herum, blutend, schwelend, einige matt zuckend in ihrem Todeskampf oder zu verletzt, um sich bewegen zu können. Die Luft war vom Gestank von Blut und Rauch erfüllt, und das Stöhnen der Verwundeten und Sterbenden wurde vom Wind in alle Richtungen getragen. Ich kämpfte die Übelkeit in meinem Magen nieder und begann, zum Palast zu humpeln, wobei ich versuchte, die klaffenden Wunden der Verletzten und die Leichen zu ignorieren, die verbrannt, zerfetzt oder in Stücke gerissen worden waren.

Inmitten von allem stand der Kirin reglos da, umhüllt von verblasstem, heiligem Feuer, das jedoch immer noch in überirdischem Licht glühte, sein großer, vornehmer Kopf in Richtung des Palasts gedreht. In Richtung der Gestalt der Daimyo, die nun auf ihn zukam. Kiyomi-sama war die Treppe hinabgeschritten, bewegte sich langsam, aber gleichmäßig über den blutüberströmten Innenhof auf den Kirin zu, der im Zentrum auf sie wartete. Als sie vor dem bedeutsamen Tier zum Stehen kam, senkte sie den Kopf und verneigte sich tief in der Hüfte, während der Kirin sie aus teilnahmslos dunklen Augen musterte.

Lady der Mondinseln. Wie zuvor im Wald gab es keine Worte, aber ich konnte die Stimme des Kirin in mir spüren. *Herrscherin über die Tsuki. Die kami haben deine Bitte erhört. Du hast mich gerufen, und ich bin gekommen.*

»Vielen Dank, Herr des Waldes«, murmelte Kiyomi-sama, die sich immer noch tief verneigte. »Ich stehe in ihrer Schuld und in Eurer. Was verlangen die kami von mir?«

Der Kirin schnalzte mit dem Schwanz und hob seinen edlen Kopf. *Nur dass du diese Inseln weiterhin vor allem Übel bewahrst, wie deine Familie es an dem Tag versprochen hat, als sie den Pakt mit den kami eingegangen ist. Lass das Land einen Zufluchtsort für die Geisterwelt sein. Lass nicht zu, dass der Schatten menschlicher Gier diesen Ort berührt, und möge dies ein Land des Friedens für alle Lebewesen sein.*

Kiyomi-sama richtete sich bedächtig auf. »Das schwöre ich.«

Der Kirin warf den Kopf in den Nacken. *Du wirst mich zu deinen Lebzeiten nicht mehr zu Gesicht bekommen,* sagte er schlicht. *Herrsche klug, Lady des Mondes.* Für einen kurzen Moment streifte mich sein dunkler Blick. *Und mögen jene, die dir nachfolgen, so weise regieren wie du.*

Die Daimyo des Mondclans verbeugte sich erneut, und der Kirin wandte sich ab. Ein Schimmern von Licht erfüllte den Innenhof, wie ein Sonnenstrahl, der durch die Äste eines Baumes brach, und ich zuckte geblendet zusammen. Als ich wieder aufsah, war der Kirin verschwunden.

Da fand mich Kiyomi-samas Blick über den Innenhof, und bei ihrer finsteren, trostlosen Miene krampfte sich mir der Magen zusammen, und alles in mir erstarrte zu Eis. Ohne ein Wort hastete ich durch den Innenhof und die Treppe hinauf, verzweifelt nach einer Gestalt in Weiß und Rot suchend, nicht gewillt zu glauben, was ich gesehen hatte.

Dir geht es gut, Reika-san. Du bist zu stark, um zu sterben. Jeden Moment wirst du auf mich zukommen, mir eine Maulschelle verpassen und mich ausschimpfen, so leichtsinnig gewesen zu sein…

Meine Gedanken verhallten, und der Atem gefror mir in der Kehle. Okame kniete neben der Palastmauer, mit Chus massiger, pelziger Gestalt ihm gegenüber, beide einen Körper in Rot und Weiß flankierend, der gegen eine Säule lehnte. Das Gesicht der Schreinmaid war blass, ihre Hände lagen schlaff in ihrem Schoß, ihr Kopf ruhte am Holz. Das einst makellose Weiß ihrer Haori war blutrot gefärbt.

»Reika-san?«

Wie betäubt näherte ich mich der Miko, ohne auf Okame und

den grimmigen, verzweifelten Ausdruck in seinen Augen zu achten. Oder Chus leises, hoffnungsloses Stöhnen. Als ich mich neben Reika kniete, schlug sie die Augen auf, dunkel und schmerzgepeinigt, und sah zu mir. Eine Hand, blass und blutgefärbt, hob sich an mein Gesicht.

»Yumeko-chan.« Ihre Stimme war ein leises Murmeln. Ich musste mich vorbeugen, um sie zu hören, und nahm dankbar ihre angebotene Hand. »Du bist wohlauf. Ist... die Daimyo in Sicherheit?«

Ich nickte, unfähig, etwas zu sagen, und sie lächelte. »Gut«, hauchte sie. »Ich fürchtete schon, du würdest irgendein... törichtes Kitsune-Ding durchziehen, und wie sollte ich dann Meister Jiro erklären... dass du tot bist und ich nicht gut genug auf dich aufgepasst habe?«

Ich erstickte fast an meinem Schluchzen, und die Flut an Tränen, die hinter meinen Augen gelauert hatte, ergoss sich nun in einem heißen Strom meine Wangen hinab. »Du darfst nicht gehen, Reika-san«, flüsterte ich, kaum in der Lage, die Worte herauszubekommen. »Wir brauchen dich hier. Wie... Wie sollen wir Genno ohne dich besiegen?«

»*Baka.*« Reikas Finger drückten sanft meine Hand. »Ihr braucht mich nicht«, wisperte sie. »Du hast... alle anderen. Okame, Daisuke und Kage-san... Sie werden für dich kämpfen. Du bist nicht allein, Yumeko-chan. Außerdem...« Sie lächelte, gelassen und von einem inneren Frieden erfüllt. »Ist der Tod kein Abschied auf ewig. Ich werde von der anderen Seite ein Auge auf euch haben, sei unbesorgt. Und wenn du jemals einen Schrein aufsuchst und das Raunen der kami in den Bäumen hörst, wirst du wissen, dass ich da bin und immer über dich wache.«

Ich konnte nicht mehr reden. Ich beugte mich über unsere verschränkten Hände und schluchzte, hörte Okame laut schniefen und sich über die Augen wischen. Chu lehnte sich vor, ohne zu weinen oder auch nur das geringste Geräusch von sich zu geben, und presste seine Schnauze sanft an Reikas Seite. Mit einem traurigen Lächeln blickte sie zu ihm hoch und legte ihm die Hand auf die Stirn.

»Du vermisst Ko, nicht wahr?«, flüsterte sie, und ich hob die Augen, während mir weiterhin Tränen die Wangen hinabliefen. »Vielen Dank«, murmelte Reika. »Dass ich ein Teil von dem hier sein durfte. Für all die Abenteuer und die Frustration und den nahenden Tod, dem ich öfter von der Schippe gesprungen bin, als ich zählen kann. Ich bereue nichts davon.« Ein letztes Lächeln, als das Licht hinter ihren Augen allmählich verblasste. »Du... Du hast dich wacker geschlagen, Kitsune. Ich bin stolz... dich meine Freundin nennen zu dürfen.«

Ihre Augen schlossen sich, und ihre Hand wurde schlaff in meiner.

Wortlos senkte ich ihren Arm und legte ihn sanft in ihren Schoß, faltete ihre Hände so, dass es aussah, als schliefe sie nur. »Auf Wiedersehen, Reika-san«, flüsterte ich und wich zurück. »Vielen Dank für alles. Und keine Sorge. Wir werden Genno schlagen, und ich werde sicherstellen, dass der Drache nicht in diese Welt gerufen wird. Das schwöre ich.«

Es folgte keine Antwort. Die Schreinmaid lag gegen die Säule gestützt da, die Augen geschlossen, ein mattes Lächeln auf ihrem Gesicht. An ihrer Seite flackerte Chus Körper auf, glühte rot und zersprang dann in eine Million winzige Lichter. Einen Moment lang schwebten sie um uns herum, warm und weich wie hauchzarte Glut in der Brise, bevor sie spiralförmig nach oben wirbelten und sich im Wind zerstreuten.

20

Das Verschwinden der Kami

Tatsumi

Der Kreis der Shinobi umzingelte uns, ein schweigender schwarzer Schwarm, dessen Klingen im flackernden Licht des Feuers glänzten. Kage Ichiro stand in meinem Rücken, während sich aus dem Schuttberg Taiyo Daisuke erhob und mir im grimmigen Triumph zunickte, doch es war die Frau ein paar Meter entfernt von mir, die meine gesamte Aufmerksamkeit bannte.

Lady Hanshou lächelte mir über den blutigen Leichnam Akumus zu, Kage Masao an ihrer Seite. Sie stand aufrecht da, völlig gerade, ihre blasse Haut weich und faltenlos, ihre rabenschwarzen Haare lang und dick. Schockiert erkannte ich, dass es keine Illusion war, sondern es der Daimyo der Kage irgendwie gelungen war, ihre Gesundheit, Schönheit und vergangene Jugend wiederherzustellen.

Doch dann bemerkte ich die schwarzen Adern, die ihre Arme hinaufkrochen, die dunklen Spinnennetze an Schläfe und Kinn, und ich wusste schlagartig, wie ihr ein solches Kunststück gelungen war. Hanshou war schon immer eine talentierte Majutsushi gewesen, eine der begabtesten Schattenmagierinnen von Iwagoto. Aber diese Linien, die ihre Arme und ihr Gesicht zeichneten, waren Spuren von einem viel dunkleren, verbotenen Zauber. Blutmagie.

Nicht dass es mich überrascht hätte. Sie hatte schon früher

Blutmagie benutzt. Vor langer Zeit, tausend Jahre war es nun her, hatte Lady Hanshou den stärksten Oni des Jigoku heraufbeschworen, damit er ihr die Schriftrolle von ihrem besten Krieger, Kage Hirotaka, beschaffte, da sie fürchtete, Hirotaka habe sie verraten und wolle die Macht des Wunsches für sich selbst beanspruchen.

Lodernde Wut packte mich. Dies waren Hakaimonos Erinnerungen, sein uralter Hass auf die Daimyo der Kage, jäh zum Leben erwacht. Einen Moment lang blitzte die Vision in mir auf, wie ich vorschnellte und meine Krallen in die Frau vor mir bohrte. Doch das würde einen Angriff des Schattenclans nach sich ziehen, und obwohl es stets mein oberstes Ziel gewesen war, die Kage auszulöschen, gab es heute Abend andere, wichtigere Feinde zu besiegen. Eine ganze Armee von Yokai. Und den Meister der Dämonen höchstpersönlich.

»Hallo, Erster Oni«, grüßte Hanshou und betrachtete mich ruhig über das Schlachtfeld aus Gemetzel und Tod hinweg. »Oder ist es Tatsumi-san? Von hier aus ist das schwer zu sagen.«

Lächelnd offenbarte ich meine Fangzähne und hielt Kamigoroshi in das kränkliche Licht. »Lady Hanshou. Es ist eine Weile her. Ich komme gerne näher, damit Ihr einen besseren Blick auf mich habt, bevor ich Euch das Herz herausreiße.«

»Ah. Also doch Hakaimono.« Die Daimyo des Schattenclans klang nicht besorgt, obwohl ihr Gesicht grimmig wurde. »Mich hier niederzustrecken wäre nicht sehr ratsam, Erster Oni«, warnte sie und hob einen sich blähenden Ärmel. »Ich komme mit einem Hilfsangebot.«

Ich lachte bellend, was dafür sorgte, dass die Shinobi um uns auffuhren. »Ihr habt nie jemandem geholfen, ohne selbst Profit daraus zu schlagen«, sagte ich. »Was ist der Haken? Warum seid Ihr wirklich hier?«

»Spürt Ihr es nicht, Hakaimono?« Die Worte waren ein Flüstern, doch ich hörte sie dennoch über das Prasseln der Feuer und den Lärm ferner Gefechte. Die uralte Daimyo der Kage trat vor, schritt die Straße entlang, am rauchenden Leichnam von Akumu vorbei, und stellte sich genau vor mich. Kage Masao begleitete sie, doch er hielt sich im Hintergrund und beobachtete mich aus argwöhnischen dunklen Augen. »Wir haben das Ende einer Ära erreicht«, sagte Lady Hanshou mit ernster Stimme. »Die Nacht des Wunsches ist gekommen, und Genno ist weiterhin im Besitz der Drachenrolle. Wenn er den Herold anruft, wird nichts, was Ihr oder ich in der Vergangenheit getan haben, eine Rolle spielen. Die Welt, wie wir sie kennen, wird untergehen. Seht nur!«

Ihre Augen glitten über die Hausdächer zur Stadtmauer mit den vier großen Statuen, die sich in ihren jeweiligen Ecken erhoben: Phönix, Tiger, Kirin und Drache. Ich folgte ihrem Blick und sah die Gestalten, die immer noch auf den Köpfen der Statuen standen, ihre Arme gereckt und mit im Wind sich bauschenden Ärmeln. Nur dass sie jetzt eine boshafte, düstere Energie anzuziehen schienen, und eine Aura der Dunkelheit umhüllte jeden von ihnen, eine schwarz-rote Wolke wirbelnder Energie.

»Blutmagie«, sagte Hanshou. »Ein komplexes, mächtiges Ritual. Etwas so Starkes habe ich seit ... Jahrhunderten ... nicht mehr gespürt. Sie benutzen die Leben der Verstorbenen, das vergossene Blut und das Abschlachten hier, um das, was auch immer sie vorhaben, zu nähren. Eine ganze Stadt voll des Gemetzels und Todes. Ich schaudere bei dem Gedanken, was Genno planen könnte.«

An meiner Seite stieß der Adlige entsetzt einen Atemzug aus. »Kage-san, wir müssen zum Palast zurückkehren«, sagte er und drehte sich besorgt zu mir. »Kiyomi-sama muss von alldem hier erfahren. Yumeko-san ebenfalls.«

»Eine ausgezeichnete Idee«, sagte Lady Hanshou mit einem matten Lächeln in Richtung des adligen Taiyo. »Lasst uns *alle* zum

Palast zurückkehren. Ich könnte mir vorstellen, Kiyomi-sama möchte wissen, warum ein Aufgebot an Kage-Kriegern wie aus dem Nichts in ihrer Stadt aufgetaucht ist. Hakaimono«, fuhr sie fort, und ihre Stimme wurde sanfter, als sie sich an mich wandte. »Ihr und ich, wir kennen uns schon lange, Erster Oni. Ich weiß, dass Ihr Rache üben wollt, und vielleicht werdet Ihr sie eines Tages bekommen.« Ihre Augen verengten sich. »Aber *heute* haben wir denselben Feind. Und er steht kurz davor, den Sieg zu erringen. Der Schattenclan ist hier, und wir bieten jedwede Hilfe an, die uns möglich ist. Ich schlage vor, Ihr nehmt sie an.«

»Unter einer Bedingung«, erwiderte ich, woraufhin die uralte Daimyo eine perfekt gefärbte Augenbraue hob. »Hört auf, mich Hakaimono zu nennen. Mein Name ist Kage Tatsumi, und ich stehe nicht mehr unter Eurer Befehlsgewalt.«

Bei meinen Worten blinzelte Lady Hanshou, und ein leises Lächeln kräuselte einen ihrer Mundwinkel, doch sie nickte nur. »Dann lasst uns gehen, bevor Genno sein Ritual vollenden kann.«

Der Weg zurück zum Palast ging rasch vonstatten. Dämonen und Yokai strömten immer noch durch die Straßen, doch sie schienen aus der Stadt fliehen zu wollen, anstatt sie anzugreifen. Wir töteten sämtliche Nachzügler, denen wir begegneten, ohne langsamer zu werden, und bald erreichten wir die äußere Festungsmauer des Palasts.

Als wir den Innenhof betraten, eröffnete sich uns ein Bild des Grauens. Unzählige Leichen von Menschen und Yokai, Samurai und Monstern zugleich waren über das Steinpflaster verteilt. Es war offensichtlich, dass hier ein schrecklicher Kampf stattgefunden hatte, und bei der Sorge um Yumeko krampfte sich mir der Magen zusammen. Hanshous Gesichtsausdruck war grimmig, als sie den Blick über das Massaker schweifen ließ, und ich erinnerte mich an ihre Worte über den Tod, der Gennos Ritual nährte. Wenn es stimmte, dann hatte der Meister der Dämonen mehr Blut zur Verfügung, als er jemals bräuchte.

Da sah ich die Daimyo des Mondclans im Innenhof, die den Samurai und Dienern Befehle erteilte, während sie sich um die Nachwehen des brutalen Gefechts kümmerte. Als sie uns bemerkte, weiteten sich ihre Augen. Sie richtete sich rasch auf, doch ihre Aufmerksamkeit galt weder mir noch dem adligen Taiyo, sondern der Daimyo der Kage, die ruhig über das Blutbad auf sie zuschritt. Lady Hanshous Gebaren war bedacht, als sie und Masao über den Innenhof marschierten, aber angesichts von Kiyomi-samas Miene war sich die Daimyo der Tsuki wohl nicht sicher, ob sie das Auftauchen des Schattenclans als etwas Gutes erachten sollte.

»Daisuke!«

Der Ronin hastete über den Innenhof, duckte sich unter Trümmerteilen hindurch und wich den Toten und Verletzten aus, sein Blick allein auf den Taiyo gerichtet. Der Adlige rührte sich nicht, streckte nur einen Arm aus und zog den Ronin, der sich auf ihn stürzte, unter den Augen der Daimyos und Diener fest an sich.

»*Yokatta*!«, murmelte Okame, seine Stimme gedämpft gegen die Haori des Adligen. »Du lebst.« Seine Stirn legte sich in Falten, und er wich zurück, um den Taiyo kopfschüttelnd anzufunkeln. »*Baka* Adliger. Warum musst du es immer mit dem größten Ungeheuer auf dem Schlachtfeld aufnehmen?«

»Verzeih mir.« Daisukes Lippen wölbten sich leicht, und mit der Hand berührte er das Gesicht des Ronin. »Aber ich war nie in Gefahr. Ich habe dir versprochen, dem glorreichen Tod nicht ohne dich zu begegnen, Okame-san. Und ich habe noch nie einen Eid gebrochen.« Seine Finger fuhren das stoppelige Kinn des Ronin nach, und der andere erbebte. »Wir sind hier, und wir sind siegreich. Unsere Zeit ist noch nicht gekommen.«

Der Ronin seufzte, und seine Miene verdunkelte sich. »Wir haben Reika verloren.«

Ich fuhr hoch, und Daisukes Augen weiteten sich. Mit hängenden Schultern drehte Okame sich um und betrachtete das Massaker, das sich vor ihm im Hof offenbarte.

»Es war schrecklich«, murmelte er. »Überall Dämonen und Yokai, die versucht haben, zur Daimyo vorzudringen und auf dem Weg zu ihr den Rest von uns niederzumetzeln. Und das war, *bevor* sie dieses riesige, achtköpfige Monster von der Leine gelassen haben, das sich eine Schneise des Todes durch uns gebahnt hat.«

»Der Orochi?«, fragte ich ungläubig. Meine Sorge um Yumeko war schier unerträglich, und ich spähte zum Palast, in der Hoffnung, irgendwo aufblitzende Fuchsohren und einen buschigen Schwanz zu entdecken. Die achtköpfige Schlange der Legenden war ein paarmal im Laufe der Geschichte des Kaiserreichs aufgetaucht, und obwohl Helden jedes Mal gegen das Monster gekämpft und es erlegt hatten, waren mächtige Blutmagier recht begierig darauf, den gefürchteten Orochi heraufzubeschwören, allein aus dem Grund, weil er so grässlich war.

»Genau.« Der Ronin nickte mit dem Kopf. »Orochi. So haben sie das Mistvieh genannt. Kiyomi-sama ist es gelungen, den Kirin um Hilfe anzurufen, aber Reika-san hat die Barriere gegen die Dämonen samt dem Orochi gehalten und ihr die Zeit verschafft, das Ritual zu vollziehen. Ohne sie wären wir alle gefressen worden.«

»Sie hatte einen ehrenvollen Tod«, sagte Daisuke feierlich. »Das ist alles, was jeder von uns schlussendlich erhoffen kann. Das Land und jene, die wir lieben, vor dem Bösen zu beschützen. Ich kann nur hoffen, ihrem Beispiel zu folgen.« Mit geschlossenen Augen stieß er den Atem aus, während er leicht den Kopf neigte. »Obwohl die Welt heute ein kleines bisschen weniger hell scheint. Sie wird vermisst werden.«

Der Ronin blickte zu mir. »Yumeko hat es ganz schön mitgenommen, Kage-san«, sagte er, und bei ihrem Namen beschleunigte sich mein Puls. »Sie war da, als Reika...«
Ich nickte. »Wo steckt sie?«
Er zeigte über den Innenhof. Ich blickte zu Kiyomi-sama und Lady Hanshou, die in ihr Gespräch vertieft waren, und bahnte mir einen Weg zum Palast.

Ich fand Yumeko auf der Brüstung der Veranda sitzend vor, ihre Beine und ihr Fuchsschwanz baumelten über die Seite, während sie blind in die Ferne starrte. Obwohl ihr Gesicht trocken war, glänzten ihre Augen rot, ihre Miene wirkte gequält und tieftraurig. Schweigend gesellte ich mich zu ihr und schwang mich auf die Brüstung neben sie. Eines ihrer Ohren zuckte in meine Richtung, und sie hob den Kopf.

»Tatsumi.« Ihre Stimme war weich, und sie blickte mich erleichtert an. »Du bist hier. Dann hast du den Oni wohl getötet.«

»Ja.« Es war sonderbar, sie so zu erleben; aber noch sonderbarer war, dass ich etwas sagen, sie trösten wollte, allerdings nicht wusste, wie mir das gelingen sollte.

»Das mit Reika habe ich gehört«, sagte ich leise.

Sie schniefte, und das Schimmern in ihren Augen wurde wieder feuchter. »Sie war *genau hier*, Tatsumi«, wisperte Yumeko. »Genau hier hat sie die Barriere gegen alles aufrechterhalten. Und dann blicke ich mich um... und sie ist fort.« Ihre Unterlippe zitterte, und sie holte bebend Atem, um sich zu fassen. »Es kommt mir völlig irreal vor«, fuhr sie fort. »Fast erwarte ich, dass sie hier entlangkommt und mich ausschimpft, weil ich kostbare Zeit vergeude, während Genno immer noch dort draußen ist.«

Bei der Erwähnung von Genno durchfuhr mich ein warnender Schauder. Ich spähte zum Himmel, zu den fernen Statuen, die selbst über den Dächern des Palasts zu sehen waren, und konnte mit zusammengekniffenen Augen gerade noch die Gestalt auf dem Kopf des Großen Tigers ausmachen, umhüllt von einem schwachen Glühen der Magie.

Yumeko folgte meinem Blick, und ihr Gesichtsausdruck verdüsterte sich. »Etwas wird passieren, nicht wahr?«, fragte sie mich mit leiser Stimme. »Ich kann es spüren. Eine schrecklich dunkle Energie wirbelt um die Stadt. Genno steht kurz davor, etwas sogar noch Unverzeihlicheres zu tun.«

Ihre Stimme bebte. Ich streckte mich und legte ihr die Hand auf den Arm, während ich mir vorstellte, wie all meine Kraft in sie hineinfloss, alles, was ich fühlte: meine Wut, meine Entschlossenheit... und dieses eigentümliche, schreckliche Gefühl, das nur Liebe sein konnte. »Wir werden ihn aufhalten«, sagte ich zu der Kitsune neben mir. »Dieser Kampf wird nicht vergebens gewesen sein, Yumeko. Uns bleibt immer noch Zeit. Und ich werde bis ganz zum Schluss an deiner Seite sein, das verspreche ich.«

Yumeko sah mich an. Goldene Fuchsaugen trafen meine, und die tiefen Gefühle, die in ihrem Blick lagen, ließen meinen Magen zusammenkrampfen. Ein winziger Teil von mir wollte fliehen, sich umdrehen und so viel Distanz wie möglich zwischen mich und diese offenkundige Schwäche bringen, die Tür zu all diesen Emotionen zuschlagen und wieder zu einer leeren Hülle werden, wie ich es in den Tagen, bevor ich das Fuchsmädchen getroffen hatte, gewesen war. Ich blieb, wo ich war, und hielt ihrem Blick stand. Ich taumelte immer noch blindlings in der Dunkelheit und ließ mich von diesen sonderbaren Gefühlen mitreißen, doch ich wusste, dass ich bei ihr sicher war. Ich konnte darauf vertrauen, dass sie mir kein Messer in den Rücken rammen und mich in einen Abgrund stoßen würde. Zumindest würde sie mich auffangen, wenn ich fiel.

Wen versuchst du zum Narren zu halten, Tatsumi? Du bist längst gefallen.

»Tatsumi«, flüsterte Yumeko, und allein der Klang meines Namens auf ihren Lippen ließ meinen Puls in die Höhe schnellen. Sie hob ihre schlanke Hand und strich mir mit sanften Fingern über die Wange. Wie von selbst schlossen sich meine Augen. »Ich…«

Ein Beben glitt durch die Luft. Es kräuselte sich über dem Boden, sein Ursprung augenscheinlich genau in der Mitte der Stadt, und breitete sich in alle Richtungen aus, ein Pulsieren von Dunkelheit, gespeist aus Blut und Tod und menschlichen Seelen.

»Es passiert«, wisperte Yumeko genau in dem Moment, als die Welle der Magie uns erreichte. Kurzzeitig glaubte ich, überschwemmt zu werden, dass Millionen Spinnen, Tausendfüßer, Würmer und andere Krabbeltiere über meinen Körper und unter meine Kleidung huschten, sich in mein Fleisch bohrten. Ich sah, wie Yumeko sich krümmte, ihre Ohren sich vor Abscheu fest an ihren Schädel pressten, bevor das Gefühl verebbte und alles wieder normal wirkte. Stille senkte sich über den Palast, jeder Mensch vor Angst und Verwirrung wie erstarrt, und unsere Hände umfassten das Heft unserer Waffen, während wir atemlos auf das warteten, was nun folgen würde.

Und dann begannen die kami zu schreien.

Es war kein physikalisches Geräusch. Es gab keine schrillen Rufe, vom Wind fortgetragen, kein Brüllen oder Heulen oder irgendetwas, das man hätte hören können. Es war mehr ein Gefühl von absolutem Grauen, Tausende Stimmen, die sich zu einem einzigen Schmerzensschrei des blanken Entsetzens erhoben. Er kam aus der Erde, dem Himmel, dem Wald, der die Stadt umgab, eine schreckliche Woge aus Leiden und Angst, die bis in dein Inneres dringt und deine Seele peinigt.

Yumeko keuchte auf, zuckend, die Hände krampfhaft auf die Ohren gepresst, als würde das gellende Wehklagen der kami ihr körperlich Schmerzen zufügen. Ich sprang von der Brüstung, blickte mich nach den anderen um, nach Lady Hanshou und der Daimyo der Tsuki, und wusste schlagartig, dass das, was auch immer Gennos Plan gewesen war, nun begonnen hatte. Der letzte Spielzug war eröffnet, und wir mussten unbedingt aufbrechen.

»Kage-san! Yumeko-chan!«

Der Ronin hastete die Treppe empor, den Bogen in der Hand, hinter ihm, dicht auf den Fersen, der Taiyo. »Was zum Teufel ist hier los?«, fragte Okame mit aschfahlem Gesicht, als er auf uns zukam. »Hört das sonst noch jemand? Ich habe das Gefühl, als würden meine Ohren gleich anfangen zu bluten.«

»Es sind die kami«, sagte Yumeko, und ihre Stimme zitterte, während sie von der Brüstung glitt. Sie blickte gen Himmel, dann zum Wald, der sich jenseits der Stadt abzeichnete, und ihre Augen waren riesig vor Entsetzen. »Ich habe sie noch nie... so schreien gehört. Etwas Schreckliches ist im Gange. Wir müssen zu Kiyomi-sama.«

»Ich bin hier.« Die Daimyo des Mondclans schritt die Treppe hoch, ihr Gesicht blass und erbittert wie das von Yumeko. Hinter ihr, wie ein selbstsicherer, eleganter Schatten, kam Lady Hanshou, doch ihre Lippen waren ebenfalls aufeinandergepresst, und ihre Miene war düster. Beim Anblick der Herrscherin über die Kage sog Yumeko scharf die Luft ein, und sie richtete sich erschrocken auf.

»Es ist in Ordnung«, sagte ich leise zu ihr. »Die Kage sind hier, aber sie sind gekommen, um uns zu helfen, Genno aufzuhalten.«

Rasch warf sie mir einen beunruhigten Blick zu. Ich sah die Fragen in ihren Augen, die Sorge um mich, denn sie wusste, wenn die Kage hier waren, waren sie auch wegen Hakaimono und dem Schwert gekommen. Ich wusste mit einer Gewissheit, die über jeden Zweifel erhaben war, dass Hanshou Pläne hatte, was mich betraf, sobald das hier vorüber war und irgendjemand von uns überlebt haben sollte. Doch im Moment war nichts weiter von Bedeutung, als Genno aufzuhalten und das Heraufbeschwören des Drachen zu vereiteln.

»Yumeko-san.« Die Stimme der Mondclan-Daimyo war ernst. Sie blieb vor ihrer Tochter stehen, und die Ähnlichkeit zwischen den beiden Frauen war frappierend. »Ich muss meine verbliebenen Streitkräfte für die letzte Schlacht sammeln«, erklärte die Daimyo. »Was auch immer der Meister der Dämonen in Gang gesetzt hat, wir dürfen uns nicht davon beirren lassen. Was auch immer Genno herbeigeführt hat, wir müssen die Klippen von Ryugake erreichen und das Anrufen des Drachen verhindern, koste es, was es wolle.« Sie seufzte, und für einen Moment wirkte sie um Jahrzehnte gealtert. »Die kami fliehen von der Insel«, flüsterte sie. »Ich spüre, wie ihre Präsenz das Land verlässt, und schon bald werden sie ganz verschwunden sein. Ich bin nicht sicher, was der Tag uns bringen wird. Meine Truppen sind stark geschwächt, und selbst mithilfe der Kage werden wir weit im Nachteil sein. Du hast Gennos Armee gesehen, wozu er fähig ist, und du hast jemanden verloren, der dir am Herzen liegt. Vielleicht überleben wir diese Schlacht nicht, Yumeko-san, aber unsere Zeit ist fast abgelaufen, und uns bleibt keine andere Wahl. Steht ihr, du und deine Freunde, immer noch an unserer Seite?«

»Ja«, erwiderte Yumeko, und da waren weder ein Zögern noch Angst in ihrer Stimme. »Das ist der Grund, warum wir gekommen sind, Kiyomi-sama. Wir werden jetzt nicht aufgeben.«

Die Herrscherin über den Mondclan nickte. »Dann macht euch bereit«, sagte sie zu ihrer Tochter. »Packt alles Notwendige zusammen, betet zu den kami und nehmt Abschied. Welches Grauen auch immer die Morgendämmerung mit sich bringen mag, wir werden ihm ehrenvoll entgegentreten, und entweder werden wir einen Wahnsinnigen davon abhalten, einen Gott anzurufen, oder wir werden unsere Vorfahren im nächsten Leben treffen.«

Teil III

21

Das Tal der Dämonen

Yumeko

Meiner Seele war elend zumute.

Anders konnte ich nicht beschreiben, was ich empfand: dieses schreckliche Gefühl von *Falschheit*, das auf der gesamten Insel nachklang. Die Luft selbst schien leblos zu sein, die zuvor üppigen Wälder muteten kahl und tot an. Wo das Land einst vor Leben nur so pulsiert hatte, war es nun trist. Leer. Und der Grund dafür war unschwer zu erraten.

Die kami waren verschwunden. Was auch immer Genno getan hatte, welch dunkle Magie auch immer er benutzt hatte, es hatte zur Massenflucht eines jeden Geists auf der Insel geführt. Und mit ihnen war das Herz des Landes verschwunden.

Ich ritt neben Kiyomi-sama an der Spitze eines Zugs von Mondclankriegern mit, dem letzten Rest der Armee, der den Angriff auf die Hauptstadt überlebt hatte. Berittene Samurai in voller Montur reihten sich hinter einem Trupp Ashigaru ein, Soldaten mit Speeren, die laut Okame aus Bauern und Tagelöhnern bestanden, die sich »freiwillig« gemeldet hatten, um ihr Land zu verteidigen. Im Gegensatz zu den schweren schwarz-silbernen Rüstungen der Samurai trugen die Ashigaru kaum mehr als einen Brustharnisch und Armschienen, mit konischen Metallhauben auf den Köpfen. Sie wirkten auch sehr verängstigt, als wollten sie nicht wirklich neben den Kriegern und Samurai in den Tod marschieren. Ich konnte es ihnen nicht verübeln. Ich wusste rein gar nichts über Armeeführung und Kriegskunst, aber in meinen Augen war unsere Streitkraft erschreckend klein. Wie wollten wir uns gegen Gennos Armee aus Dämonen, riesigen Yokai, Blutmagiern und all die weiteren üblen Überraschungen, die er für uns geplant haben mochte, nur behaupten?

Vor der Stadtmauer begrüßte uns allerdings ein zweiter Trupp berittener Samurai, allesamt in den schwarz-silbernen Farben des Mondclans. Ich blinzelte vor Überraschung und fragte mich verwundert, woher sie wohl gekommen waren, bevor mir dämmerte, dass Shinsei Yaju natürlich nicht die einzige Stadt im Land der Tsuki war. Kiyomi-sama musste den Rest ihrer Inseln benachrichtigt haben, die dem Befehl ihrer Daimyo gefolgt waren und eigene Streitkräfte geschickt hatten.

»Kiyomi-sama«, grüßte einer der ranghohen Samurai mit einer Verbeugung im Sattel. »Ihr habt gerufen. Wir sind gekommen.«

Die Daimyo des Mondclans warf einen prüfenden Blick auf die versammelten Samurai und Ashigarusoldaten hinter ihm. »Wie viele sind meinem Ruf gefolgt?«

»Bisher Streitkräfte aus Miho, Izena und Yugawa«, antwortete der Samurai. »Wahrscheinlich kommen noch mehr, aber ihre Anreise ist zu weit, und sie werden es nicht rechtzeitig schaffen. So kurzfristig, wie Eure Weisung kam, konnten wir nicht schneller hier sein.«

Kiyomi-sama nickte ernst. »Dann werden wir mit dem, was wir haben, weiterziehen. Und wir werden beten, dass es genug ist.«

Gemeinsam mit unserer Verstärkung ließen wir nun die Ausläufer der Stadt hinter uns und steuerten auf die sanft geschwungenen Wiesen mit ein paar vereinzelten, kleinen Wäldchen zu, die Grashalme so lang, dass sie die Bäuche der Pferde berührten. Als die Sonne am Horizont weiter aufstieg, erleuchtete sie einen grau gesprenkelten Himmel, trostlos und fahl, oder vielleicht waren es auch nur meine Gefühle, die an die Oberfläche gestiegen waren. Ich hoffte, es wäre kein Omen auf das, was uns bald erwarten würde.

Auf der anderen Seite von Kiyomi-sama saß Lady Hanshou auf einem Pferd, finster wie ein Schatten, und ihre schwarz-purpurne Rüstung schien das sich verändernde Licht zu absorbieren. Die Daimyo des Schattenclans redete mit niemandem, nicht einmal mit Masao, der schweigend neben ihr ritt. Seit wir die Stadt verlassen hatten, hatte ich keinen einzigen Kage-Samurai gesehen, aber gelegentlich glaubte ich, eine flüchtige Bewegung in der Graslandschaft auszumachen, ein Kräuseln von Dunkelheit oder einen Farbklecks, der nicht recht dorthin gehörte. Hanshous Shinobi folgten uns, begleiteten uns wie tödliche Schatten. Hinter mir waren Okame und Daisuke ebenfalls zu Pferde, aber Tatsumi hatte entschieden, nicht mit uns zu reiten, da es den Anschein machte, als hätten die Pferde immer noch eine starke Aversion gegen Dämonen auf ihrem Rücken und würden sich weigern, sich in seiner Gegenwart zu beruhigen. Tatsumi konnte ich ebenfalls nicht sehen, wusste aber, dass er wie die Shinobi in der Nähe war, uns in den Schatten folgte und auftauchen würde, sollten wir ihn brauchen. Allmählich spürte ich auch etwas anderes in der Luft, eine wachsende Angst und Dunkelheit, die immer stärker und schrecklicher wurde, je näher wir unserem Ziel kamen, als steuerten wir auf einen gewaltigen Sturm zu.

Vor uns stieg das Land sanft an, die Anhöhe ohne einen einzigen Baum, mit freiem Blick auf den düsteren grauen Himmel. Donner grollte über uns, und mein Herzschlag wurde schneller. Etwas war dort draußen, wartete auf uns. Wir bewegten uns auf die Anhöhe zu, doch am Fuß des Hügels stieß mein Pferd jäh schrilles Wiehern aus und bäumte sich halb auf, sodass ich fast aus dem Sattel gefallen wäre. Ich schrie und zog an den Zügeln, die ich fest umklammerte, da tänzelte das Tier schnaubend auf der Stelle und warf den Kopf in den Nacken. Aus den Augenwinkeln sah ich Okame und Daisuke, die sich ebenfalls mit ihren Reittieren abmühten, obwohl sie sich besser anstellten als ich, und hörte das Fauchen und Wiehern der Tiere hinter uns.

Eine Hand packte das Zaumzeug meines Pferds und brachte es zum Stehen, doch die Augen meines Reittiers waren immer noch weit aufgerissen vor Furcht, seine Ohren flach am Schädel angelegt. Ich blinzelte und blickte in Kiyomi-samas erbittertes Gesicht.

»Die Pferde werden uns nicht weitertragen«, sagte sie zu mir. »Das Ausmaß an Verdorbenheit und Angst in der Luft ist zu viel für sie. Den Rest des Weges werden wir zu Fuß zurücklegen müssen.«

Für mich war das in Ordnung. Ich nickte und rutschte rasch aus dem Sattel, dankbar, als meine Füße wieder festen Boden berührten. Kiyomi-sama ließ ihr Pferd frei, das den Kopf zur Seite warf und augenblicklich den Weg zurückgaloppierte, den wir gekommen waren.

»Absteigen!«, rief sie den Samurai zu, die in Hörweite waren. »Von hier aus gehen wir zu Fuß weiter!«

Es dauerte ein paar Minuten, bis die Armee den Rest der Pferde freigelassen hatte, die es kaum erwarten konnten, zurückzugaloppieren. In dem organisierten Chaos des Absitzens und Wegschickens der Tiere bemerkte ich, dass Tatsumi wie aus dem Nichts aufgetaucht war, neben mir stand und der Horde Pferde zusah, die über die Ebene davonjagte. Mir entging auch nicht, dass zwei schwarz gekleidete Shinobi vor Hanshou-sama getreten waren, die Köpfe tief gesenkt, während sie sich vor ihr niederknieten. Es war unmöglich, ihre Gesichter zu sehen, aber beide zitterten heftig in ihren schwarzen Haori.

»Hinter der Anhöhe liegt Tani Kaminari, das Tal des Blitzschlags«, erklärte uns Tsuki-sama und zeigte die sanfte Steigung hinauf zu den Wolken, die sich darüber ballten. »Jenseits des Tals beginnen die heiligen Klippen von Ryugake, wo der Drache heraufbeschworen wird. Was auch immer uns erwarten mag, was auch immer zwischen dem Tal und der Bergkette liegt, wir müssen die Stätte der Beschwörung erreichen, wenn wir auch nur die kleinste Hoffnung haben wollen, den Meister der Dämonen aufzuhalten.«

»Dann sollten wir aufhören, nur darüber zu reden«, sagte Lady Hanshou leise. »Uns bleibt nicht viel Zeit. Meine Späher berichten von Dämonen im Tal, die anscheinend aus einer Öffnung direkt in der Erde herausströmen. Sie konnten mir nicht erklären, woher dieser Spalt kommt oder wie er aufgetaucht ist, aber beide sind schier verrückt vor Angst. Es besteht kein Zweifel, dass Genno in der Nähe ist.« Sie reckte das Kinn und durchbohrte die Daimyo des Mondclans mit einem fast herausfordernden Blick. »Der Schattenclan ist bereit, sein Leben zu geben, um dem Meister der Dämonen das Handwerk zu legen, Lady Mond. Wie sieht es mit Eurem Clan aus?«

Kiyomi-samas Kiefer zuckte. Doch anstatt der Herrscherin der Kage zu antworten, drehte sie sich betont von ihr weg, und ihr Blick suchte meinen. »Yumeko-san«, sagte sie mit weicher Stimme, und bei dem gefühlvollen Ton in ihren Worten zog sich mir der Magen zusammen. »Das Schicksal hat es, wie es scheint, grausam mit uns beiden gemeint. Wären dies andere Umstände, würde ich den Kami danken, dass sie dich hierhergeführt und mir die Möglichkeit geschenkt haben, etwas wiederzufinden, das ich vor langer Zeit verloren geglaubt hatte. Aber ich weiß, dass das Schicksal einen anderen Weg für dich vorherbestimmt und dich aus einem ganz bestimmten Grund hierhergebracht hat, den meine selbstsüchtigen Sehnsüchte nicht durchkreuzen dürfen.« Kiyomi-sama schloss kurz die Augen, die Miene für einen Moment schmerzverzerrt, bevor die Daimyo ihre Augen wieder öffnete, nun hart und entschlossen dreinblickend. »Und deshalb werde ich dich mit diesen Worten entlassen: Sorge dich nicht um mich, vergeude keinen Gedanken an meinen Clan... heute Nacht sind wir nichts weiter als Werkzeuge, die dir helfen, damit du dein Ziel erreichst. Wenn das hier vorbei ist und wir beide immer noch am Leben sein sollten, dann haben wir vielleicht etwas Zeit, um die verlorenen Jahre zu betrauern und diejenigen zu feiern, die uns bleiben. Aber nicht heute Nacht.« Ihr Blick hob sich, starrte zu etwas am Horizont, und ihre Stimme schien in die Ferne zu hallen. »Heute wird es Verluste geben, Yumeko-san«, sagte sie zu mir. »Verluste und Trauer und Opfer. Und es wird eine Zeit kommen, wenn du eine Entscheidung treffen musst. Aber du wirst wissen, was zu tun ist.«

Ich schluckte schwer und versuchte mit Mühe, die Tränen zurückzuhalten, während ich nickte. »Ja.«

»Dann mögen die Kami deine Schritte lenken«, flüsterte Kiyomi-sama. »Und mögest du auf deinem Pfad nicht wanken. Ich werde für unseren Sieg und deine sichere Rückkehr beten. Lass uns nun sehen, was Genno für uns vorbereitet hat.«

Wir drehten uns um, und mit Tatsumi, Okame und Daisuke an meiner Seite sowie den beiden Daimyos an der Spitze des Zuges marschierten wir den Rest der Anhöhe hinauf und blickten von dort hinab ins Tal.

Direkt in die Hölle.

Der Talboden war eine sich windende, wuselnde Masse aus Dämonen. Yokai, Amanjaku und Monster, für die ich nicht einmal einen Namen kannte, krochen, sprangen und schlängelten sich über die Erde. Grässliche Oni bahnten sich trampelnd einen Weg durch die Menge, wobei sie den niederen Dämonen keinerlei Beachtung schenkten oder sie einfach zerquetschten. Wanyudo und andere fliegende Abscheulichkeiten flogen kreiselnd am Himmel, eine brennende Spur hinter sich herziehend.

Doch noch entsetzlicher als die Dämonen waren die vielen Hundert wehklagenden, gequälten Geister, die sich durch die Reihen an Monstern drängelten. Alle von ihnen einst menschlicher Natur, waren sie nun von einem düsteren roten Glühen umgeben, während sie über den Boden schwebten, ihre Stimmen eine Kakofonie aus Wahnsinn, Wut und Verzweiflung. Einige trugen Rüstungen, hinter anderen flatterten lange weiße Begräbnisgewänder, wiederum andere hatten nichts als zerfetzte Lumpen um den geisterhaften Körper. Amanjaku peinigten sie, jagten die vorbeihuschenden Geister und durchbohrten sie mit Schwertern, während sie die vor Angst und Schmerz sich windenden Seelen verhöhnten. Gelegentlich schlugen selbst die Oni nach dem einen oder anderen, obwohl die Geister instinktiv vor den monströsen Dämonen flohen.

Und dennoch war das alles nichts im Vergleich zum wahren Horror, der unter uns lag. In der Mitte des Tals, erleuchtet von unheilvollem, purpurnem Glühen, schien ein klaffender Schlund wie das Maul eines riesigen Tiers direkt hinab in die Unterwelt zu führen. Oni, Dämonen und gequälte Geister krochen scharenweise aus dem Spalt, zum Teil einander bekämpfend, während sie sich einen Weg in die Welt der Lebenden bahnten. Mein Atem kam in kurzen Stößen, als eine Angst, mit nichts zu vergleichen, was ich jemals verspürt hatte, mein Herz umkrallte.

»Barmherziger Kami«, flüsterte Kiyomi-sama hinter mir mit erstickter Stimme. »Was hat Genno nur getan?«

»Er hat die Tore des Jigoku geöffnet.« Obwohl Tatsumi entsetzt klang, lauerte etwas in seiner Stimme, das mich schaudern ließ. Etwas fast Gedankenverlorenes. *Hakaimono*. Ich fragte mich, was der Erste Oni über all das hier denken mochte, über ein Tor, das direkt in seine Heimat führte. »Davon also hat Akumu gesprochen«, fuhr Tatsumi fort und starrte gebannt ins Tal. »Warum O-Hakumon erlaubt hat, dass Gennos Seele in die Welt der Sterblichen beschworen werden durfte. Damit der Weg ins Jigoku geöffnet wird.« Er zögerte, und ein bitterer Ausdruck glitt über sein Gesicht, während seine Stimme fast ausgelassen klang. »Ich hätte nicht geglaubt, dass der alte Mistkerl das Zeug dazu hat.«

»Wie sollen wir dort hindurchkommen?«, flüsterte ich und beobachtete, wie sogar noch mehr Dämonen und Geister aus dem Höllenschlund kletterten, von denen einige von größeren Yokai oder selbst anderen Seelen wieder zurückgerissen wurden, die zu fliehen versuchten. Ich blickte übers Tal zu einer Linie aus zerklüfteten Berghängen, die das Ende der Insel markierten. Mit einem Eisesschauder, der meinen ganzen Körper durchfuhr, sah ich zu dem schwachen, kränklichen Glühen der Sonne am trüben Horizont. Dies war der letzte volle Tag vor der Nacht des Wunsches.

»Werden wir nicht«, murmelte Okame ernst. »Es ist ein Ding der Unmöglichkeit, dass wir uns eine Schneise durch *die* da unten schlagen. Unsere gesamte Armee würde abgeschlachtet werden, bis wir auch nur halbwegs drüben wären.«

»Aber wir müssen.« Kiyomi-sama trat vor, ihr Blick auf die wuselnde Masse an Dämonen unter uns gerichtet. »Ich lasse meine Truppen vorrücken. Wir werden ins Tal hinabmarschieren, und wir werden dem Feind heute ehrenvoll begegnen.«

»Kiyomi-sama.« Hanshou riss das Wort an sich, ihre leise Stimme eine Warnung. »Das Tor zum Jigoku ist geöffnet. Es wird kein Ende an Dämonen und gequälten Geistern aus dem Höllenschlund geben, und wir haben keine Möglichkeit, es zu schließen. Selbst wenn Eure Truppen die erste Woge abwehren, werden weitere folgen, und es werden immer neue kommen, bis jeder von uns niedergestreckt ist.«

»Die Dämonen machen sich auf«, erwiderte die Mond-Daimyo

viel zu ruhig. »Wenn wir sie hier nicht aufhalten, werden sie die Stadt erreichen und dort jeden, der noch am Leben ist, abschlachten. Aber zuerst werden sie durch Dörfer, Bauernhöfe und Siedlungen in den Außenbezirken ohne Mauern und Soldaten fegen, die die Menschen dort beschützen könnten. Wenn ich meine gesamte Armee opfern muss, um mein Volk in Sicherheit zu wissen, werde ich es tun.«

»Wir können nicht gewinnen…«, begann Hanshou.

»Das weiß ich, Hanshou-sama«, unterbrach die Mond-Daimyo sie leise. »Aber was soll ich Eurer Meinung nach tun? Die Gefahr ignorieren? Wäre Euer Land von der völligen Zerstörung bedroht, würdet Ihr nicht alles in Eurer Macht Stehende tun, um zumindest den Versuch zu unternehmen, es zu verhindern?« Bei diesen Worten schwieg die Herrscherin der Kage. Ihre Augen verdunkelten sich, ihre Lippen fest aufeinandergepresst.

»Na gut, Lady Mond«, sagte die Herrscherin der Schatten. »Wenn das Eure Entscheidung ist, werden die Kage an Eurer Seite kämpfen. Die Schatten werden dieses Land so lang wie irgend möglich verteidigen. Kage Tatsumi«, fuhr sie fort, und ich blinzelte, als ihr dunkler Blick sich in den Dämonenjäger bohrte. »Du weißt, was du zu tun hast. Es ist immer noch genug Zeit, um frühere Verfehlungen wettzumachen.« Sie verzog ihre Lippen zu einem schmalen Lächeln. »Enttäusch mich nicht.«

Tatsumi antwortete seiner Daimyo nicht, sondern nickte nur einmal, doch Lady Hanshou hatte sich bereits weggedreht und marschierte mit Masao an ihrer Seite den Hügel zurück nach unten. Kiyomi-sama zögerte einen Moment, dann wandte sie sich wieder an mich.

»Yumeko-san.« Ihre Stimme klang trostlos, jedoch entschlossen. »Ich muss Boten in jede Stadt und jedes Dorf im Land der Tsuki schicken, mit dem Befehl, die Inseln zu evakuieren«, erklärte sie mir. »Die Menschen hier müssen fliehen, andernfalls werden die

Dämonen uns alle abschlachten. Die Krieger werden zurückbleiben und unsere Heimat so lang wie irgend möglich verteidigen, aber dies scheint ein aussichtsloser Kampf zu sein. Solltest du dich entscheiden, die Insel mit dem Rest meines Volks zu verlassen, kann ich dir das nicht verübeln.«

»Nein.« Ich schluckte schwer. »Wir werden nicht fliehen. Aber solltest… solltest du nicht mit deinem Volk abreisen, Kiyomisama? Du bist die Daimyo, die Anführerin des Mondclans.«

»Ja«, erwiderte die Daimyo und klang nun erschöpft. »Und es ist meine Pflicht, hier zu bleiben. Wenn das Tor zum Jigoku nicht geschlossen wird, wird innerhalb der nächsten paar Tage niemand mehr von uns übrig sein. Meine Verantwortung als Herrscherin über dieses Land bedeutet, mein Volk und jedes Wesen, das diesen Ort als seine Heimat erachtet, zu beschützen. Selbst wenn die Chancen gleich null sind.«

Für ein paar Sekunden wurden ihre Augen weich, und ein Schatten des Bedauerns oder der Sehnsucht huschte über ihr Gesicht, während sie auf mich hinabblickte. »Ich bin untröstlich, das Kind, das ich verloren habe, niemals richtig kennenlernen zu können«, flüsterte sie, ihre Stimme kaum hörbar. »Aber ich bin dankbar, dass sich mir die Gelegenheit geboten hat, dich zu sehen, wenn auch nur für einen Moment.« Ihre schlanke Hand hob sich, und ihre Fingerspitzen berührten kaum meine Wange, während sie mich traurig anlächelte. »Kämpf tapfer, Tochter«, murmelte sie. »Wenn das Schicksal uns gnädig ist, werden wir uns vielleicht im nächsten Leben wiedersehen.«

Dann drehte sich die Daimyo des Mondclans um und marschierte davon, in Richtung der Armee, die am Fuß der Anhöhe auf sie wartete. Ich schaute ihr nach, kaum in der Lage, sie durch meinen verschleierten Blick zu sehen, bevor ich mich widerstrebend zu meinen Freunden zurückwandte.

Daisuke, der den Schwarm an Dämonen unten im Tal beobachtete, stieß einen langen Atemzug aus, und seine blassen Haare kräuselten sich hinter ihm im Wind. »Nun denn, das Ende ist in Sicht«, murmelte er, eine Hand locker auf seinem Schwertgriff. Der Hauch eines Lächelns legte sich auf sein Gesicht. »Es ist ein guter Tag zum Sterben.«

»Besser als die meisten, schätze ich mal.« Seufzend gesellte Okame sich auf der Bergkuppel zu ihm und stützte sich mit dem Ellbogen an Daisukes Schulter ab. »Tu es bloß nicht ohne mich, du eitler Pfau. Immerhin wollen wir doch, dass es ein gutes Gedicht wird.«

Tatsumi begegnete meinem Blick, seine Augen schimmerten sanft, sein Gesichtsausdruck war feierlich. Er sah nicht zu Kiyomisama, unseren Freunden oder der Armee von Dämonen und gequälten Seelen, die in das Tal hinter ihm strömten. Sein Blick galt allein mir. Ich stellte mich neben ihn und starrte die Anhöhe hinab zum geöffneten Schlund, der fortwährend Dämonen, Geister und andere Ungeheuer ausspuckte. Der Boden war steinig und aufgerissen. Es gab weder Gras, Bäume, Büsche noch sonst irgendetwas, hinter dem wir uns hätten verstecken können oder das uns Deckung gewährt hätte, selbst wenn wir uns ungesehen hinabschleichen könnten. Auf der anderen Seite des Tals erhoben sich die kahlen, zerklüfteten Klippen, die entweder hoch in den Himmel ragten oder steil in den Ozean abfielen. Es war unmöglich, das Tal zu umgehen. Nicht wenn wir es rechtzeitig zur Stätte der Beschwörung schaffen wollten.

»Gibt es ... *irgendeinen* Weg, um durch die Yokai zu gelangen, ohne kämpfen zu müssen?«, fragte ich ihn und versuchte, nicht völlig verzweifelt zu klingen. »Ein Zauber oder irgendeine Art von Schattenmagie, die uns verbergen könnte?«

»So lang kann ich keinen Zauber aufrechterhalten«, sagte Tatsumi grimmig. »Selbst wenn, würde eine einzige Berührung oder der Blick eines Dämons ausreichen, und sie würden uns bemerken.«

»Was ist mit dem Pfad der Schatten?«

Seine Miene wurde so düster, dass ich die Idee sogleich selbst verwarf. »Nur ein mächtiger Majutsushi kann den Pfad betreten«, sagte er. »Und im Moment, wo die Tore zum Jigoku offen stehen, ist der Schleier zwischen der Welt der Geister und der Sterblichen zerrissen. Wenn wir den Pfad der Schatten durch das Jigoku nehmen...« Er schüttelte den Kopf. »Könnten wir sogar noch mehr Geister in diese Welt bringen, oder schlimmer, die Dämonen hier könnten ins Meido selbst vordringen.«

Mir wurde schlecht. Nun, das war wohl *tatsächlich* eine schlechte Idee. Aber ich sah sonst keine andere Möglichkeit. Ich ging einen Schritt vor und starrte zu den fernen Gipfeln, die Fäuste an meinen Seiten geballt. Genno war so nah, genau auf der anderen Seite des Tals, und traf ungehindert seine Vorbereitungen, um den Drachen anzurufen. Ich hatte versprochen, ihn aufzuhalten. Ich hatte geschworen, dass der Wunsch niemals für böse Zwecke eingesetzt werden würde. So viele bauten darauf, dass wir den Wahnsinnigen stellen, das Heraufbeschwören verhindern und das Kaiserreich retten würden. Wir hatten immer noch Zeit. Wir müssten nichts weiter tun, als uns im wahrsten Sinne des Wortes eine Schneise durch die Hölle zu schlagen.

Ich holte tief Atem. »Dann gibt es wohl keinen anderen Weg... außer mitten hindurch.« Pure Angst packte mich, mir wurde übel, doch ich kämpfte den Brechreiz nieder und rang mir ein Lächeln ab. »Eigentlich sieht es gar nicht mal so übel aus. Vielleicht haben wir Glück.«

Tatsumi trat dicht neben mich, seine Stimme allein für mich bestimmt. »Ich werde direkt an deiner Seite sein«, flüsterte er. »Sollte ich fallen, dreh dich nicht um. Geh weiter, hol Genno ein, vereitle die Beschwörung. Ich … verspreche, dasselbe zu tun, wenn es mir möglich sein sollte.«

Schweigend drehte ich mich zu ihm und packte seine Haori, während ich mein Gesicht in seinen Stoff drückte und versuchte, mein Zittern zu kontrollieren. Er hob seine Arme, legte einen um meine Taille, berührte mit der anderen Hand meinen Kopf, strich mir mit seinen Fingern über die Haare. Tatsumi sagte kein Wort, doch ich hörte seinen Herzschlag an meinem Ohr, spürte ein kaum merkliches Beben seiner Arme, und ich schloss die Augen, gestattete mir, mich für einen kurzen Moment in ihm zu verlieren. Ein letztes Mal, bevor wir aufbrachen, um uns dem gesamten Jigoku und der Armee zu stellen, die dort unten auf uns wartete.

Fuchsmädchen. Hier entlang!

Ich schlug die Augen auf, als ein hauchzartes Flüstern im Wind zu mir wehte und meine Ohren kitzelte. Wie die Stimme des Kirin war es kein reales Geräusch, sondern eher eine Sinneswahrnehmung, die meine Aufmerksamkeit erregte. Ich hob den Kopf von Tatsumis Brust und sah mich um, nach demjenigen Ausschau haltend, der mich rief.

Eine harsche Böe blies über die Anhöhe, ließ das Gras zittern und sandte silbrig schwarze Schatten über den Boden. Knapp dreißig Meter entfernt sah ich einen vereinzelten Baum, ohne jegliche Blätter, der Stamm fast weiß gegen die Dunkelheit.

Eine Frau stand unter dem Baum, ihre durchsichtige Gestalt so blass wie die Äste und die Lichtstrahlen, die durch die Wolken fielen. Ihre Augen trafen meine über dem sich wogenden Gras, und ich spürte, wie mir ein Schauder den Rücken entlangkroch, als ich sie wiedererkannte.

»Suki-san«, flüsterte ich und spürte, wie Tatsumi sich umdrehte und beim Anblick der Hitodama versteifte. Geisterhaft und fast unsichtbar im grellen Licht hob die Yurei einen substanzlosen Arm und winkte uns zu sich, bevor sie sich in eine glühende Lichtkugel verwandelte und davonschwebte. Doch sie bewegte sich nur ein paar Meter, bevor sie innehielt, über das Gras glitt und einen silbrigen Lichtkreis in die Luft zeichnete.

»Sie will, dass wir ihr folgen.« Die Worte kamen von Daisuke. Er und Okame hatten unsere unverhoffte Besucherin ebenfalls bemerkt. »Vielleicht sollten wir ihrer Bitte nachkommen und herausfinden, was sie will.«

»Ja, aber...« Okame deutete mit dem Daumen die Anhöhe hinab, in Richtung Tal und der wogenden Masse an Dämonen. »Sie fliegt vom riesigen Höllenportal *weg*. Versteht mich nicht falsch, ich bin voll und ganz dafür, *nicht* dort hinabzusteigen und von Yokai in Stücke gerissen zu werden, aber irgendwie widerspricht das dem Sinn, weshalb wir hier sind.« Der Ronin zuckte mit den Schultern und bedachte uns mit einem trotzigen Grinsen. »Ich fände es schade, mich so in Schale geschmissen und dem Tod ins Auge gesehen zu haben, um dann einen Rückzieher zu machen.«

»Yumeko-san«, sagte Daisuke leise. »Während ich mir nichts weiter wünsche, als meinen Feinden ehrenvoll entgegenzutreten, hat das Auftauchen von Suki-san in der Vergangenheit das Blatt immer wieder gewendet. Sie hat uns bisher nie in die Irre geführt. Wir sollten ihre Gegenwart nicht ignorieren.«

Ich schluckte schwer. »Aber was ist mit Kiyomi-sama?«, fragte ich. »Wir können jetzt nicht gehen. Sie wird glauben, wir hätten die Mission im Stich gelassen. Ich will nicht, dass sie denkt, ich würde weglaufen.«

»Geht«, sagte eine neue Stimme. Ich blickte auf, und auf einmal stand da Kage Masao, ein paar Meter von uns entfernt, die Hände vor der Brust verschränkt. Ich hatte weder gehört noch gesehen, wie er sich uns genähert hatte; das letzte Mal, als ich ihn bemerkt hatte, war er bei Lady Hanshou gewesen. Aber wie Tatsumi schien der

Berater der Schatten-Daimyo das Talent der Kage zu besitzen, sich völlig unbemerkt zu bewegen. Er sah müde aus, dachte ich. Seine vornehme Robe war zerknittert, dunkle Ringe beschatteten seine Augen, und ein paar Strähnen hatten sich aus seinem Haarknoten gelöst, die nun sein schmales Gesicht umrahmten. Doch er wirkte immer noch souverän und elegant, wie er dort so aufrecht dastand und uns mit einem matten Lächeln betrachtete.

»Geht, Yumeko-san«, drängte er wieder. »Sorgt Euch nicht um Eure Daimyo.« Sein scharfsinniger Blick wanderte zu Tatsumi. »Und sorgt Euch nicht um *unsere* Daimyo. Unser Schicksal ist besiegelt. Die Truppen des Schattens und Mondes werden sich heute den Horden des Jigoku im Kampf entgegenstellen, und das nächste Kapitel wird erst noch geschrieben werden müssen. Doch sie wissen, dass Ihr in dieser Geschichte eine andere Rolle spielt. Also tut, was Ihr tun müsst, Yumeko-san. Ich werde die beiden Daimyo von Eurer Entscheidung unterrichten, aber egal, was Ihr beschließt, Kiyomi-sama und Lady Hanshou vertrauen darauf, dass Ihr alles in Eurer Macht Stehende tun werdet, um das Heraufbeschwören des Drachen zu vereiteln. Tatsumi-kun …« Er bedachte Tatsumi mit seinem vielsagenden, geheimnisvollen Lächeln. »Sie ist etwas ganz Besonderes, nicht wahr?«, sagte er. »Das habe ich schon bei unserem ersten Treffen gewusst. Wie es scheint, kann sich selbst Hakaimono nicht dagegen erwehren, von diesem Licht angezogen zu werden.«

Tatsumi neben mir nahm eine angespannte Haltung ein, und Masao lächelte. »Pass gut auf sie auf, Dämonenjäger«, sagte er und wich zurück. »Ich glaube nicht, dass wir uns wiedersehen werden, also viel Glück euch beiden. Yumeko-san, was auch immer dieser Tag bringen mag, es war mir eine Ehre, Euch kennengelernt zu haben. Möge die Gunst der Kami mit Euch sein, und mögen sie Eure Schritte zu Eurer Bestimmung lenken.«

»Euch ebenfalls, Masao-san«, erwiderte ich. »Vielen Dank für all Eure Hilfe.«

Er verneigte sich vor uns beiden, dann drehte er sich um und verschwand, schritt anmutig die Anhöhe in Richtung der Armee hinab, die sich am Fuß des Hügels versammelt hatte. Ich erspähte Kiyomi-sama zwischen den Samurai und drehte mich rasch weg, damit ich keinesfalls mitansehen müsste, wie sie zu mir hochblickte. Die Hitodama, die Suki war, schwebte immer noch auf derselben Stelle, geduldig auf uns wartend, und ich holte tief Atem.

»Okay«, sagte ich zu meinen verbliebenen Gefährten, »dann mal los.«

Wir gingen den Bergkamm entlang, fort von Kiyomi-sama, Lady Hanshou und den Streitkräften des Schattens und Mondes, die schon bald die Armee von Jigoku in Atem halten würden. Bei jedem Schritt spürte ich, wie mein Herz in meiner Brust pochte, in der leisen Hoffnung, Kiyomi-sama würde nicht annehmen, dass ich die Mission oder sie im Stich ließe. Ich glaubte, die Blicke der Samurai auf uns zu spüren, während wir davonmarschierten, die Silhouetten von uns vier deutlich erkennbar gegen den stürmischen Himmel, und wagte nicht, zu ihnen hinunterzuschauen, sondern starrte geradewegs die glühende Lichtkugel an, die unter dem Baum schwebte.

Die Hitodama wartete nicht, bis wir sie einholten. Sobald wir auf sie zusteuerten, schwirrte sie weiter, über Wiesen und die sanft ansteigenden Hügel in Richtung Norden, zur Küste. Wir folgten ihr ein gutes Stück, eilten durch hohe Gräser, die mir manchmal bis zur Hüfte reichten und ein *zischendes* Geräusch im Wind von sich gaben. Mit den gesprenkelten Wolken und den sich verändernden Lichtflecken über dem Weideland hätte die Natur hier auf düstere Weise schön wirken müssen. Doch ohne die Anwesenheit der kami fühlte sich das Land tot an, leblos, und mein Magen krampfte sich erbärmlich zusammen.

Schließlich erreichten wie eine Sackgasse. Die Graslandschaft endete am Fuß der Klippen, die tief unter uns senkrecht in den Ozean abfielen. Als wir den Rand der Insel erreichten, bemerkte ich schlagartig, dass ich die Hitodama nicht mehr sah. Bis zu diesem Moment hatte sie Abstand zu uns gewahrt, war jedoch stets deutlich sichtbar gewesen, eine unverwechselbare weiße Kugel, die stetig weiterschwebte. Doch jetzt, wo ich über den trostlosen grauen Ozean blickte und der Wind peitschend an meinem Haar zerrte, gab es keine Spur des glühenden Lichtballs mehr, und mein Puls hämmerte unregelmäßig vor jäher Angst.

Wohin ist sie verschwunden? Sie würde uns nicht hierherführen und dann einfach allein lassen, oder? Das sieht ihr überhaupt nicht ähnlich.

»Da«, sagte Tatsumi, kurz bevor ich richtig in Panik geriet. Ich folgte seinem Blick ... nach unten. Senkrecht nach unten, an der bemoosten Steilwand und kleinen, aus dem Gestein wachsenden Büschen vorbei bis zu der Stelle, wo die glühende Lichtkugel über einem schmalen Felsvorsprung schwebte, nur ein paar Meter von den tosenden Wellen entfernt. Immer noch auf uns wartend.

»Äh, das ist wohl ein Witz«, stöhnte Okame, als er über meine Schulter spähte. »Ich schätze mal, wir werden klettern müssen. Hat zufällig jemand ein Seil dabei? Yumeko-chan?« Er blickte zu mir. Ich starrte zu ihm zurück.

»Äh, nein, Okame-san.«

»Ich weiß, aber kannst du keins mit deiner Magie erschaffen?«

Daisuke lachte leise. »Ungeachtet der Talente unserer Kitsune bin ich mir nicht sicher, ob wir einem Illusionsseil genug vertrauen sollten, um einen Steilhang hinabzuklettern, Okame-san.«

Tatsumi seufzte. »*Baka*«, hörte ich ihn murmeln. Er griff in den Beutel an seiner Taille, zog ein langes, dünnes Seil mit einer Metallkralle an einem Ende heraus und warf es dem Ronin zu. »Hier.

Bind dir das um, wenn du willst. Es sollte euch beide halten, reiß bloß nicht dran oder zieh zu fest!«

»Oho!« Okame grinste, als er es auffing, und sah den Adligen an. »Fühlst du dich nicht geehrt, Daisuke-san? Wir bekommen das geheime Shinobi-Seil, mit dem normalerweise Palastmauern erklommen werden, um Daimyos im Schlaf zu meucheln.« Immer noch feixend winkte er Tatsumi mit dem aufgerollten Seil zu. »Bist du sicher, dass du uns das leihen willst, Kage-san? Verstößt das nicht gegen irgendeinen Schattenclan-Kodex?«

Tatsumi schnaubte. »Ich werde euch beide gewiss nicht hinuntertragen«, sagte er und drehte sich zu mir. Ich blinzelte, als er näher trat, sein Gesichtsausdruck mit einem Mal verunsichert.

»*Gomen*«, murmelte er. »Ich will nicht anmaßend sein, aber uns bleibt nicht viel Zeit, und ich dachte, dies wäre der schnellste Weg.«

»Der... schnellste Weg?«, wiederholte ich, und er hob mich so mühelos hoch, als würde er eine Fischreuse tragen. Mein Herz begann heftig zu schlagen, mir wurde ganz heiß vor Aufregung, während Tatsumi sich umdrehte und zum Rand der Klippe schritt. Eine klamme, eiskalte Windböe traf uns, zerrte an meinen Haaren und meiner Kleidung, und ich beging den Fehler, nach unten zu schauen.

O kami! Mein Puls beschleunigte aus einem völlig anderen Grund, und ich umklammerte die Vorderseite von Tatsumis Haori. Er verlagerte mein Gewicht in seinen Armen, löste dann eine Hand von mir, drückte mich jedoch mit der anderen fest an sich. Ich spürte seinen eigenen Herzschlag, der unter seinem Hemd hämmerte, als er den Kopf ganz nahe zu meinem neigte.

»Leg die Arme um meinen Hals«, flüsterte er mir zu. Ich tat wie mir geheißen, presste mich so nah wie möglich an ihn und spürte seinen Atem an meinem Ohr, während er mir zuraunte: »Halt dich gut fest, und blick nicht nach unten. Ich lass dich nicht fallen.«

»Ich weiß«, flüsterte ich, da sprang Tatsumi bereits vom Rand der Klippe und stürzte sich senkrecht in die Tiefe. Ein Schrei löste sich aus meiner Kehle, und ich kämpfte gegen den Drang an, die Augen fest zusammenzukneifen, als wir wie ein Stein zu Boden fielen. Tatsumi streckte seine freie Hand aus, umklammerte einen Felsen, der aus der Steilwand herausragte, und unser Sturz wurde jäh unterbrochen. Ich spähte hoch und bemerkte, dass Tatsumis Augen purpurn flackerten, während die gebogenen Krallen sich in den Felsen bohrten, an dem wir nun baumelten.

»Immer noch alles in Ordnung?«, murmelte er.

»Frag mich das, wenn wir unten sind.«

Er stieß sich von der Felswand ab und fiel weitere fünf Meter, bevor er auf einem schmalen Vorsprung landete und es ihm irgendwie gelang, uns beide auf dem kleinen Steinstreifen zu balancieren. Mein Blick glitt zum Fuß der Klippen, wo riesige weiße Wellen gegen das Gestein schlugen. Schließlich gab ich der Versuchung nach, die Augen zu schließen, und vergrub das Gesicht in Tatsumis Haori. Auf diese Weise ging es mehrere kurze, wenn auch panikerfüllte Momente weiter, während wir von Stein zu Stein sprangen, an der zerklüfteten Wand hinabrutschten und durch die Luft wirbelten, bis wir uns nach einem entsetzlichen Sturz senkrecht durch die Luft, bei dem mir das Herz bis zum Hals schlug, endlich nicht mehr bewegten.

»Yumeko«, sagte Tatsumi nach ein paar Sekunden. Er klang gleichzeitig amüsiert und besorgt. »Wir haben es geschafft. Du kannst mich jetzt loslassen.«

»Das könnte ich«, stimmte ich ihm zu. »Sobald mein Herz wieder normal schlägt.«

Ich stieß einen Seufzer der Erleichterung aus, als Tatsumi mich sanft absetzte, dankbar, wieder festen Boden unter den Füßen zu spüren. Sobald ich mich gesammelt hatte, hob ich den Kopf und sah Daisuke und Okame, die sich an der steilen Felswand abseilten, viel vorsichtiger als unser entsetzlicher Sturz zum Fuß der Klippen. Dennoch würde es nicht lang dauern, bis sie uns erreichten. Ich wich einen Schritt von Tatsumi zurück, sah mich um und suchte nach der Hitodama, die uns hierhergebracht hatte.

Die geisterhafte Gestalt eines Mädchens schwebte ein paar Meter vor uns, durchsichtig und fast unsichtbar gegen den stahlgrauen Himmel. Als unsere Blicke sich trafen, senkte sie rasch die Augen.

»Suki-san?« Vorsichtig trat ich vor und zuckte erschrocken zusammen, als eine enorme Welle mehrere Meter unter uns gegen die Felsen krachte und Gischt in die Luft spritzte. Neben uns ragte die Felswand hoch in den Himmel, doch hinter dem geisterhaften Umriss Sukis konnte ich einen ausgefransten, schmalen Spalt im Gestein ausmachen, ein Loch, das in die Dunkelheit führte.

Ich holte tief Atem, und neben mir richtete Tatsumi sich auf.

»Eine Höhle. Ist es das, was du uns zeigen wolltest, Suki-san?«, fragte ich, und die Yurei musterte Tatsumi mit großen, blassen Augen. Heftig zitternd verlor sie für einen kurzen Moment ihre Form und löste sich auch danach immer wieder kurz auf, während sie dort schwebte. Der Dämon jagte ihr offensichtlich Angst ein, aber sie versuchte mit aller Kraft, mutig zu sein, kämpfte gegen ihre Instinkte an, gänzlich unsichtbar zu werden. Mit einem letzten Bibbern drehte sie sich zu mir zurück.

»Ja«, flüsterte sie. »Sie ... Sie wird Euch unter dem Tal des Blitzschlags hindurchführen, an den Dämonen und den Toren des Jigoku vorbei ... in die Nähe der Klippe von Ryugake, wo sich Genno befindet. Wenn wir uns beeilen ... werdet Ihr rechtzeitig ankommen, um die Beschwörung zu unterbinden. Ich ... Ich werde Euch hinbringen, wenn Ihr mir folgen wollt.«

»Suki-san.« Hastig stieß ich einen Atemzug aus, ich fühlte Erleichterung in mir und schöpfte neue Hoffnung, was meine düsteren Gedanken etwas vertrieb. »Vielen Dank!«, flüsterte ich. Es kümmerte mich nicht einmal, woher der Geist von dieser Abkürzung wusste, diesem wunderbaren Geheimgang unter dem Tal hindurch, und ich wollte es nicht erfragen. Es konnte kein Zufall sein, das wusste ich. Es war mir durchaus bewusst, dass etwas an dieser Situation nicht mit rechten Dingen zuging. Aber ich wollte Genno unter allen Umständen aufhalten und Kiyomi-sama retten, weshalb ich jede Hilfe annehmen würde, die sich mir bot, selbst wenn es möglicherweise eine Falle war.

Tatsumi hingegen war unser plötzliches Glück nicht geheuer. »Woher weißt du davon?«, knurrte er und blickte mit verengten Augen zum Höhleneingang, dann zurück zur Hitodama. »Nicht einmal die Daimyo des Mondclans weiß von diesem Geheimgang, andernfalls hätte sie uns selbst hergeschickt. Wer hat dir von diesem Tunnel erzählt?«

Suki erblasste, wurde angesichts des argwöhnischen Dämonenjägers noch ein bisschen transparenter. »Ich … Ich wurde gebeten, Euch zu helfen«, sagte sie mit hauchzarter, zitternder Stimme. »Lord Sei …« Sie zögerte und biss sich auf die Lippe, bevor sie fortfuhr. »Die Person, der ich folge … Er hat mir diesen Gang gezeigt … und mich angewiesen, Euch hierherzubringen. Er will, dass Ihr Genno aufhaltet. Die Beschwörung unterbindet. Das ist … alles, was ich weiß.«

»Yumeko-san.« Daisukes Stimme hallte hinter uns wider, als der Adlige sich vorsichtig am Felsvorsprung entlangschob. Der Ronin folgte ihm auf den Fersen, allerdings so weit vom Rand der Klippe entfernt wie irgend möglich, den Körper ganz eng an das Gestein gepresst. Die Yurei drehte sich halb um, und ein sonderbarer Ausdruck huschte beim Anblick des Adligen über ihr Gesicht: Glück, Zufriedenheit und Erleichterung, aber gefärbt von Trauer. Daisuke lächelte, als er sich zu uns gesellte und mit überraschter, hoffnungsvoller Miene zum Höhleneingang spähte. Im Gegensatz zu Tatsumi wirkte er kein bisschen misstrauisch.

»Suki-san«, murmelte er, die Augen auf die Hitodama gerichtet, die jäh den Blick senkte und zu Boden starrte. Daisukes Stimme war leicht ehrfurchtsvoll, als er weiterredete. »Du tauchst erneut auf, um uns den Weg zu zeigen. Vielleicht bist du überhaupt keine Hitodama, sondern ein Wächterwesen, von den Kami selbst geschickt?«

Suki schloss die Augen. Wäre sie am Leben, da war ich sicher, wäre sie längst errötet. »Ich... Ich bin nur ein Geist, Daisuke-sama«, flüsterte sie. »Ich bin niemandes Aufmerksamkeit wert. Ich werde Euch und Eure Freunde zur Stätte der Beschwörung... und Genno bringen. Falls das Euer Wunsch ist.

Aber«, fügte sie hinzu und sah rasch auf, »ich muss Euch alle warnen. Der Pfad vor uns ist... gefährlich. Irgendetwas haust in diesen Höhlen, eine Präsenz, die... sehr mächtig ist. Mächtig genug, um selbst die kami zu verschrecken.« Zitternd warf sie einen ängstlichen Blick zum gezackten Riss in der Felswand. »Und sie... ist... wütend. Wenn das, was auch immer in den Höhlen lauert, uns findet... könntet Ihr alle sterben.«

Heftig bebend biss ich mir auf die Lippe. Ich hatte immer noch Reika vor Augen, wie sie lächelnd gestorben war, stolz, ihr Leben gegeben zu haben, um die Daimyo zu retten. Ich konnte Meister Isao sehen, seine Entschlossenheit und heitere Ruhe, während er dem Oni entgegengetreten war, der ihn töten wollte. Für sie war der Tod nichts, wovor man sich fürchten musste, sondern eine heilige Pflicht, die sie akzeptiert hatten. Wenn meine Zeit käme, könnte ich nur hoffen, es ihnen gleichzutun und dem Tod stolz die Stirn zu bieten. Bereit, mein Leben zu opfern, um jene zu schützen, die ich liebte.

»Wenn das der einzige Weg zu Genno ist, müssen wir weitergehen«, sagte ich. »Ich werde alles in meiner Macht Stehende tun, um zur Stätte der Beschwörung zu gelangen und den Drachenwunsch zu unterbinden.«

»Ich habe befürchtet, dass du das sagen wirst.« Der Ronin seufzte, fuhr sich mit der Hand durch die Haare und starrte mit herausforderndem Blick zum Höhleneingang. »Nun, der Tag wird nicht länger. Lasst uns diesem glorreichen Tod entgegentreten.«

»Führ uns, Suki-san«, sagte Daisuke und klang fast freudig erregt. »Auf uns wartet ein Dämonenmeister, den es zu bezwingen, und eine Beschwörung, die es aufzuhalten gilt, und wie es Okame-san so treffend formuliert hat, der Tag wird nicht jünger.«

22

DIE HÖHLE DER TRAURIGKEIT

Tatsumi

Mir gefiel die Sache ganz und gar nicht.

Der Geist hatte recht. Irgendetwas lauerte in diesen Höhlen. Irgendetwas ... Mächtiges. Ich spürte es in den Mauern, selbst in der Luft, eine dunkle, pulsierende Energie, die anzuwachsen schien, je tiefer wir in die Tunnel vordrangen. Meine Dämoneninstinkte sträubten sich, als würde jemand den Finger in eine offene Wunde bohren, und ich zuckte jäh zusammen. Was auch immer hier unten hauste, war weder ein einsamer kami noch ein umherstreifender Yokai. Es war finsterer als das, alt und stark. Obwohl es noch die Frage war, ob wir dem Geschöpf überhaupt begegnen würden. Das Höhlensystem war riesig; wir waren bereits zwei Stunden gegangen, der Hitodama durch Kammern und schmale Gänge gefolgt, hatten uns unter Stalaktiten und tief hängenden Decken hindurchgeduckt, das Glühen der schwebenden Kugel unser einziges Licht in der völligen Schwärze.

»Woher weißt du, welchen Weg du einschlagen musst, Suki-san?«, fragte Yumeko an einem Punkt, und ihre Stimme hallte in der Höhle wider. »Bist du früher schon einmal hier gewesen?«

Die Kugel nahm schimmernd die Gestalt eines Mädchens an, das daraufhin den Kopf schüttelte. »Nicht wirklich«, flüsterte sie. »Ich bin einmal durch diese Höhlen gekommen ... in einer Vision.

Aber der Pfad ist mir bekannt. Die Person, die mich geschickt hat, um Euch zu holen, hat mir den Weg gezeigt. Ich ... weiß, wohin wir gehen müssen.«

»Ganz schön praktisch, dieser Gang«, ertönte die ruppige Stimme des Ronin. »Ich kann nur schwer glauben, dass ihn niemand kennt. Insbesondere wenn er genau zu dem Ort führt, an den wir müssen.«

»Er war ... verborgen«, erwiderte die Hitodama. »Erst kürzlich ist der Weg wieder geöffnet worden. Niemand, nicht einmal die Daimyo ... wusste von diesem Tunnel.« Sie zitterte, verlor für einen Moment ihre Gestalt, bevor sie wieder flackernd in Sicht kam und sich nervös umblickte. »Das ist ... ein toter Ort. Die kami meiden diesen Berg. Sie fürchten sich vor dem ... was in den Tunneln lebt.«

»Oh, gut. Und wir sind natürlich hier mittendrin und marschieren direkt ins Maul von ... was auch immer es ist. Das ist ja wieder mal typisch für uns.«

»Hat das jemand gehört?«, flüsterte Yumeko unvermittelt.

Wir blieben stehen, und Schweigen senkte sich über uns, umschloss uns wie die Stille einer Gruft. Über unseren Köpfen schwebte das Geistermädchen nervös vor und zurück, sodass die Schatten an den Wänden gespenstisch flackerten. Die Ruhe hämmerte in meinen Ohren, nur durchbrochen vom leisen Klopfen meines eigenen Herzens.

Und dann hörte ich es, wie es durch die Tunnel wehte: ein tiefes, schauderndes Geräusch, als ringe jemand verzweifelt nach Atem. Mir stellten sich sämtliche Nackenhaare auf, und die Hitodama verlor ihre Konturen, verwandelte sich erneut in eine bebende Lichtkugel.

»Was ist das?«, wisperte Yumeko, den Kopf zur Seite geneigt, die Ohren gespitzt, ein Stirnrunzeln im Gesicht. »Es hört sich fast so an, als würde ... jemand weinen.«

»Wunderbar, das ist ja überhaupt nicht beunruhigend«, murmelte der Ronin. »Ich kenne mehrere Geschöpfe, die in dunklen, einsamen, schrecklich deprimierenden Höhlen leben, und keinem von ihnen möchte ich begegnen, weinend oder nicht.«

Das Geräusch verhallte, und es kehrte wieder Stille ein. Zitternd blickte Yumeko zur Hitodama hoch. »Suki-san, weißt du, was hier unten hausen könnte?«

Die Lichtkugel schwebte zu ihr und verwandelte sich kräuselnd zurück in die Gestalt eines Mädchens, bevor sie den Kopf schüttelte. »Nein«, wisperte sie. »Ich weiß nur... dass es gefährlich ist und wir ihm, wenn möglich, aus dem Weg gehen sollten. Aber... das ist der einzige Weg... durch das Tal. Wenn wir die Stätte der Beschwörung erreichen wollen, müssen wir weitergehen.«

»Sorg dich nicht um uns, Suki-san«, sagte der Adlige. »Was auch immer hier unten sein mag, wir werden ihm ehrenvoll begegnen. Und wir werden nicht zulassen, dass er unsere Mission durchkreuzt. Also bitte... geh voran.«

Wir setzten unseren Weg fort, folgten dem Glühen der Hitodama, während sie lautlos durch dunkle, schmale Gänge schwebte. Eine Weile war alles ruhig, doch dann erhob sich erneut ein Schluchzen, gespenstisch und schwach, das überall um uns widerhallte. Das Geräusch schien aus keiner bestimmten Richtung zu kommen, nahm wellenförmig an Intensität zu und wieder ab, wurde lauter, bevor es sich zu einem kaum hörbaren Flüstern senkte. Als wäre das gesamte Tunnel- und Höhlensystem von schrecklichem Kummer erfüllt, der von den Wänden ausstrahlte.

Je tiefer wir kamen, desto eindringlicher wurde das Schluchzen. Schließlich war es fast unmöglich, das schaudernde Schmerzgewimmer nicht zu hören, das tiefe, ununterbrochene Stöhnen voller Trauer. Was auch immer hier unten war, wir kamen ihm unaufhaltsam näher.

Unvermittelt blieb Yumeko stehen und spitzte die Ohren, als hätte etwas ihre Aufmerksamkeit erregt. Sie blinzelte, dann trat sie einen Schritt beiseite und ging in die Hocke, den Blick fest auf den Boden vor ihr gerichtet. Neugierig und argwöhnisch zugleich trat ich ebenfalls vor und sah etwas Kleines, zerbrechlich Aussehendes im Schatten eines Steins. Einen Augenblick später erkannte ich überrascht, dass es eine Blume war. Eine Iris, die Blütenblätter von einem solch dunklen Purpur, dass sie fast schwarz wirkten.

»Wie kann sie hier nur wachsen?«, fragte sich Yumeko leise. Ihre in weiches Fuchsfeuer gehüllte Hand schwebte über der winzigen Pflanze und tauchte sie in ein trübes, flackerndes Licht. »Sie sieht ... traurig aus.«

»Keine Ahnung, aber vielleicht solltest du die sonderbare Blume in der unheimlich stöhnenden Höhle lieber nicht anfassen«, schlug Okame vor. »Wahrscheinlich trinkt sie Blut und spuckt Giftsporen oder Tausendfüßer aus. Irgendwas Widerliches. Ich wäre dafür, sie in Ruhe zu lassen.«

»Was immer sie sein mag«, murmelte ich, während Yumeko sich erhob und das Fuchsfeuer in ihrer Hand erlosch, »es bedeutet, dass wir demjenigen, der hier unten lebt, nah sind. Falls es sich denn überhaupt um etwas Lebendiges handelt.«

»Diesen Gedanken musstest du jetzt unbedingt laut aussprechen, oder, Kage-san?« Der Ronin ächzte und legte seinen Bogen an. »Keine Ahnung, ob ich eine große Hilfe sein werde, wenn wir einem schluchzenden Geist mit einer Vorliebe für menschenfressende Blumen begegnen, aber ich werde mein Bestes geben. Hat irgendjemand Papierstreifen für Exorzismen mitgebracht?«

Im letzten Moment verstummte er und verzog gepeinigt das Gesicht, aber es war zu spät. Yumeko schniefte, und ihre Augen wurden glasig. »Ich wünschte, Reika wäre hier.«

»Ja.« Okame seufzte und legte ihr eine Hand auf die Schulter, ein Anblick, bei dem sich mein Innerstes aufbäumte. »Ich auch, Yumeko-chan. Aber wir dürfen ihr Andenken nicht entehren, indem wir ihre Heldentat vergessen. Wie Taiyo-san schon sagte, sie ist auf die ehrenhafteste Weise gestorben, die es gibt, nämlich, die Menschen zu beschützen, die sie liebt. Wir müssen ihrem Beispiel folgen und dasselbe tun. Also...« Er tätschelte ihr die Schulter, hob eine Hand und zeigte entschieden den Tunnel hinab. »Weiter! Zum Sieg oder unserem glorreichen Tod!«

Der Ruf hallte durch den Gang, unverfroren fröhlich und trotzig. Als würde er dasjenige, was auch immer in der Dunkelheit lauerte, herausfordern. Der Rest von uns zuckte zusammen oder legte, wie in Yumekos Fall, die Ohren flach an, und wir gingen mit festen Schritten weiter.

Sobald der Ronin den Platz neben Yumeko freigegeben hatte, holte ich das Fuchsmädchen ein und berührte sie am Arm, während wir noch tiefer in die Tunnel eintauchten. »Yumeko?«

»Alles in Ordnung, Tatsumi.« Sie holte tief Atem und wischte sich über die Augen. »Okame hat recht. Reika-san wusste, was sie tat. Sie hat ihren Tod in Kauf genommen, um Kiyomi-sama zu beschützen, und sie hat keine Sekunde gezögert.« Sie blinzelte, und eine Träne rann ihr die Wange hinab. »Ich darf ebenfalls nicht zaudern. Egal, was passiert, und egal, was es kostet, ich darf nicht zulassen, dass Genno den Drachen heraufbeschwört. Ihr Opfer darf nicht umsonst gewesen sein.«

Während die Hitodama uns tiefer in die Gänge hineinführte, wurde die Dunkelheit vor uns jäh vom orangefarbenen Flackern einer Fackel oder Kerzenflamme durchbrochen. Mit jedem Schritt kam das Schluchzen, das beständig an Lautstärke und Intensität zunahm, nur noch aus einer einzigen Richtung: direkt vor uns aus dem flackernden Licht.

Der Tunnel öffnete sich zu einer riesigen Höhle, die von züngelnden Fackeln erhellt wurde, die Decke in so schwindelerregender Höhe, dass der Schein der Flammen die Dunkelheit darüber nicht durchdringen konnte. Der Höhlenboden war mit einem Teppich aus Blumen ausgelegt, denselben schwarzen Iris, die Yumeko zuvor bemerkt hatte. Ein grässlicher, widerlich süßlicher Gestank ging von ihnen aus: Blut und Fäulnis und abgestorbene Blumen, obwohl die Pflanzen gesund aussahen. Die Luft war kalt, feucht und schmeckte falsch. Fast wie… Tränen.

Als ich den Blick hob, ging es mir durch Mark und Beine. Ich zog mein Schwert, und das purpurne Licht von Kamigoroshi gesellte sich zu dem verschwommenen Leuchten der Hitodama.

Etwas Gewaltiges hockte in den Schatten der gegenüberliegenden Wand, ein riesiger, unförmiger Umriss, gut vier Meter groß, selbst vorgebeugt, wie er war. Er hatte uns den Rücken zugewandt, und seine breiten Schultern bebten vor Schluchzen, während tiefe, gequälte Schreie aus seiner bulligen Gestalt empordrangen. Er trug, was früher einmal ein eleganter, mehrlagiger Kimono gewesen sein mochte, doch das Gewand war jetzt zerrissen und schmutzig, mit einer breiten Obi-Schärpe, die an seiner Taille zu einer Schleife geknotet war. Langes, pechschwarzes Haar fiel ihm über Rücken und Schultern und ergoss sich über den Boden; im Gegensatz zur wilden, zerzausten Mähne eines Oni war es glatt und fein und wirkte fast menschlich, was an der riesigen Kreatur sogar noch verstörender war.

»*Fort.*«

Seine Stimme hallte in der Höhle wider, tief und kehlig und dennoch schockierend weiblich. Bei der Erkenntnis stellten sich mir die Nackenhaare auf, auch wenn es nur bestätigte, was ich längst befürchtet hatte.

Das Wesen vor uns war eine Kijo. Der weibliche Gegenpart eines Oni. Aber im Gegensatz zu Oni, die hauptsächlich aus dem

Jigoku stammten und die Seelen der Verdammten quälten, waren Kijo menschliche Frauen, deren Wut, Eifersucht, Hass oder Kummer so überwältigend gewesen waren, dass es sie in Dämoninnen verwandelt hatte. Ein weiterer Unterschied zu Oni war, dass sie nicht durch Blutmagie heraufbeschworen werden konnten, nicht mit anderen Dämonen zusammenarbeiteten und niemandem verpflichtet waren. Sie lebten allein, in Höhlen oder tiefster Wildnis, zurückgezogen von der Welt, um sich in ihrem Leid zu suhlen oder sich in ihrer Isolation ihren Racheplänen hinzugeben. Manchmal konnte man ihren Dienst in Anspruch nehmen, da die meisten Kijo über mächtige Flüche und Bannzauber verfügten, aber normalerweise waren sie derart von ihrer eigenen Qual verzehrt, dass es schwierig war, mit ihnen vernünftig zu kommunizieren.

Die riesige Kreatur an der Mauer nahm einen krächzenden, schaudernden Atemzug. »Warum?«, stöhnte sie, gefolgt von einem tiefen Schluchzen. »Fort. Fort, beide fort. Wie konnte er mich betrügen? Ich bin allein. Immer allein.«

Als wir die Höhle betraten, erfüllte der Duft der Blumen meine Sinne, widerlich süß und bitter, verklebte mir die Kehle. Ich schmeckte Salz und Tränen, und mit einem Mal fiel mir das Atmen schwer, als hätte ich stundenlang ununterbrochen geweint und bekäme keine Luft mehr. Es war eine erschreckende, mir völlig neue Empfindung, und ich kämpfte den Drang nieder, laut aufzukeuchen.

Da schöpfte Yumeko leise Atem, matt und abgehackt, kaum ein Flüstern in der Weite der Höhle, doch das Geräusch des Weinens verstummte jäh.

Die Kijo drehte sich um und sah über dem Teppich aus Blumen in unsere Richtung. Ihr Gesicht war von einer weißen Noh-Maske bedeckt, in deren Züge tiefste Trauer gemeißelt war. Die Augen waren geschlossen, der Mund zu einem Schluchzen verzerrt, gemalte Tränen flossen an einer Seite der Porzellanmaske hinab. Zwei schwarze Hörner wanden sich aus ihrer Stirn über den Rand der Maske, und ihre Nägel, knallrot lackiert, wölbten sich fast zwanzig Zentimeter. Sie überragte uns alle, und ich sah nun, worüber sie gebeugt war.

Umgeben von Fackeln befand sich an der gegenüberliegenden Wand ein kleiner, hölzerner Schrein. Durch die geöffneten Türen blitzte im Lichtschein ein Durcheinander an Dingen auf: eine gefaltete Obi-Schärpe, eine Hina-Puppe in einem winzigen Miniaturkimono mit bemaltem Gesicht, ein O-Mamori-Talisman für Glück und Schutz. Der Schrein selbst, wenngleich ausgeblichen und grau, pulsierte mit einer Aura bedrohlicher Verzweiflung und ließ die ihn umgebende Luft flirren. Die schwarzen Iris wuchsen neben dem Schrein am dichtesten, und sie raschelten leise, als die riesige Kijo uns anstarrte.

»Wer seid ihr?« Ihre tiefe Stimme kräuselte sich durch die Luft, und die Blumen unter uns erzitterten. »Warum seid ihr hier? Seid ihr gekommen, um mir zu nehmen, was mein ist?« Sie trat vor, stellte sich zwischen uns und den Altar, verbarg ihn mit ihrem massigen Körper, und ihre Stimme nahm einen bedrohlichen Tonfall an. »Nein, das dürft ihr nicht. Sie gehört mir! Sie war immer mein!«

»Verzeih die Störung.« Yumeko schob sich einen Schritt vor, die Hände in einer beschwichtigenden Geste gehoben. Ihre Stimme war angespannt, als kostete es sie große Mühe, nicht in Tränen auszubrechen. »Entschuldige bitte. Wir sind nicht hier, um irgendetwas zu stehlen. Wir versuchen nur, einen Weg zum Berg zu finden.«

»Diebe!«, knurrte die Kijo, die vor Zorn regelrecht anzuschwellen schien, und ihre Krallen fuhren sich noch weiter aus, während sie sich zu ihrer vollen, schrecklichen Größe aufrichtete. »Verräter! Ich lasse nicht zu, dass ihr es mitnehmt! Es gehört mir! Es ist alles, was mir geblieben ist!«

Ich stieß eine leise Verwünschung aus und hob Kamigoroshi vor mich. Das Monster war in seiner eigenen Welt der Trauer und Wut gefangen und würde nichts hören, was wir zu sagen hatten.

»Yumeko, zurück«, warnte ich sie und trat schützend vor das Mädchen. »Du kannst nicht vernünftig mit ihr reden. Sie wird uns angreifen …«

Mit einem markerschütternden Heulen, das die Wände zum Wackeln und die Blumen zum Erzittern brachte, riss die Kijo ihre Krallen in die Höhe und rauschte auf uns zu.

23

Der Fluch der Kijo

Yumeko

Panik überkam mich und ließ mich sogar die unerbittliche Verzweiflung vergessen, die mich erfüllt hatte. Das Monster – der Oni oder die Dämonin oder was auch immer es sein mochte – jaulte heulend auf, während sie auf uns zukam, ein Strudel der Wut und Seelenqual, mächtig wie ein Wirbelsturm. Ich taumelte rückwärts, doch Tatsumi und Daisuke schossen mit gezückten Klingen vor, und Okame hob hastig seinen Bogen und feuerte zwei Schüsse ab, als die Dämonin sich auf uns stürzte. Einer traf sie in der Stirn und prallte mit dem Geräusch von zerspringendem Porzellan ab, aber der andere bohrte sich dem Monster direkt in die Brust und versank tief in seinem sich bauschenden Gewand. Die Dämonin kreischte auf, schien jedoch durch den Schuss, der normalerweise tödlich wäre, nicht langsamer zu werden, sondern richtete ihre Aufmerksamkeit auf die Krieger, die sich ihr in den Weg stellten.

Tatsumi und Daisuke vollführten einen Hechtsprung in entgegengesetzte Richtungen, als die Dämonin sie erreichte, und wichen den langen, knallroten Krallen geschickt aus, die wie eine Sense auf sie herabfuhren. Ihre Schwerter blitzten gleichzeitig auf, zerschnitten den Stoff ihres mehrlagigen Kimonos und stachen ihr tief ins Fleisch.

Die Dämonin schrie erbärmlich und bäumte sich vor Schmerz

auf. Was unter ihrer Robe hervorschoss, war kein Blut, sondern dunkle Asche, die wie ein Schwarm Fliegen in die Höhe stob. Der Ruß verteilte sich wie Nebel in der Luft, bedeckte die Blumen in einem erstickenden Dunst und verstopfte mir die Kehle, als ich ihn einatmete. Ich hustete heftig, Tränen brannten mir in den Augen, und der Geschmack von Salz lag schwer auf meiner Zunge. Tatsumi und Daisuke torkelten rückwärts, die verkrampften Gesichter mit den Ärmeln bedeckt, während das Heulen der Dämonin sich in einen durchdringenden Klagelaut verwandelte.

»Es tut weh!«, schluchzte sie, riss mit den Krallen an ihrer eigenen Kleidung und zerfetzte den Stoff, als wäre er aus Pergament. »Der Schmerz, er hört nie auf! Ich ertrage das nicht länger!« Sie stieß ein weiteres Schluchzen aus und drehte sich mit erhobenen Klauen zu Daisuke und Tatsumi zurück. Ich kniete mich rasch nieder und pflückte eine der Blumen vom Höhlenboden, in der Hoffnung, dass ein paar weitere Daisukes und Tatsumis das Monster lang genug verwirren würden, damit die beiden echten sie töten könnten. Doch sobald die Iris den Boden verließ, zerbröckelte sie in meiner Hand zu Asche, die zu schwarzem Staub zerfiel.

Mit einem ohrenbetäubenden Schrei hieb die Dämonin auf Daisuke ein, und der Adlige duckte sich in allerletzter Sekunde weg und entkam aus der Gefahrenzone. Ihre Krallen verfingen sich in seinen Haarspitzen, und ein paar blasse Strähnen schwebten zu Boden, ordentlich in zwei Teile geschnitten. »Du Schuft!«, kreischte sie, während er hastig nach hinten wich. »Monster! Ich habe dich geliebt! Ich habe dir alles gegeben!« Sie stürzte sich erneut auf den Adligen, wollte ihn mit ihren scharfen Krallen aufspießen, doch ein Pfeil flog durch die Luft und traf sie im Hals, was sie taumelnd zusammenzucken ließ.

Die Dämonin jaulte auf, hieb fanatisch mit den Klauen auf Daisuke ein, doch diesmal sprang der Adlige nicht zurück. Sein

Schwert blitzte auf, schnitt durch den Ärmel der Dämonin und trennte ihr die Hand am Gelenk ab. Weitere Asche schoss aus dem Stumpf und erhob sich wirbelnd in die Luft, während die Dämonin zurückwankte und ihre Schreie ein schrilles Crescendo erreichten. Dann erhaschte ich aus den Augenwinkeln einen dunklen Schatten, als Tatsumi herbeistürzte, sich unter einer dreschenden Kralle der Dämonin hindurchduckte und mit Kamigoroshi zustieß. Die Spitze der Klinge traf die Dämonin in der Kehle, genau unterhalb der Maske, und kam oben aus ihrem Kopf wieder heraus. Den Schwertgriff mit beiden Händen fest gepackt, trieb Tatsumi die Waffe durch ihren Schädel und durchtrennte ihr das Gesicht in zwei Hälften, woraufhin die Maske in die Blumen flog.

Mit einem markerschütternden Wehklagen, das den Boden zum Erzittern brachte, zerbarst die Dämonin, und ihr riesiger Körper zerfiel zu Asche. Ich drückte mir einen Ärmel auf Mund und Nase, als die schwarze Staubwolke sich wie ein sanft fallender Regen über alles legte, die Blumen bedeckte und mir in den Augen brannte. Mit dem Verschwinden der Dämonin kehrte Stille ein, nur durchbrochen vom lauten Hämmern meines Herzens in meinen Ohren.

Tatsumi und Daisuke steckten ihre Klingen ein und bedachten einander mit einem respektvollen Nicken, während der Staub auf sie herabrieselte. Vergessen von allen schwebte Suki von dort, wo sie über unseren Köpfen gewartet hatte, zu uns herab, die Augen in ihrer immateriellen Gestalt weit aufgerissen und erschrocken, und blickte zu der Stelle, wo sich die riesige Dämonin in einer Aschewolke auflöste. »Ist ... Ist sie tot?«, flüsterte sie.

Vorsichtig schob ich den Ärmel von meinem Gesicht. »Ich denke schon«, erwiderte ich murmelnd. Meine Augen brannten, und ich wischte mir eine letzte Träne weg, die meine Wange hinabgetropft war. »Das muss das Geschöpf sein, vor dem der Kirin mich gewarnt hat«, flüsterte ich. »Der Geist des Kummers und Zorns, der diese

Insel heimsucht. Was könnte der Grund sein, der sie hier in dieser Welt gehalten hat? Tatsumi-san?«

Der Dämonenjäger und die anderen, die allesamt erschöpft aussahen, hatten sich zu uns gesellt. Asche bedeckte ihre Gesichter, und Okames Kiefer waren fest aufeinandergepresst, als versuchte er, nicht von seinen Emotionen überwältigt zu werden. Selbst Daisuke wirkte mitgenommen, seine Körperhaltung steif, sein Mund zu einer grimmigen Linie gepresst.

Tatsumi rieb sich mit der Hand über die Augen. »Das weiß ich nicht«, gestand er ein. »Sie war wie nichts, was ich jemals zuvor gesehen habe. Normalerweise sind Frauen, die zu Kijos werden, immer noch aus Fleisch und Blut. Aber das dort war offensichtlich eine Art Geist. Vielleicht eine Reiki – ein Dämon, der gestorben, aber derart von Rache verzehrt ist, dass er nicht ins Jigoku zurückkehren kann, um wiedergeboren zu werden.«

»Nun ja, was auch immer das war«, unterbrach ihn Okame, »es ist jetzt fort. Obwohl es *wirklich* den Anschein machte, als würde es dich nicht mögen, du eitler Pfau«, fügte er mit einem Seitenblick auf Daisuke hinzu. »Du hast in einem frühen Leben nicht zufällig eine Dämonin verärgert?«

»Nicht, dass ich wüsste«, sagte Daisuke, und seine normalerweise ruhige Stimme bebte leicht. Mit gepeinigtem Gesichtsausdruck legte er sich eine Hand auf die Augen, und Okame musterte ihn besorgt. »Verzeiht mir«, murmelte er, »aber beim Geruch dieser Blumen fällt es mir schwer, mich zu konzentrieren. Ich fürchte, ich könnte mich entehren und anfangen zu weinen, wenn wir noch viel länger hierbleiben. Nun, da wir dem Geist Ruhe geschenkt haben, könnten wir vielleicht weiterziehen.«

»Aber...« Suki zögerte, blickte sich mit angsterfüllten Augen um. »Ich kann sie... immer noch weinen hören.«

Wir verstummten, und ein eisiger Schauder glitt durch die Luft, als ein schluchzendes Echo von den Blumen, die uns umgaben, widerhallte. An der gegenüberliegenden Höhlenwand glühte der hölzerne Schrein, loderte in einem unheilvoll purpurnen Licht auf. Geschwärzte Ascheflocken und Ruß stiegen von den Blütenblättern auf und schwebten hoch, um durch die Luft zu wirbeln, wurden mit jeder verstrichenen Sekunde dicker und dunkler. Die weiße Noh-Maske, die zwar von Rissen durchzogen, aber immer noch in einem Stück war, glitt in die Höhe und flog lautlos durch den Raum, bis sie vor der schwarzen Wolke verharrte.

Das Schluchzen wurde lauter, kam nun von der dunkel rotierenden Masse neben dem Schrein, und mein Herz setzte für einen Schlag aus. Mit einem letzten, ohrenbetäubenden Kreischen fügte sich die Aschewolke wieder zusammen, und die riesige Dämonin, unverletzt und durchaus lebendig, warf den Kopf in den Nacken und schluchzte laut auf.

»*Kuso!*« Okame wich stolpernd rückwärts und hob erneut seinen Bogen. »Nun, das wird langsam ermüdend. Wie oft werden wir das Geschöpf noch töten müssen?«

»Der Schrein.« Tatsumi zog Kamigoroshi in einem Aufwallen von Licht, als die Dämonin die Arme sinken ließ und sich zu uns drehte. »Der Schrein ist der Anker«, knurrte er und spähte mit verengten Augen zu dem winzigen Heiligtum hinter dem Monster. »Wir können die Kijo selbst nicht töten. Etwas hält ihren Geist in dieser Welt gefangen. Zerstört den Schrein, dann wird der Anker verschwinden.«

»*Neiiiiiiiiiin!*«

Das verzweifelte, grässliche Wehklagen ließ mich zusammenfahren – ich schlug mir die Hände auf die Ohren –, und die Blumen schwankten heftig hin und her. Die Dämonin wirbelte herum, bedeckte den Schrein mit ihrem riesigen Körper, schlang hastig die Arme darum. »Nein, das dürft ihr nicht!«, schluchzte sie und fun-

kelte uns düster an. »Sie gehört mir! Ihr dürft sie mir nicht wegnehmen! Die Erinnerungen sind alles, was mir von ihr geblieben ist!«
Was mir von ihr geblieben ist.
Ich fuhr hoch, meine Augen weit aufgerissen vor Erstaunen. *Könnte es sein…?*
Mit erhobenen Schwertern schritten Tatsumi und Daisuke vor, ihre Mienen grimmig entschlossen, und Okame legte neben mir einen Pfeil in seinen Bogen. Die Dämonin weinte immer noch, die Arme schützend um den Schrein gelegt, und ihr gewaltiger Körper bebte vor lautem Schluchzen. »Vergib uns«, hörte ich Daisuke murmeln, während er und der Dämonenjäger sich näher an das heulende Monster heranschlichen. »Niemand sollte solche höllischen Seelenqualen erleiden müssen. Wer auch immer du bist, wir werden dir Frieden schenken.«

Das Weinen der Dämonin verstummte. Sie hob den Kopf, drehte das Gesicht jedoch nicht zu den Kriegern, die sich ihr von hinten näherten. »Seid verflucht«, flüsterte sie, und überall um uns herum erstarrte die Luft. Ich spürte die Macht ihrer Worte, gefärbt von Hass und Kummer, die sich von dort, wo sie stand, in alle Richtungen kräuselten. Mein Magen verkrampfte sich. »Möge derselbe Schmerz euch treffen. Möge er sich so tief in eure Seelen brennen, dass eure Erinnerungen zu Gift werden und euch in einem Strom Tränen ertränken. Möge er sich wie ein zerbrochener Spiegel in euer Herz bohren, es mit jedem Atemzug tiefer durchdringen und mit jedem Herzschlag weiter auseinanderreißen.« Nun wirbelte sie herum, streckte eine hell leuchtende, dreißig Zentimeter lange Kralle aus, und ihre Stimme nahm an Lautstärke und Intensität zu. »Möge er eure Körper quälen und euren Verstand zerfressen, bis ihr nur noch ein Schatten eurer selbst seid! Bis von euch nichts übrig ist außer Gift, Tränen und Leid und ihr sterben wollt, doch selbst der Tod möge euch verwehrt bleiben!«

Tatsumi stieß ein wildes Fauchen aus, das nicht von dieser Welt zu stammen schien, und stürzte sich vor, wobei Kamigoroshi im düsteren Licht purpurn aufleuchtete. Er bewegte sich, bevor die Dämonin ihren Fluch vollenden konnte, doch sie richtete sich sogar noch höher auf, und ihre glühenden Augen loderten rot hinter der Noh-Maske, als sie den Schrei ausstieß.

Diesmal war das Wehklagen eine schier körperliche Kraft, die mich mit all ihrer Wucht erfasste und umstieß. Die Blumen tanzten heftig, viele von ihnen lösten sich in schwarzen Ruß auf und wirbelten durch die Höhle. Einen Moment lang bekam ich keine Luft, der Geschmack von Salz, Asche und Kummer verklebte mir die Kehle, während etwas grässlich Dunkles sich unter meine Haut grub.

Neben mir stieß Okame ein ersticktes Gurgeln aus, brach bewusstlos zusammen und sank im Blumenmeer in die Knie. Sein Bogen glitt ihm aus den Händen. Weiter vorne sackten Tatsumi und Daisuke ebenfalls zusammen, auch wenn Tatsumi es schaffte, ein paar Sekunden länger auf den Beinen zu bleiben, mit hängenden Schultern, das Schwert fest in einer Hand, bevor er laut keuchte und ebenfalls auf den dunkelvioletten Boden fiel.

»Tatsumi!«

Die Dämonin wich zurück und sank mit geneigtem Kopf in die Blumen, das Gesicht von einem Vorhang aus Haaren verdeckt. Einen Moment lang schien sie sich nicht zu bewegen. Ich stürzte vor, obwohl sich mir bei dem plötzlichen Schmerzensschrei von Okame der Magen umdrehte. Als ich die Stelle erreichte, wo Tatsumi niedergesackt war, sah ich ihn in den schwarzen Blütenblättern liegen, die Arme um sich geschlungen, die Knie an die Brust gezogen. Er zitterte. Seine Kiefer waren fest aufeinandergepresst, seine Augen glasig. Er schien mich nicht zu bemerken, als ich neben ihm kniete. Ich legte ihm die Hand auf den Arm, und ein eisiger Schauder packte mich. Seine Muskeln waren wie Stahlseile, zu harten Gittern gefroren. Mit einem Mal sah ich feurige Bänder, die seinen Körper überzogen und in seine Brust stachen.

»Tatsumi«, flüsterte ich, ohne eine Antwort zu erhalten, nicht das kleinste Aufflackern von Wiedererkennen lag in seinen Augen. Wenige Meter entfernt ertönte ein Wehklagen, das mein Herz schmerzen ließ. Nie zuvor hatte ich Daisuke schreien gehört, weder vor Schmerz, Wut, Kummer oder Angst. »Was ist hier los? Was kann ich tun?«

Tatsumis Gesicht war verzerrt. Er versuchte sich zu rühren, wollte sich auf die Arme stemmen, doch die feurigen Bänder um seinen Körper flammten auf, und er brüllte, bevor er zurück in die Blumen sackte. »Der ... Fluch«, brachte er durch zusammengebissene Zähne hervor. »Ich ... kann mich nicht ... bewegen.« Er zuckte gepeinigt und presste die Kiefer noch fester aufeinander, um ein Keuchen zu unterdrücken. »Zerstör ... Dämonin. Einziger Weg ... den Fluch ... zu brechen. Aaaah!«

»Tatsumi.« Ich kam mir völlig hilflos vor, als ich seinen Ärmel umklammerte und er sich zusammenkrümmte. Vor dem Schrein rührte sich die Dämonin und hob langsam den Kopf. Unsere Blicke begegneten sich, und hinter der schluchzenden Noh-Maske sah ich ihre Augen.

Nur für einen kurzen Moment waren sie klar, beinahe wehmütig, während wir uns anstarrten. Doch dann verschleierten sich ihre Züge, und ihre Augen wurden glasig, erneut überwältigt vom Wahnsinn aus Kummer und Wut.

»Du!« Die Dämonin richtete sich auf, und ihr Schatten kroch über den Blumenteppich auf mich zu. Ich legte die Ohren flach an, stellte mich jedoch vor Tatsumi, um ihn, so gut es ging, vor ihr zu schützen. Leider schien sie dieser kleine Akt der Menschlichkeit noch weiter zu erzürnen. Ihre Augen glühten, und Tränen begannen, unter ihrer Maske hinabzurollen, während ihre Stimme einen eiskalten Ton annahm.

»Du willst ihn beschützen? Den Dieb? Denjenigen, der mir das stehlen wollte, was mir gehört? Du willst ihn vor *mir* retten?« Sie ballte ihre Klauen, die scheinbar größer geworden waren, und löste sie wieder, und ich wich vor Angst zurück. »Trachtest du etwa auch nach dem, was mir gehört?«

»Nein«, erwiderte ich und hielt beschwichtigend beide Hände hoch. »Bitte, hör mir zu! Wir sind keine Diebe! Wir wollen dir nichts wegnehmen, wir möchten dir nur helfen, damit du weiterziehen kannst.«

»Diebin!«, fauchte die Dämonin und kam weiter auf mich zu. »Verräterin! Ich werde sie alle töten! Sie werden mir nicht nehmen, was mein ist! Ich habe schon zu viel verloren!«

Nackte Angst packte mich. Ich hob erneut die Hände, und Fuchsfeuer entlud sich aus meinen Handflächen, das blau-weiß in der Dunkelheit aufflammte. Wie zuvor spürte ich die winzige Machtkugel, die in meiner Brust glühte, und bemerkte die sengende Hitze des Kitsune-bi, das die Luft um mich zum Kräuseln brachte. Die Dämonin kreischte, als das Feuer sie traf, ihre Robe sich entzündete und ihre Haare in Brand steckte. Doch sie blieb nicht stehen, sondern preschte weiter durch die Flammenwand, bis sie direkt über mir stand. Ihr loderndes, groteskes Gesicht füllte mein gesamtes Blickfeld aus, und ich stieß einen Angstschrei aus, die in Fuchsfeuer gehüllten Hände in die Luft geworfen, um die Kijo abzuwehren.

Mit einem lauten Jaulen schlug die Dämonin zu, und etwas traf mich mit der Wucht eines Hammers in der Seite. Ich wurde durch die Luft geschleudert, landete mehrere Meter entfernt und rollte in einer schwarzen Wolke durch die Blumen, während der Boden sich heftig zu drehen schien, bevor ich gepeinigt und benommen liegen blieb. Mühsam blinzelte ich die Schmerzensträne weg, presste die Zähne aufeinander und zog mich auf die Beine, während ich verzweifelt nach Tatsumi und der Dämonin Ausschau hielt.

Der Dämonenjäger versuchte aufzustehen, und sein gepeinigtes, trotziges Knurren erfüllte die Luft, während er sich, auf die Klinge gestützt, hochrappelte. Die Füße breitbeinig auf den Boden gestemmt, mit unerträglichen Schmerzen in jedem seiner angespannten Muskeln, trat er der Dämonin entgegen, die über ihm emporragte, und für einen kurzen Moment hielt das Monster inne, verblüfft, ihn aufrecht und ihr die Stirn bietend zu sehen.

Dann flammten die Bänder auf, die um Tatsumis Körper gewickelt waren, und der Dämonenjäger taumelte. Mit einem Heulen hieb die Kijo auf ihn ein, rammte Tatsumi zu Boden, und ihre Krallen sanken tief in die Erde, wo sie den Dämonenjäger aufspießten. Tatsumi schrie auf, da hob sie den anderen Arm, an dem knallrote Krallen in der Dunkelheit schimmerten, um ihm das Leben aus dem Leib zu reißen.

»Kiyomi-sama, hör auf!«

Meine Stimme ertönte über den Blumen, verzweifelt und entsetzt, und hallte in der Höhle wider. Die riesige Dämonin erstarrte.

Ganz langsam ließ sie den Arm sinken. Ganz langsam wandte sie ihr maskiertes, grässliches Gesicht und starrte mich an. Ich zitterte, während ihre kalten, leeren Augen sich auf meine senkten, und bohrte die Finger in die Erde, als die Dämonin ihre Krallen aus Tatsumi zog und auf mich zuschritt.

Behutsam erhob ich mich, darauf bedacht, keine ruckartigen oder schnellen Bewegungen zu machen, doch meine Beine und Arme zitterten, und mein Herz schlug aufgeregt in meiner Brust. Ein Schatten fiel über mich, der Geruch von Tränen und Asche brannte mir in der Kehle. Ich schluckte und sah zu dem dunklen, glasigen Blick der Dämonin empor.

»Dieser Name.« Die Stimme der Dämonin war ausdruckslos. Gespannt, aber argwöhnisch. »Ich kenne diesen Namen.«

Ich nickte langsam. »Kiyomi-sama ist die Herrscherin über die Inseln der Tsuki«, flüsterte ich. »Vor langer Zeit wurde sie von dem Mann betrogen, den sie liebte, und ihre Tochter wurde ihr geraubt. Sie lebte viele Jahre mit ihrer Wut und Trauer, und ich glaube, diese Gefühle haben im Laufe der Zeit ein Eigenleben angenommen. Sie sind, aus welchem Grund auch immer, ins Land gesickert und hier gefangen.«

»Tochter«, wiederholte der Geist von Kiyomi-sama. Ihre Stimme war leise und hohl, als versuchte sie sich an etwas Schmerzhaftes zu erinnern. »Ja, ich hatte eine Tochter. Früher, vor langer Zeit. Sie wurde ... sie wurde mir gestohlen.« Sie begann zu zittern, Ranken aus schwarzem Ruß stoben in die Luft und wirbelten um sie herum. Ihre Klauen ballten und lösten sich wieder, und die Augen hinter der Maske flackerten rot. »Geraubt«, wisperte sie, und der Ton ihrer Stimme glitt wieder in den Wahnsinn. »Fort. Nichts als Erinnerungen sind mir geblieben ... Erinnerungen und ...« Sie blickte zurück zum Schrein, der sich schwarz und purpurn gegen die Höhlenwand abzeichnete. »Du wirst ihn mir nicht nehmen.«

»Deine Tochter ist am Leben!«, sagte ich und zuckte erschrocken zusammen, als die Dämonin zurückwirbelte und eine Klaue hob. »Sie ist zur Insel zurückgekommen und ...« Mit klopfendem Herzen verstummte ich, ihre knallroten Krallen genau über meinem Kopf. »Sie ist ... genau hier«, flüsterte ich. »Mein ... Mein Name lautet Yumeko, Kiyomi-sama. Ich ... war das Kind, das du verloren hast. Die Tochter, die dir gestohlen wurde.«

Die Dämonin starrte mich an. »Yumeko«, flüsterte sie. Ein Zittern packte sie, und die erhobene Kralle senkte sich langsam. »Das ... Das war ihr Name«, wisperte sie wie in Trance. »Der Name, den ich ihr geben wollte, der Name, den ich für mein Baby ausgesucht hatte. Yumeko. Kind der Träume.« Sie taumelte, und ihre Klauen öffneten und schlossen sich wieder, als wäre sie unschlüssig, was zu tun sei. Hinter der Maske glitt ihr Blick zu mir, und sie verengte die Augen zu Schlitzen. »Du warst so lang fort. Ich habe so lang um dich getrauert. Warum bist du nie zurückgekommen?«

»Es tut mir leid«, flüsterte ich. Die Gründe lagen mir auf der Zunge – ich hatte meine Vergangenheit nicht gekannt, ich war jahrelang in völliger Isolation aufgewachsen –, doch ich verkniff sie mir. Entschuldigungen würden einen Geist nicht besänftigen, zumindest nicht einen, der derart von Wut und Verzweiflung verzehrt war. »Jetzt bin ich hier«, sagte ich und begegnete ihrem schrecklichen Blick unter der Maske. »Falls es dir Frieden bringen sollte, dann räche dich an mir, Kiyomi-sama, und nimm den Fluch von meinen Freunden. Sie sind für deinen Schmerz nicht verantwortlich.«

»Rache.« Bedächtig hob sie ihren Arm, und karmesinrote Krallen flammten Zentimeter von meinem Kopf entfernt auf. Ich zuckte zusammen, doch die Spitze der Klauen berührten sehr sanft mein Gesicht, fuhren an meiner Wange und meinem Kinn hinab. »Ich wollte niemals Vergeltung«, murmelte der Geist von Kiyomi-sama. »Ich wollte sie nur sehen, ihr beim Aufwachsen zuschauen, jeden Segen und jede Prüfung, die das Leben ihr schenken würde, mit ihr gemeinsam erleben.« Sie hob ihren anderen Arm, beide Krallenhände umrahmten nun mein Gesicht und strichen mir liebevoll durch die Haare. »Aber jetzt ist sie erwachsen, stark, mutig und wunderschön. Das ist alles, was sich eine Mutter erhoffen kann.«

Meine Kehle war wie zugeschnürt. Und obwohl mein Herz immer noch wild hämmerte und meine Hände zitterten, streckte ich den Arm aus und berührt den Rand der Noh-Maske, die das Gesicht der Dämonin verdeckte. Das Porzellan war kalt an meinen Fingern, als ich dem intensiven Blick darunter begegnete.

»Du hast schon viel zu lange Schmerzen, Kiyomi-sama«, sagte ich ruhig. »Es ist Zeit loszulassen.«

Ganz sanft zog ich an der Maske, die mühelos in meine Hände glitt, brüchig und leblos. Das Gesicht darunter war das von Kiyomi-sama, menschlich, abgesehen von den Hörnern, die aus ihrer Stirn erwuchsen, aber gezeichnet von einem Leben der Trauer und Verzweiflung. Ihre Pupillen waren mit roten Schlieren durchzogen, ihre ausgemergelten Wangenknochen zeichneten sich scharf gegen ihre Haut ab, ihre Schönheit war vergangen. Doch sie sah mich aus Augen an, die, obwohl in ihnen immer noch endlos viel Leid lag, klar waren.

»Zu Hause«, flüsterte sie, und eine Kralle hob sich, um behutsam eine meiner Haarsträhnen aufzufangen. »Du bist nach Hause gekommen.«

Ich schluckte schwer, als der Geist von Kiyomi-sama langsam an den Rändern ausfranste, schwarzer Ruß sich spiralförmig in die Luft schraubte und in die Dunkelheit schwebte. Die Kralle, die meine Haarsträhne hielt, löste sich auf, genau wie ihre Hand, und dann, einen Moment später, der Arm. Aus den Augenwinkeln konnte ich den Blumenteppich sehen, dem dasselbe Schicksal zuteilwurde, schwarze Blütenblätter, die zu Staub zerfielen und in die Luft wirbelten, bis sie in der Finsternis über uns verschwanden.

»Yumeko-chan.« Der Geist war jetzt fast fort. Nur ihr Gesicht und ein Teil ihrer Robe waren noch zu sehen, doch auch sie lösten sich schnell auf. »Lass dich nicht täuschen«, murmelte sie. »Der Verdorbene, die Seele, die die Tore von Jigoku geöffnet hat, ist selbst nur eine Spielfigur. Alles, was passiert ist, sämtliche Herausforderungen, denen du getrotzt hast, die Fehlschläge und Siege, die dir widerfahren sind, alles war *sein* Wunsch. Wir sind alle Figuren in seinem Spiel, und er ist derjenige, dem du dich am Ende stellen musst.«

»Wer, Kiyomi-sama?«, flüsterte ich, und es kam mir vor, als würde sich ein Loch unter mir auftun. Bei dem Gedanken, dass Genno, der Meister der Dämonen, selbst nur eine Spielfigur war, es dort draußen noch jemanden gab, einen noch mächtigeren Gegner, dem ich die Stirn bieten musste, wurde mir übel. Ich hatte all meine Entscheidungen aus einem Bauchgefühl heraus getroffen, und das Schicksal oder der blinde Zufall hatten mich dorthin gebracht, wo ich sein musste. Meinen Freunden vertraute ich blind, aber ich wusste, dass Entschlossenheit und Glück uns nur bis zu einem gewissen Punkt brachten. »Wenn er sogar noch stärker als Genno ist, wie soll ich ihn dann jemals besiegen?«

Der Geist von Kiyomi-sama lächelte. »Sei mutig, Tochter!«, sagte sie. »Er ist mächtig, aber stell dein Licht nicht unter den Scheffel. Immerhin ist er ein Teil von dir.«

Blinzelnd beobachtete ich, wie die letzten Ascheflocken, die einmal Kiyomi-sama gewesen waren, einen Moment um mich wirbelten und sich dann im Wind zerstreuten. Vom Geist blieb nichts übrig; selbst ihre Robe war zu Asche zerfallen und verschwunden. Der einzige Gegenstand, den Kijomi-sama zurückließ, war die kalte Porzellanmaske, die ich immer noch in Händen hielt.

Während die Dämonin sich auflöste, flammten die Lichter in der Höhle einmal auf, dann erstarben sie zu Dunkelheit, die Fackeln ausgeblasen, das Glühen des Altars verblasst. Schatten krochen über den Raum, der jetzt unheimlich still und leer war. Nur der blasse, ätherische Schein der schwebenden Hitodama sorgte dafür, dass die Höhle nicht in vollständige Schwärze versank.

Jemand stöhnte in der Dunkelheit, und mein Herz machte einen Satz. Eine Kugel Kitsune-bi in die Luft schleudernd, hastete ich zu der Stelle zurück, wo ich meine Gefährten zurückgelassen hatte.

Im flackernden Fuchslicht konnte ich mühelos die schwarze Gestalt ausmachen, die auf dem nackten Stein des Höhlenbodens lag.

Während ich auf sie zulief, rührte sie sich, und Tatsumi schob sich langsam, schwer atmend auf die Knie. Seine Schultern waren gekrümmt, seine Muskeln steif, als stählte er sich gegen eine plötzliche Woge der Pein. Von irgendwo aus der Finsternis hörte ich ein derbes, leise gemurmeltes Schimpfwort, höchstwahrscheinlich von Okame, gefolgt von den Geräuschen eines Menschen, der sich schwerfällig auf die Beine stemmte.

»Tatsumi-san.« Ich kniete mich vor den Dämonenjäger und spähte in sein Gesicht. »Geht es dir gut? Hast du Schmerzen?«

Er zögerte einen Moment, dann entspannte er sich allmählich, löste einen Muskel nach dem anderen. »Ich glaube nicht«, knurrte er. »Der Fluch scheint gebrochen oder … aufgehoben zu sein.« Sein Blick hob sich zu mir, dann zur Höhle um uns. »Die Kijo?«

»Fort«, flüsterte ich. »Ich glaube nicht, dass sie zurückkommen wird.«

Das Nicken bereitete ihm Schmerzen. »War es wirklich die Daimyo?«

Ich schüttelte den Kopf. »Nein«, sagte ich nachdenklich und versuchte, mir einen Reim auf die Geschehnisse zu machen. »Ich glaube nicht. Ich denke, sie war eine Manifestation von Kiyomisamas negativen Gefühlen. All ihre Wut und Verzweiflung, all der Kummer und Schmerz, als sie erkannte, dass ihre Tochter geraubt worden war. Aus irgendeinem Grund wurden sie hierhergesogen, blieben gefangen und haben seitdem wie ein Geschwür gewuchert.« Ich holte tief Atem und vertrieb die nachhallende Schwere um mein Herz, die letzte Spur von Verzweiflung, die mich noch erfüllte. »Genau davor hat mich der Kirin gewarnt«, sagte ich. »Die Dunkelheit, die diese Insel heimsucht. Die Traurigkeit, die auf den Mondclan ausstrahlt. Dies war der Grund, warum Kiyomi-sama selbst nach all der Zeit unfähig war, die Vergangenheit hinter sich zu lassen. Es lag alles an dem Geist.«

»Und du hast ihn befreit«, sagte Tatsumi.

Ich blinzelte, um das frische Brennen in meinen Augen zu vertreiben. »Er war so wütend«, flüsterte ich. »Litt so große Schmerzen. Alles, was er kannte, waren Verrat und Verzweiflung, das Betrauern dessen, was er verloren hatte. Vielleicht wird Kiyomi-sama nun endlich Frieden finden.«

»Ja«, sagte eine neue Stimme, die in der Höhle widerhallte. Erschrocken fuhren wir auf, als silbriges Licht über uns aufflammte und den gesamten Raum erhellte. »Das wird sie gewiss.«

Eine Gestalt trat aus den Schatten und stellte sich vor den Schrein an der gegenüberliegenden Höhlenwand. Mein Herz schlug mir bis zum Hals, als ich ihn erkannte. Ich hatte ihn erst einmal gesehen, in der finsteren Seitengasse in Chochin Machi, aber er hatte sich unvergesslich in mein Bewusstsein gebrannt.

»Gut gemacht, Yumeko«, begrüßte mich Seigetsu-sama. Er lächelte mich an, noch genauso überwältigend und atemberaubend wie bei unserem ersten Treffen. Seine gelben Augen glühten in der Düsternis, und seine langen silbernen Haare schimmerten wie ein Wasserfall im Mondlicht. »Angesichts deines Stammbaums sollte ich allerdings nicht überrascht sein. Doch du hast dich besser geschlagen, als selbst ich es mir hätte erhoffen können.«

24

NEUNSCHWANZ

Suki

Seigetsu-sama?

Benommen beobachtete Suki, wie Seigetsu sich aus der Dunkelheit schälte. Er lächelte, und sein silbriges Haar und die weiße Robe schienen zu glühen, als er aus der Finsternis trat. Taka war nicht bei ihm, und aus irgendeinem Grund erfüllte dieser Umstand Suki mit großer Nervosität. Als geschähe gleich etwas Schreckliches.

Der Dämonenjäger sprang auf die Beine und zog seine Klinge in einem Aufblitzen purpurnen Lichts. Aus den Schatten hinter ihm tauchten der Ronin und Daisuke-sama auf, um sich zu beiden Seiten des Kage-Shinobi aufzubauen.

Nein, Daisuke-sama! Suki streckte eine Hand aus, wollte hinabfliegen und den Adligen zurückhalten, bevor er vortreten und den silberhaarigen Mann herausfordern könnte. Der Taiyo war ein ausgezeichneter Krieger und ein beeindruckender Schwertkämpfer, doch sie hatte genug von Lord Seigetsus Macht gesehen, um zu wissen, dass er zu so viel mehr fähig war. Sie bezweifelte, dass Daisuke-sama einen Kampf gegen den geheimnisvollen Mann gewinnen könnte, dem sie die ganze Zeit über gefolgt war, und sie wollte es auch nicht herausfinden.

»Wer seid Ihr?« Die Stimme des Kage-Shinobis klang hart, kalt. Er trat einen Schritt vor, stellte sich zwischen das Fuchsmädchen und den Fremden, der wie aus dem Nichts erschienen war. »Was wollt Ihr hier?«

»Nur mit der Ruhe, Hakaimono.« Lord Seigetsu hielt beschwichtigend eine Hand hoch. Seine Worte erklangen so tief und beruhigend wie eine Gebirgsquelle. »Ich bin nicht Euer Feind. Ich bin nicht wegen einer Auseinandersetzung gekommen, sondern nur, um einen Gegenstand einzufordern, den ich vor langer Zeit hier vergessen habe. Yumeko...« Seine goldenen Augen wanderten weiter, hefteten sich auf das Fuchsmädchen, das sich anspannte. »Kind der Träume.« Er lächelte, und Suki war schockiert, echte Zuneigung in seinem Tonfall herauszuhören. »Das hast du gut gemacht. Allein du konntest den Geist des Kummers und der Wut befreien, der hier schon so lange haust. Du hast deine Rolle formidabel gespielt, genau wie ich es vorhergesehen habe. Dafür hast du dir meinen Dank verdient. Aber nun, wenn du die Güte besäßest, mir den Gegenstand zu reichen, den ich hier...«

Er hob eine Hand, und die Maske, die die Kitsune mit ihren Fingern umklammert gehalten hatte, entschlüpfte ihrem Griff und schwebte durch die Höhle. Als sie in Seigetsus Handfläche landete, legte sich ein schreckliches Lächeln auf sein Gesicht, und seine Augen funkelten gierig. In diesem Moment war er ein Fremder.

»Die Maske.« Das Fuchsmädchen klang, wie Suki sich fühlte, als stünde sie kurz vor einer grässlichen Erkenntnis. Die Puzzleteile setzten sich zusammen, noch nicht genug, um das ganze Bild zu formen, aber fast. »Ihr... habt sie hier deponiert.«

»Vor sechzehn Jahren«, pflichtete Lord Seigetsu ihr bei. »Zusammen mit dem Schrein und ein paar speziellen Gegenständen, die mit der Geburt eines bestimmten Säuglings einhergingen. Der Schrein diente als Anker oder vielleicht besser als Leuchtfeuer für Kiyomis Gefühle des Kummers und Verlustes. Diese Emotionen wurden hier aufgesaugt, keimten und gärten jeden Tag und wurden schließlich zu dem Geist, dem ihr begegnet seid. Die kami konnten nichts dagegen tun, weil es eine Manifestation von Kiyomi selbst war, ihrem Zorn und ihrer Trauer, die im Lauf der Jahre zu einem mächtigen Fluch erwuchsen, der die gesamte Insel überschattete. Die echte Kiyomi, obschon die Zeit den Schmerz und die Erinnerungen an jene Nacht verblassen ließ, konnte nicht vergessen oder Trost finden. Nur eine einzige Sache konnte den Geist beschwichtigen und ihn überzeugen weiterzuziehen. Die Quelle seiner Besessenheit und Trauer.« Er lächelte, und sein Blick verweilte auf dem Fuchsmädchen. »Kind der Träume. Die Mönche haben dich gut erzogen. Ich hätte mir keinen besseren Ausgang erhoffen können.«

»Dann ... bist du ...« Yumekos Gesicht hatte die Farbe der Porzellanmaske angenommen. Ihre Beine zitterten, und sie sank auf den Steinen in die Knie, während sie Lord Seigetsu anstarrte. Auch den anderen schien es vor Schreck die Sprache verschlagen zu haben. »*Du* warst Kiyomi-samas Ehemann.«

Suki war wie betäubt, als wäre ihr alles, was sie je gewusst hatte, jäh entrissen worden. Sie war Lord Seigetsu gefolgt, hatte ihm gehorcht, ihm zugesehen, wie er die Figuren auf dem Spielbrett herumschob – Figuren, die das Leben aller um sie bedeuteten. Sie hatte geglaubt, dem Fuchsmädchen und Daisuke-sama zu helfen, ihnen das Leben zu retten, doch es erweckte den Anschein, dass Lord Seigetsus Pläne viel tiefer gingen, als sie es sich jemals hätte vorstellen können.

»Warum?«, flüsterte Yumeko nach ein paar Sekunden. »Warum hast du das getan? Alles, was wir durchgemacht haben, alles, was sich uns in den Weg gestellt hat ... unsere gefährliche Reise zu dieser Insel, das Treffen mit Kiyomi-sama ... hast du uns die ganze Zeit über beobachtet? War das nur ein Spiel für dich?«

»Ein Spiel, sagt sie.« Seigetsu-sama lachte leise in sich hinein und schüttelte den Kopf mit einem leicht gequälten Lächeln. »Es war ein *sehr* langes Spiel, Yumeko«, erklärte er ihr. »Eines, das vor vielen Jahren begann, bevor du auch nur ein Schimmern in den Gedanken deiner Mutter warst. Und jetzt hat das Spiel fast sein Ende erreicht. Der letzte Zug ist in Sicht. Und die allerletzte Figur ist endlich bereit.«

Er hob eine Hand, und die Maske, umrandet von sanften blau-weißen Flammen, trieb nach oben. »Sechzehn Jahre sind ein Wimpernschlag«, murmelte er, den Blick nachdenklich auf das Antlitz aus Porzellan gerichtet. »Und doch mag es einem wie ein ganzes Leben vorkommen. Ein Leben voll Kummer, Wut, Hass und Verzweiflung verdirbt selbst die reinsten Herzen und treibt jeden und alles in den Wahnsinn. Sogar diejenigen, die unsterblich sind. Alles, was es braucht, ist ein winziger Splitter, ein Riss in ihrem Panzer, und sie werden davon verzehrt.«

Das Feuer, das die Maske umhüllte, flammte auf, fast zu grell, um sie direkt anzusehen. Suki zuckte zusammen, wandte für einen Moment den Kopf ab, und als sie zurückblickte, war die Porzellanmaske verschwunden.

Ein Pfeil schwebte vor Seigetsu-sama in der Luft und flackerte in sanften blauen Flammen. Die scharfe Pfeilspitze war weiß, mit karmesinroten Schlieren durchzogen, und der hölzerne Schaft war aus dem schwarzen Purpur der Blumen, die bis vor Kurzem die Höhle wie ein Teppich bedeckt hatten. Eine Wolke aus Asche und Dunkelheit krallte sich am Pfeil fest, und Staubfäden wirbelten durch die Luft, bevor sie zu Boden schwebten. Bei dem Anblick lief es Suki den Rücken eiskalt hinab, doch Lord Seigetsu lächelte, seine Augen ein gelbes Glühen im flackernden Licht.

»Wusstest du, dass alle lebenden Dinge verdorben werden können?« Seine Stimme war triumphierend, ein Murmeln in der Dunkelheit. »Nichts ist immun dagegen. Nicht einmal die Kami selbst.«

»Ich habe genug gehört.«

Mit in die Höhe gerissenem Schwert stürzte sich der Dämonenjäger fauchend auf Lord Seigetsu, und seine Klinge flammte in purpurnem Licht auf. Suki bedeckte sich den Mund, ohne zu wissen, um wen sie sich mehr sorgte, den Halbdämon oder Seigetsu-sama.

»Nicht, Hakaimono.« Lord Seigetsu hob eine Hand, und Feuer brach vor ihm aus, eine Wand aus blau-weißen Flammen, die die Höhle mit Licht erfüllte. Obwohl Suki durchsichtig war und keinen Körper besaß, konnte sie die Hitze *spüren*, eine versengende, schreckliche Helligkeit, die drohte, sie innerlich zu verbrennen. Sie krümmte sich vor Schmerz und huschte hinter einen Stalaktit, während unter ihr das Fuchsmädchen aufschrie und selbst der Dämon geblendet zurückwich.

Als Suki wagte, hinter dem Stein wieder hervorzulugen, stürzte die Welt für sie zusammen, und sie erstarrte jäh vor Entsetzen.

Lord Seigetsu stand noch am selben Fleck, umgeben von gespenstischen Flammen, die schreckliche Schatten auf die Wände und den Boden um ihn warfen. Seine Augen glühten, seine Robe und sein silbernes Haar leuchteten, blähten sich in einem unnatürlichen Wind, und der unheimliche Schein des Feuers tänzelte über ihnen allen.

Hinter Seigetsus Schultern erhob sich ein langer, buschiger Schwanz, der sich langsam hin und her wiegte, als besäße er einen eigenen Willen. Er war silbrig weiß, von derselben Farbe wie Seigetsus Haare, und pulsierte an seiner Spitze mit tänzelnden blauen Flammen. Ein weiterer folgte und dann noch einer, die wie Schlangen nach oben glitten, wo sie sich umeinander rankten, bis es insgesamt neun an der Zahl waren, die Seigetsu-sama in einem Lichtkranz umrahmten.

Neunschwanz.

Eine Eiseskälte wie nichts zuvor, das Suki jemals erlebt hatte, legte sich über sie. Sie kannte die Geschichten. Die Legenden des neunschwänzigen Fuchses. Wie das Fell eines Kitsune, wenn er alt genug war, um seinen neunten Schwanz zu erhalten, sich golden oder silbern verfärbte und er zu einem der mächtigsten Yokai der Welt wurde. Ein neunschwänziger Fuchs war ein uraltes, geheimnisvolles, gefährliches Geschöpf, das den Wissensschatz Tausender Leben in sich vereinte und über genügend Magie verfügte, um sich mit den Kami selbst zu messen. In einigen Mythen hieß es, sie könnten ihr eigenes Königreich aus Illusionen und Schatten erschaffen, ganze Städte mit Feuer zerstören und sogar den Mond vom Himmel holen. In einer der bekanntesten, erschreckendsten Geschichten war ein neunschwänziger Fuchs fast für die Zerstörung des ganzen Reichs verantwortlich, indem er zur Lieblingsfrau des Kaisers aufstieg und ihn in den Wahnsinn trieb. Es gab zahlreiche Legenden über neunschwänzige Füchse, aber genau dafür hatte Suki sie gehalten … für Legenden.

Bis jetzt.

Lord Seigetsu flackerte in blassem Feuer, und seine Schwänze wiegten sich in hypnotisierendem Rhythmus hin und her, während er das kleine Grüppchen vor ihm betrachtete, dann bohrte sich sein Blick in das Kitsune-Mädchen und den Dämon. »Ich bin nicht euer Feind«, sagte er mit tiefer, unwiderstehlicher Stimme. »Und euch läuft die Zeit davon. Genno hat das Ritual zum Anrufen des Drachen bereits begonnen. Genau in diesem Moment bereitet er sich darauf vor, die Beschwörung der Tausend Gebete aufzusagen. Er wird nicht lang brauchen, um sie zu beenden.«

Sein Blick glitt nach oben, fand Suki in der Nähe der Decke, wo sie hinter dem Stalaktit schwebte, und er lächelte. »Suki-chan«, sagte er mit ruhiger, aufrichtiger Stimme, »vielen Dank, dass du deine Rolle gespielt hast. Dass du sie dorthin geführt hast, wo sie sein mussten, sie am Leben gehalten hast, als ich nicht bei ihnen sein konnte. Es war mir eine Ehre, mit dir zu reisen, aber ich fürchte, unsere gemeinsame Zeit nimmt nun ihr Ende. Ich habe keine Verwendung mehr für dich.« Sein sich bauschender Ärmel hob sich, und eine Hand zeigte durch die Decke zum Himmel. »Zieh weiter, Suki-chan. Dies war nie dein Kampf. Du spielst nun keine Rolle mehr in dieser Geschichte, und ich bin sicher, das Meido ruft schon seit einer geraumen Weile nach dir. Diese Welt ist kein Ort für die mit reinem Herzen.«

»Seigetsu-sama«, flüsterte Suki, doch es verhallte ungehört in der Weite der Höhle. Seigetsu wandte seine Aufmerksamkeit wieder den anderen zu und nickte in Richtung der Kitsune, die immer noch ein paar Meter entfernt niederkniete und ihn mit weit aufgerissenen Augen anstarrte.

»Er erwacht«, flüsterte er, und obwohl seine Worte für das Fuchsmädchen bestimmt waren, jagten sie Suki einen eiskalten Schauer den Rücken hinab. »Er rührt sich, und die Welt erzittert bei seiner Bewegung. Kannst du sein Kommen nicht hören? Beeil dich, Yumeko. Die Zeit ist fast abgelaufen.«

Mit einem Schlenzer seiner Schwänze hüllte sich Lord Seigetsu in ein leuchtend helles Licht, und gespenstisches Feuer schoss fauchend in die Höhe, färbte die gesamte Höhle weiß. Als die Flammen erstarben, wurde die Kammer erneut in Dunkelheit getaucht, und der neunschwänzige Kitsune war verschwunden.

»*Kuso!*« Eine nachdrückliche Verwünschung hallte durch die Dunkelheit, gefolgt von schlurfenden Füßen. »Was *zum Teufel* war das? Erst haben wir es mit Dämonen und Flüchen und Geistern und einem Oni zu tun, der womöglich Yumekos Mutter ist, oh, und nur am Rande, die Tore zum Jigoku wurden geöffnet, und Genno steht kurz davor, den Drachen heraufzubeschwören und einen Wunsch zu formulieren, der die Welt dem Untergang weiht. Ich dachte, damit hätten wir sowieso schon alle Hände voll zu tun, ohne dass wir auch noch einen wahnsinnigen neunschwänzigen

Fuchs bräuchten, der wie aus dem Nichts auftaucht und andeutet, er hätte das alles von Anfang an geplant!« Mit einer Hand griff sich der Ronin an den Kopf und raufte sich die Haare. »Das ist verrückt. Kommt es sonst noch jemandem so vor, als wäre die Welt auf den Kopf gestellt worden, oder ist es nur mein Gehirn, das gleich explodiert?«

Suki spähte nun weiter hinter dem Stein hervor und sah im diesigen Licht, wie der Adlige über den Höhlenboden schritt und die Arme von der Seite um den Ronin legte. Der andere entspannte sich und gab sich der Umarmung hin, während Daisuke ihm etwas ins Ohr murmelte, das nur der Ronin hören konnte. Suki wusste nicht, was es war, aber es brachte den anderen zum Grinsen, und er schüttelte reumütig den Kopf. Als das Echo von Okames Gefühlsausbruch verhallte und sich wieder Stille über die Höhle legte, schwebte Suki zu dem Fuchsmädchen hinab, die immer noch auf dem Felsboden kniete. Sie zitterte, während sie mit weit aufgerissenen Augen und leerem Blick zu der Stelle sah, wo Lord Seigetsu gerade verschwunden war. Trotz der Gefühllosigkeit, die Geistern normalerweise zu eigen war, konnte Suki ihren Schmerz nachvollziehen. Binnen eines Wimpernschlags hatte sie etwas über sich und ihre Vergangenheit herausgefunden, das absolut entsetzlich war. Ihre Welt und alles, was sie kannte, war auseinandergerissen worden. An ihrer Stelle hätte Suki, wäre sie am Leben, auch nicht gewusst, was sie tun sollte.

»Yumeko.« Der Dämonenjunge steckte sein Schwert ein und kniete sich vor sie, nah genug, dass ihre Beine sich berührten. Seine Hand hob sich, zögerte kurz, dann strich er Yumeko sanft das Haar von der Wange und fuhr mit den Fingerknöcheln über ihre Haut. »Bleib bei mir«, flehte er sie an, seine Stimme ein tiefes Murmeln in der Dunkelheit. »Das verändert überhaupt nichts.«

»Tatsumi.« Die Stimme der Kitsune war wie betäubt. »Seigetsu ist ... Und er ...« Sie schloss die Augen, ihre Ohren flach an den Schädel angelegt. »Ich weiß überhaupt nicht mehr, wer ich bin«, flüsterte sie. »War ich die ganze Zeit über nur eine Schachfigur? Jemand, der blind dem Pfad gefolgt ist, der ihm vorgezeichnet wurde?« Sie schlug die Augen wieder auf und sah sich in der Höhle um, dann heftete sich ihr Blick auf den Schrein, der dunkel und leblos an der Wand lehnte. »Er hatte geplant, dass ich hierherkomme. Er hatte geplant, dass ich all das sehe, Kiyomi-sama finde und diesen Ort entdecke. Bin ich für all das verantwortlich? Wäre ich ... wäre ich niemals geboren worden, würde Genno dann immer noch drohen, das Kaiserreich zu zerstören? Oder wäre die Schriftrolle jetzt sicher im Tempel der Stillen Winde verwahrt? So viele Menschen sind meinetwegen gestorben. Reika. Meister Jiro. Meister Isao.« Auf ihren Knien ballten sich ihre Hände zu Fäusten. »Was bin ich?«, flüsterte sie. »Habe ich *irgendeine* meiner Entscheidung überhaupt selbst getroffen?«

»Yumeko.« Der Dämon schob sich näher heran und senkte die Stimme. Er schien Bedenken zu haben, etwas zu erwidern, doch der Anblick der verzweifelten Kitsune beunruhigte ihn sichtlich. »Ich weiß nicht, wer oder was du genau bist«, erklärte er mit ruhiger Stimme. »Aber ich weiß, was du getan hast. Du hast die Drachenrolle bestmöglich beschützt. Du hast dein Leben riskiert, um sie in Sicherheit zu bringen, obwohl es leichter gewesen wäre, aufzugeben und die Bürde an jemand anderen weiterzureichen.«

Schniefend zog das Fuchsmädchen die Schultern hoch. Der Dämon drängte sich noch enger an sie, umfasste sanft ihr Kinn mit seinen Fingern und spähte in ihr Gesicht. »Du hast dem gefährlichsten Dämon der Welt die Stirn geboten«, murmelte er, »und deine eigene Seele aufs Spiel gesetzt, um ihn herauszufordern und den Menschen zu befreien, von dem er Besitz ergriffen hatte. Du hast das Drachengebet geopfert, um deine Freunde zu retten, aber dann bist du Genno bis zu dieser Insel gefolgt, um ihn daran zu hindern, den Herold anzurufen, obwohl er über eine Armee an Dämonen verfügt und deine Überlebenschance gleich null war. All diese Entscheidungen, jede einzelne Wahl auf deiner Reise hast du getroffen, weil du… du bist. Weil die Kitsune, der ich aus dem Tempel der Stillen Winde gefolgt bin, das Mädchen, das mit Geistern redet und Kaiser bezirzt und in das sich der mächtigste Oni, den das Jigoku jemals hervorgebracht hat, Hals über Kopf verliebt hat, nichts anderes tun würde.«

Das Fuchsmädchen blinzelte überrascht, dann starrte sie den Dämon mit großen Augen an. Er bedachte sie mit einem matten, reumütigen Lächeln, als könnte er kaum glauben, was er gerade eben gesagt hatte. »Deine Entscheidungen«, fuhr er fort, »sind der Grund, weshalb ich hier bin, Yumeko. Warum wir alle hier sind. Und sie sind der Grund, weshalb wir dir weiterhin folgen werden, wenn nötig bis zum Rand des Jigoku und wieder zurück.« Er hielt einen Moment inne, bevor er sich zum Fuchsmädchen beugte, und seine Stimme war kaum mehr zu verstehen. »Ich trage die Seele des Ersten Oni in mir«, flüsterte er. »Und ein Wort von dir genügt, damit er, ohne zu zögern, sein Leben für dich gäbe. Nicht einmal der mächtigste neunschwänzige Fuchs in Iwagoto kann das von sich behaupten.«

Sukis Kehle fühlte sich sonderbar zugeschnürt an, und sie verspürte ein Ziehen in ihrer Magengegend, während sie dort schwebte und den Dämon und das Fuchsmädchen beobachtete. Es war ein eigentümliches Gefühl, denn sie besaß keinen Körper, nicht einmal ein geisterhaftes Abbild dessen, doch die Gefühle, die das Betrachten der beiden in ihr auslösten, waren real. Die Kitsune schniefte und beugte sich vor, bis ihre beiden Stirnen sich berührten und ihre Hand zu seinem Kopf glitt. Der Dämon regte sich nicht, schloss die Augen, und so verharrten sie eine Weile, bevor das Fuchsmädchen einen tiefen Atemzug nahm und sich zurücklehnte. Ihr Blick war jetzt ganz klar.

»*Gomen*«, flüsterte sie. »*Gomen*, Tatsumi. Ich bin jetzt bereit.« Sie stand auf, ihre Miene hart und entschlossen, als sie den Kopf hob. »Ich muss mich auf das Wesentliche konzentrieren«, sagte sie. »Genno aufhalten, die Beschwörung verhindern – das ist das Einzige, was zählt. Okame-san, Daisuke-san? Seid ihr immer noch an unserer Seite?«

»Bis zum Ende, Yumeko-san.« Daisukes Stimme hallte leise in der Stille. Er lehnte ruhig gegen die Höhlenwand, die Arme fest um die Taille des Ronin geschlungen, weder verlegen noch in großer Eile, die Umarmung zu lösen. Und der Ronin, der sich an den Adligen schmiegte, schien ebenfalls zufrieden zu sein, sich nicht zu bewegen.

»Suki-san?« Das Fuchsmädchen drehte sich um und suchte mit den Augen nach der Hitodama, die über ihr schwebte. Für einen kurzen Moment erzitterte Suki und fragte sich verwundert, was die Kitsune von der Rolle halten mochte, die sie für Seigetsu-sama gespielt hatte. Doch da war keine Verdammung in den Augen des Fuchsmädchens, nur Mitgefühl und Verständnis. »Wenn du immer noch gewillt bist, könntest du uns dann von hier herausführen?«

Zieh weiter, Suki-chan, hatte Lord Seigetsu gesagt. *Dies war nie dein Kampf. Du spielst nun keine Rolle mehr in dieser Geschichte.*

Sie blickte zu Daisuke-sama, der mit ruhigem Gesicht und friedvollen Augen still neben dem Ronin stand, der sein Herz für sich gewonnen hatte. Dann zum Fuchsmädchen und dem Dämon, der hinter ihr stand, sein glühender, beschützender Blick allein auf die Kitsune gerichtet.

Diese Welt ist kein Ort für die mit reinem Herzen.

Nein, dachte Suki, als ein winziger Funke Wut in ihr zum Leben erwachte. *Du hast unrecht, Seigetsu-sama. Ich mag tot sein, aber es gibt Herzen und Seelen in dieser Welt, die es wert sind, gerettet zu werden. Ich werde nicht zulassen, dass sie untergehen. Das ist längst auch zu meinem Kampf geworden.*

Sie schwebte hinab, bis sie nur noch einen knappen Meter vor dem Kitsune-Mädchen war, die sie schweigend betrachtete, während düsteres Licht über ihr Gesicht flackerte. *Es tut mir leid*, wollte Suki ihr sagen. *Ich wusste nicht, wer Seigetsu-sama war und was er von dir wollte. Es tut mir leid, dass er uns beide getäuscht hat.*

Die Kitsune lächelte matt, als könnte sie ihre Gedanken lesen. Suki erhob sich in die Luft, umkreiste sie und den Dämon einmal und flog dann durch die Höhle, bis sie den Tunnel gefunden hatte, der ins Freie führte. *Ich werde euch beistehen*, dachte Suki und hörte die Schritte der vier, die ihr folgten. Die Kitsune, der Dämon, der Ronin und der Adlige, den sie einst liebte. *Bis zum Ende.*

Der Himmel war fast vollständig schwarz, als sie aus den Höhlen wieder auftauchten, Wolkentürme verdeckten jede Spur von Mond und Sternen. Ein Windstoß heulte durch die Felsspalten und wirbelte die Haare und Kleidung der Lebenden durcheinander, während sie auf einen schmalen Vorsprung traten mit Blick auf das ganze Tal.

Tief unten war die Ebene in Schatten gehüllt, aber der klaffende Spalt ins Herz des Jigoku pulsierte mit einem höllischen Licht, wie eine schreckliche Wunde in der Erde. Dämonen und verdammte Seelen krochen weiterhin aus dem Schlund, und ihr kreischendes Gejaule erhob sich in die Luft.

Im grässlichen Höllenlicht war das Tal eine sich windende Masse von Körpern, wo Dämonen, Geister und Oni auf die Armeen von Mond und Schatten prallten. Die Flut an Yokai schien kein Ende zu nehmen, eine stete Woge, die gegen die Mauer aus Menschen brandete, die verzweifelt versuchten, sie zurückzudrängen. Suki konnte die Linie an Fackeln ausmachen, entlang derer die Armee die Stellung hielt, eine wackere Barriere zwischen der Horde Dämonen, die sich aus dem Spalt ergoss, und dem Rest der Insel. Noch hielt der Damm, doch die Nacht brach allmählich herein, und die Yokai kamen immer noch scharenweise. Es war nur eine Frage der Zeit, bis sie die menschlichen Streitkräfte überrennen würden.

»Kiyomi-sama«, hörte Suki die Kitsune hinter ihr flüstern, ihre Stimme erstickt und entsetzt. »Es tut mir so leid.«

Über ihnen durchschnitt ein Blitz den Himmel, zerteilte die Wolken wie ein Messer, und ein Donnerschlag brachte den Boden zum Erzittern. Unter dem Felsvorsprung schlängelte sich eine schmale, gewundene Treppe den Berg hinauf, geradewegs in Richtung Gipfel, wo die Wolken sich in einem kreiselnden Strudel zusammenbauschten.

»Dort ist die Stätte der Beschwörung«, zeigte der Dämon auf. Sein Blick folgte den Stufen, seine Augen rot glühend, als er den Berg hinaufstarrte. »Wir sind fast da.«

»Nun denn.« Der Ronin drehte sich grinsend zu Daisuke um, und in seinem Tonfall lag ehrfurchtsvoller Triumph. »Wir haben es tatsächlich geschafft. Ein Schritt näher an Genno – ich hoffe, du überlegst dir bereits ein hübsches Gedicht, eitler Pfau.«

Während er redete, tauchte ein weiterer Blitzschlag die Welt in blendendes Weiß. Für den Bruchteil einer Sekunde, zwischen einem Pulsschlag und dem nächsten, glaubte Suki, das Schimmern eines Schattens über ihnen auszumachen, eine dünne, dunkle Gestalt mit hasserfüllten Augen und einem langen, baumelnden Zopf. Der Schemen hob einen Arm, etwas glitzerte zwischen seinen Fingern, und Suki öffnete den Mund, um einen Schrei auszustoßen, doch da flammte ein weiterer Blitz auf, und alles verschwand.

Der Ronin grunzte. Er taumelte, und ein sonderbarer Ausdruck legte sich auf sein Gesicht. Erschrocken starrten ihn alle an. »Ah, *kuso*«, flüsterte er, brach auf dem Gestein zusammen, und sein Bogen rutschte ihm aus den Fingern.

»Okame-san!«, kreischte die Kitsune, da kniete Daisuke bereits neben dem Ronin und fing ihn auf, bevor er gänzlich zu Boden stürzte. Die Miene des Adligen war schmerzverzerrt. Wie erstarrt blickte Suki nach unten und bemerkte den Griff eines schwarzen Kunai-Messers, das zwischen Okames Schulterblättern steckte, ein dunkles Glitzern gegen seine Haori, an deren Rand bereits Blut hervorquoll.

»Okame«, wisperte er, als das Fuchsmädchen ebenfalls die Klinge erblickte und erschrocken aufkeuchte, bevor sie ihre Hände an ihren Mund legte. Suki, die über ihnen schwebte, konnte nur hilflos zusehen, wie sich die Szene unter ihr entfaltete und das Ausmaß der Verzweiflung sich in Daisukes Gesicht grub, als der Ronin in seinen Armen zusammensackte. Der Adlige hob eine zitternde Hand, zögerte und krallte die langen Finger um den Griff des Messers.

»Verzeih mir«, flüsterte er und riss die Klinge heraus. Sogleich stieß der Ronin einen jaulenden Schmerzensschrei aus, der Daisuke wie ein Pfeil zu durchbohren schien; der Adlige zuckte zusammen und presste die Stirn auf die des Ronin, als wollte er den Schmerz auf sich nehmen.

»*Kuso*«, stieß der andere zwischen zusammengepressten Zähnen hervor. »Ich habe nicht aufgepasst.« Mit einer Hand umklammerte er Daisukes Brust, während der Adlige gramerfüllt zu ihm hinabsah. »Sorg ... dich nicht um mich, eitler Pfau«, keuchte der Ronin. »Dieser Mistkerl von einem Dämon ist immer noch dort draußen ...«

Daisuke warf einen jähen Blick nach oben, seine Augen hart und unerbittlich. In einer blitzschnellen Bewegung riss er sein Schwert in die Höhe und hieb es über Okame durch die Luft. Es folgte ein

Klirren von Metall, und ein weiteres schwarzes Messer prallte von seiner Klinge ab und trudelte klackernd gegen den Felsen.

In einem Aufflammen von purpurnem Feuer zog der Dämonenjäger Kamigoroshi, da hallte ein tiefes, spöttisches Lachen hinter ihnen wider. Suki drehte sich um, und ein neuer Blitzschlag flackerte am Himmel auf und zeichnete die Silhouette einer riesigen Gestalt gegen das grelle Licht ab, die auf einem Felssims erschien und grinsend zu ihnen hinabsah.

»Wie vorhersehbar«, verkündete der Dämon. Seine wilde karmesinrote Mähne peitschte im Wind, Hörner ragten gebogen aus seiner Stirn, und er hielt eine geschwungene obsidianschwarze Klinge in der Klaue. »Vorhersehbar und töricht. Habt ihr wirklich geglaubt, Genno würde diesen Pass unbewacht lassen?«

»Rasetsu.« Tatsumi trat vor, und seine Klinge leuchtete in seiner Hand. »Du bist also das letzte Hindernis?« Er bedachte den Dämon mit einem humorlosen Lächeln, und seine Augen glühten rot, als er seine Waffe hob. »Diesmal bin ich nicht in einem Bindezauber gefangen – so einfach wirst du mich nicht durchbohren. Komm her!«, forderte er ihn mit gefletschten Fangzähnen heraus. »Wenn Genno auf der anderen Seite wartet, werde ich mir wohl oder übel einen Weg durch dich hindurchschlagen müssen.«

»Nein.«

Daisuke hob den Kopf, seine Augen funkelten hart. Behutsam lehnte er den Ronin gegen die Felswand und erhob sich, um dem Halb-Oni mit wehendem Haar die Stirn zu bieten.

»Dafür haben wir keine Zeit, Kage-san«, sagte er. »Wir haben das Ende der Straße erreicht, und unser Ziel liegt genau vor uns. Nimm Yumeko-san und geh weiter. Ich werde bleiben und mich um den Dämon kümmern.«

»Taiyo.« Der Dämonenjäger blickte zu ihm, seine Stimme eine einzige Warnung. »Das ist kein gewöhnlicher Dämon. Sein Name ist Rasetsu, zweiter Oni-General des Jigoku. Ich weiß nicht, welche Art von Übereinkunft er mit Genno getroffen hat oder warum er sich auf einmal einen Körper mit einem Menschen teilt, aber Rasetsu ist vom selben Kaliber wie Akumu und Yaburama. Du wirst ihn nicht besiegen können.«

Suki zitterte, doch Daisuke lächelte nur matt. »Dann ist das Duell endlich gekommen, das ich mir schon seit so langer Zeit herbeisehne«, erklärte er ruhig.

»Daisuke-san ...« Das Fuchsmädchen trat mit flehendem Blick vor. »Bitte. Wir sind so weit gekommen, und Genno ist in greifbarer Nähe. Wir können jetzt nicht aufgeben.«

»Genau das ist der Grund, weshalb ich bleiben muss, Yumeko-san«, erwiderte der Adlige. »Es war nie mein Schicksal, dem Meister der Dämonen entgegenzutreten und den Wunsch zu vereiteln. Dieses Los ist deines. Okame und ich haben dich so weit begleitet wie nur irgend möglich. Und jetzt gestatte uns, dass wir dich und Kage-san ein letztes Mal beschützen.«

»Er hat recht, Yumeko-chan«, fügte der Ronin hinzu, seine Stimme angespannt vor Schmerz. Er versuchte, sich an der Felswand in eine andere Position zu stemmen, sackte jedoch zurück, die Zähne fest zusammengebissen. Der Stein hinter ihm war blutbesudelt. »*Kuso!* Mein Kampf ist beendet, und die Zeit läuft uns davon. Ihr zwei zieht weiter und haltet Genno auf. Das ist alles, was jetzt noch zählt.«

»Okame-san.« Yumekos Stimme zitterte, den Tränen nahe. »Was, wenn wir dich nie wiedersehen?«

»Hey.« Der Ronin bedachte sie mit einem müden Grinsen. »So darfst du nicht denken, Yumeko-chan. Wir werden uns wiedersehen. Sorg nur dafür, dass du Genno besiegst, damit wir heute Nacht alle auf unseren Sieg anstoßen können. Und falls ich nicht da sein sollte, trinkt eine Flasche auf mein Wohl.«

»*Arigatou*, Yumeko-san«, sagte Daisuke. Während sein Blick von ihr zu dem Dämonenjäger wanderte, legte sich ein wunderschönes Lächeln auf sein Gesicht. »Dafür, dass ich dich einen Teil deiner Reise begleiten durfte. Dafür, dass du geholfen hast, das Beste aus mir herauszuholen. Kage-san, das Einzige, was ich bedauere, ist der Umstand, dass wir unser Duell nie zu Ende bringen konnten, aber ich fühle mich gesegnet, an deiner Seite kämpfen zu dürfen. Ich erachte unsere Freundschaft als eine viel größere Leistung als all meine Siege als Oni no Mikoto.« In einer letzten Ehrenbezeugung hob er sein Schwert vor ihm. »Viel Glück euch beiden. Es war mir eine Freude.«

»Na gut, mir wird langsam langweilig.« Der Zweite Oni sprang in die Luft und traf mit einem lauten Krachen wenige Meter von ihnen entfernt auf, wobei er im Aufstehen sein Schwert geschickt schwang. »Ich verstehe einfach nicht, warum ihr Sterblichen vor eurem sicheren Tod so viel quatschen müsst!«

Mit einem Brüllen, das den Boden zum Erzittern brachte, stürzte er sich auf die Kitsune.

Beide, Dämonenjäger und Adliger zugleich, sprangen vor und schnitten dem monströsen Yokai den Weg ab. Das schwarze Schwert des Oni blitzte auf, kreischte jaulend und wehrte die zwei Klingen ab, bevor das Monster mit erschreckender Beweglichkeit herumwirbelte, den Dämonenjäger mit der Ferse am Kopf traf und ihn beiseitestieß. Der Dämonenjäger fiel taumelnd über die Steine, rappelte sich mit einem Fauchen wieder auf und wollte gerade einen Satz nach vorne machen, als Daisukes Stimme ertönte und ihn unterbrach.

»Verschwindet!« Der Tonfall des Adligen war bestimmt, selbst als er verzweifelt einen Schlag des rothaarigen Dämons abwehrte, der ihn rückwärts stolpern ließ. »Das ist nicht mehr dein Kampf, Kage-san! Halte Genno auf, verhindere die Beschwörung, das ist alles, was zählt.«

»Geh, Yumeko-chan!«, fügte der Ronin, der nun matt gegen den Felsen lehnte, mit krächzender Stimme hinzu. »Haut ab! Wir schaffen das schon.«

Der Dämonenjäger zögerte, sichtlich hin- und hergerissen zwischen dem Verlangen, von diesem Schauplatz zu verschwinden, und dem Wunsch, sich wieder ins Schlachtgewühl zu stürzen. Doch dann reckte er entschlossen das Kinn, drehte sich um und hielt dem Fuchsmädchen die Hand hin.

»Yumeko, beeil dich!«

Die Kitsune schluchzte, die Fäuste fest geballt. Doch sie wandte sich um und sprintete zu der Stelle, wo der Dämonenjäger auf sie wartete, und gemeinsam liefen sie die schmale Treppe hinauf. In Richtung des fernen Gipfels und der Wolken, die über ihnen über den Himmel jagten.

Doch als sie sich vom Kampfgeschehen abwandten, tauchte eine dunkle Gestalt mit im Wind hin und her schwingenden Zöpfen am Berghang über ihnen auf und hob einen Arm, ein glitzerndes Messer zwischen den Fingern. Suki wollte einen Warnschrei ausstoßen, aber wie aus dem Nichts schoss plötzlich ein Pfeil hervor und traf die Gestalt in den Rücken. Die Dämonin schrie und stürzte vom Fels, und als Suki herumwirbelte, sah sie den Ronin, der, den Bogen in der Hand, verbissen lächelte, als er die Waffe wieder senkte.

»Schreibt mich noch nicht ganz ab«, hörte Suki ihn leise rufen. In der Nähe blitzte Daisukes Schwert auf und parierte die Klinge des Oni, während die beiden einander in ihrem tödlichen Tanz umkreisten. Rasetsu schien es nicht zu bemerken oder sich daran zu stören, dass zwei Gestalten heimlich den Berg hinauf verschwanden. Suki sah zu, wie die Kitsune und der Dämonenjäger sich immer weiter und weiter entfernten, und zitternd beschlich sie ein schmerzliches Gefühl, als würde ihr Körper entzweigerissen.

Genno befand sich dort oben, den Pfad hinauf. Das Schicksal des Kaiserreichs hing davon ab, ob die Kitsune und ihr Dämonenjäger ihn rechtzeitig erreichten.

Und dennoch...

Daisuke-sama. Suki wandte sich um. Ihr Blick fiel auf den Adligen in seinem verzweifelten Kampf, und sie wusste, dass sie ihn nicht verlassen konnte. Sie beobachtete, wie er geschickt die brutalen Hiebe des Oni parierte, die obsidianschwarze Klinge nur Millimeter von seinem Kopf entfernt, als er sie im Herumwirbeln abwehrte, sein eigenes Schwert geschickt einsetzend. Doch auch der Oni wich behände aus oder lenkte Daisukes Waffe ab, und das Kreischen von Stahl gegen Stahl hallte vom Gestein wider. Das Monster schien sich zu amüsieren und grinste boshaft, während es auf den Schwertkämpfer einschlug, nicht nur mit seiner Klinge, sondern auch mit Krallen, Hörnern und Füßen, einen Schlag nach dem anderen landete und seinem Gegner kaum Zeit zum Atmen ließ. Aber... und Suki verspürte ein Aufwallen von Verwunderung... Daisuke-sama lächelte ebenfalls, und seine Augen strahlten hell und eindringlich, während er um den Oni tänzelte.

Daisuke-sama... er genießt es, erkannte Suki genau in dem Moment, als der erste Hieb des Dämons eine Schwachstelle fand und seine gebogenen Krallen eine Wunde an Schulter und Brust des Adligen rissen. Suki kreischte auf, aber Daisuke zuckte nicht einmal zusammen. Stattdessen wirbelte er im Schlag herum, und seine Haare wehten wallend im Wind, als er mit seiner Waffe auf den ungeschützten Rücken des Oni zielte. In allerletzter Sekunde drehte der Dämon sich weg, aber nicht schnell genug, und die Klinge säbelte über seinen Arm und bohrte sich tief in die Muskeln, sodass eine Fontäne an dunklem Blut aus der Wunde emporschoss.

Beide Krieger taumelten keuchend ein paar Schritte rückwärts. Die Vorderseite von Daisukes Robe war aufgerissen, und Blut sickerte aus der grässlichen Wunde über seiner Brust in den Stoff. Sein Gesicht und seine Haare waren rot gesprenkelt, Blut rann ihm den Schwertarm hinab und färbte das Gestein purpurn.

Der Oni lächelte, scheinbar unbesorgt wegen des Blutes, das von seinem Ellbogen tropfte und sich an seinen Füßen zu einer Pfütze sammelte. »Du bist schnell, Sterblicher«, sagte er mit einem anerkennenden Nicken. »Das muss ich dir lassen. Aber du bist nicht besser als ich.« Er hob die obsidianschwarze Klinge, an der Daisukes Blut klebte. »Du wirst hier sterben, und deine Freunde werden es nicht rechtzeitig schaffen, um die Beschwörung zu verhindern. Das neue Zeitalter der Dämonen hat begonnen.«

Daisuke warf ihm ein grimmiges Lächeln zu. »Beim ersten Teil magst du recht behalten«, sagte er laut keuchend. »Aber ich fürchte, du unterschätzt den Rest von uns. Ich habe nicht den geringsten Zweifel, dass Yumeko und Kage-san den Meister der Dämonen erreichen und als Sieger hervorgehen werden. Scheitern ist für unsere Kitsune ein Fremdwort.«

Der Oni lachte höhnisch. »Wie schade, dass du es nicht erleben wirst«, sagte er und stürzte sich auf ihn.

Das Klirren von Schwertern, das über dem tosenden Wind widerhallte, erfüllte die Luft, während der Dämon und der meisterhafte Schwertkämpfer ihren tödlichen Tanz fortsetzten. Suki sah zu, entsetzt, aber unfähig wegzuschauen, wie Daisuke und der Oni sich am Rand der Klippen duellierten, nur wenige Zentimeter entfernt von einem schwindelerregenden Sturz ins tiefe Tal. Über ihnen trieben die Wolken über den Himmel, und der Wind riss an ihren Haaren und ihrer Kleidung, während der Dämon und der Taiyo weiterkämpften, ihre Klingen so schnell, dass Suki ihnen kaum mit den Augen folgen konnte.

Erneut wichen sie zurück, die Schwerter erhoben, und starrten einander an. Der Oni atmete schwer, doch er feixte, als er den Taiyo wenige Meter entfernt eindringlich betrachtete. Einen Moment lang stand Daisuke hochgewachsen und stolz da, und nur der Wind zerrte an seinem langen Haar, während ein Ausdruck stoischer Ruhe sich auf sein Antlitz legte.

Dann verzog er das Gesicht, fiel auf den Steinen in die Knie und griff sich mit der Hand an die Seite. Blut sprudelte von einer Wunde unter seiner Robe hervor, breitete sich auf dem Stoff aus und färbte ihn purpurn. Das Feixen des Dämons verwandelte sich in ein hämisches Grinsen.

»Du kannst mich nicht schlagen, Sterblicher.« In der Stimme des Oni hallte die Gewissheit des Todes mit. »Selbst im Jigoku war ich Hakaimono ebenbürtig, wenn es in die Schlacht ging. Er besaß die stärkere Persönlichkeit, und ich hatte kein Verlangen, Anführer zu sein, aber im Kampf Mann gegen Mann hätte ich ihn vielleicht besiegt, und das wussten wir beide. Du hast nicht die geringste Chance gegen mich.« Er trat einen Schritt vor, was den Taiyo mit angespannter Miene aufblicken ließ. »Aber für einen Menschen warst du eine echte Herausforderung, und das ist nichts, was ich für gewöhnlich über einen Sterblichen sagen kann. Deshalb erweise ich dir eine Gefälligkeit und setze dem hier ein rasches Ende.«

Er riss sein Schwert in die Höhe, zuckte jedoch zurück, als ein Pfeil auf seinen Kopf zuschwirrte und ihn nur um Haaresbreite verfehlte. »Hey, Missgeburt! Hast du vergessen, dass ich auch noch hier bin?«, rief der Ronin mit barscher Stimme. Obwohl er immer noch schmerzgepeinigt gegen den Felsen gelehnt dasaß, hatte er den Bogen gespannt, und sein Köcher lag neben ihm am Boden. »Nur weil ich nicht stehen kann, bedeutet das nicht, dass ich keine Pfeile in deine hässliche Fratze schießen kann.«

»Nein, Okame-san!« Die Kiefer fest aufeinandergepresst, stemmte Daisuke sich auf die Beine. Blut durchnässte eine Seite seiner Robe und sammelte sich auf dem Stein unter ihm, aber er hob dennoch sein Schwert und trat dem Dämon stolz entgegen. »Das ist mein Kampf«, sagte er ruhig. »Bitte misch dich nicht ein. Noch bin ich nicht besiegt.«

»Verdammt, du eitler Pfau!« Der Ronin biss die Zähne zusammen, senkte jedoch widerstrebend den Bogen. »Ich habe gesagt, ich werde diesem glorreichen Tod zusammen mit dir begegnen«, sagte er fast im Flüsterton. »Ich habe nie gedacht... dass ich derjenige wäre, der dir beim Sterben zusehen muss.«

Der Oni lachte, tief und Unheil verkündend. »Oh, sei unbesorgt, Sterblicher«, dröhnte er und betrachtete den Ronin mit einem boshaften Lächeln. »Keiner von euch wird diesen Berg lebend verlassen. Hast du vergessen, dass es hier zwei Feinde gibt?« Sein Grinsen wurde breiter, und seine Augen glühten rot. »Wir jedenfalls nicht.«

Daisuke erblasste. Genau in diesem Moment glitt ein Schatten aus einer Felsspalte über dem Ronin. Die Skorpionfrau war immer noch am Leben. Die schwarzen Augen vor Hass verengt, fletschte sie die Zähne, während sie den Ronin unter ihr anfunkelte und den Kunai hob, der im Mondlicht schwarz aufblitzte.

»Für meine Schwester«, zischte sie und brachte ihre Hand nach unten. Ohne darüber nachzudenken, schoss Suki laut kreischend auf sie zu, und die Welt schien sich zu verlangsamen.

Der weibliche Dämon zuckte zurück, die Augen riesig vor Überraschung, als Suki mit einem geisterhaften Wehklagen vor ihr auftauchte. Sie warf dennoch das Messer, da drehte sich der Ronin unter ihr um, und es gelang ihm, seine Waffe nach oben zu reißen. Der Bogen in seiner Hand surrte, als er, im Hauch eines Augenblicks, bevor das schwarze Wurfmesser sich in seine Brust rammte, einen verzweifelten, blinden Schuss abfeuerte. Gleichzeitig spürte Suki etwas Unbekanntes und Kaltes zischend durch ihren Körper gleiten, bevor Okames Pfeil sich der Skorpion-Schwester in ein schimmerndes schwarzes Auge bohrte. Die Dämonin fuhr zuckend zusammen, dann taumelte sie rückwärts, und ihr Körper schlug gegen den Felsen, während sie endgültig starb.

»Nein, Okame!«

Der Schrei des Adligen hallte hinter Suki. Wie benommen blickte sie sich um, da schritt Daisuke mit dem Schwert an seiner Seite auf den Oni zu. Der Ausdruck auf seinem Gesicht entsetzte sie; es war weder Wut noch Zorn oder Kummer, sondern entschlossene, eiskalte Resignation. Auf halbem Weg machte er einen Satz nach vorne, schnellte vor, eine blitzschnelle Bewegung, und hieb wild auf den Kopf des Dämons ein. Der Oni wich einen Schritt zurück, gestattete der Schwertspitze kaum, ihn zu streifen, bevor er seine Klinge in Daisukes Magen versenkte und die obsidianschwarze Spitze aus dem Rücken des Taiyo wieder herauskam.

Jemand brüllte. Im nächsten Moment erkannte Suki, dass der schrille, wehklagende Schrei ihr selbst gehörte. Aufgespießt auf dem Schwert des Dämons taumelte Daisuke leicht, Blut floss an seiner Kleidung herab und färbte seine gesamte Vorderseite rot, doch er fiel nicht. Bevor der Oni die Klinge wieder herausziehen konnte, riss Daisuke seine Hand nach oben und packte das Handgelenk des Dämons, hielt es wie ein Schraubstock gefangen. Als der Oni überrascht blinzelte, hob der Adlige den Kopf, ein trotziges Lächeln im Gesicht, dann trat er, sich an der Klinge nach vorne hangelnd, einen Schritt vor und bohrte dem Dämon sein eigenes Schwert in die Brust, versenkte es fast bis zum Heft.

Die Augen des Oni quollen hervor, sein Mund klappte auf, aber kein Ton kam heraus. Immer noch mit dem sanften Lächeln im Gesicht drehte Daisuke den Griff seines Schwerts herum und riss es nach oben, durch das Schlüsselbein des Dämons, bis es den Hals des Monsters durchtrennte. Der Kopf des Oni, in den sich ein erstaunter, ungläubiger Gesichtsausdruck eingegraben hatte, fiel nach hinten, knallte auf die Felsen und rollte über den Rand der Klippen, bevor er in den Wellen tief unter ihnen verschwand.

Taiyo Daisuke taumelte rückwärts, das Schwert des Oni aus seinem Magen reißend, während der kopflose Körper des Monsters in die Knie sank und dann auf dem felsigen Untergrund zusammensackte. Die Vorderseite des Adligen, von der Brust abwärts, war in Rot getränkt, und ein purpurner Strom ergoss sich auf die Steine unter ihm.

Einen Moment lang hielt er sich aufrecht, und der Wind zauste ihm die Haare und seine blutgetränkte Robe und Ärmel. Sein Gesicht, gen Himmel gewandt, war voll heiterer Gelassenheit, und für den Bruchteil einer Sekunde schöpfte Suki Hoffnung. Wagte zu glauben, dass der wunderschöne Schwertkämpfer, der die einfache Zofe in den Korridoren des Goldenen Palasts angelächelt hatte, überleben würde.

Dann glitt dem Taiyo die Klinge aus den Fingern und traf mit einem Klirren auf die Felsen, was einen eisigen Schauder durch Sukis substanzlosen Körper jagte. Daisuke schwankte, bevor er auf dem Felsen in die Knie sank und den Kopf senkte. Suki schluchzte seinen Namen, schrie seinen Namen, ihre Stimme vom Wind, der vom Meer heraufheulte, hin und her getragen, aber der Adlige rührte sich nicht.

»Hey! Untersteh dich, jetzt schon zu sterben, eitler Pfau!«

Suki riss den Kopf hoch. Der Ronin kroch über die Steine auf den Adligen zu, zog sich schmerzgepeinigt über den Boden, einen roten Streifen hinter sich herziehend. Seine Miene war entschlossen, während er sich stoisch weiter vorankämpfte, einen qualvollen Zentimeter nach dem anderen, genau auf den Körper des Freundes zu, der wenige Meter entfernt in die Knie gesackt war. Suki schwebte tiefer herab, wollte ihn ermutigen und wünschte sich verzweifelt, sie könnte irgendetwas tun, um ihm zu helfen, sein Ziel zu erreichen. Als der Ronin eine Pause einlegte und schwer atmend auf dem Boden zusammenbrach, flog Suki weiter hinab, bis sie sich direkt über Okame befand, und umhüllte den reglosen Körper mit ihrem Licht.

»Gib nicht auf«, flüsterte sie. »Du hast es fast geschafft. Lass ihn nicht allein sterben.«

Der Ronin hob den Kopf. Mit einer Woge neu gewonnener Entschlossenheit stemmte er sich hoch und taumelte, halb gehend, halb fallend über den Felsen, bis er den knienden Körper Daisukes erreichte. Keuchend hielt er einen Moment inne, seine Gesichtszüge schmerzverzerrt, während Blitze flackerten und die Wolken sich über ihm ballten.

»Okame.«

Das Wort war leise wie ein Atemzug, ein Flüstern im Wind. Daisuke drehte den Kopf und blickte zum Ronin, der neben ihm zusammengesackt war, und eine seiner blutigen Hände zuckte. »Du bist hier. Ver... verzeih mir.«

»Verdammt, du eitler Pfau!«, stieß der Ronin mühsam hervor. Die Kiefer fest aufeinandergepresst, rappelte er sich in eine Sitzposition, dann streckte er sanft die Hand aus und zog den anderen zu sich, bis beide gegen den Felsen gelehnt dasaßen, der Adlige an Okames Brust. Daisuke rutschte nach unten, entspannte sich in den Armen des Ronin, und Suki flog höher, gestattete ihnen etwas Privatsphäre. Schweigend schwebte sie über ihnen und überzog sie mit ihrem blassen Licht – den Ronin und den Adligen, den sie beide liebten –, während der Wind heulte und die Nacht über Taiyo Daisukes letzten Atemzügen einbrach.

»Nun.« Die leise, erschöpfte Stimme des Ronin durchbrach die Stille. »Wie es aussieht, hat sich dein Wunsch erfüllt, du eitler Pfau. Das ist ein verdammt glorreicher Tod.«

Daisuke hob eine zitternde Hand und umfasste die Finger des

Ronin, die auf seiner Brust lagen. »Ich bin froh, dass du hier bist, Okame«, hauchte er, die Augen immer noch geschlossen. »Und ich ... freue mich zutiefst, dass du das hier überleben wirst. Wenn es einer von uns schaffen sollte ... so habe ich mir immer gewünscht, dass du es bist.«

Der Ronin schüttelte den Kopf. »Nein«, murmelte er mit resignierter Stimme. »Ich habe viel zu viel Blut verloren. Und ich bin fast sicher, dass diese Messer vergiftet waren. Keine Sorge, eitler Pfau.« Er verzog den Mund zu einem matten, reumütigen Grinsen, als er den Kopf neigte. »Ich werde mein Versprechen nicht brechen. Ich werde dir schon bald folgen.«

»Dann also doch gemeinsam«, flüsterte Daisuke, während die freie Hand des Ronin ihm eine blutige Haarsträhne von der Wange strich. »Bereust ... du es, Okame?«

»Reue.« Der Ronin lachte leise. »Du eitler Pfau, bevor ich dich, Yumeko-chan und alle anderen getroffen habe, war ich ein Bandit und ein umherstreunender Krieger ohne Ziel und Zweck in der Welt. Ich habe mir aus nichts etwas gemacht, weil ich dachte, es gäbe nichts im Leben, wofür es sich zu leben lohnt. Weder Ehre, Familie oder Freunde noch das Kaiserreich.« Der Anflug eines Lächelns glitt über sein Gesicht, und er schüttelte den Kopf. »Dann hat dieses dreiste, kleine Fuchsmädchen mir eine zweite Chance gegeben, und alles hat sich verändert. Ich war an Orten, die kaum ein Sterblicher je gesehen hat. Ich habe gegen Geschöpfe gekämpft, die direkt aus den Schriftrollen der Legenden stammen. Und ich war ein Teil von etwas viel Bedeutenderem, als jeder, insbesondere ein ehrloser Ronin-Hund wie ich, sich jemals erhoffen könnte.«

Er hielt inne, und ein Schatten von Schmerz legte sich für einen Moment über seine Augen, bevor er sich wieder verflüchtigte. »Also nein, du eitler Pfau«, seufzte er. »Ich bereue nichts. Hätte ich mich Yumeko an jenem Tag nicht angeschlossen, wäre ich immer noch ein wertloser, streunender Ronin ohne jedes Ziel, ohne Freunde und nichts, was seine Sünden wettgemacht hätte. Und ich hätte in jener Nacht niemals Oni no Mikoto auf der Brücke getroffen und mir zum ersten Mal gewünscht, mehr zu sein.«

Daisukes Arm hob sich, und er legte dem Ronin die Handfläche auf die Wange. »Du warst... immer mehr für mich«, flüsterte er, und Okame schloss die Augen. »Denkst du... sie werden Geschichten über uns erzählen, Okame?«

»Das hoffe ich«, stieß der Ronin keuchend hervor und presste seine eigene Hand auf die von Daisuke. »Oder zumindest ein tragisches Gedicht, das jeden, der es hört, zum Weinen bringt.«

»Das würde mir gefallen«, flüsterte Daisuke. Seine Augen öffneten sich, friedvoll und ruhig, und er blickte versonnen zum Himmel. »Mir ist... warm«, murmelte er. »Ich fühle mich leicht. Ich denke... meine Zeit ist gekommen, Okame.«

Der Ronin blinzelte, und eine feuchte Spur zog sich über seine Wange, als er den Kopf neigte und seine Lippen auf Daisukes Mund drückte. »Dann geh«, flüsterte er und lächelte durch die Tränen auf seinem Gesicht. »Du hast es dir verdient. Und sorg dich nicht um mich. Ich bin genau hinter dir.«

»Okame.« Suki konnte ihn jetzt kaum verstehen. Die Stimme des Adligen war leise wie ein Atemzug, den der Wind fortriss und über dem Meer zerstreute. Seine Augen schlossen sich, und er sank tiefer in die Arme des Ronin. »Ich... werde... auf dich warten«, wisperte er. »Beeil... dich.«

Sein Körper sackte zusammen, und die Hand, die immer noch auf der Wange des Ronin lag, glitt schlaff in seinen Schoß. Okame stieß einen ruhigen Atemzug aus und lehnte sich zurück, den Blick gen Himmel. Seine dunklen Augen fielen auf Suki, die über ihren Köpfen schwebte, und ein mattes Lächeln legte sich auf sein Gesicht.

»Immer noch hier, Yurei?«, murmelte er, obwohl es eher ein Selbstgespräch war. »Ich schätze, wenn wir uns auf dem Weg ins Meido verlaufen, haben wir zumindest eine Führerin. Hey, Suki-chan, so war doch dein Name, oder?«, fuhr der Ronin fort, und seine Augen ruhten auf ihr. »Wenn du Yumeko siehst, dank ihr... von mir. Dafür, dass sie einen streunenden Hund aufgenommen hat. Sie wird weinen, aber... wir werden uns wiedersehen. Ich bereue nicht das Geringste. Es war ein verdammt tolles Abenteuer.«

Er holte zitternd Atem und seufzte, als seine Augen sich flackernd schlossen. »*Kuso*«, murmelte er, und seine Stimme wurde immer leiser. »Ich wünschte... ich hätte das Ende miterleben dürfen. Ich hoffe, du und Kage-san, ihr schafft es, Yumeko-chan. Wenn nicht... treffe ich euch beide wohl sowieso bald wieder.«

Der Ronin richtete sich schmerzgepeinigt auf und senkte den Kopf so, dass seine Lippen die Wange des Adligen streiften. »Also schön, eitler Pfau«, hörte Suki, auch wenn seine Stimme fast verklungen war und mit jedem Wort noch schwächer wurde. »Wir sehen uns auf der anderen Seite. Ich hoffe, es gibt dort guten Sake oder... ich wäre... schwer enttäuscht.«

Sein Kopf sackte die letzten paar Zentimeter nach unten und ruhte nun auf Daisukes Schulter, bevor der Ronin völlig reglos verharrte. Wie benommen schwebte Suki einen Moment auf der Stelle, da öffneten sich die Wolken, und Regen prasselte auf die beiden Körper, die zusammengesunken im flackernden Licht einer Hitodama lagen.

Zwei glühende Kugeln erhoben sich von den Leichen am Boden und pulsierten sanft, während sie in die Luft stiegen. Suki sah den beiden Lichtpunkten zu, die unaufhaltsam in die Höhe flogen, einander in einem anmutigen, fast aufgeregten Tanz umkreisten und schließlich in den Wolken verschwanden.

25

DIE STÄTTE DER BESCHWÖRUNG

Tatsumi

Fast geschafft.

Eigentlich hatte ich Schwierigkeiten erwartet. Das letzte Stück den Berg hinauf war schmal und steinig, mit steilen Klippen und zerklüfteten Felsspalten auf der einen Seite. Perfekt für einen Hinterhalt oder um uns zwischen einer Gebirgswand und einem fast senkrecht in die Tiefe abfallenden Abhang abzufangen. Doch da waren keine Dämonen, keine Monster, Yokai, Bakemono oder Blutmagier, die in Nischen oder zwischen Felsen auf der Lauer lagen. Keine Anschläge oder Fallen jeglicher Art. Entweder war Genno zu selbstsicher, was Rasetsus Fähigkeiten betraf, den Pfad zu sichern – ganz zu schweigen von der Loyalität des Oni –, oder es käme noch etwas, von dem wir nichts wussten.

Ich konnte den Gipfel über uns bereits sehen, eine flache Steinplatte, die über das Meer hinausragte, mit steil abfallenden Klippen, und tief unter uns die Wellen des Ozeans. Direkt darüber jagten die Wolken über den Himmel, ein riesiger Strudel aus Finsternis und flackerndem Wetterleuchten. Regen und Wind peitschten gegen die Felswände, rissen an unseren Haaren und unserer Kleidung.

Als ein Blitz niederfuhr, erhellte er das Tal am Fuß des Berges und zeigte im Sekundenbruchteil eine Momentaufnahme der verzweifelten, vergeblichen Schlacht zwischen Menschen und Dämonen, die immer noch in der Dunkelheit wütete. Weder der Einbruch der Nacht noch der heftige Sturm hielten den Todesmarsch der Dämonen auf, in ihrem Wunsch, jedes Lebewesen auf Erden abzuschlachten, das sich ihnen in den Weg stellte, und die Armeen aus Schatten und Mond führten im Regen und in der Düsternis weiterhin einen aussichtslosen Kampf.

Yumeko stolperte auf dem unebenen Pfad und fiel mit einem leisen Schmerzensschrei auf die Knie. Hastig drehte ich mich um, nahm ihre Hand und zog sie behutsam auf die Beine, da neigte sie mit zuckenden Fuchsohren den Kopf.

»Hast du das gehört?«, keuchte sie.

Natürlich. Eine Stimme hallte über dem Sturm wider, erhob sich über Wind und Regen, wehte direkt vom Gipfel herab. Die einzelnen Worte wurden vom Heulen des Unwetters verschluckt, aber es gab keinen Zweifel, wer es war oder was gerade passierte.

»Genno«, knurrte ich. »Er beschwört den Drachen herauf. Er hat das Gebet allerdings noch nicht beendet. Wir können es immer noch schaffen.«

Yumeko nickte, ein unbeugsames Glitzern in den gelben Augen. Gemeinsam begannen wir, den Weg hinaufzusprinten, als Gennos dröhnender, alles durchdringender Sprechgesang lauter wurde und die Wolken immer schneller wirbelten.

Der Pfad bog um eine Felswand und endete abrupt am Fuß einer steilen Steintreppe, die zum Gipfel führte. Ein verwittertes graues Torii-Tor auf der ersten Stufe markierte den Eingang zum Hoheitsgebiet der Götter, und bei dem Anblick hörte ich Yumeko aufkeuchen. Das war es, die allerletzte Treppe. An ihrem Ende warteten die Stätte der Beschwörung und der Meister der Dämonen.

Als wir auf die Stufen zugingen, schoss ein greller Blitz herab, und eine Wand aus blauen Flammen brach am Fuß der Treppe hervor. Fauchend wich ich vor dem Licht und der plötzlichen Hitze zurück und spähte mit verengtem Blick zum Feuer.

Da stand *er* auf dem Torii-Tor, mit silbernen Haaren und im Wind geblähter Robe, goldene Augen, die in der Dunkelheit schimmerten: der Neunschwanz aus der Höhle der Dämonin. Seine vielen Schwänze wiegten sich bedächtig hinter ihm, die Spitzen gekrönt von Fuchsfeuer, und warfen seinen Schatten über den Boden vor uns.

»Noch nicht.« Seine Stimme war eine Warnung, fast ein Befehl, und ich spürte, wie Wut in mir aufwallte. Mit Kamigoroshi in der Hand sprang ich einen gewaltigen Satz in Richtung des Kitsune, der uns im Weg stand, und brachte das Schwert in einer drehenden Bewegung in Position.

Der Neunschwanz rührte sich nicht, auch wenn sich ein kleines Lächeln auf sein Gesicht legte, als Kamigoroshi purpurn aufleuchtete und auf seinen Kopf zielte. Es folgten einige blitzschnelle Bewegungen und ein schrilles, metallenes Kreischen, das meinen Arm erschütterte, als Kamigoroshi auf die Klinge eines anderen Schwerts traf, das wie aus dem Nichts vor dem Neunschwanz aufgetaucht war. Erschrocken blinzelte ich, starrte ihn, auf dem Torii-Tor stehend, über unsere gekreuzten Klingen hinweg an. Und blickte auf die Finger des Neunschwanzes, die sich um das Heft seiner Waffe krallten und mein Schwert und mich einhändig abwehrten.

Der Kitsune lächelte mich über die gekreuzten Schwerter hinweg an. »Spar dir deine Kräfte für später auf, Hakaimono«, sagte er ruhig. »Dein größter Kampf steht noch bevor.«

Seine Schwänze bewegten sich, ein verschwommener Fleck aus silbernem und blau-weißem Fuchsfeuer, und zwei von ihnen trafen mich mitten in der Brust. Es fühlte sich an, als hätte Yaburama mich geschlagen; ich wurde weggeschleudert, prallte auf den Pfad und rollte gut zwanzig Meter den Berg hinunter, bis ich zerschrammt am Rand eines Felsvorsprungs zum Stehen kam. Mit einem lauten Knurren stemmte ich mich auf die Beine, Kamigoroshi eine Lichtexplosion in meiner Hand, und sah Yumeko am Fuß der Treppe, die dem Neunschwanz unerschrocken entgegentrat.

»Was willst du, Seigetsu-sama?«, fragte sie, umhüllt vom geisterhaften Licht ihres Fuchsfeuers. »Du hast uns früher schon einmal geholfen – warum willst du uns jetzt aufhalten? Du hast gesagt, du hättest kein Interesse am Drachenwunsch.«

»So ist es.«

»Warum ... hilfst du dann dem Meister der Dämonen?«

Das Schwert fest umklammert, machte ich mich erneut an den Aufstieg, als der neunschwänzige Fuchs den Kopf zur Seite neigte und Yumeko mit ungerührten goldenen Augen betrachtete. »Ich helfe dem Meister der Dämonen nicht, kleiner Fuchs«, erklärte er. »Genno ist schlicht und ergreifend eine weitere Figur in diesem Spiel. Eine wichtige Figur, ja, aber seine Rolle in der Geschichte wird bald enden. Yokai, Dämonen und kami können beim Herold des Wandels keinen Wunsch äußern. Nur eine sterbliche Seele kann den Großen Kami aus dem Meer locken, und Genno, auch wenn seine Seele von Hass und Rachegelüsten verdorben sein mag, passt auf diese Beschreibung. Ich brauche ihn nur, damit er den Drachen heraufbeschwört.«

Yumekos Ohren legten sich flach an. »Du *willst*, dass Genno den Drachen heraufbeschwört?«, flüsterte sie und klang zugleich entsetzt und verblüfft. »Warum?«

Der andere Kitsune bedachte sie mit seinem Augurenlächeln und schüttelte den Kopf. »Noch nicht«, sagte er, seine Stimme ein leises Gemurmel. »Die Zeit ist noch nicht gekommen, um diesen Teil des Spiels zu offenbaren. Aber bald. Bald wirst du alles verstehen.«

Ein Heulen hallte über dem Sturm wider, und die Luft selbst

schien zu erzittern. Ein mächtiger Blitz teilte den Himmel über ihnen, tauchte alles in ein blendendes Weiß, und im grellen Lichtstrahl war der Gesichtsausdruck des Neunschwanzes fast wahnsinnig vor Frohlocken. »Beeil dich, kleiner Fuchs«, sagte er zu Yumeko, während ein Schauder, anders als jeder, den ich jemals verspürt hatte, durch meine Adern peitschte. »Er kommt.«

Fauchend stürzte ich mich auf den neunschwänzigen Fuchs, sprang über die Mauer aus Kitsune-bi und hieb mit Kamigoroshi auf ihn ein. Diesmal bewegte sich die silberhaarige Gestalt nicht, aber seine goldenen Augen glitten zu mir, sein Lächeln wie festgefroren. Meine zischende purpurne Klinge bohrte sich in sein Schlüsselbein und kam auf der anderen Seite wieder heraus, zerschnitt ihn genau in der Mitte. Als ich vom Torii-Tor sprang, folgte eine Explosion aus weißem Rauch, und die beiden Hälften des Kitsune lösten sich auf. Ein rotes Ahornblatt, mittig durchtrennt, flatterte zu Boden und wurde vom Wind tänzelnd davongetragen.

Die Wand aus Kitsune-bi flackerte auf und verblasste. Ich landete auf der Treppe und blickte zu Yumeko zurück, deren Gesicht im sterbenden Licht des Fuchsfeuers erblasst war.

»Eine Illusion«, flüsterte sie in ungläubigem Entsetzen. Sie schüttelte sich, eilte weiter und holte mich auf den Stufen ein, auch wenn ihre Augen vor Angst und Besorgnis beschattet waren. »Beim großen Kami, wie stark ist er? Was steckt hinter seinem Spiel? Und wie sollen wir jemals einen neunschwänzigen Fuchs mit so viel Macht aufhalten?«

»Dafür haben wir jetzt keine Zeit«, rief ich, während wir die Stufen hinaufjagten. »Zuerst kümmern wir uns um Genno, und sobald wir den Meister der Dämonen zurück ins Jigoku geschickt haben, machen wir uns Gedanken um den Neunschwanz.«

Die Treppe schlängelte sich am Berg hinauf, wurde mit jeder Sekunde steiler und unebener, bis wir endlich den Gipfel erreichten. Ein rundes Felsplateau erstreckte sich vor uns, von Fackeln und zerbröckelten Steinsäulen umfasst, mit Blick auf den Ozean.

In der Mitte des Kreises, mit erhobenen Händen und geisterhafter Robe, die sich um sie blähte, stand eine durchschimmernde Gestalt in Weiß vor einem Steinaltar. Eine lange Schriftrolle, deren eines Ende mit einem Stein beschwert war, lag auf dem Altar, das andere flatterte heftig im Wind. Das Drachengebet, die Teile zusammengeklebt und wieder vervollständigt. Ein ausgeblichener, menschlicher Schädel thronte genau im Zentrum, die Augenhöhlen ein karmesinrotes Glühen. Um die Gestalt verteilt, am Rand des Kreises, knieten fast ein Dutzend Menschen auf dem Gestein, schimmernde Dolche wie vergessen neben ihnen liegend. Ihre Köpfe hingen schlaff auf ihre Brust herab, Ströme von Blut rannen aus ihren gerade eben erst aufgeschlitzten Kehlen und tropften auf den Boden.

»Ihr seid zu spät.« Der geisterhafte Schemen ließ die Arme sinken, drehte sich um und lächelte uns über den Steinkreis an. Genno, seine durchsichtige Gestalt ein blasser Umriss gegen den Regen und die Dunkelheit, begegnete meinem Blick mit Triumph in den Augen. »Du kannst mich jetzt nicht mehr aufhalten, Hakaimono«, sagte er und hob einen durchscheinenden Arm in Richtung Meer. »Das Gebet wurde vollendet. Der Herold naht!«

Ein gewaltiger Blitz schoss aus den Wolken und traf auf der Oberfläche des Ozeans auf. Ich spürte ein Grummeln aus der Tiefe, das den ganzen Berg heraufkroch und das Gestein unter meinen Füßen zum Erzittern brachte. Yumeko taumelte, und über uns toste der Sturm.

»Alles wird zu Dunkelheit.« Gennos dröhnende Stimme erhob sich über dem Wind. Der Yurei drehte uns wieder den Rücken zu und blickte in Richtung Ozean, die Arme in die Höhe gereckt, um den Drachen willkommen zu heißen. »Alles wird zu Schmerz,

Angst und Tod. Ich werde das Kaiserreich niederschlagen und dieses Land nach meiner Vorstellung wiederaufbauen. Es wird keine Samurai, keinen Kaiser, keine Adligen mehr geben, nur noch Menschen und Dämonen, und während das Jigoku und das Ningen-Kai sich vermischen, werden sich alle sterblichen Seelen vor mir verneigen, genau wie O-Hakumon es versprach.«

Ich umklammerte Kamigoroshi, während Zorn und eine primitive Gier nach Blut in mir anschwollen, ein Strudel aus dämonischer Wut, der an die Oberfläche drang. »Nicht, wenn ich dich zuerst zurück zu O-Hakumon schicke«, fauchte ich und stürzte mich auf den Meister der Dämonen.

In der Sekunde, als meine Füße den Steinkreis berührten, flammte ein Blitz auf, und Schmerz erfüllte meinen Körper. Rot glühende Ketten tauchten unvermittelt auf, schlossen sich um meine Gliedmaßen, fesselten mich an das Felsplateau. Als ich nach unten blickte, sah ich Symbole und Kanji-Zeichen, die, in Blut geschrieben, auf dem Gestein aufleuchteten.

»Hast du wirklich geglaubt, ich wäre nicht auf dich vorbereitet, Hakaimono?« Genno drehte sich zurück, ein grausam amüsierter Ausdruck auf seinem schmalen Gesicht. »Dachtest du, ich würde erlauben, dass du es ohne jede Konsequenz so weit schaffst?« Er zeigte auf die Gestalten, die uns umgaben. »Meine Blutmagier, die ihr Leben gegeben haben, um diesen Bindekreis zu erschaffen, mit dem erklärten Ziel, den Ersten Oni aufzuhalten. Du kommst mir nicht in die Quere, nicht wo der Moment meines Triumphs so nah ist.«

Eine glühende Kugel Fuchsfeuer schoss an meinem Kopf vorbei auf den Yurei in der Mitte des Kreises zu. Für den Bruchteil einer Sekunde huschte ein schockierter Ausdruck über sein blasses Gesicht, bevor er flink beiseitetrat. Der Ball Kitsune-bi flog in hohem Bogen ins Meer, einen Lichtstreif hinter sich herziehend, und

Gennos Augen glitten abrupt zu dem Mädchen, das in den Kreis neben mich getreten war.

Yumeko öffnete die Hände, und Fuchsfeuer flammte auf, umhüllte nicht nur ihre Finger, sondern ihren ganzen Körper. Es raste an ihren Armen, ihrem Rücken hinauf und breitete sich über ihrer Kleidung aus, bis das Fuchsmädchen in blau-weißen, züngelnden Flammen stand. Ihr Schwanz schwang peitschend hinter ihr hin und her, von Fuchsfeuer bedeckt, und ihre goldenen Augen schimmerten vor Wut, als sie den Meister der Dämonen über dem Gestein entgegentrat.

»Schluss jetzt, Genno«, sagte sie, und eine imaginäre Fackel flammte am Rand des Kreises blau-weiß auf. »Das wird heute Nacht enden.«

»Lästige Füchsin.« Der Meister der Dämonen schwebte zurück, und ein mattes rotes Glühen umgab ihn, während er fast verächtlich auf sie zeigte. »Fort mit dir!«

Drei Sicheln der Dunkelheit, tödlich wirbelnde Halbmonde, flogen auf Yumeko zu, schwarzes Feuer hinter sich her ziehend. Das Fuchsmädchen duckte sich geschwind und brachte sich mit einem Hechtsprung in Sicherheit, obwohl eine Sichel sie am Ärmel traf und durch den Stoff schnitt, als wäre er überhaupt nicht vorhanden.

»Yumeko!« Ich stürzte zu ihr, stemmte mich gegen die Ketten und spürte, wie einige von ihnen rissen, als ich mit aller Kraft nach vorne drängte. Doch ich war nur einen kurzen Moment frei, da wuchsen ein Dutzend weitere aus dem Boden und nahmen ihre Stelle ein, legten sich um meine Arme, Beine und Brust und versengten mich dort, wo sie mich berührten, glühend heiß. Frustriert fauchte ich auf.

»Erhebt euch!« Genno, an dessen Fingern rotes Licht schimmerte, hob beide Arme, und ein entsetzliches Kräuseln von Blutmagie schwappte über das Felsplateau. »Zermalmt sie, meine getreuen Lakaien«, befahl er. »Gehorcht mir im Tod, wie zuvor im Leben. Erhebt euch, und dient eurem Meister!«

Die Toten, die den Rand des Kreises säumten, rührten sich und reckten die Köpfe, um ihre aufgeschlitzten Kehlen zu präsentieren, dann schienen sie in die Höhe zu steigen und schwebten ein paar Zentimeter über dem Erdboden. Die Dolche in den blassen, blutigen Händen umklammert, flogen sie vorwärts.

Yumeko stemmte sich auf die Beine, die Ohren fest angelegt, die Augen weit aufgerissen vor Angst. Blut tränkte den Stoff ihres einen Ärmels und tropfte von ihrem Arm auf den Boden, doch sie hob die Hände, ein Pulsieren von Fuchsfeuer zwischen den Fingern, und entfesselte eine tosende Linie an Kitsune-bi. Nicht gegen den geisterhaften Meister der Dämonen oder die Toten, die mit gezückten Dolchen auf sie zuschwebten, sondern auf den Bindekreis zu ihren Füßen.

Einen Moment lang flammten die Worte der Macht rot auf und schimmerten wie frisches Blut, als das Fuchsfeuer auf die Oberfläche auftraf. Dann, mit einem lauten Brüllen, schien der gesamte Kreis Feuer zu fangen, und Kitsune-bi raste an den Runen und Symbolen entlang, bis es nach einem letzten Aufflackern stotternd verglühte und schließlich erstarb, den Kreis mit sich nehmend.

Die Ketten, die mich an den Felsen fesselten, waren verschwunden. Genno wirbelte herum, und seine Augen wurden riesig, als ich vorstürzte und den ersten wiederauferstandenen Blutmagier zerteilte. Die anderen drehten sich zu mir um, glitten wie Marionetten ruckartig nach vorne, die Augen ausdruckslos, während sie mit ihren Waffen nach mir stießen. Ungehindert sprang ich mitten in den Trupp aus Toten, hieb durch ihre Gliedmaßen, kämpfte mir einen Pfad durch sie hindurch. In dem Gedränge an Körpern verlor ich Yumeko aus den Augen, auch wenn ich gelegentlich einen flüchtigen Blick auf Genno erhaschte, doch der Blutmagier entfernte sich immer weiter, ein unerbittlich triumphierendes Lächeln im Gesicht. Mit einem Fauchen jagte ich ihm nach, doch die Toten umringten mich, drängten mich unaufhaltsam zurück.

»*WER RUFT MICH?*«

Alles erstarrte. Selbst die schwebenden Toten verharrten zitternd auf der Stelle, wie gelähmt von dem tiefen, nicht menschlichen Grollen, das aus dem Auge des Sturms drang. Ich blickte hoch, und mein Herz setzte mehrere Schläge aus, als ein riesiger Kopf aus den Wolken auftauchte, und hinter ihm ein schier endlos langer Körper. Sein Anblick sprengte jegliche Vorstellungskraft, er war größer als jedes Lebewesen, das ich jemals gesehen hatte, ein gewaltiger Berg aus Hörnern und Fangzähnen und Schuppen von der Farbe des Ozeans.

Der Große Drachengott, der Herr der Gezeiten und Herold des Wandels, wand seinen gewaltigen Körper um den Gipfel und blickte zu uns unbedeutenden Sterblichen tief unter ihm hinab.

Genno wirbelte herum und hob die Arme zum riesigen Kami, sein Gesicht vor wildem Triumph erhellt. Verzweifelt hieb ich auf die Toten ein, die mich umgaben, und stürzte mich auf den Meister der Dämonen, obwohl ich wusste, dass wir versagt hatten. Der Drache war gekommen, und Genno war viel zu weit weg; er musste nichts weiter tun, als seinen Wunsch laut auszusprechen, und alles wäre vorbei.

»Ryuujin-sama!«, schrie Genno, den formellen Namen des Herolds benutzend. Die Stimme des Yurei erscholl siegreich über dem Sturm, aber er redete rasch, wohl wissend, dass Eile geboten war. »Ich, Genno, Meister der Dämonen, bin die Seele, die Euch heute Nacht gerufen hat! Aufgrund meines Rechts als Träger der Drachenrolle bitte ich Euch, mir meinen Herzenswunsch zu gewähren!« Er wartete keine Erwiderung des Drachen ab, sondern redete hastig weiter, und die Welt schien den Atem anzuhalten. »Großer Drache, ich wünsche…«

Ein scharfer Knall ertönte, hallte über dem Chaos wider. Er war nicht sonderlich laut oder dröhnend, ein Geräusch, das höchstens für den Bruchteil einer Sekunde zu hören war und im Chaos fast unterging, aber verblüffenderweise zuckte Genno zusammen, als wäre er erschossen worden. Sein Körper flackerte wie eine Kerzenflamme im Wind, und er wandte die riesigen blassen Augen vom Drachen ab zu etwas hinter ihm. Nachdem ich mich durch die letzten Toten gekämpft hatte, blickte ich auf, und mein Herz begann zu pochen.

Yumeko stand vor dem Altar, während das aufgerollte Pergament wild im Sturm flatterte, doch sie starrte nicht auf das Gebet. Der nackte Schädel thronte vor ihr und glühte matt vor Macht, obwohl die Schädeldecke gesprungen und gerissen war, als wäre etwas Schweres auf sie herabgefallen.

Yumeko, ihr Gesicht hart vor Entschlossenheit, hatte einen großen Stein in beiden Händen und hob ihn langsam über den Kopf.

»Neiiiiin!«

Gennos Schrei hallte über dem Wind wider, schrill und verzweifelt. Seine Miene war nicht mehr triumphierend, als er vorstürzte und eine geisterhafte Hand ausstreckte. »Füchsin, wage es ja nicht!«

Yumeko lächelte erbarmungslos. »Für Meister Isao«, flüsterte sie und brachte den Stein mit aller Gewalt nach unten.

Der Schädel zersplitterte. Rauchfäden aus schwarzem und purpurnem Licht lösten sich aus den Scherben, stiegen spiralförmig in die Luft, als die Macht freigesetzt wurde und Genno entsetzlich jammerte. Sein Körper schien sich aufzulösen und franste wie Nebel aus, obwohl er die Arme um sich schlang und mit allen Mitteln versuchte, sich nicht aufzulösen. Doch er wurde immer blasser und blasser, bis nur noch die undeutliche Silhouette eines Menschen vor dem Drachen schwebte.

Genno.

Die Stimme gehörte nicht zum Drachen, sondern schien in den Wolken, im Donnergrollen um uns herum nachzuklingen. Ich erkannte sie wieder; selbst nach eintausend Jahren war es unmöglich, diese Stimme mit einer anderen zu verwechseln.

O-Hakumon, der Herrscher des Jigoku.

Meister der Dämonen, dröhnte die Stimme, ein schreckliches Poltern in den Wolken. Der verblassende Yurei krümmte sich, die Augen weit aufgerissen vor Angst, als er zum Meer spähte. *Du hast versagt, und kraft unseres Vertrags gehört deine Seele erneut mir.*

Mit einem allerletzten Schrei verwandelte sich Gennos Geist in eine karmesinrote Lichtkugel, die rasch in die Lüfte stieg und zum Horizont flüchtete, als würde sie von Dämonen gejagt.

Sie war allerdings nicht weit gekommen, da schlug ihr ein Schwall Hitze am Himmel entgegen, und zwei brennende Räder mit grinsenden Gesichtern erhoben sich über ihr. Mit gackerndem Gelächter hasteten die Wanyudo der fliehenden Seele hinterher, die wie eine erschrockene Libelle hin und her schoss in dem vergeblichen Versuch, ihren Verfolgern zu entkommen. Doch die Dämonen waren schneller, und als ein Wanyudo die verzweifelte Seele einholte, öffnete sich sein riesiges Maul, klaffte weit auf, und seine Kiefer schlossen sich um die Lichtkugel. Ein winziger Schrei entschlüpfte der verdorbenen Seele, als sie von dem Dämon aus der Luft gepflückt wurde, der, ohne abzubremsen, in Richtung Ozean davonraste. Bei ihrem Näherkommen zuckte ich zusammen, aber die Wanyudo stürzten in Zwillingsrädern aus Feuer an uns vorbei, tauchten in die Wellen oder zerklüfteten Felsen tief unter uns und verschwanden aus unserem Blickfeld.

26

DER HEROLD

Yumeko

Wir ... Wir haben es geschafft.

Ich hielt den Atem an, während die Schreie der brennenden Räderdämonen sich im Wind zerstreuten. Einen Moment lang stand ich reglos und mit klopfendem Herzen vor dem Altar, darauf wartend, dass etwas geschehen würde. Dass Gennos wutschnaubender Geist sich mit dem Lachen eines Wahnsinnigen zurück in die Lüfte erhob und uns verspottete, da wir in unserer törichten Naivität geglaubt hatten, wir könnten ihn geschlagen haben. Aber Genno tauchte nicht auf. Der Sturm tobte weiter, und über unseren Köpfen schwebte in den Wolken immer noch das Angst einflößende Antlitz des Großen Drachen, seine Augen schimmernd wie Monde, während er uns beobachtete.

Meine Beine zitterten, und ich sank auf dem rauen Stein in die Knie. Der Regen hämmerte auf mich ein, und ich bemerkte einen kribbelnden Stich, da sich ein schartiges Stück des Schädels in meine Wade gebohrt hatte, aber ich spürte es kaum. Es war schwer zu glauben nach allem, was wir durchgestanden hatten, den Strapazen, die wir auf uns genommen, und den Opfern, die wir gebracht hatten, doch es machte den Anschein, als hätten wir gewonnen.

»Yumeko.« Tatsumi kniete vor mir, und ich brach in seinen

Armen zusammen, mein Gesicht in seine Haori gepresst, während er mich fest an sich zog.

»Wir haben es geschafft.« Meine Stimme war schwach, und ich schloss erschöpft die Augen. Ich spürte, dass Tatsumi ebenfalls zitterte. »Genno ist fort, Tatsumi. Es ist wirklich vorbei.«

Ich spürte, wie er einen tiefen, beruhigenden Atemzug nahm. »Was ist mit dem Wunsch?«, fragte er nachdenklich. »Was geschieht mit ihm, nun da der Beschwörer tot ist? Wird der Drache verschwinden oder ihn auf einen anderen übertragen?«

»Keine Ahnung.« Ich schluckte schwer und spähte zum riesigen Drachengott empor, dessen Körper immer noch um den Berggipfel gewunden war und dem die Sterblichen und ihre belanglos kurzen Leben völlig gleichgültig waren. »Vielleicht sollten wir ihn fragen.«

»Das wird nicht nötig sein.«

Die tiefe, vertraute Stimme hallte hinter uns wider. Ich hob den Blick und bemerkte Seigetsu am Rand des Zirkels, seine Haare und Schwänze hinter ihm im Sturm wehend. Er sah allerdings nicht zu uns, sondern zum Großen Drachen, der sich über uns abzeichnete und dessen endlose Windungen in den Wolken verschwanden und sich wieder aus ihnen herausschlängelten.

»Es wird keine weiteren Wünsche geben«, psalmodierte der Neunschwanz, zückte einen riesigen Yumi-Langbogen und zielte auf den Gott der Gezeiten. Die Pfeilspitze, die auf den Großen Drachen zeigte, war weiß und von karmesinroten Äderchen durchzogen, und eine bösartige Dunkelheit umhüllte sie flackernd, was die Luft um ihn herum zu verderben schien. Mit einem Mal roch ich Salz und Tränen im Wind, und der Geschmack von Asche trocknete mir die Kehle aus, als sich ein triumphierendes Lächeln auf Seigetsus Gesicht legte. »Weder heute Nacht noch jemals wieder. *Das* ist der letzte Spielzug.«

Mit einem Kreischen, das mir das Blut in den Adern gefrieren ließ, flog der Pfeil in einem zischenden Strahl aus Licht und Dunkelheit durch die Luft und traf den Großen Drachen genau zwischen den Augen.

Ein schreckliches Brüllen erscholl, das den Regen spiralförmig fallen und die Wolken sogar noch schneller kreisen ließ, während der Herold sich wie eine Schlange krümmte, die mit einem Speer durchbohrt worden war. Er schlug aus, und sein riesiger gewundener Körper rammte gegen die Berghänge, was die Gipfel zum Beben brachte und riesige Felsbrocken in den Ozean schleuderte. Regen hämmerte schmerzhaft auf meine Haut, brannte wie Nadelstiche, und der Wind jaulte in meinen Ohren wie ein wutentbrannter Yurei.

Mit geballten Fäusten wandte ich mich zu dem Kitsune, und mein Herz hämmerte in einem panischen Rhythmus. »Was hast du dem Drachen angetan?«

Seigetsu hob eine Hand. »Wie schon gesagt, alle lebenden Dinge können verdorben werden. Selbst ein Kami. Der Große Drache ist nicht mehr der Gott der Gezeiten und der gleichgültige Herold des Wandels. Kiyomi-samas Wahnsinn ist nun auf ihn übergegangen – der Pfeil hat ihm den Verstand geraubt und seine Seele korrumpiert, und er ist nun eine Naturgewalt der Wut, Traurigkeit und Zerstörung. Er wird diese Insel und alles, was sich darauf befindet, in Schutt und Asche legen, wenn er nicht selbst vernichtet wird.«

Ein weiteres Brüllen ertönte, ein gellendes Geräusch, das an Wahnsinn grenzte, und der Drache tauchte wieder aus den Wolken auf. Mir stockte der Atem, mein Magen krampfte vor panischer Angst und Entsetzen. Die mondgleichen Augen des Herolds glühten nun purpurn-schwarz, seine riesigen Kiefer klafften in einem animalischen Fauchen auf. Ein unheilvolles karmesinrotes Leuchten umhüllte ihn, als das gewaltige Geschöpf sich wand, in stumpfsinnigem Zorn wild um sich drosch und gegen unsichtbare Gegner ausholte. Der Boden unter unseren Füßen erzitterte, und ich taumelte, wäre fast gegen Tatsumi gefallen, und der gesamte Berg erbebte mit der Wut eines Gottes.

Den Kopf in den Nacken geworfen, brüllte der Drache, und dünne Blitze, Hunderte von ihnen, schossen aus den Wolken und prasselten auf die gesamte Insel hernieder. Tatsumi packte mich am Handgelenk, riss mich an sich und beschützte mich mit seinem Körper, kurz bevor ein zischender Energiestrahl nur wenige Meter von uns entfernt in den Kreis fuhr und Steinsplitter in alle Richtungen schossen. Gesteinsbrocken bombardierten uns, und als das grelle Licht verblasste, blickten wir hoch und sahen, wie sich der riesige Körper des Drachen vom Berggipfel entrollte und er davonflog, in Richtung Tal und der Armeen von Schatten und Mond, die immer noch an seinem Rand kämpften.

»Er wird sie alle vernichten.« In Seigetsus Stimme lag eine schreckliche Endgültigkeit. »Jede lebende Seele auf dieser Insel wird vom Zorn und Kummer des Drachen verschlungen werden. Und sobald er hier fertig ist, wird er die anderen Inseln versenken und dann zum Rest des Kaiserreichs weiterziehen. Nichts wird ihn aufhalten können, außer er wird hier gestoppt, heute Nacht.«

»Du sagst das, als würdest du erwarten, dass *wir* ihn töten.« Ich schüttelte heftig den Kopf, und mein Herz flatterte in meiner Brust wie ein panischer Vogel. »Selbst wenn wir wollten, das ist der Große Drache! Ein Kami. Ein *Gott!*«

»Und er trägt ein Schwert namens *Gottestöter*.« Seigetsus kalte gelbe Augen glitten zu Tatsumi, und bei der jähen Erkenntnis überkam mich ein eisiger Schauder. »Selbst der Herold ist seinen eigenen Regeln unterworfen«, sagte der Neunschwanz feierlich. »Du bist der Einzige, der ihn aufhalten kann, Hakaimono. Der Einzige mit der Macht, einen Gott zu besiegen. Du und die Füchsin der Träume. Es ist Zeit, dein Schicksal zu erfüllen und das Spiel zu seinem Ende zu führen.«

Er hob eine Hand, und seine Ärmel blähten sich im Wind, da schwebte eine glänzende, pferdelose Kutsche herbei, die am Rand des Steinkreises stehen blieb. Es war ein schlichtes, wenn auch elegantes Gefährt, ein Kasten aus dunklem Holz, dessen gesamte Rückseite aus zwei Türen bestand, die sich nach außen öffneten. Der matte Umriss von Fuchsfeuer, das die Kutsche von allen Seiten umhüllte, war zu sehen, und etwas in meiner Magengrube bäumte sich auf, als fühlte es sich zu diesem Licht hingezogen.

»Nimm die Kutsche«, befahl Seigetsu, als schickte er uns auf einen einfachen Botengang. Eine Aufgabe wie das Überbringen eines Briefes, nicht das Töten eines riesigen, uralten Kami, der vor Kummer und Zorn schier wahnsinnig geworden war. »Benutz die Kutsche, um den Drachen zu erreichen. Du verfügst über dieselben Mittel wie ich, um sie zu kontrollieren. Sie wird auf deine Magie reagieren, genau wie auf meine.« Sein Lächeln war grässlich im flackernden Schein des Lichts. »Fahr jetzt, und streck den Herold nieder, kleine Füchsin. Sollte es dir nicht gelingen, wird er diese Insel in Stücke reißen und alles vernichten, was dir ans Herz gewachsen ist.«

Kiyomi-sama.

Ich wollte es nicht tun. Ich konnte keinen uralten Kami töten, selbst einen, der verrückt geworden war. Aber wenn ich *nichts* tat, würde der Drache seinen Zorn gegen Kiyomi-sama, den Mondclan, den Schattenclan und einfach alles richten. Jeder auf der Insel würde beim Amoklauf des Kami sterben, und das durfte ich unter keinen Umständen zulassen. Ich konnte die Familie und das Zuhause, das ich gerade erst wiedergefunden hatte, nicht verlieren.

»Tatsumi...« In meiner Verzweiflung sah ich zum Dämonenjäger und fragte mich, was er wohl gerade dachte. Ich wusste nicht, was ich tun sollte, wenn er sich weigerte, mir zu helfen, den Drachen aufzuhalten, aber ich wusste, dass ich es allein nicht schaffen würde.

Tatsumis violetter Blick begegnete meinem, und er nickte feierlich. »Los, Yumeko. Ich bin genau hinter dir.«

Tränen der Dankbarkeit stiegen mir in die Augen. Während ich zur Kutsche sprintete und ins Innere sprang, stählte ich mich innerlich, fast damit rechnend, dass der Holzboden mir entweder die Fußsohlen verbrennen oder das gesamte Gefährt unvermittelt sämtliche Magie, die es innehatte, verlieren und den Berghang hinabkullern würde. Doch die Kutsche, auch wenn sie bei meinem Eintreten ein wenig schwankte, blieb weiterhin in der Luft schweben. Trotz der eleganten äußeren Erscheinung war das Innere einfach gehalten, der Boden aus polierten Holzbohlen, ohne Sitzgelegenheiten oder Kissen. Abgesehen vom Nimbus aus Fuchsfeuer, das durch die geöffneten Türen flackerte, war alles in Dunkelheit gehüllt.

Ich hatte nicht den blassesten Schimmer, wie ich die Kutsche zum Fliegen bringen sollte.

Tatsumi war mit einem Satz neben mir, eine Hand am Türrahmen, und blickte sich argwöhnisch um, als fürchtete er in der Kutsche eine Unmenge an Dämonen. »Hier drinnen liegt eine Leiche«, sagte er leise. Ich zuckte zusammen und wirbelte herum, während er auf eine schattenhafte Ecke wies. »Ein Yokai. Er ist tot.«

Rasch spähte ich an ihm vorbei zu der Stelle, wo eine kleine Gestalt gegen die Wand zusammengesackt dalag, ihr einziges, riesiges Auge blind ins Nichts starrend. Die Vorderseite ihres Hemds war dunkel vor Blut, als wäre sie von hinten erstochen worden. Der Ausdruck, der sich in das kleine, runde Gesicht des Yokai gegraben hatte, schien der echter Überraschung zu sein. Aus irgendeinem Grund verspürte ich beim Anblick des leblosen Körpers einen Anflug von Traurigkeit; diese Art von Yokai hatte ich nie zuvor gesehen, aber er schien offensichtlich eine weitere Figur in Seigetsus endlosem Spiel zu sein, eine, die benutzt und dann achtlos weggeworfen worden war.

Ich schluckte schwer, drehte mich von dem Toten weg und starrte vorne aus der Kutsche, zu den Rädern, die sich, mehrere Zentimeter über dem Boden schwebend, im Fuchsfeuer hell abzeichneten. *Sie wird auf deine Magie reagieren, genau wie auf meine*, hatte Seigetsu gesagt. *Nun, wie soll ich dieses Ding steuern?* Ich blickte zurück zum Rand des Steinkreises, wo ich den Neunschwanz zum letzten Mal gesehen hatte, nur um festzustellen, dass er fort war. *Also auch keine weitere Hilfe seinerseits.*

Das Flackern in meiner Magengrube verstärkte sich. Einem Impuls folgend, öffnete ich die Handflächen, entzündete dort eine Flamme Kitsune-bi und spürte, wie die Kutsche unter meinen Füßen reagierte.

Okay, ich glaube, das könnte funktionieren. Während Tatsumi mich beobachtete, zuckte ich mit den Achseln und hob eine flammenumhüllte Hand in Richtung Decke. »Emporsteigen?«

Die Kutsche schoss nach oben, als würde sie von unsichtbaren Seilen in die Höhe gerissen werden. Mit einem kreischenden Schrei wäre ich beinahe aus den offenen Türen gefallen, da spürte ich, wie Tatsumi mich am Arm packte und zurückzerrte. Ich stürzte auf ihn, und das Gefährt schwenkte scharf nach links, schaukelte zur Seite und schmetterte uns gegen eine Wand. Beim Aufprall ächzte Tatsumi, schaffte es jedoch, uns beide auf den Beinen zu halten, während ich verzweifelt versuchte, das Gleichgewicht wiederzufinden, damit die Kutsche sich nicht weiter wie ein wildes Pferd aufbäumte.

Der Wagen beruhigte sich, obwohl er in den jähen Windböen immer noch schwankte und heftig zitterte und die Türen laut gegen die Wände knallten. Jenseits des Holzrahmens wirbelten die Wolken in bedrohlichen Kreisen, Regen und Hagel prasselten auf die Kutsche ein, und das Tosen des Windes hörte sich wie ein Orkan an. Blitze schossen durch die Luft, nah genug, dass sich mir die Härchen auf den Armen aufstellten, kurz bevor der Donnerschlag die Wände zum Vibrieren brachte. Der Drache hingegen war nirgends zu sehen.

Zitternd erkannte ich, dass wir mitten in das tobende Unwetter fliegen müssten, und spürte, wie Tatsumi seine Arme ein bisschen enger um meine Taille schlang. »Hab keine Angst«, murmelte er, seine Lippen direkt neben meinem Ohr. »Du schaffst das. Bring uns einfach so nah wie möglich an den Drachen heran. Ich lasse dich nicht fallen.«

Dankbar lehnte ich mich an ihn, schöpfte Kraft aus seiner Berührung und schloss die Augen. »Wie... Wie können wir das nur tun, Tatsumi«, flüsterte ich, meine Stimme bebend. »Das ist der Große Drache, der Herold des Wandels, der nur einmal alle tausend Jahre erscheint. Was wird passieren, wenn er plötzlich fort ist?«

Tatsumi seufzte schwer und presste seine Stirn an meinen Nacken. »Ich weiß es nicht«, murmelte er mit düsterer Miene. »Ich kann mir nicht vorstellen, welches Unglück wir auf uns ziehen, wenn wir einen Gott töten. Das... könnte das Ende des Schattenclans bedeuten. Nach all der Dunkelheit, die wir dem Kaiserreich gebracht haben, könnte der Tod des Drachen das Fass zum Überlaufen bringen und die Götter dazu veranlassen, sich endgültig von uns abzuwenden.«

»Seigetsu hat das geplant«, fuhr ich fort. »Alles. Angefangen davon, Kiyomi-sama zu täuschen, bis hin zu dem Pfeil, den er in der Höhle zurückgelassen hat, und Genno, der den Herold heraufbeschwört. Warum? Welchen Nutzen zieht er aus dem Tod eines Kami?«

»Wer kann das schon sagen?« Tatsumi schüttelte den Kopf. »Er ist alt, Yumeko. Kitsune, die zu einem Neunschwanz werden, sind mindestens tausend Jahre alt. Wer weiß, was er will? Vielleicht Rache? Oder er hat die Nase voll von Sterblichen, die in jedem

Jahrtausend den Lauf der Geschichte ändern, und sich entschieden, der Sache ein für alle Mal einen Riegel vorzuschieben.«

»Vielleicht können wir vernünftig mit ihm reden«, schlug ich vor. »Mit dem Drachen. Wenn wir nah genug an ihn herankommen, könnten wir ihn vielleicht überzeugen. In der Höhle hat es mit dem Geist von Kiyomi-sama doch auch funktioniert.«

»Wir können es zumindest versuchen.« Tatsumi klang nicht optimistisch, doch er nickte langsam. »Nach allem, was du bisher erreicht hast, habe ich gelernt, dass nichts unmöglich ist.« Seine Stimme wurde tiefer, fast ein Knurren. »Aber der Neunschwanz hat in einem Punkt recht. Das Land erträgt keinen verdorbenen Großen Kami. Wenn er tatsächlich wahnsinnig geworden ist, verfügt er über die Macht, die Welt in Stücke zu reißen.«

Ein Blitz zuckte, erhellte die schwarzen Wolkentürme, und in der wirbelnden Masse flackerte eine riesige, gewundene Silhouette in der Düsternis auf. Der Drache. Zornentbrannt, verdorben, in den Wahnsinn getrieben von Wut und Trauer. Er würde die Insel und jeden ihrer Bewohner zerstören, kami, Yokai und Mensch ohne Ausnahme. Irgendwie, egal, was es kostete, mussten wir ihn aufhalten.

Kami, vergebt uns! Ich streckte den Arm aus und spürte, wie die Kutsche auf mich reagierte, in die Höhe glitt und auf die Wolken zuflog. Ich biss mir auf die Lippe, als die gewaltige, aufgewühlte Front aus Dunkelheit und Blitzen sich direkt vor uns abzeichnete, und im nächsten Moment befanden wir uns im Auge des Sturms.

Wind zerrte an uns, riss an der Kutsche und ließ sie alle paar Meter in die Tiefe sacken. Ich biss die Zähne zusammen und kämpfte mit aller Macht, die Kontrolle zu behalten, während wir wie ein Blatt im Wind wild hin und her geschleudert wurden. Durch die Türen konnte ich nichts weiter als Regen sehen, sich bauschende Wolken und grelle Blitze, die mehrmals die Kutsche nur um wenige

Zentimeter verfehlten. Tatsumi behielt einen Arm um meine Taille geschlungen, mit dem anderen stützte er sich an der Wand ab, die Krallen tief ins Holz gerammt, um uns beide aufrecht zu halten.

Wo ist der Drache?, fragte ich mich genau in der Sekunde, als ein riesiger, schwarz geschuppter Schwanz durch die Wolken vor uns peitschte, im einen Moment aufgetaucht und im nächsten wieder verschwunden war.

»Da«, knurrte Tatsumi, als das Glitzern des gewaltigen Drachenkörpers wieder aufblitzte. Ich schickte ihm die Kutsche hinterher, aber eine Windböe brachte uns vom Kurs ab, und der Kami verschwand erneut aus unserem Blickfeld.

Die Kiefer fest aufeinandergepresst, jagte ich dem Gott hinterher und tauchte kopfüber tiefer in den Sturm ein. Ich konnte nichts weiter tun, als die Kutsche ruhig zu halten, während wir durch Wind, Regen und wirbelnde Wolken schossen, auf der Suche nach einem Drachen von der Größe eines Berges. Eigentlich hätte es nicht schwierig sein dürfen, aber der Drache bewegte sich durch das Unwetter wie ein Aal durchs Wasser, glitt schier mühelos in die Wolken hinein und wieder heraus. Wir befanden uns jetzt in seinem Territorium, und er war der unangefochtene Herr des Himmels. Mit eiserner Entschlossenheit stählte ich mich gegen das ohrenbetäubende Kreischen des Sturms um die Kutsche und flog immer weiter, auch wenn ich mich wie ein Spatz fühlte, gefangen in einem Orkan.

Und dann schob sich plötzlich der Wolkenvorhang auseinander, der peitschende Wind verebbte, und wir flogen direkt neben dem riesigen Kopf des Drachen her.

Mir stockte der Atem, als ich erkannte, wie unvorstellbar groß der Kami aus der Nähe war, wie Angst einflößend er mit seinen rot funkelnden Augen und den entblößten Fangzähnen aussah. Seine Mähne und Schnurrhaare flatterten hinter ihm her und wehten im

Wind, während dünne Blitzfäden, die den Himmel erleuchteten, ihm durch die Wolken zu folgen schienen.

Als ich den Kopf hob, starrte ich in das wahnsinnige Auge des Herolds.

»Großer Kami!« Meine Stimme klang leise, verlor sich fast im Sturm und heulenden Wind. »Ryuujin-sama, bitte hört mir zu!«

Das Auge des Herolds rollte zurück, durchbohrte uns mit seinem brennenden Blick, und mein Herz setzte vor Entsetzen ein paar Schläge aus. In diesem Auge lag keinerlei Vernunft, keinerlei Gefühl, Empathie oder Zurechnungsfähigkeit. Nur rohe, stumpfsinnige Wut und Wahnsinn. Ich erstarrte vor Schreck.

Dennoch musste ich versuchen, ihn zu erreichen, um Kiyomisamas willen und all der Menschen unter uns. »Ryuujin-sama«, rief ich erneut. »Bitte, hört auf! Das wollt Ihr doch überhaupt nicht! Ich weiß, Ihr seid wütend und leidet Schmerzen, aber alles zu zerstören ist nicht die richtige Antwort! Denkt an die unzähligen Leben, die Ihr beendet, all die Seelen, die Ihr auslöscht. Die Menschen, die hier leben, sind unschuldig. Sie haben Euren Zorn nicht verdient…«

Mit einem lauten Brüllen wandte der Drache den Kopf in meine Richtung, seine Kiefer klafften weit auf. Ich sah das schwarze Loch seines Schlunds, das mit Fangzähnen von der Größe von Speeren bestückt war, und riss die Kutsche zur Seite, als sich sein Maul mit dem Geräusch von zermalmendem Gestein schloss. Unter dem Blick des Herolds schossen wir davon, doch er stürzte uns laut knurrend hinterher.

Mein Herz klopfte wie wild, als ich die Kutsche herumdrehte, durch den Sturm floh und das donnernde Brüllen des Drachen hinter uns hörte. Blitze zuckten, verfehlten uns nur um Haaresbreite, und mir stellte sich der Pelz auf meinem Schwanz schnurgerade auf.

Während ich Blitzschlägen auswich, flogen wir aus einer Wolkenbank, und die Insel tauchte unter uns auf, dunkel und weitläufig. Ich sah die schreckliche Narbe in der Erde, den klaffenden Eingang ins Jigoku, aus dem Dämonen und gequälte Geister immer noch ungehindert herauskletterten. Gegen den Sturm und die Lichtblitze konnte ich die Linie ausmachen, an der die Dämonen auf die Armeen des Schatten- und Mondclans trafen und der grässliche Kampf tief unter uns stattfand. Leichen übersäten die Ebene, Menschen und Monster zugleich, obwohl die menschliche Armee erschreckend klein im Vergleich zur Woge an Yokai wirkte, die aus dem Höllenschlund auftauchte. Doch die Linie hielt, und unsere Streitkräfte schienen nicht gewillt zu sein, auch nur einen einzigen Zentimeter nachzugeben, bevor nicht der Letzte von ihnen abgeschlachtet war.

Eine unheimliche Stille senkte sich über das Schlachtfeld, als wir über ihnen durch die Luft schossen, und der Kampf setzte einen kurzen Moment aus, und einer nach dem anderen, sei es nun Mensch, Dämon oder Geist, wandte die Köpfe gen Himmel. Angstschreie ertönten, Münder klappten überrascht auf beim Anblick des riesigen Drachen, der unverhofft aus dem Sturm aufgetaucht war und mit unheilvollen karmesinroten Augen, die in der Nacht glühten, die winzigen Gestalten in der Tiefe betrachtete.

Fauchend schlängelte sich der Drache aus den Wolken und stürzte sich mitten ins Kampfgeschehen. Während das Geschöpf hinabschoss, folgte ihm ein gewaltiges Blitzgewitter, das wie Regen vom Himmel herabfiel und sich durch beide Armeen brannte. Schreie ertönten anstatt der Schlachtrufe, Kreischen und Wehklagen erhoben sich über dem Chaos, und gleißende Blitze schnitten durch Körper, als wären sie aus Papier. Dämonen zerfielen zu dunklen Wolken und wehten im Wind davon. Menschen wurden beiseitegeschleudert, versengt und geschwärzt. Selbst die Geister wichen heulend zurück und flohen aus dem Gewittersturm, obwohl er ihnen im Grunde nichts anzuhaben schien. Der ätzende Gestank von Rauch, Ozon und verbranntem Fleisch drang in die Kutsche, und mir wurde übel.

»Yumeko.« Tatsumis Stimme war ein Knurren. Einen Arm hatte er immer noch um meine Hüfte geschlungen, die Krallen seiner anderen Hand waren so tief in den Türrahmen gebohrt, dass das Holz darunter barst.

»Ich weiß«, brachte ich keuchend hervor und versuchte nicht laut aufzuschluchzen. Das Wüten des Drachen ging zu weit. Der Kami war unrettbar und hatte seinen Wahnsinn gegen all jene gewandt, die wir retten wollten. »Ich gebe mein Bestes«, sagte ich zum Dämonenjäger und hob die Hände, um die Kutsche zu lenken. »Ich bringe uns so nah wie möglich an ihn heran, und dann kannst du… ihn erlegen.«

Doch als wir uns in Richtung des Herolds bewegten, hielt der riesige Kami, hoch über dem Tal schwebend, inne und beobachtete die Armeen, die unter ihm umherhuschten. Ein entsetzlicher Ausdruck lag in seinen glühenden Augen, bevor er geradewegs in die Wolken flog und aus unserem Sichtfeld verschwand.

Die Ohren fest an den Schädel angelegt, schickte ich ihm die Kutsche hinterher, trieb uns durch Wind und peitschenden Regen in die Höhe, wobei ich die Blitze ignorierte, die um uns herabschossen. Wir brachen erneut durch die Wolken, und der Nachthimmel spannte sich über uns, mit einem riesigen Mond, der alles in ein silbriges Licht hüllte. Direkt unter uns wütete der Sturm, ein Orkan der Wut, der die gesamte Insel in seinem Griff hatte. Um uns erstreckte sich das Meer in alle Richtungen, schwarz und glitzernd, bis es den Horizont berührte.

»Wo ist der Drache?«, murmelte Tatsumi, und seine purpurnen Augen suchten die flackernden Wolkentürme ab.

Ich schluckte schwer und ließ den Blick über die plötzliche friedliche Landschaft gleiten. »Vielleicht war er es leid, Chaos und Verwüstung anzurichten, und hat sich wieder zurückgezogen.«

Da glitt ein Kräuseln durch die Oberfläche, und der Drache erhob sich aus dem blassen Meer. Sein gewaltiger Kopf warf seinen Schatten über uns, während er sich spiralförmig in die Luft schraubte und für einen kurzen Moment den Mond verdeckte. Über den Wolken schwebend, reckte der Herold das Haupt und stieß ein gewaltiges Knurren aus, das der Kaiser in seinem Goldenen Palast jenseits des Ozeans gehört haben musste. Das schreckliche Geräusch vibrierte in meinem Schädel und trieb mir Tränen in die Augen, und ich presste mir die Hände auf die Ohren, um es auszublenden. Es hörte nicht auf, sondern hallte mehrere Herzschläge lang nach.

Schließlich, nachdem mein Kopf zu pochen begonnen hatte, als wäre er in einem Schraubstock gefangen, hörte das grässliche Brüllen auf. Mit klingelnden Ohren sackte ich in Tatsumis Armen zusammen und spürte, wie mein Herz in meiner Brust hämmerte.

»Was... Was war das?«, murmelte ich.

Tatsumi erstarrte, hielt fast unheimlich still. »Yumeko«, flüsterte er, und seine Stimme klang erstickt. Entsetzt starrte ich durch den geöffneten Türrahmen zum Wolkenmeer und dem Ozean unter uns, und das Mondlicht gestattete mir einen Blick auf den Horizont.

Dieser wirkte sonderbar. Fast als würde er sich bewegen, sich kräuseln. Näher kommen, obwohl wir selbst uns nicht rührten.

Meine Beine zitterten, und ich wäre auf dem Boden zusammengebrochen, hätte Tatsumi mich nicht aufrecht gehalten. Der Horizont bewegte sich nicht, aber die riesige Wasserwand davor schon. Ich konnte nicht sagen, wie weit sie noch entfernt war, doch es machte den Anschein, als hätte sich der Ozean selbst erhoben und kroch nun unaufhaltsam auf uns zu, mit jeder Sekunde, die verstrich, an Größe und Höhe gewinnend.

»Ein Tsunami«, murmelte der Dämonenjäger. »Der Gott der Gezeiten hat die gesamte Insel dem Untergang geweiht.«

Nein! Panik und Todesangst überwältigten mich. Ich konnte nicht atmen, und meine Gedanken waren bei all denjenigen unter uns, den kami, Yokai und Menschen, die weiterhin gegen die Dämonen kämpften, deren Anzahl nicht zu schwinden schien, ein unablässiger Strom aus den Toren des Jigoku. Bei Kiyomi-sama, den Tsuki und der Familie, die ich niemals kennengelernt hatte.

Tatsumis Griff um mich verstärkte sich, und er holte tief Atem, als wollte er sich gegen das Unausweichliche stählen. »Bring uns zu ihm, Yumeko«, flüsterte er nah an meinem Ohr, und ich nickte. »Wir müssen ihn erlegen. Sofort.«

Mir war übel, aber ich biss entschlossen die Zähne aufeinander und steuerte die Kutsche in die Wolken.

Augenblicklich knallte eine heftige Windböe gegen unser Gefährt, riss es zur Seite und hätte mich fast aus der Tür geschleudert. Allein Tatsumis Arm um meine Taille war es zu verdanken, dass ich nicht in den sicheren Tod stürzte. Obwohl es fast unmöglich schien, tobte der Sturm sogar noch wilder, spiegelte vielleicht den Zustand des Wahnsinns des Herolds wider, der sich nun durch die Wolken schlängelte.

»Bring uns näher heran«, raunte Tatsumi mir ins Ohr. »Zu seinem Kopf.«

»Ich versuche es ja«, presste ich hervor und hob den Arm, um die Kutsche dem rasch verschwindenden Drachenschwanz hinterherzuschicken. Für etwas so Großes war der Drache unglaublich schnell. Und die Sicht in den wirbelnden Wolken bestenfalls erbärmlich. »Wenn du seinen Kopf siehst, gib mir die Richtung…«

Es folgte ein blendender Blitz, und etwas traf das Dach der Kutsche in einer Explosion aus Holz und Feuer. Ich kreischte laut, als Splitter und brennende Holzstücke überall um uns herabfielen und dort, wo sie landeten, hell aufflackerten. Wind rauschte durch die klaffenden Löcher im Dach, und die Wände schienen kurz davorzustehen, gleich auseinanderzubrechen.

Ich schluckte meine Panik hinunter und mühte mich ab, die Kutsche wieder unter Kontrolle zu bringen, wohl wissend, dass wir einen weiteren Treffer wie diesen nicht überleben würden. »Wo steckt der Drache?«, keuchte ich, ließ die Augen über die sich bauschenden Wolken gleiten und zuckte zusammen, als ein neuer Blitz gleich neben uns einschlug. Ein Teil seines gewundenen Körpers huschte durch mein Blickfeld und war im nächsten Moment schon wieder verschwunden. »Verdammt, er ist so schnell. Würde er doch nur für eine Sekunde stillhalten...«

»Herold!«

Der Ruf hallte über dem Sturm wider, matt und leise, aber vollkommen klar. Eine Gestalt erhob sich aus den Wolken, scheinbar unbeeindruckt von den Blitzen, die zischend herabschossen und die Luft versengten. Anfangs hielt ich die blasse, skeletthafte Gestalt für einen Yokai – trotz des eleganten Kimonos, der sich flatternd im Wind blähte, wiesen die Klauen, Hörner und schattenhaften Fledermausflügel eher auf ein dämonisches Wesen hin.

Hinter mir holte Tatsumi leise Atem. »Hanshou«, raunte er und klang gleichzeitig überrascht und eigentümlich resigniert. »Sie ist endgültig der Dunkelheit anheimgefallen.«

Erschrocken blinzelte ich. Es *war* Lady Hanshou, aber nicht die wunderschöne, elegante Daimyo aus der Burg Hakumei. Dies hier war die uralte, verschrumpelte Hexe, die ich hinter der Illusion gesehen hatte, nur dass sie jetzt bar jeglichen Anscheins von Menschlichkeit war. Mehr Skelett als Mensch, ausgedörrt und verkrümmt war sie in ihrem Kimono fast nicht zu erkennen. Die ausladenden, ausgefransten Flügel schienen allein aus Schatten zu bestehen, und ihre Augen glühten rot, als sie durch den Sturm glitt und eindringlich suchend den Kopf von einer Seite zur anderen wandte.

»Sie ist so gut wie verloren«, murmelte Tatsumi an meiner Schulter. »Völlig aufgefressen von der Verdorbenheit des Jigoku. Das ist eine Verzweiflungstat, selbst für sie.«

»Was tut sie hier?«, fragte ich und zuckte erschrocken zusammen, als ein greller Blitz herabschoss und die Kage-Daimyo um Haaresbreite verfehlte. Doch die Herrscherin des Schattenclans flog weiter, blind für den Sturm und die Gefahren, die überall um sie drohten. In ihren Augen lag ein wilder Ausdruck, während sie weiter in die Höhe schwebte, bis sie sich genau im Zentrum des Gewitters befand.

»Herold!«, schrie Lady Hanshou erneut und schlug heftig mit den Flügeln, um dem Sturm zu trotzen. »Drache! Ich weiß, dass du hier bist! Zeig dich! Komm, sieh die Kreatur an, die du erschaffen hast!«

Einen Moment geschah nichts. Der Sturm wütete gleichgültig um uns herum. Dann reckte sich der riesige Kopf des Drachen aus den Wolken unter uns, und seine Augen funkelten grell, als er nun über die blasse, einst menschliche Gestalt aufragte, die finster zu ihm hochblickte. Hanshous Lippen verzogen sich in einem Ausdruck puren Hasses, und sie breitete die Arme aus.

»Sieh her!«, fauchte sie den gewaltigen Kami an. »Sieh mich an! War es das, was du vor all den Jahren im Sinn hattest, Großer Drache? Als du mir unsterbliches Leben gewährtest, war es da deine Absicht, ein Monster aus mir zu machen?«

Der Drache erwiderte nichts, sondern starrte nur mit ausdruckslosem, leerem Blick herab, und seine Schnurrhaare flatterten im Wind. Durch Tatsumi ermutigt, hob ich die Hände und brachte die ramponierte Kutsche ein Stück voran, um uns dem Herold von der Seite zu nähern. Der Sturm heulte durch die Risse in den Holzwänden und zerrte an der gesamten Konstruktion. Ich biss mir auf die Lippe und betete inbrünstig, dass wir keinen weiteren Blitzschlag abbekämen. Einen erneuten Treffer würde die Kutsche wahrscheinlich nicht überstehen.

»Zweitausend Jahre!« Lady Hanshou schrie den Drachen weiterhin wutentbrannt an, ihre Stimme hallte laut über Wind und Regen. »Seit zweitausend Jahren bin ich so! Werde älter, schwächer, verfalle und vertrockne. Muss machtlos zusehen, wie meine Jugend und Gesundheit schwinden, Stück für Stück, Jahr für Jahr, aber ich sterbe nie. Ich musste mich der Blutmagie hingeben, um mich zu schützen, um meinen Geist und mein Leben zu retten. *Du* hast das getan!« Mit einer schwarzen Kralle zeigte sie auf den Kami, und ihre Stimme begann zu zittern. »Du hast gesagt, du würdest mir meinen Herzenswunsch erfüllen, aber er ist nichts als ein Fluch. Und jetzt wirst du ihn zurücknehmen.«

Ich hatte den Drachen fast erreicht und war nun nah genug, dass ich seinen langen Schnurrhaaren ausweichen musste, die im Wind wild hin und her wehten. Ich tauchte unter der flatternden Ranke hindurch, versetzte der Kutsche einen letzten Stoß und jagte sie zu den Hörnern des Drachen, um über seinem breiten Kopf zu schweben. Ich spürte, wie Tatsumis Arme meine Taille losließen, als er entschlossen dreinblickend zum Rand des Türrahmens schlich. Da stieg Lady Hanshou noch höher in die Lüfte und starrte dem Großen Kami fest in die Augen.

»Du wirst ihn widerrufen«, wiederholte sie. »Widerruf deinen Fluch und gib mir all die Jahre zurück, die ich seinetwegen verloren habe. Vor tausend Jahren habe ich noch einmal versucht, dich heraufzubeschwören, und es ist mir wegen Hirotakas niederträchtigem Verrat missglückt. Aber jener Wunsch hätte meiner sein müssen!«

Die Augen des Drachen verengten sich, als Hanshou erneut beide Hände in die Höhe riss und ihre Stimme einen verzweifelt schrillen Tonfall annahm. »Ich werde keine weiteren tausend Jahre in dieser Hölle auf Erden verbringen!«, schrie sie. »Gewähr mir den Wunsch, der mir zusteht, oder befrei mich ein für alle Mal von diesem Fluch!«

Der Drache brüllte. Das Dröhnen seines Gebrülls ließ den Regen tanzen und den Wind aufwirbeln, sodass die Kutsche erneut hin und her geschleudert wurde. Von oben, unten, überall um uns herum explodierten Blitze, schossen aus den Wolken und trafen die Gestalt, die vor dem Drachen schwebte. Lady Hanshou warf den Kopf in den Nacken und krümmte sich heulend, leuchtete wie ein Glühwürmchen im Zentrum des Netzes aus grellen Blitzen. Ich hielt den Atem an, unfähig, den Blick abzuwenden oder die Augen mit den Händen zu bedecken, und musste zusehen, wie die Blitze wieder und wieder in die Kage-Daimyo fuhren und ihr Körper bei jedem Funkenschlag wild zuckte.

Schließlich verebbte der Gewittersturm. Einen Moment lang sah ich Lady Hanshou dort schweben, ihre vertrocknete Gestalt nun eine verkohlte, geschwärzte Hülle, die Flügel abgetrennt, die Augen leer und blind, bevor sie wie ein Bündel alter Zweige und Lumpen vom Himmel trudelte, in die wirbelnden Wolken unter uns eintauchte und verschwunden war.

Ich kämpfte gegen die Übelkeit an, da sprang Tatsumi aus der Kutsche. Mit dem glühenden Kamigoroshi in der Hand stürzte er in Richtung des Drachen, und die Haare und Kleidung des Dämonenjägers flatterten im Wind, während er das tödliche Schwert hoch über seinen Kopf riss. Mit zu Schlitzen verengten Augen landete er zwischen den prächtigen, ausladenden Hörnern des Kami und rammte die Waffe mit der Spitze nach unten in den Schädel des Ungetüms.

Der Drache kreischte. Sein riesiger Körper krümmte sich erbärmlich und zappelte wild, als wäre er von einem seiner eigenen Blitze getroffen worden. Die gequälten Schreie durchbohrten mich wie hundert Pfeile, und im Echo des Sturms hörte ich Millionen Stimmen, eine wehklagende Erwiderung der kami der Insel oder vielleicht des ganzen Kaiserreichs, die auf den Tod des Großen Drachen, des Herrn der Gezeiten und des Herolds des Wandels, antworteten.

Ein Schluchzen stieg in meiner Kehle empor. Doch während die Stimmen weiter schrien, fiel ein Schatten von hinten über mich, und mir stellten sich sämtliche Nackenhaare auf. Ich wirbelte herum und erspähte silberne Haare, goldene Augen und mehrere Schwänze: Seigetsu starrte auf mich herab, sein Blick schrecklich und kalt im flackernden Licht des Sturms.

Mein Herz stand still. »Seigetsu! Wie…?«

Schnell wie der Wind packte der Neunschwanz mich an der Taille und riss mich in die Luft. Bei dem jähen Schmerz keuchte ich erschrocken auf und baumelte in seinem Griff, während Seigetsu mich mit einem Lächeln beobachtete.

»Du hast etwas von mir.«

Ich fauchte ihn an, und Fuchsfeuer entfachte in meinen Fingern, doch Seigetsu hob die andere Hand, und mein Magen bäumte sich plötzlich auf, als wollte er eine schreckliche Übelkeit loswerden. Ich würgte, öffnete meinen Mund, und etwas zwängte sich meine Kehle hinauf, eine Spur eisiges Feuer hinter sich herziehend. Eine kleine Kugel von der Farbe des Mondes glitt zwischen meinen Zähnen hindurch und in Seigetsus offene Hand. Der Neunschwanz nickte grimmig, und der Ball verschwand in seiner Robe. Mit einem Mal fühlte ich mich leer und kalt, als wären die Flammen, die in meiner Magengrube geflackert hatten, jäh gelöscht worden. Seigetsu sah mich mitleidig an, als könnte er nachvollziehen, wie ich mich fühlte.

»Vielen Dank, Tochter«, sagte er. »Wirklich, ohne dich wäre mir nichts von alldem gelungen. Du hast deine Rolle bewundernswert gut gespielt, aber ich fürchte, dein Part in diesem Spiel ist beendet. Grüß Kiyomi von mir, wenn du die andere Seite erreichst.«

Und mit diesen Worten stieß er mich aus der Kutsche.

Ich wollte aufschreien, Todesangst packte mich, als ich im freien Flug durch die Luft stürzte und unaufhaltsam in die Tiefe trudelte. Verzweifelt drehte ich mich, griff ins Leere, und Tränen rannen mir aus den Augen, während der Wind an meinen Haaren und meiner Kleidung zerrte, aber nur der aufgewühlte Himmel erhob sich, um mich zu umarmen.

Dann war da ein Kräuseln von Dunkelheit, das Funkeln von blau-schwarzen Schuppen, und ich fiel auf etwas Festes, Unnachgiebiges, das mir den Arm zerdrückte und die Luft aus den Lungen presste. Bevor ich verstand, was los war, drehte sich das Ding, auf dem ich gelandet war – *der Drache!* –, und ich rollte zur Seite. Erschrocken stieß ich einen lauten Schrei aus und ruderte wild mit den Armen, aber meine Finger fanden keinen Halt auf den glatten, harten Schuppen des Herolds, und ich rutschte zum Rand dessen, was nur der Schädel des Drachen sein konnte.

Als meine Füße über den Kopf des Kami glitten und im nächsten Moment in der Luft baumelten, schlossen sich meine Finger in letzter Sekunde um eine Handvoll langer, rauer Schnurrhaare des Drachen, die meinen ungebremsten Sturz ins Nichts schließlich aufhielten. Keuchend, wie erstarrt vor Angst, krallte ich mich mit beiden Händen an der Rettungsleine fest und sah jenseits meiner Sandalen nichts weiter als wirbelnde Wolken.

»Yumeko!«

Beim Klang von Tatsumis verzweifelter Stimme schaffte ich es endlich, meine weit aufgerissenen Augen vom Abgrund unter meinen Füßen zu lösen und zum Scheitel des Drachen zu heben.

Qualvoll zog ich mich Zentimeter um Zentimeter an der Mähne hoch und bemerkte eine Gestalt mitten auf dem Schädel des Kami, die immer noch das Heft eines Schwerts umklammerte, während der Körper des Drachen sich im Todeskampf wandte. Tatsumi begegnete meinem Blick über dem Aufbäumen des Herolds, sein Gesichtsausdruck gepeinigt, als wäre er hin- und hergerissen zwischen dem Verlangen, den Drachen zu erlegen und zu mir zu eilen.

Ich holte tief Atem, um ihm beruhigende Worte zuzurufen, da fiel ein blasser Schatten vom Himmel. Der Dämonenjäger blickte empor, doch Seigetsu war bereits auf den Kopf des Drachen gesprungen und zielte mit seinem Schwert auf Tatsumis Brust. Blut spritzte in einem leuchtend roten Bogen empor, vernebelte die Luft, und der Dämonenjäger taumelte rückwärts, das Heft von Kamigoroshi loslassend. In blankem Entsetzen schrie ich seinen Namen.

Für den Bruchteil einer Sekunde huschte Seigetsus Blick zu mir, bevor der Neunschwanz sich wegdrehte. Er packte den Griff von Kamigoroshi, der immer noch halb im Kopf des Drachen steckte, hielt kurz inne, die Augen schmal und nachdenklich, und ich fragte mich verwundert, ob er das Schwert wieder herausziehen wollte.

Der Neunschwanz lächelte entsetzlich ... und rammte den Gottestöter noch tiefer in den Kopf des Drachen, versenkte ihn bis ganz zum Heft.

Der Drache zuckte ruckartig und riss das Maul auf, auch wenn ihm diesmal kein Laut entschlüpfte. Aber ich sah, wie seine Augen nach hinten rollten, erkannte den Moment, als das Licht aus dem Blick des Kami schwand, und verspürte eine Übelkeit, die ich nie zuvor gekannt hatte und die sich in meinem Inneren ausbreitete, vom Herzen bis zu meiner Seele.

Wie benommen sah ich zu Seigetsu, der sich mit peitschenden Haaren und Schwänzen zu seiner vollen Größe aufrichtete und zum Kopf des Drachen starrte. Ganz langsam hob er den Arm, die

Handfläche nach unten gerichtet, die Finger gespreizt, immer noch den Kami musternd, den er erlegt hatte. Etwas flammte in der Stirn des Drachen auf, glühend wie eine Sternschnuppe. Der Gegenstand schwebte bedächtig in die Luft, eine winzige Perle, schillernd und wunderschön, heller strahlend als der Mond selbst. Seigetsu drehte leicht die Hand, und das Juwel glitt hinein und erleuchtete das Gesicht des Kitsune und den grässlichen, grauenerregenden Triumph in seinen goldenen Augen.

»Endlich«, flüsterte er, und seine Stimme zitterte regelrecht, als sich seine Finger um die Perle schlossen. Ich vergrub die Hände in der Mähne des Drachen, stieß keuchend eine Entschuldigung aus und zog mich hoch, wobei ich ein paar lange, seidenweiche Strähnen herausriss und Seigetsus Stimme über mir dröhnte.

»Eintausend Jahre«, murmelte er. »Ein Millennium des Planens, Intrigenspinnens, dann ein sanftes Anstupsen des Rads des Schicksals, um das Los unzähliger Leben zu verändern und die Figuren auf dem Spielbrett zu verschieben, ohne dabei einen einzigen Fehler zu begehen. Das Spiel ist endgültig vorbei. Das Fushi no Tama ist mein.« Er brachte seine Faust an sein Gesicht, und das Licht des Juwels schimmerte durch seine Finger. »Ich werde ein Gott sein.«

»Seigetsu!« Mit allerletzter Kraft zog ich mich an der Mähne des Drachen hinauf und kletterte auf den Schädel des Herolds. Der Neunschwanz senkte den Arm und starrte mich an, als ich die Handflächen nach oben drehte und mein Fuchsfeuer zum Leben erweckte. Seine Augenbraue hob sich, und der Kitsune lächelte.

»Was tust du da, Tochter?«, fragte er kopfschüttelnd, als wäre ich ein ungezogenes Kind. Unter uns schien der Körper des Drachen den Naturgesetzen zu trotzen, während er reglos in der Luft schwebte, wie eine Feder, die auf der Oberfläche eines Teichs schwamm. Seigetsus Haare flatterten um sein Gesicht, als er die Hände in die Ärmel steckte und das Juwel aus meinem Blickfeld verschwand. »Es ist vorbei. Das Spiel ist beendet, und der Gewinner erhält den Preis.«

»Das war es, worauf du es die ganze Zeit abgesehen hast?«, keuche ich. »Ein Juwel? Warum …?«

Die Worte blieben mir in der Kehle stecken. Eine Erinnerung stieg in mir auf, aus einem scheinbar anderen Leben. Ich saß mit Meister Isao in einem winzigen Zimmer und lauschte einer Geschichte über einen arroganten Sterblichen und ein Juwel im Kopf des Drachen.

»Der Fushi no Tama verleiht jedem, der ihn besitzt, Unsterblichkeit.« Seigetsus Stimme hallte im Wind wider, und die Augen des Neunschwanzes glühten gelb in der Dunkelheit. »Die Wünsche des Herolds haben der Welt nichts als Verderben gebracht. Es ist Zeit für einen neuen Gott, dem die Sehnsüchte und Gelüste der Sterblichen gleichgültig sind. Ich werde diese Welt neu formen und das Land ein für alle Mal von der Gier der Menschen befreien. Der Drache ist fort. Ein neuer Herold des Wandels ist gekommen!«

Ein Schauder glitt durch den Drachen. Ich spürte das Beben, das den riesigen Körper schüttelte, als die Macht, die das mächtige Geschöpf in der Höhe gehalten hatte, jäh aus ihm entfleuchte. Für einen kurzen Moment hing der Kami in den Wolken, und in dem Bruchteil der Sekunde, bevor er zu fallen begann, stürzte Tatsumi sich vorwärts, riss Kamigoroshi aus dem Kopf des Drachen und hieb damit auf den Neunschwanz ein.

Seigetsu wirbelte herum und riss den Kopf zur Seite, woraufhin das Schwert sein Gesicht um Haaresbreite verfehlte. Ein paar silberne Strähnen schwebten herab und tänzelten im Wind. Tatsumi, dessen Haori mit Blut getränkt war, blinzelte, als Seigetsu lächelte.

»Diesmal nicht, Hakaimono. Jetzt hast du es mit einem Gott zu tun.«

Er ließ einen Schwanz schnalzen, und blau-weiße Flammen brachen aus Tatsumis Körper hervor, umhüllten ihn vollständig. Der Dämonenjäger schrie, während er vom Fuchsfeuer verzehrt wurde, ließ die Waffe fallen und ging in die Knie.

Im selben Moment stürzte der echte Tatsumi durch die lodernde Illusion und hieb mit Kamigoroshi auf den Neunschwanz ein.

Blut und Rauch explodierten, als die Illusion von Tatsumi in einer Rauchwolke verpuffte und ein einziges Schnurrhaar des Drachen im Wind davonwehte. Seigetsu taumelte rückwärts, während die Vorderseite seiner weißen Haori sich purpurrot färbte und ein Ausdruck von wutentbranntem Schock sich auf sein Gesicht grub. Sein Blick glitt zu mir, in seinen Augen eiskalte Einsicht, und eine Woge der Angst überflutete mich, als ich das Versprechen von Vergeltung in ihnen las. Der Neunschwanz stolperte vom Kopf des Drachen, Haare und Schwänze hinter ihm herwehend, und stürzte in die aufgewühlten Wolkentürme.

»Tatsumi!« Auf Knien kroch ich auf den Dämonenjäger zu, mich an Schnurrbarthaaren und Mähne und allem, was ich finden konnte, festkrallend, denn der Drache fiel nun, und seine schlangenhafte Gestalt sackte in einem trägen, spiralförmigen Kreis in die Tiefe. Ranken aus blauem und grünem Licht stiegen im Hinabtrudeln von seinem Körper auf, Bruchstücke seiner Seele, die in die Wolken wirbelten und in der Dunkelheit verschwanden. Meine Haare und Ärmel hatten sich in Segel verwandelt, an denen der Wind heftig riss.

Da schlossen sich Finger um mein Handgelenk, und Tatsumi zog mich an sich, schlang einen Arm fest um meine Taille, während wir auf dem Kopf des hinabtrudelnden Drachen knieten. Selbst im Tod schien der Große Kami den Gesetzen der Natur zu widerstehen, und sein gewaltiger Körper glitt wie ein Papierflieger in Richtung Erde. Krampfhaft hielt ich mich an Tatsumis Haori fest, und mein Magen bäumte sich beim Anblick der klaffenden Wunde in seiner

Brust auf, sein Blut warm an meinen Fingern. Die Lichtstreifen aus dem Körper des Drachen wirbelten um uns, erhoben sich wie ein Schwarm Fische in den Himmel, wunderschön und entsetzlich zugleich. Einen Moment lang schloss ich die Augen und schmiegte mich an Tatsumi, wie betäubt von der Tragödie der Nacht, all den vielen Niederlagen, dem Tod, Schmerz und der Zerstörung, die wir nicht hatten verhindern können.

»Es tut mir leid«, flüsterte Tatsumi mir mit erstickter Stimme ins Ohr. »Ich habe versucht, es aufzuhalten.«

Ich schluckte schwer, wollte ihm sagen, dass es nicht seine Schuld war, dass wir nicht wissen konnten, was Seigetsu geplant hatte. Dass der Neunschwanz hinter alldem steckte. Nicht Genno oder Hanshou oder selbst der Herr des Jigoku höchstpersönlich. Jeder von uns war eine Figur im Spiel des Kitsune gewesen, das nun ein Ende gefunden hatte. Und wir hatten verloren.

Der Körper des Drachen brach durch die Wolken, und die Insel erstreckte sich jäh unter uns, mit jeder verstreichenden Sekunde größer werdend. Die klaffende Wunde, die ins Zentrum des Jigoku führte, zeichnete sich immer noch glühend gegen die Dunkelheit ab, dumpf und Unheil verkündend, und wir schienen direkt auf sie zuzusteuern.

Zitternd, bis auf die Seele erschöpft, presste ich mich enger an Tatsumi. Mir war übel vor Entsetzen. »Ich schätze, das spielt jetzt keine Rolle mehr«, flüsterte ich, und mir war innerlich und äußerlich eiskalt. »Wenn der Sturz uns nicht umbringt, werden es die Dämonen tun. Keine fliegende Kutsche wird uns in letzter Sekunde davontragen.«

»Nein«, stimmte Tatsumi mir zu, und eine Hand glitt in seinen Obi. »Aber wir haben das hier.«

Er hielt den Arm hoch, ein winziges grünes Blatt zwischen den Fingern. Als ich überrascht blinzelte, bedachte er mich mit einem matten, müden Lächeln. »Seit ich dich kenne, trage ich immer ein paar bei mir. Nur für alle Fälle.«

Ich starrte auf das Blatt, hoffnungsvoll, dankbar und gleichzeitig verängstigt. »Tatsumi, ich ... ich weiß nicht, ob ich überhaupt irgendetwas tun kann«, erklärte ich ihm. Ich konnte die tiefe Leere in meinem Magen spüren, wo der Hoshi no Tama, der Sternenball, einst gewesen war. »Seigetsu hat seine Magie wieder mitgenommen. Ich weiß nicht, ob ich stark genug bin, um etwas anderes als einfache Illusionen zu erschaffen.«

»Das bist du«, sagte Tatsumi. »Du brauchst seine Magie nicht. Du bist von seinem Blut, Yumeko. Du bist die Tochter von Tsuki Kiyomi und die Hüterin der Drachenrolle. Du besitzt alle Macht, die nötig ist.«

Ich nickte, nahm einen tiefen Atemzug und suchte in meinem Inneren nach meiner eigenen Magie, in der Hoffnung, er habe recht.

Im ersten Moment geschah nichts. Ich spürte die Leere in mir, wie ein Hunger, die nie gestillt werden könnte. Doch dann erwachte etwas in mir flackernd zum Leben, eine Glut, die sich in einer plötzlichen Brise entzündete. Sie pulsierte leicht, dann dehnte sie sich nach außen, versengend und vertraut: meine eigene Fuchsmagie, die Magie, die von der Macht des Neunschwanzes unterdrückt worden war. Sie flammte auf, hell leuchtend und kräftig, erfüllte meinen ganzen Körper, begierig, wieder benutzt zu werden. Ich ließ das Bild dessen, was ich erschaffen wollte, vor meinem geistigen Auge aufsteigen, dann schickte ich die Magie ins Blatt an meinen Fingerspitzen.

Das winzige Blatt zitterte und begann zu wachsen. Es blähte sich zu seiner doppelten Größe auf, dann zu seiner fünffachen, zehnfachen. Ich legte es weg, während es weiter anschwoll, bis das einst hauchzarte Blatt die Größe einer Tatamimatte erreicht hatte, gerade einmal breit genug für zwei Menschen.

Unter uns erschauderte der Drache und fiel gemächlich taumelnd vom Himmel. Der Boden und das Loch zum Jigoku waren nun erschreckend nah. Ich blickte zu Tatsumi und warf ihm ein mattes, hoffnungsvolles Lächeln zu. »Mal sehen, ob es klappt.«

Wir knieten uns auf das nun riesige Blatt. Tatsumi schlang die Arme fest um meine Taille, während ich die Hände hob und Fuchsfeuer in meinen Handinnenflächen zum Leben erwachte. Das Glühen breitete sich auf dem Blatt unter uns aus, ließ die gesamte Plattform in einem flackernden blauen Licht erstrahlen. Mit zum Zerreißen gespannten Nerven hob ich die Arme, genau wie ich es getan hatte, als ich Seigetsus fliegende Kutsche allein kraft meines Willens kontrollierte.

Augenblicklich schwebte das Blatt nach oben und löste sich vom Schädel des Herolds. Ich biss mir auf die Lippe und spürte, wie Tatsumis Griff um mich fester wurde, während ich das Blatt zum freien Himmel manövrierte. Das Herz klopfte mir in der Brust, meine Hände zitterten, und Schweißtropfen rannen mir den Hals hinab, als ich uns in Richtung eines Berggipfels lenkte. Das Blatt begann leicht zu schwanken, wie ein echtes Blatt, das vom Wind getragen wird, und trieb immer näher an den Rand einer Felszunge. Ich glaubte, Tatsumis geflüsterte Worte des Zuspruchs zu hören, doch die Magie dröhnte in meinen Ohren, und ich konnte nicht genau ausmachen, was er sagte.

Das ist real. Ich wusste nicht, dass Fuchsmagie zu so etwas imstande ist. Aber... das ist real. Oder? Ich schüttelte mich. *Nein, nicht denken, Yumeko. Einfach weitermachen. Denk später nach.*

Ich hielt an der Magie fest, bis wir mehrere Meter über der Felsplatte waren. Dann verlor ich die Kontrolle, und die Illusion verpuffte in einer Wolke aus weißem Rauch. Wir stürzten auf die Felsspitze, doch Tatsumi gelang es, mich in seine Arme zu reißen und mit einem leisen, wenn auch schmerzgepeinigten Ächzen, bei dem sich mir der Magen zusammenkrampfte, auf den Beinen zu landen. Sanft setzte er mich ab und wartete, bis ich das Gleichgewicht wiederfand und mich wieder an den festen Grund unter den Füßen gewöhnt hatte.

Ich blickte auf, über Tatsumis Schulter, und alles in mir gefror zu Eis.

Der Drache schwebte auf langsame, fast bedächtige Weise vom Himmel, als würde er kaum mehr als ein Stück Stoff wiegen. Von dem riesigen Kami platzten immer noch bunte Lichtfäden ab, die spiralförmig zurück in die Wolken strömten, was den Anschein erweckte, der Drache stünde in Flammen. Ich verlor ihn aus dem Blickfeld, als er weiter nach unten sackte, und dann, beim Aufprall des Herolds auf der Erde, erzitterte die gesamte Welt.

Wie betäubt taumelte ich zum Rand der Felskuppe, blickte hinab, und mein Magen drehte sich um. Der Große Drache, der Herr der Gezeiten und Herold des Wandels, lag tot in der Mitte des Tals, sein riesiger Körper zusammengerollt um den klaffenden Spalt ins Jigoku. Das höllische Licht spiegelte sich auf den Schuppen des Drachen wider, und Horden von Dämonen und Geistern – diejenigen, die sein mächtiger Körper nicht zerquetscht hatte – drängten sich um ihn, tanzend und in offenkundigem Frohlocken herumtollend.

Meine Beine zitterten, und ich torkelte vom Felsrand zurück, zu benommen selbst für Tränen. »Wir... Wir müssen dort runter«, flüsterte ich und drehte mich von der verheerenden Verwüstung unter uns weg. »Vielleicht gibt es etwas, das wir tun können... den Drachen irgendwie zurückbringen. Wir müssen es zumindest versuchen, nicht wahr?«

»Yumeko.« Tatsumis Stimme klang trostlos. Ich verstand, dass es aussichtslos war, und sank auf dem Stein in die Knie, gefangen in einem Albtraum, aus dem ich nicht erwachen konnte. Wie hatten wir auf ganzer Linie versagen können? Der Drache war erlegt, die Tore zum Jigoku standen sperrangelweit offen, und alle meine engsten Freunde waren tot. Wir hatten Genno daran gehindert, den Wunsch zu benutzen, aber selbst das wirkte lächerlich gering im Vergleich zum Ableben eines Großen Kami und dem Verlust dessen, was Seigetsu die ganze Zeit über gewollt hatte. Nicht den Wunsch, sondern das Juwel, das ihm die Macht und Unsterblichkeit eines Gottes verlieh.

Tatsumi kniete sich mit gesenktem Kopf neben mich und zog mich fest an sich. »Es tut mir leid«, murmelte er wieder, seine Stimme ein gebrochenes Krächzen. Er hob eine Hand und legte sie sanft auf meinen Hinterkopf, und seine Finger vergruben sich in meinem Haar. »Ich wollte dir ein Zuhause schenken, zu dem du zurückkehren kannst.«

Ich nahm einen bebenden Atemzug und spürte, wie meine Augen brannten und heiße Tränen begannen, mein Gesicht hinabzufließen. »Was sollen wir jetzt nur tun, Tatsumi?«, flüsterte ich. »Das Tor zum Jigoku steht offen. Dämonen und Geister werden herausströmen, bis sie alles überrannt haben. Wie können wir es schließen?«

»Ich ... weiß es nicht.« Selbst Tatsumi schien kurz vor einem Zusammenbruch zu stehen. Er zitterte an meiner Brust, dann holte er tief Luft, um sich zu beruhigen. »Vielleicht Blutmagie. Aber ein Zauber von solcher Stärke würde große Opfer verlangen, und das ist etwas, wozu keiner von uns bereit ist, selbst wenn es möglich wäre.«

»Was wird passieren, wenn es nicht geschlossen wird?«, fragte ich mit leiser Stimme. Im Bewusstsein, in der Angst, die Antwort bereits zu kennen. Tatsumi war einen Moment still, bevor er etwas erwiderte.

»Die Dämonen und Geister werden unaufhaltsam herausströmen«, sagte er langsam. »Die Insel wird nicht in der Lage sein, sie aufzuhalten. Nachdem die Yokai jeden hier getötet haben, werden sie aufs Festland des Kaiserreichs übersetzen. Solange die Tore offen stehen, werden die Dämonen nicht nur ungehindert herauskommen, sondern das Jigoku wird das gesamte Land mit seiner Verdorbenheit vergiften. Die kami sterben, alle Lebewesen verwandeln sich in Verderbnis, und die Menschen, die nicht getötet werden, werden selbst zu Dämonen. Schließlich wird das Ningen-Kai zu einem zweiten Jigoku, und O-Hakumon wird wohl über beide Reiche herrschen.«

»Nein, Hakaimono. Das ist nicht ganz korrekt.«

Ein eisiger Windstoß zerrte an meinen Ärmeln und Haaren, als die Stimme überall um uns widerhallte, verwoben mit dem Sturm selbst. Eine kalte, vertraute Stimme, bei der mir das Blut in den Adern gefror und sich mir sämtliche Härchen auf den Armen aufstellten.

»Sollte O-Hakumon versuchen, über dieses Reich zu herrschen«, fuhr die Stimme fort, *»wird er feststellen, dass bereits jemand Anspruch darauf erhoben hat. Das ist jetzt mein Kaiserreich. Ich werde dieses Land von menschlichem Zwist und sterblicher Schwäche befreien, und alle werden sich vor ihrem neuen Gott verneigen!«*

Ein riesiger blau-weißer Blitzstrahl schoss aus den Wolken und schlug in die Spitze des Berges über uns. Ich keuchte auf, und Tatsumi zog mich fest an sich, beugte seinen Körper wie einen Schutzschild über mich, während der Boden erzitterte und Steine überall um uns herabfielen. Als das Grollen verebbte, blinzelte ich mir den Staub aus den Augen und blickte hoch, und mir blieb das Herz vor Entsetzen stehen.

Etwas Gewaltiges saß auf dem Berg und erhellte die Nacht mit seinem unheimlichen Glühen. Ein überdimensionaler Fuchs, tausendmal größer als ein normaler Kitsune, mit blassem Fell und lodernden gelben Augen. Neun riesige, hin und her schwingende Schwänze umrahmten seinen geschmeidigen Körper, die Spitzen mit knisterndem Fuchsfeuer verhüllt, das sich in der Dunkelheit schlängelnd wand.

»*Diese Welt*«, sagte der Große Neunschwanz, und seine Stimme hallte von überall wider, »*ist verdorben. Selbst bevor die Tore des Jigoku geöffnet wurden, hatte die Menschheit das Land, das einst uns gehörte, heimgesucht. Ich habe nichts als Krieg, Gier, Blutvergießen und Tod gesehen. Immer und immer wieder, Jahr um Jahr. Ein endloser Kreislauf. Vor viertausend Jahren gewährte der Herold den Sterblichen die Macht, ihre Welt zu ändern, und was haben sie sich gewünscht? Unsterblichkeit. Zerstörung. Vergeltung.*« Der riesige Neunschwanz hob das Gesicht gen Himmel. »*Damit ist jetzt Schluss. Es wird keine weiteren Wünsche, keine weitere Drachenrolle, keine weiteren Menschen geben, die die Macht der Götter für sich beanspruchen. Ich werde ihr Herold sein. Das neue Zeitalter möge beginnen.*«

»Seigetsu-sama!« Ich erhob mich auf zitternden Beinen und machte zwei Schritte auf den uralten Kitsune zu, der den Kopf nicht drehte, nicht einmal ein Ohr in meine Richtung neigte. »Bitte«, rief ich und fragte mich, ob er mich überhaupt vernahm, ob die leisen, leidenschaftlichen Worte einer einfachen Füchsin überhaupt sein Gehör fänden. »Ich flehe dich an … schließ die Tore des Jigoku. Lass nicht zu, dass jeder hier stirbt. Warum solltest du über ein Land herrschen wollen, das von Dämonen überrollt wird?«

Seine Schnauze senkte sich, und mit einem Mal wurde ich vom schrecklichen Blick eines Gottes durchbohrt, der mich einen Moment anstarrte, bevor er den Kopf mit lautem Gelächter nach hinten warf. Das grässliche Geräusch ließ die Wolken über uns wirbeln und überall um uns Blitze aufflackern, während die Stimme des Neunschwanzes zitternd durch den Sturm drang.

»*Selbst, wenn ich könnte*«, sagte er schließlich und sah mich eindringlich an, »*würde ich es nicht tun. Glaubst du, ich bin der Drache, der jedem, der ihn ruft, seinen Wunsch erfüllt?*« Er öffnete leicht sein Maul, offenbarte funkelnde Fangzähne. »*Die Sterblichen haben diese Katastrophe selbst über sich gebracht. Lass sie die*

Konsequenzen ihrer Gier selbst ausbaden. Ich bin ein Gott – Dämonen und die Ausgeburt des Jigoku sind für mich heute ohne jeden Belang. Außer einer.«

Seine Augen wanden sich ab, und sein brennender goldener Blick landete auf Tatsumi, der neben mir aufgesprungen war. »*Es ist an der Zeit, Hakaimono*«, knurrte er. »*Dass du für immer ins Schwert zurückkehrst. Ich werde nicht gestatten, dass der Gottestöter ein einziges weiteres Leben nimmt. Selbst wenn ich ihn im tiefsten Ozean oder im Mittelpunkt der Erde vergraben muss, Kamigoroshis Schatten wird dieses Reich nie wieder verdunkeln!*«

Der Gesichtsausdruck des Neunschwanzes veränderte sich, wurde brutal und Angst einflößend. Ein Ausdruck von Wahnsinn trat in seine Augen, während er die Zähne fletschte und das Innere seines Mauls in einem leuchtenden Blau-Weiß zu glühen begann.

Ein riesiger Feuerball schoss auf uns zu, flog wie ein Komet aus dem Schlund des Neunschwanzes, versengte die Luft und schwoll mit jeder Sekunde an. Tatsumi packte mich und sprang gerade noch rechtzeitig vom Felsvorsprung, bevor die flammende Kugel den Boden hinter uns traf und mit einem Tosen von Kitsune-bi explodierte. Wir trudelten den Berg hinab, wobei Tatsumi von einer Klippe zum nächsten hervorstehenden Felsgestein sprang, bis wir auf einem Bergplateau weiter unten landeten, mit Blick aufs Tal. Um uns herum war das Land flach und steinig, ein großer Halbkreis, scheinbar aus dem Berg gehauen, mit Kiefern und Brombeerbüschen entlang des Randes, ein Ring aus Schatten und Vegetation. Die Mitte war erschreckend frei und bot wenig Deckung, um einen riesigen, Feuer speienden Fuchsgott zu bekämpfen. Aber wenn wir uns im Schutz der Bäume versteckten, würde er dann nicht einfach den ganzen Wald in Brand stecken?

Tatsumi ließ mich los und zog Kamigoroshi, den Blick auf die steilen Felsformationen hinter uns gerichtet. »Versteck dich«, sagte er und verengte die Augen zu glühenden Schlitzen. »Er darf dich nicht finden, Yumeko. Er kommt.«

Verzweifelt schaute ich mich um und erspähte in der Nähe einen kleinen Kiefernhain in den Schatten des Berges, die Äste dick und in Dunkelheit gehüllt. »Ich werde dich nicht im Stich lassen«, erwiderte ich und trat einen Schritt zurück. »Ich werde auch kämpfen. Aber...«

»Ich weiß.« Tatsumi nickte. »Mit deiner Fuchsmagie. Ich lenke ihn so lang wie möglich ab. Vielleicht wird es ausreichen, um einen Kitsune zu täuschen, der sich für einen Gott hält.«

Angst überwältigte mich, aber ich weigerte mich, länger darüber nachzudenken. »Pass auf dich auf, Tatsumi«, flüsterte ich.

Ich begann zurückzuweichen, da zog Tatsumi mich eng an sich und küsste mich, rasch und heftig, was meine Sinne entflammte. »Nur für den Fall, dass ich Daisukes glorreichem Tod nacheifere«, murmelte er, als wir uns wieder voneinander lösten. Und obwohl immer noch ein leises Lächeln auf seinen Gesichtszügen lag, waren seine Augen verdunkelt. Schicksalsergeben. »Danke, Yumeko. Für alles.«

Ich schluckte das Schluchzen in meiner Kehle hinunter. »Wir werden gewinnen«, flüsterte ich. »Wir müssen ihn schlagen, Tatsumi. Für Kiyomi-sama. Für den Drachen, die kami und all unsere Freunde, die uns so weit gebracht haben. Das hier wird heute Nacht enden.«

»Auf die eine oder andere Weise«, stimmte Tatsumi mir zu.

Ein durchdringendes Heulen hallte über dem Sturm wider, und Dutzende Lichtblitze zuckten am Himmel, flackerten brennend über dem Tal. Ich löste mich aus Tatsumis Umarmung, lief, so schnell ich konnte, zu den Bäumen und schoss hinter einen Stamm, als der riesige neunschwänzige Fuchs fauchend am Rand des Bergplateaus landete und sich mit kaltem Triumph in den goldenen Augen zu uns umdrehte.

27

DER FUCHS, DER EIN GOTT SEIN WOLLTE

Tatsumi

Ich zog Kamigoroshi und trat dem Geschöpf entgegen, das sich bedrohlich über mir abzeichnete. Ein neunschwänziger Fuchs, der gefährlichste aller Yokai, durchdrungen von der Macht eines Gottes. Seine Schwänze, die von Fuchsfeuer umhüllt waren, schlängelten sich hinter ihm, und sein gelber Blick bohrte sich in mich, als er einen Angst einflößenden Schritt vorwärtstrat, die Kiefer aufgerissen, schimmernde Fangzähne entblößend.

Zorn wallte in mir auf, und ich hob Kamigoroshi, wich jedoch gleichzeitig vor dem riesigen Geschöpf zurück. Ich wusste, warum es meinen Tod wollte. Der Grund lag zusammengerollt um den Schlund ins Jigoku: der unsterbliche Kami, der erlegt worden war. Wenn Kamigoroshi den Großen Drachen töten konnte, konnte es auch einen Neunschwanz bezwingen, selbst einen, der unsterblich war.

Es hatte an diesem Abend bereits einen Gott erlegt. Ich müsste nur noch einen weiteren töten.

Der Neunschwanz hielt sich nicht unnötig mit Worten auf. Es gab kein spöttisches Gelächter oder eine großspurige Verkündung, dass ich dem Tode geweiht wäre. Aus dem geöffneten Maul des Kitsune strömte ein Schwall glühendes Fuchsfeuer, das die Luft versengte, als es auf mich zuschoss. Die erste Angriffswelle überstand ich unbeschadet, entkam der zweiten und duckte mich hinter einen Felsblock, als Feuer sich über das Gestein legte und mehrere Bäume in Aschehaufen verwandelte. Ich spürte die konzentrierte Hitze im Gestein vor mir, sah blaue Flammenzungen, die sich um den Felsbrocken züngelten, und umklammerte fest mein Schwert, als die Schritte des Neunschwanzes im Näherkommen die Erde zum Erzittern brachten.

Da bemerkte ich etwas neben mir und blickte in das Gesicht eines zweiten Tatsumi, der mir ein grimmiges Lächeln zuwarf und seine Waffe hob. Für den Bruchteil einer Sekunde war ich verwirrt, bis ich erkannte, dass Yumeko wohl ihre Magie einsetzte. Ich nickte, und der falsche Tatsumi sprang aus der Deckung, einem Schwall Feuer ausweichend, der die Bäume hinter ihm entzündete.

Ich zögerte einen Moment, dann tat ich es ihm gleich und sah, wie die Illusion in einer Woge von Fuchsfeuer verschwand. In dieser Millisekunde der Überraschung stürzte ich mich mit einem Fauchen auf den riesigen Neunschwanz, die Klinge auf seinen Hals gerichtet, fest überzeugt, dass selbst ein Gott sterben würde, wenn Kamigoroshi ihm den Kopf vom Körper abtrennte.

Ein Schwanz des Kitsune peitschte vor und schleuderte mich in die Luft. Ein Teil meines Körpers schmerzte entsetzlich, als weißglühendes Fuchsfeuer mir die Haut versengte. Meine Dämonenseite war an die Feuer des Jigoku gewöhnt, und selbst in meiner menschlichen Gestalt kam ich mit Hitze besser zurecht als die meisten Sterblichen, aber die Flammen des Neunschwanzes sprengten jede Vorstellungskraft. Ich stürzte zu Boden, und sobald ich die Erde berührte, schien mein Körper in Dutzende Tatsumis zu zersplittern, die sich um mich herum in alle Richtungen verteilten.

Yumeko. Doch mir blieb keine Zeit, um über die Ablenkungsmanöver der Kitsune nachzudenken oder darüber, was letztlich ihr

Plan sein mochte. Ich sprang auf die Beine, umklammerte mein Schwert und bemerkte, wie die kleine Armee meiner selbst dasselbe tat. Ich wusste nicht, wo Yumeko war oder wie sie all das bewerkstelligte, aber es musste mindestens ein paar Dutzend Duplikate von mir geben, die sich nun ins Kampfgetümmel stürzten. Die unzähligen Kamigoroshis zückend, begannen sie, den riesigen Neunschwanz zu umzingeln, der sie gelassen beobachtete.

»Tochter«, sagte er unbeeindruckt. »Ich habe tausend Leben gelebt. Ich habe den Aufstieg und Niedergang ganzer Clans mitangesehen. Ich habe die Geburt von Wäldern und den Tod von Sternen erlebt. Ich habe meine eigenen Königreiche erschaffen und sie mit Dienern, Liebenden und Feinden gefüllt. Glaubst du wirklich, du könntest mich mit einfachen Tricks schlagen?«

Mit einem einzigen Schwanz vollführte er einen Schlenzer, und die Hälfte der Duplikate, die ihn umgaben, flammte auf und zerfiel sogleich zu Asche. Doch die andere Hälfte sprang vor, stürzte sich mit Kamigoroshi, das in einem ungesunden Purpur schimmerte, auf den Neunschwanz und bedrängte den Feind.

Ich schoss ebenfalls vor, in der Hoffnung, die Trugbilder würden ihren Zweck erfüllen und den Neunschwanz lang genug ablenken, um in seine Nähe zu gelangen. Der Kitsune schnaubte, schüttelte verächtlich den Kopf und hieb mit einem Schwanz scheinbar beiläufig auf die Illusionen ein. Die zweite Hälfte der Dämonenjäger ging in Flammen auf, zerfaserte und verpuffte zu Rauch, während das Kitsune-bi sie verzehrte. Mit zusammengebissenen Zähnen hastete ich auf das Monster zu und sah, dass die wenigen, übrig gebliebenen Duplikate dasselbe taten, doch der riesige Neunschwanz lachte nur höhnisch.

»Du beleidigst mich, kleiner Fuchs«, sagte er und sprang anmutig zurück. »Indem du dieses Ablenkungsmanöver versuchst und mir falsche Dämonenjäger schickst. Als hätte ich eine solche Taktik nicht selbst tausendmal benutzt. Als würde ich den Unterschied nicht kennen zwischen dem, was real, und dem, was nicht real ist.«

Bedächtig drehte er den Kopf von den Illusionen weg und fixierte mich mit seinen funkelnden gelben Augen. Mir blieb der Bruchteil einer Sekunde, um zu erkennen, dass er genau wusste, wer der echte Tatsumi war, bevor der Kitsune sich auf mich stürzte, ein silbernes Funkeln gegen die Dunkelheit, seine riesige Pranke sich in mich rammte und mich am Boden festnagelte. Ich spürte, wie es mir keuchend die Luft aus den Lungen presste und sich gebogene schwarze Krallen in meine Brust bohrten, während der monströse Fuchs sich mit wild hin und her flatternden Schwänzen über mir aufbäumte.

»*Sayonara*, Hakaimono«, sagte der Neunschwanz, und sein Maul begann blendend grell zu glühen. Ich stählte mich gegen den Schwall Fuchsfeuer, der mich in einen Haufen Asche versengen würde, als eine der verbliebenen Tatsumi-Kopien in die Luft sprang und Kamigoroshi herabsausen ließ, genau über der Kehle des Monsters.

Blut, hell und leuchtend rot, brach aus dem weißen Fell hervor, und der Neunschwanz brüllte. Reflexartig zuckte er zurück und starrte die Illusion entsetzt an, seine goldenen Augen riesig vor ungläubiger Fassungslosigkeit. Ich blinzelte ebenfalls schockiert, als ich beobachtete, wie ein Strom Scharlachrot sich auf dem blassen Fell ausbreitete und zu Boden tropfte. Echtes Blut. Keine Illusion.

Vollkommen verwirrt spähte ich zu dem anderen Tatsumi, der den ebenso überraschten Neunschwanz grimmig anlächelte.

»Du magst ein Gott sein«, sagte er und verwandelte sich mit einem Kräuseln von weißem Rauch in Yumeko, was mein Herz einen Schlag aussetzen ließ. Ein blutiger Tanto lag in ihrer Hand, und sie funkelte das Monster herausfordernd an. »Aber du kannst trotzdem bluten.«

Mit einem Fauchen schoss der Neunschwanz vor und überwand die Distanz zwischen ihnen in Sekundenschnelle. Bevor ich mich auch nur rühren konnte, riss er seine tödlichen Kiefer auseinander, packte das Mädchen und schüttelte es wie ein Kaninchen im Maul eines Jagdhundes. Yumeko schrie erbärmlich, während ihr Körper zerfetzt wurde, doch im selben Moment explodierte sie in einer blassen Rauchwolke, die sich aus den Fangzähnen des Monsters kräuselte und vom Wind weggeweht wurde.

Mein Herz kam stotternd wieder in Fahrt. Der alte Kitsune erhob sich, und seine Schwänze wedelten bedrohlich hinter ihm, als er den Blick über das Gelände schweifen ließ. »Du kannst dich nicht ewig verstecken, Tochter.«

»Ich habe viel von dir gelernt.« Yumekos Stimme hallte um uns wider, von den Flammenzungen des Fuchsfeuers, die über den Boden krochen, von den Bäumen und den Steinen und dem Berg selbst. »Sei niemals dort, wo deine Gegner dich erwarten. Lass sie Schatten nachjagen, wie Spiegelbilder in einem Teich. Sorg dafür, dass sie nicht wissen, was real ist und was nicht. Aber es gab einen Trick, den du mir nicht verraten, den du mir vorenthalten hast. Aber das ist nicht weiter schlimm. Ich habe ihn mir selbst beigebracht.«

Die Äste raschelten, und Dutzende Tatsumis schritten aus den Bäumen, eine kleine Armee von Dämonenjägern mit glühenden Augen und Schwertern. Wie ein einziger Mann traten sie vor, ohne ein Wort zu sagen, ihre Gesichter unerbittlich und streng, während sie auf den riesigen Fuchs zumarschierten. Hastig verbarg ich mich in der seltsamen Gruppe und spürte, wie es mich schauderte, als Dutzende Versionen meiner selbst mich umgaben. Ich hatte Yumekos Magie schon viele Male erlebt. Ihre Illusionen waren immer naturgetreu gewesen, ein perfektes Abbild der Realität, aber diese hier wirkten irgendwie anders.

»Deine Illusionen.« Die Stimme des Neunschwanzes klang widerwillig beeindruckt und ... konnte es sein ... verängstigt? »Sie sind ... real.«

Mit einem gemeinsamen Kampfschrei griff der Pulk an Tatsumis um mich herum an. Augenblicklich bäumte der riesige Fuchs sich jaulend auf, und mehrere Schwänze peitschten vor und zurück. Seine mächtige Stimme erhob sich in die Luft, ließ die Wolken über uns wirbeln, und Blitze schossen wie Regen vom Himmel herab. Flackernde weiße Strahlen versengten die Erde, und Dutzende Tatsumis zerfransten, wurden zu Rauchfäden im Wind. Einer der Blitze traf eine Kiefer neben mir, und der Baumstamm explodierte in einem Chaos aus Splittern und Flammen, die mich zu Boden schleuderten.

Schmerzgepeinigt stemmte ich mich hoch und wollte mich erneut ins Kampfgetümmel werfen, als ein leiser Pfiff mich innehalten ließ. Ich blickte zur Seite und bemerkte, wie ein anderer Tatsumi den Kopf schüttelte und mit einem Finger an den Lippen in die Bäume zurückwich. Entschlossen huschte ich rückwärts und duckte mich hinter einen Felsblock. Eigentlich war es mir zuwider, mich zu verstecken, aber ich ahnte, dass Yumeko einen Plan verfolgte. Die Kitsune wusste, was sie tat, und ich vertraute ihr.

Laut knurrend landete der gewaltige Neunschwanz inmitten der übrig gebliebenen Tatsumis und mähte mit hell leuchtenden Schwänzen und Krallen durch sie hindurch, als bestünden sie aus Papier. Blätter zerstreuten sich im Wind, Rauchfäden lösten sich um sie auf, während der Fuchs die Armee aus Dämonenjägern binnen eines Wimpernschlags niedermetzelte. Doch im selben Augenblick raschelten bereits die Äste, weitere Tatsumis tauchten aus den Bäumen auf der anderen Seite des Schlachtfelds auf, und die Luft erfüllte sich mit Fuchsmagie.

»Genug!«

Der Neunschwanz schüttelte den Kopf und richtete sich zu seiner beeindruckenden Größe auf. »Dieses Spielchen ist ermüdend«, verkündete er mit einem Blick auf den neuen Mob an Dämonenjägern, der auf ihn zukam. »Eigentlich wollte ich nur den Dämonenjäger töten und Kamigoroshi vergraben, wo niemand es jemals finden würde. Diese Tricks sind durchaus amüsant, aber ich habe sie schon zu oft gesehen. Und ich werde mich davor hüten, weiterhin Schatten zu jagen.« Mit verengten Augen spähte er zu den Bäumen jenseits der Armee aus Dämonenjägern. »Ich kann dich spüren, kleiner Fuchs«, sagte er leise. »Wenn man ein Hornissennest zerstören will, sollte man seine Zeit nicht mit den Drohnen vergeuden. Man schnappt sich die Königin.«

Seine Schwänze peitschten wild hin und her, und Kitsune-bi entzündete sich an ihren Spitzen, bevor Seigetsu einen Sturm Fuchsfeuer in den Wald sandte. Flammen tosten, uralte Kiefern wurden verzehrt und verbrannten zu Asche. Stämme knackten, Bäume krümmten und schwärzten sich in der Hitze, während Glut in die Luft wirbelte und ein Inferno aus blau-weißen Flammen eine Schneise in das Kiefernwäldchen schlug. Die Armee aus Tatsumis zuckte schaudernd zusammen, schien an Gestalt zu verlieren und sackte zu Boden, bevor sie zu Nebel zerstob. Mit zum Reißen gespannten Nerven wartete ich darauf, aus der Deckung zu springen und mich auf den Neunschwanz zu stürzen, da traf ein Stein den Baum neben meinem Kopf, was mich erschrocken auffahren ließ. Der andere Tatsumi, der ein paar Meter entfernt von mir kauerte, schüttelte nachdrücklich den Kopf und formte mit den Lippen einen entschiedenen Befehl. *Noch nicht!*

Ein Schrei ertönte über das Tosen des Feuers, und mein Magen verkrampfte sich. Mit bis zum Hals klopfendem Herzen sah ich mich um und erblickte eine Gestalt, die aus den Flammen taumelte, hustend und gebückt. Ihre langen Haare waren versengt,

Rauch kräuselte sich um ihren Körper, und die Haut an einem Arm war schwarz und verkohlt. Entsetzt beobachtete ich, wie Yumeko torkelte und dann keuchend, umgeben von ihrer verbliebenen Armee, in die Knie ging, während der Neunschwanz sich bedrohlich über ihr abzeichnete. Der alte Kitsune lächelte nicht mehr.

»Gewonnen«, sagte er leise und wedelte mit einem Schwanz. Augenblicklich ging Yumeko in Flammen auf, und blau-weißes Fuchsfeuer verzehrte ihren Körper. Sie kreischte und zuckte, während sie in einer Feuersbrunst verschwand und zu einer geschwärzten Hülle zusammenschrumpfte, bevor sie zu Asche zerfiel.

Ich bohrte die Finger in den Baum und rief mir ins Gedächtnis, dass dies nicht *sie* sein konnte. Nicht ihr wahres Ich. Andernfalls könnte der andere Tatsumi auf keinen Fall mehr hier sein, ein paar Meter von mir entfernt. Ich spähte zurück zu meinem Ebenbild, sah sein Zwinkern und spürte etwas Erleichterung.

»Na schön«, begann er, »solange er abgelenkt ist …«

Ich erhob mich, aber unvermittelt riss es den anderen Tatsumi von den Beinen, als ein Feuerball aus der Luft herabsauste und ihn mitten in der Brust traf. Wie ein Funkenschlag entzündete er sich, fiel mit einem Schrei nach hinten und wand sich auf den Steinen, während Fuchsfeuer um ihn wütete und mir jäh, beim Klang *ihrer* vertrauten Stimme, die durch mich hindurchpeitschte, das Blut in den Adern gefror.

»Nein!«

Alles andere vergessend, raste ich an ihre Seite und fiel im Dreck auf die Knie. Yumeko lag zusammengerollt auf dem Boden, die Illusion war verblasst, auch wenn weiterhin Feuerzungen von Kitsune-bi um ihre Kleidung züngelten. Ich schlug die Flammen aus, zog Yumeko sanft an mich und drehte ihren Kopf ins Licht.

Entsetzen packte mich. Eine Seite ihres Gesichts war versengt, die Haut geschwärzt und Blasen werfend, ihre langen Haare bis zum

Schädel verbrannt. Sie nahm einen bebenden Atemzug, und alles in mir zog sich vor ohnmächtiger Wut und Seelenqual zusammen.

»Yumeko...«

»*Gomen*... Tatsumi«, flüsterte Yumeko und umklammerte meinen Ärmel. »Es tut mir leid. Ich... Ich glaube nicht, dass ich dir noch eine Hilfe sein kann. Ich habe versucht...«

Der Boden erzitterte, und ein Schatten fiel über uns. Die Hitze des Fuchsfeuers ließ die Luft flirren. Die Zähne fest zusammengebissen, drückte ich Yumeko an mich, da baute sich die silbrige Gestalt des Neunschwanzes über uns auf, und seine gelben Augen schimmerten durch die Dunkelheit und den Rauch.

»Auf Wiedersehen, kleiner Fuchs.« In seiner Stimme hallte die Endgültigkeit des Todes wider. »Ich muss gestehen, deine Talente sind bewundernswert. Wenige Kitsune haben je gelernt, ihren Kreationen Leben einzuhauchen, wenn auch nur für einen Moment. In einem anderen Leben hätte ich womöglich in Erwägung gezogen, dich bei mir zu behalten. Aber du warst lediglich eine Spielfigur, und ich habe keine Verwendung mehr für dich. Tröste dich mit dem Gedanken, dass, wenn deine Seele wiedergeboren wird, sie eine völlig andere Welt erblicken wird als diejenige, die du kennst. *Sayonara*.«

»Warte!« Hastig streckte ich die Hand aus.

Der Schwanz des Kitsune zuckte, und Yumeko ging in meinen Armen in Flammen auf.

Hitze versengte mir Arme, Brust und Gesicht, aber ich spürte fast nichts, als das Fuchsmädchen neben mir schrumpelnd zu Asche zerfiel, ihr schmaler Körper von Flammen zerfressen. Sie gab keinen einzigen Laut von sich. Ich rang nach Atem, unfähig, mich zu bewegen oder zu denken, während ich benommen zusah, wie das Kitsune-bi stotternd erstarb und ich mit nichts in den Armen zurückblieb. Nichts als...

Ich blinzelte. Ein Blatt, winzig und wie durch ein Wunder heil, lag in meiner Handfläche, während ein weißer Rauchfaden sich im Wind kräuselte. Mir stockte kurz der Atem, und mein Herz schlug wild in meiner Brust, als der Neunschwanz hinter mir ein Seufzen ausstieß, das fast traurig klang.

»Nun, Hakaimono«, sagte er und beugte sich herab, um mich mit lodernden gelben Augen anzusehen. »Lass uns fortfahren, ohne jede weitere Störung. Wenn du willst, wird dein Tod so schmerzlos sein wie ihrer.« Er riss sein Maul auf, es glühte in blau-weißem Licht. »Ein kurzer Strahl und dann nichts mehr. Es geht schneller als die Schneide einer Klinge. Götter sollten Barmherzigkeit zeigen ...«

Ich erhob mich und trat dem großen Yokai entgegen. Da fiel, wie ein Blitz aus heiterem Himmel, ein weiterer Tatsumi aus der Luft und rammte dem Neunschwanz sein Schwert in den Rücken.

Der Fuchsgott bäumte sich erschrocken brüllend auf, und seine Schwänze peitschten wild. Der Dämonenjäger auf seinem Rücken ging in Flammen auf und verschwand, doch ich spürte ein Kräuseln von Fuchsfeuer aus allen Richtungen, während Dutzende Tatsumis und Yumekos aus den Flammen zum Vorschein kamen. Grimmig lächelnd trat die Yumeko, die mir am nächsten stand, mit gerecktem Kinn vor und bot dem monströsen Kitsune die Stirn.

»Du bist nicht der Herold«, rief sie. »Macht und Unsterblichkeit machen dich nicht zu einem Gott. Die Kami existieren, weil Menschen sie anbeten und verehren. Und solange es einen Funken Hoffnung gibt, werden wir weiterkämpfen. Das Spiel ist noch nicht vorbei.«

Sie hob einen Arm, und die Dämonenjäger um sie herum griffen an. Der Neunschwanz heulte auf, spuckte Feuer und Blitze durch ihre Reihen, verbrannte Tatsumis im Sekundentakt. Aber jene, die es in seine Nähe schafften, hieben mit Kamigoroshi auf ihn ein, und Blut beschmierte das Fell des Monsters, als die Waffen ihr Ziel fanden. Schreiend sprang der Neunschwanz in die Luft und landete in einer Explosion aus Fuchsfeuer wieder auf dem Boden, was die gesamte Armee hätte auslöschen müssen. Doch die Yumekos rissen ihre Arme in die Höhe. Kitsune-bi loderte in ihren Handflächen auf, lenkte die tödlichen Flammen ab und ließ sie harmlos in der Luft verpuffen.

»Los, Tatsumi«, flüsterte eine Stimme hinter mir. *Ihre* Stimme. Angespannt und erschöpft, aber unmissverständlich. »Solange er nicht weiß, was real ist und was nicht. Setz ihm ein für alle Mal ein Ende.«

Ich lächelte. Mit gezücktem Kamigoroshi drehte ich mich um und sprintete in das Chaos, wand mich durch die Flammen und Duplikate meiner selbst in Richtung des Fuchses, der glaubte, er könnte ein Gott sein. In dem verzweifelten Versuch, sich zu schützen, bedeckte der Neunschwanz seinen gesamten Körper mit Flammen. Kitsune-bi toste, Blitzfäden krochen über sein Fell, und der Dämonenjäger, der ihm am nächsten war, franste aus und verkohlte.

»Seigetsu!«

Der Ruf kam aus den Bäumen, von der Stelle, die ich vor wenigen Sekunden verlassen hatte. Der Neunschwanz wirbelte herum, die Augen weit aufgerissen und zornentbrannt, da bemerkte er das Mädchen, das am Waldrand stand. Auch sie glühte im Fuchsfeuer, leuchtete wie eine Fackel in der Nacht, während sie dem Monster auf dem Schlachtfeld entgegentrat.

»Kiyomi-sama«, hörte ich sie sagen, obwohl sie weit weg war und der Lärm um uns herum ohrenbetäubend sein müsste. »Heute werden wir dich rächen. Für all die Jahre, die du verloren hast, soll das hier dir Frieden bringen.«

Die Lefzen des Neunschwanzes zogen sich zurück, und er riss sein Maul auf, seine Kehle glühte blendend hell. Mit funkelnden

Augen schritt er vor, da machte ich einen gewaltigen Satz in die Luft, sprang auf seine Schultern und trieb dem monströsen Fuchs Kamigoroshi in den Hals.

Der Kitsune taumelte. Einen Moment lang stand er da, das Maul weit aufgerissen, und starrte Yumeko an. Dann kippte sein Kopf nach vorne, aus seinem Hals spritzte eine gewaltige Blutfontäne, und der riesige Fuchs schwankte heftig und brach schließlich zusammen. Ich landete auf dem Boden und rollte mich ab, mit einem Mal zu erschöpft, um mich wieder auf die Beine zu hieven, während das gewaltige Geschöpf krampfhaft zuckte und auf den Steinen verblutete. Seine vielen Schwänze bebten und schlugen noch eine Weile reflexhaft, bevor auch sie schließlich reglos erstarrten.

Ganz langsam stemmte ich mich auf die Beine und verzog gepeinigt das Gesicht, als ich sämtliche Verbrennungen, Prellungen, Schürfwunden und Schnitte, die ich zuvor stoisch ausgeblendet hatte, nun wieder schmerzhaft spürte. Um mich herum verblasste die Armee aus Dämonenjägern und verwandelte sich in Rauch und Blätter, die vom Wind weggetragen wurden. Ich holte tief Luft, ohne mich um den Rauch zu kümmern, der meine Lungen füllte, und atmete langsam wieder aus, während mir erschöpft dämmerte, dass der Kampf vorbei war. Dass wir, trotz einer Nacht der Fehlschläge, Katastrophen und des Todes, am Ende doch obsiegt hatten.

»Tatsumi!«

Ich blickte hoch, als Yumeko taumelnd aus dem Rauch auf mich zukam. Ihr Gesicht war mit Ruß und Dreck beschmiert, ein Ärmel war aufgerissen, und Blut lief an ihrem Arm und ihrer Kleidung herab. Doch ihre goldenen Augen schimmerten vor Triumph und Erleichterung, sobald sie mich sah, und hastete auf mich zu.

Ich fing sie auf, als sie sich mir in die Arme warf, und spürte kaum den bohrenden Schmerz von all den vielen Verletzungen überall an meinem Körper. Nichts davon spielte jetzt eine Rolle.

Ich war immer noch auf den Beinen, Yumeko lebte, und irgendwie, gegen jede Wahrscheinlichkeit, war es uns gelungen, den Neunschwanz mit der Macht eines Gottes zu töten.

»Ich kann es kaum glauben«, flüsterte Yumeko. Ihre Augen waren weit aufgerissen, während sie zurückwich und den Leichnam des riesigen Fuchses betrachtete. »Wir ... Wir haben es geschafft, Tatsumi. Es ist wirklich vorbei.«

Ich nickte erschöpft. »Jetzt gilt es nur noch eins zu tun«, murmelte ich, trat um Yumeko herum und ging auf den toten Neunschwanz zu, Kamigoroshi immer noch fest in der Hand. Ich spürte den verwirrten, besorgten Blick des Mädchens in meinem Rücken und hörte ihre Schritte, die mir folgten.

»Was meinst du?«

»Der Fushi no Tama«, sagte ich und stählte mich gegen das, was als Nächstes passieren würde. Yumeko wirkte immer noch durcheinander, und ich zeigte auf den reglosen Neunschwanz. »Wir haben seinen Wirt getötet, aber das Drachenjuwel befindet sich noch irgendwo an seinem Körper. Wir müssen es holen, bevor ...«

Ich verstummte jäh, und mein Magen krampfte sich zusammen, als eine weitere Yumeko, schmutzig, zerrissen und blutend, um den Neunschwanz trat und mich blinzelnd betrachtete.

Es dauerte einen Moment, bis ich allmählich begriff. Zwei Yumekos? War eine von ihnen eine Illusion, übrig geblieben von dem Kampf, den wir gerade bestritten hatten? Doch das ergab keinen Sinn; Yumeko hätte die Trugbilder aufgelöst, nun da die Bedrohung gebannt war. Warum sollten zwei ...?

»Tatsumi«, flüsterte die zweite Yumeko, ihre Stimme von Erleichterung gefärbt. Im selben Moment weiteten sich ihre Augen vor Angst, und sie öffnete den Mund, um etwas zu rufen.

Schmerz explodierte in meiner Brust und riss mich vorwärts. Benommen blickte ich nach unten und sah eine Hand, blutig und mit scharfen Krallen an ihren Fingerspitzen, die sich durch meine Mitte bohrte. Ein paar Sekunden konnte ich nichts weiter tun, als sie anzustarren, ohne dass ich verstand, was gerade vor sich ging. Dann hallte ein leises, vertrautes höhnisches Lachen in meinem Ohr wider, und weiße Rauchfäden schlängelten sich von hinten um mich.

»Das war ein beeindruckender Kampf, Hakaimono.« Seigetsus Stimme war ein triumphierendes Flüstern an meiner Wange. »Bravourös ausgeführt, perfekt durchdacht. Es hätte funktioniert, aber du und das Kitsune-Mädchen haben einen entscheidenden Fehler begangen. Ihr habt vergessen, gegen wen ihr kämpft. Ich kenne jeden Trick, jede Illusion. Ich wusste, was passieren würde, lange bevor ihr selbst auch nur daran gedacht habt. Ich mag ein Gott sein, aber ich werde immer ein Fuchs bleiben.«

Ich konnte nicht sprechen, nicht klar denken, und etwas verstopfte meine Kehle. Ich hustete und spürte eine warme Flüssigkeit, die an meinem Kinn und Hals hinablief. Andere Geräusche schienen verblasst zu sein, obwohl ich undeutlich mitbekam, wie Yumeko auf uns zurannte, ihre goldenen Augen riesig vor Entsetzen.

»Lebe wohl, Hakaimono!« Die Stimme des Neunschwanzes erklang wieder hinter mir. »Sei nicht wütend – du hättest dich niemals der Hoffnung hingeben dürfen, auch nur die geringste Chance gegen einen Gott zu haben. Doch du hast dich wacker geschlagen, und die Götter müssen Erbarmen zeigen.« Ich spürte, wie er sich näher an mich heranschob, sein Mund nur noch wenige Zentimeter von meinem Ohr entfernt. »Vielleicht sollte ich mich zurückverwandeln?«, flüsterte er. »Dann könntest du zumindest in den Armen deiner Geliebten sterben.«

Yumeko.

Ihr Antlitz verschwamm vor mir, lächelnd, heiter, hoffnungsvoll trotz allem. *Es tut mir leid*, dachte ich, während meine Sicht unscharf wurde und etwas Heißes meine Wange hinabglitt. Das

Atmen fiel mir zunehmend schwer, und Schwärze kroch in mein Blickfeld. Mir blieb keine Zeit mehr. Dies würde meine letzte Tat werden. *Verzeih mir, Yumeko. Ich wollte dich beschützen. Ich wollte dich und alles, was dir am Herzen liegt, retten. Es tut mir so schrecklich leid. Ich werde… das Ende nicht mit dir… gemeinsam erleben, aber… ich werde dir dieses letzte Geschenk machen.*

»Was meinst du, Hakaimono?« Es war nicht mehr Seigetsus Stimme, die mir ins Ohr flüsterte, sondern Yumekos. »Der Kampf ist vorbei. Schließ einfach die Augen und lass los. Lausch meiner Stimme, der Stimme deiner Kitsune, während du in die Dunkelheit gleitest.«

Ich hob Kamigoroshi, drehte blitzschnell die Klinge herum und rammte sie mir in die Brust, versenkte sie tief bis zum Heft. Hinter mir zuckte Seigetsu zusammen, stieß ein überraschtes, ersticktes Keuchen aus, und die Welt schien sich zu verlangsamen.

Etwas packte mich an der Schulter, Finger bohrten sich in meine Haut. Ich spürte das Schwert in meinem Körper wie einen Lichtstrahl, aber ich war jetzt bereits jenseits jeglichen Schmerzes. Bilder flackerten durch mein Bewusstsein, Gedanken und Gefühle, die nicht mir gehörten. Erinnerungen, die ich nie abgespeichert hatte. Eine Welt, die jünger war, in der kami und Yokai frei und ohne Angst lebten. Eine Welt ohne Krieg und Hass, wo jeder seinen Platz kannte und zufrieden war. Bis zum Aufstieg der Menschen mit ihren Armeen und Waffen und ihrem unersättlichen Appetit, der sich niemals stillen ließ. Ein Bild der Zerstörung nach dem anderen flammte auf, brennende Wälder, Städte in Flammen, Felder voller Leichen. Die Erinnerung an eine Frau, hochgewachsen und wunderschön, mit langen schwarzen Haaren und Augen von der Farbe von Jade. Zwei Jungen huschten lachend um sie herum. Nur dass die Bilder wie die Flügelschläge einer Motte flackerten, und manchmal waren die beiden Kinder Fuchsjungen, und die

Frau war eine Kitsune mit leuchtend grünen Augen. Dann blitzte ein anderes Bild auf, und ich sah einen Mann mit zwei Hunden zu seinen Füßen, der grimmig lächelnd einen toten Fuchs am Schwanz hochhob. Entsetzen, Kummer, ein alles verzehrender Zorn, und dann nichts mehr.

Ich blinzelte. Die Welt um mich verschwamm, bevor sie sich wieder zusammensetzte. Immer noch den Griff von Kamigoroshi umklammernd, das tief in meiner Brust versunken war, spürte ich etwas Warmes, das sich über meinen Rücken ausbreitete und meine Haori durchnässte. Etwas hinter mir taumelte, lange Finger waren immer noch in meine Schulter gekrallt, und ein Schauder ging durch uns beide.

»Fahr zur Hölle, Hakaimono!« Das erstickte Flüstern kratzte in meinem Ohr. »Ist dir denn nichts heilig? Diese Erinnerungen gehören allein mir.«

Mit einem Ruck befreite ich meine Klinge, zog sie in einer Blutfontäne aus uns beiden heraus, und Seigetsu keuchte auf. Wie betäubt drehte ich mich halb um und sah, dass der Neunschwanz rückwärtstaumelte, die Klaue an seine Brust gepresst. Blut sickerte in das Vorderteil seiner weißen Haori, färbte seine Ärmel, Haare, selbst seine vielen Schwänze rot. Obwohl das Feuer, das an seinen Spitzen getänzelt hatte, erloschen und das Glühen, das ihn umgeben hatte, verdunkelt war.

Etwas glitzerte durch das Blut an seinen Fingern, leuchtete kurz wie ein Glühwürmchen auf. Als der Neunschwanz den Arm sinken ließ, starrte er auf die Perle in seiner blutbefleckten Hand und beobachtete, wie das Licht aufflammte und erstarb, dann lächelte er in stiller Resignation.

»Meinen Glückwunsch, Hakaimono«, murmelte er, als hätten wir gerade eine Partie Shogi beendet. »Gut gespielt. Wie es scheint ... geht der Sieg an dich.«

Mit steifen Gliedern stolperte er ein paar Meter weiter, dann ließ er sich an einem Felsen herabgleiten, als wollte er sich nur eine kurze Pause gönnen. Blut rann ihm aus dem Mundwinkel, und er seufzte zitternd, den Kopf nach hinten gelehnt.

»Wie grausam das Schicksal sein kann«, wisperte er, den Blick in die Wolken gerichtet. »Tausend Jahre des Planens, des Ränkeschmiedens, ohne in dem Spiel einen einzigen Fehler zu begehen, um dann wird mein Traum von einem Dämon und einem Mädchen durchkreuzt.«

Die Hand fiel ihm in den Schoß, und das Drachenjuwel glitzerte dumpf in seiner Handfläche, als der Neunschwanz, der sich zu einem Gott hatte aufschwingen wollen, seine Unsterblichkeit verlor und reglos erstarrte.

Ich taumelte einen Schritt rückwärts, Kamigoroshi fiel mir aus der Hand, dann schwankte ich heftig und brach in den Armen der richtigen Yumeko zusammen.

28
Die Ebene des Jigoku

Yumeko

»Tatsumi!«

Ich sank auf die Knie, wiegte seinen Kopf in meinen Armen. Überall war Blut; die Vorderseite seiner Haori war durchnässt, und es strömte aus den grässlichen Wunden in seiner Brust und seinem Magen, wo er Kamigoroshi durch seinen eigenen Körper gerammt hatte, um auch Seigetsu aufzuspießen. Das Schwert, das nun neben seiner Hand lag, flackerte wie ein ersterbender Herzschlag, das blasse purpurne Licht mit jeder Sekunde dunkler.

»Tatsumi«, flüsterte ich. Hilflos, zitternd ließ ich meine Hand über die klaffenden Wunden schweben. »Oh, Kami, was kann ich tun? Tatsumi, mach die Augen auf! Kannst du mich hören?«

»Yumeko.« Tatsumis Stimme war nurmehr ein Hauch, ein Flüstern. Seine Augen öffneten sich, hell und glitzernd, und blickten zu mir empor. »*Gomen*«, murmelte er. »Verzeih mir, ich glaube nicht… dass ich mit dir zurückkehren kann.«

Ich schüttelte den Kopf, unter keinen Umständen bereit, das zu glauben. »Alles wird gut«, krächzte ich und strich ihm das Haar aus der Stirn. »Du bist ein Halbdämon… du kannst dich selbst heilen, nicht wahr? Genau, wie du es im Tempel der Stählernen Feder getan hast.«

Tatsumi hustete. Rote Spritzer stoben wie Nebel in die Luft, und er schauderte, bevor er zusammensackte. »Ich habe... nichts mehr übrig, Yumeko«, flüsterte er, seine Stimme unnatürlich ruhig. »Keine Tricks oder Wunder, auf die ich zurückgreifen könnte. Die Verletzungen sind diesmal zu schwer. Dies hier war... meine letzte Schlacht.« Seine Hand umschloss meine, und ein gequältes Lächeln breitete sich auf seinem Gesicht aus. »Zumindest war es... um mich der Worte des Taiyo zu bedienen... ein glorreicher Tod im Kampf gegen einen Gott.«

»Nein!« Ich beugte mich über seinen Körper, meine Finger in seinem Haar, seiner Haori, einfach allem vergraben, damit er mir nicht entglitt. »Bitte«, wisperte ich. »Ich darf dich nicht verlieren. Nicht nach alldem.« Tränen blendeten mich, rannen mein Gesicht hinab und benetzten die Vorderseite seines Hemds. »Es ist nicht fair«, brachte ich erstickt hervor. »Wir haben es so weit geschafft. Wir haben den Wunsch vereitelt, den Herold getötet, den Meister der Dämonen *und* Seigetsu geschlagen. Wir haben alles getan, was von uns verlangt worden war. So darf es nicht enden.«

»Yumeko, hör mir zu...«

Kopfschüttelnd hob ich den Kopf, um seinen verblassenden Blick aufzufangen. Er bewegte einen Arm, nur ganz leicht, in Richtung von Seigetsu, der zusammengesackt dalag, eine funkelnde Perle in der blutigen Faust. »Es ist noch nicht vorbei«, sagte Tatsumi in einem gebrochenen Flüstern. »Der Fushi no Tama. Du musst ihn... zum Drachen bringen. Noch vor dem Morgengrauen... bevor er sich gänzlich auflöst. Wenn du dem Herold das Juwel zurückgibst... könnte seine Macht... ihn vielleicht wiederbeleben.«

Das Drachenjuwel. Es besaß die Macht, seinem Träger Unsterblichkeit zu verleihen, sogar die Toten zurück ins Leben zu holen. Von jäher Hoffnung erfüllt, blickte ich mit klopfendem Herzen zu ihm zurück. »Der Fushi no Tama, Tatsumi, wenn du ihn jetzt selbst benutzen würdest...«

»Nein!« Tatsumi unterbrach mich schroff, packte meine Hand. Bei dem Entsetzen in seiner Stimme zuckte ich zusammen, da schüttelte er den Kopf. »Ich habe ... nicht den Wunsch, ein Gott zu sein«, flüsterte er. »Man kann die Macht des Fushi no Tama nicht benutzen, ohne das Juwel selbst an sich zu nehmen. Es wird zu einem Teil von dir. Das ist der Grund, weshalb Seigetsu so erpicht war, ihn zu besitzen, und warum ich den Drachen für ihn erlegen sollte ... allein Kamigoroshi vermag es, einen Unsterblichen zu töten. Wenn wir den Fushi no Tama einsetzen, um mich zu retten, müsstest du mich töten, bevor du es wieder an dich nehmen kannst.«

Ich sackte in mir zusammen, dieser winzige Hoffnungsschimmer jäh wieder erloschen. Für den Bruchteil einer Sekunde zog ein dunkler, fremder Teil von mir in Erwägung, den Fushi no Tama ungeachtet der Konsequenzen zu benutzen, um den Dämonenjäger zu retten. Doch wenn ich es täte, würde ich einen Gott bestehlen und ihn dessen berauben, was einem Großen Kami rechtmäßig gehörte, und wer konnte sagen, was das mit Tatsumis Seele anrichten würde? Insbesondere da die einzige Möglichkeit, den Fushi no Tama wieder zu entfernen, die wäre, das Juwel aus ihm herauszuschneiden. Es wäre nicht richtig. Ich durfte das Drachenjuwel nicht selbstsüchtig benutzen, um denjenigen zu retten, den ich liebte, selbst wenn ich zusehen müsste, wie er vor meinen Augen starb.

»Ist das wirklich das Ende, Tatsumi?«, murmelte ich und hielt ihn so eng an mich gepresst, wie ich nur irgend wagte. »Nach allem, was wir getan haben, kann das doch nicht das Schicksal sein, das uns bestimmt ist!«

»Unsere Zeit war immer nur geborgt, Yumeko.« Tatsumis Stimme war sanft. Sein Blick wanderte wieder zu meinem, eindringlich und fast flehend. »Aber du kannst ... diese eine Sache richtigstellen«, flüsterte er, und seine Finger legten sich fester um meine. »Etwas

Gutes ... das aus dieser Nacht der Fehlschläge erwachsen kann. Die Welt darf keinen Großen Kami verlieren. Erwecke den Drachen wieder zum Leben. Du ... bist die Einzige, die das jetzt tun kann. Bitte.« Er hielt inne und neigte den Kopf, als würde ihn das Reden anstrengen. »Versprich es mir.«

Ich rief mir in Erinnerung, wohin der Drache gefallen war, genau in die Mitte des Tals, sein mächtiger Körper zusammengerollt um den schrecklichen Spalt, der ins Jigoku führte. Doch jetzt war ich jenseits jeder Angst. Jenseits von Entsetzen, Wut, Kummer oder Entschlossenheit, und alles, was blieb, war eine endlose, seelenbetäubende Leere. »Ich ... Ich werde es versuchen«, schwor ich Tatsumi im Flüsterton. »Ich weiß nicht, ob es mir gelingen wird, überhaupt zu ihm vorzudringen, aber ich werde alles in meiner Macht Stehende tun.« *Alles, was noch übrig ist.* »Versprochen.«

Tatsumi nickte. Sein Körper entspannte sich in meinen Armen, und ein erschöpfter, friedvoller Ausdruck legte sich auf sein Gesicht. »Trauere ... nicht um mich«, flüsterte er. Ganz langsam hob er seine Hand und strich mit den Fingern über meine Wange, fuhr der Spur an Tränen auf meiner Haut nach. »Eines Tages werden wir uns wiedersehen. Egal ... wo ich schließlich lande, egal, wie mein Äußeres sich verändert haben mag, selbst wenn ich zurück in Kamigoroshi gesogen werde und es tausend Jahre dauert ... ich werde einen Weg zu dir zurückfinden.«

Ich umschloss seine Hand und schluckte die Tränen in meiner Kehle hinunter, da ich die letzten Momente mit Kage Tatsumi keinesfalls durch einen Tränenschleier erleben wollte. Vorsichtig senkte ich den Kopf, küsste ihn und spürte, wie seine Hand in meine Haare glitt und sich diese Erinnerung auf ewig in meine Seele einbrannte.

»Ich liebe dich«, wisperte ich, unsere Gesichter nur einen Atemhauch voneinander entfernt.

Sein Blick wurde sanft. »Ich habe nie ... jemanden so geliebt wie dich«, flüsterte er. »Vielen Dank, Yumeko.«

Dann verdunkelte sich das Licht in seinen Augen, sein Kopf sank vor, und sein Körper erschlaffte in meinen Armen. Ich stieß einen gellenden Schrei aus, zog ihn an mich und schluchzte seinen Namen, während der Wind um uns heulte und der Sturm weiter wütete, beide unbeeindruckt vom Hinscheiden einer weiteren Seele.

Eine sanft glühende Kugel erhob sich aus Tatsumis Brust und warf ihr eigenes Licht in die Dunkelheit. Ich blinzelte Tränen fort, während die Kugel über mir schwebte. Nein, nicht eine Seele, sondern zwei, die eine hell und die andere purpurn, miteinander verschmolzen, als sie in die Luft stiegen.

Neben Tatsumis erschlaffter Hand loderte Kamigoroshi auf. Ich hob den Kopf und beobachtete das purpurne Leuchten der Klinge, das mein Gesicht und Tatsumis Körper in sein mattes, unheilvolles Licht hüllte. Ich spürte einen schrecklichen Sog vom Schwert aus, wie ein Loch in einem Sakekrug, aus dem sich sein ganzer Inhalt mit einem Schwall ergoss, und mein Magen verkrampfte vor Entsetzen. Kamigoroshi rief Hakaimono zu sich zurück.

Einen Moment lang zitterten die Seelen in der Luft, als kämpften sie gegen die unausweichliche Anziehungskraft des Schwerts an. Die Klinge am Boden pulsierte, ein Herzschlag, der mit jedem Hämmern stärker wurde, und selbst die gemeinsame Kraftanstrengung der zwei Seelen hatte dem Willen des Gottestöters nichts entgegenzusetzen. Ich musste hilflos mitansehen, wie die miteinander verwobenen Kugeln des Oni und des Dämonenjägers immer näher zu Kamigoroshi gesogen wurden, und ich konnte nichts tun, um das Unausweichliche zu verhindern.

Da flammten die Seelen über mir jäh lichterloh auf. Geblendet schloss ich die Augen, und für den Bruchteil einer Sekunde konnte ich zwei Gestalten sehen, die dort ineinander verschlungen schwebten, ein Mensch mit dunklen Haaren und purpurnen Augen und ein Oni mit pechschwarzer Haut und Hörnern wie glühende Kohlen. Mit einem Fauchen löste sich der Dämon vom Menschen und stieß ihn weg. Tatsumi taumelte rückwärts, mit einem Mal von der Seele des Dämons befreit, und stieg allein die Höhe.

»Hakaimono…« Das Abbild von Tatsumi klang verblüfft. »Warum?«

Der durchschimmernde Schemen des Oni warf ihm ein müdes Lächeln zu. »Sag ja nicht, dass du mich vermissen wirst, Sterblicher. Wir wissen beide, es wäre gelogen.« Mit ausgestreckter Klaue bewegte er sich auf die glühende Klinge zu und verzog entnervt den Mund. »Glaubst du, ich will mit dir und deinen nervigen menschlichen Gefühlen in Kamigoroshi gefangen sein? Auf gar keinen Fall werde ich mir die nächsten tausend Jahre wegen eines Fuchsmädchens die Augen aus dem Kopf weinen. Das war kein Gefallen, Sterblicher, das war purer Egoismus, damit ich keinesfalls den Verstand verliere. Also bilde dir ja nichts drauf ein!«

Tatsumi neigte den Kopf. »*Arigatou*«, murmelte er. »Ich werde den… Dämon, der seine Seele mit mir teilte… nie vergessen.«

»Ich wünschte, ich könnte es.« Der Oni schüttelte den Kopf. »Hätte ich gewusst, was folgen würde, hätte ich uns beide vielleicht beim ersten Mal sterben lassen.« Purpurnes Licht umhüllte Hakaimono, das mit geisterhaften Flammen pulsierte, und der Dämon seufzte, klang unglaublich erschöpft. »Und jetzt kein Wort mehr. Ich habe genug von alldem. Ich glaube, die Leere von Kamigoroshi ist mir allemal lieber, als das hier noch einmal erleben zu müssen. Also… hinfort mit dir!« Ruckartig zeigte er mit dem Kopf gen Himmel. »Verschwinde, bevor ich es mir anders überlege und dich mit mir ins Schwert zerre.«

Tatsumis Abbild wurde hell und durchsichtig, begann unaufhaltsam zu verblassen. »Lebe wohl, Hakaimono«, sagte er leise. »Du warst ehrenhaft, auf deine ganz eigene Art.«

Hakaimono schnaubte verächtlich. »Das nächste Mal, wenn ich meine Freiheit wiedererlange, werde ich das beheben, sei unbesorgt!«

Der Oni schloss die Augen, als die Flammen sich über seinen Körper ausbreiteten und ihn verzehrten, bis er sich schließlich in einem Aufflackern von Violett auflöste.

Das Licht erstarb … und ich war allein. Tatsumis Körper lag schlaff in meinen Armen, nichts als eine leere Hülle, während der Sturm immer noch um uns heulte. Kamigoroshi flirrte einmal und erstarb dann, die Klinge dunkel wie die Steine.

Behutsam legte ich Tatsumi auf den Rücken und drückte ihm ein letztes Mal die Lippen auf die Stirn. »Dir eine sichere Reise, Tatsumi«, flüsterte ich und drehte mich weg. »Bis wir uns wiedersehen.«

Ganz benommen erhob ich mich. Der Wind peitschte durch meine Haare und Kleidung, während ich zu der Stelle ging, wo Seigetsu zusammengesackt gegen den Felsen lag, die goldenen Augen blind nach oben gewandt. Die Perle in seiner blutigen Hand schimmerte matt, als ich mich bückte und sie aufhob. Leblos lag sie in meiner Handfläche. So tot wie der Drache, der sich um den Schlund ins Jigoku wand.

Nachdem ich den Fushi no Tama in meinen Obi gestopft hatte, wandte ich mich vom Neunschwanz ab, verharrte dann jedoch, und ein Schauder überkam mich. Kamigoroshi lag neben Tatsumi auf dem Boden, die Klinge gezogen, das Stahl kalt und dunkel. Mein Herz klopfte, als ich das Schwert anstarrte. Tatsumi war tot, seine Seele fort, ins Jenseits befördert, was auch immer es für ihn bereithalten mochte. Aber Hakaimono war hier, erneut gefangen in dem Schwert. Der Oni war boshaft, verschlagen und unbarmherzig gewesen, einst ein furchterregender Feind. Doch … jetzt …

Ich schluckte schwer. Er war ein Teil von Tatsumi gewesen, ein Teil der Seele, die ich geliebt, die mich geliebt hatte. Selbst wenn Hakaimono wieder das absolute Böse war, könnte ich ihn nicht einfach hier zurücklassen.

Das Herz klopfte mir in der Brust, als ich nach unten griff, dann zögerte und meine Finger um den Griff von Kamigoroshi schloss. Meine Hand zitterte, und ich hielt den Atem an, stählte mich gegen ... Ich wusste nicht recht, gegen was. Einen stechenden Schmerz? Hakaimonos heimtückisches Lachen, während er vorschoss, um Besitz von mir zu ergreifen? Aber da war nichts. Kein pulsierender Herzschlag, kein Bewusstsein, das nicht mir gehörte. Wenn Hakaimono im Schwert war, reagierte er nicht.

Ich steckte die Klinge in meinen Obi, ging zum Rand des Felsvorsprungs und blickte hinab. Das Tal war eine wogende Masse aus Dämonen und Geistern: Sie krochen über Steine und schossen, Flammenschweife hinter sich herziehend, durch die Luft. Der Spalt ins Jigoku pulsierte rot und purpurn im Zentrum des Chaos. Und um ihn herum kringelte sich inmitten von Dämonen der riesige Körper des Drachen, von dem sich Lichtbänder ablösten und spiralförmig in die Wolken glitten. Er war jetzt viel blasser, kaum mehr als ein Umriss des einst Großen Kami, der im Sekundentakt durchsichtiger wurde.

Aber irgendwie musste es mir gelingen, zu ihm vorzudringen. Bevor er gänzlich aus dieser Welt entschwand.

Ich holte tief Atem und spürte, wie mein Herz pochte. Ich durfte nicht versagen. Nicht diesmal. Dies wäre wohl meine letzte Mission, aber ich hatte Tatsumi, Kiyomi-sama und allen anderen auf dieser Insel mein Versprechen gegeben. Ich würde dem Drachen neues Leben einhauchen oder bei dem Versuch sterben.

Allein bahnte ich mir einen Weg den Berg hinab, ohne die Kratzer auf meiner Haut und das Blut zu bemerken, das ich auf den

Steinen hinterließ. Für den Hauch eines Augenblicks zog ich in Erwägung, Fuchsmagie einzusetzen, um ein riesiges Blatt herbeizuzaubern und mit ihm den Steilhang hinabzusegeln, doch das erforderte höchste Konzentration, um die Illusion aufrechtzuerhalten, und ich war körperlich und geistig erschöpft und wie betäubt. Mir blieb nichts anderes übrig, als weiterzuwandern, bis ich am Rand der Ebene stand.

Während ich in die Dunkelheit blickte, konnte ich das Meer aus Dämonen und gequälten Geistern sehen, das sich vor mir erstreckte, eine riesige, unendliche Flut, und dahinter das bleiche blau-grüne Glühen des Drachen. Flackernd, verblassend, völlig unerreichbar.

Ich zitterte, mir war unsäglich kalt. Ich schloss die Augen. *Tatsumi*, dachte ich. *Reika-san, ihr alle. Wenn ihr mich hören könnt, verleiht mir Stärke. Ich muss es bis zum Drachen schaffen. Lasst mich diese letzte Aufgabe erledigen, bevor ich auf der anderen Seite zu euch stoße.*

Ganz hinten in meinem Kopf ertönte ein Seufzen, das Vibrieren eines Bewusstseins, und mein Herz wäre fast stehen geblieben. *Was tust du da, Füchsin? Wenn du dich in dieses Chaos wagst, wirst du in Stücke gerissen.*

Ich keuchte auf, und mein Magen krampfte sich zusammen. »Hakaimono?«, flüsterte ich und spürte die träge Verärgerung des Dämons. »Du bist doch da. Warum ... Warum versuchst du nicht, Besitz von mir zu ergreifen?«

Zwing mich nicht, dir darauf eine Antwort zu geben. Der Oni seufzte. *Du weißt, dass du es nicht bis zum Drachen schaffen wirst. Deine Fuchsmagie wird hier nicht funktionieren, nicht so nah am Jigoku. Nun da die Tore offen stehen, sind die Geister und Dämonen völlig dem Wahnsinn verfallen. Sie werden jegliche Illusion durchschauen.*

»Ich muss es zumindest versuchen.«

Typisch. Ich konnte fast sehen, wie der Dämon den Kopf schüttelte. *Dann werde ich dir wohl helfen müssen. Dieses eine Mal.*

Seine Gegenwart wurde stärker. Unvermittelt konnte ich spüren, wie er sich gegen mein Bewusstsein presste, mächtig und überwältigend, als würde man ins Auge eines Monsuns blicken. Ich zitterte und vernahm ein leises Lachen in meinem Kopf.

Es gibt überhaupt keine Barriere um deine Seele, nicht wahr?, sagte Hakaimono nachdenklich. *Es wäre ein Leichtes, Besitz von dir zu ergreifen und mich aus dem Schwert zu befreien. Was ich alles mit der Macht einer Kitsune erreichen könnte!*

Ich schluckte schwer, wusste ich doch, dass ich nichts dagegen tun könnte, sollte sich der Erste Oni entscheiden, in mich zu fahren. Ich verfügte nicht über Tatsumis Ausbildung und die nötige Disziplin, die es bedurfte, meine eigenen Emotionen vollständig abzuschotten. Insbesondere jetzt, wo mein Inneres ein Durcheinander aus Kummer, Entschlossenheit und Verlust war. »Bitte nicht, Hakaimono.«

Du bist wirklich ein Ausbund an Naivität, nicht wahr?, erwiderte der Oni, doch seine Stimme war keine Bedrohung, sondern klang einfach nur müde. *Beim Kami, ich hoffe, das vergeht im Lauf der Zeit. Ich werde dir und Tatsumi niemals vergeben, dass ich mich jetzt so fühle.*

Ich werde dir meine gesamte Macht gewähren, fuhr Hakaimono fort, obwohl sich mir bei seinen letzten Worten der Magen zusammenkrampfte. *Aber es wird sich komisch anfühlen, als wärst du nicht mehr gänzlich Herrin über deinen Körper. Wehr dich nicht. Ich werde nicht Besitz von dir ergreifen, weshalb du immer noch aussehen wirst wie du selbst, aber du wirst meine Stärke brauchen, wenn du auch nur die geringste Chance haben willst, zum Drachen vorzudringen. Bist du bereit?*

Meine Arme zitterten, da nahm ich einen tiefen Atemzug und nickte. »Ja.«

Macht flutete mich, ein Inferno, das in mir aufwallte und mich innerlich verzehrte. Einen Moment lang fühlte es sich an, als würde mein Blut kochen und meine Haut bersten. Keuchend sank ich in die Knie, die Arme fest um meinen Körper geschlungen, während eine versengende Woge der Hitze sich in jeden Teil von mir fraß.

Als ich die Augen aufschlug und mich erhob, spürte ich eine Kraft in mir, die ich nie zuvor verspürt hatte, ebenso wie das jähe wilde Bedürfnis, alles kurz und klein zu schlagen, was mir in den Weg kam. Ich blickte nach unten und sah Kamigoroshi, von violetten Flammen umhüllt, und ein violett-schwarzes Glühen, das von meiner eigenen Haut widerhallte.

Mit verengten Augen spähte ich über die Gesteinslandschaft ins Tal zur Dämonenarmee zwischen mir und dem Drachen, und mit Kamigoroshi locker an meiner Seite begann ich loszugehen. Das Fauchen und Kreischen der Yokai durchbrach die Nacht, und die Schreie von Tausenden gequälten Geistern stiegen in die Luft, doch ich fürchtete mich nicht. Oder besser gesagt, all meine Ängste waren in eine winzige Ecke meiner Seele gedrängt und dort zurückgelassen worden. Ich hatte jetzt keine Zeit mehr, Furcht zu verspüren. Obwohl ich wusste, dass meine Aussichten, es wohlbehalten durchs Tal zum Herold zu schaffen, verschwindend gering waren. Ich würde alles in meiner Macht Stehende tun, aber ich marschierte in meinen sicheren Tod, und es war... in Ordnung. Ich verstand endlich, was es hieß, alles zu opfern und sein Leben zu geben, um nicht nur diejenigen zu beschützen, die man liebte, sondern auch ihre Welt und das, was ihnen am Herzen lag.

Na schön, Fuchs. Hakaimonos Stimme war jetzt viel klarer, als würde er direkt neben mir gehen. Ich hatte den Rand des Tals erreicht, und die Wand des Grauens erhob sich zu beiden Seiten von mir. *Das ist Selbstmord, aber ich schätze, wir nehmen so viele mit in den Tod wie nur irgend möglich. Geh mir einfach aus dem Weg und lass mich das tun, was ich am besten kann.*

Mit einem einzigen Nicken hob ich Kamigoroshi, und die purpurnen Flammen erleuchteten uns den Weg. *Für Tatsumi*, sagte ich zum Dämon und mir selbst. *Für Kiyomi-sama, Reika, Daisuke, Okame… Wacht über mich, ihr alle. Lasst es mich bis zum Drachen schaffen. Nur noch eine letzte Sache.*

Den Griff von Tatsumis Schwert umklammernd, begann ich zu laufen.

29

DIE GEISTER ANTWORTEN

Yumeko

Mit einem Fauchen, das mit nichts zu vergleichen war, was ich jemals zuvor von mir gegeben hatte, prallte ich gegen die Wand aus Dämonen, und siedende Wut peitschte durch meine Adern, während ich mit Kamigoroshi durch die Monster vor mir hieb. Heulend stoben sie auseinander, bevor sich die Meute mit Klauen und Fangzähnen und Gebrüll auf mich stürzte. Ich stieß ein Knurren aus und gestattete dem glühenden Hass in mir, mich vorwärtszutragen. Der Gottestöter ein flackerndes Leuchten, als er wild tanzend durch Köpfe, Gliedmaßen und Rümpfe schnitt. Drei Geister rauschten schluchzend auf mich zu und streckten ihre gierigen Händen nach mir. Ich hob einen Arm, und Fuchsfeuer schoss vor, woraufhin sich das Schluchzen in Wehklagen verwandelte und Kitsune-bi sie verzehrte.

Oh, was für eine Überraschung! Was kann das hier wohl sonst noch?

Ich riss Kamigoroshi in die Höhe. Fuchsfeuer brach entlang der Klinge aus und verschluckte die flackernden purpurnen Flammen. Bei dem Anblick des Schwertes, das wie eine blauweiße Fackel in der Nacht brannte, legte sich ein wildes Grinsen auf mein Gesicht, und ich machte einen Satz nach vorne.

Ich verlor jegliches Zeitgefühl. Die Dämonen drängten sich um mich, und es gab nichts als ein endloses Meer aus Monstern, das mich umschloss. Unbarmherzig schlug ich mir einen blutigen Pfad durch ihre Reihen, aber es folgten immer mehr, eine Woge nach der anderen, die mit Waffen und Klauen nach mir ausholten. Ich pflückte ein Wanyudo aus der Luft und spürte einen brennenden Schmerz an meiner Schulter, als ein rothäutiger, sechsarmiger Dämon mich mit einem seiner drei Schwerter traf. Er verlor zwei seiner Arme, bevor ich ihm Kamigoroshi durch den Bauch trieb und ihn zerteilte, um anschließend eine Gruppe Amanjaku mit Fuchsfeuer zu sprengen. Sie kreischten, als sie im Bruchteil einer Sekunde zu Asche verbrannten und im Wind zu Nebel verpufften.

Und dann traf mich etwas in der Seite und riss mich in einer Explosion von Schmerz zu Boden. Mehrere Meter entfernt stürzte ich auf die Erde und rollte mich ab, wobei es mir irgendwie gelang, wieder auf die Beine zu kommen, doch mein Schwertarm brannte vor Höllenpein, selbst als ich ihn nur zur Verteidigung hob.

Der rothäutige Oni, das Wesen, das mich gerade angegriffen hatte, brüllte auf, als es sich auf mich stürzte und mit seinem Morgenstern auf meinen Kopf zielte. Ich duckte mich, ließ gleichzeitig das Schwert tief kreisen und durchtrennte dem Monster die Beine, das schreiend nach vorne kippte. Taumelnd richtete ich mich auf, den Blick starr auf den Ring an Dämonen und Horrorgestalten um mich herum gerichtet, eine schier endlose Flut, die unaufhaltsam näher drängte. Den Drachen konnte ich nicht sehen, ich konnte nichts als die Wand aus Feinden und das blutrote Glühen durch die Risse in den Wolken sehen, das den Morgen ankündigte.

Es tut mir leid, Füchsin. Hakaimonos Stimme hallte in meinem Kopf wider, und ich spürte, wie er sich gegen den Ansturm stählte, der sein Ende bedeuten würde. Mein Arm zitterte; ich war fast sicher, dass er gebrochen war und allein Hakaimonos Stärke und Widerstandskraft mich auf den Beinen hielten. Ich torkelte ein paar Schritte rückwärts und bemerkte, dass der Boden unter mir rot gesprenkelt war. *Ich habe dich so weit gebracht, wie ich konnte. Aber zumindest wirst du in ein paar Minuten mit Tatsumi vereint sein.* Ich spürte die Macht des Oni, die sich aufbäumte, als mobilisierte er seine allerletzten Kraftreserven. *Und ich habe nicht die Absicht, leise unterzugehen. Lass uns so viele von diesen Mistkerlen zurück ins Jigoku schicken wie nur möglich.*

Schmerz peinigte mich. Mein Versagen war eine schwere Bürde in meiner Brust, bitter und erstickend. Ich würde den Drachen nicht erreichen. Ich würde hier sterben, und Kiyomi-sama, sollte sie überhaupt noch am Leben sein, würde alles verlieren.

Ihr alle, es tut mir leid. Ich habe mein Bestes gegeben.

Mit einem Aufflammen von Licht schwebte eine kleine, glühende Kugel über unsere Köpfe und erhellte für einen kurzen Moment die Dunkelheit. Das Meer aus Schreckensgestalten schloss sich um mich, und ich hob Kamigoroshi für einen allerletzten Akt des Widerstands.

Da schwirrte etwas an meinem Kopf vorbei, ein winziger Streifen, der wie ein Stück Papier aussah, aber wie ein Leuchtturm in der Nacht brannte. Er flog auf die erste Reihe an Dämonen zu und explodierte in einem blendenden Lichtblitz, woraufhin die Yokai heulend zurückwichen. Ich zuckte zusammen, drehte mich weg und hob eine Hand, um mein Gesicht abzuschirmen, bis das Licht verblasste und ich wieder nach oben spähte.

Eine geisterhafte, glühende Gestalt stand zwischen mir und der Horde Dämonen, ein riesiger Komainu an ihrer Seite. Ich keuchte auf, und Tränen schossen mir in die Augen, als die Frau in Weiß sich umdrehte und mir ein vertrautes, entnervtes Lächeln zuwarf.

»Komm schon, Yumeko«, sagte Reika und reichte mir die Hand. »Gib nicht auf. Du bist noch nicht da.«

»Reika-san?«

Mein ersticktes Flüstern wurde vom Fauchen der Dämonen

übertönt, die sich jäh vorstürzten, Krallen und Fangzähne ausgefahren, Waffen in die Höhe gerissen. Bevor ich mich umdrehen konnte, um einen Dämon abzuwehren, der sich mir von der Seite näherte, surrte ein Pfeil in einem Aufblitzen von Weiß durch die Luft und bohrte sich meinem Angreifer in die Schläfe. Er brach brüllend zusammen. Im nächsten Moment huschte etwas in einem Wirbel von Farben an mir vorbei und zerteilte einen Geist mit einem einzigen präzisen Hieb.

»Yumeko-san.« Daisuke, dessen Haare in der Dämmerung sogar noch weißer leuchteten, drehte sich um und lächelte mich über die Schulter an. »Verzeih vielmals unsere Verspätung. Aber wie es scheint, benötigst du unsere Hilfe noch immer.«

»Yep«, seufzte Okame, als er an mir vorbeischlenderte, kopfschüttelnd und grinsend. »Verrückte Füchsin. Kaum lässt man dich einen Augenblick allein, nimmst du es mit der gesamten Ebene des Jigoku auf.« Er hob seinen Bogen und schoss drei Pfeile in drei verschiedene Dämonen. »Nun, dann mal los, Yumeko-chan. Bringen wir dich zum Drachen.«

Ein Schatten fiel von hinten über mich. Ich wirbelte herum und sah einen riesigen Oni mit zwei in die Höhe gerissenen Tetsubo, einen in jeder Kralle, ein ersticktes Gurgeln ausstoßen, bevor er nach vorne kippte und mitten im Sturz den Kopf verlor, der ihm vom Hals kullerte. Als der Riese vor meinen Füßen zusammenbrach, sah ich auf und starrte in ein Paar glitzernde purpurfarbene Augen, die mein Herz mehrere Schläge lang aussetzen ließen.

Tatsumis Blick durchbohrte mich, wie damals in jener Nacht, als wir uns zum ersten Mal im Wald außerhalb des Tempels der Stillen Winde begegnet waren. Völlig menschlich, ohne ein einziges dämonisches Merkmal oder die Spur einer anderen Seele, die mit seiner verwoben war. Er leuchtete wie das Sternenlicht, und zum ersten Mal seit ich Kage Tatsumi kannte, waren seine Augen frei von den

Schatten, die ihn ansonsten immer gequält hatten. Er warf mir ein trauriges Lächeln zu, da stockte mir der Atem, und die Tränen, die sich in meinen Augen gesammelt hatten, flossen an meinen Wangen hinab.

»Na los, Yumeko«, sagte er sanft, seine Stimme ein Flüstern in meiner Seele. »Du musst zu dem Drachen. Wir sind direkt neben dir.«

Ich nickte. Im Herumwirbeln hob ich Kamigoroshi, und Chu stieß ein trotziges Brüllen aus, als er in die Mauer aus Dämonen sprang.

Gemeinsam kämpften wir uns einen Weg durch die endlosen Wogen an Monstern. Okame und Reika blieben dicht bei mir, feuerten Pfeile ab und schleuderten Ofudas, während Chu an vorderster Front wütete, Feinde zermalmte und grob beiseite schleuderte. Daisuke und Tatsumi waren eine unaufhaltbare Naturgewalt, die sich wie ein Mann bewegte, und ihre Klingen streckten unzählige Feinde nieder. Nach dem anfänglichen Schock gewährte ich Hakaimono wieder freie Hand und ließ mich durch seine Instinkte treiben, bevor ich mich zu den beiden Schwertkämpfern gesellte und wir uns eine Schneise durch die Reihen an Geistern und Dämonen schlugen.

Während ich Seite an Seite mit Tatsumi kämpfte, schleuderte ich einen Schwall Fuchsfeuer in einen Haufen Geister, die erschrocken zurücktaumelten, und durch die jähe Lücke in den Dämonen erblickte ich den verblassenden Körper des Großen Drachen am Rand des glühenden Schlunds liegen. Er hatte sich fast vollständig aufgelöst, ein geisterhaftes Abbild mit ein paar wenigen Farb- und Lichtschlieren, die sich noch an dem einst riesigen Kami hielten. Noch während ich ihn betrachtete, zersetzte sich der Drache weiter, und die letzten leuchtenden Bänder erhoben sich in die Dunkelheit, wie Rauchfäden im Wind.

»Beeil dich, Yumeko!«, rief Tatsumi und metzelte einen Oni vor uns nieder. Ich tauchte durch zwei Dämonen hindurch, deren Krallen mich nur um Haaresbreite verfehlten, streckte einen Geist nieder, der nach mir schnappte, und lief zu der Stelle, wo sich die letzten Lichtfäden spiralförmig in die Luft schlängelten, die letzten Überreste des Großen Drachen, der im Begriff stand, diese Welt zu verlassen.

Mit einem gewaltigen Satz stürzte ich vor, fiel inmitten des Lichts auf die Knie und reckte die Perle so hoch wie nur irgend möglich. »Großer Drache«, rief ich. »Ich bringe Euch das Fushi no Tama zurück! Nehmt es, und findet Frieden!«

Die Lichter erstarrten nicht, sondern wirbelten weiter, warm und hell, schwebten unaufhaltsam in Richtung der Wolken. Hilflos musste ich zusehen, wie die letzten Reste des Herolds davonglitten, immer kleiner und schwächer wurden, bis sie gänzlich verschwanden.

Ich sackte zusammen und neigte den Kopf, während Verzweiflung und ratloser Zorn in mir wüteten. Zu spät. Ich war zu spät gekommen. Wir hatten es nicht rechtzeitig geschafft, und jetzt war der Große Kami für immer fort.

In meiner Hand rührte sich der Fushi no Tama. Benommen schlug ich die Augen auf, als die winzige Perle plötzlich gegen meine Haut pulsierte und wie ein Herzschlag pochte. Sie erhob sich in die Luft, folgte demselben Pfad, den die Lichter wenige Sekunden zuvor genommen hatten, bis sie in die Wolken eintauchte und aus meinem Blickfeld verschwand.

Hoffnung rührte sich in mir, selbst als mein resignierter Blick auf das Meer an Dämonen fiel, die uns umzingelten. *Vielleicht reicht es*, dachte ich, während sich der Ring unaufhaltsam enger zog, trotz Tatsumis tapferer Versuche und dem unermüdlichen Aufbegehren der anderen, die das Jigoku zurückhalten wollten. *Vielleicht wird der Drache sich erholen und zu seinem Königreich unter den Wellen zurückkehren. Vielleicht war das alles doch nicht völlig umsonst.*

Erschöpfung machte sich in mir breit, aber beim Anblick der anderen, die gewaltsam zurückgedrängt wurden und an Boden verloren aufgrund der anhaltenden, unerbittlichen Angriffswelle, packte ich Kamigoroshi und stemmte mich auf die Beine. Der Spalt hinab ins Jigoku pulsierte und spuckte sogar noch weitere Dämonen aus, die das Tal überschwemmten. Wir waren eine winzige Insel in einem wogenden Meer aus Monstern, und diese Insel würde bald untergehen.

Tatsumis Augen fanden meine, und mir ging das Herz auf. In seinem Blick lag keinerlei Bedauern, keine Wut oder Angst, nur eine ruhige Resignation. Egal, was nun passieren würde, er war mit sich im Reinen.

Ich hob Kamigoroshi und trat neben ihn, um der Horde die Stirn zu bieten. *Gemeinsam, Tatsumi*, dachte ich und stählte mich, als die Dämonen sich auf uns stürzten. *Zumindest bin ich diesmal an deiner Seite.*

Doch dann fielen jäh Dutzende Blitze aus den Wolken und schlugen wenige Meter um uns herum in den Boden ein, und die Welt wurde von einer Lichtexplosion erschüttert.

30

Der Wunsch

Yumeko

Schwerelos. Ich fühlte mich schwerelos. Schwebte... ich etwa?

Ganz langsam schlug ich die Augen auf und stieß einen gellenden Schrei aus.

Wirbelnde Wolken umgaben mich. Ich schwebte tatsächlich, trieb durch die Luft, während der Wind an meinen Haaren und meinem Schwanz zerrte. Durch Lücken in den Wolken konnte ich gelegentlich das Meer und die Ausläufer der Insel tief unter mir sehen. Der Spalt in das Jigoku pulsierte immer noch in der Dunkelheit, ein düsteres Glühen, selbst jetzt noch, wo die Morgenröte über den Horizont kroch und der Nacht zu guter Letzt ein Ende setzte.

Ich sah mich um und bemerkte, dass ich nicht allein war. Fünf schimmernde Lichtkugeln glitten um mich, und ich konnte ihre Gegenwart spüren, obwohl ich ihre wahre Gestalt nicht sah. Reika, Chu, Okame, Daisuke und Tatsumi. Ich erkannte sie alle, ein einziger Blick genügte. Die Seelen meiner Freunde.

Und dann teilten sich die Wolken vor mir, und ich starrte in das Gesicht und die glühenden Augen des Großen Drachen.

Der Herold des Wandels flog vor mir, riesig, Angst einflößend und ausgesprochen lebendig. Sein gewaltiger Körper verlor sich in dem aufgewühlten Wolkenmeer, seine langen Schnurrhaare kräuselten sich im Wind, und das Fushi no Tama funkelte strahlend Weiß in der Mitte seiner Stirn. Einen Moment lang fragte ich mich, ob der Gott der Gezeiten mich, erzürnt durch die Demütigungen, die ihm in der vergangenen Nacht widerfahren waren, hierhergeholt hatte, um mich zu töten. Um mir die Seele aus dem Körper zu reißen und sie unter die Wellen zu ziehen, auf ewig gefangen. Ich spähte zu den anderen Seelen in meiner Nähe, die sanft in der Dunkelheit pochten, und bei dem Gedanken, der Große Kami könnte uns alle hier versammelt haben, um uns zu bestrafen, durchfuhr mich ein stechender Schmerz.

»Die Zeit neigt sich ihrem Ende zu.«

Die Stimme des Drachen grollte durch die Wolken, schien aus allen Richtungen zu dröhnen. Sie vibrierte durch mich hindurch, während der Große Kami höher in die Lüfte stieg und uns mit dem starren Blick eines Gottes durchbohrte.

»Die Nacht des Wunsches ist gekommen und gegangen«, fuhr der Drache fort. *»Doch der Beschwörer lebt nicht mehr. Seine Seele siecht im Jigoku dahin, zerfleischt von Oni und den Dienern O-Hakumons. Aber die Beschwörung fand dennoch statt, in der Nacht des tausendsten Jahres, und das Gebet wurde gesprochen. Sterbliche Füchsin…«*

Seine Augen ruhten nun allein auf mir, mein Herz pochte vor Aufregung unter seinem eiskalten, ewiglichen Blick. *»Du hast mir das Fushi no Tama zurückgebracht«*, grollte er. *»Du hast freiwillig der Macht entsagt, die dich zu einer Göttin hätte erheben können. Die Beschwörung ist vorüber, aber ich werde dir die Wahl lassen. Ein Wunsch sei dir gestattet, Kitsune. Da du mir in der Nacht das Juwel zurückgabst, werde ich dir die Kraft des Beschwörers übertragen. Sprich deinen Herzenswunsch aus, und er wird dir erfüllt.*

Oder schweige, und ich werde diesen Ort unverrichteter Dinge verlassen. Ich werde der sterblichen Welt den Rücken kehren, und der Wunsch wird weitere eintausend Jahre unerfüllt bleiben.«

Mein Herzschlag setzte vor Schreck kurz aus. Der Herold stellte *mich* vor die Wahl, den Drachenwunsch einzusetzen. Ihn zu benutzen oder alles beim Alten zu lassen. Den Wunsch verstreichen zu lassen oder die nötigen Worte zu finden, um alles in Ordnung zu bringen. Und für einen Moment fühlte ich mich von dieser schwerwiegenden Entscheidung wie erdrückt. Ich könnte um alles bitten, was ich mir wünschte, und es gab so viele Dinge, die ich ändern wollte, aber ... wir waren so weit gekommen, um das Drachengebet zu vereiteln. Wie könnte ich mich jemals der Aufgabe als würdig erweisen, den Wunsch zu benennen, der die Welt ins Lot brächte? Könnte ich überhaupt die Worte finden, um die richtige Entscheidung zu treffen?

»Du schaffst das, Yumeko«, flüsterte Reika hinter mir. »Dein Herz hat dich immer den richtigen Weg entlanggeführt. Wenn irgendjemand in der Lage wäre, den Drachenwunsch zum Wohl der Menschen einzusetzen, dann du.«

Mein Magen verkrampfte sich, ich schloss die Augen, hörte das Hämmern meines Herzens in meinen Ohren. Sie hatte recht. Ich musste irgendetwas tun. Hier war *meine* Chance, die Dinge zum Guten zu wenden und die schrecklichen Ereignisse zurückzunehmen, die diese Nacht mit sich gebracht hatte. Ich wollte, dass Kiyomi-sama am Leben und in Sicherheit war. Ich wollte, dass Frieden auf der Insel einkehrte und die kami zurückkamen. Und ich wollte meine Freunde wieder um mich haben. Okames Gelächter hören und Reikas entnervte Stimme, wenn sie uns wie immer belehrte. Daisukes Lächeln und Chus Fröhlichkeit sehen und all ihre Stimmen vernehmen, wenn sie sich stritten und lachten und einander liebten. Und mich heimlich mit Tatsumi zu einem winzigen Hain tief im Wald schleichen, wo Dämonen und Shinobi und der Schattenclan uns niemals finden würden, vereint für alle Ewigkeit.

Doch das durfte ich nicht haben. Ich durfte nicht selbstsüchtig sein. Obwohl es so viele Dinge gab, die ich in Ordnung bringen wollte, würde der Drache mir nur eine einzige Bitte gewähren. Ich müsste diese eine Entscheidung treffen, die uns alle retten würde. Ein Wunsch. Eine Chance, das Schicksal zu verändern.

»Ich ... Ich werde den Wunsch einsetzen«, flüsterte ich, und die Welt schien stehen zu bleiben. Die Wolken bewegten sich nicht mehr, die Blitze erstarben, und alles hielt den Atem an, hing an meinen Lippen. Ich holte tief Luft und betete inständig, dass Meister Isao, Meister Jiro, Reika und sämtliche Mentoren, die mich so weit gebracht hatten, mir nun Weisheit verliehen, und ich sprach das, was mir auf dem Herzen lag, laut aus.

»Großer Kami, rette diese Welt. Schließ die Tore zum Jigoku, und schick alle Dämonen, Geister und Geschöpfe, die nicht ins Ningen-Kai gehören, dorthin zurück, wo sie hergekommen sind.«

Die Welt setzte sich flackernd wieder in Bewegung. Der Herold bäumte sich mit einem Brüllen auf, das den Sturm zerriss, die Wolken auseinanderschob und Blitzschläge über den Ozean schickte. Ein enormes Kräuseln von Macht glitt kreisförmig durch die Luft, wie ein Stein, der in einen Teich fiel, und die Wolken begannen sich zu teilen, sodass sich endlich wieder der freie Himmel zeigte. Ich blickte auf und bemerkte, dass wir nach unten trieben, sanft in Richtung des Tals, während die riesige Gestalt des Herolds unaufhaltsam in die Ferne rückte.

»Yumeko«, sagte Reika mit atemloser Stimme, ihre Augen weit aufgerissen, als sie nach unten starrte. »Sieh nur!«

Ich senkte den Blick. Wir waren dem Tal jetzt viel näher, und ohne die Wolkendecke konnte ich die gesamte Insel ausmachen, die sich unter uns erstreckte. Der glühende, Unheil verkündende rote Spalt ins Jigoku war immer noch da, aber er schrumpfte, wurde mit jeder Sekunde, die ich hinsah, kleiner. Die Armee aus Dämonen und Geistern verschwand, wurde zurück in den Schlund gesogen wie Wasser, das in ein Loch rann.

Völlig vergessen an meiner Seite flammte Kamigoroshi auf, ein Farbblitz, der mich zusammenfahren ließ, und Hakaimonos Gegenwart tauchte in meinem Bewusstsein auf. Ich spürte seine Überraschung, vermischt mit Fassungslosigkeit, und darunter einen winzigen Hoffnungsschimmer. Bevor ich den Dämon fragen konnte, was los war, erhob sich etwas aus Kamigoroshis Scheide, eine karmesinrote Lichtkugel, matt und blass gegen die einsetzende Morgendämmerung. Sie schwebte einen Moment in der Luft, bevor sie sich in den Geist eines Oni mit ebenholzschwarzer Haut, weißer Mähne und Hörnern wie glühende Kohle verwandelte.

»Hakaimono«, sagte Tatsumi hinter mir, seine Stimme fassungslos vor Erstaunen. Ich blinzelte, als der Dämon sich umdrehte und sein Blick auf das Schwert fiel, leblos und trist an meiner Seite. »Was passiert hier?«

»Kamigoroshi.« Hakaimono hielt inne, als wartete er darauf, dass etwas geschähe, dann schüttelte er den Kopf. »Ich spüre den Sog nicht mehr«, murmelte er. »Bedeutet das…?« Sein Blick glitt zu mir, hoffnungsvoll und verwirrt. »Yumeko, dein Wunsch…«

Mir klopfte das Herz in der Brust. Ich erinnerte mich an den Wunsch und das, was ich gesagt hatte. Bei meinen Worten hatte ich weder an Hakaimono noch an die genaue Formulierung gedacht, nur daran, was ich in meinem Herzen für das Richtige gehalten hatte. *Schick alle Dämonen, Geister und Geschöpfe, die nicht ins Ningen-Kai gehören, dorthin zurück, wo sie hergekommen sind.*

Ich schluckte. »Ich schätze, das schließt dich mit ein.«

Hakaimono schloss die Augen und neigte den Kopf zurück,

während die Brise, die sich um uns kräuselte, weiterhin die Wolken teilte. »Ich bin frei«, sagte er fast im Flüsterton. »Diesmal für immer. Nach tausend Jahren ist der Fluch gebrochen. Ich kann dieses Reich endlich verlassen und ins Jigoku zurückkehren.«

Mir stiegen Tränen in die Augen. In der Stimme des Oni hallte so viel Sehnsucht mit, so viel Hoffnung, Erleichterung und wahre Freude, als erwachte er gerade aus einem langen, schrecklichen Albtraum. Ich konnte nicht vergessen, welche Gräueltaten er begangen hatte, noch, dass er weiterhin der mächtigste, gefährlichste Dämon war, der je im Reich der Sterblichen sein Unwesen getrieben hatte, doch in diesem Moment war ich froh, dass Hakaimono, der Zerstörer, zu guter Letzt frei war. Sein Leiden war vorüber, und er konnte in seine Heimat zurückkehren.

»Was wirst du jetzt tun?«, wollte Tatsumi wissen. Der Oni bedachte ihn mit einem selbstgefälligen Grinsen, als könnte er seine Gedanken lesen.

»Oh, keine Sorge, Kage. Ich plane keinen großen Vergeltungsschlag, um blutige Rache an deinem kostbaren Clan zu üben. Zumindest nicht in allzu naher Zukunft.« Er winkte abschätzig mit der Klaue. »Hanshou ist tot. Der Drache ist fort. Der Rest des Kaiserreichs wird sich dank des Verschwindens des Herolds schließlich ein wenig beruhigen. Und ich habe genug von diesem Reich, und das für mehrere Menschenalter. Außerdem…« Sein Mund kräuselte sich zu einem grässlichen Feixen. »Der Herrscher des Jigoku und ich haben noch ein Hühnchen zu rupfen. Ich schätze, ich muss zurückkehren und nachsehen, was O-Hakumon ohne mich für dieses Reich geplant hat. Dann sollte ich vielleicht noch den Rest der Dämonen ein wenig auf Zack bringen und ihnen ins Gedächtnis rufen, wer der stärkste General ist. Also macht euch keine Sorgen um mich – ihr werdet alle längst tot sein, bevor ich auch nur den Plan ins Auge fasse, hierher zurückzukehren.«

»Vielen Dank, Hakaimono«, sagte ich und meinte es ernst. »Für alles.«

»Yumeko.« Der Oni warf mir ein müdes Lächeln zu. »Versteh mich bitte nicht falsch, aber ich kehre in meine Heimat zurück und werde mein Bestes geben, um alles, was auch nur im Entferntesten mit dir zu tun hat, schnellstmöglich zu vergessen. Ich nehme an, dass ein paar Jahrhunderte des Gemetzels und völliger Verdorbenheit ausreichen werden. Wenn nicht, nun ja, du bist eine Halb-Füchsin. Kitsune können fast ewig leben, wenn sie nichts vorher tötet.« Sein Lächeln wurde breiter, und er hob eine Klaue. »Wer weiß, vielleicht sehen wir uns eines schönen Tages wieder.«

Und mit dieser leicht unheilverkündenden Aussage verwandelte sich Hakaimono schimmernd in eine karmesinrote Lichtkugel und schoss bogenförmig in Richtung Tal. Ich beobachtete, wie sie kleiner und immer kleiner wurde, bis sie sich der Flut an Dämonen und Geistern anschloss, die zurück ins Jigoku gesogen wurde, und schließlich aus unserem Sichtfeld verschwand.

Meine Füße berührten steinigen Untergrund, als ich auf einem vertrauten Felsplateau am Gipfel des Berges landete. Die Leichen von Gennos Blutmagiern waren verschwunden, aber auf dem Altar lagen immer noch die Überreste eines zerschmetterten Schädels und eine lange, lange Pergamentrolle, die, von Steinen beschwert, in der Brise flatterte. Ohne die Schriftrolle eines zweiten Blickes zu würdigen, trat ich an den Rand des Beschwörungszirkels und spähte hinunter ins Tal, wo tief unten die Wunde ins Jigoku noch sichtbar war. Und ich beobachtete, wie die letzten Dämonen und Geister den Schlund hinabströmten und das Tor sich mit einem Knirschen von Stein und Erde schloss, was den Boden zum Erzittern brachte, bis nichts weiter als eine ausgefranste Narbe übrig war.

Dann verblasste das kränklich purpurne Licht, die aufgewühlten

Wolken lösten sich auf, und die ersten Sonnenstrahlen stahlen sich über den fernen Horizont.

»*Es ist vollbracht.*« Die Stimme des Drachen war jetzt ein Flüstern, kaum hörbar selbst in der plötzlichen Stille. Über uns war der Himmel klar, und die Sterne schwanden, während die Sonne langsam über die Berge kroch und alles in ihr strahlendes Licht tauchte. »*Der Wunsch dieser Ära wurde geäußert, und der Wind des Wandels hat eingesetzt. Möge niemand mehr die Macht des Drachengebets für weitere tausend Jahre anrufen.*«

Die Gegenwart des Großen Drachen löste sich allmählich auf, verschwand mit den Sternen, und die Welt war wieder normal. Einen Moment lang stand ich am Rand des Abhangs und ließ die Sonne mein Gesicht wärmen, bevor ich einen tiefen Atemzug nahm und mich umdrehte.

Sie waren immer noch da – Reika und Chu, Daisuke, Okame und Kage Tatsumi – ihre Gestalten durchschimmernd im Licht des Morgens. Und noch jemand, ein Mädchen in schlichter Robe mit zurückgebundenen Haaren, die mich mit schüchterner, verunsicherter Miene betrachtete. Ich blinzelte überrascht, dann lächelte ich trotz der Enge in meiner Kehle.

»Suki«, flüsterte ich, und sie senkte den Kopf. »Warum bist du hier?« Sie entgegnete nichts, aber es dauerte nur ein paar Sekunden, bis ich die Antwort kannte. »Du hast sie ... hergebracht, nicht wahr?«, fragte ich. »Als ich allein auf der Ebene des Jigoku war. Da hast du sie zu mir geführt.«

Die Yurei nickte. »Du brauchtest sie«, erwiderte sie leise. »Und sie wollten sowieso helfen. Ich habe ihnen ... nur den Weg gezeigt.«

Ich blinzelte, als meine Augen zu brennen begannen. »Was wirst du jetzt tun?«

Die Yurei hob den Kopf zum fernen Sonnenaufgang. »Ich spüre keine Verbindung mehr mit dieser Welt«, sagte sie nachdenklich.

Im Umdrehen spähte sie zu Daisuke, der still mit Okame an seiner Seite dastand, während sich ein warmer, liebevoller Ausdruck auf ihre Gesichtszüge legte. »Der Zweck meines Daseins ist erfüllt. Ich denke, ich kann jetzt weiterziehen.«

Daisukes Geist trat vor und verneigte sich. »Vielen Dank, Suki-san«, sagte er feierlich. »Und eine sichere Reise dir. Hab keine Angst, was vor dir liegt … du wirst auf deinem Weg nicht allein sein.«

Sie lächelte ihn mit freundlicher, friedvoller Miene an. »Früher habe ich mich gefürchtet«, murmelte sie. »Aber jetzt nicht mehr. *Sayonara*, Daisuke-sama. Ich werde Euch immer im Gedächtnis behalten.«

Ihre Gestalt schimmerte, ballte sich zu einer verschwommenen Leuchtkugel zusammen, die uns einmal umkreiste, bevor sie zielsicher in Richtung der aufgehenden Sonne flog und kurz darauf aus unserem Blick verschwand. Ich beobachtete die Hitodama, bis ich sie nicht mehr sehen konnte, dann drehte ich mich zu den Geistern meiner Freunde zurück.

Einen Moment lang wurde kein Wort gesprochen. Wir wussten, was als Nächstes folgen würde, was geschehen müsste, und ich war noch nicht bereit. Ich wäre nie bereit.

»Nun.« Okames schroffe Stimme war die Erste, die die Stille durchbrach. »Ich schätze, das war's. Und ich hasse lange Abschiede, also …« Er warf mir sein schiefes, trotziges Grinsen zu. »Pass auf dich auf, Yumeko-chan. Es war ein prächtiges Abenteuer, eines, das ich für nichts in der Welt eintauschen würde. Versprich mir nur, dass du auch weiterhin Adlige mit imaginären Ratten in ihren Hosen ärgern wirst.«

Ich erstickte fast an meinem Lachen, und Tränen blendeten mich. »Das werde ich, Okame.«

»Yumeko-san.« Daisuke verneigte sich vor mir, tief und förmlich. »Es war mir eine unbeschreibliche Ehre, dich kennenlernen zu dürfen«, sagte er, als er sich wiederaufrichtete. »Ich wünsche dir Glück und Zufriedenheit und dass du niemals dieses Licht verlierst, das uns alle zu dir hingezogen hat.«

»Daisuke-san…« Ich schluckte den Kloß in meiner Kehle hinunter. »Vielen Dank. Sei versichert, ich werde ein Gedicht über dich und Okame schreiben. Es wird eines sein, das die Poeten auf ewig singen werden.«

Er lachte leise. »Ich denke, das würde uns gefallen.« Er trat einen Schritt zurück und schmiegte sich an den Ronin, der ihm den Arm um die Schultern legte. »*Sayonara*, Yumeko-san«, murmelte er, und beide, er und Okame, begannen zu schimmern und wurden heller, während ihre Umrisse ausfransten. Der Ronin hob den Arm zu einer letzten Ehrenbezeugung, bevor er und der Taiyo so hell leuchteten, dass ich sie nicht mehr direkt ansehen konnte. »Wir werden auf dich aufpassen, immer.«

»*Baka* Kitsune.« Reika trat vor, die massige Gestalt von Chu in ihrem Rücken. »Warum weinst du? Das ist nicht das Ende. Der Tod ist kein Abschied für die Ewigkeit.«

»Ich weiß«, schluchzte ich. »Ich… Ich werde euch alle nur so schrecklich vermissen. Wir sind gemeinsam so weit gekommen. Ich wollte, dass wir am Ende alle hier sind.«

Geisterhafte Hände streckten sich nach mir, kühle, durchsichtige Finger, die sich um meine legten. »Wir werden uns wiedersehen«, versicherte Reika mir. »Vielleicht in anderer Gestalt, unter einem anderen Namen, aber auf irgendeine Weise werden unsere Seelen sich jederzeit wiedererkennen. Auf deinen Schultern ruht jetzt eine wichtige Aufgabe, Yumeko. Der Drache ist fort, aber die Schriftrolle bleibt erhalten. Sie wird die nächsten tausend Jahre keine Bedeutung spielen, aber du musst entscheiden, was mit ihr geschehen wird. Ob du sie erneut in Stücke zerteilen, sie verstecken oder eine andere Lösung finden willst, die mir bisher nicht in den Sinn gekommen ist, so liegt ihr Schicksal in deinen Händen. Was auch immer aus der Drachenrolle wird, ist nun deine Entscheidung.«

Sie hob den Kopf und schloss die Augen, als Sonnenlicht durch sie hindurchschien und ihren Umriss am Rand zum Kräuseln brachte. »Ich muss gehen«, flüsterte sie und schlug die Augen auf, um mich anzulächeln. »Und ich bin sicher, du brauchst ein paar Minuten, um dich von Kage-san zu verabschieden.« Ihre Hand hob sich, und geisterhafte Finger berührten meine Wange. »Du hast mich mit Stolz erfüllt, Kitsune. Vergiss nicht, du wirst nie allein sein. Niemand ist jemals wirklich tot.«

»*Arigatou*«, wisperte ich mit zitternder Stimme, als das Bild der Schreinmaid für den Bruchteil einer Sekunde grell aufleuchtete. »Vielen Dank, Reika-san. Ihr alle. Ich danke euch allen so sehr.«

Das Licht verblasste, und beide, Reika und Chu, waren verschwunden. Einen Moment blieb ich dort stehen, am ganzen Körper bebend, und Tränen rannen mir die Wangen hinab. Dann spürte ich *seinen* Geist hinter mir, seine Stimme tief und leise in meinem Ohr.

»Yumeko.«

»Tatsumi«, flüsterte ich, von tiefem Kummer geschüttelt. Ich schlug die Augen auf, sah jedoch nichts als meinen eigenen Schatten auf dem Boden vor mir. »Ich... Ich will mich nicht verabschieden.«

Tatsumi zögerte, dann hob er seine geisterhaften Arme, um mich von hinten zu umarmen. Ich konnte sie nicht spüren; ähnlich wie Reikas Hände waren sie substanzlos, nichts als ein kühles Kribbeln auf meiner Haut. Da beugte Tatsumi sich vor, so nah wie irgend möglich, und seine Lippen legten sich sanft auf meine Wange.

»Ich werde dich finden«, murmelte er. »Versprochen, Yumeko. Egal, wie lang es dauert, wie weit ich reisen muss, selbst wenn es mich mehrere Leben kosten sollte, ich werde immer nach dir Ausschau halten. Mein Äußeres mag sich ändern, mein Name ein anderer sein, aber du bist die andere Hälfte meiner Seele. Sie wird nicht aufhören, nach dir zu suchen, bis ich dich wiedergefunden habe.«

»Woher werde ich es wissen?«, brachte ich krächzend hervor. »Wenn du anders aussiehst, woher werde ich wissen, dass du es bist?«

»Du wirst es wissen«, sagte Tatsumi. »Eines Tages wirst du aufblicken, und ich werde da sein. Und du wirst wissen, dass ich es bin, weil unsere Seelen einander erkennen werden.«

Ich drehte mich in seinen Armen um und starrte ihn durch tränennasse Augen an. Er hatte sich fast aufgelöst, nur noch der hauchzarte Umriss seiner selbst schimmerte gegen das Licht der Morgenröte. Blinzelnd lächelte ich ihn durch einen Tränenschleier an.

»Dann werde ich mich an diesen Gedanken festklammern, Kage Tatsumi«, flüsterte ich. »Bis wir uns wiedersehen.«

Er hob eine verblassende Hand und presste sie auf meine Wange, was mir den Magen zusammenschnürte, obwohl ich seine Berührung nicht einmal spüren konnte. »Ich liebe dich, Yumeko«, wisperte er. »Bei meiner Ehre, ich werde zu dir zurückfinden.«

Er senkte den Kopf, berührte meine Lippen mit seinen, und ich schloss die Augen.

Lebe wohl, Tatsumi. Eines Tages, falls wir uns denn tatsächlich wiedersehen, so hoffe ich, dich in echt halten zu können. Ohne Clans, Kaiser und Drachenrollen, die zwischen uns kommen. Eines Tages, wenn die Welt sich beruhigt hat und wir das alles hinter uns gelassen haben, werden wir einander finden. Und wenn uns das gelungen ist, werde ich dich nie wieder gehen lassen.

Als ich die Augen öffnete, war ich allein.

Die Sonne war vollständig über den Bergen aufgegangen, und

die Sterne waren verschwunden. Ich stand auf einem Felsvorsprung mit Blick über das Tal, die Sonne im Gesicht und den Wind im Rücken, und beobachtete das Licht, das langsam über das Tal tief unten zog. Die lange Nacht war vorüber. Der Drache war gekommen und wieder gegangen, und ein neues Zeitalter hatte begonnen.

Ich setzte mich im Schneidersitz an den Rand des Abhangs, legte Kamigoroshi neben mich und spähte hinab ins Tal, wo die Sonne die letzten Schatten und den Rest der Dunkelheit vertrieb. Ich wusste, ich sollte den Berg hinabwandern und die Armeen von Mond und Schatten finden, falls denn irgendjemand von ihnen überhaupt überlebt hatte, um ihnen zu erklären, was passiert war. Und das würde ich auch tun. Die Tsuki hatten ein Recht darauf, zu erfahren, dass ihre Insel in Sicherheit, der Herold wiederauferstanden und der Wunsch ausgesprochen war. Aber genau in diesem Moment war ich erschöpft und innerlich wund, und der Verlust hatte ein klaffendes Loch in mein Herz gerissen. Ich brauchte etwas Zeit zum Trauern, um allein mit den Erinnerungen an meine Freunde zu sein, den Menschen, die ich geliebt hatte, damit ich, wenn ich ihre Geschichte erzählte, sie eine des Triumphs und glorreichen Sieges war. Und eine, die ich erzählen könnte, ohne völlig zusammenzubrechen.

Und so saß ich da, die Sonne warm auf Kopf und Schultern, Kamigoroshi leblos an meiner Seite. Ich dachte an Zufallsbekanntschaften und erste Begegnungen: ein Fremder, der die Dämonen niederstreckte, die mich durch einen Wald jagten; ein Hinterhalt von Banditen auf einer einsamen Straße; ein maskierter, wunderschöner Schwertkämpfer auf einer mondbeschienenen Brücke; das Kennenlernen einer strengen, argwöhnischen Miko in einem winzigen Schrein. Ich dachte an Daisukes Güte, Reikas Pragmatismus und Okames Dreistigkeit. Und ich erinnerte mich, wie Tatsumi mich angesehen hatte, die Berührung seiner Finger auf meiner

Haut, sein geflüstertes Versprechen ganz zum Schluss. Ich dachte an alles, was mich hierhergebracht hatte, von dem Moment an, als ich mit der Schriftrolle aus dem Tempel der Stillen Winde geflohen war – die Gefahren, die Freundschaften, die Liebe –, und mehrmals ertappte ich mich dabei, wie sich durch meine Tränen ein Lächeln auf meine Lippen legte.

Und genau so fand mich Kiyomi-sama viele Stunden später vor.

»Yumeko.«

Ich drehte den Kopf, warf einen Blick über die Schulter. Eine Gestalt stand mehrere Schritte hinter mir, die langen Haare offen, die Ärmel sanft im Wind flatternd. Sie sah erschöpft aus, ihre Kleidung war zerrissen, Erde und Blut klebten ihr an Händen und Gesicht. Doch sie stand da, ruhig und fest und real, und starrte erleichtert zu mir herab.

Ich blinzelte, als meine eigene Erleichterung mich überwältigte. »Kiyomi-sama«, flüsterte ich, und die störrischen, hartnäckigen Tränen begannen wieder zu fließen. »Du bist am Leben.«

»Ja.« Die Daimyo des Mondclans bedachte mich mit einem gepeinigten Lächeln. »Wir haben schwere Verluste erlitten und waren gezwungen, mehrmals zurückzufallen, aber unsere Front hat gehalten. Die Dämonen haben keines der Dörfer erreicht, und als der Herold zum ersten Mal erschien, haben wir uns das Chaos und die Panik zu Nutzen gemacht, um sie zurückzudrängen. Dennoch waren die Verluste gravierend. Ohne die Hilfe des Schattenclans hätte keiner von uns die Nacht überlebt.«

Bei der Erinnerung an die runzelige, bucklige Kreatur, die den Drachen angeschrien und von ihm verlangt hatte, den Wunsch zurückzunehmen, den er vor zweitausend Jahren erfüllt hatte, musste ich schaudern. »Lady Hanshou...«, begann ich.

»Ich weiß«, sagte Kiyomi-sama leise. »Ich war dabei, als sie sich verwandelt hat. Sie ist dem Herold in die Wolken nachgeflogen und nicht mehr zurückgekehrt. Seit Langem geht das Gerücht um, dass die Daimyo des Schattenclans allmählich den Verstand verliert. Ich hoffe, dass egal, wo sie jetzt ist, ihr Geist endlich Frieden gefunden hat.«

»Was wird jetzt mit den Kage geschehen?«, fragte ich verwundert.

Kiyomi-sama schüttelte den Kopf. »Das weiß ich nicht«, erwiderte sie feierlich. »Ich glaube nicht, dass Hanshou Erben hat. Ihr Berater, Kage Masao, hat während ihrer Abwesenheit die Macht übernommen. Er scheint die Situation im Griff zu haben. Darüber hinaus weiß ich nicht, was mit dem Schattenclan passieren wird, ebenso wenig, wie es mir zusteht, mich in ihre Angelegenheiten einzumischen. Die Kage müssen es unter sich regeln. Und ich muss dasselbe tun.«

Die Daimyo der Tsuki zögerte, dann trat sie zwei Schritte vor und musterte mich aus dunklen Augen. In ihrem Blick lagen Unsicherheit und Mitgefühl. »Tochter«, begann sie und klang vielleicht zum ersten Mal, seit ich sie kannte, ratlos. »Ich bin ... glücklich, dass du überlebt hast. Ich weiß, du hast heute Nacht großes Leid ertragen, und da deine Freunde nicht bei dir sind, kann ich nur mutmaßen ...« Sie verstummte, ihre glatte Stirn in Falten gelegt, als wäre sie verunsichert, wie sie fortfahren sollte. Ich biss mir auf die Lippe, und Tränen kullerten mir aus beiden Augen, während die Daimyo des Mondclans innehielt, um sich zu sammeln.

»Aber du bist hier«, redete Kiyomi-sama weiter. »Die Nacht des Wunsches ist vorüber, und das Kaiserreich steht noch. Genno ist tot, das Tor zum Jigoku ist versiegelt, und die Dämonen sind in den Höllenschlund zurückgekehrt. Ich weiß nicht, was geschehen ist oder was den Herold zeitweise in den Wahnsinn getrieben hat, aber allem Anschein nach und entgegen allen Erwartungen bist du siegreich hervorgegangen. Ich kann nur hoffen, dass die Inseln der Tsuki nun sicher sind, dass der Schrecken endlich vorüber ist.«

Ich nickte. »Wir haben gewonnen«, flüsterte ich, kaum fähig, es selbst zu glauben. »Es ist vorbei, aber ...« Meine Stimme verhallte, und ich schloss die Augen, als die Erinnerungen sich an die Oberfläche drängten, grell und schmerzhaft. »Ohne sie hätte ich es niemals geschafft. Sie sind die wahren Helden der heutigen Nacht.«

»Ihrer wird gedacht werden«, sagte Kiyomi-sama feierlich. »In unserer Erinnerung und unseren Liedern, in Gedichten und Theaterstücken. Ihr Vermächtnis wird nicht in Vergessenheit geraten.« Sie hob den Kopf, die Augen zum Himmel gerichtet, während das Sonnenlicht über ihr Gesicht glitt. »Wir werden jene, die wir verloren haben, betrauern und ihnen in Legenden ein Andenken schaffen, aber heute Abend werden wir die feiern, die noch leben.«

Sie spähte zu mir, und in diesem dunklen Blick sah ich, wie der schreckliche, immer vorhandene Kummer allmählich verblasste, sich wie Nebel in der Sonne auflöste. »Vor sechzehn Jahren habe ich eine Tochter verloren«, sagte die Daimyo. »Gestern Nacht fürchtete ich, sie ein weiteres Mal zu verlieren. Aber dank einer glücklichen Fügung oder der Gnade der Kami oder aufgrund ihres eigenen unglaublichen Glücks steht sie jetzt vor mir. Uns wurde eine zweite Chance geschenkt, Yumeko«, fuhr Kiyomi-sama fort und warf mir ein ungläubiges Lächeln zu. Es war matt und unsicher, aber es brachte ihr Gesicht zum Strahlen und verscheuchte die letzten Schatten aus ihren Augen. »Wenn du bereit bist«, murmelte sie und hielt mir die Hände hin. »Wäre es mir ein Vergnügen, dir zu zeigen, wo du herkommst.«

Tränen schossen mir in die Augen. Ich taumelte vorwärts und nahm ihre ausgestreckten Arme, während ihre Finger sich um meine legten. »Das wäre schön«, flüsterte ich. »Es war eine sehr, sehr lange Nacht.«

Die Daimyo des Mondclans erwiderte mein Lächeln. Seufzend ließ sie den Blick über das Tal gleiten, in Richtung Shinsei Yaju. »Meine Berater sind höchstwahrscheinlich längst in Panik geraten«, sagte sie trocken. »Und die kami kehren allmählich zurück. Ich kann sie spüren, ebenso wie das Land, das sie wieder willkommen heißt. Aber es gibt noch viel zu tun. Komm, Tochter«, sagte sie und drückte meine Hände. »Lass uns nach Hause gehen.«

Epilog

Und so setzten die langen Jahre des Friedens in Iwagoto ein.

Für den Rest des Kaiserreichs veränderte sich nicht viel. Der Schattenclan, wenn auch zahlenmäßig geschrumpft, da er einen Großteil seiner stärksten Krieger verloren hatte, kehrte in sein Land zurück, um die beschwerliche Aufgabe anzugehen, einen neuen Daimyo zu wählen. Hanshou besaß keine lebenden Erben, zumindest niemanden, der während der vergangenen tausend Jahre am Leben gewesen wäre, und obwohl einige Adlige von sich behaupteten, sie könnten ihren Stammbaum indirekt bis zu einem der Kinder der Daimyo zurückverfolgen, stellte sich schlussendlich heraus, dass Kage Masao der nächste lebende Verwandte von Kage Hanshou war. Ihr Ururenkel der soundsovielten Generation. Lord Iesada war angeblich nicht beglückt von der Wahl und drückte im Brustton der Überzeugung seine Zweifel aus. Eines Morgens wurde er mit blau angelaufenem Gesicht in seinen Gemächern aufgefunden, seine Teetasse zerschmettert auf dem Boden. Bei der Untersuchung stellte sich heraus, dass er an einem Mochi-Bällchen erstickt war, ein schrecklicher Unglücksfall, und nach seinem Tod verstummten schließlich die Gerüchte über den neuen Daimyo.

Kamigoroshi, das Verfluchte Schwert des Schattenclans, wurde dem Familienschrein der Kage zurückgegeben, wo es weggesperrt und von Priestern bewacht wurde. Obwohl die Klinge nicht mehr die eingeschlossene Seele eines Oni beherbergte, war der Fluch laut Kage Masao nicht gebannt. »Es ist eine befleckte Waffe, die das

Leben eines Großen Kami genommen hat«, sagte er zur Daimyo des Mondclans, bevor die Kage in der Nacht aus dem Land der Tsuki abgereist waren. »Der Fluch von Kamigoroshi ist niemals Hakaimonos Gegenwart gewesen, sondern seine Macht, alles niederzustrecken, was ihm im Weg steht. Es hat unzählige Dämonenjäger verdorben und Tausende Leben auf dem Gewissen. Es ist eine Klinge, die von niemandem in dieser Welt geschwungen werden sollte. Ich glaube, die Kami selbst haben den Schattenclan im Lauf der Jahre wegen der Benutzung einer Waffe von solcher Boshaftigkeit verflucht. Vielleicht irgendwann einmal, wenn das Kaiserreich wieder von Dunkelheit bedroht sein sollte, wird Kamigoroshi von jemandem getragen, der seinem Sog widerstehen kann. Aber vorerst möge die Verfluchte Klinge erneut zur Legende werden und in Vergessenheit geraten.«

Und so war es geschehen. Von dieser Nacht an gab es keine Dämonenjäger mehr, keine Schattenclankrieger, die eine Klinge mit purpurnem Feuer schwangen. Die Geschichte vom Schwert, das den Großen Drachen erlegt hatte, wurde überall in ganz Iwagoto unter vorgehaltener Hand erzählt, aber im Lauf der Zeit verblassten selbst diese Erzählungen und verschwanden aus dem Bewusstsein der Menschen.

Die Drachenrolle wurde zurück in die Hauptstadt des Mondclans gebracht, und eine große Debatte entflammte um die Frage, was mit dem Artefakt geschehen sollte und wie eine Nutzung in der Zukunft unterbunden werden könnte. Das Pergament zu verstecken hatte nicht funktioniert. Es in Stücke zu zerteilen hatte nicht funktioniert und nur zu unzähligen Todesopfern geführt.

Schließlich, nach vielen Tagen der Beratungen, traf die Daimyo des Mondclans die Entscheidung, dass die Tsuki selbst die neuen Wächter der Drachenrolle werden sollten. Dass das Gebet bei ihnen bliebe, auf den Inseln des Mondclans, einen Katzensprung entfernt von der Klippe, wo der Drache zum ersten Mal heraufbeschworen worden war. Sie gelobten vor den Kami, dass kein Tsuki jemals die Macht der Schriftrolle für seinen eigenen Nutzen einsetzen und sie alles in ihrer Macht Stehende tun würden, damit der Drachenwunsch nicht in falsche Hände fiele. Ein Schrein wurde im Palast des Mondclans erbaut und die Schriftrolle dort verwahrt, beschützt von Priestern, Schreinmaiden und kami, außer Sicht der restlichen Welt. Es war keine perfekte Lösung, aber sie war besser, als das Pergament dem Wind zu übergeben, der es an irgendeinen x-beliebigen Ort wehte. Und überhaupt, wer konnte schon wissen, was das nächste Jahrtausend mit sich brächte? Vielleicht würde sich die Welt weiterentwickeln und die Legende des Drachengebets vergessen.

Ich wusste, dies war nur ein Traum, dass, wenn die Zeit käme und der Herold sich erneut erheben würde, das Kaiserreich zweifellos wieder in Chaos verfiele, in irgendjemandes Wahn, die Schriftrolle an sich zu reißen. Aber tausend Jahre waren eine *lange* Zeit. Es gab Dinge, die ich tun wollte, eine ganze Welt, die es zu bereisen galt, bevor ich mir wegen der Drachenrolle wieder Sorgen machen müsste.

Drei Jahre lang blieb ich auf den Inseln der Tsuki. Nachdem Kiyomi-sama mich offiziell zu ihrer Nachfolgerin ernannt hatte, musste ich unzählige Dinge lernen. Über die Politik der Tsuki, ihre Beziehung mit den kami und dem Rest des Kaiserreichs, die komplizierten Regeln des Hofs – bei all dem Neuen schwirrte mir der Kopf. Noch war ich glücklich, dort zu sein, meine Wissbegierde zu stillen und so viel wie möglich erlernen zu dürfen. Dies war meine Familie; ich wollte alles über sie und den Ort erfahren, wo ich herkam. Wo ich hingehörte.

Und dennoch, obwohl ich glücklicher war als seit Langem, fand ich mich gelegentlich auf einem Pier an einem kleinen Sandstrand wieder und starrte gedankenverloren über das Wasser zu der Stelle, wo das Meer auf den Himmel traf. Oder ich saß in den weitläufigen Palastgärten im Gras und blickte zu den Sternen hoch, während Kodama um mich tänzelten. Hin und wieder blitzte ein Gesicht oder eine Silhouette in der Menschenmenge auf, die mich zusammenfahren ließen und mein Herz wild zum Klopfen brachten, bis ich bemerkte, dass es nicht derjenige war, für den ich ihn gehalten hatte. Es war nie derjenige, für den ich ihn gehalten hatte.

Eines Abends, mehr als drei Jahre nach der Nacht des Wunsches, klopfte es an meiner Tür, und Kiyomi-sama tauchte im Türrahmen auf.

Ich blickte von dem Buch auf, aus dem ich lernte: eine Sammlung an Aufsätzen des berühmten Philosophen und Poeten Mizu Tadami. Es war eine trockene, ziemlich langweilige Lektüre, mit Fragen, bei denen ich nicht umhin kam, mich zu wundern, warum jemand nur so viel Zeit darauf verwendete, sich den Kopf zu zerbrechen, ob eine Kirschblüte eine Seele besaß, aber Kiyomi-sama würde in zwei Tagen eine Gesandtschaft von Mizu empfangen, und der Wasserclan liebte es, über Philosophie zu debattieren. Ein guter Gastgeber sollte in der Lage sein, über Dinge zu sprechen, an denen seine Gäste interessiert waren, hatte Kiyomi-sama mir eingebläut. Selbst wenn man davon Kopfschmerzen bekam.

»Kiyomi-sama«, begrüßte ich die Daimyo der Tsuki, die mir dieses sanfte Lächeln schenkte, das allein mir bestimmt war. »Bitte, komm herein. Ist etwas nicht in Ordnung?«

»Nein.« Die Herrscherin über den Mondclan trat über die Schwelle und schloss die Tür sanft hinter sich. Ihre Haare fielen ihr offen über die Schultern, anstatt auf ihrem Kopf hochgesteckt zu sein, und ihre Robe, wenngleich elegant, war einen Hauch weniger edel als diejenigen, die sie normalerweise am Hof trug. Eigentlich müsste ich mich laut Zeremoniell beim Erscheinen der Daimyo der Tsuki tief verneigen, das Buch sogleich aus der Hand legen und mit der Stirn den Boden berühren, aber wenn wir unter uns waren, hielten wir uns nicht ganz so strikt an die Regeln.

Kiyomi-sama schritt anmutig über die Tatamimatten und setzte sich mir gegenüber, bevor ihr Blick auf das Buch in meiner Hand fiel. Mit einem leichten Stirnrunzeln musterte sie meinen Lesestoff, auch wenn sie gleichzeitig lächelte. »Ah, Mizu Tadami. Ich habe viele Stunden mit jungen Krieger-Poeten über die Feinheiten seiner Arbeit debattiert. Heutzutage, so fürchte ich, muss ich seine Thesen über ein paar Gläsern Sake diskutieren, andernfalls bekomme ich am Ende eines solchen Abends Kopfschmerzen.«

»Oh«, sagte ich und legte das Buch beiseite. »Gut. Immerhin etwas, worauf ich mich freuen kann.«

Sie lachte leise, und bei dem Geräusch durchfuhr mich immer noch ein wohliger Schauer. Allmählich war es nichts Besonderes mehr, sie lächeln zu sehen, aber am Anfang war es mir fast vorgekommen, als hätte sie das Lachen völlig vergessen. In jenem ersten Jahr hatte ich erschreckend viel Zeit darauf verwendet, den Adligen harmlose Streiche zu spielen, allein aus dem Grund, um der Daimyo ein leises Lachen, ein Kichern, ein überraschtes Ausatmen, einfach irgendetwas zu entlocken. Die armen Adligen hatten große Demütigungen erlitten, angefangen von Vögeln in ihren Haaren bis zu Fächern, die von Affen stibitzt wurden, aber Kiyomi-sama hatte die Illusionen entweder durchschaut oder kannte die Eigenarten von Kitsune, denn sie schien stets zu wissen, wer hinter den albernen Vorfällen am Hof steckte. An dem Tag, als ich versehentlich ein sehr reales Wildschwein durch die Haupthalle jagte, in der eine Truppe von Noh-Schauspielern gerade ein zutiefst dramatisches Stück für Kiyomi-sama aufführten, lachte sie endlich so laut, bis ihr die Tränen über die Wangen liefen. Dieser kleine Zwischenfall brachte mir zwar enormen Ärger ein, aber ich erachtete ihn als einen Sieg.

»Ich habe dich heute auf den Klippen gesehen.« Kiyomi-samas Stimme war ernst. Ich blinzelte, als ihr eindringlicher Blick auf mir ruhte, ihre dunklen Augen meine Miene maßen. »Du hast über das Wasser gestarrt und den letzten Handelsschiffen beim Auslaufen zugesehen. Und da war ... eine Sehnsucht in dir zu spüren, Yumeko-chan, die ich kenne. Willst du die Inseln der Tsuki verlassen?«

»Nein!« Hastig schüttelte ich den Kopf. »Ich bin hier glücklich, Kiyomi-sama. Ich habe dich, den Mondclan, die kami und all die Yokai, die hier leben. Das ist mein Zuhause.«

»Ich weiß.« Kiyomi-sama nickte. »Und es wird immer dein Zuhause bleiben. Du wirst hier stets willkommen sein, Yumeko-chan. Aber ich kenne Yokai, und diesen Blick habe ich schon einmal gesehen. Du kamst zu uns vom Tempel der Stillen Winde aus dem Hoheitsgebiet des Erdclans, warst in Kin Heigen Toshi und dem Land der Schatten, hast das Drachenrumpfgebirge und das Kaihakumeer überquert, um diese Inseln zu finden. Du hast mehr vom Kaiserreich gesehen als die meisten meines Volks, und du hast Dinge erlebt, die nur wenigen von uns in ihrem Leben vergönnt sind. Aber das macht die Sache nur noch schlimmer, nicht wahr?«

Ich schluckte und spähte zu meinen Händen hinab. »Mein Traum, die Welt zu bereisen, ist groß, Kiyomi-sama. Aber nicht so wichtig wie das Glück, mein Zuhause gefunden zu haben. Das Kaiserreich wird immer da sein. Allerdings ...« Meine Finger ballten sich zu Fäusten, und ich nahm einen stillen Atemzug, wollte unter keinen Umständen, dass sie die Wahrheit in meinen Augen las. Die Sehnsucht, die ich nicht unterdrücken konnte. »*Gomen*«, flüsterte ich. »Ich bin hier glücklich, aber ...«

»Tochter.« Kiyomi-samas Stimme war leise. »Du bist eine Kitsune. Und obwohl es lang gedauert hat, habe ich jetzt verstanden, dass einige Wesen sich nicht zähmen lassen. Die Welt ruft sie, sie hören ihr Lied im Wind, in den Wolken, am Horizont. Und je fester man sie an sich drückt, umso lauter schwillt das Lied an. Bis es ohrenbetäubend wird.

Wir haben einander gefunden«, fuhr die Daimyo fort, ihre Stimme sanft wie Kirschblüten. »Du bist mit diesen Inseln verbunden, genau wie ich. Dein Zuhause wird immer hier bei uns sein. Aber du hörst den Ruf der Welt, und das ist ein Lied, das nur wenige ignorieren können.«

Die Daimyo der Tsuki erhob sich, anmutig und selbstsicher, um zu mir hinabzublicken. »Eines Tages wirst du diesen Clan erben, Tochter«, sagte sie zu mir. »Wenn ich mich zu meinen Vorfahren geselle, wirst du diese Familie anführen, und die Drachenrolle, der Pakt mit den kami und die Verantwortung, diese Inseln zu beschützen – all das wird in deine Hände fallen. Doch du bist jung, und ich bin noch nicht tot. Ich muss die Stärke aufbringen, dich ziehen zu lassen.«

Kiyomi-sama lächelte mich freundlich an, auch wenn in ihren dunklen Augen ein Anflug von Tränen schimmerte. »Der Name des Schiffs, der die Mizu-Gesandten zu unseren Inseln bringt, lautet *Azurne Schlange*«, flüsterte sie. »Der Kapitän ist zufälligerweise ein guter Freund von mir. Wenn die Zeit kommt und das Schiff wieder in See sticht, um zurück zum Wasserclan zu segeln, kann ich ihn gewiss überreden, einen weiteren Passagier nach Seiryu mitzunehmen. Von dort aus könntest du das gesamte Kaiserreich entdecken.«

Mein Herz machte einen Satz, doch ich schüttelte den Kopf. »Ich kann nicht einfach weggehen, Kiyomi-sama«, protestierte ich. »Was ist mit den Tsuki? Und den anderen Clans? Sie alle wissen, dass ich deine Tochter bin. Wenn ich einfach von der Bildfläche verschwinde...«

»Ich werde ihnen sagen, dass du dich auf eine Pilgerreise begeben hast«, erwiderte Kiyomi-sama ruhig. »Sie werden es nicht infrage stellen. Sei unbesorgt, Tochter!« Sie warf mir ein gezwungenes Lächeln zu. »Der Rest des Kaiserreichs hält den Mondclan sowieso für sonderbar und exzentrisch. Bei gewissen Entscheidungen ist dies ein Vorteil.«

Sie beugte sich herab, nahm meine Hand und zog mich hoch, um mir direkt in die Augen zu sehen. »Anfangs habe ich mir ständig Sorgen gemacht«, sagte sie leise. »Ich fürchtete, du würdest eines Tages weglaufen und ich würde dich nie wiedersehen. Aber du bist inzwischen erwachsen geworden und hast schon so viel Leid erlebt. Wenn die Welt nach dir ruft, muss ich dich ziehen lassen. Und ich muss darauf vertrauen, dass du zu mir zurückkommst.«

Ich nickte und spürte, wie sich ein Kloß in meiner Kehle bildete und Tränen in meinen Augenwinkeln kribbelten. »Versprochen«, flüsterte ich. »Ich... Ich glaube, ich muss gehen, Kiyomi-sama. Dort draußen gibt es so viel, was ich sehen will. Aber ich werde nicht ewig fort sein. Ich *werde* zurückkehren. Jetzt wo ich dich gefunden habe, wird mich nichts je wieder fernhalten.«

Und so war es auch.

Aus dem Tagebuch der Mondclan-Daimyo, am letzten Tag des Sommers.

Heutzutage machen Geschichten über eine herumstreunende Füchsin die Runde. Meistens erscheint sie in Gestalt eines bescheidenen Bauernmädchens, manchmal hingegen als eine Yokai mit glühenden goldenen Augen. Man kann überall auf sie stoßen: auf einer Brücke im Tal von Kin Heigen Toshi, in den tiefsten Wäldern der Kage, auf den höchsten Gipfeln des Drachenrumpfes. Es gab Sichtungen von ihr in Höhlen, in winzigen Bergbauern-

dörfern und allein auf einer Straße irgendwo im Kaiserreich. In einigen Erzählungen heißt es, sie sei gütig und bereise das Land, um Menschen zu helfen. In anderen Geschichten wird behauptet, sie habe nichts als Unfug und Flausen im Kopf und würde immer genau dann auftauchen, wenn etwas gänzlich Unerwartetes geschieht. Doch die meisten Erzählungen enden damit, dass sie, sei es nun unwissentlich, durch scheinbar pures Glück oder einer verblüffenden Demonstration von Chaos all jenen, denen sie begegnet, gute Dienste leistet, und die Menschen bleiben verwirrt, aber dankbar zurück, sobald die Füchsin wieder verschwindet, manchmal nicht einmal völlig sicher, was genau sie gesehen haben.

Doch dann, eines Tages, viele Jahre nachdem die Geschichten über sie sich im ganzen Land verbreitet hatten, verschwand die Füchsin von der Bildfläche. Niemandem fiel es anfangs auf, und niemand konnte sich einen Reim daraus machen, obwohl sich die Überzeugung durchsetzte, dass es ihr wohl einfach langweilig geworden war, wie es bei wankelmütigen Yokai häufig vorkam, und sie das schlichte Leben eines Rotfuchses wieder aufgenommen hatte. Die herumstreunende Kitsune ward nie mehr in Iwagoto gesichtet, aber die Geschichten wurden weiter überliefert und gingen ins Reich der Legenden ein.

Wenige Jahre, nachdem die umherstreunende Füchsin aus Iwagoto verschwunden war, verließ die Daimyo des Mondclans diese Welt. Es hieß, sie habe sich friedlich zu ihren Vorfahren gesellt, im Schoß ihrer Familie und ihres Clans, ihre einzige Tochter an ihrer Seite. All jene, die der Daimyo der Tsuki zu Lebezeiten begegnet waren, erinnerten sich an eine wunderschöne, wenn auch ernste Frau, die niemals lächelte, jedoch während ihrer letzten Jahre wirklich glücklich und zufrieden gewesen war, bevor sie das Zepter der Regentschaft an ihre Tochter übergeben hatte.

Ihre Tochter, die auf ihre Rolle erbärmlich schlecht vorbereitet gewesen war, hatte anfangs zu kämpfen gehabt, doch sie wusste die kami und ihr Volk an ihrer Seite, die sie unterstützten, und wurde schließlich zu einem Oberhaupt, von dem sie hoffte, dass ihre Mutter stolz auf sie wäre.

Am heutigen Tag jährt sich zum hundertsten Mal die Nacht des Drachen. Hundert Jahre, seit wir Genno, den Dämonen des Jigoku und dem Neunschwanz, der sich, wenn auch nur für einen kurzen Moment, zu einem Gott aufschwang, die Stirn geboten haben. Der heutige Tag ist ein Tag der Freude, der Ehrerweisung, des Gedenkens an all jene, die ihr Leben gaben, um einen Wahnsinnigen daran zu hindern, das Kaiserreich zu vernichten. Heute feiert der gesamte Mondclan, und das Kaiserreich feiert mit uns, aber ich komme nicht umhin, ein wenig Trauer zu verspüren. Ein Jahrhundert umspannt in Menschenjahren ein ganzes Leben, und jene, die damals an unserer Seite standen, sind längst zu ihren Vorfahren gegangen. Aber ich bin eine Kitsune, und das Blut meines Vaters fließt durch meine Adern. Für einen Fuchs sind hundert Jahre ein Wimpernschlag, und ich erinnere mich an jenen Tag so deutlich, als wäre er vor zwei Nächten geschehen.

Meine Freunde. Wo auch immer ihr sein mögt, ich hoffe, ihr seid glücklich. Obwohl ich das gesamte Kaiserreich in der Hoffnung durchkämmt habe, einen Schimmer von Wiedererkennen zu sehen, scheint es mir, als wollte das Schicksal uns erst zusammenzuführen, wenn es dafür bereit ist, und keine Stunde früher. Dann soll es so sein. Ich glaube wahrhaftig, dass wir uns alle eines Tages wiedersehen werden, und wenn es passiert, wird es sein, als wären wir niemals getrennt gewesen. Obschon es euch überraschen wird, wenn ihr erfahrt, dass eure naive, unbesonnene Füchsin nun die Daimyo des gesamten Mondclans ist. Ich habe euch so viele Geschichten zu erzählen, meine Freunde, aber bis unsere Seelen sich treffen, werde ich geduldig warten. Immerhin bin ich eine Kitsune. Ich habe alle Zeit der Welt.

Ich legte meinen Pinsel beiseite, starrte einen Moment auf das Papier und beobachtete, wie die Tinte auf der Seite trocknete, bevor ich das Tagebuch behutsam schloss und es ins Regal über meinem Schreibtisch zurückstellte.

Ein respektvolles Klopfen ertönte an meiner Tür. »Mylady?«, flötete die Stimme von Hana, einer meiner Zofen. »Yumeko-sama, es ist fast so weit. Seid Ihr fertig angekleidet worden?«

Ich seufzte. »Ja, Hana-san.« Zur Tür gewandt, erhob ich mich. »Bitte, tritt ein. Hör auf, draußen vor meiner Tür herumzulungern wie ein Yurei. Das letzte Mal, als Misako mich derart erschreckt hat, habe ich fast den Shoji in Brand gesteckt.«

Die Tür glitt auf und offenbarte ein junges, hübsches Mädchen, das sich rasch verneigte und dann über die Schwelle trat. »Mylady, ich wurde geschickt, um Euch darüber zu informieren, dass Eure Gäste angekommen sind«, sagte sie und musterte prüfend meine Kleidung, während sie sich wieder aufrichtete. Wie es meine Clanfarben verlangten, war ich in einen schwarzen Kimono mit grauem Futter gekleidet, die Seide mit Hunderten wirbelnder silberner Blätter verziert. Aber wenn man genau hinsah, erkannte man mehrere hell leuchtende Exemplare zwischen dem Strudel aus Silber. Fünf im Ganzen, die jeweils eine Seele darstellten. Für den heutigen Tag überaus passend, wie ich fand.

Hana lächelte, und der wehmütige Ausdruck in ihrem Gesicht verriet mir, dass ich präsentabel aussah. »Vielen Dank, Hana«, sagte ich zu dem Mädchen. »Und jetzt hör auf, dir Sorgen um mich zu machen, und geh dich amüsieren. Niemand braucht bis morgen die Haare gekämmt oder den Boden gefegt. Ich weiß, dass Misako sich längst ins Getümmel der Stadt gestürzt hat. Gesell dich zu ihr, iss ein Mochi-Bällchen und lass einen Papierdrachen steigen. Heute ist ein Tag zum Feiern, und am Abend werden wir die Helden von vor hundert Jahren ehren. Hast du eine Laterne, um sie den Fluss hinabtreiben zu lassen?«

Sie nickte einmal mit dem Kopf. »Ja, Yumeko-sama! Mein Ururgroßvater war einer der Ashigarusoldaten, die sich der Dämonenhorde in den Weg gestellt haben. Er ist leider in der Schlacht gefallen, aber wir haben sein Opfer nie vergessen.«

»Gut.« Ich nickte. »Zoll ihm heute Abend deinen Respekt. Lass sein Andenken niemals in Vergessenheit geraten. Und jetzt geh!« Ich zeigte zum Flur. »Hab Spaß! Ich will dich erst morgen früh wieder hier sehen!«

»*Hai*, Yumeko-sama!«

Hana verneigte sich und huschte aus dem Zimmer, das Klappern ihrer Sandalen ein aufgeregtes Klopfen auf dem Holzboden. Bei ihrer überschäumenden Begeisterung musste ich lächeln, dann drehte ich mich um und warf einen letzten Blick in den Spiegel.

Eine Kitsune mit spitzen Ohren und goldenen Augen starrte mir entgegen, was mir ein zufriedenes Nicken entlockte. Die Gesandten und Diplomaten der anderen Clans waren immer überrascht, wenn sie mich trafen. Nicht wegen meines Fuchswesens, das nur wenige durchschauten. Sie erwarteten eine reifere Frau, ein altes, verschrumpeltes Weib, dessen Gesicht durch Falten und Erfahrung gezeichnet war. Kein Mädchen, das jemandes Enkelin sein könnte. Ich weigerte mich, meine Haare hochzustecken, und hasste es, wie die Kämme und Haarnadeln mir in die Kopfhaut pikten, weshalb ich die Haare offen bis zur Taille trug. Ich sah nicht wie eine weise, ehrwürdige Herrscherin des Mondclans aus, und ebenso wie unter Lady Hanshous Regentschaft war die Gerüchteküche längst am Brodeln. Bisher und angesichts der Abgeschiedenheit der Tsuki vom Rest des Kaiserreichs waren es nichts als Klatschgeschichten, aber irgendwann würde bekannt werden, dass der unnahbare, exzentrische Mondclan nicht völlig menschlich war.

Es kümmerte mich nicht. Sollte das Kaiserreich ruhig wissen, dass die Daimyo der Tsuki eine Kitsune war. Der Umstand würde sich nicht auf mein Handeln auswirken, ebenso wenig auf mein Versprechen, mein Volk, meine Familie und die kami, die hier lebten, vor allem Übel zu bewahren.

Nachdem ich mich vom Spiegel weggedreht hatte, trat ich zu meinem Schreibtisch und hob die Papierlaterne auf, die dort am Rand lag. Im Gegensatz zu den runden roten Chochin-Laternen, die an Schnüren über Türen und Toreinfahrten hingen, war diese hier ein rechteckiger Kasten. Seine dünnen Papierwände waren weiß, nicht rot, und auf jeder Seite waren eine Handvoll Namen in schwarzer Tinte geschrieben. Die fünf Namen derer, die mir am nächsten waren, die Seelen, die ich niemals vergessen wollte. *Hino Okame, Taiyo Daisuke, Reika, Suki.*

Kage Tatsumi.

Kiyomi-samas Name stand nicht auf der Laterne, obwohl ich kurz darüber nachgedacht hatte, sie den Papierwänden hinzuzufügen. Aber bei der heutigen Feierlichkeit ging es darum, diejenigen zu ehren, die in der Nacht des Drachen gekämpft hatten und gestorben waren, die ihr Leben gegeben hatten, um das Kaiserreich zu retten. Es gab andere Feste, um den Verstorbenen zu gedenken. Jedes Jahr in der Nacht ihres Todes reiste ich allein zu einer gewissen Lichtung im Wald der kami. Dort, zusammen mit Hunderten von Kodama, Geistern und manchmal, obschon äußerst selten, dem Großen Kirin, gedachten wir der Tsuki-Daimyo, und ich betete, dass ihre unschätzbare Weisheit mich auch weiterhin auf den rechten Weg führen würde. Bisher hatte sie mich nie im Stich gelassen, und ich glaubte nicht, dass sie es mir übel nähme, wenn ihr Name auf der Papierlaterne fehlte. Die heutige Nacht war anderen Seelen vorbehalten.

Zufrieden verließ ich meine Gemächer und stieß auf Tsuki Akari, die gemeinsam mit zwei bewaffneten Samurai im Gang wartete. Meine oberste Beraterin und engste Freundin war eine wunderschöne junge Frau mit der Intelligenz einer Weisen und dem Witz eines Affengottes. Sie sah aus, als könnte sie meine Schwester sein, und manchmal führte sie sich auch so auf, obwohl ich mich lebhaft daran erinnerte, wie sie als kleines Kind mit schmutzigem Gesicht durch die Gärten des Palasts gelaufen war. Es kam nur selten vor, dass sie mir tatsächlich Ratschläge gab, aber Akari hatte überall Informanten und wusste alles, was innerhalb der Palastmauern vor sich ging. Ich verließ mich darauf, dass sie mich über die Dinge in Kenntnis setzte, die ich wissen musste.

»Yumeko-sama«, sagte Akari mit einer ehrerbietigen Verbeugung und einem weniger ehrerbietigen Lächeln, das nur ich sehen konnte. Meine oberste Beraterin war in der Öffentlichkeit der Inbegriff von Charme und Anmut, was auch die einzige Zeit war, wo sie mich Yumeko-*sama* nannte. »Die Sonne geht gleich unter. Jeder wartet begierig, dass die Daimyo des Mondclans die erste Laterne den Fluss hinabschickt.«

Ich nickte und hob die Laterne vor mir. »Ich bin bereit. Lass uns gehen. Aber zuerst…« Ich bedachte sie mit einem verschlagenen Gesichtsausdruck. »Konntest du das bekommen, worum ich dich gebeten habe?«

Sie stieß ein verzweifeltes Seufzen aus und holte hinter dem Rücken einen Spieß mit drei farbenfrohen Reisbällchen hervor, die bis zur Mitte des Stocks nach unten geschoben waren, ein beliebter Snack, der auf Festen feilgeboten wurde. Grinsend riss ich ihn ihr aus den Fingern, während die Wachen geschickt vorgaben, nichts zu bemerken. »Wenn du fertig bist, Yumeko-*sama*«, sagte Akari und betonte das »sama« mit Nachdruck, als wollte sie mir in Erinnerung rufen, dass die Daimyo eines großen Clans sich nicht den Bauch mit gewöhnlichen Süßigkeiten vollstopfen sollte – zumindest nicht in aller Öffentlichkeit. »Kage Haruko wartet in der Haupthalle und will mit dir sprechen, bevor die Laternen auf ihren Weg geschickt werden.«

»Oh?« Ich biss in eines der Reisbällchen und zeigte mit dem Rest des Stocks den Gang hinab. »Ihre Gesundheit war angeschlagen, das zumindest hat sie in ihrem Brief geschrieben, in dem sie sich für ihr Fehlen heute Abend entschuldigt hat. Ich frage mich, warum sie ihre Meinung geändert haben mag?«

»Ich bin sicher, du kannst sie gleich selbst fragen.«

Schweigend gingen wir durch den Palast, bis wir die Haupthalle erreichten, die leerer als gewöhnlich war. Fast alle waren entweder auf dem Fest oder an den Ufern der unzähligen Kanäle, die die Stadt durchzogen, mit Papierlaternen in der Hand.

Doch ein Grüppchen an Menschen wartete auf mich, als ich die Halle betrat, Männer und Frauen in dem unverwechselbaren Schwarz und Purpur des Schattenclans. Die Frau in der Mitte, die von Adligen und Samurai umringt war, war eine vornehme ältere Dame, deren Haar mit Silber durchzogen war, die jedoch trotz ihres fortgeschrittenen Alters immer noch sehr schön aussah. Mit geradem Rücken und geschlossenen Augen saß sie im Schneidersitz auf einem Kissen, doch bei meinem Näherkommen öffnete sie die Lider und musterte mich mit ihrem scharfsinnigen schwarzen Blick.

»Haruko-sama.« Ich nickte respektvoll, und sie erwiderte die Verneigung. »Ich muss gestehen, ich bin überrascht, Euch hier zu sehen. In Eurem Schreiben stand, Ihr wäret nicht gesund genug zum Reisen.«

»Das bin ich auch nicht.« Die Daimyo der Kage hielt eine Hand hoch, und augenblicklich bot ihr der junge Samurai, der neben ihr stand, den Arm an und half ihr auf die Beine. »Ich bin hier«, fuhr die Daimyo durch zusammengepresste Zähne fort, während sie sich mühsam aufrichtete, »weil mein vermaledeiter Enkel mir keine Ruhe gegeben hat, bis ich mich einverstanden erklärt habe herzukommen, und da ich nun schon mal den langen Weg auf mich genommen habe, dachte ich, ich könnte Euch auch meine Aufwartung machen.« Sie bedachte mich mit einem schmallippigen Lächeln. »Ihr habt Euch kein bisschen verändert, seit wir uns das letzte Mal gesehen haben ... vor dreißig Jahren? Vor dem Krieg mit den Hino, der mir meinen Sohn raubte.« Sie schüttelte den Kopf, als wollte sie Erinnerungen verscheuchen. »Verzeiht mir, ich bin eine unverschämte, alte Dame. Ich glaube nicht, dass Ihr meinen Enkel kennt?« Sie winkte in Richtung des Mannes neben ihr, der sich feierlich verneigte. »Das ist Kage Kousuke.«

»Es ist mir eine Ehre, Euch kennenzulernen, Mylady«, trug Kousuke mit monotoner Stimme vor.

»Ich würde Euch auch meinem *anderen* Enkel vorstellen, dem *baka*, der mich überredet hat, diese lächerliche Reise anzutreten, aber er hat offensichtlich entschieden, es sei nicht wichtig, die Daimyo des Mondclans in ihrem eigenen Palast zu begrüßen, sondern hat sich aus dem Staub gemacht, sobald wir am Hafen angelegt haben.« Kage Haruko warf die Arme in die Höhe. »Dieser Junge! Wäre er kein so fähiger Krieger, hätte ich ihn längst zu den Mönchen geschickt, damit er bei ihnen lebt. Vielleicht würden sie aus seinen Träumen schlau werden.«

Meine Ohren spitzten sich, und ich stand kurz davor, sie zu fragen, was genau sie meinte, doch durch die geöffneten Flügeltüren des Palasts trug sich ein leises Murmeln, das in der gesamten Stadt ertönte, ein hundertfaches Aufkeuchen, das gleichzeitig erscholl. Ich drehte mich um und erkannte den Grund.

»Die Sonne ist untergegangen«, sagte Akari neben mir mit leiser Stimme. »Yumeko-sama, es ist höchste Zeit.«

Ich nickte und verneigte mich vor der Herrscherin des Schattenclans. »Vergebt mir, Haruko-sama«, entschuldigte ich mich. »Ich muss gehen.«

»Natürlich.«

Die Dämmerung war über Shinsei Yaju eingebrochen, als ich die Stufen des Palasts hinabstieg, die Luft kühl und mit Vorfreude gespickt. Es war ein perfekter Abend. Der Himmel klar, die Temperatur mild, und die Brise trug den zarten, süßlichen Geruch von Köstlichkeiten mit sich: Dango, Yakitori-Spieße, gegrillter Oktopus und vieles mehr.

Dutzende Menschen drängten sich an den Kanälen, als ich die Bogenbrücke erreichte und mir behutsam einen Weg die Böschung hinabbahnte. Während ich mich an den Rand des Wassers kniete, sah ich mein Spiegelbild: ein Mädchen mit spitzen Ohren und goldenen Augen, das fast noch genauso aussah wie vor hundert Jahren, als sie aus dem Tempel der Stillen Winde geflohen war, eine Schriftrolle im Gepäck, die die Welt verändern sollte.

Im Innern war sie allerdings nicht mehr dieselbe. Sie war jetzt erwachsen geworden. Sie hatte geliebt und verloren, eine Familie gefunden und erkannt, was im Leben zählte. Sie hatte das Land durchstreift, war in die entlegensten Winkel und verstecktesten Orte des Kaiserreichs gereist, nur um herauszufinden, dass ihr Zuhause genau der Platz war, wo sie die ganze Zeit über hatte sein wollen. Es gab Menschen, die sie brauchten, eine ganze Insel, die es zu beschützen galt. Und abgesehen von einem winzigen, nagenden Zweifel, der kleinsten Wunde in ihrem Herzen, war sie zufrieden.

Die Laterne in meiner Hand glühte sanft und ließ die Namen auf der Oberfläche aufleuchten. Lächelnd setzte ich sie ins Wasser, dann versetzte ich ihr einen behutsamen Schubs. Die Papierschachtel hüpfte einen kurzen Moment auf den kreisförmigen Wellen auf und ab und trieb dann träge stromabwärts, ein helles Schimmern im tintenschwarzen Wasser, bis die Strömung sie packte und geschmeidig in die Mitte des Flusses zog.

Irgendwo hinter mir begann eine Trommel zu schlagen, tief und dröhnend. Überall entlang der Kanäle beugten sich die Menschen vor und übergaben dem Wasser ihre Laternen, die in den Fluss glitten, sich wirbelnd drehten oder gemächlich entlangtrieben, die Namen all der Seelen mit sich tragend, dank deren Opfer wir hier waren. Ich verlor meine eigene Laterne im Strom der anderen aus den Augen, und schon bald glühte der gesamte Fluss in einem sanften orangefarbenen Lichtermeer, das sich hoch oben und am Boden des Kanals wie glitzernde Sterne spiegelte. Ich schloss die Augen und schickte ein Gebet zu den kami und den Namen, die, auf Laternenpapier geschrieben, über den Fluss trieben, dass sie niemals in Vergessenheit gerieten.

Und dann spürte ich Augen auf mir ruhen. Ein sonderbar vertrautes Gefühl erfüllte mich, und ich hob den Kopf.

Jenseits des glitzernden Flusses beobachtete mich eine Gestalt, seine Augen ein strahlendes Purpur im trüben Funkeln der Laternen. Ein junger Samurai, ganz in Schwarz gekleidet, mit dem Wappen der Kage auf einer Schulter. Allem Anschein nach war er ein Adliger und zeigte eine verblüffende Ähnlichkeit mit Kage Kousuke, dem Enkel der Daimyo, auch wenn er ein paar Jahre jünger als er war. Er starrte mich an, unverhohlene Verwunderung und Erstaunen in seinem Gesicht, und für den Bruchteil einer Sekunde kam es mir vor, als wären wir wieder dort, auf der Klippe mit der Aussicht über das gesamte Tal, kurz bevor er mir sein Versprechen ins Ohr geflüstert hatte und in meinen Armen verblasst war.

Mein Herz hämmerte aufgeregt in meiner Brust, und meine Augen füllten sich mit Tränen. Irgendwo tief in mir jubilierte ein

Teil meiner Seele vor grenzenloser, überwältigender Glückseligkeit, tanzte, flatterte ausgelassen umher. Ich kannte ihn, erkannte ihn wieder, genau wie er es vorausgesagt hatte.

Am anderen Flussufer, eingehüllt von sanftem Licht, lächelte der Samurai.

»Endlich habe ich dich gefunden.«

GLOSSAR

Amanjaku: niedere Dämonen von Jigoku
Arigatou: vielen Dank
Ashigaru: einfacher Fußsoldat
Ayame: Schwertlilie
Baba: respektvolle Anrede für eine alte Frau
Baka/Bakamono: Narr, Idiot
Bakemono: Monster
chan: respektvolle Anrede für Frauen oder Kinder
Chochin: Papierlaterne
Daikon: Rettich
Daimyo: Feudalherr und Feudalherrin
Daitengu: Yokai; der älteste und weiseste der Tengu
Doroshin: Kami, Gott der Straße
Furoshiki: ein Tuch zum Zusammenpacken der eigenen Habseligkeiten auf Reisen
Gaki: hungrige Geister
Gashadokuro: riesige Skelette, von böser Magie herbeibeschworen
Geta: Holzschuhe
Gissha: zweirädriger Ochsenkarren
Gomen: eine Entschuldigung; es tut mir leid
Hai: Zustimmung; ja
Hakama: Hosenrock mit weit geschnittenen Beinen
Hannya: ein Dämon, normalerweise weiblich
Haori: Kimonojacke

Heichimon: Kami; der Gott der Stärke
Hitodama: die menschliche Seele
Inu: Hund
Ite: Aua, autsch
Jigoku: Das Reich des Bösen, die Hölle
Jinkei: Kami; der Gott des Erbarmens
Jorogumo: Spinnenyokai
Jubokko: ein fleischfressender, blutsaugender Baum
Kaeru: Kupferfrosch, Währung von Iwagoto
Kago: Sänfte
Kama: Sichel
Kamaitachi: Yokai; Sichelwiesel
kami: niedere Gottheiten und Naturgeister
Kami: wichtige Gottheiten, die neun bekannten Götter von Iwagoto
kami-beseelt: all jene, die magische Fähigkeiten besitzen
Kappa: Yokai; ein Flussgeschöpf mit einer schüsselförmigen Einkerbung auf dem Kopf, die mit Wasser gefüllt ist; falls es verschüttet wird, schwindet auch seine Stärke
Karasu: Krähe
Katana: Schwert
Kawauso: Flussotter
Kijo: weiblicher Oni
Kirin: das heilige Tier von Iwagoto; das Kirin hat den Körper eines Hirsches, die Schuppen eines Drachen und trägt statt eines Geweihs ein einziges Horn, aus dem heiliges Feuer strömt
Kitsune: Fuchs
Kitsune-bi: Fuchsfeuer
Kitsune-tsuki: Fuchsbesessenheit
Kodama: kami; ein Baumgeist

Komainu: Löwen-Hund
Konbanwa: Guten Abend
Koromodako: Yokai; ein oktopusartiges Geschöpf, das riesige Gestalt annehmen kann
Kunai: Wurfmesser
Kunoichi: weibliche Ninja
Kusarigama: eine gewichtete Kette mit einer Sichel am Ende; eine Shinobi-Waffe
Kuso: ein weitverbreitetes Schimpfwort
Mabushii: ein Ausdruck für ›so hell‹, wie das gleißende Licht der Sonne
Majutsushi: Magier, jemand, der Magie benutzt
Meido: das Reich des Wartens, in dem die Seele treibt, bevor sie wiedergeboren wird
Miko: eine Schreinmaid
Minna: alle
Mino: Regenmantel aus geflochtenem Stroh
Mon: Familienwappen oder Emblem
Nande: ein Ausdruck, der ›warum‹ bedeutet
Nani: ein Ausdruck, der ›was‹ bedeutet
Neko: Katze
Netsuke: ein geschnitztes Schmuckstück, um die Kordel eines Reisebeutels am Obi zu befestigen
Nezumi: Rattenyokai
Ningen-Kai: das Reich der Menschen
Nogitsune: ein böser wilder Fuchs
Nue: Yokai; eine chimärische Mischung aus verschiedenen Tieren, einschließlich eines Tigers, einer Schlange und eines Affen, die angeblich Blitze kontrollieren kann
Nurikabe: Yokai; eine lebende Mauer, die Straßen und Türen versperrt, sodass niemand durch sie oder um sie herum kann

Obi: Schärpe, Gürtel

Ofuda: Papiertalisman, der magische Fähigkeiten aufweist

Ohiyou Gozaimasu: Guten Morgen

Okuri Inu: Yokai; großer schwarzer Hund, der Reisenden auf der Straße folgt und sie ihn Stücke reißt, wenn sie stürzen und fallen

Omachi Kudasai: Bitte warten

Omukade: ein riesiger Tausendfüßer

Onikuma: ein Dämonenbär

Oni: ogerartige Dämonen aus dem Jigoku

Onmyoji: Anhänger von Onmyodo

Onmyodo: eine okkultische Magie, die sich hauptsächlich auf hellseherische Fähigkeiten und Wahrsagen beschränkt

Onryo: Yurei; ein rachsüchtiger Geist, der all jene, die ihm unrecht getan haben, mit schrecklichen Flüchen belegt und ins Unglück stürzt

Orochi: Yokai; Drachenschlange mit acht Köpfen und acht Schwänzen

Oyasumi nasai: Gute Nacht

Ryokan: Herberge

Ryu: Golddrache, Währung von Iwagoto

Sagari: Yokai; der abgetrennte Kopf eines Pferds, der von Ästen herabstürzt, um Reisende zu ängstigen

Sake: alkoholisches Getränk aus fermentiertem Reis

sama: respektvolle Anrede eines Ranghöheren

san: eine formelle, respektvolle Anrede, häufig zwischen Gleichgestellten

Sansai: essbare Wildpflanze

Sensei: Lehrer

Seppuku: ritueller Selbstmord

Shinobi: Ninja

Shogi: ein Taktikspiel, ähnlich dem Schach
Shuriken: Wurfstern
Sugoi: ein Ausdruck der Überraschung
Sumimasen: es tut mir leid; Entschuldigung
Tabi: Zehensocken oder Zehenschuhe
Tamafuku: Kami; der Gott des Glücks
Tanto: kleiner Dolch
Tanuki: Yokai; kleines Tier, das einem Waschbären ähnelt, beheimatet in Iwagoto
Tatami: geflochtene Bambusmatte
Tengoku: das Himmlische Jenseits
Tengu: Yokai; krähenähnliches Geschöpf, mit dem Aussehen eines Menschen mit großen schwarzen Flügeln
Tetsubo: großer Zweihänderknüppel
Tora: Silbertiger, Währung von Iwagoto
Tsuchigumo: eine riesige Gebirgsspinne
Ubume: Yurei; ein Geist, der im Kindbett gestorben ist
Umibozu: Yokai; ein Schattenriese, der im Meer lebt und vorbeifahrende Schiffe zerschmettert
Usagi: Hase
Ushi Oni: Yokai; ein riesiges, im Meer hausendes Monster mit dem Kopf eines Ochsen und dem Körper einer Spinne
Wakizashi: kürzeres Schwert als das Katana
Yamabushi: Bergpriester
Yari: Speer
Yojimbo: Leibwächter
Yokai: ein Geschöpf mit übernatürlichen Kräften
Yokatta: ein Ausdruck der Erleichterung
Yuki Onna: Schneefrau
Yume-no-Sekai: Reich der Träume
Yumi: Langbogen

Yurei: ein Geist

Zashiki Warashi: Yurei; ein Geist, der dem von ihm heimgesuchten Haus Glück bringt

Ritter oder Rebell –
für wen wird das Drachenmädchen sich entscheiden?

Talon – Drachenzeit
ISBN 978-3-453-26970-5

Talon – Drachenherz
ISBN 978-3-453-26971-2

Talon – Drachennacht
ISBN 978-3-453-26972-9

Talon – Drachenblut
ISBN 978-3-453-26974-3

Talon – Drachenschicksal
ISBN 978-3-453-26975-0

heyne-fliegt.de

heyne›fliegt

SIE WILL RACHE.
ER WILL GERECHTIGKEIT.
BEIDE KÖNNEN ALLES GEWINNEN – UND ALLES VERLIEREN.

Sie sind eine Vereinigung speziell begabter Menschen. Nach einem Jahrzehnt der Gewalt und Anarchie haben sie in Gatlon City für Recht und Ordnung gesorgt: die Renegades. Seither gelten sie als Helden, zu denen alle aufsehen. Alle außer den Anarchisten, die von den Renegades vertrieben wurden und die nun im Untergrund der Stadt auf Rache sinnen. Die 17-jährige Nova ist eine von ihnen. Sie hat ihre Familie auf schreckliche Weise verloren und allen Grund, die Renegades zu hassen. Aufgrund ihrer besonderen und geheimen Gabe soll sie sich bei den Renegades einschleichen – um sie dann von innen heraus zu zerstören. Alles verläuft nach Plan, bis sie sich ausgerechnet in den jungen Kommandanten Adrian verliebt – und er sich in sie. Eine Liebe, die nicht sein darf in Zeiten, wo sich Renegades und Anarchisten zum großen Kampf rüsten ...

Marissa Meyer
**Renegades –
Gefährlicher Freund**
ISBN 978-3-453-27178-4

heyne-fliegt.de

heyne›fliegt